Née en 1978, **Céline Landressie** est autodidacte. Fascinée par l'Histoire, ainsi que par tout ce qui à trait à la littérature – notamment gothique et fantastique –, elle commença à monopoliser la machine à écrire de sa mère dès ses 9 ans. Quelques années plus tard, dans son premier roman, *La Floraison*, elle donne vie à une héroïne de caractère qui a su conquérir le cœur de ses lecteurs.

Du même auteur, aux Éditions de l'Homme Sans Nom,
en grand format :

Rose Morte :
1. *La Floraison*
2. *Trois Épines*

Chez Milady, en poche :

Rose Morte :
1. *La Floraison*

Céline Landressie

La Floraison

Rose Morte – tome 1

Les Éditions de l'Homme Sans Nom

Milady est un label des éditions Bragelonne

ISBN : 978-2-8112-1409-8

Bragelonne – Milady
60-62, rue d'Hauteville – 75010 Paris

E-mail : info@milady.fr
Site Internet : www.milady.fr

À mon mari,
un être exceptionnel
de bonté et de douceur.

À ma grand-mère,
une femme étonnante,
et irremplaçable.

À mon père,
parce qu'une partie de moi
n'est jamais sortie de cette
chambre d'hôpital.

La croix se dresse, noire, sur un ciel de plomb.
À ses pieds gît une rose écarlate.
Alors s'ouvre l'enfer,
Et tout devient fournaise.
Il lève la tête et voit
La bête suppliciée.
Le monde n'est plus que flammes,
Englouti par les braises.
Rien d'autre ne demeure…

Excepté la fleur.

Prologue

Septembre 1570, Southampton.

Le soleil matinal étirait de timides rayons vers les marins grelottants, qui s'affairaient sur les quais. Autour des navires amarrés se dansait un turbulent ballet de sacs, de caisses et de tonneaux, que l'on chargeait ou déchargeait, à bout de bras ou à plat dos, au son d'une myriade de pas. La pluie donnait à la scène un lustre mélancolique, emplissant les ornières de miroirs et faisant briller les toitures des maisons alentours.

À plusieurs dizaines de mètres de là, en amont, dans l'une des rues donnant sur le port, un gueux se tenait accroupi dans un recoin de mur, face à la porte de la *Taverne du Bon Jarret*. Ses yeux caves et cernés sautaient d'un coin à l'autre de la ruelle. Sur son visage crasseux, la nervosité le disputait à l'épuisement. Cela faisait longtemps qu'il attendait ici. Il savait ne pouvoir repousser davantage l'heure du départ.

Dans un soupir, il déplia son corps fourbu et s'en fut se mêler à la foule. Ses vieux souliers soulevèrent des gerbes d'eau glacée qui fouettèrent ses mollets à chacun de ses pas. Il songea confusément qu'il serait agréable de se vêtir de sec, lorsqu'un certain tumulte attira son attention. Baissant les yeux vers le port, il vit un groupe d'hommes portant piques déboucher à l'orée de la rue et avancer rapidement dans sa direction.

La troupe refoulait les badauds sur son passage, les entassant sur le bas-côté à grand renfort de bousculades et de coups. À sa tête se pavanait un grand échalas au pourpoint vert feuille, et à la coiffe surmontée d'un fier panache blanc.

Le mendiant rentra la tête dans les épaules.

La troupe était presque sur lui, le cliquetis de leur attirail guerrier emplissait déjà ses oreilles.

Il chercha à se fondre dans la masse, mais les passants s'étaient agglutinés et formaient à présent une ligne compacte le long du mur. Agrippant à l'aveuglette épaules et bras, le gueux parvint à créer une petite trouée parmi les badauds. Il s'y engouffra avec une telle précipitation qu'il trébucha. Et alors qu'il tentait de se rétablir, son pied se prit dans une fondrière.

Il s'effondra de tout son long dans la fange, au milieu des gens qui venaient enfin de lui livrer passage. Personne ne rit de sa chute, ni ne s'en préoccupa. Chacun suivait avec attention les agissements du notable et de son escorte.

Prudent, le miséreux attendit que la foule se referme autour de lui avant de se redresser. Une fois debout, à l'abri derrière un rempart de têtes, il tourna vers les gardes un visage maculé de gadoue. Ceux-ci s'étaient arrêtés devant la taverne. Le gentilhomme qui les menait échangea quelques mots avec eux, puis entra dans l'établissement. Immédiatement les gardes se postèrent en arc de cercle sur le seuil, piques en avant.

Un silence anxieux s'abattit sur la foule.

Le vagabond fit volte-face, le cœur battant à tout rompre. Forçant le passage parmi les spectateurs attroupés le long des murs, il se dirigea vers le port, sous le couvert de la foule. Il ne regagna la chaussée proprement dite que lorsqu'il eut mis une bonne distance entre lui et l'auberge.

Dès lors, il accéléra autant que le lui permirent ses jambes fatiguées, les yeux braqués sur les mâts qu'il voyait poindre au-dessus des toits.

Il serait bientôt hors de danger, mais il ne devait pas courir, pour ne pas attirer l'attention.

Des éclats de voix fusèrent dans son dos.

Il ne se retourna pas pour voir ce qu'il en était. Au lieu de cela, il pressa encore l'allure et déboucha sur les quais comme une flèche. Dérapant derechef dans une flaque de boue, il se rétablit *in extremis* puis, sans même marquer de pause, bifurqua à gauche en direction d'un navire marchand qui mouillait là.

Le capitaine attendait près de la passerelle. Sa mine sombre se dérida lorsque arriva sur lui le mendiant tout crotté, et hors d'haleine.

— Nous… partons, haleta le manant.

— Nous n'attendions qu'vous, déclara le capitaine en s'engageant à sa suite sur l'appontement. AUX AMARRES ! tonna-t-il à la cantonade.

Aussitôt les marins assis de-ci de-là sur le pont sautèrent sur leurs pieds et entreprirent de défaire les attaches, puis de rentrer la passerelle.

— Où est-elle ? fit le gueux à l'adresse du capitaine.

— Dans la cale. Juste au cas où…

— Bien.

Le mendiant s'interrompit quelques secondes pour reprendre son souffle.

— Nous y resterons jusqu'à ce que nous soyons suffisamment loin du rivage, dit-il. Prévenez-nous dès que ce sera le cas.

Sans attendre l'assentiment du capitaine, il s'éloigna vers une trappe ouverte dans le plancher du pont, à quelques mètres de là. Avant d'emprunter l'échelle qui descendait dans les entrailles du bateau, il prit soin d'ôter ses souliers suintants de boue.

Tandis qu'il s'enfonçait dans les ténèbres, le brouhaha environnant s'atténua…

Parvenu à fond de cale, le mendiant distingua une lueur sur sa droite, filtrant entre deux piles d'énormes sacs. Il s'engagea dans cette direction, non sans buter de multiples fois dans le chargement de laine, de vivres, et d'autres provisions de bord.

Enfin, au détour d'un dernier amas de tonnelets, il la trouva.

Elle était assise sur un tabouret. Ses longs cheveux n'étaient retenus par aucune coiffe ; ils couvraient ses épaules tel un châle brun, aux curieux reflets rougeâtres. Ses yeux écarquillés de peur lui mangeaient la moitié du visage. À l'approche du gueux, elle brandit le couteau qu'elle tenait serré dans son poing.

Le manant leva les mains, paumes ouvertes vers l'avant.

— Ce n'est que moi, Mary, chuchota-t-il.

Elle plissa les yeux, incertaine.

— Edmund ?

Se souvenant de sa chute, le mendiant souleva un pan de sa chemise pour se débarbouiller.

— Voyez, ce n'est que moi, répéta-t-il une fois la boue essuyée.

— Seigneur vous voilà enfin, chevrota la jeune femme.

Baissant son arme, elle quitta son siège et vint vers lui, prête à l'enlacer… mais elle se ravisa en contemplant ses frusques souillées.

— Le navire prend la mer dans le moment où nous parlons, l'informa son époux. Notre calvaire sera bientôt terminé.

— Puisse Dieu vous entendre, murmura Mary en retournant à son tabouret. Il fait si sombre ici… l'air est si nauséabond…

— Prenez patience, cela ne durera plus très longtemps.

En effet, au-dessus de leur tête, le fracas de l'appareillage battait son plein. Plusieurs minutes s'écoulèrent sans qu'aucun d'eux ne dît mot. Enfin, lorsqu'ils perçurent le léger clapotis des flots se brisant contre la coque, Mary se décida à rompre le silence.

— L'avez-vous vu, Edmund ?

— Oui…, admit celui-ci, à contrecœur.

— Lui avez-vous parlé ?

— Non…

— Mais vous l'avez vu ?

— Oui.

— Grand Dieu, Edmund, se peut-il qu'il vous ait suivi jusqu'ici ? s'alarma Mary.

Edmund s'approcha d'elle et mit un genou au sol pour se trouver à sa hauteur. Lui ôtant du poing le petit couteau qu'elle tenait encore, il le posa au sol. Après quoi, doucement, il prit les mains de sa femme entre les siennes.

— Il ne m'a pas vu, assura-t-il. Il ne m'a pas suivi… mais vous aviez raison, ajouta-t-il dans un soupir contrit.

Mary tressaillit.

— Et vous êtes sauf ? s'étonna-t-elle.

— Les précautions prises n'étaient pas de trop. Sans la providence, il se peut même qu'elles eussent été insuffisantes. Toutefois, le ciel en a voulu autrement…

— Expliquez-vous, fit Mary d'une voix blanche.

— Je l'ai attendu, mais non point dans l'auberge comme je le lui avais écrit. J'étais posté dans un recoin de mur, en vue de la porte… Ce fut alors que je quittais mon alcôve pour venir vous rejoindre que je le vis remonter la rue, avec à sa suite une dizaine de piquiers.

Mary porta la main à sa bouche avec une grimace d'effroi.

— J'ai cherché à me dissimuler, poursuivit son mari. Juste avant qu'ils soient sur moi, je suis tombé à la renverse au milieu des gens, face contre terre, dans la boue. Par bonheur, personne ne s'est occupé de mon sort et les passants se sont attroupés de nouveau autour de moi. Lorsque je me suis redressé, j'ai pu observer le piège qu'il faisait placer à la sortie de l'auberge…

— Ne vous l'avais-je point dit ? s'exclama Mary.

— Je ne pouvais y croire.

— Vous ne le pouviez pas, ou ne le vouliez pas ? Si je n'avais insisté pour que vous montriez davantage de prudence, où seriez-vous donc désormais ?

— C'était si absurde ! Pourquoi mon frère aurait-il…

— « Absurde » ? le coupa-t-elle. Edmund, votre candeur me dépasse ! Pourquoi votre cadet, qui n'a de terres que celles dont vous lui fîtes don, voudrait-il vous voir au gibet ? Pourquoi lui, qui s'empressa d'abjurer pour plaire à la vierge hérétique[1], vous livrerait-il ? Voyons, Edmund, il vous jalouse ! De tout temps son regard envieux a scruté vos terres, votre titre, et même moi, votre épouse ! James Leigh est une charogne ! Il se repaîtra bientôt de vos possessions que notre fuite lui offre en pâture. Il sera désormais le comte de Greer, ainsi que son cœur noir l'a toujours désiré ! Peu lui importe de vous livrer, bien au contraire ! Vous mort, il n'aurait plus rien à redouter.

---

1. Pour les notes culturelles et historiques, se référer au glossaire en fin d'ouvrage.

— Il n'a déjà plus rien à craindre. Regardez-moi… Misérable va-nu-pieds dans des hardes boueuses… À quel titre pourrais-je bien prétendre maintenant ?

— Vous n'avez eu d'autre choix pour nous soustraire à la persécution, Edmund. Mais une telle folie ne peut toujours durer, poursuivit Mary, confiante. Maintenant qu'elle est excommuniée de notre sainte Église, cette usurpatrice d'Élisabeth sera renversée tôt ou tard ! Alors nous reviendrons dans notre fief, et l'on vous rétablira dans vos droits !

— Puissiez-vous dire vrai…

— Cela sera, Edmund, vous verrez. Il ne peut en être autrement.

Un petit vagissement monta soudain d'un monceau de tissu, à la droite de Mary. Celle-ci s'y pencha et en tira un petit paquet, qu'elle tint contre son cœur.

Caressant la tête du bébé emmailloté, elle le berça délicatement.

— Vous avez fait ce qu'il fallait, reprit-elle. Si vous n'aviez pris soin d'organiser notre départ, nous aurions été voués à la mort ou à l'errance.

Se penchant à son tour sur le petit visage qui émergeait des langes, Edmund lui adressa un sourire mélancolique.

— C'est surtout pour elle que je l'ai fait, murmura-t-il. Pour elle, et pour vous, ma mie… Je n'ai pu me résoudre à vous infliger davantage de chagrin que vous n'en aviez déjà subi.

— Qu'auriez-vous pu espérer à lutter au grand jour, à part gagner plus prestement la potence ? Vous savez ce qui arrive à ceux qui refusent d'abjurer. Nous en avons déjà parlé.

— Oui, mais je pensais que…

— Que quoi ? Que nous aurions pu la renverser ? La guerre qu'elle mène requiert une armée plus importante que notre noblesse ne saurait lever. Ajouter votre nom à la liste des martyrs n'y changerait goutte ! Cela ne ferait que briser nos cœurs, acheva Mary, la gorge serrée.

Son époux leva les yeux sur elle, un triste sourire toujours accroché aux lèvres.

— Je sais Mary, je sais… Vous avez raison, comme toujours. Et comme toujours je vous ai écouté… Soyez tranquille, c'en est fini de tout cela. Nous voguons vers la France, loin du danger.

Le son tout proche d'un pas claudiquant les interrompit. Comme un seul être, ils se tournèrent vers le nouvel arrivant.

L'air embarrassé, le capitaine ôta son couvre-chef.

— Oh, c'est vous, fit le comte en guenilles. Je ne vous avais pas entendu venir…

— Excusez, mon seigneur. C'était pour vous dire que nous avons pris l'large sans encombre. Nous s'rons bientôt à distance suffisante des quais. Si vous l'souhaitez, j'peux dès maint'nant faire déménager vos effets vers mes… vers vos quartiers, mon seigneur.

Lord Greer considéra sa femme une seconde, puis répondit :

— Qu'il en soit fait ainsi, capitaine. Mon épouse en a assez de ces lieux.

— Bien, mon seigneur. J'envoie des hommes s'occuper d'ça dès que possible.

Le capitaine exécuta un salut gauche, et repartit par où il était venu. Le regardant s'éloigner, Edmund attendit de l'entendre gravir l'échelle avant de s'adresser à sa femme.

— Ne vous inquiétez pas, lui dit-il. Je sais que vous redoutez pour nos vies, mais vous pouvez lui faire confiance. Sa famille achemine depuis toujours les produits de nos terres. Nous avons grassement doté l'une de ses filles, il y a quelques années, en récompense de ses bons services, et il est lui aussi catholique.

— L'appel de l'or peut être supérieur à celui de Dieu, chez certains hommes, fit remarquer Mary, suspicieuse.

— Il n'est pas de ceux-là, je vous l'assure.

— Ah oui ? Comme vous m'avez assuré que James n'était pas un traître ?

Mary comprit qu'elle était allée trop loin au moment même où le bref écho de ses paroles mourut dans l'air vicié de la cale.

— Ne me reprochez pas d'avoir eu peine à accepter la duplicité de mon frère, répliqua sèchement son époux. C'est déjà assez cruel sans que vous n'y ajoutiez vos sarcasmes... Puis cessez de me traiter comme un idiot ! Je suis las de vos doutes et de vos mises en garde ! N'ai-je point su organiser tout cela moi-même ? Ne nous ai-je pas dissimulés, et protégés tout ce temps ? Ne nous ai-je pas menés ici sains et saufs ? s'écria-t-il en englobant l'espace environnant d'un vaste geste du bras. Je suis moins naïf que vous le pensez, Mary ! J'entretenais juste l'espoir que mon frère ne fût pas félon... J'avais tort, certes... mais pour ce qui est du capitaine, de ce voyage, et de notre sécurité, je ne vous permets pas de vous défier de mes dispositions !

— Pardonnez-moi, s'excusa Mary en approchant, sa fille serrée contre elle. La peur m'a égarée, mes paroles ont dépassé ma pensée...

Edmund ne sembla pas s'émouvoir de cette reddition. Son maintien demeura raide, et sa voix dure, lorsqu'il répondit :

— Laissez l'enfant. Je vais m'en charger.

— Edmund, je...

— Regagnez le pont, coupa-t-il. Il est clair que vous avez besoin d'air frais.

Lui confisquant le bébé d'autorité, il s'en fut le replacer dans son berceau de fortune. Lady Mary resta quelques secondes à le contempler, lèvres serrées.

— Je regrette de vous avoir froissé, Edmund, fit-elle. Sachez que je ne doute pas de vous, même si j'ai pu en donner l'impression.

N'obtenant nulle réponse, elle s'éloigna lentement, dans un bruissement de tissu. Dès qu'elle fut hors de vue, lord Greer s'affala sur le tabouret, le regard perdu sur le visage poupin du nourrisson. Il resta là, embourbé dans ses mornes considérations, jusqu'à ce que les matelots surviennent pour déménager leurs effets.

Alors seulement il prit sa fille dans ses bras, et remonta vers la lumière blafarde de ce jour d'exil…

Chapitre I

Mai 1598, Rouen.

— Eileen ? Eileen ! Où êtes-vous ?

La jeune femme leva la tête et tourna les yeux vers le seuil, la moue résignée. Si sa mère l'appelait à grands cris, les nouvelles ne pouvaient guère être bonnes. Se levant à contrecœur, elle se présenta malgré tout dans l'embrasure de la porte :

— Je suis là…

Elle mesurait une tête de plus que la noble dame qui lui faisait maintenant face. Par contraste avec la mise empesée de cette dernière, elle était vêtue d'une modeste robe de satin bleue, soutenue d'un petit vertugadin[2], et l'on devinait à son maintien qu'elle ne portait pas de busc[3] à son corset. Elle tenait encore entre les doigts l'ouvrage de broderie sur lequel elle s'échinait la minute précédente, et pour lequel, manifestement, elle n'avait aucun talent.

— Eileen, une grande nouvelle vient de nous parvenir ! annonça lady Mary, transportée de joie. Le vicomte de Chaumontel souhaite vous rencontrer !

— Mère, cela ne va pas recommencer ? geignit la jeune femme, dépitée.

— Il vous faut un époux, Eileen, nous vous l'avons assez répété.

— Une fille d'exilé n'intéresse personne.

— Je vous interdis de parler de votre père en ces termes, et sur ce ton ! s'indigna lady Mary. Recommencez et je vous ferai donner le bâton, petite impertinente !

La jeune femme leva les yeux au ciel avec un soupir excédé.

Un léger souffle d'air précéda sur sa joue la morsure d'une gifle magistrale, qui claqua comme un coup de fouet. Sonnée, elle lâcha son ouvrage pour se retenir au chambranle de la porte.

Dardant sur sa mère des yeux aussi noirs et étroits que des meurtrières, elle serra les dents sur les répliques furieuses qui lui brûlèrent les lèvres.

Lady Mary la toisa, les traits empreints de mépris.

— Votre père nous a toutes deux sauvées de la mort en nous conduisant en France, gronda-t-elle. Souvenez-vous-en avant le traiter de la sorte ! Du reste, il est de son plein droit d'attendre que son unique enfant se montre digne de ses vœux. C'est votre devoir ! Que cela vous plaise ou non n'a aucune espèce d'importance, vous entendez ? Voilà trop longtemps que vous dérogez à ses souhaits. Mais devant Dieu je vous jure que, cette fois, vous vous soumettrez…

— Que se passe-t-il ici ?

Le maître de maison émergea de l'escalier en colimaçon, à l'autre bout de la galerie. Il portait un riche pourpoint de soie et de brocart, assorti à ses chausses. Sa figure joufflue semblait comme posée sur un court plateau de dentelle, lequel, niché sous sa barbe, lui couvrait entièrement le cou.

— Rien, Edmund, mentit sa femme en se retournant, un sourire factice plaqué sur le visage. Nous conversions. Eileen est enchantée de la nouvelle.

Lord Greer plissa brièvement les yeux. Son regard trouva celui de sa fille. Heureusement, cette dernière savait que son père la connaissait assez pour croire à cette affirmation comme à une gelée au mois d'août…

Remontant tranquillement le corridor, il s'approcha d'elles deux.

— Vraiment ? interrogea-t-il.

— Mais oui, n'est-ce pas, Eileen ? insista lady Mary en épinglant sa fille d'un regard aigu.

Celle-ci ne répondit pas. La mine fermée, elle détourna la tête. Lord Edmund la contempla une seconde, puis se tourna vers son épouse.

— Laissez-nous, ordonna-t-il.

Lady Mary obtempéra, non sans lancer une dernière œillade orageuse à sa progéniture. Lorsqu'elle eut disparu dans les marches, lord Edmund ramassa la broderie qui gisait aux pieds de sa fille et la lui tendit, un sourire bonhomme aux lèvres :

— Vous avez encore eu des mots avec votre mère, constata-t-il, conciliant.

— Des mots ? ironisa la jeune femme en saisissant son ouvrage. C'est une façon de le dire…

— Quelle serait l'autre ?

— Pourquoi demander ce que vous ne voulez pas entendre, père ?

Lord Edmund fronça les sourcils, l'air chagrin.

— Eileen, nous avons déjà discuté de cela. Vos écarts de conduite nécessitent parfois…

— Je ne suis plus une enfant, coupa-t-elle, cassante.

— Dans ce cas, montrez-le. Vous vous attirerez peut-être moins de réprimandes.

Irritée, la jeune femme fit volte-face et s'en retourna dans sa chambre. Sous l'œil ennuyé de son père, elle gagna une chaise placée au pied de l'une des fenêtres, et y prit place.

À la lumière du jour, l'on distinguait nettement les multiples reflets rougeoyants qui parsemaient sa chevelure, d'un brun chaud. Ses longs yeux, pétillants de vie, luisaient sous le rideau de ses cils tels deux morceaux d'ambre poli. Son visage à l'ovale délicat, bien qu'un peu pointu au menton, était pourvu de traits gracieux et réguliers. Sous un front bien proportionné, un petit nez aux ailes étroites surplombait des lèvres pleines, sans exagération.

Si son charme était atypique pour son époque – à l'instar de sa taille, souvent jugée trop haute –, l'on ne pouvait néanmoins pas le lui retirer. Et quoique quelques gentilshommes lui eussent préféré les canons traditionnels, l'essentiel de ceux qui l'avaient côtoyée s'étaient laissé séduire. Car quand bien même la jeune femme s'en défendait, elle était d'une radieuse beauté…

Entrant à son tour dans la chambre, lord Greer referma la porte derrière lui et vint s'asseoir en vis-à-vis de sa fille, dans un siège jumeau. Sourcils légèrement froncés, celle-ci fixait sa broderie d'un air grave.

— Eileen, vous savez que je ne cherche pas à me débarrasser de vous, commença son père. Mais vous êtes mon seul enfant, et je tiens à vous savoir en dehors de toute nécessité. C'est pourquoi il me faut vous trouver un parti convenable.

— Père, je pensais que nous en avions terminé avec cela. Je suis votre héritière, je n'ai besoin d'aucun parti qui…

Lord Edmund l'interrompit d'un doigt levé.

— Cela ne suffit pas à vous mettre à l'abri, malheureusement… Lorsque nous dûmes fuir, mes terres et mon titre ont échu à mon frère. Je n'ai que peu d'espoir de les récupérer, et si toutefois cela se produisait, je n'ai aucune idée de l'état dans lequel je les trouverais. Alors je me dois de vous garder du besoin… Puis il vous faut aussi songer à perpétuer notre sang, Eileen…

La jeune femme contint un soupir. Elle se doutait de la tirade qui allait suivre pour l'avoir entendue une bonne centaine de fois.

— Vous avez eu vingt-huit printemps cette année, poursuivit lord Edmund. Vous serez bientôt trop vieille pour être mariable. D'aucuns se demandent même si tant d'atermoiements ne cacheraient pas quelque tare.

— J'en suis fort aise.

— Il suffit, Eileen !

La moue renfrognée, elle porta le regard par la fenêtre. Cette façon que son père avait de marteler son prénom l'indisposait royalement. Car cela n'évoquait rien pour elle, sinon l'existence étriquée d'une vieille fille, sans terre et sans avenir.

Son désamour pour cette identité remontait à sa plus tendre enfance. En ce temps-là, sa très chère amie Charlotte avait décrété qu'elle préférait pour Eileen son second prénom : Rosamund. Mais très vite, par souci de commodité, et aussi de coquetterie, elle la rebaptisa simplement « Rose ». Ce qui n'était au départ qu'un jeu de fillettes désœuvrées devint alors une habitude, laquelle gagna rapidement les autres enfants de leur connaissance. Ce fut ainsi qu'avec le temps, Rose finit par considérer ce diminutif comme son seul et véritable nom.

— À mon grand dam, j'ai manqué de fermeté avec vous, fit lord Edmund après une courte pause. Maintes fois j'ai passé vos caprices, mais c'en est fini à présent ! ajouta-t-il en se levant tout d'un coup, comme pour donner plus de poids à sa déclaration.

Nullement impressionnée par cette démonstration de souveraineté paternelle, Rose le suivit d'un œil maussade tandis qu'il se mettait à arpenter la pièce, mains croisées dans le dos.

— Le vicomte de Chaumontel est un homme respecté, au domaine prospère, reprit-il. Il sera peut-être le dernier à bien vouloir envisager de vous épouser, avant que votre âge avancé ne dissuade tous les partis acceptables. J'ai donc répondu par l'affirmative à sa demande de vous rencontrer en personne, afin de lui permettre d'apporter un avis définitif quant aux projets matrimoniaux que nous nourrissons.

— Mais, père…

— Silence ! Vous avez peut-être appris que notre ami, le marquis de Jouars, donne un bal en l'honneur du roi, dans son hôtel de Paris ? J'y ai été convié, ainsi que de nombreux gentilshommes favorables à la couronne.

— J'ignorais que vous en faisiez partie, nota Rose, acerbe.

— Vous n'entendez rien à ces choses-là, Eileen. C'est la paix que l'on fêtera à ce banquet-ci[4]. Or un homme averti se garde bien d'avancer contre le vent. Aussi c'est avec joie que j'ai accepté de m'y rendre pour célébrer les victoires du Navarrais.

— Que vous importe le roi, puisque vous n'êtes pas son sujet ?

— Précisément ! Si je veux que notre tranquillité perdure en ce pays, je dois ménager nos appuis. Pour cela il faut savoir consentir à quelques sacrifices. Surtout lorsqu'il ne s'agit que de paraître à un bal, ce qui n'a rien de difficile ou de désagréable, vous en conviendrez. Bref. Jouars nous attend d'ores et déjà à Paris.

— Nous ? répéta Rose, abasourdie.

— Oui. Vous venez avec moi. Ce sera lors de ce banquet que vous serez présentée à Chaumontel.

— Comment ? Déjà ?

— Le plus tôt sera le mieux, Eileen. Commencez à préparer vos malles. Nous partons dans quatre jours… Allons, mesurez donc votre chance, plaida le comte de Greer devant la mine déconfite de sa fille. Il est plein de jouvencelles qui rêveraient d'être à votre place.

— Grand bien leur fasse. Ce n'est pas ce à quoi j'aspire…

— Mais c'est ce que MOI je veux ! tonna soudain lord Edmund.

Rose blêmit. Voilà longtemps que son père n'avait haussé la voix à son encontre. Mauvais présage, assurément…

Abattue, elle se laissa aller contre le dossier de la chaise et tourna de nouveau la tête vers la fenêtre.

Les temps de liberté étaient-ils finalement révolus ? Ce jour honni était-il arrivé ? Malgré toutes ses tentatives pour en réchapper, allait-on la marier ? Allait-on l'asservir à quelque vieux bouc en mal de descendance ? Se figurant porter le fardeau d'une telle sujétion pour le restant de ses jours, la jeune femme déglutit avec peine.

— Ne faites pas cette tête, Eileen, on jurerait que vous allez droit à la potence, ronchonna son père. C'est d'un vicomte dont il s'agit, pas d'un bourgeois !

— En est-il si loin ? rétorqua-t-elle, cinglante.

— Sa lignée est peut-être moins prestigieuse que la vôtre, ma fille, mais c'est tout ce à quoi vous pouvez prétendre désormais ! Vous avez laissé passer votre chance avec Beaumont, et Angerville !

Rose accusa le coup.

Les comtes de Beaumont et d'Angerville-Auvrecher. Il y avait de cela plusieurs années, elle avait manqué d'être unie à l'un et l'autre de ces personnages. Le premier s'était dédit après réflexion ; la maigre perspective d'hériter du fief anglais l'ayant convaincu d'abandonner ce mariage. Mais le second, tout émoustillé par les charmes de sa promise, n'eut cure de tout cela. L'échec des tractations tint uniquement à l'excessive mauvaise grâce que Rose manifesta. Sans parler des divers stratagèmes dont elle usa pour apitoyer son père. L'ennui fut qu'après le camouflet qu'essuya par sa faute le comte d'Angerville, lord Greer dut avoir recours à des trésors de diplomatie, ainsi probablement qu'à une compensation sonnante et trébuchante, pour apaiser la colère dudit seigneur.

Quant à Rose, cela représenta pour elle des semaines de virulentes remontrances maternelles, sur fond des silences opiniâtres de son père. Seul le témoignage quotidien de l'affection qu'elle lui vouait parvint à éroder son amertume, et à ramener leurs relations à ce qu'elles étaient avant cet épineux épisode.

Relancer le débat sur ce sujet ne mènerait à rien, si ce n'était à réveiller les vieilles rancœurs. Rose se garda donc de tout commentaire.

— De toute manière, dans notre situation, nous devons maîtriser nos prétentions, enchaîna lord Edmund en reprenant ses allées et venues.

— Ne pourrions-nous patienter encore ? hasarda sa fille. Votre frère est souffrant, peut-être qu'il…

— Voilà des mois que James est malade. Pourtant aucune nouvelle vraiment alarmante ne nous est parvenue.

— Mais peut-être que bientôt…

— Il vous poussera des ailes, et vous vous envolerez vers l'Angleterre pour bouter l'usurpatrice hors de son trône ! coupa derechef lord Greer. Arrêtez de rêver, Eileen, ce n'est pas ainsi que l'on parvient à quoi que ce soit ! Attendre l'hypothétique disparition de votre oncle pourrait durer encore des années, or je n'ai pas tout ce temps devant moi.

— Eh bien, attendons au moins de savoir s'il prendra une autre épouse.

— C'est cela ! Pourquoi ne pas attendre de voir s'il en aura des rejetons ? renchérit Edmund en dodelinant de la tête, l'air exaspéré. Voulez-vous bien cesser ces enfantillages ? Si vous devez faire valoir vos droits sur nos terres anglaises, vous le ferez, que vous soyez mariée ou non. Mais le mariage vous protégera plus sûrement de la pénurie que vos divagations !

— La pénurie ? s'amusa Rose. Je suis sûre qu'il vous reste assez de biens ensevelis quelque part pour nous en préserver.

— On n'est jamais trop prudent, ma petite. Je préfère assurer deux fois votre avenir, et celui de votre mère par la même occasion… Puis j'aimerais que vous preniez garde lorsque vous évoquez nos possessions, ajouta lord Greer à mi-voix, en lorgnant vers la porte close.

— Aucun de nos gens ne parle anglais, père, soyez tranquille.

— C'est ce qu'ils prétendent, mais en êtes-vous certaine ?

— Je peux vous le prouver si vous le voulez, proposa Rose, trop heureuse de changer de sujet.

— Plus tard. Nous n'en avons pas terminé.

La jeune femme tâcha de dissimuler sa lippe agacée. N'y parvenant qu'imparfaitement, elle s'attira un regard mécontenté de son père.

— Le vicomte s'est montré très intéressé, reprit-il néanmoins. L'on m'a rapporté que votre portrait l'avait ravi.

— Il a vu mon portrait ? s'exclama Rose, effarée.

— Oui, j'avais confié à Jouars celui que nous avions fait faire pour Beaumont.

— Père, que vous arrive-t-il ? Il n'y a pas si longtemps vous ne pensiez plus à tout cela, or c'est la troisième fois depuis le début de l'année que vous expédiez mon portrait à divers seigneurs ! Vous me proposez comme une jarre à l'étal d'un marchand !

— Aurais-je eu besoin de le faire si vous vous étiez montrée moins obstinée ? s'emporta lord Edmund. C'est vous qui vous êtes mise dans cette situation ! Plutôt que d'accepter un digne soupirant lorsque vous le pouviez, vous avez préféré vous murer ici ! Eh bien soit ! Je vous en sortirai, de gré ou de force, et vous assumerez les devoirs dus à votre famille. Ou bien alors, morbleu, je vous enfermerai pour de bon !

Des menaces ?

Figée, Rose sentit une pierre tomber au creux de son estomac. Elle avait toujours cru que son père l'aimait assez pour ne pas l'obliger à contracter une union non désirée. Durant ces six dernières années, rien n'était venu démentir cette impression. Mais voilà que, soudain, tout basculait… Sous couvert de bonnes intentions, on lui annonçait qu'elle connaîtrait le sort de ses amies, Blanche et Madeleine, toutes deux mariées à d'austères sires.

Rose avait souvent lu leurs lamentations dans de longues lettres mouillées de leurs larmes ; jusqu'à ce que Madeleine meure en couche l'année précédente, victime des appétits d'un époux qui la rebutait, et que Blanche soit claquemurée dans son manoir d'Étretat, faute d'être assez docile…

Que dire aussi de Justine, de Marguerite, ou de Catherine ?

Se forçant à respirer posément, Rose refoula les propos rageurs qui se pressèrent à ses lèvres.

— Pourquoi cette soudaine hâte ? demanda-t-elle d'une voix éraillée.

— De hâte point ! Il manquait juste de soupirants. Pour tout dire, je commençais à désespérer qu'il y en ait un autre. Mais le ciel a exaucé mes prières, voici qu'un nouveau se présente. Celui-là sera le bon, ma fille, tenez-vous-le pour dit !

D'un geste aussi mesuré que possible, la jeune femme déposa sa broderie sur la chaise vide, puis se leva, et pivota vers son père. Un voile de grisaille couvrit son beau minois, le changeant en un masque terne.

— Avez-vous terminé d'énoncer vos exigences, père ? s'enquit-elle, glaciale.

Surpris de ce brusque renoncement, ce dernier la dévisagea une seconde, avant de répondre :

— J'ai fini, en effet…

— Si vous n'y voyez pas à redire, je dois donc penser au contenu de ma malle pour le voyage, dit Rose en lui indiquant la sortie d'un geste gracieux, mais péremptoire.

Lord Edmund tiqua. Sur sa figure ronde flotta un air confus. Devant son hésitation, sa fille gagna la porte et l'ouvrit toute grande. Comme elle restait là, immobile, à contempler le mur, le comte de Greer se résigna à prendre le chemin de la sortie. Il s'arrêta néanmoins sur le seuil, puis se retourna, sur le point de parler. La jeune femme exécuta alors une courte révérence et referma brusquement la porte au nez de son père, médusé.

Aussitôt, l'on entendit coulisser le verrou.

— Vous ai-je dit que les Carville seront du voyage ? demanda lord Edmund à la porte close.

Rose, qui s'était jetée à plat ventre sur son lit, garda le silence. La nouvelle lui apporta cependant un certain réconfort.

Charles d'Albran, baron de Carville et maître des terres où naissait la source éponyme, était un petit seigneur aux nombreuses relations. C'était aussi un homme froid et obséquieux, que Rose n'appréciait guère. En revanche, sa benjamine, Charlotte, était une très vieille amie. La meilleure que Rose ait jamais eue.

Le père de Charlotte cherchait lui aussi un bon parti pour sa fille. Au moins pourraient-elles se réconforter l'une l'autre…

Roulant sur le dos, Rose étendit les bras sur le coûteux couvre-lit de fourrure dans une attitude quasi christique, le regard errant sur les poutres du plafond. Si elle n'accordait que peu de crédit aux promesses de claustration – car, ce faisant, lord Greer priverait sa seule descendante de ses droits d'héritière –, elle ne pouvait en revanche que constater la détermination que l'on avait à la marier, bon gré mal gré. Et à en juger par la frénésie que son père mettait dans ses démarches, il semblait que, cette fois, elle aurait peine à s'y soustraire.

Pourtant, quelque chose en elle voulait y croire.

Après tout, n'y avait-elle pas échappé deux fois déjà ? Puis son père n'avait-il pas affirmé qu'il ne voulait pas se débarrasser d'elle ? Et n'avait-il pas aussi admis que ce prétendant pourrait bien être le dernier ?

Tout n'était pas encore perdu. Il suffisait qu'elle parvienne à éloigner cet encombrant prétendant. Malheureusement, les pourparlers avec Chaumontel devaient être engagés depuis un moment. On le lui avait juste soigneusement caché, pour éviter qu'elle ne fomente représailles. Une franche réussite, en vérité, puisque, toute proche d'être livrée à son futur geôlier, voilà qu'elle était prise au dépourvu.

Ainsi, l'urgence était tout d'abord de trouver du temps. Si elle pouvait se ménager quelques jours de tranquillité, elle parviendrait peut-être à inventer une échappatoire, ou à organiser sa fuite, le cas échéant…

S'accrochant à cette pensée pragmatique, Rose refoula l'angoisse qui étreignait son cœur.

— Eileen ? appela lord Greer depuis le corridor.

Elle ferma les yeux.

Sous ses dehors bourrus, son père était un homme bon. Ils avaient certes des difficultés à se comprendre, mais ils s'aimaient, à leur manière. Cependant, s'il devait la contraindre, Rose ne lui pardonnerait pas…

Lord Edmund aurait hurlé au sacrilège s'il l'avait su, mais, d'une certaine manière, sa fille admirait Élisabeth, la reine d'Angleterre. C'était une femme libre. Puissante. Maîtresse de sa destinée. Personne ne pouvait asservir cette femme-là. Personne ne la marierait contre sa volonté. Que Rose n'aurait-elle pas donné pour connaître cela ! Hélas ! elle n'était pas souveraine… Elle n'était que l'héritière d'un titre creux…

Des pas s'éloignèrent dans le couloir, l'informant que son père battait en retraite.

Prenant appui sur ses coudes pour se redresser, Rose s'assit au bord du lit. Elle considéra d'un œil morose un gros coffre de chêne, collé contre le mur d'en face. Faire les bagages était une occupation qui en valait une autre, car rester le nez en l'air ne lui serait d'aucun secours.

Se levant, elle se dirigea d'un pas traînant vers le bahut.

Lorsqu'on frappa de petits coups discrets à sa porte, deux heures plus tard, Rose n'esquissa pas un geste. À quelques pas de là, le coffre béait sur un fouillis de vêtements dont plusieurs robes avaient été tirées, et étaient restées à l'abandon, pêle-mêle, sur le lit. Allant à l'encontre de sa sage résolution, la jeune femme avait délaissé sa malle pour mieux s'absorber en d'anxieuses considérations.

— Rose, tu es là ? appela-t-on doucement. Ouvre ! Ce n'est que moi…

Il n'y avait guère plus qu'une seule personne pour la nommer ainsi. Jaillissant de son siège, Rose bondit vers la porte et la déverrouilla prestement. Sur le seuil se tenait une demoiselle aux yeux gris, dont la gentillesse se lisait sur le visage. Sa chevelure blond cendré était relevée en une sorte de gros coussin, au sommet duquel trônaient des épingles emperlées. La tirant par le bras, Rose la fit entrer, referma aussitôt après elle, puis l'étreignit un bref instant.

— Charlotte, comme je suis heureuse de te voir ! dit-elle en usant du français, qu'elle maniait avec autant d'aisance que sa langue maternelle. Tu es avec ton père ?

Son interlocutrice opina.

— Que faites-vous ici ? Nous ne vous attendions pas.

— Le baron voulait régler certains détails au sujet du voyage, précisa Charlotte en allant s'asseoir sur le lit.

La demoiselle de Carville appelait toujours son père « le baron », chose qui ne laissait jamais de surprendre Rose.

— Tu fais déjà tes malles ? reprit Charlotte en considérant les affaires empilées au bout du matelas.

— J'ai commencé, mais je ne peux m'empêcher de ressasser l'avenir que l'on me prépare… Tu as appris ?

— Pour Chaumontel ? Oui. Je suis navrée… Mais si cela peut te consoler, j'ai entendu dire qu'il était réputé pour son affabilité. Tu aurais pu tomber plus mal… Sur le sieur des Ailegrin par exemple, acheva Charlotte avec amertume.

— C'est celui qu'on te réserve ? s'enquit Rose.

— En effet. De celui-ci je n'ai eu que peu d'échos, et cela suffit pourtant à me chagriner.

— Pourquoi cela ?

— On raconte qu'il est aussi teigneux que pingre, et que ses deux précédentes épouses ont préféré la mort au mariage ! expliqua la blonde jeune femme, dépitée.

— Il ne faut pas prêter foi aux ragots, tu le sais bien, la rassura son amie en s'asseyant à son côté. Souviens-toi ce que l'on colportait sur ma famille lorsque nous étions enfants. Tout ceci n'est sûrement que médisance.

— Je ne sais même pas à quoi il ressemble, ni quel est son âge exact…

Sûrement un vieillard décrépit, soupira Rose intérieurement.

— Si je ne trouve pas grâce aux yeux de ce prétendant-là, poursuivit Charlotte, le baron m'a déjà signifié qu'il m'enverrait droit au couvent des Carmes.

— Je t'y rejoindrai peut-être puisque mon propre père m'a lui aussi tenu ce langage.

— Vraiment ? J'ai peine à croire qu'il s'y résolve !

— Moi aussi, pour tout dire. En fait, c'est peu probable. Une fois cloîtrée, je ne pourrais plus m'ériger en héritière légitime. Or mon père attend beaucoup de cette succession potentielle…

— Alors que crains-tu ?

— Il a tout de même été question de m'enfermer si je n'obéissais pas. Je fais confiance à lady Mary pour avoir déjà trouvé l'alternative au cloître, en guise de punition.

— Misère… Il ne nous reste plus qu'à souhaiter que ces deux soupirants soient à notre goût. Au moins cela simplifierait notre dilemme.

Rose haussa un sourcil :

— Je te trouve bien résignée.

— Le baron ne s'embarrassera pas toujours de ma présence. Je préfère encore le mariage au couvent.

— Il doit y avoir une autre issue que ces deux-ci…

— Laquelle ?

— Eh bien… nous pourrions… Je ne sais pas ! concéda Rose, agitée. J'ai beau réfléchir, rien ne me vient.

— Ce n'est peut-être pas si terrible, après tout, fit Charlotte, néanmoins dubitative. Ma sœur, Jeanne, paraît assez heureuse de son union avec le seigneur de Pontfortrin.

— Son époux passe l'essentiel de l'année sur les routes du royaume ! Comment ne pas se réjouir de l'absence d'un mari qu'elle n'a pas voulu ?

— Rose, tu es impossible ! Ne vois-tu pas que j'essaie de trouver un bon côté à tout cela ?

— Bien sûr que si, soupira celle-ci. Je ne cherchais pas à être désagréable. Je n'arrive pas à me faire à cette idée, voilà tout…

L'air sombre, Rose lissa les plis de sa robe d'un geste distrait.

— Tu sais, commença Charlotte à mi-voix, les choses sont moins évidentes pour moi qu'elles ne le sont pour toi… Il est vrai que j'ai été heureuse d'échapper à mon précédent soupirant, car il ne me convenait guère. Toutefois, s'il pouvait s'en trouver un tolérable…

— Quoi ? s'exclama son amie, ahurie. Tu as changé d'avis ?

— Non ! Enfin… si. Mais ma vie n'est pas la tienne, se défendit Charlotte. Ton père est indulgent et place en toi tous ses espoirs. Il a toléré ton précédent refus, Rose, c'est inouï ! Il n'en ira pas de même pour moi. J'ai un frère et une sœur tous deux dûment mariés, qui donnent pleine satisfaction au baron. Aussi je lui importe peu. En fait… je le dérange. Il m'arrive souvent de songer que ma vie serait plus douce en d'autres lieux, loin de lui et de ses sempiternelles rodomontades.

Se levant soudainement, Rose s'en fut fourrager dans son coffre comme si elle voulait terminer son bagage. Mais, incapable de réfléchir, elle s'arrêta et resta les bras ballants.

— Tu es fâchée, constata Charlotte, penaude.

— Pourquoi le serais-je ? Je viens juste d'apprendre que ma plus chère et plus vieille amie a manqué de franchise envers moi.

— C'est faux !

— Qu'est-ce alors ? s'écria Rose en pivotant brusquement vers la jeune femme assise sur le lit.

— Je viens de te le dire ! Toutes ces années je ne savais au juste ce que j'espérais. Tandis que toi, Rose, tu avais l'air si convaincue ! Je me suis rangée à ton opinion sans réfléchir... Or je ne peux plus supporter le baron, et je ne veux pas non plus être envoyée au couvent... Le mieux est donc de me trouver un époux convenable.

— Ce qui correspond peu à la description que tu as faite d'Ailegrin, nota Rose, sarcastique.

— Tu crois que je ne le sais pas ? se rebiffa Charlotte. Mais moi je n'oublie pas que nous nous rendons à un bal. À Paris... où seront présents de nombreux seigneurs...

— Tu te figures peut-être y dénicher l'époux idéal ?

— Et pourquoi pas ? Je n'ai d'autre choix, de toute façon. D'ailleurs, toi non plus dirait-on...

Lèvres pincées, Rose dévisagea son amie de longues secondes, durant lesquelles sa mine passa de belliqueuse à affligée.

— Je ne veux pas me quereller avec toi, confessa-t-elle. Je suis lasse des heurts, et tu es ma plus chère alliée.

— Pourtant tu ne me comprends pas...

— Ne préfères-tu pas être libre plutôt que mariée ?

— Bien sûr que si, mais existe-t-il une chance que cela soit ? Tu sais bien que pour être libre, il faut être veuve ! Non, en fait ce qu'il faudrait... ce qui serait vraiment parfait, ce serait choisir nous-mêmes nos futurs époux.

— Tu ne songes tout de même pas à un mariage d'amour ? s'enquit Rose, interloquée. Ce serait inepte.

— Moins que pas de mariage du tout, s'entêta la demoiselle de Carville. Puis ce n'est pas ce que j'ai dit.

— De quoi parles-tu, alors ?

— D'une union que nous consentirions.

Devant la profonde perplexité de son amie, la blonde jeune femme développa :

— Il s'agirait de se mettre en quête d'un gentilhomme tel que Pontfortrin. Quelqu'un qui ne nous serait pas une trop grande nuisance. Un homme en âge de guerroyer serait idéal, au cas où se tramerait quelque nouvelle bataille, ajouta-t-elle pour elle-même. À ce propos, sais-tu que Chaumontel a fait le siège d'Amiens ?

— Où comptes-tu découvrir cette perle rare ? questionna Rose, éludant ainsi la remarque sur son promis.

— Mais au bal ! Comme tu l'as supposé ! Les seigneurs de la région sont presque tous mariés, ou trop vieux pour notre goût. À Paris, j'ai bon espoir que nous fassions connaissance de gentilshommes répondant à nos attentes.

— À *tes* attentes. Ne m'inclus pas si vite dans tes calculs, veux-tu... D'ailleurs, je ne vois toujours pas comment tu penses échapper à celui qu'on te destine.

— Établir un contrat de mariage prend du temps, expliqua Charlotte. D'autant que ce n'est pas dans le caractère du baron d'accepter aisément quelque chose. Même s'il s'agit d'un bon accord, et même s'il s'agit de sa benjamine. Donc, si la providence est avec moi, cela traînera assez pour que je puisse décider un éventuel rival à se manifester.

Rose la considéra un moment, à mi-chemin entre l'attendrissement et la consternation.

— Et c'est à moi que l'on dit de ne point rêver ? Allons, Charlotte, ce que tu me contes là est un plan trop hasardeux !

— C'est un plan tout de même, insista cette dernière, boudeuse. Il sera toujours temps d'en échafauder un autre si celui-là échoue. Puis, cette idée est toujours moins fantasque que celle d'une fugue…

Déstabilisée, Rose se figea.

— Tu crois que je ne te connais pas ? poursuivit Charlotte. J'ai su que cela te passerait par l'esprit à l'instant où l'on me dit pour Chaumontel. Mais tu courrais à la ruine si tu faisais cela ! En as-tu conscience ?

— C'est possible, lâcha Rose du bout des lèvres.

— Non, c'est certain ! De quoi vivrais-tu, par exemple ?

— As-tu songé qu'Ailegrin pourrait te convenir ? se déroba la flamboyante jeune femme pour la seconde fois de la conversation.

Charlotte lui adressa une moue réprobatrice.

— C'est un magistrat, répondit-elle toutefois, comme si cela constituait une tare manifeste.

— Eh bien, au moins il serait tenu occupé par ses fonctions. N'est-ce pas ce que tu veux ?

— Je ne souhaite pas me compromettre avec un robin[5], rétorqua Charlotte, la lippe dédaigneuse.

— Ton père a tout de même consenti à cette union ?

— Le baron s'en fiche bien ! Tant qu'il y a quelqu'un pour m'ôter de ses jambes à moindre coût… Si ma pauvre mère était toujours de ce monde, elle lui aurait remémoré qu'un sang noble ne se galvaude pas !

— As-tu essayé de lui parler ?

— Lui parler ? répéta la demoiselle, incrédule. Rose, je me demande parfois si tu réalises de qui il s'agit. Non, évidemment, je n'ai rien dit et je ne le ferai pas ! Je ne tiens pas à aggraver mon cas…

Un calme songeur tomba sur la chambre, où il demeura quelques instants.

— Sera-t-il présent au bal ? interrogea Rose.

— Le baron ? Bien sûr.

— Pas lui, Ailegrin.

— Non, Dieu merci. Pourquoi cette question ?

— Tu as de la chance, ça te laisse plus de temps qu'à moi, soupira Rose.

— C'est facile de dire ça, ce n'est pas ta main que l'on offre à un besogneux anobli. Toi, au moins, on te propose un vicomte.

— Je te le donne s'il t'intéresse tant ! Ainsi j'en serais débarrassée.

Pour la deuxième fois d'affilée, le silence se fit dans la pièce. Les deux jeunes femmes se dévisagèrent, l'œil rond, avec en tête une semblable idée. Puis Rose se fendit d'un large sourire. Le pli anxieux à son front disparut. Il lui sembla qu'un énorme poids venait d'être ôté de ses épaules.

— Mais oui, c'est ça la solution ! s'écria-t-elle.

— Chuuuut ! ordonna Charlotte en agitant la main comme en signe d'au revoir.

Elles jetèrent toutes deux un coup d'œil oblique en direction de la porte. Comme aucun signe d'activité ne leur parvint, elles convergèrent vers le centre de la pièce, poussée l'une vers l'autre par l'urgence de la confidence.

— Ne t'emballe pas, je ne l'ai pas encore séduit, reprit Charlotte dans un murmure. Il y aura j'imagine beaucoup d'autres damoiselles à marier à ce banquet. La tâche sera ardue, presque impossible.

Rose songea que le bénéfice serait le même si Chaumontel se trouvait charmé par une autre donzelle que Charlotte, mais elle déplora aussitôt l'égoïsme de cette réflexion.

— Nous avons des chances raisonnables de succès, affirma-t-elle alors. Pour commencer, tu es de quatre ans ma cadette. Tu es blonde, un autre atout aux yeux de ces messieurs. Et enfin les racines et les biens de ta famille sont ici, en France. Ce qui constitue un avantage important sur l'étrangère au patrimoine usurpé que je suis.

— Peut-être… Cependant, j'ai peur que ce ne soit pas suffisant. Puis il reste la question de la dot.

Rose se fendit d'un rictus contrarié. Son enthousiasme retomba légèrement.

— Je n'avais pas songé à cela, admit-elle. Il est vrai que pour un vicomte, cela pourrait se révéler coûteux.

— Lord Greer ne t'a rien dit au sujet de ta dot ? s'enquit Charlotte.

— Pas un mot. J'ignore même si cette question a déjà été abordée.

— Si le montant se trouvait trop élevé…

— Je sais, je sais. Mais nous n'en sommes pas encore là… S'il se trouvait tout à fait charmé, il serait sans doute conciliant sur ce point.

— Rien n'est moins sûr ! Cela dit, pour le charmer ainsi que tu le suggères, il me serait bien utile de connaître ses goûts.

— Je verrai ce que je peux tirer de mon père, déclara Rose. Nul doute qu'il en sait plus qu'il en a dit. Ce ne devrait pas être trop difficile d'apprendre quelques détails intéressants. Il suffira que je lui laisse croire m'être résolue à plaire à ce potentiel fiancé. Puis, dès que j'en saurais assez, je t'enverrai un messager.

— Tu parviendras à en contacter un sans te faire remarquer ? Nous avons peu de temps, tu sais…

— On verra. Si je ne le peux pas, je demanderai à Jacques de le porter lui-même. Il me doit une faveur, ajouta Rose d'un air entendu.

— Sois prudente surtout, on ne sait jamais.

— Oui, oui. Ne t'inquiète pas… Une fois au bal, comment fera-t-on pour que nos manigances ne soient pas dévoilées ? poursuivit la jeune lady Greer en commençant à arpenter le parquet de long en large, imitant l'attitude de son père sans même s'en rendre compte.

— Oh je ne me soucie guère de cela, assura Charlotte, confiante. Il s'est passé tant de choses dans le royaume ces derniers mois qu'il y aura beaucoup à converser.

— Espérons. Si par malheur l'un ou l'autre de nos parents s'apercevait de ce que nous complotons, ce serait terrible.

— Il va falloir compter sur le ciel pour nous protéger de leurs yeux inquisiteurs… En parlant de cela, lady Mary sera-t-elle du voyage ?

Les deux amies s'entre-regardèrent une seconde, l'air préoccupé.

— Je l'ignore, avoua Rose. Mon père n'a rien dit à ce sujet.

— Si elle venait, cela nous compliquerait la tâche.

— Ce banquet célébrera les derniers agissements du roi, si je ne m'abuse. Or l'un de ses tout derniers actes, excepté le traité de paix, est cet édit, non ? Je doute que ma mère consente à fêter ce qu'elle considère être la victoire des huguenots[6]. Chose qu'elle perçoit comme une offense personnelle, acheva Rose en s'arrêtant de marcher, un sourire goguenard aux lèvres.

Pouffant en silence derrière l'écran de sa main, Charlotte adressa pourtant à son amie un regard mitigé :

— Tu frôles l'indécence !

— Je sais, lady Mary me le rappelle assez souvent.

— C'est que parfois tu es si…

— Effrontée ? suggéra Rose, un sourcil haussé d'un certain mépris. Ça aussi je le sais.

— Je ne dis pas cela pour te vexer. Mais il est vrai que, quelquefois, tu te montres tellement…

— Inconvenante ? Irrévérencieuse ? coupa Rose derechef, tandis que toute trace de jovialité désertait ses traits. Je sais ! Et de surcroît, j'ai l'impudence de ne pas craindre le courroux de Dieu, qu'il soit celui des miens ou celui des huguenots !

— Pas si fort, je t'en prie ! supplia Charlotte en jetant des regards anxieux vers la porte. On pourrait t'entendre…

Devant le spectacle de son affolement, Rose leva les yeux au ciel et poussa l'un des soupirs irrités dont elle avait le secret.

— Un jour tu t'attireras de sérieux problèmes, fit la demoiselle de Carville d'une voix craintive. Ne pourrais-tu juste garder ces choses pour toi ?

— C'est ce que je m'évertue à faire.

— Pas toujours.

Se détournant, la jeune et radieuse lady alla se poster devant l'une des deux fenêtres.

Cette pieuse crainte que son amie affichait l'agaçait presque autant que les conflits stériles issus des dissensions religieuses. Mais, n'en déplaise à son père, Rose avait une opinion sur tout ceci.

En son for intérieur, elle espérait que la capitulation du duc de Mercœur, ainsi que la signature de cet édit, à Nantes[7], à la fin du mois dernier, venaient d'apporter un point final à la bataille qui déchirait la France depuis des décennies. Faute de calmer les errements dévots des uns et des autres, peut-être allait-on enfin cesser de s'entre-tuer entre le prêche et la messe[8].

S'il y avait un Dieu, il se réjouirait sans doute de voir le bout des effusions barbares perpétrées en son nom. Car comment qualifier tout ceci sinon de barbarie ? Comment pouvait-on songer que Dieu demande que l'on pille, que l'on viole, et que l'on massacre pour mieux le servir ? Comment penser que tous ces gens sans histoire, livrés à des traitements abominables parce que fautifs de n'être pas de la même confession que leurs égorgeurs, méritaient leur sort ?

Non. Rose ne croyait pas un mot de ces boniments bigots. Il n'y avait nul Dieu dans tout cela. Il n'y avait que la folie et la cruauté des hommes. Voilà les blasphèmes sous-jacents que Charlotte percevait dans les silences de son amie, et qui la faisaient trembler d'effroi. Des choses dont Rose ne pouvait s'ouvrir à quiconque, sous peine d'être taxée d'hérésie. Surtout en ces terres où la Sainte Ligue[9], même moribonde, comptait encore de farouches partisans. Ici, si l'on ne voulait point rejoindre l'interminable contingent des sacrifiés, mieux valait se taire et entendre fréquemment la messe…

Mais le moment était mal choisi pour ce genre d'élucubration. Rose avait d'autres problèmes à résoudre. Tâchant de recentrer ses pensées, elle lissa ses cheveux d'un geste machinal et pivota vers Charlotte, l'expression aussi avenante qu'elle le put :

— Oublions cela. Je sais que tu n'y goûtes guère…

— Certes. Revenons-en à Chaumontel, s'empressa de proposer son amie.

— Toi qui es toujours si bien renseignée, dis-moi, où est donc son fief ?

— À huit ou neuf lieues au nord de Paris. Pourquoi ?

— Ma foi, si nos souhaits se réalisent, tu ne seras pas trop loin de moi.

— Cela représente tout de même du chemin.

— Qu'importe ? Si mes propres vœux sont exaucés, j'aurai tout le temps requis pour te visiter.

Trois grands coups retentirent contre l'huis, interrompant instantanément leur conciliabule.

— Mademoiselle, M. de Carville fait mander mademoiselle sa fille pour le départ, énonça Jacques, le premier valet, d'une voix nasillarde qui seyait mal aux civilités.

— Déjà ? grommela Rose.

— Désolée, je ne t'avais pas précisé que ce n'était qu'un saut, expliqua Charlotte, aussi déçue qu'elle. Le baron doit voir quelqu'un d'autre avant de rentrer au domaine.

— Ne le fais pas attendre, alors.

En guise d'au revoir, elles se tinrent les mains un court instant.

— Quatre jours, chuchota Rose avec un vague sourire.

Lui retournant cette marque d'encouragement, son amie opina une dernière fois, puis ouvrit la porte. Le domestique qui l'avait appelé attendait sur le seuil. Il avait le profil adapté à la voix, tout de contours hésitants, découpés sans souci de symétrie. Le dépassant, Charlotte remonta le corridor en direction de l'escalier. Le valet s'apprêta à lui emboîter le pas, mais Rose le retint :

— Jacques ? Envoyez-moi Lucie, et faites monter de l'eau chaude pour mon baquet.

Le serviteur la dévisagea. À sa mine déconfite, Rose comprit qu'il allait la gratifier d'un autre de ses habituels commentaires. Car Jacques, le plus vieux et le plus fidèle serviteur de la maison, n'était pas homme à taire ses opinions, tout domestique qu'il fût. Et c'était précisément pour cela que Rose l'appréciait.

— Encore un bain, mademoiselle ? fit-il observer, la moue désapprobatrice.

— Mais oui. Vous comptez en informer ma mère, peut-être ?

— Non, mademoiselle.

— Soit. Je puis donc espérer que vous vous exécutiez sans formuler d'objection ?

— Bien sûr, mademoiselle, j'y vais de ce pas. Excusez-moi.

— Nous verrons cela, taquina Rose, narquoise, avant de refermer la porte.

De nouveau seule dans sa chambre, elle contourna le lit et se dirigea vers une petite porte latérale dissimulée derrière une tenture, sur le mur de gauche. En poussant le battant, elle pénétra dans une salle contiguë où trônait pour tout meuble un grand baquet ovale.

À l'origine, cette salle était destinée à tout autre chose. Mais, à force d'argumentation, Rose avait fini par en obtenir l'usage. Car, bien qu'il existât dans la maison une autre pièce de bains – luxueuse, et surtout peu usitée –, la jeune femme avait voulu la sienne propre. Pour l'en détourner, on lui avait parlé de divers maux que les bains étaient supposés favoriser, tels que la peste par exemple. Rose avait alors argué de la fort bonne santé de Gabrielle d'Estrées – maîtresse royale en titre, dont la seule mention fit défaillir lady Greer –, malgré les usages répétés que celle-ci semblait faire des ablutions. Las des assauts continuels de sa progéniture, lord Edmund avait fini par céder, et autoriser l'attribution de cette pièce à sa fille, laquelle s'empressa d'y faire installer un grand baquet. Une lubie qui, selon ses contemporains, allait de pair avec son manque de goût pour le fard…

Passant près de la cuve, Rose s'en fut tirer le verrou qui condamnait une seconde porte, donnant dans la galerie. Elle l'entrouvrit pour signifier que l'accès à la salle était libre, puis s'en retourna dans sa chambre pour y attendre Lucie.

La petite servante, un tendron d'à peine quatorze ans, se présenta bientôt, les joues roses et l'œil brillant.

— Mademoiselle ?

— Faites amener mon coffre de voyage. Et rangez-y les robes que j'ai posées sur le lit, ainsi que le linge nécessaire pour une semaine.

— Oui mademoiselle.

— Puis tenez prêts vos propres bagages. Je compte vous emmener.

— Bien mademoiselle…

Quoique la jeune fille n'osât rien demander, sa maîtresse vit la curiosité emplir ses yeux de jouvencelle.

— Nous allons à Paris, lui confia-t-elle alors.

— Vraiment ?

— Voilà qui vous fera de quoi bavarder avec la lavandière, ajouta Rose avec un sourire complice.

La jeune fille rougit fortement, mais parut enchantée. Tournant les talons sur un signe de tête de sa maîtresse, elle s'en fut exécuter les consignes ; tellement excitée par la nouvelle qu'elle sortit presque en courant. Rose lui pardonna bien volontiers cette incartade. La petite n'était probablement jamais sortie de Rouen, il était naturel qu'elle soit troublée par cette perspective.

Rose elle-même n'avait que peu voyagé. Cependant, l'engouement qu'aurait dû susciter une excursion dans la capitale était gâché par les enjeux latents. Puis un voyage n'était jamais sans risques…

Quelques minutes plus tard, Lucie revint, accompagnée de Jacques. Ils portèrent dans la chambre une large malle de bois sombre, qu'ils déposèrent près du bahut.

Une fois le valet sorti, Rose se fit aider de la petite servante pour se défaire des couches successives d'habits et d'armatures qui la recouvraient. Elle n'en garda que la dernière pièce : une ample chemise de lin, au décolleté carré, descendant jusqu'à mi-mollet. Ce fut dans cet appareil qu'elle attendit que fût versée l'eau dans sa baignoire.

Lorsque ce fut fait, et après avoir pris soin de barrer l'accès au couloir, elle se coula enfin dans les vapeurs apaisantes de son bain.

Ainsi installée, elle commença à réfléchir à ce qu'il conviendrait de faire dans les jours à venir...

La table du souper avait été dressée près de la cheminée, dans la grande salle du rez-de-chaussée. Rose y parut dûment apprêtée, engoncée dans une robe à collet montant laissant poindre une courte rotonde de dentelle sous son menton. Elle avait également opté pour l'inconfortable vertugadin dit « en tambour », qui donnait à la taille une forme de plateau. Un busc glissé dans son corps piqué[10] lui assurait, cette fois, un maintien rigide à souhait. Le petit voile accroché aux arceaux[11], dans ses cheveux, achevait de lui conférer une allure pesante et sophistiquée, très semblable à celle de sa mère. De quoi, peut-être, gagner quelque indulgence de lady Mary...

S'avançant sous le regard surpris de ses parents, Rose prit place autour de la table, puis considéra les mets exposés devant elle. Le repas serait copieux, comme à l'accoutumée.

En bon maître de maison, lord Edmund se servit le premier. Il adressa ensuite un signe à Jacques, lequel, revêtu de la livrée des Greer, était posté un peu en retrait derrière lui.

Le laquais alla immédiatement quérir un verre, qu'il emplit de vin et posa sur un petit plateau d'argent, avant de revenir le présenter à son maître. S'en emparant, lord Edmund s'accorda une grosse lampée du breuvage rouge sang qu'il contenait, puis le reposa sur le plateau que tenait toujours son valet.

— Vous avez consenti à venir souper, Eileen ? fit-il alors. Je m'attendais que vous restiez dans votre chambre... Seriez-vous mieux disposée ?

— Il se pourrait, père.

Les époux Greer s'entre-regardèrent par-dessus les candélabres, incapables de déterminer s'il s'agissait d'une moquerie ou d'une simple affirmation.

— Que me vaudrait ce plaisir ? interrogea lord Edmund, dubitatif.

Rose faillit lui répondre par un sarcasme sur les menaces qu'il avait proférées, mais elle se contint. Faisant signe à son tour au laquais préposé à son service, elle trempa les lèvres dans son verre de vin et s'évertua, ce faisant, à trouver une réponse appropriée.

— Rien que la volonté de vous être agréable, père, finit-elle par dire comme elle reposait le verre à pied sur le plateau.

Piquant un bout de charcuterie de la pointe de son couteau, lord Greer le porta à sa bouche et le mâchouilla distraitement, sans quitter sa fille des yeux.

Rose, elle, s'évertua à paraître naturelle.

— Je me demande ce qui a pu vous faire changer de la sorte, Eileen. Rien jusqu'ici ne vous avait amenée à considérer le mariage avec sérénité…

— Je suis lasse des chamailleries.

— Êtes-vous fatiguée, ou n'avez-vous plus rien à argumenter ?

— Eh bien père, cela ne vous convient-il pas que vous cherchiez à raviver nos désaccords ? souligna Rose, haussant un sourcil. Je puis reprendre mes protestations si cela vous manque.

— Non point. Je m'étonnais, voilà tout. Vous admettrez que cela peut sembler curieux, après des années de refus, de vous voir ce soir revenir sur vos dispositions.

— J'admets, père. D'ailleurs voici de quoi vous éclairer…

Rose prit une courte inspiration. Le bon déroulement de ses plans dépendrait, pour partie, de la manière dont elle mènerait le débat qui allait suivre.

— Si j'ai bonne mémoire, poursuivit-elle posément, vous avez dit que le vicomte de Chaumontel pourrait bien être mon dernier prétendant, c'est cela ?

Lord Greer, soudain suspicieux, s'arrêta de manger.

— C'est ce que j'ai dit, confirma-t-il, la voix traînante.

— Si je fais mon possible pour lui convenir mais que toutefois le vicomte se dédise, comme fit le comte de Beaumont, qu'adviendra-t-il de moi ?

— … Qu'est-ce que cela, ma fille ?

— Une question, père.

Rejetant cette malicieuse repartie d'un brusque revers de main, lord Edmund expédia un morceau de pâté jusqu'au pied du serviteur posté à l'autre bout de la pièce.

— Pas de finasserie, Eileen. Je vous demande ce que signifient ces précautions ? Qu'avez-vous encore en tête ?

Négligeant les regards furibonds de lady Mary, Rose se concentra sur son père :

— Si je m'engage à être agréable à Chaumontel, fit-elle, vous engagerez-vous en retour à ne me jamais plus parler mariage, ou enfermement, s'il venait pourtant à refuser cette union ?

Lord Edmund sembla proprement stupéfait par ce qu'il venait d'entendre. Reposant son couteau, il appuya un coude sur la table.

— Vous marchandez ? s'étonna-t-il, amusé malgré lui.

— Votre comportement est intolérable, Eileen ! explosa alors lady Mary. Vous vous conduisez comme une fille de ferme ! Serez-vous jamais digne de votre nom ?

— Je ne prétends pas m'attirer vos grâces, mère, chacun ici sait bien que c'est impossible, riposta Rose sans même poser les yeux sur la marâtre. Je m'adresse au maître de cette maison, puisque lui seul a le pouvoir d'apporter une réponse à ma sollicitation.

Livide de colère, lady Mary se tut néanmoins. Son mari ne s'en inquiéta pas, occupé qu'il était à déchiffrer le sens de tout cela.

— Comprenez, père, que je ne saurais faire un tel effort plusieurs fois, persévéra Rose. D'ailleurs, si tout se passe selon vos désirs, je n'aurai pas à recommencer. Cependant, si ces pourparlers échouaient, vous devez savoir que je n'en souhaite plus d'autres… Vous l'avez dit, je vieillis. Bientôt je n'intéresserai plus personne. Alors en vérité serait-ce un si grand drame que je reste sans mari ?

Lord Edmund tourna la tête vers sa femme, puis revint à sa fille, qu'il observa longuement, à cheval entre le rire et l'exaspération.

— Eileen, vous avez l'art de créer des situations délicates, maugréa-t-il enfin. Vous me présentez là une requête bien étrange. Pourquoi ai-je l'impression que cela cache quelque chose ?

— Je l'ignore, père. Que pourrait-il y avoir ?

— C'est à vous de me le dire…

La jeune femme pesa rapidement ses chances. Son père n'était pas idiot, il la connaissait assez pour se douter qu'elle ne formulait pas cette demande à la légère. Si elle ne lui donnait pas vite une réponse qui satisfasse ses interrogations, la manœuvre pourrait bien se retourner contre elle.

— Il n'y a rien que vous ne sachiez déjà, assura-t-elle. Je ne veux pas plus de cette union que des précédentes. J'essaie une nouvelle fois d'échapper au sort que l'on me destine. Bien que présentement, je m'en remette juste à la providence.

— Vous espérez donc que Chaumontel se détournera de vous, alors même que vous ferez de votre mieux pour lui convenir ?

— Oui, père. Si vous me donnez votre parole en retour de la mienne, ce sera là ma dernière chance de ne pas avoir à prendre époux.

— Vous comprenez que cet espoir repose sur des chimères, ma fille ? insista lord Edmund. Vous réalisez que vous serez déçue, mais qu'il vous faudra toutefois tenir parole ?

— Je le sais, oui. Mais si je dois prendre époux quoi qu'il advienne, autant que ce soit cet homme dont Charlotte m'a dressé un portrait aimable.

— Ah oui ? Il faudra que je pense à la remercier, en ce cas ! Grâce à elle, vous avez eu une idée grotesque !

Rose s'évertua à ne rien laisser paraître de son soulagement. Cette manche était gagnée. Son père était sur le point d'accepter.

— Eh bien soit ! déclara-t-il, jovial. Si vous me promettez d'être agréable au vicomte, et que vous tenez parole, je vous promets à mon tour de ne plus vous parler d'épousailles si celles-là échouent.

— Ni d'enfermement, rappela Rose.

— Ni mariage, ni claustration d'aucune sorte, consentit lord Greer. Allons, donnez votre parole, mon enfant.

— Je vous promets que…

— Non, non, ma petite. Pas à moi, ce serait trop simple… Jurez devant notre Seigneur.

Rose marqua un temps d'arrêt. L'on aurait pu penser que c'était dû à une certaine déconvenue, mais en réalité c'était tout l'inverse.

Il lui aurait été pénible d'avoir à se dédire d'une promesse faite à son père. En revanche, il lui était aisé de contrevenir à une parole donnée à ce Dieu auquel elle ne croyait guère.

— Fort bien, convint-elle. Je jure devant le Seigneur que je m'engage à être agréable au vicomte de Chaumontel.

Lord Greer parut extrêmement satisfait. Convoquant Jacques d'un geste, il se saisit de son verre et le leva en direction de sa fille. La chevalière d'or passée à son petit doigt scintilla doucement dans la lumière des chandelles.

— Je jure devant Dieu que s'il ne vous épouse pas, je ne vous chercherai pas d'autre époux, ni ne vous cloîtrerai où que ce soit, promit-il.

— Edmund, vous ne pouvez approuver pareille sottise ! s'offusqua sa femme.

— C'est pourtant ce que je viens de faire, Mary ! J'imagine que cela explique aussi votre tenue ? ajouta-t-il à l'attention de sa fille.

— En effet, admit-elle. Voyez-le comme un gage de bonne volonté.

— Comment osez-vous faire passer votre mise pour exceptionnelle ? s'écria lady Greer.

— Nous n'aurons pas le plaisir de vous voir au bal, je présume, mère ? s'enquit Rose abruptement. Vous ne risqueriez pas de compromettre le salut de votre âme au milieu de tous ces huguenots… Si ?

— Oui, Eileen, vous serez débarrassée de moi, si c'est ce que vous vouliez savoir !

— Voyons, loin de moi cette idée ! railla la jeune femme, l'ombre d'un sourire féroce au coin des lèvres.

— D'ailleurs vous non plus vous ne devriez pas y aller !

— Certes, mère. Mais moi je ne sais pas me conduire, vous vous souvenez ? Puis je ne m'y rends que sur ordre de monsieur mon père. Adressez-lui donc vos remontrances…

— Assez, toutes les deux ! s'interposa lord Greer. Nous irons à ce banquet, nous devons rencontrer Chaumontel. Du reste, je vous ai dit que parfois certains sacrifices…

— Festoyer avec les hérétiques, un sacrifice ? gémit lady Mary, outragée. C'est un péché !

— Silence, Mary ! Il n'y aura pas que des huguenots. Il y aura aussi beaucoup de bons catholiques venus célébrer la paix, et le roi.

— Hérétiques…

Lord Greer posa sur son épouse un regard plein d'affliction. Cette dernière le toisait, la bouche tellement pincée que l'on n'en voyait plus qu'une ligne blanche. Lorsqu'il devint évident que son époux ne céderait pas, elle se leva et quitta la pièce, drapée dans son indignation. Lady Mary avait toujours été coutumière de ce type d'esclandre. Mais cela avait été en empirant depuis le siège de la ville par l'armée du roi, sept ans auparavant. Une période douloureuse, même pour eux…

Retournant à leur repas, lord Edmund et sa fille évitèrent de se regarder. Rose baissa les yeux sur son assiette où gisait une tranche de poisson salé auquel elle n'avait pas encore touché. Son ventre était noué, et ce satané corset n'arrangeait rien.

Ils achevèrent toutefois de souper au son crépitant du feu de cheminée. Du bout des lèvres pour Rose, goulûment pour lord Greer, dont le solide appétit n'était jamais entamé par quoi que ce fût.

— Je souhaite emmener Lucie à Paris, signifia Rose tandis que les domestiques desservaient la volaille et les légumes.

— Hors de question. Jouars a assez de serviteurs pour nous tous.

— Je lui ai déjà dit que je comptais sur sa présence.

— Eh bien vous n'auriez pas dû. Elle reste ici.

— … Comme vous voudrez, père.

Sur ces entrefaites, l'on apporta le dessert, constitué d'un gâteau rond posé sur un joli plat d'étain, et d'une généreuse coupe de fruits frais. Rose estima alors qu'elle avait patienté assez longtemps. Se composant une figure résignée, elle leva le nez vers son père.

— Parlez-moi du vicomte, fit-elle, avec dans la voix un soupçon de contrariété savamment distillé.

— Pardon ?

— Eh bien, dites-moi ce que vous savez de lui. Si je veux lui être agréable, il me faudrait le mieux connaître, ne croyez-vous pas ?

Une indéniable stupeur se peignit sur les traits de lord Greer. Ce fut néanmoins avec enthousiasme qu'il s'employa à répondre à sa fille. Cette dernière obtint ainsi une petite quantité d'informations, dont la plupart n'avaient aucun intérêt.

Parmi les renseignements utilisables, elle retint que le vicomte avait acquis une réputation de fine lame à la suite de ses faits d'armes durant les sièges de Laon et d'Amiens ; que son écu était d'argent à trois chevrons de sinople [12] ; qu'il aimait grandement la chasse et s'enorgueillissait d'avoir une fois abattu un sanglier de deux cents livres ; et qu'il tenait tout particulièrement à sa demeure : le manoir du Preslay.

Rien de palpitant, mais cependant assez pour permettre de coordonner la tenue de Charlotte à l'écu des Chaumontel, ou de lui suggérer quelques sujets de conversation qui feraient mouche.

À ce stade, Rose considéra l'entreprise couronnée de succès. Il fallut toutefois supporter jusqu'à la fin du repas les digressions paternelles qu'elle avait elle-même provoquées.

Après quoi, elle lui souhaita la bonne nuit et regagna sa chambre.

Comme chaque soir, lord Edmund allait se retirer une heure ou deux dans ce qu'il appelait sa « pièce de travail », bien que Rose n'eût aucune idée de ce qu'il y faisait au juste. Ce qu'elle savait, en revanche, c'était qu'il y conservait le papier, l'encre et la plume nécessaires à la rédaction de la missive qu'elle comptait envoyer à Charlotte dès le lendemain. Pour y accéder, elle devait donc attendre que la maison s'endorme.

Ce pour quoi elle ne changea rien au rituel de son coucher : comme tous les soirs, elle détacha ses cheveux pour les peigner, se défit de sa tenue pour passer une ample chemise de nuit, puis se cala sous les draps avec la ferme intention de patienter jusqu'à ce que lord Edmund monte à son tour à sa chambre...

Elle ne sut pas ce qui l'avait réveillée. L'espace d'un instant, elle pensa même que c'était le matin. Un coup d'œil ensommeillé vers la fenêtre la détrompa : il faisait nuit noire.

S'étirant, la tête lourde, elle tendit l'oreille.

Pas un bruit.

C'était le moment.

S'extirpant de son lit à contrecœur, Rose se hâta de passer son épaisse robe de chambre. La nuit était fraîche. Elle frissonna, mais résista à la tentation de regagner la chaleur des draps. Nu-pieds et en cheveux, elle sortit sur la galerie, avec à la main un chandelier à la flammèche tremblotante. Coulant le long des murs comme une ombre chinoise, elle descendit vers le rez-de-chaussée, puis traversa le vestibule à pas de loup.

Arrivée dans l'antichambre du cabinet de son père, elle s'immobilisa brusquement. Le son étouffé d'une conversation lui parvenait depuis l'intérieur.

Un visiteur ? À cette heure de la nuit ?

— Il vous enjoint à la prudence, conseilla une voix d'homme qu'elle ne reconnut pas.

— Bien sûr, maugréa lord Edmund. Comme si je ne l'étais pas.

— Ce n'est pas de vous dont il est question, mais d'eux. Ils s'agitent. Certains faits laissent à penser qu'ils se doutent de quelque chose.

— Comment serait-ce possible ?

— Nous l'ignorons, mais il y a des allées et venues suspectes autour du domaine. Et vous, n'avez-vous rien remarqué ?

— Eh bien… Je ne sais pas, ce n'est peut-être rien, fit lord Edmund, perplexe.

— Vous avez donc noté quelque chose ?

— Je ne sais pas, vous dis-je. Ce pouvait être un simple passant.

— Il se peut. En vérité nous doutons qu'ils sachent quoi que ce soit à votre sujet. Du moins, pour le moment.

— Cela vaudrait mieux. Vous n'ignorez pas qu'autrement…

— Nous savons cela, coupa le visiteur. C'est pourquoi nous nous évertuons à vous préserver. Alors soyez méfiant. Un peu plus qu'à l'ordinaire.

Il y eut un blanc, pendant lequel Rose crut percevoir que l'un des hommes se déplaçait.

Elle prit soudain conscience qu'ils pourraient sortir d'un moment à l'autre, et la découvrir en flagrant délit d'espionnage. La sagesse aurait voulu qu'elle remonte à sa chambre au plus vite, mais elle avait un impératif. Hors de question de le remettre au lendemain.

Fouillant la pièce des yeux, elle se mit en quête d'un endroit où se cacher. Il y avait le choix entre un large coffre sur socle, disposé à gauche, au fond de la pièce, et de lourds rideaux de velours, à sa droite, qui occultaient une fenêtre et son banc de pierre. Lequel banc, solidaire du mur, était juste assez large pour s'asseoir. Le coffre possédait le volume suffisant pour la dissimuler, mais il n'y avait qu'un espace restreint entre lui et le mur. Rose n'était pas sûre de pouvoir s'y glisser.

Restait donc les rideaux.

Ces grands panneaux de velours vert sombre avaient suscité chez lady Mary une pluie de commentaires âpres, soulignant l'inutile et le coûteux de cette fantaisie – surtout pour une fenêtre en vitrail. Ce en quoi, pour une fois, elle n'avait pas tort. Néanmoins, ce soir, Rose se félicitait de cet achat superflu.

Tout en soufflant sa chandelle, la jeune femme se précipita vers la fenêtre, écarta l'un des panneaux de velours, puis monta sur la margelle. Debout, le dos reposant contre les vitraux gelés, elle replaça ensuite les rideaux, aussi doucement que possible.

Dans le cabinet, l'entretien avait repris :

— Craignez-vous donc que j'abandonne ? demanda lord Greer.

— Nous regretterions que notre accord prenne fin…

— Ne vous en souciez pas, je n'ai pas l'intention de renoncer.

— Parfait. Monsieur sera enchanté de l'entendre.

— En doutait-il ?

— Il est toujours agréable d'être conforté dans ses convictions. Puis nous n'aimerions pas être déçus.

— Vous ne le serez pas, soyez tranquilles… Au sujet de conviction, qu'en est-il de notre arrangement ?

— C'est ce que monsieur m'envoie vous dire. Nous avons reçu confirmation.

— Excellent !

Il y eut un bref silence. Lorsque l'inconnu reprit la parole, il avait tellement baissé la voix que Rose n'entendit plus que des bribes de ses propos :

— Monsieur… rencontre… fructueuse… Toutefois… d'abord… son accord… comprenez, j'imagine ?

— Bien entendu, acquiesça lord Edmund. La conclusion sera-t-elle longue à venir ?

Si l'inconnu répondit, Rose ne l'entendit pas. La pièce retomba alors dans un presque silence, que seul vint troubler un léger murmure, de loin en loin.

Les minutes s'écoulèrent avec une lenteur désespérante.

Postée sur son perchoir, Rose grelottait, glacée et anxieuse. Elle commençait sérieusement à douter de l'intérêt de rester cachée ici, quand la porte s'ouvrit tout à coup.

Elle tressaillit. Une exclamation de surprise naquit dans sa gorge mais, heureusement, ne franchit pas ses lèvres.

Inconscients de sa présence, les deux hommes sortirent du cabinet. D'après le bruit de leurs pas, Rose évalua qu'ils s'arrêtèrent au milieu de l'antichambre.

Soit juste en face d'elle.

Bloquant sa respiration, elle se statufia ; une main posée contre le mur pour assurer sa stabilité, l'autre crispée sur le chandelier.

— Nous ne nous reverrons pas de sitôt, monsieur le comte, annonça l'inconnu.

— Je l'avais compris.

Il y eut comme un froissement de tissu, suivi du léger craquement du cuir que l'on manipule.

— Soyez prudent.

— Vous aussi, l'enjoignit lord Edmund. Faites mes amitiés à votre maître.

— Bientôt vous pourrez les lui témoigner vous-même. Adieu, monsieur.

— Adieu.

Au grand soulagement de Rose, les deux personnages s'éloignèrent à pas feutrés vers le hall d'entrée. Elle entendit ensuite la clef tourner dans la serrure, puis le petit grincement de la porte pivotant sur ses gonds. Après une seconde, les mêmes sons lui parvinrent dans l'ordre inverse. Puis une seule série de pas, à peine perceptible, se dirigea vers l'escalier.

Rose l'entendit gravir une partie du premier étage, puis plus rien…

Les jambes tremblantes et le cerveau en ébullition, la jeune femme patienta derrière son rideau un peu plus longtemps que nécessaire. Mais elle s'obligea bientôt à revenir à ce qui l'avait amenée ici. Il serait toujours temps de se triturer l'esprit à propos de ce singulier épisode lorsque la missive serait prête, et qu'elle aurait regagné la sécurité de son lit.

Rose émergea donc de sa cachette de fortune, manquant au passage de se prendre les pieds dans son encombrante chemise de nuit. Tendue comme la corde d'un arc, elle se dirigea à petits pas pressés vers la salle à manger, en espérant que le feu ne serait pas tout à fait éteint.

Effectivement, quelques braises y rougeoyaient encore. Tirant de l'âtre un tison, elle l'appliqua contre la mèche de sa chandelle, puis retourna vers le cabinet, précédée d'une frêle lueur.

Elle avisa immédiatement le papier qui reposait sur une longue table, à gauche de l'entrée. S'en emparant, elle s'installa sur la chaise à proximité, posa près d'elle son bougeoir, puis approcha la plume et l'encrier.

Sa main tremblait encore tant que, lorsqu'elle voulut entamer la rédaction de la missive, elle souilla le feuillet d'une larme d'encre. Elle se morigéna intérieurement. Tant pis. Elle ne pouvait pas se permettre de recommencer.

Débutant le message sous la tache, Rose consigna une brève énumération des renseignements glanés sur Chaumontel, sans y adjoindre aucune mondanité ou formule de politesse. Une fois cette liste achevée, elle se garda également de signer.

S'emparant alors du pot de talc, elle en répandit une petite quantité sur le papier. Après une seconde, elle souffla sur le feuillet pour éliminer le surplus de poudre, puis commença à le plier. D'abord en deux dans le sens de la largeur, de façon que les deux revers ainsi créés se touchent. Puis de même manière dans le sens de la hauteur. À l'aide de sa chandelle, Rose fit ensuite fondre une petite quantité de cire à cacheter à la jonction des pliures, et appuya le bougeoir sur la petite flaque rouge, créant ainsi un cachet parfaitement vierge.

Au-dessus de ce sceau, elle écrivit « Justine, manoir Saint-Jacques ».

Charlotte et elle avaient de longtemps appris que nul cachet n'arrêtait la curiosité intrusive du baron de Carville. Aussi, pour préserver leur intimité, les demoiselles s'assuraient-elles la complicité de domestiques du manoir contre rétribution.

Cette année il s'agissait de Justine, une jeune fille travaillant aux cuisines. Rose lui adressait les lettres destinées à Charlotte – toujours selon une présentation identique, afin qu'il n'y ait pas de confusion –, que Justine remettait discrètement à l'intéressée. Si la lettre parvenait le sceau intact jusqu'à la demoiselle de Carville, cette dernière récompensait le messager de trois ou quatre deniers. Cette technique fonctionnait à merveille depuis les quinze ans de Charlotte, âge auquel celle-ci perdit sa mère, et auquel son père, le baron, se révéla être un véritable poison…

Remettant soigneusement en place tout ce qu'elle avait déplacé, Rose saisit la missive et s'apprêta à se lever, quand son regard fut attiré par un petit livre de cuir brun qu'elle ne connaissait pas.

Posé sur un coin de table, il trônait nonchalamment au sommet d'une pile de papiers. Au premier coup d'œil, l'on voyait qu'il ne s'agissait pas d'un ouvrage littéraire. Mais quant à dire ce dont il s'agissait…

Rose hésita. Ce n'était pas dans ses habitudes de fouiller les affaires d'autrui. Elle pestait assez contre Carville pour ne pas en adopter les méthodes… Pourtant, après l'épisode de tout à l'heure, des éclaircissements sur le mystérieux « travail » auquel son père se livrait ici pourraient se révéler salutaires. Ce conciliabule nocturne l'avait mise fort mal à l'aise. Un parfum de danger en émanait, et il lui déplaisait d'ignorer quelle menace planait sur leurs têtes.

Se penchant, Rose attrapa le livret. Indécise, elle l'examina sous toutes les coutures. Il avait probablement été oublié. Sans doute ne le reverrait-elle jamais, d'ailleurs. Or, ce soir, par un curieux hasard, voilà qu'il échouait entre ses mains, lui offrant peut-être la seule chance qu'elle aurait d'apprendre ce que son père tramait…

Elle fixa le livre encore une poignée de secondes, puis le reposa sur la table et l'ouvrit. La couverture se détacha du bloc de pages jaunâtres en chuintant doucement. Ce que Rose vit alors, plutôt que de la renseigner, la déconcerta plus encore.

Il était consigné là une sorte de liste, composée d'une suite de lettres et de chiffres sans queue ni tête. Parcourant rapidement le carnet, elle découvrit que sur chaque page s'étalaient de semblables séries de caractères, jusqu'à la dernière feuille, qui n'était remplie qu'à mi-hauteur. Si elle reconnaissait l'écriture appliquée de son père, le sens de ces notes lui échappait.

Dans un effort de compréhension, elle considéra la toute dernière ligne avec attention. Il y était inscrit : « 98 5.3 Int. C.C-B - CAHIV 300. »

Pur charabia !

Plissant les yeux, Rose se pencha sur le carnet. Une mèche de ses longs cheveux glissa de son épaule pour venir s'écraser sur la table. Elle la repoussa d'un geste absent, concentrée sur ces annotations absurdes.

Que signifiait le nombre « 300 », par exemple ? Une quantité ? Un poids ? Et, dans tous les cas, de quelle mesure s'agissait-il ? Du « cahiv » ? Qu'était-ce que cela ? Rose eut beau se creuser la cervelle, ce mot ne lui évoquait rien. Pas plus en latin qu'en l'une des deux autres langues de sa connaissance.

Espérant trouver un indice, elle relut les lignes précédentes :

« 97 11.9 J.V - LC 40
98 1.12 Int. C.C-B - RD 500
98 2.21 Int. C.C-B - RD 300
98 3.10 G.A - LC 200
98 3.27 J.H - LC 50 »

Tout bien considéré, cela ressemblait assez à un registre. La question était de savoir ce que cela pouvait bien répertorier ?

Remontant plusieurs pages en arrière, Rose constata que certaines mentions revenaient à intervalles réguliers, telles que « LC », ou « RD ». Hélas ! les chiffres qui suivaient correspondaient rarement. Cela ne l'éclairait donc guère...

Elle frissonna pour la centième fois.

Ses pieds étaient gelés, ainsi que le reste de sa personne, d'ailleurs. Il était trop tard, et elle était trop fatiguée pour ce genre d'exercice. Du reste, chaque minute passée ici comportait sa dose de risque... Il fallait renoncer.

Convaincue du bien-fondé de cette pensée, Rose allait remettre le livret en place lorsque, mue par une soudaine impulsion, elle reprit la plume. Sur une feuille de papier vierge, elle recopia à la va-vite les dix dernières lignes du carnet. Alors seulement elle le reposa là où elle l'avait pris. Attrapant le feuillet griffonné, la missive et le bougeoir, Rose quitta enfin le cabinet.

L'œil et l'oreille aux aguets, elle regagna sa chambre.

Quand elle y fut entrée, elle se rendit au pied de son lit et glissa les deux pages sous son matelas. Puis elle s'agenouilla sur sa couche, souffla la chandelle déposée au passage sur sa table de nuit, tira les courtines, et finalement se lova entre les draps. Ramassée sur elle-même, se frottant les bras de ses mains, la jeune femme attendit de se réchauffer. Son esprit remâchait sans cesse ce qu'elle avait entendu. Mais à mesure que la chaleur se réappropriait ses membres, ses réflexions s'affadirent, pour n'être bientôt plus qu'un babil décousu.

Cette nuit-là, elle rêva d'un mariage sur une rivière d'encre, de palais de chiffres, et de complots mystérieux...

— Mademoiselle ?

Tirée du sommeil par cette petite voix flûtée, Rose grommela.

Ses paupières s'entrouvrirent quelque peu. Fort heureusement, les rideaux de son lit la préservèrent de la trop vive lumière qui filtrait par les interstices.

— Mademoiselle, vous êtes réveillée ?

— Oui, lança Rose en s'asseyant tant bien que mal. Entrez…

La porte pivota sur ses gonds.

— Mademoiselle a passé une bonne nuit ? demanda alors Lucie, depuis l'autre côté des courtines.

— Oui, oui…

Bien que Rose ne pût la voir, elle savait que, comme chaque matin, la jeune fille portait une cruche d'émail bleu. Elle entendit bientôt le glouglou de l'eau coulant de cette cruche jusque dans la bassine d'étain qui dormait sur la table, à côté de son miroir vénitien. Il y eut un bruit creux lorsque Lucie posa le récipient vide, puis les rideaux s'ouvrirent énergiquement, révélant une Rose échevelée et aux yeux gonflés de sommeil.

— Mademoiselle a encore oublié son bonnet, constata la petite servante.

Rose ne mettait que rarement son bonnet de nuit. Cela lui fournissait un excellent prétexte pour rester dans sa chambre à se peigner longuement, au lieu de descendre assister au trop souvent morose déjeuner. Repoussant les couvertures, la jeune femme posa pied à terre.

— Mademoiselle a eu froid ? questionna Lucie.

— Non, pourquoi cela ?

— Vous portez votre robe de chambre.

Rose baissa le nez pour vérifier. Exact. Elle avait dû l'oublier en se recouchant…

— Il faisait frais après souper, je me suis couverte, mentit-elle, parfaitement consciente de se contredire. J'ai dû m'endormir avec.

La domestique n'ajouta rien. Elle se contenta d'approcher les pantoufles de sa maîtresse, laquelle y logea prestement les pieds avant de se lever.

Gagnant la bassine d'étain, Rose y plongea les mains avec une grimace. L'eau était gelée. Elle s'en aspergea néanmoins le visage.

— J'ai une mauvaise nouvelle, Lucie, fit-elle tandis qu'elle s'épongeait avec un linge propre. M. le comte m'a signifié hier, au souper, que nous ne pourrions pas vous emmener à Paris.

— Oh…

La petite eut beau déployer de gros efforts pour ne pas paraître contrariée, sa maîtresse s'en aperçut pourtant. Elle s'en voulut de lui causer une telle déception. La pauvre enfant avait dû se faire une fête de ce voyage ; elle l'avait sans doute annoncé à sa famille, la veille au soir…

— J'ai eu tort d'en parler avant d'avoir eu l'aval de mon père.

— C'est rien, mademoiselle, j'y tenais pas tant que ça, prétendit Lucie. Mme la comtesse vous fait dire de vous préparer pour entendre la messe, reprit-elle après un petit reniflement.

Rose se rembrunit. Si la famille se rendait à la messe, elle ne pourrait pas confier la missive à Jacques, ainsi qu'elle l'escomptait, puisqu'il assisterait aussi à l'office. Inutile également d'espérer échapper à la surveillance de lady Mary pour porter elle-même le message. Lorsqu'il s'agissait de religion, sa mère se changeait en cerbère. Non, mieux valait réfléchir à un autre moyen. Mais lequel ? Attendre l'après-midi ? Cela ne servirait à rien, les domestiques étaient si occupés à ce moment de la journée qu'il était inenvisageable de leur confier cette course. Ce qui revenait à dire que, si le message ne partait pas le matin même, il faudrait patienter jusqu'au lendemain. Chose que Rose voulait absolument éviter. Plus tôt Charlotte prendrait connaissance des renseignements rassemblés sur le vicomte, mieux cela vaudrait.

Elle en était là de ses réflexions lorsqu'elle aperçut le visage congestionné et les yeux débordants de larmes de la jeune domestique. Rose se fendit d'une lippe chagrine. Le bouleversement de ses plans lui avait fait oublier la déconvenue de la petite.

— Je suis navrée, Lucie. J'aurais vraiment voulu que vous soyez là, mais je n'en ai pas eu le droit…

— C'est… rien… ma… demoiselle, ânonna la jeune fille entre deux sanglots. Ma… man m'avait bien dit de pas… m'emballer comme ça, acheva-t-elle en redoublant de larmes.

S'en allant prendre sur la table de toilette un petit carré de coton blanc, Rose le tendit à la petite avec un demi-sourire compatissant.

— Allons, ne pleurez pas. Il y aura d'autres occasions, vous verrez.

Comme elle regardait Lucie se tamponner les yeux, Rose entrevit tout à coup la solution à ces menus désagréments.

— Tenez, je crois que j'ai une idée pour égayer votre journée, déclara-t-elle. Mais cela devra rester entre vous et moi, c'est entendu ?

— Oui mademoi… selle, acquiesça la servante en s'essuyant le nez avec le mouchoir.

— Bien. Sortez de la chambre et attendez dehors que je vous rappelle.

La jeune fille lança à sa maîtresse un regard interloqué, mais s'exécuta tout de même. Dès que Lucie fut sortie, Rose extirpa de sous le matelas la missive destinée à Charlotte. La posant sur les draps défaits, elle s'agenouilla au sol. Près du pied supérieur gauche du lit, l'on pouvait voir qu'une latte du plancher était fendue. Rose chercha à l'agripper en s'aidant de ses ongles. Et, après plusieurs essais, elle parvint bel et bien à l'extraire de son logement. Sous le pan de latte apparut alors une petite clef d'or.

S'en emparant, Rose se remit sur ses pieds, puis gagna la table de toilette. Non loin de la bassine d'étain reposait un coffre ouvragé, long comme l'avant-bras. De forme rectangulaire et de couleur presque noire, il dégageait une indubitable impression de solidité, que renforçait la présence d'une serrure dorée. Rose glissa dans la fente la clef qu'elle venait de récupérer, puis déverrouilla le coffret. Il y avait à l'intérieur un singulier bric-à-brac, dont quelques bijoux, des lettres pliées au papier jauni par le temps, une fleur séchée, un ruban de soie rouge, une broche d'argent, une bourse de cuir, et même une dague dans son fourreau serti de pierreries.

Le regard de Rose s'arrêta un instant sur la broche…

Elle lui avait été offerte par un jeune homme dénommé Pierre de Bolhac, fils aîné du châtelain de Vauvrais. Cette année-là, sa famille et lui avaient gagné le nord du royaume pour fuir la famine et la peste qui ravageaient la moitié méridionale.

Pierre était un grand garçon, robuste, au teint hâlé par le soleil de sa terre natale. Il avait les cheveux couleur épi de blé, et de grands yeux rieurs, bleus comme le ciel. Il avait dix-sept ans, Rose en avait seize. Ensemble, ils perfectionnèrent leur aptitude à la danse, lurent de la poésie, suivirent la chasse, jouèrent, se promenèrent, rirent beaucoup, et, surtout, tombèrent éperdument amoureux.

Mais voilà, Pierre était promis depuis toujours à la fille d'un riche seigneur du cru. Ce qui n'était pas pour déplaire à lord Greer, lequel n'envisageait pas, à l'époque, de marier sa fille en dessous de son rang.

Les deux tourtereaux bénéficièrent pourtant de presque deux années de répit, avant que vienne le jour du départ. Au moment de quitter sa dulcinée, Pierre lui offrit le paon en argent qu'il portait toujours en épingle à sa cape. Les jeunes gens étaient convenus de ne pas s'écrire, pour ne pas ajouter à leur peine, mais, moins de trois semaines après le départ de Pierre, Rose reçut de lui une longue lettre languissante, à laquelle, bien entendu, elle répondit…

Ils entretinrent une correspondance passionnée durant plusieurs mois ; jusqu'à ce que le sieur de Bolhac découvre ces amours épistolaires, et écrive à son tour à lord Greer afin de l'informer du « comportement pernicieux » de sa fille.

La dernière fois que Rose entendit prononcer le nom de son soupirant fut lorsque lord Edmund vint la trouver à ce propos. Rendu très irritable par la cuisante défaite de la flotte espagnole face à celle de la Reine vierge, son père la tança vertement et lui jura que c'en était fini de sa correspondance.

La plaie que cette séparation provoqua dans son cœur de jouvencelle prit des années à cicatriser. Depuis, Rose avait cessé de croire aux vertus de l'amour, ainsi qu'aux prétendus bienfaits du mariage. Elle avait aussi mis au secret ces précieux souvenirs pour tenter d'en amoindrir la force, mais elle ne pouvait toujours pas entendre déclamer du Ronsard sans en éprouver une extrême mélancolie…

Avec un profond soupir, Rose s'arracha à la contemplation de la broche. Elle s'empara alors de sa bourse, y piocha dix sols, puis referma le coffret, et remit tout en place.

— Vous pouvez revenir, Lucie, appela-t-elle.

La petite domestique poussa la porte, hésitante. Ses pleurs avaient cédé la place à une curiosité inquiète.

— Refermez derrière vous.

La jeune fille obéit. Sa maîtresse s'approcha d'elle, la monnaie serrée dans une main, la lettre dans l'autre.

— Je voudrais que vous remplissiez une mission pour moi, commença-t-elle à voix basse. Pendant que nous serons à la messe, vous sortirez et irez jusqu'au relais des messagers royaux pour leur confier ceci, expliqua-t-elle en levant la missive à hauteur d'œil. Seulement, vous ne devez parler à personne de cette commission, est-ce que c'est compris ? À personne. Pas même au maître…

— Oui, mademoiselle.

— Vous me le promettez ?

— Oui, mademoiselle, je vous le promets.

— Parfait. Alors voici pour payer la course. Tendez la main.

Rose dévoila les pièces argentées qu'elle tenait dans son poing. La jeune fille ouvrit des yeux ronds tandis que sa maîtresse laissait tomber la monnaie dans sa paume.

— Vous pourrez garder ce qui restera lorsque les messagers auront prélevé leur dû, précisa Rose.

— Quoi ? coassa Lucie, ahurie. Vous êtes sûre, mademoiselle ?

— Absolument. Ne vous inquiétez pas, vous ne serez pas accusée de vol. Je ne changerai pas d'avis pendant l'office. Remplissez juste votre devoir, et tout ira bien.

— Ben ça ! Merci, mademoiselle ! s'exclama Lucie, transfigurée.

La jouvencelle tenait là une petite fortune pour quelqu'un de sa condition. La course reviendrait, quoi ? tout au plus à quatre sols ? Ce qui laisserait Lucie avec la somme rondelette de six sols. Rose savait que c'était folie de payer si grassement une aussi simple tâche, toutefois elle estimait que cela valait bien la solution apportée à ce fâcheux contretemps. Puis cela avait le mérite de consoler la donzelle de sa déception.

Renvoyant la domestique vaquer à ses corvées, la jeune lady Greer s'installa devant le miroir et commença à se préparer pour la messe.

Si tout allait bien, Charlotte devrait entrer en possession de la missive en début d'après-midi. Cela lui laisserait donc trois jours et demi pour peaufiner ses atouts. C'était un délai déraisonnablement court pour une entreprise aussi aventureuse, mais il n'y avait pas d'autre choix.

Soit Charlotte parvenait à séduire Chaumontel durant le bal, soit Rose se verrait tôt ou tard contrainte à la fuite.

Chapitre 2

Le périple jusqu'à Paris dura cinq jours.

Ils voyagèrent dans le modeste carrosse de Carville, qui, s'il n'était chatoyant, avait le mérite d'exister. Tout au long du trajet, ils furent encadrés par deux des laquais du baron, lesquels se déplacèrent à cheval et en armes.

Contraintes à la promiscuité avec leurs aînés, Charlotte et Rose ne purent guère converser de leur stratagème, et durent s'accommoder des discussions politiques de leurs pères.

Pour ne rien arranger, le temps fut couvert durant tout le périple. Elles ne goûtèrent donc que peu le paysage, rendu terne par l'amoncellement des nuages de pluie. Mais, lorsque enfin se dessinèrent les portes de la ville, l'une comme l'autre décidèrent que la vue valait le déplacement.

Bien que l'odeur répugnante de certaines ruelles leur soulevât le cœur, les deux jeunes femmes furent fascinées par cette gigantesque cité. Aussi, pendant les quinze minutes que dura le trajet par les voies encombrées de la capitale, elles s'amusèrent cent fois plus que lors des cinq jours précédents.

Puis arriva le terme de cette balade parisienne. Le carrosse s'arrêta dans une courette, au pied d'une longue et haute bâtisse entourée de grilles, elles-mêmes hérissées de piques. Descendus les premiers du véhicule, les hommes aidèrent les demoiselles à mettre pied à terre. Dans le même temps, les valets du baron commencèrent à décharger les bagages.

L'imposante double porte de la demeure s'ouvrit alors, un laquais flanqué à chacun des battants. De la pénombre du vestibule émergea un homme grisonnant, à la barbe et à la moustache parfaitement disciplinées, revêtu d'un habit de soie beige piqué de perles, d'un luxe extrême.

— Mon humble demeure sera la vôtre le temps que durera votre séjour, déclara-t-il en guise de préambule. Soyez les bienvenus en l'hôtel des Bruyères, très chers amis !

— Grâce vous soit rendue pour votre hospitalité, monsieur le marquis, répondit lord Greer avec autant d'emphase que leur hôte.

— Grâce vous soit rendue, répéta Carville, trahissant ainsi son manque d'imagination en matière de compliment.

Ils s'inclinèrent tous trois dans un bel ensemble, puis lord Greer se tourna vers les jeunes femmes.

— Monsieur le marquis, voici lady Eileen, ma fille.

Malgré la sourde douleur nichée au creux de ses reins, inévitable séquelle d'un si long trajet, Rose plongea dans une gracieuse révérence. Le marquis de Jouars s'inclina derechef, témoignant là une appréciable galanterie. Carville présenta alors Charlotte, qui à son tour salua et fut saluée, puis le marquis les invita à entrer dans ce grand bâtiment de pierres grises, ornées de multiples pilastres, statues, et autres arches sculptées.

Les invités confièrent leurs capes et manteaux de voyage aux deux laquais commis à l'entrée, et furent ensuite conduits par le marquis en personne jusqu'à une vaste pièce, où brûlait un bon feu. S'installant sur les bancs et les chaises garnis de coussins moelleux, ils se délectèrent d'une collation servie tout exprès.

Lord Greer en profita pour excuser son épouse souffrante, n'ayant pu hélas se joindre à eux. Sur quoi Jouars s'enquit de la santé de la malade avec grande courtoisie. Le comte s'empressa de rassurer l'auditoire quant à ladite patiente, affirmant qu'il s'agissait d'une faiblesse passagère… Rose écouta ces rivières de boniments d'une oreille distraite, se demandant si le marquis devinait ce qu'il en était réellement de l'absence de lady Mary.

Elle estima que, si tel était le cas, il le cachait fort bien.

— Le trajet doit vous avoir tous épuisés, conclut leur hôte lorsque l'en-cas fut avalé. Permettez que l'on vous mène à vos chambres.

Il se leva de son fauteuil. Tous l'imitèrent. L'on se salua en silence, puis un serviteur précéda les invités vers les marches menant à la galerie supérieure. Les hommes furent logés au premier ; les femmes au second. À leur grande satisfaction, celles-ci bénéficiaient de pièces desservies par une même antichambre.

Les demoiselles se retirèrent dans leurs quartiers respectifs jusqu'à ce que les serviteurs aient amené les malles. Puis, moins d'une minute après que ceux-ci furent repartis vers leurs corvées, Rose sortit de sa chambre et gagna les appartements de Charlotte. Elle gratta doucement à l'huis, qui s'ouvrit dans l'instant. La porte refermée, les deux amies se dirigèrent d'un même élan vers l'angle de la pièce le plus éloigné du seuil.

— J'ai bien cru que je ne tiendrais pas, soupira Charlotte.

— Certes l'attente fut longue, mais nous y voilà. As-tu reçu ma lettre ?

— Oui, je l'ai eue le soir suivant notre entretien. Grâce à ta prestesse j'ai bénéficié de tout le temps nécessaire pour penser à ma tenue. Je n'avais rien qui soit de la bonne couleur, mais je me suis fait porter un coffre de ma défunte mère car je croyais me souvenir d'une robe en brocart d'argent lui ayant appartenu.

— L'as-tu trouvée ?

— Oui ! s'enthousiasma Charlotte. Elle est un peu vieille, mais le tissu et les passementeries sont si jolis que je crois qu'ils feront impression.

— Parfait. Une touche de vert peut-être ? s'enquit Rose en songeant aux couleurs de l'écu de Chaumontel.

— Oui. Ma cotte sera de satin vert.

Ce qui signifiait que Charlotte serait vêtue d'une robe à jupe fendue sur le devant, laissant apparaître le jupon, de confection soignée, lequel faisait en réalité partie intégrante de la tenue. L'on avait coutume d'oser des mélanges de couleurs et de motifs entre la robe et la cotte. Parfois heureux, parfois non. Dans le cas présent, ce devrait être réussi.

— Parfait, répéta Rose. Il ne reste maintenant qu'à compter sur la providence.

— J'ai dit deux fois mes prières chaque jour pour solliciter la bienveillance de Dieu, lui confia Charlotte.

Rose jeta à sa comparse un œil las. Elle doutait fort que le secret de leur réussite tînt au nombre de Notre Père récités. Cependant, elle s'abstint de lui en faire part.

— Crois-tu que nous ayons vraiment une chance ? demanda son amie, inquiète.

— Nous verrons. Si cela échoue, personne ne s'en offusquera, puisque personne n'en sait rien. L'important est de rester discrètes.

La demoiselle de Carville opina, l'expression chiffonnée, mais voulant visiblement y croire.

— Toutefois, reprit Rose, il vaut mieux que nos vœux s'accomplissent car j'ai pris un engagement auprès de mon père.

— Que me chantes-tu là ?

En quelques mots, Rose expliqua la teneur des promesses que lord Greer et elle avaient échangées.

— Mais à quoi songeais-tu ? s'écria Charlotte, catastrophée.

— À mon devenir.

— Ah oui ? Comment escomptes-tu tenir cette parole stupide ?

— Je ne sais pas encore... Je suppose que je m'évertuerai à être aimable tant que j'y serai contrainte, et, le reste du temps, esquiverai l'objet de cette promesse autant que possible. Ce sera à toi d'œuvrer pour lui passer l'envie de me poursuivre de ses assiduités.

— Que feras-tu si ton père s'en aperçoit ?

— J'espère qu'il ne verra rien.

— Tu joues un jeu dangereux, Rose.

— Je sais. Mais je ne tiens pas à recommencer ces simagrées. Si cela réussit, je serai quitte de ces maudits pourparlers de mariage une fois pour toutes, puisque j'ai la faiblesse de croire que mon père tiendra parole.

— Je ne m'en fais pas pour ça.

— L'avenir nous le dira...

— C'est un bon chrétien. Il le doit au Seigneur maintenant qu'il a promis... Tout comme toi, ajouta Charlotte en jetant à son amie un regard en coin.

Celle-ci s'apprêtait à lui répondre que Dieu avait sans doute mieux à faire que s'occuper d'une promesse aussi futile que celle-ci, lorsque des pas résonnèrent dans la galerie. Les deux jeunes femmes se turent, attendant qu'ils s'éloignent. Durant cet intermède, Rose se demanda si elle confierait à son amie l'étrange épisode de l'autre nuit... Elle décida que non. Depuis ce soir-là, elle n'avait rien appris de plus et n'avait trouvé aucun autre indice. Cela ne signifiait pas, bien sûr, que l'affaire fût close. Il se tramait quelque chose, c'était un fait. Néanmoins, Rose ne tenait pas à y impliquer sa vieille amie. Sur les épaules de Charlotte pesait déjà le poids de leurs espérances à toutes deux ; inutile d'y adjoindre celui de cette inquiétante entrevue.

— Et en ce qui concerne la dot ? questionna la blonde demoiselle lorsque le calme fut revenu dans la galerie. As-tu appris quelque chose ?

— Si je ne t'en ai rien dit, c'est que je n'en sais rien.

— N'as-tu pas demandé ?

— Je ne suis pas censée m'intéresser aux détails pratiques du mariage, Charlotte. Je suis censée vouloir le voir échouer. Poser ce genre de question m'aurait attiré trop de méfiance. Il faudra se contenter de notre ignorance sur le sujet.

— Soit… Tu as bien œuvré, tout de même, ajouta la demoiselle de Carville avec un sourire complice. Au pire, cette histoire nous aura menées jusqu'à Paris, dans un bal qui sera de toute évidence d'une distinction supérieure à ceux auxquels nous avons assisté jusque-là.

— Certes, admit Rose dans un presque sourire.

— Je propose que nous en profitions, et savourions tant que possible les prochaines heures sans plus nous soucier de ce que le sort nous réserve.

— Une suggestion pleine de bon sens, en effet. J'avoue avoir l'esprit trop las pour persister dans cet incessant questionnement, de toute façon…

S'installant à leur aise dans cette ravissante chambre, pourvue de tout le confort imaginable, les demoiselles s'appliquèrent à varier leur conversation. Friande de potins mondains, Charlotte prit bientôt l'initiative de relater à son amie les derniers en date. Non que l'aristocratie rouennaise offrît beaucoup de cancans, toutefois ceux qu'elle raconta suffirent à les divertir jusqu'à ce que cette paisible après-midi d'oisiveté se fût écoulée.

Le soir venu, les demoiselles furent averties par un valet que le souper serait bientôt servi. Elles regagnèrent leur chambre pour se rafraîchir et se changer, puis un autre domestique revint les chercher, et les escorta au rez-de-chaussée, où elles furent rejointes par leurs pères.

Le souper se déroula au mieux.

La conversation tourna essentiellement autour de la paix arrachée par le roi aux Espagnols, avant de dériver, en fin de repas, sur le bal du lendemain soir. À ce propos, le baron de Carville s'étonna de l'absence de la maîtresse de maison. M. de Jouars expliqua que son épouse, Henriette, était allée visiter une cousine en villégiature dans la capitale pour la semaine. Le marquis fut cependant bien en peine de donner le nom de cette dernière. Éludant la question, il changea rapidement de sujet tandis que les deux jeunes femmes, à l'autre bout de la table, échangeaient un regard entendu. Si la cousine n'avait pas de nom, c'était peut-être parce qu'il s'agissait d'un cousin. Sans le moindre lien de parenté effectif, bien sûr…

Rose se figura alors son hôte coiffé d'une paire de superbes bois de cerf. Cela l'amusa beaucoup, bien qu'il n'y eût pas de quoi. Pour retenir le rire discourtois qui lui escalada la gorge, elle se mordit l'intérieur des joues. Puis, afin de dissiper son hilarité, elle se concentra sur le contenu du dressoir appuyé contre un mur à proximité. Il y était notamment exposé de superbes assiettes en faïence peinte, un rutilant service d'argenterie ciselée, et un jeu de fourchettes – ce surprenant ustensile à deux longues dents dont personne ne se servait jamais. Tout ici respirait un luxe auquel la famille Greer, pourtant considérée nantie, n'aurait su prétendre. Le marquis jouissait assurément d'une grande fortune – et donc d'une excellente position – pour se permettre d'habiter cette demeure aussi grande que coûteusement décorée…

Lorsque l'entremets fut enfin achevé, les deux jeunes femmes prirent aussitôt congé et s'en retournèrent à l'étage, laissant les hommes à leur assommante discussion.

Il ne restait plus qu'une nuit avant le bal. Mieux valait reprendre des forces pour affronter les difficultés qui ne manqueraient pas de s'y présenter. Se séparant sur une dernière embrassade, les demoiselles rentrèrent donc dans leurs chambres respectives et se mirent prestement au lit.

Rose, exténuée, s'endormit dès que sa tête eut touché l'oreiller.

La journée du lendemain commença tôt. Se levant bien avant les autres, Rose en profita pour réclamer une grande bassine d'eau chaude, afin de pallier le bain qu'elle ne pourrait prendre. Elle se fit ensuite aider d'une chambrière pour se préparer, lui confia sa tenue du soir à épousseter, puis descendit au rez-de-chaussée.

Comme elle flânait dans la salle commune en quête d'une occupation quelconque, elle entendit soudain du bruit en provenance du vestibule. S'approchant de la porte à pas feutrés, Rose glissa un œil circonspect par l'entrebâillement. Une femme venait de faire son entrée. Vêtue d'une robe de satin ocre brodée d'or et emperlée à foison, elle portait autour du cou une fraise aux tuyaux étroits. Les cheveux enserrés dans un attifet assorti à sa tenue, le maintien fier, elle avait l'air assuré de quelqu'un se tenant en terrain conquis. Tandis que Rose l'observait, la nouvelle venue donna sa cape et son masque à l'un des laquais, puis le congédia d'un mot brusque.

Nul doute n'était plus permis : il s'agissait de la marquise de Jouars. Décidant de faire connaissance avec son hôtesse, Rose quitta sa retraite pour aller au-devant d'elle. Lorsque la marquise se retourna, Rose nota qu'elle était d'au moins quinze ans la cadette de son époux. Elle était certes assez jolie femme, mais il y avait sur son visage un rien de sournoiserie, voire de malveillance, qui incitait à la méfiance… La jeune lady Greer n'en plongea pas moins dans une parfaite révérence. Son hôtesse, elle, se contenta d'un rigide salut de la tête.

— Madame.

— Mademoiselle… À qui ai-je l'honneur ? La demoiselle de Greer ou la demoiselle de Carville ?

— Lady Eileen, madame, indiqua l'intéressée. Séjourner dans votre splendide demeure est un privilège, ajouta-t-elle. Je vous sais gré de m'y avoir conviée.

— Lord Edmund est un vieil ami, il est tout naturel que nous eussions voulu faire découvrir à sa fille les agréments d'un bal parisien. Votre père nous a maintes fois vanté vos qualités, savez-vous ?

— Indulgence paternelle. Il aura sans doute exagéré.

— Pensez-vous ? Peut-être… Il est vrai que tout le monde n'est pas de son avis. J'ai ouï dire différentes choses qui…

La marquise laissa mourir sa phrase sur un silence calculé, si bien que Rose mit une bonne seconde à comprendre le sous-entendu, tant celui-ci était gratuit et inopiné.

— Vraiment ? fit-elle, un peu fraîche. Quelles choses ?

— Oh, des vétilles, affirma Mme de Jouars, doucereuse. Je n'y ai prêté aucune attention, cela va de soi…

La lueur matoise qui brilla dans le regard de la marquise dissuada Rose de croire à l'ingénuité que son hôtesse s'efforçait d'arborer. Si elle ne pouvait deviner le pourquoi d'une telle attitude, il n'y avait en revanche aucun mystère sur la nature de celle-ci : pour quelque obscure raison, Mme de Jouars lui était hostile, et ne s'en cachait pas.

— Avez-vous fait bon séjour, madame ? s'enquit alors Rose, exagérément affable.

— Vous dites ?

— Chez votre cousine, précisa-t-elle en appuyant sur le dernier mot. Avez-vous eu un agréable séjour ?

Les deux femmes se jaugèrent une poignée de secondes, puis la marquise se redressa imperceptiblement :

— Oui. Tout à fait.

— Ce doit être une très proche parente, chère à votre cœur, pour que vous priviez M. de Jouars de votre présence durant toute une semaine, insista Rose sur un ton mielleux, similaire à celui que la marquise avait employé.

— Nous avons grandi ensemble, rétorqua cette dernière un peu trop vivement.

— Oui, oui, bien sûr… vous êtes très liée à cette Mme… Mme… comment est-ce, déjà ? J'ai oublié son nom, je crois… Ah non, c'est vrai… monsieur votre époux ne le connaissait point. Il a été incapable de nous le dire, acheva Rose, satisfaite de voir s'effilocher la belle arrogance de son hôtesse.

— C'est absurde. Hébert connaît madame ma cousine, affirma la marquise, livide. Il aura juste eu une absence… À présent, veuillez m'excuser, mademoiselle. J'ai à faire.

Rose inclina la tête dans une demi-révérence qui dissimula à peine son rictus moqueur. Se fendant d'une sèche courbette, Mme de Jouars s'en fut sitôt vers les marches. Leurs regards acérés se croisèrent une dernière fois lorsque la maîtresse de maison prit le virage de l'escalier, avant de disparaître dans les étages. Comme elle faisait demi-tour, Rose s'avisa que la marquise avait filé sans donner le nom de sa soi-disant parente. La cousine en question avait donc sûrement du poil au menton…

Amusée, et enchantée d'avoir rendu à cette vipère la monnaie de sa muflerie, la jeune femme retourna dans la salle commune d'un pas léger.

Elle y fut rejointe par Charlotte dans le courant de la matinée. Les deux amies s'installèrent alors devant un jeu d'échecs et s'y affrontèrent jusqu'au dîner – soit aux alentours de midi. Pendant le jeu, Rose fit une relation complète de sa rencontre avec leur hôtesse. Charlotte s'offusqua de l'incorrigible audace de son amie, mais convint que la marquise l'avait mérité. Après quoi elle posa mille questions sur l'allure de cette dernière, auxquelles Rose répondit avec moult détails, sachant combien son amie adorait ces futilités.

Passé le repas, l'hôtel s'anima d'un ballet de domestiques voués aux préparatifs de la soirée, que supervisa seul le marquis de Jouars, son épouse n'ayant toujours pas reparu. Lord Greer et le baron de Carville, en grande discussion, s'enfermèrent quant à eux dans un salon annexe. Derechef livrées à elles-mêmes, Charlotte et Rose s'amusèrent comme elles purent, tout en s'évertuant à ne pas ressasser les enjeux de cette soirée. L'arrivée des musiciens leur offrit en cela un agréable interlude. Elles les écoutèrent répéter jusqu'à ce que survienne l'heure de l'habillage. Elles réclamèrent alors chacune une chambrière comme aide de camp, puis, fébriles, montèrent se préparer.

Au rez-de-chaussée, l'on accueillait déjà les premiers invités lorsque Rose reparut sur le seuil de sa porte. Resplendissante dans son ample robe de velours cramoisie rehaussée de broderies et passementeries d'or, elle arborait le port altier que seul confère l'éducation aristocratique. Depuis ses épaules, une large collerette de dentelle montait à l'assaut du ciel, ceignant ses cheveux relevés en une élégante coiffure qui évoquait la moitié supérieure d'un cœur. Au centre de cette coiffure, dans l'axe de son nez et juste au-dessus de son front, scintillait un rubis cerclé de perles. Des pendants d'oreilles et un tour de cou de semblable composition constituaient le reste de cette éclatante parure.

Pour parachever l'ensemble, Rose avait éclairci sa peau d'un voile de fard laiteux, puis avait posé sur ses pommettes, ainsi que sur ses lèvres, une touche de rouge. Ainsi parée, elle avança vers Charlotte, laquelle l'attendait dans l'antichambre depuis plusieurs minutes.

— Tu penses que cela ira ? demanda-t-elle, soucieuse. Je ne voudrais pas que père se plaigne d'un manque d'enthousiasme quant à ma mise…

— Je ne t'ai jamais vue si en beauté que ce soir. Cela va me compliquer la tâche, conclut Charlotte, dépitée.

— Ne dis pas de sottises, tu es magnifique ! Je suis sûre que tu es mieux armée qu'aucune autre pour le charmer.

— Que faites-vous donc, mesdemoiselles ? interrogea soudain une voix masculine qui les fit sursauter.

Lord Edmund, vêtu d'un riche habit de cour noir et or – couleurs de l'écu des Greer –, se tenait à l'orée de la pièce, poings sur les hanches, et les contemplait d'un œil réprobateur.

— Rien du tout, père, fit Rose en tâchant de ne pas avoir l'air coupable. Nous sommes prêtes.

— Alors, qu'attendez-vous ? Pressons, pressons ! s'exclama lord Edmund en retournant vers la galerie.

Aussi nerveuses l'une que l'autre, les jeunes femmes lui emboîtèrent le pas immédiatement. Parvenues à la salle de bal, elles furent étonnées de découvrir une pièce de réception plutôt classique, pourvue d'un haut plafond et d'immenses fenêtres. Toutefois, si le lieu présentait de raisonnables ornements, il en allait autrement des invités.

De sa vie, Rose n'avait jamais rien contemplé de pareil ! De véritables tourbillons de satin, de dentelle, de soie, de taffetas et de velours déployaient leurs splendeurs sous ses yeux. Ces fastueuses étoffes surpiquées d'or ou d'argent étaient pour la plupart enjolivées d'une pluie de pierreries multicolores ; lesquelles, à la lumière des flambeaux, se paraient de reflets merveilleux et éblouissants.

Mais le fleuron de cette extraordinaire assistance, c'étaient les dames. Leurs tailles, toutes ceintes par le fameux vertugadin en tambour, rivalisaient de largeur. Leurs chevelures, bouffantes et savamment agrémentées, se disputaient la palme du plus beau volume. Majestueuses, sophistiquées, ces dames étaient la vivante image de la noblesse.

Comme elle les contemplait, Rose se sentit brusquement ridicule et désuète avec son petit vertugadin en bourrelet, sa coiffure qui avait été véritablement à la mode du jeune temps de la reine, et sa robe aux parements modestes. Cependant, elle se ressaisit bien vite. Qu'elle paraisse provinciale, au contraire ! Chaumontel ne l'en apprécierait que moins…

Frémissant à la pensée de son presque fiancé, la jeune femme tenta de se changer les idées. Une douce mélodie l'avertit alors que le bal venait de s'ouvrir. Fouillant la salle des yeux, elle chercha les musiciens. Installés près d'un mur, vers le fond de la pièce, ils jouaient une agréable pavane que Rose les avait entendus répéter dans l'après-midi. Pourtant personne ne dansait encore. Réunis en grappes plus ou moins grosses, les invités conversaient, tantôt debout, tantôt assis sur les bancs de bois sculpté parsemant le pourtour de la pièce.

—Je ne vois pas le vicomte, fit lord Greer. Il ne doit pas être arrivé… Je viendrai vous chercher lorsqu'il sera là, Eileen. En attendant, tâchez de retenir votre langue. Il y a d'importantes personnes ici, je ne veux pas que vous les importuniez par l'une de vos saillies.

En prononçant cette dernière remarque, lord Edmund épingla sa fille d'un regard contrarié, puis il s'éloigna pour rejoindre Carville, qui discutait avec la marquise de Jouars. Rose supposa que la noble dame avait déjà dû glisser un mot défavorable à son sujet, mais cela ne l'inquiéta pas outre mesure.

— Regarde, Charlotte ! Voici notre hôtesse, annonça-t-elle. C'est celle qui parle avec ton père.

— Oh, oh, voici donc la visiteuse de cousine ! moqua la demoiselle de Carville en suivant son regard. Tu avais raison… il y a en elle quelque chose de faux…

— Ses cheveux, peut-être ? ironisa Rose, goguenarde.

Charlotte éclata de rire :

— En effet, cette perruque n'est pas une réussite ! Je m'attendais à mieux de… Oh ! voilà la baronne des Adrets ! Tu ne la connais pas, je crois ? Elle est venue quelques fois au manoir, son époux a de la famille dans la région… Je vais aller la saluer.

— Garde-moi tout de même à l'œil, Charlotte. Au cas où le vicomte arriverait…

— Oui, oui, ne t'en fais pas.

Abandonnant son amie au milieu de la foule toujours plus dense, la blonde jeune femme se dirigea vers une imposante dame engoncée dans une mirifique et scintillante tenue de satin vert.

Charlotte semblait tout à fait à l'aise dans cette société. À l'inverse de Rose. Néanmoins, apaisée par le chant des violes, celle-ci se sentit d'humeur à se promener au milieu de ses pairs. Les mains sagement croisées sur le ventre, elle se mit à déambuler entre les groupuscules d'invités, prêtant une oreille distraite à ce qui se racontait. Ici, on parlait politique. Là, on vantait le roi et ses nombreux succès. Plus loin, on devisait sur la paix. Et là on parlait de… de…

Rose ralentit progressivement, puis s'immobilisa.

— … les a trouvés à l'aube. Le ventre ouvert en deux, les entrailles répandues au sol, et le cou si profondément entaillé que la tête ne tenait presque plus.

— Ils étaient tous dans le même état ?

— Oui, tous les trois. Je sais de source sûre que l'un des gardes fut si épouvanté qu'il en rendit de la bile à profusion.

— Qui a bien pu commettre telle horreur ?

— Madame, nous aimerions tous le savoir.

— La garde pense qu'il s'agit d'une bête.

— Un loup dans Paris ? Je n'y crois guère. Je prétends, moi, que cela sent la Ligue à plein nez !

— Allons monsieur, c'en est fini de cela.

— Pourquoi ? Parce que Mercœur s'est soumis vous pensez qu'il n'existe plus de ligueurs[13] dans le royaume ? Croyez-vous qu'ils soient incapables de fomenter de nouvelles représailles, comme ils le firent auparavant ? Et si d'aventure il se tramait quelque nouvelle Saint-Barthélemy[14] ?

Rose pâlit. Elle était trop jeune à l'époque des faits pour s'en souvenir par elle-même, mais le récit des massacres de ce funeste jour était dans toutes les mémoires. À Rouen comme dans d'autres cités du royaume, l'on avait tenté d'enfermer les huguenots pour les protéger de l'embrasement meurtrier qui secouait le pays. Ce fut peine perdue. Les portes des prisons furent forcées, et les réfugiés exterminés jusqu'au dernier, sans discernement. Hommes, femmes, vieillards, enfants même… Soit presque six cents morts pour cette seule ville.

Coulant un regard par-dessus son épaule, Rose examina les quatre personnages qui s'entretenaient à mi-voix. Vêtus dans de sombres teintes, ils portaient des habits plutôt simples. Presque trop, d'ailleurs.

— Ne dites pas cela. Le roi n'était-il pas protestant ?

— *Était*. C'est un relaps[15], je vous le rappelle, renifla le gentilhomme mécontent.

Il s'ensuivit un silence embarrassé.

— C'est pourtant à lui que nous devons l'édit, reprit la seule dame du groupe.

— Alors confiez-moi vos lumières sur ces récentes tueries. Je serais heureux, madame, d'entendre ce qui selon vous en est la cause.

— Je l'ignore, monsieur. Tout comme vous l'ignorez. Mais au moins je ne cherche pas à terrifier l'auditoire en répandant de fausses rumeurs…

— Si de tels bruits avaient couru pendant les noces d'Henri de Navarre, les nôtres s'en seraient probablement mieux portés ! rétorqua le virulent gentilhomme. Je prétends, moi, qu'il faut rester prudent. Paris était encore ligueuse il n'y a pas si longtemps.

— Je n'insinue pas que vous ayez raison, monsieur, dit un autre homme, néanmoins c'est la seconde fois depuis le début de ce mois que cela se produit. J'admets que c'est étrange.

— La première, c'était aussi des huguenots ? demanda la femme.

— Oui, à ce qu'il paraît. Trois morts également, mais dans ce premier cas l'on compta une demoiselle au nombre des victimes.

— Seigneur, murmura la dame d'une voix blanche.

— Espérons qu'Il nous préservera. Car vous noterez que ces actes odieux commencèrent sitôt la nouvelle de l'édit arrivée ici. À croire qu'il reste quelques âmes résolues à éradiquer les hérétiques que nous sommes.

Se souvenant des propos que lady Mary avait tenus lorsque ce bal avait été évoqué, Rose se sentit extrêmement mal à l'aise.

— Ah. Quand on parle du loup…

— Pardon ?

— Là, regardez. Cet homme, dans son pourpoint blanc…

— Par exemple ! C'est le maréchal de Cossé-Brissac ?

— Exactement, madame.

Rose pivota vers l'entrée afin de contempler l'homme en question. Très droit dans son somptueux habit de satin immaculé, il parcourait la salle d'un regard circulaire. À en juger par le nombre de têtes tournées dans sa direction, son arrivée faisait sensation…

— C'est à lui que l'on doit la capitulation de Paris.

— Une lourde perte pour les papistes[16].

— Ligueur un jour, ligueur toujours, rétorqua l'agitateur.

— Monsieur, pour l'amour du ciel, un peu de tenue ! s'interposa le quatrième individu. Nous avons été conviés par le marquis pour célébrer la réconciliation, non pour raviver les anciennes blessures… D'ailleurs le comte de Cossé-Brissac a combattu Mercœur, il a prouvé son allégeance au roi. Il n'y a pas lieu de douter de lui.

— Si vous le dites, maugréa le gentilhomme, renfrogné.

Bien sûr, Rose connaissait ce nom. Le maréchal de Cossé-Brissac avait donné les clefs de Paris au roi, quatre ans auparavant, alors qu'il en était gouverneur pour le compte de la Ligue. Mais avant cela, il avait été parmi les troupes qui avaient tenu le Navarrais en échec, au siège de Rouen. Lord Edmund avait parlé de lui, une fois ou deux. L'homme devait avoir une cinquantaine d'années. Il portait le cheveu court, la moustache, ainsi qu'une barbichette en pointe – attributs communs à l'essentiel des gentilshommes.

Ne semblant guère préoccupé par le surcroît d'attention accordé à sa personne, le maréchal de Cossé discutait avec leur hôte. Devisant sereinement, les deux hommes s'éloignèrent vers un coin tranquille de la pièce.

Ce fut alors que lord Greer passa dans le champ de vision de sa fille. Celle-ci se désintéressa aussitôt du marquis de Jouars et de son illustre invité pour suivre la progression de son père, alertée par le sourire compassé que ce dernier arborait. Lord Edmund s'arrêta devant un homme élégamment vêtu. Ils se saluèrent et échangèrent quelques mots, puis lord Greer se mit à scruter la salle.

Rose n'eut pas le temps de détourner la tête que ses yeux rencontrèrent tout de suite ceux de son père. Il lui fit signe d'approcher. Elle s'admonesta de son manque de jugeote ; il n'était guère difficile de deviner l'identité du nouveau venu. Se mettant en route à contrecœur, elle chercha sa comparse en quelques coups d'œil anxieux.

Aucun chatoiement argenté à l'horizon. Elle devrait se débrouiller seule.

— Eileen, voici le vicomte de Chaumontel, énonça son père lorsqu'elle fut arrivée à leur hauteur.

Rose exécuta l'usuelle révérence.

— Monsieur.

— Mademoiselle, répondit-il. Je suis enchanté de vous rencontrer enfin.

— Moins que je le suis, monsieur.

Comme elle se redressait, Rose constata que le vicomte était beaucoup plus jeune qu'il y paraissait au premier abord. En fait, il avait bien dix ans de moins qu'elle. Ce qui revenait à dire qu'on lui proposait à marier un jouvenceau… Voilà qui était bien inhabituel, voire anormal… Suspicieuse, elle jeta à son père un bref regard oblique que ce dernier feignit d'ignorer.

L'âge excepté, il n'y avait rien de particulier à dire du vicomte de Chaumontel. Il ne sortait pas du lot, si ce n'était son air affable et ce léger sourire qui paraissait sincère. L'aimable réputation dont jouissait ce gentilhomme n'était peut-être pas surfaite, après tout ?

— Savez-vous que l'on m'a fait votre éloge, monsieur le vicomte ? confia Rose.

— Pareillement, mademoiselle, répondit le jeune homme. Pourtant aucune louange n'aurait su me préparer à tant de splendeur.

Lord Greer, ravi, renchérit illico :

— Ne vous l'avais-je point dit ?

— Faites excuse, monsieur le comte, vous étiez en dessous de la vérité.

Cela se présentait mal.

Rose s'efforça néanmoins de paraître flattée, bien qu'elle sût que chaque seconde passée à jouer la parfaite fiancée compromettait leurs chances, déjà bien minces, de voir ces épousailles changer de main.

Où diable Charlotte pouvait-elle être fourrée ?

— Je ne suis qu'une paysanne en comparaison des dames de cette cité, se défendit Rose humblement.

— Non point ! Vous êtes…

— Saviez-vous que le maréchal de Cossé-Brissac était invité ? l'interrompit-elle, se rendant coupable d'une sérieuse entorse aux règles de la bienséance.

— Eh bien… non, je l'ignorais, admit le jeune homme, un brin décontenancé. Est-il déjà rentré de Bretagne ?

— Il semblerait puisqu'il est ici, poursuivit Rose. Il est avec le marquis, ajouta-t-elle en se tournant vers les deux personnages, toujours en conciliabule dans un angle de la pièce.

— M. de Jouars a toujours entretenu une brillante société, à laquelle je m'enorgueillis d'appartenir, pontifia le jouvenceau.

Rose étira les lèvres en un sourire forcé, tandis que son attention désertait cet entretien pour se consacrer à un nouvel et rapide examen de la salle.

Du coin de l'œil, elle saisit un éclair d'argent venant de l'autre extrémité de la pièce. Un pan de robe en brocart. À la faveur d'un mouvement de foule, elle eut confirmation : c'était bien Charlotte. Mais la jeune femme était aux trois quarts tournée. Pas moyen de lui faire signe.

— … n'est-ce pas votre avis ? demandait le jeune vicomte de Chaumontel.

Rose se tourna vers lui à regret.

— Excusez-moi, je n'ai pas entendu. Vous disiez ?

Lord Greer la fustigea du regard. Chaumontel, lui, ne sembla pas incommodé.

— Je disais que ce bal était tout à fait délicieux, et vous demandais votre sentiment.

— Mon seigneur, vous présent, il ne pouvait en aller autrement.

Lord Greer se détendit. Le jeune homme se rengorgea. Rose crut même voir ses joues se colorer. Ce fut le moment que choisit l'orchestre pour entamer une gaillarde.

— Mademoiselle, m'accorderiez-vous cette danse ? s'enquit le vicomte.

Rose inclina la tête en signe d'assentiment, mais en son for intérieur son humeur chuta encore d'un cran. Elle se laissa toutefois entraîner vers le centre de la pièce, où d'autres couples se formaient déjà.

La gaillarde était une danse très vive, dont les pas s'enchaînaient à un rythme soutenu. Une mesure suffit à Rose pour constater que son partenaire en maîtrisait mal les subtilités. Non qu'il fût mauvais danseur, mais il ne devait pas pratiquer souvent… Enfin, peu importait. Passé ce soir, elle escomptait ne plus avoir à être sa cavalière…

Profitant que le vicomte était concentré sur ses pas, et qu'ils étaient en bonne vue de toute l'assistance, Rose essaya derechef de repérer Charlotte. Leurs yeux se croisèrent enfin au détour d'une pirouette. Cette fois, son amie l'avait remarquée ; elle semblait d'ailleurs désolée. Rose recouvra espoir. La danse terminée, Charlotte remplirait son rôle.

Effectivement, lorsque la musique s'arrêta, la blonde demoiselle louvoya entre les danseurs pour se frayer un chemin jusqu'au couple. Tandis qu'elle approchait, Rose entama les présentations :

— Monsieur, voici venir une amie très chère…

Charlotte parcourut le dernier mètre et ploya dans une gracieuse révérence :

— Mon seigneur…

— Charlotte d'Albran, poursuivit Rose. Fille cadette du baron de Carville. Charlotte, voici M. le vicomte de Chaumontel.

— Mes hommages, mademoiselle, salua le vicomte en se courbant à son tour.

— L'on m'a raconté que vous excelliez dans l'art de la chasse, monsieur, amorça Charlotte en gratifiant son interlocuteur d'un regard admiratif, doublé d'un sourire radieux.

— Ah oui ? s'étonna le jeune homme, aussi surpris qu'enchanté. Il est vrai que j'aime à taquiner le gibier. J'ai au Preslay un assez joli mur de bois de cerfs.

— Je n'ai eu de ma vie l'occasion de contempler si nombreux trophées. Ce doit être grandiose !

— Ça l'est, en effet… Je serais ravi de vous le faire découvrir, si vous le souhaitez. Peut-être pourriez-vous un jour me visiter au manoir, avec monsieur votre père ?

— J'en serais comblée, mon seigneur. Verrai-je le crâne du terrible sanglier que vous terrassâtes ?

Rose crut un instant que le jouvenceau allait exploser de contentement. Elle ignorait que Charlotte fût capable de tant de flagornerie, mais s'en félicita. Une telle prestation valait bien l'attente excessive.

— Certes, mademoiselle, il y est en bonne place, pavoisa Chaumontel. Ce fut une chasse difficile, la bête était bien lourde de deux cents livres.

— Deux cents livres ? Mais c'est énorme ! Quel courage il vous aura fallu pour abattre ce monstre ! minauda Charlotte.

Rose tourna la tête pour cacher son amusement, et prétendit s'intéresser aux nouveaux arrivants. À trois mètres de là, elle vit le marquis accueillir un gentilhomme affublé d'une très large fraise, aux godrons d'un calibre extravagant. Ses cheveux, clairsemés, tiraient sur le roux. Lorsqu'il présenta ses respects au marquis, Rose capta dans sa voix un accent ne laissant planer aucun doute sur sa nationalité. Il s'agissait d'un compatriote anglais.

Jouars avait décidément des fréquentations disparates…

— Je vois que vous avez fait connaissance de notre chère Charlotte, vicomte ! s'exclama lord Greer en reparaissant soudain près de sa fille.

— Certes. Mlle Eileen semble avoir un goût très sûr pour choisir ses amies, souligna le jeune homme. Mlle de Carville est aussi charmante qu'aimable.

La mine de lord Edmund s'allongea. Il darda sur Charlotte un œil peu amène.

— N'est-ce pas une qualité essentielle pour toute personne bien née ? intervint Rose.

— En effet, mademoiselle. Une noble dame saura s'entourer d'une digne société, affirma Chaumontel.

— Bien sûr oui, acquiesça mollement lord Edmund.

— M. de Nogent m'a confié qu'à la liste de vos nombreux talents s'ajoutait celui d'habile escrimeur, enchaîna Charlotte.

Lord Greer fronça les sourcils. Le sentant sur le point de s'interposer, Rose se hâta de poser une main sur son bras pour détourner son attention. La manœuvre fonctionna. Au lieu de s'immiscer dans la conversation, lord Edmund baissa sur elle un regard interrogateur.

— Père, sauriez-vous qui est ce gentilhomme à la large fraise ? Celui qui se tient seul près du mur, là-bas ?

— Qui donc, ma fille ?

— Celui-ci, insista Rose en donnant un très léger coup de menton en direction de l'Anglais.

— Lui ? Non, je l'ignore. Pourquoi cette question ?

— Je l'ai entendu saluer le marquis, et si je ne me trompe il vient d'Angleterre.

— Rien que de très habituel pour Jouars. Ses relations doivent couvrir la moitié du monde. Tenez, j'ai croisé tout à l'heure un gentilhomme vénitien.

— Vraiment ? Eh bien ! J'en viendrais presque à m'étonner qu'il n'y ait pas d'Espagnol…

— Compte tenu des circonstances, don Spinola a décliné l'invitation, déclara lord Greer le plus sérieusement qui soit.

Durant une seconde, Rose resta muette de stupéfaction, puis elle éclata de rire, sous l'œil bienveillant de lord Edmund. Lorsqu'ils se retournèrent de nouveau vers Chaumontel, ils s'aperçurent que ce dernier avait emmené Charlotte danser.

— J'aime autant qu'elle se charge de cela, s'empressa de commenter Rose, soucieuse de préserver son amie des foudres paternelles. Je me sens un peu lasse, trop d'agitation me donnerait des vapeurs.

— Mmm. Je la trouve, moi, bien empressée…

— Père, vous connaissez Charlotte, elle n'aime rien tant que converser. Elle s'assure sans doute que mon futur époux soit pourvu de cette qualité qu'elle juge primordiale, glissa Rose, l'air de rien.

Lord Greer regarda sa fille à deux fois.

— Seriez-vous moins rétive, Eileen ?

— Vous ne m'aviez pas dit qu'il était si jeune, répondit-elle, la moue indéchiffrable.

— Cela vous déplaît-il ?

— Là n'est pas la question, vous le savez.

Un rapide coup d'œil l'informa que Chaumontel semblait apprécier la danse autant que sa partenaire. Leur tournant le dos, Rose s'éloigna à pas lents vers l'entrée, lord Edmund sur les talons.

— Ce qui importe, poursuivit-elle, c'est de comprendre pourquoi un jouvenceau tel que lui voudrait s'embarrasser d'une vieille demoiselle telle que moi.

— Il vous trouve tout à fait…

— Certes, coupa Rose tandis qu'ils passaient sous une voûte et entraient dans la petite pièce attenante à la salle de bal. Mais n'a-t-il pas dit qu'il ne s'y attendait point ? Ce qui laisse à penser que ce ne furent pas mes possibles attraits qui le décidèrent à envisager le mariage… Aussi, n'auriez-vous pas quelques secrets à me confier, père ? demanda-t-elle en s'arrêtant près d'une table que les domestiques achevaient de charger de victuailles.

Lord Greer toussota. S'abîmant ostensiblement dans l'examen des mets exposés, il retarda le moment de sa réponse…

— Quel âge avez-vous prétendu que j'avais ? insista Rose, sévère.

— Eileen, m'accuseriez-vous d'être un menteur ?

— Non, juste un père trop soucieux de marier sa fille.

— Je n'ai pas trompé le vicomte sur votre âge, affirma lord Greer.

— Sur quoi alors ?

— Eileen !

— Père ?

— Votre conduite…

— Ma conduite est celle d'une femme qui s'efforce de comprendre ce que croit savoir son futur époux ! Si vous avez dit ou fait quelque chose qui m'implique d'une quelconque manière, j'ai le droit d'en être informée car cela sera à moi d'en supporter les conséquences ! débita Rose d'une traite.

Cherchant ses mots, lord Edmund ouvrit et referma la bouche plusieurs fois d'affilée, tel un poisson tout juste tiré de l'eau. Comme il ne répondait toujours pas, Rose tenta une autre approche :

— Est-ce la dot ? Vous avez promis une fortune ?

— Non, non, et non ! Je ne nous dépouillerais pas étourdiment pour assurer votre dot. Elle est assez conséquente comme cela…

Rose tiqua. Cela ne la renseignait pas sur le montant du pécule. Cependant, si son père estimait que celui-ci était suffisant, cela pourrait bien signifier l'échec de son plan. Car quand bien même Charlotte parviendrait à s'attirer les faveurs du vicomte, celui-ci serait idiot d'accepter une épouse moins bien dotée. Or il allait sans dire que le baron de Carville refuserait de débourser une trop grosse somme pour marier sa benjamine, quel que soit le désir qu'il ait de s'en débarrasser.

— En fait, reprit lord Edmund en tripotant une plume décorative chipée sur la table du banquet, j'ai prétendu qu'il n'y avait aucun doute quant à l'héritage de notre fief anglais.

— Comment ? s'écria Rose, brusquement tirée de ses réflexions.

— Eh bien oui. Qu'en sait-il, de toute façon ? Bien peu nombreux sont ceux qui s'intéressent à nos possessions, réelles ou usurpées. Notre titre leur suffit. Et puisque James n'a pas de descendance, nous sommes autorisés à penser que…

— J'ai peine à croire que ce soit vous, père, qui disiez cela ! Vous qui m'avez cent fois répété de ne pas tirer de conclusion hâtive de cet état de fait. Eh bien soit, je vais vous répondre ce que vous m'avez toujours rabâché : James n'est pas mort, il peut encore prendre épouse et avoir des rejetons !

— Et après ? protesta lord Greer. Ce vicomte n'en sait rien, et d'ici à ce qu'il l'apprenne il vous aura déjà épousée.

Rose ouvrit des yeux ronds, estomaquée par la légèreté de cette remarque.

— Que vous arrive-t-il, père ? Cela ne vous ressemble guère d'agir de la sorte… Que me cachez-vous ? Qu'est-ce qui vous pousse à précipiter les tractations au moyen de tels subterfuges ?

— Rien du tout, se buta lord Edmund, agacé et le regard fuyant. Vous êtes trop curieuse, Eileen, je vous l'ai dit mille fois.

— Qu'importe la curiosité s'il n'y a rien à cacher ?

— Et trop insolente ! cracha-t-il en braquant soudain sur elle des yeux furibonds. Soyez certaine que votre attitude causera plus de tort à votre mariage que ne le feront mes petites omissions ! Au moins sais-je me taire, mais vous… vous êtes incapable de maîtriser vos passions.

C'est probablement pourquoi vous n'avez pu vous empêcher d'indisposer notre hôtesse !

Rose sentit ses joues s'embraser des feux de la révolte.

— De quoi s'est-elle plainte ? fit-elle.

— Elle m'a succinctement narré l'outrecuidance avec laquelle vous avez évoqué son séjour chez sa cousine.

— Ah oui ? Vous a-t-elle précisé que l'instant précédent elle m'adressa une insulte à peine voilée sur ma prétendue renommée ?

Lord Edmund marqua un temps d'arrêt.

— Non…

— Évidemment, non ! Elle ne s'en vantera pas. C'est pourtant bien elle qui a ouvert les hostilités ! Que l'on ne me reproche pas d'avoir défendu mon honneur ! Je me suis mieux conduite qu'elle ne l'a fait, et n'ai pas de leçon à recevoir de cette…

— Prenez garde à ce que vous allez dire, Eileen, gronda lord Greer.

— Qu'importe ce qu'elle fait tant qu'aucun scandale ne l'éclabousse, c'est cela ? s'indigna Rose. Et, comble de l'hypocrisie, c'est à moi que l'on vient faire des reproches ! Ce qui vous est fort utile en vérité, ainsi vous n'avez pas à expliquer votre propre comportement ! Je ne sais ce que vous manigancez, père, mais prenez bien garde aux conséquences que pourraient avoir vos actes !

Hors d'elle, Rose fit volte-face et s'en fut vers la salle de réception, laissant son père planté comme une souche près de la table, une plume à moitié tordue dans la main.

Un flot de pensées furieuses s'agitait sous son crâne.

Pourquoi lord Edmund avait-il pris ce risque, pour quel bénéfice ? La supercherie serait un jour ou l'autre démasquée, et, ce jour-là, qu'espérait-il qu'il advienne d'elle ?

S'en moquait-il ? N'était-elle rien d'autre pour lui qu'un poids mort ? S'était-elle à ce point trompée sur son compte ?

Repoussant tant bien que mal ces douloureuses considérations, Rose essaya de se focaliser sur ce nouvel accroc. Le bal terminé, elle aurait tout le temps voulu pour se lamenter sur la triste tournure des choses. Mais, en attendant, il lui fallait avertir Charlotte.

La jeune femme surgit dans la salle de réception comme un boulet de canon, s'attirant quelques regards indignés. Il ne lui fallut pas plus d'une seconde pour repérer Charlotte et son cavalier. Se rangeant le long d'un mur, parmi les spectateurs, elle attendit, agitée, que la danse se terminât.

Dès que la musique mourut, Rose fit signe à son amie. Cette dernière s'excusa auprès du vicomte, puis s'approcha rapidement.

— Il y a un souci, marmonna Rose.

Charlotte poussa une exclamation étouffée :

— Je le savais, je le savais ! Ton père est furieux, c'est ça ?

— Non ce n'est pas ça. Mais ça a bien rapport avec lui…

Rose narra en quelques mots la conversation qu'elle venait d'avoir. La blonde demoiselle l'écouta, atterrée.

— Je ne comprends pas ce qui lui a pris, souffla-t-elle lorsque son amie eut terminé. Le comprends-tu, toi ?

Le souvenir du mystérieux entretien nocturne remonta à la mémoire de Rose.

— Peut-être, fit-elle. Enfin non, pas exactement. Je n'ai qu'une vague idée…

— De quoi s'agit-il ?

— Je ne peux pas t'en parler pour l'instant, ça n'arrangerait pas nos affaires de toute façon.

— Que comptes-tu faire, alors ?

— Je ne sais pas encore… Et de ton côté, comment cela se passe-t-il avec le vicomte ?

— Plutôt bien à dire vrai, gloussa Charlotte. La conversation est ininterrompue, et il semble apprécier ma compagnie.

— En effet, j'ai vu que tu faisais merveille sur ce jouvenceau. Ne le trouves-tu pas pourtant un peu fat ?

— Oui, certes. Mais quel gentilhomme ne l'est pas, je te le demande ? Du reste, l'on sent en lui compassion et tolérance, acheva Charlotte avec un sourire attendri.

Rose haussa un sourcil :

— Te plairait-il ?

La demoiselle de Carville s'empourpra.

— Je ne peux le nier…

Rose se demanda quel attrait son amie pouvait bien trouver au vicomte, avant de convenir que cette question importait peu. Après tout, si Charlotte était séduite, elle mettrait d'autant plus d'ardeur à la tâche.

— Penses-tu qu'il soit aussi sensible à ton charme que tu l'es au sien ? interrogea-t-elle encore.

— Je n'en suis pas sûre, mais je pense que c'est réciproque… Alors ? Que faisons-nous pour ce problème dont tu m'as fait part ?

Rose hésita. Elle avait envisagé de suggérer à Charlotte une bévue intentionnelle, afin que le vicomte apprenne ce qu'il en était réellement du comté de Greer, mais la demoiselle serait dès lors dans une situation trop délicate avec l'une et l'autre famille. Sa colère l'avait mal conseillée. Cette option ne serait à utiliser qu'en tout dernier recours.

— Je ne sais pas, dit-elle derechef. Il n'y a rien d'autre à faire pour l'instant qu'espérer qu'il s'entiche assez de toi pour faire une croix sur la dot et l'héritage.

— Ne désespère pas, le ciel nous viendra en aide, tu verras.

— J'aimerais être aussi confiante que toi, Charlotte…

—Jusqu'ici tout se passe mieux que nous n'avions osé l'espérer. N'est-ce pas déjà un signe ? Je suis sûre que mes prières ont été entendues. Tout ira bien, qu'importe ce qu'a dit ton père.

Rose poussa un petit geignement taciturne. Ce dernier coup porté à ses certitudes l'avait ébranlée. Son esprit s'enrouait au fil des minutes, tournant et retournant sans cesse les mêmes questions, ressassant les mêmes contrariétés. Elle se sentait usée.

Son regard las s'égara sur la nuée d'anonymes qui se mouvaient en cadence, à la recherche d'une réponse, d'une idée, ou des deux à la fois.

Ce fut alors qu'elle le remarqua.

Depuis l'autre côté de la salle, un gentilhomme la contemplait avec insistance.

Selon l'inverse du code capillaire en vigueur dans la noblesse et la haute bourgeoisie, cet homme était glabre, et portait long ses cheveux charbonneux. Son pourpoint bleu sombre et constellé de joyaux rappela à Rose la splendeur d'un ciel étoilé. Elle eut aussi le temps de noter qu'il portait un collet à large rabat au lieu de l'usuelle fraise, avant qu'un tandem de danseurs lui bouchât la vue. Mue par une impulsion subite, Rose se décala d'un pas pour s'affranchir de cet obstacle.

Personne. L'endroit où l'homme se tenait à l'instant était vide. Déconcertée, elle scruta les alentours.

—Qu'y a-t-il, Rose ?

Charlotte la dévisageait, intriguée.

—Rien, répondit l'intéressée en continuant d'examiner les environs.

—Tu as vu quelque chose ? insista la demoiselle de Carville en suivant son regard.

—Non… non.

Rose secoua légèrement la tête et pivota vers son amie :

— Va vite rejoindre Chaumontel. Charme-le de ton mieux et ne te soucie pas du reste. Je vais trouver une solution.

— Tu es sûre ?

— Oui, oui. Vas-y. Ne le fais pas attendre.

Charlotte hésita, mais finit par obtempérer. Dès que son amie eut le dos tourné, Rose se remit à scruter la pièce. Au milieu de la multitude d'invités, elle vit le marquis de Jouars s'éloigner vers la salle aux victuailles, avec à son côté le maréchal de Cossé-Brissac. En dehors de cela, elle ne distingua aucun visage connu. Pas même l'Anglais avec sa fraise farfelue.

— Chercheriez-vous quelqu'un, *lady* ? chuchota-t-on contre son oreille.

Rose laissa échapper une exclamation. Elle se retourna dans un brusque haut-le-corps, prête à s'insurger contre cette scandaleuse familiarité. Mais ses remontrances moururent dans sa gorge. Le gentilhomme au pourpoint céleste se tenait là, à un mètre d'elle.

Et il était divinement beau. Son regard, d'un intense vert émeraude, n'était rien moins que stupéfiant…

Lorsque, sans cesser de l'observer, il s'inclina dans une galante révérence, la luxueuse cape de velours posée sur son épaule se déploya gracieusement le long de ses flancs. Rose, désarçonnée, lui rendit son salut par réflexe.

— Je ne voulais pas vous effrayer, *lady*. Veuillez me pardonner, dit-il de cette voix profonde qui l'avait fait tressaillir quelques secondes auparavant.

— Vous êtes excusé, parvint-elle à articuler alors qu'ils se redressaient tous deux.

— Artus d'Holival, seigneur de Boissy et de Pont-Châtel, comte de Janlys. Pour vous servir, *lady*.

— Enchantée… Je suis…

— Lady Eileen, fille unique de lord Edmund Leigh, *4th Earl of Greer*, acheva-t-il à sa place en usant des exacts termes anglais, prononcés avec un accent tout aussi juste.

Bouche bée, Rose essaya de rassembler ses pensées. D'où ce gentilhomme la connaissait-il ?

— Ne soyez pas surprise, *lady*, j'ai pris la liberté de m'enquérir de vous auprès du maître de maison.

— Qu'ai-je fait pour mériter cet honneur, mon seigneur ?

— Votre éclat éteint celui de toutes ces chandelles, comment ne pas souhaiter vous être présenté ?

Sur le moment, Rose ne sut dire si elle était conquise ou choquée. Mais lorsque le comte esquissa un sourire, il s'éveilla en elle un émoi que n'avaient pas même su effleurer les compliments ronflants de Chaumontel. Malgré ses insolites manières, ou peut-être à cause d'elles, Rose convint que ce M. de Janlys était fort digne d'intérêt.

Elle estima qu'il devait avoir environ son âge. Athlétique, doté de traits d'une régularité extrême, affirmés et racés tout à la fois, il avait la mâchoire légèrement anguleuse et le menton creusé d'une petite fossette. Il émanait de lui l'aplomb tranquille d'un homme en pleine possession de ses moyens. Assurément rien de commun avec le jouvenceau vicomte, lequel n'arrivait pas à la cheville de ce gentilhomme-ci, tant en charme qu'en beauté…

— Puis-je me faire pardonner mon effronterie en vous tenant compagnie, lady Eileen ?

— Avec plaisir, s'entendit-elle répondre dans un souffle.

Ils firent quelques pas en silence, ce qui permit à Rose de se recomposer une contenance.

— Où se situent vos terres, monsieur le comte ? questionna-t-elle, courtoise.

— Aux abords du duché de Berry.

— Vous êtes bien loin de chez vous, mon seigneur.

— J'ai certaines choses à faire à Paris. Je me suis donc installé pour quelque temps dans ma châtellenie de Boissy.

— Où est-ce ?

— À une huitaine de lieues, au sud d'ici.

— J'espère que vos affaires ne vous retiendront pas trop longtemps, que vous puissiez vite retrouver les vôtres.

Le comte se fendit d'un large sourire, révélant une denture immaculée, ainsi qu'une nouvelle fossette sur chaque joue.

— Personne ne m'y attend, si c'est ce que vous vouliez savoir, précisa-t-il en tournant vers Rose un regard perçant.

Celle-ci sentit le sang affluer à ses pommettes. Elle détourna précipitamment la tête.

— Ne soyez pas gênée. Je le reçois comme un compliment, ajouta Janlys. Bien que je ne veuille surtout pas vous paraître fat, *lady*…

Assaillie par une nouvelle vague d'embarras, Rose éprouva le besoin de se justifier :

— Veuillez m'excuser, mon seigneur, je suis malhabile dans l'art des mondanités.

— Pensez-vous que je le déplore ? Vous auriez tort. Les mièvreries des courtisans m'ennuient. D'autant plus qu'en vérité il ne s'agit que de jalousie et de hargne, couvertes d'un vernis de politesse craquelé prêt à céder à tout instant… Croyez-m'en, ces mondanités-là n'ont rien d'exaltantes. Je suis bien aise de ne pas avoir à en subir de nouvelles.

— L'on me reproche pourtant mes lacunes en ce domaine. Je m'en voudrais de vous indisposer.

— Vous ne m'indisposez nullement, *lady*. Je ne suis pas de ceux que la franchise rebute, comme vous voyez.

Il lui adressa un autre sourire, séduisant et piquant à la fois, auquel Rose ne put s'empêcher de répondre.

— Même s'il s'agit d'une damoiselle ? questionna-t-elle.

— Même en ce cas, oui.

— Alors, monsieur de Janlys, vous êtes un gentilhomme exceptionnel.

Le comte s'immobilisa, sitôt imité par Rose, puis il se pencha légèrement vers elle, une lueur indéfinissable au fond de ses longs yeux.

— En doutiez-vous ? susurra-t-il.

Un demi-sourire encore accroché aux lèvres, Rose se perdit dans la contemplation de son regard… Il y avait dans ses iris un étrange chatoiement, une sorte de lent miroitement donnant l'impression saisissante qu'ils étaient en mouvement. Comme si elle eût contemplé la surface d'un lac caressé par la brise… Un lac de montagne, au printemps, qui refléterait les verts pâturages alentour. Un lac isolé où seuls viendraient boire les loups, à la nuit tombée… Un lac serein. Insondable. Éternel…

— Mais je vous embarrasse encore, pardonnez-moi.

Rose cilla.

Grand Dieu ! ne dévisageait-elle pas son interlocuteur le plus grossièrement du monde, juste à l'instant ?

Désorientée et confuse, elle baissa le nez.

— Non, mon seigneur, c'est à moi de me faire pardonner. Je ne cesse de manquer à la bienséance ce soir. Vous m'en voyez navrée. Le voyage jusqu'à Paris m'a éprouvée plus que je ne l'aurais cru. Je suis assez lasse et…

— Ne vous confondez pas en excuses, *lady*. Les voyages sont toujours difficiles.

— Je vous sais gré de votre clémence, monsieur.

— C'est naturel. Quiconque a déjà connu de longs périples comprendrait votre lassitude.

La jeune femme hocha une fois la tête en guise de remerciement, mais hésita avant de relever les yeux vers lui. Lorsqu'elle le fit, elle ne discerna plus aucun ondoiement dans son regard. Elle songea vaguement que ce gentilhomme la troublait un peu trop, puis ses pensées se raffermirent. Il lui vint une idée de conversation moins propice à la rêverie.

— Vous qui vivez non loin d'ici, vous pourrez peut-être me rassurer quant à d'alarmantes nouvelles entendues ce soir, dit-elle.

— Je vous écoute, *lady*.

— J'ai surpris malgré moi une conversation où il était question de pauvres hères retrouvés éventrés quelque part dans les rues de la ville. Est-ce vrai ?

L'humeur du comte s'assombrit.

— Hélas oui, je le crains.

— Certains disent qu'il s'agit d'une bête sauvage.

— Peut-être bien…

— Dans Paris ? Vous croyez cela possible ?

— Certaines rues sont particulièrement sombres et désertes la nuit. Qui sait ce qui pourrait s'y cacher ?

— Mais, les murs ? Comment les auraient-elles franchis ?

— Une bête trouve toujours le moyen.

— Et s'il s'agissait d'un homme ?

— C'est ce que vous pensez, *lady* ? Que c'est le fait d'un homme ?

— Je ne sais pas… Je ne fais que m'interroger.

— Croyez-vous qu'un seul homme pourrait ainsi en massacrer trois autres ?

— Peut-être étaient-ils plusieurs ?

— Ou peut-être était-ce une créature diabolique ? rétorqua le comte sur un ton badin.

Rose en resta médusée. Janlys ne craignait-il pas de plaisanter de cela devant une quasi-inconnue, au beau milieu d'une pièce bourrée de gens convaincus de l'existence du démon ?

Le comte se fendit d'un sourire exquis.

Non, apparemment il n'en éprouvait nulle crainte.

Sa hardiesse dépassait de loin celle de Rose. Pour une fois, celle-ci ne trouva rien à répondre...

— Une noble dame ne devrait pas se préoccuper de si terribles événements, reprit Janlys. Oubliez cela, vous ne risquez rien ici.

Les musiciens entamèrent alors les premiers accords d'une volte. Plusieurs couples prirent place tandis que les spectateurs s'écartaient. La volte était une danse très enlevée qui avait suscité grand tapage en son temps, à cause de la promiscuité des partenaires. Encore considérée provinciale et grivoise par certains esprits passéistes, cette danse requérait l'exécution d'une série de sauts où la dame prenait appui sur son cavalier pour se projeter dans les airs, aidée par le bras ou la jambe de ce dernier – ou par les deux, selon dans quelle région du monde l'on se trouvait. Ici, en France, le cavalier usait et d'une main placée sous le busc de la dame pour l'aider à se soulever, et d'un appui de la cuisse sous le postérieur de cette dernière pour l'aider à tourner. D'où la réputation sulfureuse de la volte.

— *Lady*, si vous n'aviez été si lasse, j'aurais sollicité la grâce d'être votre cavalier, déclara le comte.

Rose fut prise d'une folle envie d'accepter. Une volte entre de tels bras ne pourrait être que pur délice...

— Ç'aurait été avec joie mais je crains en effet de n'être pas en état, répondit-elle pourtant, la mort dans l'âme.

— La gaillarde aura drainé vos dernières forces, j'imagine...

La jeune femme se figea une seconde, puis considéra le comte avec une certaine appréhension. Il en savait décidément beaucoup sur ses agissements. N'était-ce pas quelque peu étrange ? Voire dérangeant ?

Un fin sourire aux lèvres, Janlys reporta son attention sur les danseurs. Quoi qu'elle pût en penser, Rose devait toutefois admettre que ce gentilhomme à la si parfaite beauté l'intriguait au plus haut point. Tout en lui différait d'avec le commun. À commencer par son inusuelle chevelure. Celle-ci paraissait aussi lustrée qu'une étoffe de soie, et était si noire qu'elle semblait absorber la lumière environnante. Traversée d'une infime ondulation, elle courait le long du visage du comte jusqu'à la pointe de son menton, avec laquelle elle flirtait agréablement… Puis il y avait aussi cette peau, si nette. Nulle aspérité, rougeur, ou comédon ne venait en gâcher l'éclat. L'on ne voyait rien que le grain délicat d'un épiderme satiné à loisir.

Rêveuse, Rose se demanda s'il serait aussi doux au toucher qu'il en avait l'air…

— Je n'ai pas le plaisir de connaître ce gentilhomme, mademoiselle de Greer, déclara brusquement une voix à sa gauche. Auriez-vous l'obligeance de me le présenter ?

Le vicomte de Chaumontel se tenait là, Charlotte à son côté. Rose n'avait pas remarqué leur approche, et elle conçut de cette intrusion un vif déplaisir. Ainsi, Chaumontel pouvait danser en toute quiétude avec une autre femme, mais elle ne pouvait bavarder avec un autre homme sans qu'il s'interpose ?

— M. d'Holival, comte de Janlys, fit soudain l'intéressé lui-même. Vous êtes le vicomte de Chaumontel, n'est-ce pas ?

— Euh… oui. Oui, c'est exact, monsieur le comte, bredouilla Chaumontel, visiblement dérouté.

— Je suis fort aise de vous rencontrer. Le marquis m'a parlé de vous. L'on dit que votre manoir est un havre d'élégance.

— Vous me faites bien trop d'honneur, monsieur le comte. Mon humble demeure n'est rien en comparaison des... des ravissements que contiennent les vôtres.

— Vous connaissez le comte, monsieur de Chaumontel ? s'étonna Rose.

— De réputation seulement, mademoiselle.

À en juger par la servilité que le vicomte étalait, Rose songea que la réputation en question devait être supérieurement écrasante.

— Vous êtes sans doute mademoiselle sa promise ? reprit Janlys en regardant Charlotte, qui lui souriait de toutes ses dents.

Rose faillit tressaillir. Ses fiançailles lui étaient totalement sorties de la tête !

— Ah... hum... non, mon seigneur, bafouilla le vicomte. Mlle de Carville est... euh... une amie de... une amie.

— Une amie d'une amie ? insista Janlys, candide.

Rose plissa les yeux. Elle ne croyait pas une seconde qu'il pût ignorer l'identité de Charlotte, lui qui semblait si parfaitement et impudemment renseigné.

— Mademoiselle est mon amie, intervint-elle. Nous nous connaissons pour ainsi dire depuis le berceau. Elle est la fille de M. Charles d'Albran, baron de Carville.

— Mes hommages, mademoiselle.

Charlotte exécuta sa plus belle révérence.

— C'est un honneur, mon seigneur, dit-elle sur un ton sucré que Rose se prit à désapprouver.

Gratifiant la demoiselle d'un sourire poli, Janlys reporta son attention sur Chaumontel.

— Toutes mes excuses si je me suis montré outrecuidant, monsieur, lui dit-il. Pour ma défense je tiens à dire que je fus mal informé. L'on m'avait assuré que vous étiez fiancé.

— D'offense point, certifia le vicomte, un rien crispé.

— Mais vous n'êtes promis à personne, n'est-ce pas ?

Chaumontel jeta un rapide coup d'œil à sa presque fiancée.

— Eh bien je… euh… non, je… Non, acheva-t-il, piteux.

La jeune lady Greer dut fournir un effort titanesque pour ne pas laisser poindre son ahurissement. Considérant sa complice un court instant, elle devina à son expression nébuleuse que Charlotte luttait aussi pour ne pas afficher ses sentiments.

Il fallait admettre que devant une telle aubaine il y avait de quoi s'émerveiller ! En une minute à peine, le comte de Janlys venait de réussir ce pour quoi Charlotte et elle complotaient depuis des jours ! Néanmoins, Rose modéra son enthousiasme. Tout cela était bel et beau, mais l'on ne pouvait entièrement se reposer sur des civilités échangées lors d'un bal. Chaumontel pouvait fort bien désavouer ses paroles sitôt le comte de Janlys repartit.

— Quelle intolérable balourdise ai-je commise ! Mille excuses, reprit Janlys avec affectation.

— Allons, ce n'est qu'une très légère erreur, monsieur, se récria Chaumontel.

— Ah, monsieur, l'on m'avait entretenu de votre affabilité, mais je serai dès à présent le vivant témoin de sa véracité !

Janlys avait dit ne pas aimer les mondanités, mais cela ne l'empêchait visiblement pas d'y exceller. Quelle maîtrise dans la flatterie ! Rose s'y serait laissé prendre si elle ne l'avait côtoyé au naturel, quelques minutes auparavant…

— Il va de soi que je mettrai un point d'honneur à détromper l'infortuné marquis qui me renseigna si mal à votre sujet, poursuivit Janlys, solennel. Je m'en voudrais que vous subissiez un autre affront.

Chaumontel devint livide. Charlotte et Rose échangèrent un regard.

— Ne vous donnez pas cette peine, ce n'est rien, vraiment, susurra le vicomte, de plus en plus pâle.

— Si, si, j'insiste. Je ne peux laisser pareille sottise se répandre ! Je suis d'ailleurs bien fâché d'en avoir été l'instrument. Soyez assuré que cela ne se reproduira pas, monsieur. J'en informerai notre hôte dès que possible... Toutefois, je vous prie de ne point tenir rigueur à M. de Jouars qui aura, comme moi, parlé en toute bonne foi.

— Bien entendu, chuchota Chaumontel, défait.

Si Janlys informait le marquis de ces non-fiançailles – et il y avait fort à parier qu'il le ferait –, c'en était fini de Chaumontel. Infliger une telle avanie à sa presque promise le soir de la finalisation des pourparlers était inqualifiable ! Le glas venait très certainement de sonner pour ce mariage.

Enfin... si lord Edmund tenait sa promesse, bien sûr...

Rose repoussa cette idée. L'heure n'était plus à la grisaille, voici qu'elle était libre de nouveau ! Et tout cela grâce à l'intervention inopinée d'un noble inconnu. Charlotte avait eu raison. Le destin, ou quoi que ce puisse être, s'était mis de la partie. Se tenant pour l'obligée de ce providentiel comte de Janlys, Rose se promit de le rembourser un jour de cette dette contractée à son insu.

— Maintenant, si vous voulez bien nous excuser, fit Janlys. Lady Eileen se sentait lasse et je me proposais de la mener vers la collation, afin qu'elle prenne des forces.

Leurs interlocuteurs prononcèrent quelques politesses que le comte ne fit pas même l'effort d'écouter. Il mit immédiatement le cap sur la pièce attenante, là où Rose avait laissé son père un peu plus tôt.

La salle aux victuailles s'était remplie d'une petite dizaine de convives. Or aucun d'eux n'était lord Greer.

Sa fille songea qu'il devait ruminer sa mauvaise humeur dans un coin. Elle se plut alors à imaginer la déconvenue que lui infligeraient les révélations à venir, se disant que ce n'était que justice après les procédés boiteux qu'il avait employés pour conclure ce mariage. Devançant Rose près de la longue table chargée de mets, Janlys fit signe aux laquais commis au service. Deux d'entre eux s'avancèrent, un verre de vin sur chaque plateau. Le comte en tendit un à Rose et s'empara du second. Puis, d'un regard, il congédia les laquais.

— Pensez-vous que le vicomte me tiendra rigueur de cet impair, *lady*? demanda-t-il.

— Pas si vous vous employez à le corriger, ce que vous avez déjà promis de faire.

— Je suis un homme de parole. Soyez sûre que je le ferai.

— Je n'en doutais pas, mon seigneur.

Rose dissimula son sourire en prélevant une gorgée de vin. Elle n'en doutait presque pas avant d'avoir insisté. Maintenant, elle en était certaine.

— Je me suis toutefois montré sous un jour bien peu flatteur, reprit le comte. Comment puis-je vous convaincre que je ne suis pas ce que je semble être ?

— Que croyez-vous être, monsieur ?

— Un lourdaud, j'en ai peur…

— Loin s'en faut. Je n'aurais pu souhaiter meilleure compagnie que la vôtre.

— Le pensez-vous ?

— Tout à fait.

— En ce cas, *lady*, je suis comblé.

Janlys lui adressa un sourire éblouissant, où perla cependant une pointe de malice… Ce qui raviva en Rose un certain malaise. Elle ne savait au juste à quoi s'en tenir avec cet homme tantôt enjôleur, tantôt inquiétant. Une part d'elle-même exigeait qu'elle échappât séance tenante à son envahissante escorte, mais une autre, au contraire, rassurée par sa présence, la réclamait.

— Consentiriez-vous à me parler de votre auguste personne ? s'enquit-il.

— Voilà une requête cavalière. Surtout venant d'un gentilhomme que je connais à peine…

— C'est ce que je me proposais de faire, *lady*. Apprendre à vous connaître au-delà des futilités courtoises que l'on échange d'ordinaire, afin de caresser l'espoir d'être un jour, peut-être, compté au nombre de vos amis.

Rose se laissa bercer par cette voix d'un calme pénétrant. Ce timbre profond était si suave qu'un long frisson hérissa le duvet de sa nuque, avant de dévaler son échine.

— Que voudriez-vous savoir ? demanda-t-elle.

— Ce que vous jugerez bon de me dire.

— À quel propos ?

— Eh bien, par exemple… Qu'aimez-vous ici-bas, et que n'aimez-vous pas ?

Rose esquissa un sourire. Ce gentilhomme était décidément bien singulier.

— Vaste et ennuyeux sujet, mon seigneur.

— Laissez-moi juger de ce qui est ou non ennuyeux, *lady*. Et pour ce qui est du temps, soyez assurée que je n'en tiens pas le compte.

Encouragée par cette plaisante réplique, la jeune femme commença à parler. Elle discourut pendant de longues minutes, sans discontinuer. Janlys l'écouta avec une attention sans faille, animé d'une réelle curiosité, et ne l'interrompant que pour poser de nouvelles questions. Loin de la reléguer à un simple objet de divertissement, comme il en allait trop souvent des hommes envers les femmes, le comte semblait la considérer comme son égal. L'intérêt qu'il manifesta pour sa personnalité et ses goûts était si rarissime que Rose se surprit à en révéler plus qu'elle ne l'aurait voulu. Tandis qu'elle parlait, ils allèrent se poster près de l'une des immenses fenêtres de la pièce. L'air y était plus frais, et la musique moins entêtante que dans la salle de bal. Un endroit propre à accueillir leur aimable conversation…

Ce fut là que les trouva lord Greer lorsqu'il reparut, entrant par une porte dérobée située à quelque distance du couple.

— Eileen ?

Rose sursauta.

— Père ? Où étiez-vous passé ?

— J'avais besoin de prendre l'air, bougonna-t-il.

— Père, voici le comte de Janlys. Nous nous sommes rencontrés par hasard, alors que je vous attendais.

Lord Edmund tourna vers ce nouveau visage un regard intrigué.

— Bien le bonsoir, monsieur. Le marquis avait dit que vous seriez peut-être des nôtres.

Rose fit la moue. Encore ? Comment cet homme pouvait-il être aussi connu sans qu'elle en eût jamais entendu prononcer le nom ?

— Comme vous voyez, je suis là. Enchanté, lord Greer.

— Moi de même, monsieur le comte.

— J'ai pris la liberté de converser avec lady Eileen pendant votre absence, sa compagnie étant des plus agréables. J'espère que vous n'en prendrez pas ombrage ? ajouta Janlys après un court silence.

— Du tout, du tout.

Lord Edmund jeta sur la salle un coup d'œil circulaire.

— Je ne vois pas M. de Chaumontel, constata-t-il. Nous aurait-il quittés ?

— Je suppose qu'il doit être à côté, dit Rose.

— Avec Mlle de Carville ?

— Je l'ignore, père.

— Eh bien, allons à sa rencontre. Cela vous convient-il, monsieur le comte ?

— Ç'aurait été avec joie, bien que j'aie déjà été présenté à cet aimable seigneur, mais j'aperçois enfin le marquis de Jouars. Je dois entretenir notre hôte d'une affaire qui ne saurait attendre.

— Faites, monsieur, faites.

Janlys s'en fut au-devant du marquis, qui passait à l'orée de la salle, toujours en compagnie du maréchal. Les deux hommes s'arrêtèrent lorsqu'ils virent le comte approcher. Le maréchal de Cossé-Brissac semblait connaître Janlys aussi bien que le marquis de Jouars. Leurs manières à son égard furent aussi affables que possible. Puis, après qu'ils eurent échangé quelques mots avec lui, Janlys mena le marquis à l'écart.

— Eileen ?

Poursuivant leur chemin, le comte et le marquis disparurent dans la foule.

— Eileen !

— Oui, père ?

— Pourquoi n'êtes-vous pas avec Chaumontel ?

— Eh bien… c'est assez délicat…

Lord Edmund leva les yeux au ciel et joignit les mains sous son menton avec un claquement sonore.

— Mon enfant, qu'avez-vous encore fait !

— Rien, père. Ce n'est pas moi qui suis à l'origine de cette vilaine tournure.

— Quoi ? coassa-t-il. Quelle vilaine tournure ?

Rose hésita une seconde sur la façon dont il convenait d'annoncer la chose, puis décida qu'il valait mieux en finir rapidement :

— Il apparaît que le vicomte n'est pas disposé à ce mariage.

— Qu'est-ce... pas... QUOI ?!

— Allons, père, maîtrisez vos émotions, persifla Rose. L'on pourrait croire que je tiens de vous...

Lord Greer ne releva pas, mais son teint devint cireux. Il prit une bruyante inspiration.

— Expliquez-vous, Eileen.

— Le marquis vous racontera cela sans doute mieux que je ne saurais le faire. Le comte de Janlys, qui fut témoin de cet affront sans même le savoir, l'en informe à l'instant.

Comme son père ne pipait mot, se contentant de la dévisager avec des yeux de chouette, Rose poursuivit :

— Lorsque Janlys s'enquit auprès de Chaumontel de ses fiançailles, celui-ci nia fermement qu'il fût promis, et ne précisa point qu'il pût en être question. Il ne varia pas davantage quand nous sûmes que Janlys tenait l'information de M. le marquis.

— Fi, l'outrage ! explosa lord Greer derechef.

Rose se garda d'en rajouter. Elle croisa les mains sur le devant de sa robe et baissa les yeux, comme une bonne fille, luttant férocement avec elle-même pour ne pas afficher de sourire victorieux.

— Comment a-t-il osé ! Le rustre ! Le malappris ! Le...

— Eh bien, eh bien, monsieur, quelle méchante humeur ! s'exclama-t-on dans leur dos.

Rose et son père pivotèrent de concert vers l'indiscret personnage. C'était un homme entre deux âges, aux cheveux d'un blond éteint. Un long nez proéminent jaillissait de sa figure osseuse, juste au-dessous d'une paire de petits yeux rapprochés, couleur gris acier. À son cou pendait une imposante croix d'or.

À sa vue, lord Greer se délita.

— Poisieu, souffla-t-il.

— Monsieur de Greer…

— Que faites-vous ici ?

— Je suis convié au bal, tout comme vous…

— Je pensais que vous étiez sur vos terres.

— Certaines affaires de première importance m'ont rappelé dans la capitale.

Un tressaillement sur les joues de lord Edmund trahit la contraction spasmodique de ses mâchoires.

— C'est votre fille, je présume ? Bien le bonsoir, mademoiselle.

— Monsieur, répondit Rose en faisant sa révérence.

— Vous amusez-vous, mademoiselle ? Je l'espère ! Il se passe tellement de choses intéressantes lors d'un bal, n'est-ce-pas, Edmund ? fit l'homme en se tournant de nouveau vers lord Greer. En vérité, c'est moi qui suis surpris de vous voir si loin de chez vous. Qu'êtes-vous venu faire à Paris ?

— Juste assister au bal.

— Ah oui ?

Poisieu marqua une pause. Portant la main à sa lourde croix, il la fit jouer entre ses doigts. À la nervosité de son geste, l'on devinait que ce devait être chez lui une sorte de tic.

Sans cesser de triturer son crucifix, il pivota vers la table, le regard attiré par les valets qui s'affairaient autour d'elle. L'un des laquais apportait des pichets de vin ; un autre une carafe de verre bleuté remplie d'eau claire ; un troisième une grande corbeille de pain ; un quatrième ôtait les plats vides et les assiettes abandonnées, pendant qu'un dernier s'assurait que chacun des convives avait ce qu'il lui fallait.

— Le marquis a soigné son affaire, reprit Poisieu en observant le va-et-vient des domestiques. Comme toujours. Il a un talent inné pour organiser les choses, non ?

— C'est un hôte de premier ordre, marmonna lord Edmund dans sa barbe.

— Avant de quitter la ville, passez donc me visiter à mon hôtel, Edmund. Il y réside en ce moment même certains de vos vieux amis qui seraient ravis d'avoir de vos nouvelles, après tout ce temps…

Lord Greer se raidit.

Lorsqu'il reprit la parole, sa voix était râpeuse, comme s'il manquait de salive :

— Veuillez nous excuser, l'on nous attend.

— Bien sûr, bien sûr. Je ne doute pas que vous soyez très sollicité. Au plaisir de vous revoir bientôt…

Lui jetant à peine un regard, lord Edmund maugréa un au revoir renfrogné et entraîna sa fille à sa suite.

— Qui était-ce ? s'enquït Rose lorsqu'ils furent à bonne distance de l'individu.

— Une ancienne connaissance.

— Vous ne semblez guère l'apprécier.

— Ce ne sont pas vos affaires, Eileen. Puis j'ai d'autres préoccupations pour l'instant…

De retour dans la salle de bal, ils purent constater que la fête battait son plein. Une soixantaine de personnes allaient et venaient dans un tourbillon de tissus chamarrés, de coiffes, et de capes. Les musiciens jouaient haut un branle de Bourgogne que l'on dansait avec entrain, si bien qu'il était impossible de traverser la salle dans quelque sens que ce fût, hormis en en longeant les pourtours. Pour ne pas être percutés, lord Edmund et sa fille durent d'ailleurs se retrancher le long d'un mur.

Tandis que son père se dévissait le cou, sondant la foule de tous côtés, Rose contempla les danseurs. Elle était maintenant d'humeur à les rejoindre. Elle y serait volontiers allée, mais son père était bien trop grognon pour qu'elle fît étalage de son allégresse. Elle se contenta donc de suivre le mouvement des rondes, battant la mesure d'un pied que personne ne pouvait voir sous ses épaisses jupes. Ce faisant, un éclair argenté lui frappa l'œil, tel qu'un peu plus tôt dans la soirée.

Charlotte était dans l'un des cercles, mais nul Chaumontel ne se tenait à son côté. En revanche, il y avait près d'elle le baron de Carville et la marquise de Jouars.

Chère marquise, songea Rose. *Elle se réjouira sûrement de l'incident avec le vicomte lorsqu'elle l'apprendra.*

Comme elle la regardait sautiller dans sa robe de satin écrue, il lui vint une idée…

— Qu'est-ce qui a pu pousser le vicomte à agir dc la sorte, père ?

— Si je le savais, Eileen, je n'aurais point nécessité de m'en enquérir.

— Peut-être aura-t-il entendu quelque vilenie à mon propos, puisqu'il semble qu'il s'en murmure ces temps-ci…

Lord Edmund cessa de s'agiter et pivota tout d'un bloc vers sa fille. Un pli soucieux lui barrait le front entre les deux sourcils. Feignant d'abord d'ignorer qu'il la dévisageait, Rose, après une seconde, lui rendit son regard.

— Notre aimable hôtesse connaît-elle le vicomte ? ajouta-t-elle d'un air faussement désinvolte.

Son père opina en silence. Elle arbora alors une petite moue pincée, avec juste ce qu'il fallait d'amertume. Prenant conscience de ce que sa fille sous-entendait, lord Greer tourna lentement les yeux vers la marquise, la mine longue comme un jour sans pain.

Rose l'imita.

Le vicomte de Chaumontel avait paru fort troublé par la présence de Janlys, mais cela avait pu n'être qu'un heureux prétexte pour exprimer de tout récents griefs à son encontre. Qu'en savait-elle, après tout ?

Comme elle s'interrogeait, un pourpoint bleu nuit obstrua tout à coup son champ de vision. Rose délaissa instantanément ses considérations. Le comte de Janlys était de retour, accompagné du marquis de Jouars et du maréchal de Cossé. Le marquis semblait presque aussi consterné que lord Greer. Posant une main amicale sur l'épaule de ce dernier, il l'entraîna à l'écart, laissant Rose seule avec les deux autres.

— Maréchal, voici lady Eileen Greer, énonça Janlys.

La jeune femme se fendit d'une révérence, pour la énième fois de la soirée.

— Mademoiselle.

— Vous connaissez sûrement le maréchal de Cossé, *lady* ?

— Qui ne le connaît pas ?

Le maréchal comptait parmi les quelques convives à avoir gardé son fleuret au côté. L'on pouvait dire rien qu'à la garde qu'il s'agissait d'une arme d'excellente facture.

— Vous me faites bien de l'honneur, mademoiselle. Mon nom n'est point si célèbre que vous le supposez.

— Il l'est plus que votre discrétion le suggère, maréchal, assura Rose, affable.

Cossé-Brissac sourit, révélant une denture ajourée. Il émanait de sa personne des effluves âcres que le parfum dont il s'était inondé échouait à masquer. Le fait n'était pas rare. Il en allait de même pour de nombreuses personnes. En cela, c'était plutôt Rose qui faisait figure d'exception. À ce propos, elle ne se souvint d'aucun relent de ce type autour de M. de Janlys. Malheureusement, avec tout ce monde, il était difficile de s'en assurer.

— C'est exact, maréchal, renchérit Janlys. Vos victoires bretonnes sont sur toutes les lèvres.

— Vous exagérez, mais c'est aimable à vous…

Se penchant vers Rose, le maréchal ajouta sur un ton de confidence taquine :

— Méfiez-vous, damoiselle. Ce monsieur n'a pas son pareil dans l'art de discourir. Qui sait de quoi il serait capable pour gagner les faveurs d'une aussi belle dame que vous !

— Vous vous connaissez depuis longtemps ? interrogea-t-elle.

— Depuis quelques années. Nous nous rencontrâmes par hasard, chez une relation commune. Il me prodigua ce soir-là d'heureux conseils qui me guidèrent sur une voie que je n'ai jamais regrettée depuis.

— Allons, maréchal, c'est à votre tour de forcer le trait, protesta Janlys.

— Point du tout, monsieur. Vous le savez bien. Ce furent vos paroles, et rien d'autre, qui me convainquirent du chemin à prendre.

— Permettez que je me défende de ces louanges, bien qu'il me soit précieux de savoir votre confiance acquise…

— Vous êtes un esprit vif et brillant, Janlys, je ne saurais trop le répéter. Vous pourriez avoir un destin glorieux si seulement vous vouliez bien choisir les bons sujets de préoccupation.

— Que voulez-vous dire ? demanda Rose, très intéressée par la tournure de la conversation.

— M. de Janlys se consacre avec grand sérieux à l'administration de ses terres, voyez-vous, damoiselle. Cela lui prend presque tout son temps, alors qu'il pourrait servir Sa Majesté à mon côté, comme je ne cesse de le suggérer.

— Maréchal, cela ne va pas recommencer ? soupira ledit sieur.

— Que si, monsieur ! Vous privez de vos nombreux talents un roi qui en aurait grand besoin.

— Le roi est fin diplomate. Il n'a aucun besoin de moi.

— Lui peut-être pas, mais moi si ! pouffa Cossé. Ah que vous auriez été utile en Bretagne ! Je gage que grâce à vous nous aurions pu éviter certaines échauffourées.

Rose haussa un sourcil amusé. Le maréchal n'était pas avare de compliments.

— Songez à tout ce que vous pourriez accomplir ! poursuivit-il.

— Je vous en prie, nous en avons déjà parlé. La gestion de mes affaires nécessite une attention sans faille.

— Aussi têtu qu'une vieille bourrique, hein ? Je vous reconnais bien là, monsieur le comte !

— C'est vous qui parlez d'obstination, maréchal ? répliqua Janlys avec un demi-sourire malicieux. Combien de fois m'avez-vous soumis cette même requête ?

Pour toute réponse, Cossé-Brissac s'esclaffa.

La musique mourut en même temps que son rire tonitruant. Les artistes se retirèrent – sans doute pour profiter de quelque en-cas offert par le marquis –, les rondes se brisèrent, et les danseurs s'éparpillèrent dans la pièce. Rose en profita pour jeter un œil sur son père. Il gesticulait, racontant Dieu sait quoi au marquis de Jouars, lequel hochait la tête, l'air grave, à intervalles réguliers.

— Maréchal ! Nous nous croisons enfin ! s'écria la marquise en surgissant au milieu du trio. Vous fûtes difficile à trouver.

— C'est que, madame, la conversation de votre mari est si passionnante que je n'ai vu le temps passer…

— Vous connaissez peut-être M. d'Albran, baron de Carville ? demanda-t-elle en lui désignant d'un geste pompeux l'homme qui paraissait à son côté.

— Non, je n'ai pas ce plaisir.

— En fait si, maréchal. Nous nous étions vus brièvement, à Rouen, il y a plusieurs années, corrigea Carville sur un ton d'excuse.

— Oh, vraiment ? Vous me voyez navré de ne point m'en souvenir. J'ai vu tant de visages que j'arrive à m'y perdre.

— C'est bien compréhensible.

Revenant à son tour de la danse, Charlotte vint alors se poster près de son père.

— Voici ma fille, Charlotte, reprit Carville, compassé.

— Mademoiselle…

— Une damoiselle à ce point charmante qu'elle attire toutes les attentions, ajouta la marquise en glissant à Rose un regard en biais. Il semble que le vicomte de Chaumontel goûte fort sa compagnie.

Rose s'efforça de ne pas réagir. Ainsi que le reste de l'assistance, elle afficha un sourire de rigueur.

— Il est des joyaux dont l'éclat aveugle certains yeux, madame, intervint Janlys d'une voix douce. Mlle de Carville est certes ravissante, mais il est dans ce jardin d'autres fleurs plus gracieuses encore…

Son sublime regard accrocha alors celui de Rose, qui se sentit rosir de joie. Joie qui se mua en triomphe devant la mine déconfite de la marquise de Jouars.

Prise en flagrant délit d'amertume, cette dernière grimaça un sourire si aigre qu'on aurait presque pu entendre craquer les muscles de ses joues. Elle s'apprêtait visiblement à répondre, mais une exclamation fusa derrière eux, crevant l'aimable babillement dont la salle bourdonnait depuis plusieurs minutes.

— Comment OSEZ-VOUS proférer de telles choses ! Je ne vous permets PAS !

Le silence se fit comme par enchantement, tandis que tous les regards convergeaient vers le milieu de la pièce.

— Je n'ai pas à recevoir votre aval, monsieur, rétorqua un damoiseau tout de noir vêtu. Je dis ce qu'il me plaît de dire !

— Soit ! Alors convenez que je fasse ce qu'il me plaît de faire ! tempêta son vis-à-vis en tirant son épée au clair dans un grandiloquent, mais non moins menaçant, mouvement de cape.

— Voilà la réponse des papistes ! claironna le jeune homme. La violence ! Ils ne savent que cela et ne le désapprendront jamais !

Le visage du damoiseau semblait familier à Rose, mais elle ne parvenait pas à se souvenir en quelle occasion elle avait pu le rencontrer.

— À quoi sert de parlementer ? Vous n'avez que calomnies à la bouche ! riposta le gentilhomme en arme, la rapière pointée vers la gorge de son détracteur.

Le comte de Janlys et le maréchal de Cossé échangèrent un regard. L'un s'éloigna tranquillement par la gauche, et l'autre par la droite. Un pas après l'autre, ils amorcèrent une approche…

— Qu'est-ce que cela ! s'écria le marquis en fendant la foule pour parvenir jusqu'aux deux querelleurs. Rangez votre lame, monsieur ! Souvenez-vous que vous êtes mon invité ! Je ne veux pas voir répandre le sang dans ma demeure.

— Lorsqu'il aura retiré ses propos infamants !

— Monsieur, si vous cherchez à ce point bataille, ayez l'obligeance de sortir pour régler votre escarmouche, insista le marquis, courroucé.

— *Escarmouche ?* Vous appelez cela une escarmouche ! Savez-vous ce que ce vil personnage a eu le culot de prétendre ?

— Non, je l'ignore et ne m'en soucie point. Sortez, monsieur de Fresnes. Sur l'instant. Ou bien je crains qu'il se trouve ici quelque autre lame en mesure de vous y contraindre, déclara le marquis d'une voix ferme.

— Retirez vos paroles sur-le-champ ! se buta le gentilhomme à l'épée, le regard rivé au jouvenceau.

Ce dernier, sûr de son fait, campait une attitude insolente. Néanmoins la pâleur de son teint trahissait une certaine appréhension.

— Qu'avez-vous dit qui suscite une telle colère ? demanda le marquis au jeune homme tenu en respect.

— Il a prétendu que les catholiques avaient perpétré les récents massacres, en représailles au stupide édit du roi ! brailla l'homme à l'épée avant que l'autre ait le temps de répondre.

Un murmure scandalisé parcourut l'assistance.

Rose se souvint alors du jouvenceau. C'était l'un de ceux qu'elle avait entendus parler de ces horribles meurtres, en début de soirée. C'était lui le gentilhomme grincheux qui n'avait cessé de faire allusion à la Ligue, et à ses possibles complots.

— Révoltant, susurra le père de Charlotte.

Oh, vraiment ? songea Rose, agacée. *Pourtant n'y a-t-il pas déjà eu de nombreux massacres de cet acabit au cours des décennies passées ? Ce ne serait pas la première fois que les dévots s'exprimeraient par le sang...*

— Monsieur, voilà une chose bien sotte à dire lors de festivités pacifiques, commenta le marquis de Jouars, attristé. Il n'y a pas grand mystère à la colère de M. de Fresnes…

— C'est là toute la finesse des huguenots ! vitupéra Fresnes, les traits déformés par la rage.

— Mais cela ne vous autorise pas à tirer votre arme au clair au milieu de mon bal, objecta le marquis. Quelle que soit votre indignation, il y a d'autres manières de le manifester.

— Il n'y en a qu'une qui soit à la hauteur de l'infamie ! décréta Fresnes en avançant sur le jeune effronté.

— Je vous déconseille de faire un pas de plus, monsieur, intervint soudain une quatrième voix, grave et pleine d'assurance. Pour votre propre bien et par respect pour votre hôte, rengainez votre épée.

— Faites ce qu'il vous dit, monsieur, appuya un cinquième personnage. Cela est préférable par bien des aspects.

Fresnes tourna la tête sur sa gauche, en direction du dernier homme à avoir parlé.

— Maréchal de Cossé, murmura-t-il. Je n'aurais pas cru que vous puissiez tolérer de telles insultes envers la catholicité.

— Je n'aurais pas cru qu'un gentilhomme puisse prendre avec tant de sérieux les divagations d'un jeune insolent, répliqua le maréchal.

— Mais il…

— Il n'est qu'un belliqueux petit coq, insignifiant et, semble-t-il, stupide. Pourquoi diantre lui accorder tant de crédit ?

— Pourquoi ne point le faire ? Faut-il rester coi face à ses ignominieuses allégations ?

— Non, mais faut-il pour autant tirer le glaive ? reprit l'homme qui était intervenu juste avant le maréchal.

Fresnes porta cette fois le regard sur sa droite. Rose se décala un peu pour distinguer le gentilhomme, bien qu'elle l'ait déjà identifié à sa voix. L'air incroyablement serein, Janlys s'approcha beaucoup plus près de Fresnes que n'avait osé le faire le marquis ou le maréchal.

— Vous agissez stupidement, monsieur, déclara-t-il. Vous tirez le glaive au milieu d'un bal pour défendre vos croyances, et ce faisant vous confirmez la réputation sanguinaire que ce jouvenceau vous prête… Que comptez-vous faire à présent ? Le tailler en pièces ?

— En quoi son sort vous importe ! pesta Fresnes, de plus en plus nerveux. Seriez-vous de son avis ?

— Non. Je ne suis qu'un convive qui souhaite voir s'achever ce bal aussi paisiblement qu'il a commencé.

— Allez-vous-en, monsieur, renchérit le marquis. Vous avez assez semé de discorde… Vous aussi, dehors ! ajouta-t-il avec beaucoup moins d'égards à l'adresse du jeune homme en noir.

La moue suffisante, ce dernier recula toutefois, prêt à obtempérer. Aussitôt Fresnes combla l'écart et lui colla la pointe de son épée sous le menton. Le jouvenceau eut un rictus de douleur, puis un fin filet de sang vint souiller sa fraise. Dans l'assemblée, une femme poussa une exclamation aiguë. Tirant son épée du fourreau, le maréchal fonça sur le gentilhomme enragé. Mais, avant que quiconque ait pu l'atteindre, Fresnes était à genoux, hurlant de douleur, le bras tordu dans un angle improbable. Le maréchal interrompit sa course. Les autres hommes qui dans la foule avaient également tiré le glaive en firent autant. Debout au-dessus de Fresnes, maintenant sa prise d'une seule main, Janlys le contemplait avec un curieux mélange de mépris et de tristesse.

— Serez-vous enfin raisonnable si je vous laisse aller, monsieur de Fresnes ? demanda-t-il au gentilhomme à terre, ruisselant de sueur et blanc comme un linge.

Fresnes bredouilla un borborygme dont Rose ne comprit rien, mais qui sembla satisfaire Janlys puisque ce dernier le relâcha. Reprenant possession de son membre dans un faible gémissement, Fresnes se releva péniblement, en s'aidant de son bras valide. Le silence était tel que, même à cette distance, Rose perçut sa respiration entrecoupée.

Effarée, elle tourna les yeux vers Janlys.

Le comte ne semblait pas disposé à mener un second assaut, pourtant Rose était pétrie d'anxiété, comme s'il était sur le point de couper son adversaire en deux. Une idée absurde puisque Janlys n'était pas armé. Néanmoins, elle ne parvenait pas à se défaire de cette sensation…

— Allez-vous-en, monsieur, ordonna-t-il.

Le blessé clopina jusqu'à son épée gisant à quelques pas de lui, et se pencha pour la ramasser. La rengainant comme il put, il sortit sans un regard pour personne, s'efforçant de conserver un semblant de dignité. Janlys pivota ensuite vers le jouvenceau fauteur de troubles.

Rose crut venue la dernière heure de ce jeune idiot.

— Déguerpissez, gronda le comte. Que je n'aie plus jamais à revoir votre figure d'imbécile…

Le jeune homme se liquéfia. Il recula si promptement qu'il buta dans une douairière. Cherchant à se rétablir, il trébucha sur un gentilhomme, qui le repoussa sans ménagement. Lorsqu'il parvint enfin à se remettre d'aplomb, il fila vers les portes à toute allure. Sa sortie fut moins noble que celle de Fresnes. Il fuit la pièce plus qu'il la quitta. Cependant, Rose espéra qu'il serait assez malin pour ne pas se risquer au-dehors immédiatement. Faute de quoi plus personne ne pourrait empêcher Fresnes de lui passer le glaive à travers le corps...

Le malotru éclipsé, personne ne bougea, ni ne dit mot. Tous les regards confluèrent sur le comte de Janlys, lequel, debout au centre de la pièce, semblait en occuper à lui seul tout l'espace. Le comte se tourna alors vers le maître de maison, resté les bras ballants depuis que Fresnes avait attaqué, et s'inclina brièvement. Rose sentit se desserrer l'étau qui lui écrasait la poitrine. La tension ambiante se dissipa aussi subitement qu'elle était apparue. Adressant à son invité un respectueux salut de la tête, le marquis de Jouars frappa dans ses mains et cria :

— Musique !

Les musiciens réapparurent promptement. Leur répit avait été de courte durée, néanmoins ils se plièrent aux exigences du marquis et recommencèrent à jouer. Les convives, eux, ne retournèrent pas danser. Il y avait sans doute trop à cancaner pour cela. Ils s'égaillèrent toutefois à travers la salle comme si rien ne s'était passé. Souriant d'une oreille à l'autre, le maréchal de Cossé alla au-devant de Janlys et le gratifia d'une accolade à faire chanceler un bœuf. Après quoi ces messieurs, ainsi que le marquis, rejoignirent la marquise, le baron de Carville, lord Edmund, et les demoiselles, restés tous les cinq en retrait.

— Brillant, monsieur le comte ! Effrayant, même ! Où donc avez-vous appris à agir avec une telle prestesse ? demanda lord Greer. C'est à peine si je vous vis bouger !

— Une vieille connaissance, rompue aux arts de la guerre, m'a enseigné cela il y a fort longtemps, répondit Janlys.

— Qu'était-ce que cette technique ? s'enquit Cossé.

— Une façon d'immobiliser l'adversaire.

— Efficace.

— Et pacifique, ajouta le marquis.

— Pas tout à fait, corrigea Janlys. Il m'aurait été aisé de lui rompre le bras. Mais utilisé de la sorte, c'est assez douloureux pour être dissuasif, sans pour autant entraîner de graves conséquences.

— Qui était ce venimeux damoiseau ? fit Carville.

— Une connaissance du seigneur de Lancray, précisa le marquis.

— Vous lui avez donné une frousse bleue, Janlys ! s'esclaffa le maréchal. Nous ne sommes pas près de le revoir !

— Il n'y a pas que lui qui ait tremblé. J'aurais juré que vous alliez le réduire en miettes ! geignit la marquise, encore sous le choc.

— Ce n'est pourtant pas la première échauffourée à laquelle vous assistez, ma chère, nota son mari.

— Madame, je suis navré de vous avoir effrayée, s'excusa Janlys. Ce n'était pas mon intention. J'espère que vous me pardonnerez ce petit emportement, ajouta-t-il en glissant un regard à Rose.

Celle-ci eut peine à lui sourire tant sa frayeur était encore vivace.

— À quel propos ces hommes se sont-ils chamaillés ? questionna Carville.

— Le jeune huguenot a accusé les catholiques d'avoir perpétré la tuerie de l'impasse d'Amboise, l'éclaira le marquis.

— Qu'est-ce ?

— Eh bien…

Hésitant, Jouars considéra un instant les demoiselles.

— Il y a une semaine de cela, des hommes du guet royal ont trouvé sous un porche les corps de trois gaillards, reprit-il finalement. Le ventre ouvert.

Le maréchal de Cossé acquiesça gravement.

— L'un d'eux avait la tête presque séparée du corps, précisa-t-il. Un spectacle terrible

— Vous les avez vus ? s'écria la marquise, horrifiée.

— Malheureusement, madame. Apprenant mon retour en ville, M. d'Aumont, le prévôt, m'a fait quérir pour avoir mon opinion sur la chose.

— Un seul des trois avait la nuque tranchée ? intervint Rose, se souvenant de ce qu'elle avait entendu un peu plus tôt dans la soirée. Je pensais qu'ils l'avaient tous.

Cossé la dévisagea, étonné.

— Qu'est-ce qui vous a fait penser cela, Eileen ? s'enquit lord Edmund.

— Quelqu'un en parlait dans l'assistance, fit-elle, évasive.

Le maréchal lissa sa barbe.

— Eh bien c'était un racontar, mademoiselle. Un homme seulement était mutilé de la sorte.

— Une idée du pourquoi ?

— Non, non, pas la moindre, soupira le maréchal, tracassé. L'acte est d'une grande barbarie. On ne voit guère cela que sur les champs de bataille... Un règlement de comptes peut-être, acheva-t-il, dubitatif.

— Ils étaient tous huguenots, à ce qu'on raconte, s'immisça Rose derechef.

Lord Greer fronça les sourcils.

— Vous semblez en savoir long, ma fille...

— Non point, père, ce n'est que ce que l'on en disait.

— Je ne sais qui vous avez surpris, damoiselle, mais ce n'était pas des gens bien intentionnés ! souligna la marquise, ulcérée. C'est un comble d'aller prétendre pareille chose.

— Rien ne permet d'affirmer qu'ils étaient huguenots en effet, appuya le maréchal. Ce n'étaient que des gens ordinaires, nul doute sur ce point. Ils n'avaient aucune possession qui puisse attirer le regard… À part peut-être…

Le maréchal s'interrompit, le regard dans le vague.

— Oui ? encouragea Carville.

— À part peut-être ce petit objet… Une petite chose curieuse, vraiment. Je n'en ai jamais vu de semblable…

Cossé s'arrêta encore, attisant la curiosité de son public.

— C'était un genre de minuscule statue. Mais du diable si je sais ce qu'elle représentait.

— Maréchal ! protesta la marquise. Surveillez votre langage !

— Oh, mille excuses, madame…

— À quoi ressemblait-elle, cette statuette ? insista le marquis.

Le maréchal médita un instant.

— Eh bien… je dirais à une sorte de gargouille, mais… façonnée dans un seul bloc, vous voyez ? Aucune excroissance. Tout était fait en relief.

— Voilà qui est certes curieux.

— En quelle matière était-ce ? En bois ? demanda lord Edmund.

— Non. C'est amusant que vous parliez de cela, car je n'ai pas idée de quelle matière il s'agissait. Cela ressemblait à de la pierre. Une pierre d'un vert soutenu.

Rose jeta un œil à Janlys.

— Un peu comme du marbre ! s'exclama le maréchal, heureux d'avoir enfin trouvé une comparaison. Du marbre vert, oui. Quelque chose comme ça…

Chacun eut l'air de creuser sa mémoire à la recherche de semblable matière.

— Je ne vois rien qui corresponde à ce que vous décrivez, maréchal, convint le marquis.

— Je m'en serais douté. Personne n'a été capable de dire de quoi il s'agissait. Mais en tout cas ceux qui virent la statuette s'entendirent tous pour dire que cela ressemblait à…

Se penchant, il baissa la voix jusqu'au murmure.

— … à de l'art païen, termina-t-il.

La marquise blêmit, tandis que le maréchal branlait du chef d'un air important. Rose observa de nouveau le comte de Janlys, essayant de percer le masque impénétrable de son visage. La coïncidence avec la déclaration scabreuse qu'il lui avait faite sur le sujet était plutôt surprenante. Avait-il eu connaissance de cet objet, lui aussi ?

— On a peine à voir le lien avec l'une ou l'autre des confessions que nous connaissons, reprit le maréchal. L'un des hommes voulait même prévenir le Saint-Office. Mais j'ai refusé. Ce serait prématuré. Pour ce qu'on en sait, l'un des gaillards peut avoir volé cette chose…

— Sage décision, commenta le marquis.

Un nouveau silence contrit tomba sur le petit groupe. Janlys posa les yeux sur la demoiselle de Greer, laquelle le considérait toujours, l'air indécis, et lui adressa une ombre de sourire malicieux. Rose eut alors l'inconfortable sensation qu'il savait exactement ce qu'elle avait en tête…

— Monsieur, j'ai passé dans votre demeure un délicieux moment, mais je dois songer à m'en retourner, annonça-t-il soudain en pivotant vers le marquis.

— Comment ? s'écria la maîtresse de maison. Mais il n'est pas si tard !

— Assez pour que je me mette en chemin. La lune est déjà haute, et j'aimerais être à Boissy avant l'aube. J'ai demain une importante entrevue que je ne dois pas manquer. Il me faut prendre quelque repos.

— Vous pourriez loger ici, monsieur le comte, proposa le marquis. Ainsi vous ne repartiriez que demain, après dîner.

— C'est fort aimable à vous mais cette entrevue doit se tenir au matin. Je ne peux guère retarder davantage le départ, quelle que soit l'envie que j'aie de rester.

— C'est toutefois un bien long chemin à faire, surtout de nuit.

— Ne vous inquiétez pas de cela. J'ai la chance d'avoir une monture rapide, et d'une extrême robustesse.

— Quelle pitié, Janlys, ne pourriez-vous remettre vos obligations ? intercéda le maréchal.

— Je crains que non.

— Je ne pensais pas que vous nous quitteriez de si bonne heure, se plaignit la marquise. Nous avons à peine eu le temps de bavarder.

— Vous m'en voyez désolé... Mes seigneurs, mes dames, ce fut un plaisir.

Janlys survola le groupuscule du regard, avant de s'arrêter sur Rose. Le vent s'était de nouveau levé sur les lacs d'émeraude de ses yeux, troublant leur surface de remous languides...

— Un réel plaisir, ajouta-t-il.

S'inclinant succinctement, il fit volte-face sans plus de cérémonie et s'en fut à grandes enjambées. En un rien de temps il passa sous l'arche qui délimitait le seuil de la salle de bal et disparut dans les entrailles de la vaste demeure, laissant derrière lui une Rose pantoise. Celle-ci se sentait comme engourdie. Son esprit s'enlisa alors dans une troublante confusion.

— Je m'en vais goûter aux mets que vous nous proposez, marquis, annonça subitement Charlotte. M'accompagneriez-vous, Eileen ?

Rose posa sur son amie un regard brumeux.

— Oui, murmura-t-elle. Oui, bien sûr...

Lui prenant fermement le bras, Charlotte l'entraîna illico au cœur de la foule. Elles s'éloignèrent par le chemin que venait d'emprunter le comte, à aussi vive allure que le leur permettaient les convenances.

— Tu as intérêt de te presser, enjoignit Charlotte quand elles furent hors de portée des oreilles de leurs pères. Il allait promptement.

— Comment as-tu su ? fit Rose, quelque peu hébétée.

— Il suffisait de voir ta figure, pardi !

Charlotte lâcha le bras de son amie sitôt qu'elles entrèrent dans la pièce où trônait le buffet.

— Allez ! encouragea-t-elle à mi-voix. Hâte-toi !

Ne sachant au juste ce qui lui prenait, Rose s'en fut en courant à travers les antichambres. Son busc la gênait affreusement, et son corset était trop étroit pour ce type d'activité, mais elle persévéra néanmoins.

Ce fut hors d'haleine qu'elle déboucha dans le vestibule, où elle stoppa net. Il y avait, près de la double porte, les deux laquais habituels. Rose tergiversa. Si elle leur demandait quoi que ce soit, cela reviendrait tôt ou tard aux oreilles de la marquise. Déjà que son attitude ne manquerait pas d'être discutée, il n'était guère utile d'en rajouter. Puis, de toute façon, il n'y avait pas trente-six chemins. Le comte avait dû sortir par là.

Elle s'avança donc vers les portes d'entrée, s'évertuant à maîtriser le chaos de sa respiration. Les serviteurs les ouvrirent pour elle, lui permettant de gagner la fraîcheur de cette nuit de printemps. Dès qu'elle fut sortie sur le perron, le passage se referma. À ses pieds, la cour pavée était saturée de chaises à porteurs, de carrosses et de chevaux, sous bonnes gardes de quantité de laquais aux différentes livrées. Cependant, Rose ne repéra aucun mouvement trahissant le départ d'un équipage…

En désespoir de cause, elle scruta l'horizon. Un cavalier isolé remontait la rue au petit trot, la cape rejetée en arrière sur son épaule. La lune était assez claire pour que Rose distinguât sous le chapeau une belle chevelure, flottant dans la brise.

Il s'agissait bien de Janlys.

L'intense déception qu'elle éprouva lui coupa le souffle plus sûrement que sa course à travers la demeure. Il lui sembla que l'on venait de lui envoyer un coup de poing dans l'estomac. Pourtant elle connaissait à peine cet homme. Pourquoi s'en préoccuper puisqu'ils ne se reverraient sûrement jamais ? Rose leva vers le ciel un visage perplexe et contrarié. La nuit s'était parée d'un ravissant manteau d'étoiles… qui lui remémora aussitôt le non moins joli pourpoint du comte.

Idiote, se morigéna-t-elle en faisant brusquement demi-tour.

Négligeant le heurtoir, elle frappa deux coups secs contre l'une des portes. L'huis s'ouvrit sur-le-champ, dans un chuintement discret. Réintégrant la chaleur de l'hôtel, Rose réprima l'envie de se retourner pour apercevoir une dernière fois la silhouette de Janlys. Avec une lenteur infinie, elle reprit le chemin du bal.

Lorsqu'elle parvint dans la pièce où l'on collationnait, Charlotte l'attendait, aux aguets.

—Alors ? murmura-t-elle en fondant sur son amie.

—Rien. Il était déjà parti.

—Mince. J'aurais pourtant juré que…

—Que quoi ? s'enquit Rose avec une once d'agressivité.

—Qu'il t'aurait attendue, ou…

—Fadaises ! fulmina-t-elle. Il était déjà loin !

Charlotte, dépitée, baissa le nez vers le dallage.

—Je suis désolée.

Rose rejeta sa compassion d'un revers de main.

— Fi de Janlys. Nous ne le reverrons guère.

— Mais…

— Assez perdu de temps avec ces vétilles. Parle-moi plutôt de Chaumontel.

Esquivant habilement le regard de sa vieille amie, Rose attendit que celle-ci se résolve à répondre. Après une poignée de secondes, Charlotte se lança effectivement dans un petit résumé de ce que son amie avait manqué. Rien qui n'ait pu être deviné, à l'exception des circonstances de l'envolée du vicomte : d'après Charlotte, Chaumontel avait décampé dès qu'il avait vu le marquis en grand conciliabule avec le comte de Janlys.

— Il est certain que c'est à Janlys que nous devons la réalisation de nos espoirs, souligna la demoiselle de Carville. Du moins pour la partie qui te concerne…

Rose ne répondit pas tout de suite. Elle avait les yeux dans le vague, tournés vers les fenêtres.

— Je gage que Chaumontel te donnera des nouvelles sous peu, finit-elle par déclarer. Ne t'en fais pas.

— En fait c'est ce qu'il a insinué avant de s'en aller, lui confia Charlotte dans un murmure fébrile.

Rose sortit de sa torpeur. Son attention retourna à sa blonde amie.

— C'est vrai ? Merveilleux ! Tu seras heureuse avec lui, j'en suis sûre.

— Attendons qu'il fasse sa demande avant de lancer pareil présage ! pouffa Charlotte.

— Il le fera, tu verras.

La joie qui illuminait le visage de sa chère amie réchauffa le cœur de Rose. Elle n'avait pas le droit d'être chagrine. La soirée avait été à la hauteur de leurs espérances. Et même bien au-delà…

Sur un énième sourire, les demoiselles s'en retournèrent vers la salle de bal. La nuit ne faisait pour elles que commencer.

Chapitre 3

— Mademoiselle ?

Rose roula sur le côté et ouvrit un œil.

— Mademoiselle ? insista Lucie.

— Mmmm. 'Trez…

Habituée aux bredouillements matinaux de sa maîtresse, la petite servante, pourvue de sa sempiternelle cruche d'eau glacée, pénétra dans la chambre. Lorsque, quelques instants plus tard, elle tira les rideaux du lit, Rose n'était pas encore assise. Le drap remonté sous le nez, elle plissa les yeux si fort qu'on n'en vit plus qu'une ligne de cils.

— Mademoiselle a bien dormi ? interrogea Lucie.

— Oui…

Se redressant péniblement, Rose ouvrit peu à peu les paupières.

Voilà quatre semaines qu'ils étaient rentrés de Paris. Ils avaient quitté l'hôtel particulier des Jouars le surlendemain du bal. Soit un jour avant ce qu'ils avaient projeté. Ayant appris par Carville que la baronne des Adrets mettait elle aussi le cap sur Rouen, ils avaient décidé de profiter de sa solide escorte en cheminant à sa suite. Aussi le trajet de retour s'était-il effectué dans d'excellentes conditions. Sitôt à demeure, lord Greer, qui avait été renfrogné tout le long du voyage, se rua dans son cabinet de travail pour écrire son ressenti à Chaumontel. Depuis, ils n'avaient eu aucune nouvelle du vicomte. Ce qui n'était pas le cas de Charlotte, laquelle avait déjà reçu deux lettres de lui. Bien sûr, lord Edmund et lady Mary ignoraient cet état de fait. Et plus tard ils l'apprendraient, mieux cela vaudrait… Cela dit, Chaumontel n'était pas le seul à être resté silencieux avec les Greer. Rose avait espéré obtenir un signe de l'étrange comte de Janlys, estimant que son départ précipité appelait réparation, mais le grossier personnage était resté totalement silencieux. Rose avait alors fait son possible pour glaner quelques détails à son sujet. Pour ce faire, elle s'en était remise à Charlotte, qui était une incomparable source d'informations mondaines. Les journées au manoir Saint-Jacques étaient bien mornes pour Charlotte ; surtout depuis le mariage de sa sœur aînée. Ce pour quoi elle avait appris à s'intéresser aux histoires d'alcôves que l'on chuchotait de-ci de-là. Comme le baron recevait souvent les huiles locales, cela assurait à la jeune femme une manne de renseignements de crédibilité variable, qu'elle s'amusait à croiser et disséquer.

Pourtant, même Charlotte ne put en apprendre long sur le comte de Janlys. Ceux qui le connaissaient savaient principalement sa renommée, bien que la plupart ignorassent comment il l'avait acquise. Quant à ceux qui paraissaient savoir, ils refusaient de le dire. Ainsi donc, Rose apprit seulement que le comte de Janlys appartenait à la branche enviée de la vieille noblesse d'épée ; que son lointain comté, situé aux abords du duché de Berry, était doté de nombreuses et gaillardes troupes ; et que le château dressé sur ses terres était probablement antérieur aux premières croisades. Elle apprit aussi que ce château avait connu plusieurs périodes de travaux, ce qui supposait donc une grande fortune. Mais cela, elle aurait pu le deviner seule.

Un bien maigre butin en somme.

Elle ne comptait pas s'arrêter là, mais les jours passèrent et le silence du comte échauda peu à peu son enthousiasme… Elle finit par se juger bien niaise d'avoir cru qu'il se manifesterait, et, en guise de représailles, décida de bannir le sujet de ses conversations futures. Mais, quels que fussent ses efforts, elle ne parvint pas à oublier Janlys. Il s'accrochait à ses pensées comme une tique sur le dos d'un corniaud…

— Madame vous fait dire de vous hâter, mademoiselle, fit Lucie en approchant les pantoufles.

Rose soupira. On était dimanche. Le seul jour où elle ne pouvait échapper à la messe.

— Oui, oui, bougonna-t-elle. Je sais…

Ouvrant les draps d'un geste sec, elle s'extirpa du lit.

— Mademoiselle est encore maussade, on dirait, commenta la servante.

— Comment cela, « encore » ? s'insurgea Rose.

La jeune fille tourna vers sa maîtresse un visage penaud.

— Eh bien, expliquez-vous, ma petite !

— Ben… C'est que… vous êtes assez chagrine depuis Paris, mademoiselle.

Rose se dirigea vers son miroir avec humeur, regrettant d'avoir posé la question.

— Dehors ! pesta-t-elle.

La domestique fila sans demander son reste, abandonnant la cruche sur la table. Sa maîtresse s'en voulut de s'être montrée désagréable, mais elle n'avait vraiment pas besoin qu'on lui remémorât sa déconvenue. C'était assez exaspérant comme cela. Enfin quoi, n'était-elle pas satisfaite ? Elle était libérée du fantôme d'un mariage grotesque et savait Charlotte en passe d'en célébrer un qui l'enchantait. Que lui fallait-il d'autre ?

Deux prunelles d'émeraude d'une prodigieuse intensité s'ouvrirent alors dans son esprit, la contemplant par-delà l'espace et le temps. Plongeant vers la bassine d'étain avec un grognement d'exaspération, Rose s'envoya à la figure une vigoureuse giclée d'eau froide.

Une multitude de pas résonnaient dans la rue Gros-Horloge. Non pour cause d'activité marchande, puisque l'on était dimanche et que dimanche était jour chômé, mais parce que tout ce que le quartier comptait en populace se rendait à l'office. Toutefois, entre la proximité de l'hôtel de ville, de la cathédrale, et de dizaines de boutiques ouvrant sur la rue, l'endroit grouillait de monde dès le premier coup de la Cache-Ribaud – l'une des deux cloches communales –, messe dominicale ou pas.

Lady Mary déplorait d'habiter ici, et le faisait savoir à qui voulait l'entendre. Elle aurait préféré loger dans un coquet petit hôtel particulier semblable à ceux qui bordaient la rue Saint-Patrice. Requête à laquelle lord Edmund faisait la sourde oreille depuis des lustres. Rose soupçonnait qu'en réalité, malgré l'apparente aisance pécuniaire de la famille, ils n'en avaient simplement pas les moyens. D'ailleurs, peu nombreux étaient ceux qui possédaient encore une telle fortune. Les campagnes militaires successives avaient ruiné une large majorité de la petite noblesse. Bien des hobereaux avaient vu leur fortune réduite à peau de chagrin. Beaucoup d'entre eux étaient aujourd'hui contraints de se rendre au Louvre pour quémander au roi une obole, qui souvent ne venait jamais. Heureusement, les Greer n'avaient pas eu besoin d'en arriver là…

Lord Edmund, endimanché, couvre-chef vissé sur le crâne et épée à la ceinture, sortit le premier de la maison à pans de bois. Jacques, Georges, Julien, Roger, Armand et Roland, les six laquais à son service, le suivirent de près. Revêtus de leur livrée jaune soufre, brodée de noir, ils avaient, à l'instar de leur maître, le fleuret pendu au côté.

Venaient ensuite lady Mary et sa fille, toutes deux masquées, ainsi qu'il se devait de nobles dames circulant par les rues. Elles se logèrent prestement au sein de l'escorte de valets. Mieux valait être prudent, quelque gueux pouvait toujours surgir d'un recoin de mur pour se jeter sur votre bourse et s'enfuir à toutes jambes. Car le dimanche les Greer allaient à pied, et non en chaise à porteurs. C'était une sorte de petit pèlerinage instauré par lady Mary, et dont celle-ci aimait à parler pour démontrer sa grande dévotion. En vérité, elle ne s'enticha de la promenade qu'une fois le chemin dûment pavé. Tant que la rue demeura boueuse, de marche point !

Rose retint un soupir. Non pas que marcher la dérangeât, il lui pesait juste de devoir continuellement céder aux foucades de sa mère.

Néanmoins, la petite troupe se mit en branle. S'insérant sans difficulté dans la foule qui s'écartait à leur vue, ils partirent en direction de la cathédrale Notre-Dame. Après une quarantaine de mètres, ils arrivèrent en vue d'une majestueuse horloge fièrement suspendue à une arche de pierre enjambant la rue. Rouge, noir et or, l'antique ouvrage, trônant du haut de ses deux siècles d'existence, luisait doucement dans le soleil de juin. C'était à ce chef-d'œuvre mécanique que la rue devait le nom qu'elle portait aujourd'hui. La notoriété de ce « gros horloge » avait fini par supplanter l'appellation originelle de la voie, depuis longtemps oubliée. Au pied de l'ouvrage, faisant l'angle entre l'arche et le beffroi, était l'une des fontaines de la ville. Celle-là même que les serviteurs des Greer utilisaient pour approvisionner la maison en eau claire.

Indifférents à ces monuments qu'ils étaient accoutumés à voir, ceux-ci s'engagèrent sous l'arche et continuèrent droit devant, entre deux haies de hautes maisons en encorbellements accolées les unes aux autres.

Ils poursuivirent jusqu'à dépasser l'hôtel de ville, l'église Notre-Dame-de-la-Ronde, et l'église Saint-Herblan, puis débouchèrent enfin sur une petite place parcourue en tous sens par la foule émergeant des ruelles adjacentes.

Ils avaient atteint le parvis de la cathédrale.

Comme chaque fois, Rose leva le nez pour admirer le magistral édifice. La façade était d'une flamboyante complexité. Des arches gothiques, des tourelles et des statues florissaient par dizaines dans la pierre blanche. Entre les deux tours qui bordaient le porche, l'on pouvait admirer une somptueuse rosace de vitraux aux couleurs enchanteresses. Enfin, dominant l'ensemble, la tour-lanterne et sa gigantesque flèche de plomb s'élançaient vers les cieux, qu'elles semblaient tout près d'atteindre. Si Dieu vivait quelque part en ce monde, Rose voulait bien croire que ce fût dans un aussi splendide ouvrage. La beauté de la cathédrale était, selon elle, une compensation à l'ennuyeux cérémonial qui s'y tenait. Rose n'avait jamais assez de ses deux yeux pour tout observer. Au grand dam de sa mère, qui la voulait dévote, et non curieuse...

Abandonnant sa contemplation avant de tomber à la renverse, Rose baissa la tête et suivit ses parents à l'intérieur. La cathédrale était bondée, comme chaque dimanche. L'on aurait dit que les fidèles étaient des milliers tant leurs piétinements étaient amplifiés par l'acoustique si particulière du lieu. Cependant, il restait bien assez de place sur les bancs réservés à l'élite, près de l'autel, pour que Rose et sa famille s'y installent. Les valets, eux, durent rester debout près des portes.

Progressivement, le calme s'installa dans la nef.

Le clergé fit bientôt son entrée. La chorale se mit à chanter, soutenue par le peuple. Rose mêla sa voix aux autres – par habitude autant que par obligation –, et, tandis que la voûte vibrait de cette oraison, la longue procession ecclésiastique entra dans la cathédrale. Le cortège avança jusqu'au chœur, où l'archevêque Charles III de Bourbon gagna son trône.

Puis, comme le célébrant et les diacres se préparaient au rite d'aspersion, la chorale entama seule un chant latin. Ces chants étaient pour Rose l'autre ravissement de la grand-messe. C'était ainsi qu'elle vivait l'inéluctable cérémonie dominicale : de cantiques en antiennes, se levant ou se signant lorsqu'il le fallait, et ne prêtant aucune attention au reste.

Il en alla de même ce jour-là. Rapidement, son esprit s'évada pour aller voleter à des lieues d'ici… Bien loin des rigueurs liturgiques, elle revécut le bal du mois dernier, s'attardant tout particulièrement sur les moments passés en compagnie d'une certaine personne… Elle ne revint à l'instant présent que lorsque l'*ite missa est* résonna dans la nef.

Ce fut la tête lourde que Rose regagna le parvis, comme chaque fois qu'elle quittait l'office. S'égarer dans ses rêveries au son lénifiant des chants grégoriens la laissait toujours un peu amorphe. Aujourd'hui d'autant plus qu'elle quittait la fraîcheur de la cathédrale pour émerger sous un soleil de plomb. Elle ne fut d'ailleurs pas la seule à être écrasée de chaleur. Nombre de fidèles firent une halte près du porche pour s'adapter à la température extérieure, ainsi qu'elle-même et sa famille le firent.

— Monsieur le comte ! s'exclama-t-on alors, non loin d'eux. Mes respects, monsieur !

— Tiens, mais n'est-ce pas ce brave Évrard ? répondit lord Edmund en regardant en direction de la voix.

Faisant de même, Rose vit approcher un homme au vilain faciès rubicond, pourvu d'un goitre de belle taille. L'individu s'arrêta à leur hauteur, puis s'inclina exagérément.

— Mes hommages, madame, dit-il à lady Mary, qui se détourna sans répondre, le rictus revêche.

Certes l'homme n'était visiblement qu'un bourgeois, toutefois Rose ne comprenait pas en quoi cela le rendait impropre à la salutation.

— Mademoiselle, fit-il à son attention.

— Monsieur, répondit-elle, aimable.

— Comment vous portez-vous, monsieur le comte ? s'enquit alors Évrard à l'adresse de lord Edmund.

— Fort bien, fort bien ! Quoi de nouveau par chez vous, mon brave ?

— Eh bien, monsieur, je reviens de Paris où j'ai convoyé une cargaison de draps.

Paris ? Rose tendit l'oreille…

— J'y ai appris une nouvelle qui fait grand bruit ! Le seigneur de Rambreuil aurait été mis aux écrous, poursuivit Évrard. Vous le connaissiez peut-être, monsieur le comte ?

— Non.

— Ah… enfin on murmure que c'est sérieux, ça parle de potence ! L'ennui, c'est que quelques seigneurs locaux se querellent sur le bien-fondé de cette arrestation, alors cela fait du tintouin… Puis il y a aussi les dernières dispositions du roi. On peut dire que cet édit fait pas que des heureux dans la capitale… comme monsieur doit s'en douter, acheva prudemment le marchand.

— J'imagine, oui.

Lady Mary poussa soudain un bruyant soupir. Rose savait que sa mère ne tolérait nulle amitié envers les castes inférieures. Il aurait été fort surprenant qu'elle ratât cette occasion de le signifier…

— Bien. Mes affaires m'attendent, déclara lord Edmund de but en blanc, tout en jetant à son épouse un regard en biais. Au plaisir, mon brave !

— Je fus honoré, monsieur le comte, certifia Évrard en se courbant bien bas.

Les Greer firent mine de s'éloigner, mais un petit raclement de gorge du drapier les interrompit.

— Pardonnez-moi, monsieur, mais… M. Legrand se demandait l'autre jour quand il aurait le plaisir de votre… hum… visite ?

— … Bientôt.

— Entendu monsieur. Au revoir monsieur.

— Au revoir.

Lord Edmund se fendit d'un sourire rêche, puis la famille se remit en route.

— Pourquoi votre tailleur vous réclame-t-il, père ?

— Existe-t-il une chose qui ne soit pas sujette à vos indiscrétions, Eileen ?

— Certes point ! s'écria lady Mary. Il n'est pas étonnant que l'on jase à votre sujet, Eileen. Vous avez toujours à la bouche quelque remarque déplacée, ou quelque question saugrenue !

Rose retint sa langue. Inutile de répondre lorsque sa mère se lançait dans sa litanie de mécontentement. Même si cela la démangeait…

— Peut-être devrions-nous vous marier à un bourgeois ? Il serait mieux à même de supporter vos frasques.

Lord Edmund épingla sa femme d'un regard aigu. Rose serra les dents.

— Quand je pense que vous avez failli à trois beaux mariages ! Puisse Dieu vous ramener sur le droit chemin !

— Il suffit, Mary ! Concernant Chaumontel je vous ai dit qu'il n'y avait rien à reprocher à Eileen. Si inconduite il y eut, elle vint du vicomte, certifia lord Edmund.

Sa fille tourna vers lui un regard empli de gratitude.

— Et de Mlle de Carville, ajouta-t-il après un bref silence.

— Père, je vous assure que Charlotte n'y est pour rien ! mentit Rose tandis que sa reconnaissance se muait en inquiétude.

— Que ne diriez-vous pour sauver votre chère amie de la disgrâce, n'est-ce pas, ma fille ?

— Il ne s'agit pas de cela. Charlotte n'a rien à voir avec le comportement de Chaumontel.

— Oh oui ? Ne lui a-t-il point adressé de regards énamourés ?

— En quoi serait-ce sa faute à elle ?

— Ah, ah ! Vous ne niez pas !

— Non, bien sûr que non… Je ne suis pas aveugle, j'ai constaté qu'il la préférait à moi.

— Elle aura tout fait pour cela.

— Non, père, c'est faux. Elle s'est conduite en digne demoiselle, avec respect et affabilité.

— Oui, c'est ce que j'ai cru aussi, au début… mais maintenant…

— Maintenant quoi ? Qu'y a-t-il de changé ?

— Silence, péronnelle ! invectiva lady Mary.

— LA PAIX ! tonna lord Edmund, provoquant alentour des coups d'œil curieux. Je n'ai pas besoin de votre secours pour déterminer ce qui me disconvient, Mary !

La noble dame se tut. Toutefois, Rose était si blessée qu'elle n'envisagea pas de reprendre l'épineuse plaidoirie. Elle se sentit tout à coup très seule, et très lasse.

Lasse de cette existence monotone ; de cette mère qui la considérait comme une tare ambulante ; de ce père qui ne la comprenait pas ; de ces obligations qui s'amoncelaient sur sa tête et qu'elle n'avait nulle envie de satisfaire… Elle aurait donné cher pour être libérée de tout cela. Son regard accrocha alors le visage émacié d'une servante qui remontait la rue en sens inverse, les épaules voûtées, un seau long comme le bras suspendu au bout de chaque main. La condition de ces femmes, soumises à la volonté de leurs maîtres, et contraintes de travailler dès leur plus jeune âge pour subvenir à leur piètre existence, était très souvent déplorable. Rose savait son sort enviable aux leurs. Pourtant, elle ne pouvait s'empêcher de souhaiter une autre vie…

De retour au bercail, les domestiques s'en furent aussitôt vaquer à leurs corvées. Lady Mary, aussi morne qu'un jour de pluie, gagna la salle commune. Lord Edmund, lui, mit le cap sur son cabinet de travail. Rose l'y suivit. Il était temps de trancher une question restée en suspens depuis le bal. Si jusqu'ici elle n'en avait pas vu l'utilité, elle avait maintenant besoin d'être fixée.

— Qu'y a-t-il, Eileen ? interrogea lord Edmund, apparemment surpris de la trouver dans son sillage.

— Vos préventions sur l'échec de mes fiançailles vont-elles vous conduire à renier la promesse que vous avez faite au Seigneur, père ? lâcha Rose tout à trac.

La mine fatiguée, lord Greer expira longuement, tout en s'affalant sur sa chaise.

— Non, dit-il.

— Même si mère persiste à afficher son déplaisir sur la question ?

— Diantre, c'est encore moi le maître ici, que je sache !

Rose ne releva pas. Elle croisa les mains sur le devant de sa robe et attendit, le regard fermement planté dans celui de son père.

— Je ne reviendrai pas sur ce que j'ai promis, affirma derechef lord Edmund. Quoi qu'en dise votre mère.

— Bien.

Satisfaite, Rose tourna les talons et s'en fut en direction des marches. Elle se serait volontiers installée dans la grande salle pour y poursuivre sa lecture du moment, ainsi qu'elle le faisait à l'accoutumée, mais l'accablante présence de lady Mary ôterait tout plaisir à l'activité. Aussi préféra-t-elle retourner s'enfermer dans sa chambre pour s'user les yeux sur sa stupide broderie. Ce fut là qu'elle passa la majorité de la journée, ne s'interrompant que pour dîner succinctement.

Elle ne tenta une percée au rez-de-chaussée que bien plus tard dans l'après-midi. Trouvant la salle commune enfin vide, elle s'installa sur le banc près de la fenêtre et reprit son livre, abandonné la veille au soir. Elle lut sans discontinuer jusqu'à ce que le jour se meure et que l'on doive allumer les chandelles. Après quoi, la table fut dressée, et ses parents se présentèrent au souper.

Chacun gagna alors sa place.

Lady Mary ne s'était toujours pas départie de son air lugubre. Cette expression sépulcrale était si étroitement plaquée sur son visage que la noble dame ne se ressemblait plus. Ses traits semblaient s'affaisser, créant des bajoues qui n'existaient pas d'ordinaire et creusant de vilains sillons du coin de son nez jusqu'aux commissures de ses lèvres.

Rose baissa les yeux sur son assiette, le cœur serré. Elle n'était peut-être pas la fille idéale, mais elle ne pensait pas mériter tel traitement. Pourquoi lady Mary lui infligeait-elle cette comédie grandiloquente ? Pour qu'elle se repente de n'être pas dévouée corps et âme à ses suprêmes exigences ? Quelle farce...

Quand Jacques apporta les entrées, la pièce baignait dans un silence si épais qu'une crypte n'aurait pas semblé plus calme. Ce soir encore, Rose sut qu'elle n'aurait pas grand appétit. Elle fit signe à Julien, le valet posté à deux pas derrière elle. Il lui présenta promptement une coupe remplie de vin. Tandis qu'elle s'en emparait, elle leva les yeux vers son père.

Peine perdue. Lui aussi esquivait son regard. Elle seule s'évertuait à chercher un semblant de chaleur dans cette parodie de famille.

Assez, assez, ASSEZ! songea-t-elle.

Elle se figura projeter sa coupe à travers la pièce, histoire de soulager sa peine. Au lieu de quoi elle la reposa bruyamment sur le plateau tenu par le valet, puis enfourna un morceau de pain qu'elle mâcha rageusement.

À cet instant, l'une des fenêtres de la salle explosa dans un horrible vacarme, expédiant des éclats de verre aux quatre coins de la pièce. Puis quelque chose de lourd roula sur la table du souper. Rose jaillit de son siège, le regard braqué sur la forme oblongue et jaunâtre qui s'immobilisa dans les restes épars des hors-d'œuvre. Presque aussitôt elle vit qu'une ficelle de chanvre était entortillée autour. La texture jaune perdit alors son caractère mystérieux. Il s'agissait d'un morceau de parchemin, lequel devait probablement entourer une pierre. Rose avança la main pour s'en saisir.

— N'Y TOUCHEZ PAS ! s'époumona lady Mary, hystérique.

Rose tourna la tête vers sa mère, le temps pour lord Edmund de sauter sur ses pieds et de s'emparer de l'objet. Il arracha le feuillet de son lien – révélant bel et bien un caillou grisâtre au-dessous –, le parcourut d'un rapide coup d'œil, puis se précipita à la fenêtre.

— Il a dû s'enfuir, commenta Rose d'une voix blanche tandis que son père se penchait au-dehors.

— Quoi ?

— Celui qui a jeté cela… Il est déjà loin.

Lord Edmund la considéra un instant, puis revint vers ce qui restait de la table du souper, le parchemin serré dans son poing.

— Qu'est-ce que c'est ? lui demanda sa fille.

Il ne répondit pas. En fait, rien ne laissa croire qu'il avait même entendu.

— Père ? Qu'est-ce que c'est ? Qu'y a-t-il d'écrit ?

— Rien qui vous concerne, Eileen.

— Quelle surprise…, grinça Rose entre ses dents. Comme s'il y eut jamais quoi que ce fût qui me concernât dans cette maison…

— C'est l'œuvre du démon, se lamenta soudain lady Mary.

Le père et la fille pivotèrent vers elle, les yeux ronds.

— Que racontes-tu, Mary ?

Rose nota l'impromptu tutoiement, mais sa mère n'en fit pas cas. Elle fixait la table saccagée, les yeux hantés par on ne sait quelle vision.

— La pierre, gémit-elle.

— C'est le fait d'un scélérat ! Il n'y a nul diable là-dedans !

— Le malin lui aura commandé !

— Je vous dis que NON ! Cessez cela SUR L'INSTANT ! tempêta lord Edmund, blême de colère.

Lady Mary leva sur son époux un regard hébété.

— Vous rendez-vous compte de ce que vous dites ? reprit celui-ci dans un souffle. Vous savez ce que de tels propos pourraient nous valoir ?

Rose, elle, le savait parfaitement…

L'on ne badinait pas avec les diableries. Crier à tue-tête être la victime du démon pouvait occasionner de gros ennuis si l'on n'assortissait pas la chose d'une prompte délation. Car si la rumeur enflait – ce qu'elle manquait rarement de faire, tant chacun était à l'affût des méfaits de Satan –, et que l'on n'avait dénoncé personne, l'on pouvait soi-même finir sur le bûcher pour entente avec le diable. Chaque année le royaume voyait grossir son quota de sorciers, les exécutions allant elles aussi crescendo.

Pas plus tard que la semaine dernière, sur la place de la Rougemare, l'on avait arrêté un marchand pour lycanthropie. Le pauvre homme aurait été vu se métamorphosant en bête par un badaud qui, bien sûr, s'empressa de tout raconter au prêtre de sa paroisse. Dans les jours suivants, rien moins que quatre nouveaux témoins se pressèrent à leur tour aux portes de l'église. Le prêtre décréta donc l'arrestation du marchand, ainsi qu'il en avait le pouvoir. Le malheureux était passé dans les mains du juge royal la veille. À ce qu'on disait, il serait livré aux flammes après-demain…

— Julien, Roland, amenez le volet, commanda alors Jacques, le plus ancien et le supérieur de tous les laquais. Et dites à Gisèle de venir avec le balai.

Les deux hommes interpellés acquiescèrent, puis prirent le chemin des cuisines.

— Si monsieur permet, je vais nettoyer ce désordre, poursuivit Jacques.

— Faites…

Aussitôt le valet s'affaira autour de la table. Ses maîtres, eux, demeurèrent inertes jusqu'à ce que reviennent les domestiques, chargés d'un imposant panneau de bois. Le volet fut hissé devant la fenêtre et fixé à son support, tandis qu'entrait Gisèle, la bonne. Faisant écho à l'application de

Jacques, elle s'employa à traquer et regrouper les morceaux de verre.

Lorsque tous les domestiques eurent terminé leurs tâches, et que Gisèle eut quitté la salle en emportant avec elle les dernières traces de l'incident, les Greer reprirent place autour de la table.

— Regardez la nappe, geignit lady Mary. Un linge si coûteux, fichu !

En effet, une large flaque grenat en maculait le centre, distillant dans la pièce une entêtante odeur de vin. L'on devait cela à Julien qui, stupéfait par l'éclatement de la fenêtre, avait laissé échapper la coupe qu'il venait de desservir. Mais Rose se moquait éperdument de ce détail. Elle avait autre chose en tête.

— Qu'y avait-il d'écrit sur ce papier ? insista-t-elle.

Lord Greer la toisa par-dessus le chandelier, puis glissa le morceau de parchemin incriminé sous son assiette. Après quoi il se coupa un bout de pâté.

Rose fulmina.

— N'était-ce pas une malédiction ? demanda-t-elle, perfide.

Son père releva brusquement la tête.

— Cela suffit, gronda-t-il. J'ai dit que cela n'était rien de ce genre !

— Peut-être vouliez-vous juste nous préserver ?

Lady Mary se tassa sur son siège.

— Edmund ? pleurnicha-t-elle.

— N'ayez crainte, Mary, tout va bien.

— Je... je suis lasse, je... vais me retirer, bredouilla-t-elle. Faites envoyer Lucie à ma chambre...

Le pas incertain, lady Mary sortit de la pièce. Immédiatement, lord Edmund ordonna :

— Tout le monde dehors ! Ma fille et moi avons à parler...

Consciente que l'aparté qui allait suivre ne lui serait pas favorable, Rose se prépara à l'affrontement. Effectivement, dès que les domestiques eurent pris congé, lord Edmund demanda dans un murmure menaçant :

— À quoi jouez-vous, Eileen ?

— Et vous, père ?

Ils s'étudièrent un instant, éprouvant du regard leur détermination respective.

— Je ne vous permets pas de…

— JE ne vous permets pas ! tempêta Rose en abattant une main sur la table avec fracas. Croyez-vous que je sois aveugle ? Où peut-être pensez-vous avoir fait une imbécile ? Ce qui est arrivé ce soir n'a rien de fortuit, et vous le savez parfaitement ! Alors, bon sang, que se passe-t-il !

Lord Edmund pinça les lèvres et détourna les yeux.

— Qu'avez-vous donc fait qui nous vaille cela ? poursuivit Rose en désignant la fenêtre d'un geste emporté.

Son père poussa une exclamation coléreuse. Se levant subitement, il se mit à faire les cent pas dans la pièce, mains jointes dans le dos. Rose le regarda tournoyer en silence, accrochant de temps à autre un coup d'œil ombrageux. Souhaitant que ces regards fussent le signe avant-coureur d'une confession, elle continua patiemment d'observer ses allées et venues. Lorsque, après une pleine minute il cessa de tournailler, elle crut qu'il allait enfin s'expliquer. Mais il se contenta de soupirer, avant de reprendre sa ronde. L'humeur de Rose se dégrada davantage. Cette mauvaise farce avait assez duré. L'heure était venue d'y mettre un terme.

— Je sais que vous manigancez quelque chose, lâcha-t-elle à mi-voix.

Lord Edmund se pétrifia, dos tourné à sa progéniture.

— D'abord vous vous piquez de nouveau de vouloir me marier, poursuivit Rose, puis vous mentez allégrement pour finaliser les pourparlers de fiançailles…

Indécise, elle suspendit sa phrase. Devait-elle ou non révéler ce qu'elle savait du curieux entretien nocturne ? L'aiguillon que cela constituerait marcherait à coup sûr, mais pour quel résultat ? Cette manœuvre était à double tranchant. Les retombées d'une telle audace pourraient se révéler fort préjudiciables.

D'un autre côté, c'était probablement la seule façon de convaincre son père de s'expliquer.

— … et vous recevez des personnages mystérieux au beau milieu de la nuit, pour parler de choses non moins étranges, acheva-t-elle, tendue.

Lord Edmund fit volte-face, les yeux lui mangeant la moitié du visage. Son air horrifié fit presque regretter à Rose d'avoir parlé.

Presque.

— Qu'est-ce… comment pouvez-vous savoir cela ! balbutia le maître des lieux d'une voix sifflante.

— J'ai eu soif cette nuit-là, et ma cruche était vide, prétendit Rose avec assurance. J'ai dû descendre pour trouver de l'eau. C'est là que je vous ai entendus.

Lord Edmund, paniqué, fondit sur sa fille. Il lui empoigna les épaules avec vigueur.

— Entendu quoi ? dit-il.

— Je n'ai pas compris. Il s'agissait de quelqu'un que vous deviez rencontrer, je crois…

La lâchant, il se couvrit les yeux d'une main et marmotta quelque chose dont Rose ne saisit rien.

— Ne me parlerez-vous donc pas ? fit-elle, anxieuse. N'ai-je pas votre confiance ?

Comme son père se remettait lentement à parcourir la pièce, elle marqua une courte pause.

— Je ne suis pas impressionnable comme lady Mary, reprit-elle. Soulagez votre cœur, je n'en dirai mot à âme qui vive.

Lord Edmund lui fit de nouveau front.

— C'est hors de question, Eileen. D'ailleurs vous ne parlerez à personne de ce que vous pensez savoir. Si vous le faisiez malgré cet ordre, vous seriez l'unique responsable de la ruine de notre famille. Est-ce clair ?

Rose se raidit. Une infime pellicule de sueur perla au-dessus de sa lèvre supérieure.

« *Ils s'agitent*, dit alors dans sa mémoire la voix désincarnée du visiteur nocturne. *Certains faits laissent à penser qu'ils se doutent de quelque chose…* »

— Qu'avez-vous donc fait ? chuchota Rose, l'angoisse au fond de la gorge.

— Je vous ai posé une question, Eileen. Avez-vous saisi l'ordre que je vous ai donné ? Puis-je être certain que vous ne direz mot à quiconque ?

Elle hocha lentement la tête.

— Jurez-le, insista son père.

— Je ne dirai rien. Je vous le promets.

Avec un soupir, lord Edmund s'en alla se servir un verre d'eau, qu'il vida d'un seul trait.

— Pourquoi ne voulez-vous pas me dire, père ?

— Eileen, pour l'amour du ciel !

— Mais père je…

— Silence ! coupa-t-il en claquant son verre vide sur la table. Je sais que vous vous tenez pour une créature sagace, mais cette fois vos indiscrétions pourraient nous coûter cher ! Comprenez-vous, ou est-ce totalement hors de portée de votre cervelle butée ?

Rose se rembrunit.

— J'ai donné ma parole, fit-elle. Elle ne vaut pas moins que la vôtre…

Se passant une main sur le front, lord Edmund soupira derechef.

— Laissez-moi, dit-il. Je ferai monter le souper à votre chambre.

— Je n'ai pas faim.

— Soit. Eh bien, bonne nuit mon enfant.

Rose resta immobile quelques instants, espérant encore que son père se livrerait.

Bien sûr, il n'en fit rien.

Contrariée, elle quitta la pièce sans un mot de plus. Attrapant à la volée une lampe à huile abandonnée dans le vestibule, elle monta rapidement à sa chambre. Les choses, quelles qu'elles puissent être, tournaient mal. La réaction de son père le démontrait. Il était entendu qu'il n'y avait nul démon derrière le briseur de carreaux, mais bien une personne en chair et en os. En outre, Rose aurait mis sa main à couper que le message sur le parchemin avait un rapport avec le conciliabule nocturne de son père.

Elle s'assit sur son lit avec un soupir découragé. Pas besoin d'être devin pour comprendre que le caillou était porteur de menace. Ces « ils », que le visiteur avait mentionné, en étaient probablement à l'origine. Or, dans ce bas monde, avoir des ennemis était une tare mortelle. L'incident ne resterait sans doute pas orphelin…

Se relevant, Rose alla extirper de sa cachette sa petite clef d'or. Après quoi elle s'empara de son coffret et en tira la dague au fourreau serti de gemmes multicolores, qu'elle fit jouer entre ses doigts. L'objet lui avait été offert deux ans auparavant par Madeleine, une amie d'enfance, disparue depuis. Funeste souvenir, mais précieux présent.

Surtout dans les circonstances actuelles. Rose posa l'arme sur le couvre-lit. Elle s'apprêtait à refermer son coffre à malice quand son regard accrocha le feuillet griffonné cette fameuse nuit. Elle le considéra un instant. Au total, elle avait dû parcourir ce papier une demi-douzaine de fois, sans résultat probant. À quoi bon recommencer ? S'en emparant avec un soupir irrité, elle le lut une fois encore :

« 97 10.2 H.M - LC 100
97 10.20 L.P - RD 30
97 11.9 J.V - LC 40
98 1.12 Int. C.C-B - RD 500
98 2.21 Int. C.C-B - RD 300
98 3.10 G.A - LC 200
98 3.27 J.H - LC 50
98 5.3 Int. C.C-B - CAHIV 300 »

Qu'est ce que cela pouvait bien signifier ? Cela avait-il vraiment un rapport avec le visiteur et le briseur de carreaux, ou bien était-ce tout autre chose ? Tandis qu'elle se triturait l'esprit, son regard s'arrêta sur les premiers chiffres de chaque ligne.

97, 97, 97, 98, 98, 98…

Une idée germa tout d'un coup. On aurait presque dit… Elle examina les chiffres suivants pour vérifier sa théorie naissante… Oui, cela concordait ! Un sourire triomphant illumina son joli minois. Il s'agissait d'une date, tout simplement ! Une date écrite dans le désordre. Le premier nombre correspondait aux deux derniers chiffres de l'année en cours, le suivant devait être le mois, et enfin le dernier était vraisemblablement le jour.

À la lumière de cette trouvaille, elle relut la dernière ligne. Une fois déchiffrée, l'on obtenait la date du 3 mai 98. Rose fit fonctionner sa mémoire. Le mystérieux conciliabule avait eu lieu avant leur départ pour Paris, soit vers la fin du mois dernier. Son père avait donc consigné quelque chose dans ce livret début mai, puis avait jugé bon de le ressortir lors de cette étrange visite, deux semaines plus tard. C'était une raison supplémentaire de voir un lien entre tous ces faits insolites.

Décryptant les lignes une à une, Rose fit un nouvel effort de réflexion, cherchant si par hasard il s'était produit quelques événements notables aux dates indiquées. Elle ne se souvint de rien. Ce qui était compréhensible si son père avait coutume de tenir ses entrevues nuitamment. Elle se demanda alors s'il y avait maintenant dans le carnet une ligne indiquant la date de cette fameuse nuit ? Malheureusement, elle ne pouvait pas le vérifier.

S'estimant toutefois satisfaite par cette progression, si maigre fût-elle, Rose décida qu'il était temps de prendre un peu de repos. Une fois couchée, elle se retourna encore une heure dans son lit, à se pétrir les méninges, avant d'enfin s'enfoncer dans un sommeil agité…

Elle s'assit toute droite dans son lit sans même avoir ouvert les yeux. Un choc sonore venait de l'arracher à son repos. L'avait-elle rêvé ?

Retenant sa respiration, elle prêta l'oreille…

Non. C'était bien réel. Du raffut montait du rez-de-chaussée.

Le cœur cognant comme un fou, Rose sortit des draps en catastrophe. Sa main tâtonna sous son oreiller à la recherche de l'arme qu'elle y avait glissée. Songeant confusément qu'il n'avait pas fallu longtemps avant que la situation empire, elle se rua dans la galerie, dague au poing, titubant encore dans les vapeurs du sommeil.

À peine fut-elle sortie de sa chambre que le chahut gagna en intensité, ponctué çà et là par des cris étouffés.

On se battait !

Rose se mit à courir.

Que feras-tu s'ils sont plusieurs ? lui murmura sa petite voix intérieure.

Arrivée aux abords de l'escalier, elle freina abruptement.

— À L'AIIIIIDE ! UN INTRUS ! hurla-t-elle alors à pleins poumons.

En bas le tintamarre sembla refluer, tandis qu'au-dessus de sa tête un bruit sourd l'informait que ses parents étaient alertés. Terrifiée mais déterminée, Rose s'élança dans les marches qu'une faible lueur éclairait, une main courant sur le mur pour ne pas tomber. Elle déboucha dans le vestibule et y trouva une chandelle allumée. La saisissant au passage, elle se dirigea vers le tumulte.

Cela provenait de la salle commune.

Elle s'engouffra dans la pièce par la porte restée ouverte.

La chétive clarté de la chandelle révéla deux silhouettes enlacées dans une danse singulière. Tout près d'eux, au pied de la fenêtre disloquée et béante, le volet de bois gisait sur le parquet. Comme Rose reposait les yeux sur les corps emmêlés, ils firent une brusque embardée. L'un des deux hommes emboutit un tabouret et perdit l'équilibre. Basculant à l'arrière, il entraîna l'autre dans une lourde chute. Rose reconnut alors Jacques, leur laquais. Son premier mouvement fut de lui porter secours, mais son assaillant et lui roulèrent sur le sol, imbriqués dans une empoignade sauvage.

À cet instant un concert d'exclamations résonna dans la maison. Les époux Greer, ainsi probablement que toute la domesticité, accouraient. Ils seraient là d'une seconde à l'autre. Rassérénée par cette perspective, Rose abandonna la chandelle sur un meuble à portée et affermit sa main sur la garde de son arme. Dans le combat qui se livrait sous ses yeux, l'intrus avait pris l'avantage. Se redressant à califourchon sur Jacques, le gredin arma son bras, prêt à frapper, le dos négligemment offert à qui se tiendrait en retrait… Rose saisit sa chance. Elle fondit sur lui avec vivacité. Se jetant à genoux, elle empoigna avec rage la chevelure de l'assaillant et tira de toutes ses forces, tandis que de son autre main elle appuyait sa lame contre la gorge tendre.

— Un geste et je vous perce, charogne ! grogna-t-elle, féroce, le nez presque logé dans la tignasse puante qu'elle tenait.

L'homme se statufia.

Dans le hall, des pas crépitèrent sur le plancher.

Pour passer à l'individu l'envie de profiter de la confusion, Rose signifia qu'elle était toujours alerte en resserrant sa prise. Le métal mordit la chair, la déchirant par endroits. L'intrus couina. Il leva les deux mains, paumes ouvertes en signe de reddition.

— Mon Dieu ! Mon Dieu ! s'exclama lady Mary dans leurs dos.

— Eileen !

— Je vais bien, père, signifia Rose. Je le tiens !

Un léger brouhaha fit écho à ses paroles.

— Écartez-vous, mon enfant. Nous nous en occupons.

Rose lâcha la grasse chevelure du gredin, dague toujours appuyée sur sa nuque. Elle se leva lentement, puis partit à reculons, le bras toujours tendu vers sa cible. Tournant la tête vers la porte, elle vit que ses parents, les valets, la bonne, et même la petite Lucie, se tenaient le long du mur.

La maisonnée au grand complet était venue à sa rescousse.

— Debout, scélérat ! exigea lord Edmund, son épée pointée vers le maraudeur.

L'homme agenouillé obéit, puis Jacques se leva à son tour.

— Vous êtes blessé ? lui demanda Rose.

— Non mademoiselle, je vais bien.

— Venez près de nous, Jacques, fit lord Edmund.

Le laquais s'exécuta, en prenant toutefois soin de contourner la table pour ne pas approcher son agresseur de trop près.

— Que s'est-il passé ? s'enquit lord Greer.

— Eh bien, monsieur, j'avais du mal à dormir après l'incident de ce soir. J'étais sur ma paillasse quand j'ai entendu un drôle de bruit qui venait d'la salle commune. J'ai pris une chandelle et je suis venu voir. C'est là que j'l'ai vu tripoter le volet.

Rose accusa le coup.

— Il est venu de la fenêtre, évidemment, soupira lord Edmund pour lui-même.

— Non, père, ce n'est pas ce que Jacques nous a dit… Il a dit que quelqu'un touchait au volet… Cela signifie que ce quelqu'un était déjà dans la maison.

Onze paires d'yeux se braquèrent sur le dos de l'individu frémissant.

— Demi-tour ! somma Rose à son adresse.

L'homme obtempéra avec une lenteur exaspérante. Lorsqu'il leur fit enfin face, la jeune lady Greer eut peine à reconnaître ce visage congestionné.

— Roland ? murmura lord Edmund, estomaqué.

Le laquais fondit en sanglots convulsifs sous le regard implacable de ses condisciples.

— Pourquoi ? demanda Rose.

Les pleurs de Roland s'accentuèrent.

— Arrêtez de brailler, espèce de COUARD ! aboya-t-elle soudain.

Le valet hoqueta, saisi par ce déferlement de violence. Sa pomme d'Adam rebondit sur sa gorge éraflée tandis qu'il s'évertuait à ravaler ses larmes.

— Il est trop tard pour pleurer ! Vous saviez ce que vous faisiez ! Maintenant répondez, ou je jure devant Dieu que je termine ce que j'ai commencé !

— Je... je... je pensais pas que... c'était grave, geignit Roland. On m'avait dit que c'était pour... une farce.

Il s'interrompit, ouvrant des yeux de chiens battus sur sa belliqueuse maîtresse, laquelle lui intima d'un geste l'ordre de continuer.

— Il... m'a dit que ce serait pas sérieux, que tout ce que j'aurais à faire c'était d'ouvrir le volet.

La mine de Rose s'allongea.

— Qui ? demanda lord Edmund. Qui vous a dit cela ?

— Je... sais pas, monsieur... je... le connais pas...

— Vous espérez me faire croire ça ? s'écria Rose.

— Je le connaissais pas, j'vous l'jure sur la tête du Seigneur ! J'l'avais jamais vu avant ce jour-là, pis j'l'ai pas revu depuis.

— À quoi ressemblait-il ? interrogea lord Edmund.

— Ben... il était comme tout le monde, monsieur. Il avait pas l'air d'un gueux, mais pas d'un bourgeois non plus...

— Combien ? dit Rose.

— Q-quoi ?

— Combien vous a-t-il acheté ? précisa la jeune femme en articulant distinctement chaque syllabe, la voix chargée de menace.

— Diz'... é-écus, bafouilla Roland, larmoyant. J'pensais pas à mal je... J'croyais pas que...

— Les détails, coupa sèchement Rose. Où, quand, comment ?

Le laquais félon déglutit bruyamment.

— Y a… deux jours… quand j'suis allé chercher l'eau avec Lucie. Pendant qu'elle remplissait les seaux, c'te type m'a abordé et…

— Il y a deux jours ? Donc vous saviez que quelqu'un jetterait un caillou dans la fenêtre ce soir !

Roland se ratatina tellement sur lui-même qu'il perdit presque une tête de hauteur.

— J'pensais pas qu'vous l'prendriez mal…

— QUOI ? explosa Rose, outrée. Comment le bris d'une fenêtre pourrait être une plaisanterie ? Même un âne bâté comme vous sait cela parfaitement !

— Mais… Mais je…

— SILENCE, vous puez le mensonge ! Vous saviez que c'était là une affaire sérieuse, mais vous n'en aviez cure ! Vous n'y avez vu que votre bénéfice !

— Non ! protesta Roland en se remettant à pleurer. Non, c'est pas ça, j'vous jure, c'est que…

Rose combla l'espace qui la séparait du valet en deux enjambées. La dague qu'elle tenait encore sauta dans sa main gauche en un clin d'œil. Sa main droite, libérée, s'envola au-dessus de son épaule puis inversa soudainement sa trajectoire pour venir s'abattre, à revers, sur la pommette du serviteur. Le choc fut tel qu'il produisit une petite déflagration. Le jeune laquais échoua contre la table, une main plaquée sur sa joue. Le feu qui couvait dans les yeux de sa maîtresse lui ôta jusqu'à l'idée de se remettre d'aplomb. Il resta là, hébété et grelottant. Lord Edmund avança alors vers sa fille et, attrapant son épaule, l'incita à reculer.

— Allons, mon enfant. Laissez. Vous en avez assez fait. Ce n'est pas à vous de régler cela…

Rose céda, sans toutefois lâcher des yeux le poltron pleurnichard.

— Ma fille a raison, Roland, fit ensuite lord Edmund. Vous nous avez trahis en connaissance de cause. Ces protestations ne sont que piètres excuses pour dissimuler votre odieux comportement, mais nous savons tous ici ce qu'il en est... Dites maintenant, qu'avez-vous vendu d'autre pour ces dix écus, hormis votre honneur ?

Roland baissa la tête, mais ne se risqua pas à atermoyer :

— Que la porte d'entrée a un gond rouillé. Que l'jeudi la maison est presque vide, et qu'votre... votre chambre est au second, acheva-t-il dans un souffle en s'agenouillant tout à coup. Pitié, monsieur ! Pitié, j'savais pas c'que j'faisais !

— Taisez-vous. Vous nous fatiguez les oreilles inutilement, répondit lord Edmund.

Il glissa son fleuret sous le menton du jeune homme pour l'obliger à le regarder, puis secoua la tête :

— Je ne vois nul remords dans ces yeux-là. Si ce n'est celui de vous être fait prendre... Où est l'or que l'on vous a remis ?

Le valet désigna sa ceinture. Lord Edmund tendit sa main libre.

L'ordre était clair.

Le nez maintenu en l'air par l'épée de son maître, le traître extirpa de sous sa chemise une petite bourse de cuir si étroitement emmaillotée qu'aucun tintement ne se fit entendre lorsqu'il la manipula. Il la posa dans la paume ouverte de son vis-à-vis, lequel la passa aussitôt à Rose. Plutôt que de s'ennuyer à défaire les liens, cette dernière les sectionna d'un coup de dague. Après quoi elle vida la sacoche sur la table. Chacun put voir que le compte y était.

— Prenez un écu, Jacques, fit lord Edmund. Vous aussi, Julien. Vous tous qui êtes restés fidèles à cette maison, prenez...

Un à un les domestiques vinrent piocher leur pièce d'or, tandis que le Judas était tenu en respect. Du pécule, il ne resta bientôt plus que deux écus.

— J'en prends un aussi, reprit lord Edmund. Ce qui est peu de chose en comparaison des torts infligés… Vous pourrez garder le dernier, Roland.

— Mais, père !

— Vous le conserverez, poursuivit lord Greer malgré l'indignation de sa fille, mais vous quitterez notre demeure cette nuit même. Dès demain je m'arrangerai pour que chaque seigneur de la région soit informé de votre vice. Et si par malheur je devais revoir votre hideuse trogne, je n'aurai pas tant de mansuétude… Allez, maintenant. Prenez la rançon de votre duperie et sortez d'ici.

Roland se remit à larmoyer. Il se redressa, essuya sur sa manche la morve qui lui coulait du nez, puis prit sa pièce. Comme il se dirigeait vers la sortie à petits pas hésitants, Julien se dressa sur son chemin, poings serrés.

— On trahit pas son seigneur. Surtout quand on a la chance de porter une livrée, gronda-t-il. Si je te retrouve, ribaud, je te larde !

Tête basse, Roland le contourna et continua jusqu'à la porte principale, escorté par ses anciens compagnons. Ils restèrent sur le seuil jusqu'à ce que l'indigne laquais disparaisse dans les ténèbres, puis revinrent dans la salle commune, où leurs maîtres attendaient.

— Vous l'avez laissé partir, reprocha Rose à son père, qui s'asseyait sur l'une des chaises. J'ai peine à y croire !

— Réfléchissez, Eileen, jusqu'où croyez-vous qu'il ira à une heure pareille ? Avec ses vêtements et ses souliers propres, il sera rossé, puis dépouillé, avant d'avoir franchi les portes de la ville.

La jeune femme n'insista pas. Elle n'avait pas songé au sort qui attendait le laquais une fois dehors, mais cette sanction lui paraissait tout de même trop clémente. Comme elle en évaluait le bien-fondé, deux des valets décidèrent de remettre le volet en place, puis les servantes se retirèrent sans qu'on le leur ait signifié. Les regardant sortir d'un œil éteint, Rose réalisa alors n'avoir pas entendu sa mère depuis le début de la scène. Inquiète, elle se tourna vers elle. Lady Mary n'avait pas bougé d'un pouce. Adossée au mur, les mains crispées sur les revers de sa robe de chambre, elle était pâle comme la mort…

— Mère ? appela Rose. Vous vous sentez bien ?

Lady Mary ne répondit pas, ni ne fit aucun mouvement.

La jeune femme chercha le regard de son père, et constata que lui aussi s'alarmait de cette singulière hébétude. Se rendant auprès de son épouse, lord Edmund la prit par la taille et la guida vers la sortie.

— Je reviens, dit-il à la cantonade. Ne bougez pas d'ici.

Sa fille opina puis s'affala sur un tabouret à proximité, le coude sur une cuisse et le front calé dans sa main.

— Mademoiselle ?

Elle releva le nez.

Lucie, debout devant elle, lui présentait sa robe de chambre. Effectivement, dans sa précipitation, elle était sortie de son lit sans se couvrir. Même pour elle cela frisait l'indécence. Attrapant le luxueux peignoir, Rose l'enfila prestement.

— Merci, fit-elle.

La petite servante esquissa un sourire, puis repartit par où elle était venue. Une grande lassitude s'empara alors de Rose. Le cerveau vide de toute pensée, elle manipula sa dague distraitement.

— Mademoiselle ?

Cette fois, c'était Jacques qui l'interpellait.

— Dieu est témoin de ce que vous avez fait, mademoiselle, poursuivit-il. Mais j'veux que vous sachiez que je n'oublierai pas non plus. Merci.

— Si c'était à refaire je recommencerais, dit Rose le plus simplement du monde. Ne vous tracassez pas pour cela…

La pièce retomba dans un silence méditatif.

Une poignée de minutes s'écoula avant que lord Edmund reparaisse. Immédiatement, sa fille l'interrogea du regard.

— Cela ira, fit-il. Elle a juste besoin de dormir.

Rose acquiesça, bien qu'elle sût que c'était faux. Lady Mary n'avait aucune ressource face au danger, grand ou petit. Les tragédies de la guerre l'avaient laissée dans une précarité mentale qui allait s'aggravant. Ses sautes d'humeur étaient devenues aussi fréquentes que brusques, et son abattement, lorsqu'il surgissait, était aussi profond que l'océan. Quelques heures de sommeil ne suffiraient certainement pas à amoindrir le choc…

Baissant la tête pour que son père ne puisse pas lire dans ses yeux, Rose demanda :

— Que faisons-nous maintenant ?

— Nous partons.

Les valets s'entre-regardèrent, mais Rose ne réagit pas. Elle s'attendait à cette décision. La plus sage à son avis.

— Messieurs, dès que le jour sera levé, vous aiderez Lucie et Gisèle à faire les malles, ordonna le maître de maison. Ma famille et moi quitterons ces lieux dans la journée.

— Pour où ? demanda Jacques.

Lord Edmund soupira.

— Je ne sais pas encore. Cependant, d'ici à ce que les bagages soient prêts, j'aurai répondu à cette question.

— L'aisserons-nous la maison vide ? s'étonna Rose.

— Non. Les domestiques resteront, j'ai bon espoir d'être de retour sous quinzaine. Nous n'emmenons que deux d'entre eux… D'ailleurs, messieurs, je vous laisse choisir lesquels de vous nous accompagneront.

— Je viens, déclara Jacques illico.

Lord Edmund opina. On put voir à son expression qu'il n'en attendait pas moins de lui.

— Je serais bien venu, mon seigneur, s'excusa Julien, mais faut quelqu'un qui veille. Je resterai ici et je monterai la garde toutes les nuits. Y a pas un gredin qui repassera la fenêtre, ou la porte, vous pouvez me croire !

— Je reste aussi, annonça Armand. Si ça vous fait rien, monsieur…

— Moi je viens avec vous, dit Roger.

Roger avait épousé la sœur de Jacques. Il était entré au service de la famille quelques années après ce dernier, et était aussi fiable que lui. Ce pour quoi Lord Greer approuva d'un hochement de tête.

— Bien, conclut-il. Georges, vous resterez donc avec Armand et Julien. À présent allez tous prendre un peu de repos. La journée de demain sera longue…

Les domestiques acquiescèrent, puis sortirent de la pièce un à un.

Lorsque la porte se fut refermée sur le dernier d'entre eux, lord Greer vint s'asseoir à côté de sa fille. Ils se contemplèrent un moment en silence, cherchant dans le miroir de leurs yeux des réponses qu'aucun d'eux n'était en mesure de donner, puis, soudain, lord Edmund se pencha sur sa progéniture et lui planta un baiser sur le front.

— J'ai confiance en vous, Eileen, fit-il à mi-voix. Un jour je vous promets que vous saurez le pourquoi de tout ceci. Mais pas encore. Il est trop tôt.

Stupéfaite par ce subit élan d'affection, et éprouvée par le tumultueux épisode qu'elle venait de vivre, Rose ne sut pas dissimuler son émotion. Lord Edmund se mit alors à lisser la flamboyante chevelure de sa fille, comme s'il eût caressé la tête d'une toute jeune enfant.

— Vous êtes impossible, savez-vous, Eileen ? Vous avez pris des risques insensés… mais quelle vaillance, quelle bravoure vous avez démontrées…

La jeune femme se mit à rire à travers un fin voile de larmes. Son père lui adressa un sourire doux, empli d'une tendresse qu'il n'exprimait que trop peu. Prenant sa main dans la sienne, il la serra gentiment.

— Tout va s'arranger, fit-il. N'ayez crainte.

Rose acquiesça, la gorge si serrée qu'elle fut incapable de parler.

— J'ai quelques affaires à mettre en ordre, reprit lord Edmund en quittant son siège. Je vais y travailler dans mon cabinet en attendant que le jour se lève. Quant à vous, Eileen, essayez de dormir un peu.

— Entendu, fit-elle, la voix éraillée.

Comme elle se levait à son tour, la dague oubliée sur ses genoux roula jusqu'au sol, où elle s'écrasa avec un bruit mat. Rose se pencha pour la ramasser, mais son père la devança. Saisissant l'objet, il l'examina un petit instant avant de le lui tendre.

— Gardez-la toujours avec vous, dit-il, l'air grave.

— Oui, père.

— Allez maintenant. J'ai à faire.

Rose quitta la pièce, la tête baignée dans une sorte de brouillard cotonneux. Ses pieds la menèrent à sa chambre de leur propre chef tandis que son esprit s'égarait dans un tourbillon d'émotions. Mais malgré cette confusion, une chose, au moins, lui semblait claire : la situation était aussi grave qu'elle l'avait craint.

Évidemment Rose ne parvint pas à se rendormir, bien qu'elle essayât avec la meilleure volonté. Au mieux, elle réussit à flotter une poignée de minutes dans une torpeur inquiète, les yeux clos, douillettement lovée sous les couvertures. Si bien que lorsque Lucie vint frapper à sa porte, au petit matin, ce fut presque un soulagement.

S'étirant brièvement, Rose descendit du lit et alla ouvrir à sa servante. La jeune fille ne s'étonna pas de la trouver debout. D'ailleurs elle aussi avait les traits tirés. Sa nuit avait dû être aussi courte que celle de sa maîtresse.

— Bonjour, mademoiselle.

— Bonjour, Lucie. Vous n'avez pas dormi, je vois.

— Non mademoiselle. Personne a pu. Vous, si ?

— Non.

Pendant que la petite déversait sa cruche d'eau dans la bassine d'étain, Rose erra mollement dans la chambre. Après quoi – une fois n'est pas coutume –, elle alla s'asperger de bon cœur, souhaitant que cela éclaircisse un peu ses pensées.

— Mon père est-il toujours dans son cabinet de travail ? s'enquit-elle en s'épongeant le visage.

— Oui mademoiselle. Cela fait des heures qu'il y est.

— Et lady Mary ?

— Ben… c'est comme d'habitude, mademoiselle, répondit sobrement Lucie.

— Je vois…

Rose songea à aller visiter sa mère, puis convint en elle-même que c'était superflu. Chaque fois qu'elle tentait de la consoler, elle ne réussissait qu'à s'attirer des rancœurs supplémentaires. Or, ce matin, elle n'était pas d'humeur à le supporter.

Une fois dûment séchée, Rose se hâta de se vêtir. Elle aurait volontiers commandé un bon bain, mais en ces circonstances cela semblait malheureusement inenvisageable. Elle fit donc l'impasse et se lança dans la confection de ses bagages, avec l'aide de Lucie.

Vers le milieu de la matinée, un certain remue-ménage leur parvint par la porte ouverte de la chambre. Lucie se raidit. L'on put lire sur sa figure qu'elle redoutait un nouvel incident. Or bientôt une voix familière résonna dans le vestibule.

— Annoncez-moi à lord Edmund, exigeait le baron de Carville. Je dois le voir sur-le-champ.

Avançant sur la galerie à pas feutrés, Rose se pencha par-dessus la balustrade. Dans le hall, en contrebas, Carville tournait en rond tout en tripotant son chapeau avec une nervosité inhabituelle.

— Carville ! s'exclama lord Edmund en émergeant d'une antichambre. Vous ne pouviez pas mieux tomber !

— Comment allez-vous ? Pas de blessé ?

— Eh bien, les nouvelles vont vite !

— Mon cher, dans une rue comme la vôtre, les ragots sont plus lestes que le vent ! J'étais en ville pour mes affaires lorsque j'ai entendu un laquais s'amuser de votre mésaventure. Je me suis précipité ici, comme vous voyez. Que s'est-il passé exactement ?

— Venez dans mon cabinet, nous y serons mieux.

Au-dessus de leurs têtes, Rose pesta en silence. Tandis que les deux hommes se retiraient, elle recula prudemment sur la galerie. Elle se tourna vers Lucie, un doigt sur la bouche pour lui intimer le silence, puis gagna les marches en veillant à faire aussi peu de bruit que possible. Une fois au rez-de-chaussée, elle traversa le vestibule sur la pointe des pieds et s'arrêta devant l'antichambre.

La pièce était vide. Mais bien que la porte du cabinet de travail fût close, Rose hésitait à aller écouter de plus près. Décidant de ne pas tenter le diable, elle s'efforça d'entendre ce qui se disait de l'endroit où elle se tenait. Les deux seigneurs ayant le verbe haut, elle parvint à saisir quelques mots.

— … fenêtre… caillou… plus tard… laquais avait ouvert… c'est Jacques qui… mais… pu tourner court, expliquait lord Edmund.

— Diantre ! Croyez-vous que… soit… fait ça ? demanda Carville.

— … sais pas.

— Que… faire ?

— … pense… aujourd'hui.

— Venez… moi ! s'exclama le baron.

— … feriez cela ?

— … amis !

— … m'ôtez… de la conscience…

— … naturel… combien de temps… prêts ?

— … sais pas… dépend… avancées des malles.

Rose combla aisément les trous des deux dernières phrases.

C'était le moment de déguerpir. Elle fit demi-tour et remonta l'escalier à toute vitesse, si bien qu'elle faillit s'empêtrer dans sa robe. Au moment précis où elle posait le pied sur le palier du premier étage, elle entendit la porte du cabinet s'ouvrir :

— LUCIE ? LUCIE ! clama lord Edmund.

La servante et sa maîtresse s'entre-regardèrent. Rose posa derechef l'index sur ses lèvres. Lucie acquiesça vigoureusement, puis s'en fut à petits pas rapides. S'adossant au mur, Rose attendit.

— Où en sont les malles ? entendit-elle son père demander.

— Elles sont presque terminées, monsieur.

— Parfait. Celles de madame aussi ?

— Oui monsieur. Madame les a fait faire très tôt, le jour n'était pas encore levé.

— Et les miennes ?

— Jacques les a terminées il y a plus d'une heure, monsieur.

— Parfait, parfait ! Faites-les toutes amener dans le vestibule, et dites à madame et à mademoiselle de se préparer. Nous partons.

— Oui, monsieur.

Rose sourit, soulagée. C'était bien ce qu'elle avait cru comprendre. Le baron de Carville les invitait sur son domaine, situé près de Darnétal – une ville voisine. Les prochains jours seraient bien moins terribles qu'elle se l'était imaginé.

La petite figure rosée de Lucie reparut, fendue d'un sourire allant d'une oreille à l'autre. Elles se replièrent immédiatement dans la chambre pour discuter la nouvelle.

— Vous avez entendu, mademoiselle ?

— Oui, oui. Il semble que nous n'allons pas bien loin.

— C'est ce qu'on dirait, oui. Si mademoiselle permet, je préfère savoir vot'famille avec M. le baron que je ne sais où ailleurs.

— Moi aussi… Mais il ne faudra rien en dire surtout ! Même si la rumeur court, vous devrez prétendre que vous ne savez pas où nous sommes allés. C'est compris ?

— Oui mademoiselle.

— Bien. De toute façon j'imagine que père passera le mot, ajouta Rose pour elle-même. Allez prévenir ma mère. Dieu sait combien de temps elle va mettre à quitter son antre…

— Oui mademoiselle. Tout de suite.

Comme la jeune fille ressortait de la chambre, Rose nota qu'elle avait le pas plus léger. S'il y avait encore besoin de preuve, celle-ci suffisait à démontrer que l'attachement de Lucie à ses maîtres était sincère. Il fallait dire que les domestiques de la maison étaient fort bien traités. Ici, l'on n'envoyait pas les laquais détrousser les passants plutôt que de les payer. On leur donnait leurs gages. Puis on les nourrissait convenablement, et ils ne recevaient guère de coups de bâtons – sauf cas exceptionnel. Lord Edmund était un aristocrate avenant, et cela se savait. Ce fut certainement pourquoi les places de valets furent si âprement disputées. Quelle pitié que la dernière ait été si mal comblée…

S'extirpant de ses pensées, Rose estima avoir suffisamment attendu. Sans prendre de précaution particulière, elle redescendit donc au rez-de-chaussée. Lord Greer et le baron de Carville discutaient, postés près de la porte menant à l'antichambre.

— Vous auriez dû savoir que je ne vous aurais pas laissé aller n'importe où, disait Carville.

— Je ne voulais pas m'imposer.

— Foutaises, c'est avec joie que je vous accueille, vous et les vôtres.

— Ah, Eileen ! fit son père en la voyant approcher. Vous serez heureuse d'apprendre que le baron nous fait l'honneur de nous convier sur ses terres, au manoir Saint-Jacques.

— C'est très aimable à vous, monsieur, dit Rose à l'adresse du baron.

— Voyons, c'est naturel ! Comme je le disais à monsieur votre père, c'est en cela que les amis sont utiles.

— Une chance que vous soyez venu à Rouen aujourd'hui, sinon nous n'aurions sans doute pu nous voir avant notre départ, fit observer lord Edmund.

— J'en aurais été très fâché… Bien… Si vous permettez je vais aller achever les affaires qui m'amenèrent en ville. Je serai de retour dans une heure.

— Ne vous donnez pas cette peine, Charles. Nous connaissons le chemin du manoir.

— Non, non, j'insiste. Puisque je suis venu en carrosse, autant en profiter.

— En carrosse ? s'étonna Rose.

— Oui. J'avais l'intention de réaliser quelques achats, mais cela peut attendre.

— Merci beaucoup, Charles.

— Allons, il n'y a pas de quoi me remercier, assura Carville, tapotant amicalement le bras de lord Edmund. Je reviens dans une heure !

Se détournant de son vieil ami, le baron gagna le vestibule et disparut au-dehors.

Lorsqu'il se présenta de nouveau à la porte d'entrée, une heure plus tard, les bagages étaient dans le hall, ainsi que leurs possesseurs. Lady Mary n'ayant pas fait de complications, la maisonnée avait pu être prête à temps.

Avant d'embarquer dans le carrosse de leur bienfaiteur, lord Edmund donna consigne aux domestiques qui garderaient la maison de taire la destination de la famille, quel que serait l'acharnement que l'on mettrait à l'apprendre. Il décréta ensuite que l'on attendrait la journée du lendemain pour acheminer le gros des malles vers le manoir, dans l'espoir de décourager un éventuel guetteur. Il fut également convenu que Jacques et Roger voyageraient avec les bagages, en tenue de ville. Vaine précaution pour les gens du quartier, qui n'avaient nul besoin de voir la livrée des Greer pour reconnaître leurs serviteurs. Toutefois, l'initiative était bienvenue en ce qui concernait tous les autres.

Ces dispositions prises, Carville insista pour payer le louage de la charrette qui transporterait les malles de la famille jusque chez lui, au grand embarras de lord Edmund, lequel estimait que son ami en avait déjà bien assez fait. Lord Greer salua donc cette nouvelle largesse de quelques bougonnements gênés, puis tout ce petit monde se hissa dans le carrosse, et le véhicule put enfin se mettre en branle.

Tandis qu'il descendait la rue Gros-Horloge, Rose regarda s'éloigner la maison qui l'avait vue grandir.

Pour la première fois de son existence, elle se demanda si elle y reviendrait un jour.

Chapitre 4

— Je n'arrive pas à croire que tu aies fait ça ! s'écria Charlotte pour la centième fois de la semaine.

— Mais je l'ai fait, répondit Rose avec un sourire en coin.

— C'était absurde ! Tu aurais pu te faire étriper.

— Je sais…

— Alors pourquoi es-tu entrée dans cette pièce si tu savais ce que tu risquais ?

— Je crois que je n'ai pas toléré qu'on nous menace.

— Tu es vraiment étrange. Si ça avait été moi, je me serais terrée au fond de mon lit en espérant qu'on ne me trouve pas !

— Mais non, confrontée au danger, tu ne serais certainement pas restée dans ton lit ! Tu te serais sauvée, ou cachée, au moins.

— Peut-être, admit Charlotte, mais je peux t'assurer que je ne serais pas montée à l'assaut.

Rose éclata de rire.

— « Montée à l'assaut » ? Comme tu y vas ! s'exclama-t-elle entre deux hoquets. Je te rappelle que je n'ai fait que l'attaquer dans son dos. C'est à Jacques que revient le mérite de l'avoir arrêté. C'est lui qui s'est battu, pas moi.

— Tout de même, je maintiens que c'était idiot !

— Je préférerais « téméraire », si ça ne t'ennuie pas.

— Dangereux, plutôt. Et de la dernière indécence, même pour toi, ronchonna Charlotte. Je ne comprends pas que ton père puisse approuver cela…

Les deux jeunes femmes freinèrent leurs montures. Elles étaient parvenues au sommet d'une petite colline s'élevant aux frontières de la propriété, d'où elles avaient une vue plongeante sur le parc. Au loin, vers l'est, se dressait le manoir Saint-Jacques.

Rose considéra un instant cette silhouette massive que le soleil couchant colorait d'un chatoyant rose orangé. Plus haute que large, la vieille bâtisse était de conception dépouillée. Les deux tours rondes aux toits pointus qui encadraient le corps de la demeure lui conféraient une allure de donjon. Tout autour s'étendaient les terres du baron, lesquelles ne se limitaient pas à ce seul parc mais couraient bien au-delà, jusqu'à la source d'eau claire qui donnait son nom au domaine.

La jeune lady Greer flatta l'encolure de son cheval. Cette balade crépusculaire était un rituel auquel les deux amies se livraient chaque fois que Rose séjournait ici. Un excellent prétexte pour se retrouver seules, à l'abri des oreilles indiscrètes.

— Te décideras-tu à révéler ce que tu me caches ? demanda Charlotte.

— Je t'ai déjà dit que je ne le pouvais pas.

— Allons, ne suis-je pas ta confidente de toujours ?

— Si, mais là n'est pas la question. J'ai donné ma parole…

Charlotte laissa échapper une exclamation moqueuse :

— Comme si ça t'avait arrêtée jusque-là !

— Tu es injuste. Je n'ai pas failli à mes promesses.

— Non, tu t'es juste arrangée pour que je le fasse à ta place. Regarde maintenant, tes parents me traitent comme une étrangère, acheva Charlotte avec amertume.

— Je suis navrée. Je sais que c'est désagréable, mais ça leur passera, tu verras. Ils ont besoin de trouver un responsable à cet échec, et c'est tombé sur toi. Toutefois, je te rassure, mon père est aussi fort fâché contre Chaumontel. S'il avait vécu plus près d'ici, il l'aurait certainement défié.

— Vraiment ?

— Oh que oui…

— Tu fais bien de me le dire, je préviendrais Eudes. On ne sait jamais…

Rose esquissa un sourire.

— Tu « préviendras Eudes » ? singea-t-elle gentiment. Les choses avancent à pas de géant, dirait-on !

— C'est en bonne voie, minauda une Charlotte rougissante.

Rose sourit plus largement, puis elle tira sur les rênes et fit claquer sa langue pour inciter sa monture à faire demi-tour.

— Nous rentrons déjà ?

— Oui, si ça ne te fait rien, Charlotte. J'ai été somnolente toute la journée.

— Très bien, rentrons… Mais puisque tu ne veux rien me confier, ne compte pas que je te dise ce que j'ai appris.

— Pourquoi m'en parles-tu alors ?

— Pardi, pour te faire saliver !

— Je ne suis pas aussi friande de commérages que tu peux l'être, très chère.

— Pourtant je gage que celui-là te ferait dresser l'oreille.

— S'il s'agit d'un certain comte, je t'ai dit que…

— Non, non, coupa Charlotte. Il s'agit d'autre chose…

— Eh bien, je n'en saurai jamais rien, car je n'ai pas l'intention de mentionner quoi que ce soit sur ce qui t'intéresse.

— Rose, allons, fais un effort !

— Mais je fais un effort ! Je retiens ma langue alors que j'aimerais te parler !

Rose jeta un œil à la blonde jeune femme cheminant à son côté. Comme elle, assise en amazone sur sa haquenée, la demoiselle de Carville ondulait au rythme du pas de sa monture, la moue contrariée.

— Je ne peux pas te dire ce que je sais, reprit Rose. En revanche, je peux te dire ce que je ne sais pas.

Charlotte, interloquée, se tourna vers son amie.

— J'ignore tout de ce qu'il en est vraiment, poursuivit celle-ci. L'on n'a rien voulu me dire à moi non plus. Le peu que j'ai appris ne me renseigne pas, et pourtant il semble que sous ces mystères se cache un vrai danger pour moi et les miens. Il ne s'agit pas de petites manigances pour séduire ou refouler untel ou untel. J'ai bien peur que ce ne soit autrement plus sérieux... Tu devais bien t'en douter, non ?

— Oui et non. De nos jours, l'on voit nombre seigneurs prendre la mouche pour tout et n'importe quoi, alors ce pouvait aussi bien être une vétille.

— De nos jours un détail peut coûter la vie.

— ... c'est vrai, concéda Charlotte.

— Pour la dernière fois : j'ignore ce qu'il y avait d'écrit sur ce morceau de parchemin. Je n'aurais même pas dû te dire qu'il y en avait un, j'étais censée prétendre qu'il ne s'agissait que d'une pierre, jetée par un quelconque vilain. Alors ne me pose plus de questions. C'est compris ?

— Très bien, soupira Charlotte, un peu exaspérée malgré tout.

— Merci...

Quelque part dans les hautes herbes, un grillon stridula. Les jeunes femmes poursuivirent leur chemin vers le manoir, escortées par le pépiement des oiseaux rentrant au nid. Rose aimait la sérénité de ce parc où seule la nature se posait en souveraine. L'air n'y était pas vicié des odeurs infamantes propres aux cités, mais transportait les senteurs capiteuses des fleurs sauvages. Elle aurait de beaucoup préféré habiter un tel lieu, plutôt que leur maison étriquée en plein cœur de la ville. En comparaison, la vie au manoir était plus reposante. Il y avait déjà une semaine que sa famille et elle profitaient de cette tranquillité. Aucun nouvel incident n'étant venu troubler leur retraite, ils ne s'attarderaient probablement pas au-delà d'une semaine supplémentaire. Malheureusement.

— Le baron a une maîtresse, lâcha Charlotte tout à trac.

Rose pivota vers elle, les yeux écarquillés.

— Que dis-tu ? Tu es sûre ?

— Oui. Je l'ai découvert par hasard, trois ou quatre jours avant que vous arriviez.

— Comment ?

— Il a égaré une lettre d'elle.

— Ça par exemple… Tu la connais ?

— Non.

— Il n'y avait pas de nom sur la lettre ? Une signature ? Un sceau ?

— Rien de tout cela. Juste une initiale.

Les deux jeunes femmes se regardèrent d'un air entendu. Ce fut Rose qui la première exprima leur ressenti :

— Mariée, déclara-t-elle.

— Cela y ressemble.

— Eh bien, cela me surprend de ton père. Il paraît si peu enclin à ce genre de turpitude… Sait-il que tu sais ?

— Non, et je me suis bien gardée de le lui dire !

— Tu as bien fait. Je suppose qu'il apprécierait peu de voir son secret éventé.

— Certes… bien que je n'aie pas tiré grand-chose de cette missive. Cette mystérieuse « H » se plaint du peu souvent qu'ils se voient, se languit de lui, lui jure sa dévotion fidèle, et ainsi de suite. Inintéressant.

Rose haussa un sourcil. Une telle froideur était inusuelle chez Charlotte, surtout concernant les choses de l'amour. Mais il est vrai qu'il s'agissait de son père. Ces deux-là avaient autant en commun qu'elle-même et lady Mary.

— Ton père ne te sermonne plus sur Chaumontel ? s'enquit-elle alors, décidant de ne pas épiloguer.

— Presque plus. La perspective d'un opulent mariage a en partie fait taire ses scrupules. Il y revient toutefois, de temps à autre.

— Il se calmera.

— Lui oui. En revanche, tes parents…

— Il faudra bien qu'ils s'y fassent !

— Je n'ai pas hâte de voir leur réaction le jour où tombera la nouvelle.

Rose détourna les yeux. Elle n'était pas pressée, elle non plus. Si les seules faveurs de Chaumontel envers Charlotte avaient irrité son père à ce point, Dieu seul savait ce qui résulterait de l'annonce de leurs fiançailles. À dire vrai, Rose commençait à redouter une brouille entre les deux familles. Or il fallait impérativement éviter cela.

— Ce n'était peut-être pas une si brillante idée, poursuivit Charlotte.

— C'était une excellente idée, contesta son amie.

— Et si tes parents se fâchaient ?

— Qu'est ce que cela changerait ? De toute façon, tu partiras vivre au Preslay, à des dizaines de lieues d'ici.

—Il n'y aurait aucun espoir que tu m'y visites s'ils ne venaient pas eux aussi.

—Qu'en sais-tu ? Je pourrais m'affranchir de leur permission, affirma Rose.

—Ne dis pas de sottises.

—Pense ce qui te chante. Je te dis, moi, que je viendrai. Avec ou sans leur bénédiction.

Charlotte soupira, levant au ciel des yeux résignés.

—Il est trop tôt pour songer à cela, reprit Rose. Nous aviserons le moment venu.

—Comme toujours…

Elles rallièrent les écuries sans plus proférer un mot, perdue chacune dans leurs spéculations. Une fois qu'elles y furent parvenues, deux palefreniers les aidèrent à mettre pied à terre, puis emmenèrent les chevaux, tandis que les jeunes femmes regagnaient le manoir par un petit sentier de terre.

—Tu me le promets ? fit subitement Charlotte, le ton presque suppliant.

Rose tourna vers elle un regard interrogateur.

—Quoi donc ?

—Que tu ne laisseras pas tes parents se mettre entre nous.

—… C'est promis. Personne ne nous séparera. Quoi qu'il arrive.

Les jeunes femmes se sourirent timidement, sachant l'une comme l'autre ce qu'une telle promesse pouvait valoir…

Quelques enjambées plus tard, elles gravirent les trois larges marches du perron. Charlotte poussa la porte et déboucha en tête dans l'austère vestibule de pierre grise. Les deux amies n'ayant ni manteau ni cape à confier au laquais – il faisait bien trop chaud pour s'encombrer de cela –, celui-ci n'alla pas au-devant des demoiselles. Il se contenta d'attendre un ordre qui ne vint pas, puisque les jeunes femmes se rendirent directement à leur chambre afin de passer une tenue adéquate pour le souper, lequel ne saurait plus tarder.

Lorsqu'on annonça le service, le soleil achevait de disparaître derrière l'horizon. Les demoiselles descendirent dans la grande salle sans se faire prier. Ces repas communs étaient pour toutes deux cent fois supérieurs au quotidien. Le baron de Carville et le comte de Greer, assis l'un en face de l'autre, péroraient tout le souper, laissant ainsi le champ libre aux filles d'en faire autant.

Au cours de la semaine passée, plusieurs notables de la région s'étaient joints à eux, ce qui avait encore ajouté à l'animation ambiante. Même lady Mary avait retrouvé ici un semblant de jovialité. En vérité, s'il n'y avait eu ce spectre menaçant au-dessus de leur tête, le séjour chez Carville aurait été parfait.

— Vous ai-je dit que j'ai reçu des nouvelles du marquis de Jouars ? demanda le baron à lord Greer.

— Non, quand ça ?

— Ce matin tout juste.

— Comment cela se passe-t-il là-bas ? J'ai entendu dire que l'édit faisait du foin.

— En effet, c'est ce qu'il dit. Il semblerait que le parlement de Paris ne soit pas près de l'approuver.

— Le contraire m'aurait étonné, commenta lord Greer, goguenard.

— Je gage que la capitale n'est pas le seul endroit où cette scandaleuse lubie est décriée.

— Comme vous dites, Charles. Je ne crois pas que notre parlement mettra meilleure grâce à le ratifier, d'ailleurs.

— Cela va sans dire…

— Que Jouars vous a-t-il écrit d'autre ?

— Eh bien…

Carville piqua un morceau de faisan du bout de son couteau et le mâchonna d'un air pensif.

— Y a aussi parné de ce machacre, vous fous chouvenez ? reprit-il, la bouche pleine.

Lord Edmund, lui-même occupé à faire couler une bouchée avec un fond de vin rouge, acquiesça.

— Y paraît…

Le baron s'interrompit, déglutit bruyamment, puis reprit :

— Il paraît que quelque chose en rapport avec cela a été volé dans l'office même du prévôt.

— N'aurait-ce pas plutôt été égaré ? suggéra lord Edmund, sceptique.

— Peut-être. En tout cas, le marquis présente cela comme un vol et non une disparition. Il n'a pas donné de détails, toutefois.

— Sait-on ce qui a été dérobé ?

— Oui, c'est pour cela qu'il a mentionné cet incident dans sa lettre. Figurez-vous qu'il s'agit de l'objet dont le maréchal de Cossé nous parla. Vous rappelez-vous ?

Tout en considérant la question, lord Edmund étira le cou pour faciliter le passage d'un imposant morceau de viande gobé la seconde précédente.

— Non, je ne vois pas.

— Mais si, père, intervint Rose, qui n'avait rien perdu de la discussion. Le maréchal avait mentionné une espèce de statuette taillée dans de la pierre verte.

— Exactement, confirma le baron de Carville.

— Ah oui, ça me revient… Cela a été volé, vous dites ? Mais pourquoi donc ?

— Si je le savais… Enfin cela mit le prévôt en grand émoi, il prit de lourdes sanctions à l'encontre des hommes qui étaient de garde cette nuit-là.

— Y a-t-il eu d'autres crimes tels que ceux que l'on nous rapporta ? demanda lord Edmund, visiblement peu intéressé par la disparition de la statuette.

— Oui. Encore trois victimes, la veille du jour où Jouars prit sa plume pour m'écrire.

— Vraiment ? fit Rose. Étaient-ils dans le même état ?

— Oui.

— Quel état ? interrogea lady Mary.

— Dépouillés de leur bourse, intervint lord Edmund en glissant un coup d'œil alarmé aux autres convives.

— Oh.

Lady Mary se resservit une portion de gibier.

— Enfin bref, éluda lord Greer. Autre chose ?

— Oui, le marquis fait aussi état d'une rumeur au sujet d'une grande mascarade qui serait donnée à la Cour cet été. Ce n'est encore qu'un bruit, toutefois il nous demande si nous serions intéressés d'y aller avec lui ?

D'un même mouvement les deux gentilshommes tournèrent la tête vers leurs filles respectives, lesquelles souriaient largement.

— Je pense que l'on peut répondre par l'affirmative, commenta lord Greer, amusé.

— On dirait, admit le baron, plus fraîchement que son comparse.

— Et vous, madame ? demanda alors Edmund à sa femme. Nous accompagnerez-vous ?

Étonnamment, lady Mary sembla considérer la question. Tandis qu'elle réfléchissait, un laquais entra dans la pièce à pas feutrés et vint chuchoter quelque chose à l'oreille du maître des lieux. Carville opina, puis se leva de table.

— Vous nous quittez, très cher ? s'enquit lord Edmund.

— Non, non. Continuez, je ne serai pas long.

Le baron sortit de la grande salle, suivi par son valet. Lord Greer reporta son attention sur son épouse.

— Je pense que je viendrai, déclara celle-ci.

Les demoiselles échangèrent un regard dépité. Avec lady Mary sur les talons, la fête serait nettement moins savoureuse... Contenant un soupir, Rose fit signe au laquais en charge de sa coupe. Elle s'octroya une longue gorgée de vin, ainsi qu'elle faisait chaque fois que sa mère l'indisposait.

— Je viendrai même si je sais ma présence peu désirée, ajouta lady Mary après un silence calculé.

Relevant la tête, Rose tomba droit dans les yeux ombreux de sa mère, qui la toisait, le rictus provocateur. Bien qu'exaspérée par cette puérilité malveillante, la jeune femme ne pipa mot. Elle ne voulait pas gâcher ce séjour par une énième altercation avec lady Mary, quels que soient les efforts déployés par cette dernière. Comme elle se faisait cette réflexion, le son de talons claquant sur le dallage du corridor annonça le retour de Carville.

— Désolé de m'être absenté, dit-il en repassant la porte. Cependant, je vous ramène une distraction.

Rose considéra l'enfilade de mets aux fumets alléchants alignés sur la table, et songea à tous ces repas contrariés par l'acrimonie de lady Mary. Cela aurait vraiment été pitié d'encore passer à côté d'une bonne chère. Sa mère voulait camper les mégères ? Soit, grand bien lui fasse ! Ce soir, pour une fois, Rose ne serait pas victime de ce jeu.

De nouveau en appétit, elle se pencha pour attraper l'un des plats de gibier, mais quelque chose de dur s'écrasa sur son pied et brisa son élan. Retenant un cri de douleur, Rose darda un regard noir sur sa voisine.

— Qu'est-ce qui te prend ? susurra-t-elle entre ses dents.

Charlotte ne répondit pas. Elle fixait l'entrée, les yeux exorbités. Soudain consciente que quelque chose clochait, Rose perdit toute velléité de représailles. Délaissant Charlotte, elle leva à son tour le nez vers la porte.

L'espace d'un terrible instant, elle en oublia même comment respirer.

— Regardez qui voilà ! s'exclama lord Edmund.

— *My lord*, quelle heureuse coïncidence de vous trouver ici.

Il se leva pour saluer l'arrivée de l'inopiné convive, imité par son épouse et par Charlotte.

Rose, elle, fut incapable de bouger. Engluée dans une stupéfaction apathique, il lui fallut derechef le concours de son amie d'enfance pour se fendre de la réaction adéquate. Ce fut donc sous l'impulsion de Charlotte, qui la saisit sous le coude, qu'elle se leva enfin.

— Voici Mme la comtesse de Greer, énonça le baron de Carville en désignant lady Mary d'un geste pompeux.

— Artus d'Holival, comte de Janlys. Pour vous servir, *lady*, fit celui-ci en s'inclinant gracieusement.

— Vous vous souvenez peut-être de ma fille, Mlle Charlotte ? s'enquit le baron.

— Certes. Bien le bonsoir, mademoiselle.

Rose sentit son cœur s'emballer, sa poitrine lui sembla tout à coup trop étroite pour en contenir les battements erratiques.

— Et voici Mlle de Greer, dont vous vous souvenez peut-être aussi.

À l'instant où Janlys posa les yeux sur elle, Rose mesura combien fut vaste le vide laissé par son absence.

— Comment aurais-je pu oublier ? fit-il en s'inclinant de nouveau. Mes hommages, lady Eileen.

Craignant que ses jambes la trahissent si elle s'essayait à une révérence, Rose se contenta d'un petit salut de la tête.

— Prenez place, monsieur le comte, invita le baron.

— Ne vous bousculez pas pour moi, je n'avais nulle intention de perturber votre souper.

— Mais, monsieur, c'est un honneur de vous recevoir à ma table.

— Oui ? Eh bien, en ce cas, c'est avec joie que je me joins à vous.

Carville désigna alors une chaise vacante, à la droite de Rose.

— Cette place vous convient-elle ?

— Parfaitement, répondit Janlys.

Comme celui-ci se dirigeait vers son siège, Rose nota qu'il avait encore boudé la fraise traditionnelle au profit d'un collet à large rabat. Son pourpoint noir, dont les manches garnies de crevées laissaient échapper un taffetas bleu sombre assorti au velours de sa cape, était constellé de minuscules diamants. Et n'était-ce pas des saphirs, là, incrustés sur la garde de son épée ? Ainsi donc, les rumeurs sur l'éblouissante fortune de Janlys semblaient exactes. Mais tandis qu'elle le regardait approcher, la démarche souple, ses cheveux d'encre miroitant doucement dans la lueur des chandelles, Rose songea que cet homme-ci n'avait nul besoin de joyaux pour briller…

Arrivé près d'elle, le comte lui adressa un bref demi-sourire avant de se tourner vers le baron, qui avait également regagné sa place. Carville s'assit alors, et tout le monde en fit autant. Rose retomba sur son siège, soulagée de pouvoir laisser ses jambes flageoler en paix. Son nouveau voisin de table, lui, sollicita immédiatement le domestique commis à son service, lequel s'empressa de lui procurer une coupe emplie de vin.

— Que nous vaut cette agréable surprise, monsieur le comte ? questionna lord Edmund pendant qu'un serviteur dressait devant Janlys un couvert supplémentaire.

— Pour être honnête, ce n'est qu'un demi-hasard, répondit l'intéressé. En dirigeant mes pas ici, c'est après vous que je cherchais. Ayant trouvé porte close à votre demeure de Rouen, cet après-midi, je fus enchanté d'apprendre que M. de Carville résidait non loin. Je suis donc venu au manoir dans l'espoir d'avoir de vos nouvelles.

Rose se mordit l'intérieur des joues pour retenir le sourire béat qui lui montait aux lèvres.

— Alors permettez-moi de vous offrir asile, proposa Carville.

— Merci, mais cela ne sera pas nécessaire. Je viens d'acquérir une charmante demeure à moins de deux lieues d'ici.

Rose cilla. Le choc n'aurait pas été plus grand si on lui avait assené un coup sur le crâne. Ahurie, elle leva le nez vers son père.

— Vraiment ? s'étonna celui-ci en jetant un rapide coup d'œil à sa fille.

— Vraiment, confirma Janlys. J'y ai d'ailleurs passé la journée. J'aime à superviser moi-même l'aménagement de mes demeures.

— Quelque chose en particulier motiva cette acquisition ?

— Ma foi, la région est dotée de nombreux intérêts…

Rose se sentit perdre contenance. Son ahurissement se mua en nervosité troublée. Pour y remédier, elle ne songea à rien de mieux que boire encore une gorgée ou deux. Elle fit signe au domestique, puis allongea le bras vers la coupe que ce dernier lui présentait. Or son geste fut si maladroit et précipité que ses doigts heurtèrent le récipient au lieu de le saisir.

Effarée, Rose vit la coupe basculer à la renverse. Se précipitant les deux mains en avant, elle parvint à saisir l'objet récalcitrant avant qu'il ait répandu son contenu sur le parquet. Pour prix de son audace, elle reçut sur les doigts une généreuse gerbe de vin. S'empressant de s'essuyer sur sa serviette, elle pesta contre elle-même. Ce brusque accès de honte lui avait fouetté le sang. Elle se faisait maintenant l'effet d'une petite grue enamourée, et cela lui disconvenait totalement. Ce goujat de Janlys l'avait tout de même laissée sans nouvelle pendant plus d'un mois ! Il n'y avait aucune raison pour qu'elle se pâmât ainsi devant lui.

Elle devait se ressaisir.

— Mon père avait l'âme aventureuse, reprit Janlys comme si de rien n'était. Il aimait explorer de nouvelles contrées. J'imagine que c'est une façon pour moi de perpétuer sa mémoire.

— Oh, il n'est plus de ce monde ? se désola lord Edmund. Vous m'en voyez navré.

— Ne le soyez pas. Il nous a quittés il y a bien longtemps...

Un bref silence plana sur l'assistance.

— Je suis cependant fort surpris de votre visite, fit le comte de Greer. J'avais cru comprendre que vous aviez d'importantes affaires à régler dans la capitale ?

— C'est le cas. J'aspirais juste à quelque repos, et la campagne me parut tout indiquée pour cela. Mais je puis me retirer si ma présence vous incommode, *my lord*.

— Non point ! se défendit lord Edmund en secouant les mains autant que la tête. Au contraire, je suis flatté que vous ayez eu l'amabilité de penser à nous. Je suis étonné, voilà tout.

— Il est vrai que je n'ai point écrit pour m'annoncer.

— Vous étiez sans nul doute trop affairé pour cela, lâcha Rose, le ton revêche.

— Très exactement. Du reste, je ne pensais pas qu'une de mes lettres puisse être attendue… Avais-je tort ?

Rose se tourna vers lui, bouche entrouverte sur une exclamation muette. Le petit sourire malicieux qu'esquissa Janlys lui fit monter le rouge aux joues.

— Mes excuses, *lady*, ajouta-t-il à mi-voix. Si j'avais su, j'aurais pris ma plume sans perdre un instant.

Sur les pommettes de la jeune lady, la douce chaleur se mua en bûcher. Elle se détourna précipitamment, ballottée entre un suprême embarras et une colère indignée.

Elle s'aperçut alors que Charlotte pouffait derrière sa main.

Scandalisée que sa prétendue alliée s'amuse de cette impertinence, elle lui expédia un coup de pied rageur dans le tibia. Fort heureusement, le choc fut en partie amorti par les jupes. Il fut cependant assez fort pour passer à sa voisine l'envie de rire.

— Combien de temps pensez-vous rester, monsieur le comte ? s'enquit Carville.

— Je l'ignore. Cela dépendra de l'hospitalité de la contrée.

— Considérez d'ores et déjà que vous êtes le bienvenu en Normandie, monsieur.

Carville leva son verre en direction de son invité. Janlys le remercia d'un signe de tête. Rose jaillit subitement de sa chaise.

— Le souper est excellent mais je suis fort lasse, je vais me retirer, je vous souhaite la bonne nuit, débita-t-elle d'une seule traite.

Carville et sa fille la dévisagèrent sans comprendre. Lord Edmund parut identiquement perdu. Lady Mary, quant à elle, sembla horrifiée d'une telle effronterie. Néanmoins tous grommelèrent une vague réponse, ce qui permit à Rose de filer vers la sortie.

Une fois dans le corridor, plutôt que de diriger ses pas vers l'étage, la jeune femme bifurqua vers l'arrière de la maison. Laissant la porte ouverte pour que lui parvienne un filet de lumière, elle sortit sur la terrasse. Guidée par cette mince clarté, elle traversa les quelques mètres qui la séparaient du parapet et posa les mains sur la pierre fraîche. De l'autre côté du muret, le terrain glissait en un léger dénivelé. L'on ne pouvait le voir à cette heure avancée, or il y avait à une centaine de pas un petit bassin auprès duquel Rose aimait à rêvasser. Si elle avait pu, elle s'y serait volontiers rendue pour se remettre de ses émotions.

Poussant un profond soupir, elle baissa la tête.

Elle avait fui, ni plus ni moins. Ce n'était certes pas glorieux mais, après des semaines d'efforts considérables pour le bannir de sa tête, elle n'avait pas supporté que Janlys resurgisse ainsi dans sa vie. Au bout de combien de temps disparaîtrait-il cette fois ? Une heure ? Une nuit ? Une semaine ? D'accord, elle avait une dette envers lui, pourtant elle n'était pas disposée à revivre… cela. Cette… effervescence n'apportait que douleur et déchirement, elle le savait d'expérience. Pour s'en convaincre, il lui suffisait de comparer le peu qu'elle avait côtoyé le comte à l'ampleur de l'empreinte qu'il avait déjà laissée… Pas question de repasser par des jours et des jours de mélancolie. Elle ne devait plus se laisser griser.

L'influence du comte de Janlys s'arrêtait ici, et maintenant.

— Vous nous avez quittés bien vite, *lady*.

Rose fit volte-face.

Le comte se tenait dans l'encadrement de la porte, une épaule nonchalamment appuyée au chambranle. Telle une ombre chinoise, sa silhouette se découpait à contre-jour dans la lueur des lampes à huile.

— Vous allez bien ?

Faisant appel à toute sa fierté, Rose parvint à lui répondre sans chevroter :

— Oui, merci.

— Vous êtes sûre ? Vous êtes partie si prestement que j'ai cru que vous dissimuliez quelque vapeur.

— Non, il ne s'agit que de lassitude, affirma-t-elle en lui tournant le dos.

Pendant un instant, l'on n'entendit plus que le vent jouer dans les branchages.

— Vous m'aviez habitué à plus de franchise, lady Eileen…

Rose eut un mouvement de recul. Janlys se tenait à présent tout près d'elle, sur sa gauche, le visage tourné vers le parc.

Une sourde angoisse glissa le long de son échine. Comment diantre pouvait-elle ne pas l'avoir entendu approcher ?

Le comte pivota alors dans sa direction. Malgré l'obscurité, Rose crut distinguer ses iris ; comme s'il s'était agi de lucioles d'émeraude… Mais la sensation s'estompa en un battement de cils.

— Que voulez-vous dire ? s'enquit-elle enfin.

— Allons, *lady*, pas de cela, voulez-vous ?

Elle se raidit. Galvanisée par le courroux que lui inspira cette remontrance, elle répondit d'un ton âpre :

— Soit, monsieur le comte ! Ce fut la contrariété qui me poussa hors de table, et non la fatigue ! Vous voir surgir ainsi, tout soudain, et vous écouter jacasser sur votre nouvelle demeure alors que vous n'avez pas donné signe de vie depuis des semaines ! Pensiez-vous vraiment que je vous ferais bon accueil en ces circonstances ?

— N'est-ce pas ce qu'un ami est en droit d'attendre ?

— Un ami aurait pris la peine d'écrire !

— Vous attendiez donc ma lettre, conclut Janlys, un sourire dans son timbre de miel.

La jeune femme se trouva soudain plus sotte encore que lorsqu'elle avait manqué de renverser sa coupe.

— Mes excuses, *lady*, reprit le comte. Je n'avais aucunement l'intention de me mal conduire.

— Balivernes ! Un seigneur tel que vous ne pourrait omettre politesse si élémentaire. C'est sciemment que vous avez laissé régner le silence !

Elle perçut alors sur le visage de Janlys le relief du sourire discerné dans sa voix.

— Vous m'avez démasqué, fit-il doucement. C'est exact. Je me suis tu à dessein.

— Et vous l'admettez sans vergogne ?

— Préféreriez-vous que je mente ?

— J'aurais préféré que vous…

Elle s'interrompit net, réalisant ce qu'elle était sur le point de dire.

— Vous auriez préféré que j'écrive, termina Janlys à sa place.

Aucune réfutation acceptable ne vint à l'esprit de la jeune lady Greer. Elle venait bêtement de désigner la brèche dans le rempart de son indignation. Poussant un soupir exaspéré, elle pivota vers l'obscurité qui béait de l'autre côté du parapet.

— Que faites-vous ici ? interrogea-t-elle après un bref silence. Vous ne me ferez pas croire que ce furent les seuls charmes de nos campagnes qui vous amenèrent.

— En effet, ce ne furent pas ces charmes-là.

— Quoi d'autre en ce cas ?

— *Lady*… je vous tenais pour plus sagace…

Rose marqua un temps d'arrêt. Une bouffée d'affolement empourpra ses joues.

— Je ne prêterai pas foi à cela non plus, décréta-t-elle d'une voix moins assurée qu'elle l'aurait voulu.

— À quoi donc ?

— Eh bien, à… à…

Elle se tut, le cœur cognant dans sa gorge comme un forcené, incapable de formuler cette idée à haute voix.

Et si elle faisait fausse route ? S'il parlait de tout autre chose ?

— Quelles que puissent être vos raisons d'être ici, vous n'ajouterez pas de tours pendables à la liste de vos distractions, reprit-elle finalement. Je ne suis peut-être qu'une provinciale, mais l'on ne se paie pas ma tête si aisément !

— Ai-je l'air d'être homme à apprécier ce genre de passe-temps, *lady* ?

— Nous nous connaissons trop peu pour que je puisse juger du contraire, monsieur.

— Alors donnez-moi une chance de me faire mieux connaître.

— Pour que vous vous envoliez lorsque vos affaires seront achevées ? Pas question ! s'exclama-t-elle avec emportement, juste avant de se décomposer.

Dire qu'elle venait de prétendre qu'on ne se jouait pas d'elle facilement. Il est vrai qu'elle le faisait fort bien toute seule…

— Vous êtes fâchée, *lady*, mais votre colère me comble de joie, susurra Janlys en se penchant à son oreille. Car il n'y a pas meilleur témoin de votre intérêt…

Le souffle de ce murmure courut sur la peau de Rose comme une brise fraîche, balayant malgré elle les véhémentes protestations de sa raison.

— Après ces longues semaines d'éloignement, je n'aurais pu souffrir votre indifférence, poursuivit le comte. Heureusement, je vois qu'il n'en est rien…

Se tournant vers lui, elle vit que ses yeux luisaient de nouveau, comme illuminés d'un intense feu intérieur.

— Pardonnerez-vous sa maladresse à votre humble serviteur ?

Elle cilla. Il n'y avait aucune lueur dans ce regard. D'ailleurs, c'était à peine si elle distinguait ses yeux…

Décidément, ce gentilhomme au charme dérangeant avait sur elle un bien curieux effet. Or, que cela lui plaise ou non, elle était incapable de se refuser à l'émoi qu'il suscitait. Et puisque ses prétendues fermes résolutions n'avaient pas survécu au premier tête-à-tête, il était vain de croire qu'il en irait différemment au second. En fait, maintenant que Janlys avait reparu, la dernière chose que Rose souhaitait était de le voir de nouveau s'en aller…

— Je ne vous excuserai qu'à une condition, dit-elle alors.

— Laquelle, *lady* ?

— Puisque vous prétendez être un ami, promettez que vous ne disparaîtrez plus en m'abandonnant au silence.

Il faisait trop sombre pour qu'elle puisse percevoir son expression. Mais, lorsqu'il reprit la parole, elle n'entendit dans sa voix nulle once d'espièglerie.

— Je ne puis promettre de rester toujours, *lady*, cependant je puis jurer de ne plus me taire si j'avais encore à partir.

— Plus jamais ?

— J'en fais le serment.

— … En ce cas… vous êtes pardonné, monsieur.

— Artus, rectifia-t-il. Mes amis me nomment Artus…

Un frêle sourire naquit sur les traits de Rose. Son esprit était engourdi et ses jambes lui faisaient l'effet de n'être qu'un amas de coton, mais… elle ne se sentait pas si mal, après tout…

— Voudriez-vous faire quelques pas pour sceller notre réconciliation ? proposa le comte.

— Dans cette obscurité ? Nous nous romprions le cou.

— Faites-moi confiance, j'ai une excellente vue.

Une promenade par une nuit sans lune était une idée absurde. Néanmoins, lorsque Janlys l'incita à prendre appui sur son bras, Rose ne put se résoudre à décliner l'invitation. Elle se laissa donc mener jusqu'à l'extrémité droite de la terrasse, à l'endroit même où débutait un petit sentier, pourtant indiscernable dans cette pénombre.

— Vous n'aviez pas dit que vous connaissiez le manoir, mons… Artus.

— Sans doute parce que je n'y suis jamais venu avant ce soir.

Rose n'écouta pas sa réponse. Maintenant qu'ils avaient quitté le sol lisse et rassurant de la terrasse, elle craignait d'avancer. S'agrippant au bras de Janlys telle une chaîne à son ancre, elle ralentit tant l'allure qu'ils finirent par faire du sur-place. Se posa alors sur sa main la peau la plus douce qui fût au monde. Comparée à ce contact velouté, même la soie eût semblé rêche…

Abasourdie, elle leva les yeux vers le comte. Son regard aqueux, d'un vert insolent, était balayé d'ondes paresseuses.

— Vous n'avez rien à redouter, *lady*, assura-t-il doucement.

Comme elle contemplait les tranquilles ondoiements de ses iris, Rose fut gagnée par la certitude qu'il disait vrai. Aussi, lorsque Janlys se remit en route, la main toujours posée sur celle de sa ravissante compagne, celle-ci n'opposa plus la moindre résistance.

Contournant le manoir, ils s'enfoncèrent dans l'obscurité. Rose ignorait où il la conduisait, mais cela n'avait pas d'importance. Même si ses yeux grands ouverts ne distinguaient rien d'autre que le néant, elle se laissait entraîner toujours plus loin, savourant la caresse de la brise sur son visage, et baignant dans la plus parfaite plénitude.

Ni racine ni caillou n'entravaient ce délicieux périple dans l'inconnu. Ils voguaient sur les ténèbres avec la souplesse d'un navire sur l'océan… Loin de s'inquiéter des bruissements nocturnes qui d'habitude la faisaient frémir, Rose découvrait avec émerveillement la majesté des ténèbres.

Les ténèbres… Mères de toutes les craintes, berceau supposé des démons et des fées, elles faisaient reculer les hommes depuis que le monde était monde. Car, entre leurs bras, l'inoffensif devenait menaçant, et l'évident se parait de mystère.

Ne serait-il pas merveilleux de percer les secrets de la nuit ? Qui en serait maître ne serait-il pas tout-puissant ?

Comme ils avançaient, Rose se rêva conquérante de ce royaume occulte. Détentrice d'un savoir oublié depuis l'aube des temps, seule maîtresse de sa destinée, elle serait adulée par les hommes et crainte par les rois…

Soudain, une lueur malingre et vacillante perça la nuit. Désemparée de la voir s'enfuir face à cette clarté, Rose voulut s'arrêter pour la retenir. Mais Janlys ne le permit pas. Poursuivant sa route vers ce soleil de pacotille, il l'entraîna à sa suite. Une image imprécise se dessina alors devant les yeux de Rose. Lorsqu'elle eut reconnu dans ces lignes floues les murs de l'écurie, le cortège de merveilles oniriques s'évanouit tout à fait.

— Mon cheval, demanda Janlys au palefrenier assoupi à même le sol, juste sous une torchère.

Le garçon s'éveilla en sursaut, ouvrant sur les aristocrates de grands yeux effarés.

— Mon cheval, répéta posément le comte.

Le jeune homme sauta sur ses pieds et fila vers l'un des box, tandis que Rose tournait vers Janlys une figure déconfite :

— Vous partez déjà ?

— Il le faut.

— Mais…

— Ma chambre n'était pas encore prête lorsque j'ai quitté ma demeure. Je dois m'assurer que mes prescriptions ont été suivies. Le moindre manquement à ces consignes pourrait m'être fort dommageable… C'est que, voyez-vous, j'attache une suprême importance aux conditions de mon repos.

— Mais nous venons à peine de… Enfin, vous venez juste d'arriver, vous ne pouvez vous dérober si tôt ! Que dira le baron ? Il va s'offusquer d'un si prompt départ.

— Ne vous inquiétez pas du baron.

— Mais…

— Je serai de retour demain, après souper.

Rose tiqua. La moue qui se peignit sur ses traits délicats amena un sourire aux lèvres du comte.

— Douteriez-vous de moi, *lady* ?

— La dernière fois que vous êtes parti ainsi, j'ai cru ne jamais vous revoir. Pourquoi serait-ce différent aujourd'hui ?

— Parce que je vous ai donné ma parole… Allons, *lady*, ayez quelque indulgence pour votre fantasque ami, fit Janlys avec une pointe d'amusement. Attendez-moi demain soir. Je serai là.

Malgré elle, Rose esquissa un demi-sourire.

— Pourquoi attendre ? Ne pourriez-vous venir après dîner ?

— Cela est malheureusement impossible. Mes affaires me retiendront toute la journée.

Le palefrenier revint, menant par la bride un cheval à la robe aussi noire que la chevelure de son maître. Janlys dégagea alors son bras de celui de sa compagne et prit le relais du garçon d'écurie, qui s'éloigna prestement. Rose considéra l'animal. Elle n'avait encore jamais vu de cheval de cette teinte. C'était une bête superbe, dégageant autant de vigueur que de noblesse. Le harnachement, en revanche, paraissait modeste, ce qui était insolite pour quelqu'un de la condition du comte. Toutefois, si ce dernier ne souhaitait pas se déplacer en grand équipage avec une cohorte de serviteurs collés à ses basques, c'était son droit. Nul n'irait le lui reprocher. Puisqu'il comptait parmi les grands, il pouvait tout se permettre. À la différence des Greer, ou des résidents de ce domaine…

Tournant les yeux vers le manoir, Rose découvrit en lieu et place de la bâtisse un écran de noirceur opaque. Elle ne s'était pas rendu compte que la nuit était si profonde. Il était impensable qu'elle rebroussât chemin dans ces conditions.

— Je vais vous y ramener, fit Janlys, qui avait suivi l'orientation de son regard.

— Ce serait fort aimable à vous.

S'arrêtant à côté de la demoiselle, le comte lâcha la bride de sa monture, puis, aussi naturellement que s'il lui avait fait sa révérence, il la saisit à la taille et la souleva du sol. En moins d'une seconde, elle se retrouva juchée sur le dos du coursier. Guidé par la main de son maître, le cheval se mit en route immédiatement.

La désinvolture avec laquelle Janlys l'avait hissée en selle perturba tant Rose qu'elle en omit de s'insurger contre ces façons familières. Elle ne poussa pas même une exclamation. Posant les mains sur l'encolure de l'animal pour se stabiliser, elle se contenta de rassembler ses esprits.

Après ce qui sembla être quelques brèves enjambées, ils arrivèrent devant le perron. Janlys stoppa son cheval, puis s'en fut actionner le heurtoir de la porte d'entrée. Un laquais, porteur d'une torche, émergea de la demeure séance tenante. Le comte revint sur ses pas et se posta près du flanc de l'animal, aux pieds de Rose.

— Permettez, dit-il en l'attrapant derechef à hauteur de ceinture.

Cette fois, la jeune femme se pencha pour prendre appui sur ses épaules. Maintenue par sa poigne solide, elle se laissa glisser à bas de la monture. Ils restèrent immobiles un instant, à un soupir l'un de l'autre, puis Janlys retourna vers sa monture. Il enfourcha la bête avec légèreté et, une fois en selle, s'inclina gracieusement.

— C'est ici que je prends congé, dit-il.

— Vous tiendrez parole ?

— Soyez sans crainte, lady Eileen.

— Rose, rectifia celle-ci sur une impulsion. Mes amis me nomment Rose.

Janlys se fendit d'un sourire enchanteur.

— Que la nuit vous soit douce, lady Rose…

Après un dernier salut, il fit faire demi-tour à son coursier puis s'éloigna au petit trot. Rose resta à le fixer, le souffle court et le sang battant dans ses tempes, jusqu'à ce que l'obscurité l'ait complètement avalé. Alors seulement elle se détourna pour gravir les trois marches du perron. Le valet qui attendait près de la porte ouverte, flambeau à la main, s'engouffra dans la demeure à sa suite et referma derrière eux. Rose jeta un œil du côté de la salle commune. Chacun devait la croire couchée. Inutile de les détromper. Elle fit signe au laquais qui, comprenant l'injonction, la précéda dans l'escalier. Lorsqu'ils eurent atteint sa chambre, le domestique enflamma la chandelle qui s'y trouvait, puis se retira sur une courbette. La jeune lady se laissa choir sur le lit. Elle se sentait lasse et un peu étourdie. Cependant, elle ne pensait pas trouver aisément le sommeil. Trop de questions se bousculaient sous son crâne. Trop d'émotions aussi.

— Tu es là ? appela subitement la voix de Charlotte de l'autre côté de l'huis.

Étant censée dormir du sommeil du juste, Rose ne répondit pas… Mais cela ne suffit pas à décourager sa visiteuse.

— Ouvre, exigea celle-ci en grattant légèrement contre le bois de la porte. Je sais que tu ne dors pas.

Soupirant, Rose se leva et alla ouvrir.

— Que fais-tu là, Charlotte ? Toi aussi tu as quitté la table ?

— Quitté la table ? Le souper est terminé depuis longtemps !

— Déjà ? Je vous ai laissés il y a…

— Environ une heure.

— Quoi ? Mais non, voyons.

— Penses-tu donc que je souperais dans ces atours ?

Rose baissa les yeux sur la tenue de Charlotte. Celle-ci était drapée dans une vaste robe de chambre. Déstabilisée, la jeune femme livra passage à son amie sans plus de commentaires, puis referma la porte.

— Tu l'as vu, n'est-ce pas ?

— Comment ? Qui cela ?

— Janlys, s'exaspéra Charlotte. Je te parle de Janlys. Vous avez eu une entrevue, non ?

— Oui… en effet mais… Je ne comprends pas, nous ne nous sommes pas dit grand-chose… Il n'a pu s'écouler tout ce temps.

— Je t'affirme que si.

— Mais…

Se sentant brusquement nauséeuse, Rose s'échoua sur le lit.

— Que se passe-t-il ? s'alarma son amie. Tu es toute pâle…

Rose leva une main en signe d'apaisement, bien qu'elle éprouvât quelques difficultés à calmer le roulis de son estomac.

— Ce n'est rien, assura-t-elle en se forçant à respirer posément. Je suis juste fatiguée.

Charlotte vint s'asseoir à son côté, la mine inquiète et les sourcils froncés.

— Que s'est-il passé ?

— Eh bien… je suis sortie sur la terrasse, et Janlys m'y a rejointe presque aussitôt. Tu devais t'en douter d'ailleurs, il a dû prendre congé de vous.

— Certes, confirma Charlotte. Il a quitté la table juste après toi, en disant que…

La demoiselle s'interrompit et fixa le plancher avec un air interdit, comme si ce dernier l'avait appelé par son nom.

— C'est étrange… je ne me souviens pas, acheva-t-elle en relevant les yeux sur Rose.

— Comment ça ?

— Je ne me souviens pas de ce qu'il a dit. Je me rappelle juste qu'il s'est levé et… et qu'il est sorti.

Rose considéra son amie d'un œil perplexe. Il était invraisemblable que le baron ait laissé son invité surprise quitter la table sans un mot d'explication.

— Il a sûrement dû s'expliquer avant de sortir, mais tu ne t'en souviens pas, conclut-elle. Tu devais rêvasser.

— Oui, ce doit être cela… Bon, ensuite ? insista Charlotte après un bref silence. Janlys est sorti sur la terrasse, et ?

— Il… Je… J'ai exprimé mon courroux quant à son silence, alors il a… Il s'est excusé. Puis il a proposé que nous fassions quelques pas. Nous sommes donc allés jusqu'à l'écurie, où il a réclamé son cheval. Ensuite il m'a escortée jusqu'à la porte principale, nous avons échangé quelques mots et… il est parti.

— Allons bon ! Ce que tu me contes là ne prend pas une heure !

— Non certes… Il est vrai que j'étais assez troublée. Notre conversation fut probablement plus longue que ce qu'il me sembla…

— Bien sûr qu'elle le fut.

Un silence gêné tomba sur la chambre. Ni l'une ni l'autre des demoiselles ne semblait vouloir approfondir le sujet. Pour tromper le malaise latent, Rose se leva et se mit à arpenter la pièce.

— Il revient demain, annonça-t-elle.

— Vraiment ? C'est merveilleux !

— Pourquoi cela ?

— Ne prends pas ces airs avec moi, la rabroua Charlotte. Je ne suis pas dupe. Nous savons toutes deux ce qu'il en est.

Rose haussa un sourcil dédaigneux, mais sa volonté de paraître détachée ne résista pas à la bouffée de ravissement qui l'assaillit. Son masque d'indifférence fondit comme neige au soleil, et son visage s'éclaira d'un large sourire embarrassé. Charlotte pouffa, les deux mains plaquées sur la bouche.

— Ma chère, commença-t-elle lorsqu'elle se fut un peu calmée, je ne t'avais vue si radieuse depuis…

S'arrêtant brusquement, elle jeta à son amie un œil déconfit.

— Depuis Pierre ? acheva cette dernière, attristée.

— Pardon…

— Ce n'est rien.

— Parle-moi du comte, réclama alors Charlotte en forçant un tantinet sa bonne humeur. Qu'as-tu appris ?

Rose considéra la question avec intérêt. Qu'avait-elle en effet appris de Janlys, ou, plutôt, d'Artus ? Celui-ci l'avait jugée assez proche pour requérir qu'elle usât de son prénom et pourtant… Pourtant…

— Je ne sais rien de plus, admit-elle.

— Pas de cachotteries avec moi ! s'insurgea Charlotte.

— Non, il n'y a là aucun secret. Je suis sérieuse. Je ne sais rien de lui que tu ne saches toi aussi. En vérité, nous avons appris par d'autres bien plus qu'il n'en a dit lui-même.

— Pas de récit de bataille, ou de duel ?

— Non. Rien de la sorte.

— Voilà qui est curieux…

Rose comprenait la perplexité de sa vieille amie. Mieux, elle la partageait.

D'ordinaire, un gentilhomme s'avérait prodigue en matière d'anecdotes flatteuses. C'était à celui qui s'enorgueillissait des plus beaux faits d'armes, des meilleures chasses, des plus vastes terres, mais, surtout, de la meilleure ascendance. Il était bien singulier qu'avec une lignée comme la sienne, Artus se soit montré si peu loquace. La plupart des hommes n'auraient pu s'empêcher d'en faire étalage pour éblouir l'auditoire, en particulier en présence de dames. Mais pas lui…

— Il n'est à nul autre semblable, murmura-t-elle.

— Cela tu peux le dire, acquiesça Charlotte avec un sourire mutin. Il a une telle prestance, et est d'une telle beauté ! Je suis sûre que tu auras noté qu'il est aussi fort bien fait ?

— Charlotte ! Si je ne te savais presque fiancée à Chaumontel, je te croirais prête à faire main basse sur le comte !

— Et tu aurais cent fois raison ! Un gentilhomme pourvu de tant de grâces ne peut rester ignoré. Mais sois sans crainte, s'empressa d'ajouter la demoiselle devant la mine contrariée de son interlocutrice. Il est manifeste que ce seigneur-ci a déjà fait son choix…

— Essaierais-tu de me dire quelque chose ?

— Voyons, Rose, Janlys est ici pour toi. C'est indubitable.

— Rien n'est moins sûr, au contraire !

— Veux-tu bien cesser ? Je ne peux croire à un tel aveuglement, même de ta part.

— Je ne suis certes pas aveugle, mais je ne suis pas sotte ! Par quel extraordinaire hasard un seigneur de sa condition pourrait souhaiter s'encombrer d'une vieille damoiselle étrangère et privée de biens ?

— Quel toupet ! s'écria Charlotte. Je crois pourtant savoir que ton père t'a pourvue d'une dot généreuse !

— Il se peut, toutefois je n'aurai pas de terres. Or tu sais que cela importe fort lorsqu'il s'agit pour un gentilhomme de se choisir une épouse.

— Pas toujours.

— Si.

— Non. Pas lorsque le gentilhomme en question est assez fortuné pour entretenir grassement plusieurs garnisons, et ainsi se permettre de repousser la guerre hors de son domaine, déclara Charlotte avec une évidente satisfaction.

— … Il a fait ça ?

— Parfaitement. Sache que nul seigneur ne sut faire fléchir l'inamovible comte de Janlys. Ses terres sont restées vierges de toute bataille, à l'exception d'une ou deux escarmouches.

Rose en resta sans voix. Quand on avait la renommée et les moyens d'un Janlys, il paraissait impensable de rester neutre dans un conflit de cette envergure. Il avait dû être sollicité sans relâche, menacé même ! Comment diantre avait-il réussi à se soustraire à la pression de ses pairs ?

— Aussi je doute que l'état de ton héritage préoccupe beaucoup notre homme, renchérit Charlotte.

— Ce que tu me contes là suppose un trésor encore supérieur à celui que nous avions estimé…

— Cela va de soi.

Décontenancée, Rose revint s'asseoir près de son amie.

— Il semble que personne ne soit capable de détourner le comte du dessein qu'il se fixe, assura Charlotte avec chaleur. Or, pour l'heure, je suis certaine que, ce dessein, c'est toi.

Se relevant précipitamment, Rose alla se poster devant la fenêtre, dos tourné à la demoiselle de Carville.

— Sois tranquille, poursuivit cette dernière. Cette fois il n'y aura personne pour s'opposer à cette union si le comte la désire.

— … Et si moi je ne la désire pas ?

— Ah non, tu ne me le feras pas croire ! s'emporta Charlotte en se levant à son tour.

Rose fit volte-face, prête à se lancer dans un fervent plaidoyer sur la question, mais l'apparente colère de sa vieille amie la prit au dépourvu.

— Le passé est mort, Rose, tu entends ? martela Charlotte d'une voix dure. Pierre est mort !

— Tais-toi !

— NON !

Rose voulut encore riposter, mais il ne sortit de sa gorge qu'un gargouillis plaintif.

— Je sais que tu as peur, reprit son amie après un bref silence. Je le vois dans ton regard… Tu crains qu'il disparaisse comme Pierre disparut, et que ton cœur soit brisé comme il le fut jadis. Mais cela fait dix ans… Je ne te laisserai pas compromettre ton avenir pour un souvenir…

— Tu sais ce que je pense du mariage, renifla Rose avec dédain.

— Tant qu'il s'agissait d'époux imposés je comprenais ton opinion. Mais je n'y souscris plus dès lors qu'il s'agit d'un homme qui te charme autant que Janlys t'a charmée.

Charlotte marqua un temps d'arrêt, guettant la réaction de son amie. Celle-ci se détourna sans répondre.

— Que tu te refuses à l'admettre n'y changera goutte, insista la demoiselle de Carville. Il t'a séduite autant, je crois, que tu l'as séduit. Cette union pourrait être un mariage d'amour, si seulement tu voulais bien cesser de fuir le fantôme de ton chagrin.

— Je ne parviens pas à croire qu'il soit charmé, marmonna Rose.

— Pour quelle autre raison serait-il ici, alors ?

— Je l'ignore… Ce ne serait pas la seule chose que nous ignorerions de lui, d'ailleurs.

— Non. Je suis certaine que tu es l'unique motivation de sa visite… Allons, même lady Mary s'est montrée enjouée ce soir, après ton départ. Elle partage mon ressenti, j'en suis convaincue.

— Ma mère se reprendra bien vite de cette étourderie, sois tranquille. Une telle pensée ne put lui venir que par inadvertance.

— L'amertume ne te dispensera pas de prendre une décision, rétorqua Charlotte, butée. Laisseras-tu ou ne laisseras-tu pas une chance au comte de faire de toi sa comtesse ?

Rose émit un curieux rire étouffé. Lorsqu'elle fit de nouveau face à son amie, un sourire incertain étirait ses lèvres.

— C'est déjà fait, avoua-t-elle.

Elle narra alors à Charlotte la promesse qu'elle avait obtenue du comte, ainsi que les détails de la conversation qui l'avait précédée. À mesure qu'elle avançait dans le récit, l'allégresse de son amie allait grandissante, et, lorsqu'elle en vint à raconter l'épisode du prénom, Charlotte trépigna littéralement d'enthousiasme.

— Te rends-tu compte de ce que cela signifie ? s'écria-t-elle. Il ne subsiste plus aucun doute quant à ses intentions !

— Nul ne sait ce qui est certain avec lui, souligna Rose, sceptique. Je ne voudrais pas confondre mes espoirs et ses véritables projets.

Charlotte éclata de rire.

— Qu'y a-t-il de si drôle ? s'étonna Rose.

— Tu viens d'admettre que tu espérais cette union !

— Cette possibilité m'a traversé l'esprit, admit la jeune lady, confuse. Cependant… quelque chose en lui me donne parfois le frisson… Quelque chose d'infime, je l'avoue, pourtant… je ne sais pas…

— Sa présence est déroutante, oui, je l'ai éprouvé moi aussi. C'est qu'il est si plein de charmes que c'en est difficile à concevoir, voilà tout.

— Ce n'est pas à cela que je pensais. Je songeais à…

Une image se forma dans son esprit, mais fut si fugace que Rose ne parvint pas à la retenir.

— Je ne sais pas. Il a un côté… effrayant, confia-t-elle.

— Il est impressionnant si nécessaire. C'est plus une qualité qu'une tare. Ne te laisse pas intimider par ce détail.

— Le voudrais-je que je ne le pourrais point, se plaignit Rose. Il est entré dans ma tête il y a des semaines et refuse depuis d'en sortir.

— Dans ta tête, ou dans ton cœur ? questionna Charlotte, l'air chafouin.

— Je l'ignore.

La blonde demoiselle poussa un soupir amusé. Après la discussion qu'elles venaient d'avoir, il sembla toutefois qu'elle fût prête à accorder à son amie quelque répit.

— Je t'ai assez tourmentée pour ce soir, déclara-t-elle alors en approchant de la porte. Tu as besoin de repos maintenant. Couche-toi vite… et fais de beaux rêves…

Sur un dernier sourire entendu, Charlotte quitta la pièce. Aussitôt, Rose s'en fut ouvrir la fenêtre. S'appuyant contre le rebord, elle leva les yeux vers le ciel et essaya de trouver un peu de quiétude dans le scintillement des étoiles.

Charlotte avait raison. Elle avait peur.

Peur du passé, de l'avenir, peur de ses sentiments. Peur de tout ce qui pouvait lui remémorer les meurtrissures qu'était seul capable d'infliger l'amour. Car quoi de plus tragique que l'amour ? Quoi de plus irrévocable ? Comment ne pas en redouter les frasques ? Comment ne pas craindre ce qu'il adviendrait d'elle si ce mystérieux comte disparaissait comme il était venu ? Ou, pire, s'il cessait de lui porter un quelconque intérêt ?

Rose ne tenait pas à ce que ses espérances fussent encore anéanties… Si demain soir Artus manquait à sa promesse, il serait dès lors vain qu'il cherche à la revoir.

Chapitre 5

— Ben ça ! Bienvenue chez vous, m'sieur Greer !

— Bonsoir, Lucie.

— On vous attendait pas, précisa la jeune fille, penaude. Surtout à cette heure.

— Ce n'est rien, assura son maître en pénétrant dans la maison.

— Faut-il qu'on fasse à souper ?

— C'est inutile, nous ne restons pas.

La servante pivota de nouveau vers la rue. Une dame masquée descendit du carrosse posté près de l'entrée. Mais avec ou sans loup, Lucie était capable de reconnaître sa jeune maîtresse.

— Bonsoir, mademoiselle, lui dit-elle lorsque entra cette dernière.

— Bonsoir.

Lucie attendit de voir si quelqu'un d'autre sortait du véhicule. Hormis Jacques, qui avait déjà posé pied à terre, il n'y avait personne. Quand le valet fut entré à son tour, la petite servante referma derrière lui.

Tandis que lord Edmund ôtait son couvre-chef, et que Rose ôtait son masque, Julien fit son apparition dans le vestibule.

— Monsieur, salua-t-il en s'inclinant. Il n'y a pas eu de problèmes pendant votre absence, monsieur.

— Dans le cas contraire j'ose croire que vous m'auriez écrit.

— Bien sûr, monsieur. Enfin… je sais pas écrire, monsieur, mais j'aurais galopé moi-même jusqu'à Saint-Jacques s'il avait fallu !

Lord Edmund hocha la tête.

— Comme je le disais, nous ne restons pas, annonça-t-il. Notre séjour au manoir va se prolonger encore quelque temps. Lucie, vous ferez les malles de mademoiselle et de madame. Jacques fera la mienne. Il faut se hâter car j'ai promis à ma fille que nous serions rentrés à Saint-Jacques avant la nuit… Mademoiselle a une importante entrevue ce soir, ajouta-t-il, allègre.

Rose se retint de sourire.

Non seulement le comte de Janlys avait tenu sa promesse, mais il était depuis revenu chaque soir, et ce durant toute la semaine. Lady Mary était au comble de l'excitation. Rassérénée par la perspective d'un mariage aussi avantageux, elle se montrait plus avenante qu'elle ne l'avait été depuis bien des années ; y compris avec sa fille.

Les époux Greer s'étaient même réconciliés avec Charlotte, et c'était maintenant ensemble qu'ils énuméraient les nombreuses qualités d'Artus. Sans doute par crainte que Rose ne déclinât une offre qui, d'ailleurs, tardait à venir. Ce fut cette inertie qui motiva la prolongation de leur retraite au manoir. Les Greer pensaient, avec raison, qu'il était plus commode pour le comte de venir faire sa cour sur les terres du baron, situées à deux lieues à peine de sa propre demeure, plutôt que dans leur résidence rouennaise.

Carville s'était montré fort enthousiaste lorsque son vieil ami lui avait fait part de son souhait de rester davantage, car la rumeur prétendait qu'un grand seigneur avait établi ses quartiers au manoir Saint-Jacques. Grâce à cela, l'on avait vu une flopée de gens survenir au domaine. Durant toute la semaine, Carville fut comme un coq en pâte. Fort de son obséquiosité coutumière, il prodigua de sirupeuses flatteries aux aristocrates les mieux nés de la région, tous accourus à sa table dans l'espoir de croiser fortuitement le comte de Janlys. Une pareille occasion ne se présentait pas souvent pour un gentilhomme de province que nul fait d'armes n'auréolait. De ce fait, laisser partir les Greer eût relevé d'un évident manque de discernement.

— Allons, pressons ! s'écria lord Edmund en tapotant dans ses mains. Au travail !

Sur cette injonction, l'on s'égailla comme une volée de moineaux. Tandis que le maître de maison s'engouffrait dans son cabinet de travail et que les valets s'attelaient à leurs tâches respectives, Rose et Lucie partirent vers les étages. Parvenues sur le palier du premier, la jeune domestique suivit sa maîtresse jusqu'à la chambre de cette dernière.

Tout était exactement tel que Rose l'avait laissé.

Se rendant près du coffre, elle commença illico à en extraire des strates de vêtements, qu'elle répartit sur le lit en deux piles distinctes : ce qu'elle emmènerait et ce qui réintégrerait le meuble. Comme elle s'acquittait de ce tri, Rose sentit peser sur ses épaules le regard de sa servante. Elle lui jeta en vain plusieurs coups d'œil avant de réussir à saisir sur ce jeune minois les affres d'une extrême curiosité. Posant une tenue supplémentaire sur la pile à emporter, elle réprima un sourire :

— Qu'y a-t-il donc, Lucie ?

— Rien mademoiselle ! s'empressa d'affirmer la domestique en rosissant de la pointe du menton jusqu'à la racine des cheveux.

— Je vous connais trop pour que vous me mentiez. Allez, dites vite.

— Ben… vous avez un bien beau collier, mademoiselle, marmotta Lucie en se dandinant d'un pied sur l'autre.

Tout d'abord interloquée, Rose se souvint ensuite de ce qu'elle portait. Elle baissa la tête et considéra avec un sourire rêveur le magnifique sautoir de perles blanches qui ornait son cou.

— C'est un cadeau, dit-elle.

Un présent reçu la veille, des mains d'Artus. Lequel, tout en lui passant le collier autour du cou, avait sollicité d'elle qu'elle l'accompagnât visiter sa nouvelle demeure dès le lendemain. Soit ce soir même. Charlotte avait été toute retournée d'apprendre cela. Selon elle, le fait que son amie fût conviée à pénétrer dans l'antre normand du comte, où nul autre avant elle n'avait été admis, voulait forcément signifier quelque chose. Surtout lorsque l'invitation s'accompagnait d'un présent aussi beau.

Rose ne pouvait nier que de telles faveurs soulignaient l'estime qu'Artus lui portait. D'ailleurs personne ne se montrait pour elle aussi aimable que lui. Ne la pressant jamais de rien, il s'accommodait toujours de ses humeurs. Le soir où elle fut lasse, il lui fit la lecture. Le soir où elle voulut de nouveau goûter à l'ivresse d'une promenade dans l'obscurité, il l'emmena à son bras et s'amusa de son enthousiasme. Le soir où elle aspira à quelque distraction, il proposa une partie d'échecs. Mais surtout, en outre de ces multiples attentions, Artus ne manquait jamais de s'intéresser à ce qu'elle pensait du monde.

En somme, chaque moment passé en sa compagnie était délectable…

Rose continuait pourtant de nourrir des doutes quant à ses intentions. Chose qu'elle taisait à tous, Charlotte exceptée. Or celle-ci ne voulait rien savoir, et persévérait dans ses prédictions de mariage. La jeune lady n'ayant aucun élément pour contredire cette assertion, elle avait cessé d'aborder le sujet. Il lui déplaisait trop d'entendre Charlotte seriner que seule la peur était à l'origine de ses soupçons. Peut-être parce qu'elle avait raison ?

— Ben ça, fit Lucie. Pour se fendre d'un pareil présent il doit beaucoup vous estimer, pour sûr.

— Qui ça, « il » ? releva Rose. Qu'insinuez-vous donc ?

— Vous fâchez pas mademoiselle ! J'ai cru que… enfin, vous savez avec ce qu'on raconte… Alors j'ai pensé que… ben, que c'était lui qui vous l'avait offert, acheva la domestique avec un air entendu.

— Je ne comprends pas. De quoi parle-t-on au juste ?

— Ben, il se dit partout que vous allez épouser un grand seigneur.

— Ah… eh bien… c'est un ami qui m'a offert ce collier, précisa Rose, un peu décontenancée.

— Alors c'est vrai ? Vous allez l'épouser ?

— Non, dit-elle en retournant soudain piocher dans le coffre. Enfin… cette question n'est pas tout à fait… Disons qu'il est possible que…

Elle s'interrompit, posa une jupe sur le matelas, puis resta plusieurs secondes les bras ballants.

— Ce n'est pas encore vrai, reprit-elle. Mais il se pourrait que cela le devienne.

— Ça alors ! s'exclama Lucie. On dit qu'il est aussi riche qu'il est possible de l'être ! C'est vrai ?

— Il est certain que M. le comte est très fortuné, oui.

— Ça alors, répéta Lucie, la bouche béante d'admiration. On dit aussi qu'il y a pas plus bel homme à des lieues à la ronde.

Cette fois, la jeune fille n'avait pas formulé sa phrase comme une question. Cependant, il suffisait de voir son regard avide pour comprendre qu'un autre « c'est vrai ? » lui brûlait les lèvres.

— N'avez-vous pas pu en juger vous-même ? s'enquit Rose, un tantinet surprise.

— Non, mademoiselle. Comment aurais-je pu ?

— Lorsqu'il se présenta ici, bien sûr.

Lucie se déconfit. Une lueur d'incompréhension flotta dans ses yeux bruns.

— Ce ne fut peut-être pas vous qui le reçûtes, songea Rose à haute voix. Avez-vous souvenance d'un après-midi où l'on vous aurait rapporté une visite ?

— Vous parlez du laquais, mademoiselle ?

— Un laquais ? Quel laquais ?

— Ben celui qu'est venu, comme vous dites. Il voulait savoir où qu'vous étiez allée.

— De quoi avait-il l'air ?

— Sa livrée était rouge sombre avec de belles broderies en fil d'or, et aussi de curieux petits boutons bleus qu'on aurait dit du verre. Je m'en souviens bien parce que c'était joli.

— A-t-il donné le nom de son maître ?

— Non. Il a juste demandé après monsieur, mais j'ai dit qu'il était pas là et que je savais pas où il était. Il a pas insisté.

Deux éventualités expliquant l'anecdote naquirent simultanément dans l'esprit de Rose. Or ni l'une ni l'autre ne l'enchantèrent. Pensive, elle considéra les affaires entreposées sur le lit. Elle aurait le temps de songer à ce laquais anonyme sur le chemin du retour. Pour le moment, elle préférait se concentrer sur les bagages.

— Faites amener la malle et rangez-y déjà cela, déclara-t-elle à brûle-pourpoint.

Étonnée par ce brusque revirement, la petite domestique obtempéra en silence. Dès que le bagage de Rose fut terminé, elles montèrent s'occuper de celui de lady Mary. Cette dernière ayant laissé à sa fille des instructions précises, il fut assez aisé de rassembler les vêtements voulus. L'opération prit toutefois un certain temps, durant lequel Rose resta absorbée dans ses pensées, jetant de loin en loin un regard préoccupé sur le ciel vespéral.

Lorsque la malle fut enfin bouclée, elle galopa au rez-de-chaussée.

— Père ?

— Ici, Eileen, lui répondit une voix diffuse.

Elle mit le cap sur le cabinet de travail.

Assis à son bureau, lord Edmund farfouillait dans un tas de papiers épars qu'il cherchait visiblement à étaler plus encore.

— Que voulez-vous, ma fille ? N'avez-vous pas assez à faire avec les malles ?

— Elles sont terminées, père.

— Déjà ? Diantre ! mais...

Il sauta à bas de son siège, fonça dans la salle commune consulter l'horloge et revint au pas de course.

— Misère ! Que n'ai-je perdu tout ce temps ! geignit-il en se remettant à fourrager avec ferveur dans l'amas de papiers.

— Peut-être puis-je vous aider, père ? suggéra Rose.

— Oui je... Non ! Non, cela ira fort bien. Je serai prêt dans quelques instants.

— Vos bagages sont finis ?

— Mes... Oh seigneur !

Il jaillit derechef de son tabouret et sortit en trombe du cabinet, sous l'œil ahuri de sa fille.

— Jacques ! Montons faire mes malles ! claironna-t-il en filant vers l'escalier.

Interloquée, Rose avança jusqu'à la longue table et promena sur sa surface un regard inquisiteur. Qu'est-ce qui avait pu accaparer son père à ce point ? Mis à part l'indicible fatras de papiers, il n'y avait là qu'un encrier renversé, lequel avait vomi la moitié de son contenu sur un parchemin vierge.

Se penchant par-dessus le bureau, Rose redressa l'encrier d'un geste mécanique. Après quoi elle se mit à déambuler dans la pièce. Les deux seuls éléments de décoration étaient constitués d'une modeste icône de la Vierge, accrochée face à l'unique fenêtre du cabinet, et d'un crucifix de belle taille, suspendu au mur contigu. Pour tout mobilier il y avait, dans l'angle, près de la porte, un solide coffre toujours verrouillé, et, contre le mur de gauche, un peu en retrait du bureau et du tableau, une petite table où se chevauchaient divers ouvrages dans une complète anarchie.

Parmi ces volumes, un livret attira le regard de Rose. De petite taille et relié d'un cuir brun fort commun, il ressemblait assez au mystérieux carnet annoté qu'elle avait eu en main.

Elle se fit alors deux réflexions contradictoires. La première était que, s'il s'agissait bien du livret, le fait qu'il fût abandonné sur cette table soulignait possiblement son insignifiance. La seconde était qu'à l'inverse le grand remue-ménage auquel s'était livré lord Edmund était peut-être dû à la perte du précieux livret. Dans tous les cas, il fallait qu'elle en ait le cœur net.

Fonçant vers la table, elle s'empara du carnet.

— Eileen, pourriez-vous...

Rose fit volte-face avec un cri de surprise.

— Oh, c'est vous, père. Vous m'avez effrayée, s'excusa-t-elle.

— Que tenez-vous là ? interrogea lord Edmund, les yeux rivés sur le livret brun qu'elle avait toujours entre les doigts.

— Cela ? Je l'ignore. J'ai marché dessus par inadvertance.

— Où était-ce ?

— Au pied de la table, prétendit-elle.

— Bien sûr… je n'avais pas songé à regarder par terre…

— Vous le cherchiez, père ?

— Oui, confirma celui-ci en tendant sa main ouverte.

Rose lui remit le carnet avec un sourire crispé.

— Alors le voici retrouvé, dit-elle.

Elle aurait aimé avoir le temps de jeter un œil à l'intérieur, histoire de vérifier ses théories, mais malheureusement elle ne s'était pas montrée assez rapide. Elle se consola en songeant que, puisque son père semblait avoir la manie d'égarer ce livret, elle le retrouverait peut-être sur sa route une troisième fois.

— Que vouliez-vous me dire, père ?

— Eh bien, j'aurais aimé que vous effectuiez une rapide vérification de nos biens, expliqua lord Edmund à mi-voix.

— Est-ce à dire que nos valets ont perdu votre confiance ? répondit sa fille sur le même ton.

— Non mais… la prudence ne peut toutefois nous faire de tort, n'est-ce pas ? L'odieux comportement de Roland m'enjoint à m'assurer que tout est en ordre.

L'air dubitatif, Rose acquiesça néanmoins :

— Comme vous voudrez, père.

Satisfait, lord Edmund tourna les talons et s'en fut terminer ses bagages. Rose, quant à elle, s'attela à l'absurde mission qu'elle s'était vu confier. Elle décida de commencer l'inspection par le dernier étage, afin de revenir graduellement vers le rez-de-chaussée… Quand enfin, sa ronde achevée, elle fut parvenue dans la salle commune, elle s'aperçut que l'horloge marquait déjà 21 heures. Pestant intérieurement, elle retourna dans le vestibule au pas de charge.

— Père ! appela-t-elle. La nuit va tomber d'un moment à l'autre ! Que faites-vous donc, par tous les saints ?

— Voilà, voilà, je viens, bougonna l'intéressé en descendant les marches.

— Partons-nous ?

— Absolument. Dans un petit instant.

— Père !

— Allez m'attendre dans le carrosse, Eileen.

— Mais le jour décline ! Vous rangerez votre cabinet une autre fois !

— Faites ce que je vous dis. Je serai là avant que vous soyez assise.

Rose en doutait fort, cependant elle n'avait guère d'autre choix que d'obtempérer. Aussi se dirigea-t-elle vers la sortie.

Descendue à la suite du maître de maison, la petite Lucie ouvrit grand la porte d'entrée, tandis que de l'autre main elle tendait à sa maîtresse le masque de voyage oublié dans la chambre.

— Bon retour, mademoiselle.

— Souhaitez-moi surtout qu'il soit rapide ! répondit Rose en saisissant son masque.

Comme elle dépassait la jeune fille pour émerger sur le pavé de la rue, il lui vint tout à coup une idée. Rebroussant chemin, elle se pencha à l'oreille de sa servante avec un air conspirateur :

— Sachez que le comte n'est pas le plus bel homme de la région, chuchota-t-elle. Il est le plus bel homme de tout le royaume…

Le visage de Lucie, encore plein des rondeurs de l'enfance, s'éclaira d'un sourire radieux. Sa maîtresse s'en fut alors s'installer dans le carrosse. Depuis la banquette, elle vit Lucie s'engouffrer dans la maison d'un pas guilleret. Nul doute que les confidences récoltées feraient le tour de la ville avant le petit matin. Souriant aux anges, Rose attacha distraitement son masque.

Quelques instants plus tard, lord Edmund se montra enfin, au grand soulagement de sa fille. Il gagna le véhicule en trois enjambées et prit place en face d'elle.

— Tout était-il en ordre, Eileen ?

— Oui, père.

— Alors en avant ! cria-t-il à l'adresse du cocher.

Le carrosse se mit en branle.

— Je crains que nous ayons du retard, s'excusa-t-il ensuite, embarrassé.

Rose se contenta de soupirer. Lui assener un « je vous l'avais bien dit » aurait été superflu. Restait à espérer qu'Artus se montrerait compréhensif si toutefois leur retard se révélait conséquent.

— Julien m'a assuré que ce fut fort tranquille durant notre absence, reprit lord Edmund. Il m'a dit croire que le bris de notre fenêtre fut sans doute l'acte isolé d'une fripouille en maraude.

— Pour qui ne sait rien du message attenant, il est aisé de se laisser berner, rétorqua Rose en lui coulant un regard en coin.

— Vous admettrez qu'il n'y a eu aucun incident au manoir, alors même que notre séjour là-bas n'a plus rien de secret.

— Saint-Jacques est séparé du commun par de vastes terres, et le manoir est dûment peuplé. Difficile d'y tenter quoi que ce soit, vous en conviendrez.

Lord Greer se rembrunit.

— Père, est-ce qu'une livrée rouge aux broderies dorées et aux boutons bleus vous serait familière ?

— Mmm… non. Non, cela ne m'évoque rien. Pourquoi ?

— Lucie m'a rapporté la visite d'un laquais affublé de ces couleurs. Il demanda après vous, mais sans confier le nom de son maître. Aussi me suis-je dit qu'il pouvait s'agir d'un émissaire de votre ennemi…

Lord Greer la dévisagea une pesante minute.

— Je ne connais pas cette livrée, répéta-t-il enfin.

Au moins n'avait-il pas cherché à réfuter l'existence d'un adversaire. Ce qui conforta Rose dans l'impression qu'il disait vrai. Cela signifiait aussi que la moins plaisante des deux possibilités concernant ce visiteur pouvait raisonnablement être écartée. Restait l'autre explication, que Rose aurait sous peu le loisir de vérifier. S'accoudant à la portière, elle posa un regard rêveur sur l'horizon. Gêné par le déclin progressif de la luminosité, le carrosse dut ralentir l'allure. Fort heureusement la route était large et le cocher, pour l'avoir emprunté des dizaines de fois, la connaissait bien.

Néanmoins, Rose n'était pas tranquille. Une fois le bourg de Darnétal dépassé, il resterait encore deux bonnes lieues à parcourir dans les ténèbres.

— Partir si tard était une idée ridicule, grommela-t-elle.

— N'ayez crainte, Janlys attendra.

— Ce n'est pas ce qui me soucie… En revanche, j'aimerais savoir quelle bizarrerie vous incita à nous faire voyager dans la pénombre ?

— La paix, maugréa lord Edmund en s'agitant sur la banquette.

Tandis que la nuit poursuivait son office, le silence retomba dans le carrosse.

Bientôt les dernières lueurs de la ville furent derrière eux. Ils s'engagèrent sur un chemin sinueux, serpentant entre champs et bosquets. Un cavalier solitaire les dépassa alors au grand galop.

Un autre fou pressé de retrouver la sécurité de sa demeure, songea Rose, anxieuse.

Elle commençait à regretter de n'être pas restée à Rouen pour la nuit, même si cela eût signifié manquer son rendez-vous avec le comte. Retenant un soupir, elle porta de nouveau le regard par la fenêtre. La lune éclairait faiblement le paysage, faisant naître parmi les arbres des silhouettes fantomatiques qui lui glacèrent le sang. Une fine rosée de sueur perla au-dessus de sa lèvre supérieure. Il lui sembla soudain que l'air s'était épaissi. Prenant une longue inspiration, elle s'efforça de recouvrer son calme.

— Vous semblez agitée, ma fille.

— Ce voyage me déplaît…

— Courage, nous serons bientôt au manoir.

— Monsieur ! appela-t-on.

C'était le cocher. Lord Edmund passa la tête par la portière.

— Qu'y a-t-il ?

— Je crois que je vois quelque chose là devant.

— Qu'est-ce ?

— Je ne sais pas, monsieur, mais ça gêne le passage.

— Y a-t-il une autre route possible ?

— Quoi ?

— Y A-T-IL UNE AUTRE ROUTE POSSIBLE ? répéta lord Edmund en forçant sur sa voix afin de couvrir le bruit de l'attelage.

— Plus maintenant, monsieur.

Lord Greer resta figé une seconde, puis il se rassit et déboucla sa cape.

— Vous restez à l'intérieur, Eileen.

Elle ne répondit pas.

Le véhicule ralentit, puis s'arrêta tout à fait. Comme lord Edmund s'apprêtait à descendre, Rose posa une main sur son bras :

— Père, n'y allez pas.

— Cela ira, fit celui-ci en se glissant dehors.

La jeune femme ferma les yeux. Son cœur se mit à battre plus fort. Une goutte de sueur roula sur sa tempe.

— C'est une charrette, entendit-elle son père dire.

Elle perçut ensuite des bruits de pas, puis un cliquetis métallique.

— C'est étrange, je ne vois aucun cheval.

— Y a pas de chargement non plus, souligna Jacques.

Rose rouvrit des yeux démesurés. Elle se précipita à la portière par laquelle lord Edmund était descendu et s'y pencha tant qu'elle put. La silhouette de son père se tenait devant celle d'une charrette placée en travers du chemin.

— Attention ! s'écria-t-elle.

À peine cet avertissement eut-il passé ses lèvres que deux autres silhouettes surgirent des fourrées bordant la route. Alerté par le cri de sa fille, lord Edmund pivota juste à temps pour voir les coquins fondre sur lui. Parvenant à esquiver le premier coup, il tira son glaive et repoussa le second d'un revers de lame.

Rose fut alors violemment tirée en arrière. Son menton heurta le rebord inférieur de la fenêtre, et ses dents s'entrechoquèrent dans un bruit sec. Tandis que l'on tirait de plus belle, l'étoffe de sa robe émit un craquement sinistre. Se cramponnant de toutes ses forces à la portière, Rose se mit à ruer comme un cheval paniqué. Elle se contorsionna si bien que son talon alla s'écraser dans le ventre de son agresseur, qui lâcha prise. Elle pensa s'enfuir par la porte à laquelle elle était agrippée, mais déjà les mains du gaillard se refermaient sur ses chevilles.

Une brusque traction l'envoya s'aplatir contre la banquette. Elle tenta aussitôt de se dégager en agitant les jambes. Ce fut un échec. L'homme parvint à mettre pied à terre et tira comme la brute qu'il était.

Rose fut éjectée du carrosse. Sa tête percuta le marchepied dans une explosion de douleur.

Groggy, elle s'affala dans la poussière.

S'agenouillant au-dessus d'elle, l'homme la saisit à la gorge d'une main, et de l'autre brandit un poignard effilé. Mais avant qu'il ait le temps de faire usage de son arme, quelque chose de sombre le frappa de plein fouet et l'envoya valser un mètre plus loin. Libérée de son emprise, Rose avala une goulée d'air brûlant et se redressa de son mieux. Le monde alentour tanguait dangereusement. Elle parvint cependant à reconnaître Jacques, aux prises avec leur assaillant.

Le poignard avec lequel on l'avait menacé l'instant précédent s'éleva tout à coup au-dessus de la mêlée et s'abattit avec force.

Une fois.

Puis deux.

L'une des silhouettes roula dans le talus…

Jacques se retourna, poing serré sur la dague, et se mit à courir vers le carrosse. Passant devant sa maîtresse sans même un regard, il dépassa l'attelage. Rose porta une main à son front. Son masque avait disparu et sa tête la faisait souffrir, mais les vertiges refluaient. Réussissant à se mettre debout, elle entreprit à son tour de contourner le véhicule. Dès que son regard put porter au-delà des chevaux, elle vit que le valet était pris à partie par deux autres voyous. Une exclamation de douleur retentit. Jacques mit un genou à terre, se tenant la cuisse. Le coquin qui avait porté le coup pointa son fleuret sur la poitrine du laquais.

— NON ! rugit Rose.

Le bandit resta bizarrement fixe. Comme statufié au beau milieu de l'estoc fatal. Rose aperçut alors la haute silhouette qui, se tenant derrière le filou, lui maintenait le coude en l'air. Il y eut une seconde de flottement, puis un curieux son de déchirement mouillé précéda de peu un atroce hurlement. Le scélérat s'effondra au sol en se tortillant comme un ver, le bras formant avec son épaule un angle improbable. Sous son corps, une flaque d'une noirceur abyssale s'étala peu à peu…

Rose sentit ses jambes se dérober sous elle. Elle tomba à genoux, terrifiée, tandis que le dernier maraud valide se ruait vers les champs. Avec la célérité et la précision d'un serpent, l'ombre saisit le coquin à la nuque. Tiré en arrière, celui-ci hurla et se débattit comme un forcené, griffant vainement la main qui le retenait prisonnier. Puis il y eut un craquement abominable, et l'homme arrêta brusquement de crier. Ses bras retombèrent le long de son corps. Ses jambes fléchirent.

Il s'affaissa sur la route, telle une poupée de chiffon.

Rose leva sur l'apparition ténébreuse des yeux écarquillés d'horreur, convaincue d'être sa prochaine victime. Elle aurait voulu fuir mais ses membres refusaient d'obéir. Elle ne put que regarder la chose approcher inexorablement. S'agenouillant devant elle, l'ombre allongea une main vers son cou. Rose se recroquevilla avec un gémissement plaintif :

— Pitié !

— Ne craignez rien, *lady*.

Cette voix profonde apaisa les battements affolés de son cœur. Elle plissa les yeux, hébétée, et incrédule.

— Artus ? murmura-t-elle. Mais… comment… ces hommes, vous les avez…

— Leur sort vous importe-t-il ?

Rose considéra les cadavres des bandits. Ils avaient reçu la juste rétribution de leur vilenie. Leur fin ne lui inspirait en effet nul apitoiement.

Elle reposa les yeux sur le comte. Ses muscles, contractés à l'extrême, se relâchèrent. La boule de panique lovée au creux de son ventre se dissipa. Aussi, lorsque Artus étendit de nouveau la main vers elle, elle ne chercha pas à se dérober. Elle eut tout juste le temps de percevoir son contact que déjà il se retirait, observant sa main avec une moue contrariée. Rose suivit son regard. Il avait les doigts couverts de sang. Portant à son tour la main à sa nuque, elle sentit sur sa peau un liquide tiède et poisseux.

— Ma tête a heurté le carrosse, se souvint-elle.

— Vous êtes blessée.

— Mon Dieu… et Jacques ? Et papa ?

Rose tenta de se lever, mais son corps regimba devant l'effort, et elle retomba lourdement sur les genoux. Ne lui laissant pas le loisir de renouveler sa tentative, deux bras puissants se chargèrent de la relever. L'instant suivant, elle se retrouva sur ses pieds. Chancelante certes, mais debout. Immédiatement elle rejoignit son valet, avachi non loin de là sur le sentier.

— Jacques ? appela-t-elle, angoissée. Jacques, vous allez bien ?

— Mademoiselle… ma cuisse, je suis touché… Le cocher… le cocher, répéta le valet en pointant du doigt le bord du chemin.

Une forme indistincte gisait sur le bas-côté. Après plusieurs secondes d'examen, Rose discerna dans cette masse sombre le dessin d'un corps, le manche d'une dague dépassant de ce qui devait être l'abdomen. Cachant derrière sa main une grimace d'épouvante, elle détourna les yeux.

— Mon père ? fit-elle.

— Près d'la… charrette, haleta Jacques à l'adresse d'Artus, qui s'était approché.

Les deux hommes s'entre-regardèrent, puis le comte hocha gravement la tête et se tourna vers Rose.

— Aidez-le à bander sa plaie. Je m'occupe de votre père.

— Mais…

— Faites ce que je vous dis.

Le visage d'Artus ne trahissait nulle hésitation. Son regard était ferme et direct. Rose comprit qu'il serait plus efficace qu'elle ne saurait l'être. Elle donna donc son accord d'un léger signe de tête.

Le comte s'éloigna vers la charrette en de vastes foulées silencieuses, tandis qu'elle reportait son attention sur Jacques. La blessure s'ouvrant sur la cuisse de ce dernier avait rendu beaucoup de sang, et ne semblait pas vouloir s'arrêter. Il était urgent de trouver de quoi la panser. D'un rapide coup d'œil, Rose repéra au sol une dague ensanglantée. Elle se baissa pour la ramasser, et, ce faisant, empoigna aussi le bas de sa robe. Sans réfléchir elle taillada dans la luxueuse étoffe, jusqu'à obtention d'une bande de deux coudées de long pour trois phalanges de large. S'appliquant autant que la situation le permettait, elle enroula ce pansement approximatif autour de la cuisse de Jacques.

— Tenez-le bien serré, dit-elle au valet, qui n'eut pas la force d'acquiescer. Et… mille mercis pour votre aide. Sans vous, je ne sais que trop ce qu'il serait advenu de moi…

Jacques leva sur elle un visage blafard.

— C'est, commença-t-il. C'est bien n…

Sa voix s'éteignit comme il s'effondrait sur le côté. Rose le rattrapa avant qu'il touche le sol.

— Artus ! s'écria-t-elle. Artus, venez vite !

Le comte de Janlys émergea de l'ombre presque aussitôt, lord Edmund entre les bras. Rose crut que son cœur allait cesser de battre. Le choc de cette vision anesthésia ses sens.

— Il est en vie, précisa le comte en la dépassant.

Sans ralentir l'allure, il poursuivit tout droit vers le carrosse. Occupée à maintenir Jacques d'aplomb, la demoiselle ne put guère suivre la progression du comte, bien qu'elle se livrât dans ce but à quelques contorsions. Ces efforts se révélèrent toutefois futiles, car il fut de retour en un instant. Prenant d'autorité la charge de Jacques, il le porta dans le carrosse, Rose sur les talons.

— Que faites-vous ? s'enquit celle-ci, déroutée.

Artus déposa le valet sur la banquette libre, puis redescendit du véhicule.

— J'essaie de vous porter secours, *lady*. N'avez-vous point confiance ?

Elle pinça les lèvres, honteuse. Certes, Janlys était énigmatique, voire inquiétant. Certes, il avait anéanti ces hommes l'on ne savait trop comment, et avec une effroyable facilité. Mais ne lui était-il pas venu en aide ?

Non, Artus ne leur ferait aucun mal. Elle en était convaincue.

— J'ai en vous une absolue confiance, murmura-t-elle.

— Alors montez. Nous partons.

Rose s'exécuta.

À peine la portière du carrosse se fut-elle refermée qu'elle entendit un long raclement, suivi d'un grand fracas. S'agenouillant entre les deux blessés, elle décida qu'elle se moquait éperdument de savoir ce qui se passait sur cette fichue route. Tout ce qui importait était de rentrer au plus tôt. Un fouet claqua au-dehors. Le carrosse fit un bond en avant, puis s'élança à toute allure. Virage après virage, Rose fut brinquebalée en tous sens. Elle parvint pourtant à maintenir les blessés sur leur couche de fortune le temps que la route retrouvât un tracé rectiligne.

— Eileen…

Elle faillit ne pas entendre tant le son était ténu. Saisie, elle se tourna vers son père, puis se pencha au-dessus de lui ; partagée entre la joie de le savoir conscient et l'inquiétude que sa faiblesse lui suscitait.

— Eileen…

Il était très pâle, et d'énormes cernes bordaient ses yeux caves. Rose lui prit délicatement la main. Sa peau était si froide…

— Oui, père, je suis là.

— Suis… désolé…

— Ce n'est rien.

— Pardonnez-moi…

— Chuuut…

La tête de lord Edmund roula sur le côté. Il prit une inspiration sifflante, bouche ouverte, puis expira une bouffée d'air chargée d'une écœurante odeur de sang. Rose ravala ses sanglots. Les oreilles emplies du staccato assourdissant des sabots, elle guetta chaque nouvelle inspiration. À son grand désespoir, il lui sembla devoir patienter un peu plus chaque fois. La voix d'Artus s'éleva alors au-dessus du vacarme, exhortant les bêtes à accélérer encore.

— Eileen…

— Chuuut, père. Il faut vous ménager. Nous serons bientôt au manoir.

Lord Edmund poussa un soupir douloureux, qui le fit tousser. Sur ses lèvres entrouvertes, Rose distingua un liseré noirâtre. Elle baissa la tête et serra plus fort la main glacée pelotonnée dans la sienne.

— Ça va aller, murmura-t-elle sans y croire. Ça va aller…

Deux grosses larmes s'échappèrent de sous ses paupières closes. Elle les essuya instinctivement.

Elle n'avait pas le droit de flancher. Pas maintenant.

Se redressant un tantinet, elle se tourna vers Jacques. Ce dernier avait les yeux ouverts et regardait obstinément le plafond, une main crispée sur son bandage. Lui aussi était blême. Toutefois, il paraissait en meilleur état que son maître…

Quelques interminables minutes plus tard, le carrosse s'engouffra enfin entre les piliers marquant l'entrée du domaine Saint-Jacques. Le chaos de l'attelage lancé au triple galop dut alerter les occupants du manoir, car lorsqu'il s'arrêta devant le perron deux laquais les attendaient déjà, torche en main.

— Ils ont été attaqués, annonça Artus.

Surgissant devant la portière, il l'ouvrit largement et sauta à l'intérieur du véhicule.

— Nous sommes arrivées, *my lord*.

Pour toute réponse, lord Edmund toussota, envoyant un éventail de gouttelettes vermeilles à la ronde. Artus le souleva de la banquette et redescendit du carrosse avec souplesse, son fardeau sur les bras. Il fila vers le manoir au moment où en émergeait le baron de Carville, suivi de sa fille et de lady Mary. Voyant son époux si affaibli, cette dernière poussa une exclamation épouvantée et s'élança sur les pas du comte. Charlotte, elle, fondit sur le carrosse dans lequel les deux autres étaient encore.

— Rose ! chevrota-t-elle. Dieu merci tu es en vie ! Tu n'as rien ?

— Rien de sérieux. Mais père, et Jacques…

D'autres laquais venus en renfort se bousculèrent vers le véhicule et coupèrent court à cet échange. L'on aida Rose à descendre, puis l'on s'empara de Jacques, que l'on porta prestement à l'intérieur. Les demoiselles prirent ensuite le chemin de la demeure.

— Que s'est-il passé ? demanda Charlotte, catastrophée.

— Plus tard. Mon père d'abord.

— Oui… oui, bien sûr…

On les mena dans une antichambre attenante à la grande salle. Lord Edmund y reposait, étendu sur un banc. Debout à son côté, lady Mary ouvrait sur son conjoint des yeux fous. Presque aussi pâle que lui, elle tremblait des pieds à la tête. Posté en retrait, Artus observait la scène, l'expression indéchiffrable.

La démarche hésitante, Rose pénétra alors dans la pièce… et le reste du monde disparut. Il n'y eut plus que son père, allongé là, les lèvres ensanglantées… Sa carnation paraissait moins crayeuse à la lumière des chandelles, mais sa respiration, elle, ne bénéficiait d'aucun habillage.

Rose avança jusqu'au banc.

Elle s'agenouilla, puis se mit à caresser doucement le front de son père.

Il ouvrit les yeux.

— Eileen…

— Chut. Reposez-vous…

— Bour… se, crachota-t-il entre deux inspirations.

— Comment ?

— Ma… bourse…

Il s'interrompit pour avaler péniblement une lampée d'air. Son souffle emplissait l'atmosphère de relents douceâtres.

— Te… donne, ajouta-t-il.

— Pourquoi ?

— Prends…

Tremblante, Rose dénoua la petite bourse de peau qui pendait à la ceinture de lord Edmund, puis la posa sur le sol.

— Voilà, père, je l'ai.

— La… bague…

— Père, ne parlez pas de cela.

Lord Edmund ferma les yeux. Sa respiration incertaine souleva sa poitrine en spasmes suffoqués.

— Pr… ends… la…

Rose dissimula sa bouche déformée par des sanglots muets. Les muscles de son cou et de ses épaules vrombirent sous l'effort considérable que ce silence lui demanda. Mais elle tint bon. Dieu sait comment, elle trouva la force d'ôter la chevalière de la main de son père. C'était une lourde bague en or, gravée en creux aux armoiries de la famille. Le sceau des Greer, que l'on se transmettait de génération en génération. Le seul de leurs biens qui ne fut pas spolié par l'oncle James.

Bouleversée, la jeune femme serra la chevalière dans son poing.

— Pour… hhh… toi, soupira son père.

Rose secoua la tête comme si ce simple refus pouvait repousser l'inéluctable. Or lord Edmund faiblissait à vue d'œil. Du fond de sa gorge montait à présent un gargouillement macabre. Après une inspiration plus ardue que les autres, il fut pris d'une soudaine toux. S'échappant de ses lèvres, une gerbe de sang éclaboussa sa fraise. Lady Mary poussa un cri aux accents de supplique. Elle avança vers son époux, recula, puis enfin leva les bras au ciel dans une pose dramatique, ses yeux exorbités rivés au plafond :

— Pourquoi, mon Dieu !? Pourquoi nous infliger cela !

Rose sentit son courage se fissurer. Elle ne pourrait supporter une scène d'hystérie.

— Sortez, mère, fit-elle d'une voix sourde. Je vous en prie… sortez.

Lady Mary foudroya sa progéniture du regard. Elle sembla sur le point de parler, mais, à cet instant Artus posa une main sur son épaule. Lady Mary se tourna vers lui, stupéfaite.

— Venez avec moi, *lady*.

La noble dame bafouilla une réponse inarticulée, puis, escortée par le comte, elle se dirigea benoîtement vers la sortie. Juste avant que la porte se referme, Artus posa sur la demoiselle de Greer un regard grave, empli d'une sollicitude sincère.

— ... atigué, chuchota lord Edmund.

Rose pivota vers son père.

Un filin écarlate s'étirait de la commissure de ses lèvres à son menton, souillant sa barbe grisonnante. Elle prit de nouveau sa main entre les siennes, mais, cette fois, tout espoir avait déserté son cœur.

Elle savait. Sans le moindre doute.

La poitrine de lord Edmund se souleva faiblement. Il avala une goulée d'air. Plusieurs secondes passèrent... Une légère expiration s'échappa de sa gorge, puis... plus rien.

Le silence.

Rose ferma les yeux de toutes ses forces.

Une sorte de torpeur glacée l'envahit. Par réflexe, elle lâcha la main désormais inerte, puis se saisit de la bourse restée sur le parquet. Dans son dos, elle entendit Charlotte renifler.

Alors l'implacable réalité reprit brusquement ses droits, lui coupant le souffle et lui perforant les entrailles. Levant sur son père de grands yeux effarés, elle vit l'immobilité ; la pâleur cireuse ; les lèvres blêmes, maculées de sang séché...

Elle vit la mort.

Une plainte déchirante creva le silence. Les pleurs héroïquement contenus s'échappèrent avec rage. Accablée de douleur, elle se recroquevilla.

Charlotte se précipita, et entoura ses épaules d'un bras réconfortant.

— Viens, fit-elle en l'incitant à se relever. Ne reste pas ici…

Éplorée, hagarde, Rose se laissa docilement guider hors de la pièce. Dès qu'elles furent sorties, le maître des lieux accourut, cherchant le regard de sa fille. Celle-ci secoua doucement la tête.

— Seigneur, murmura Carville, consterné. Je vais informer madame votre mère, Eileen, reprit-il après une courte pause. N'ayez aucune inquiétude. Je m'occupe de tout.

— Mer… ci, hoqueta Rose entre deux sanglots.

— Je vous en prie.

Le baron frappa dans ses mains. Deux laquais se hâtèrent aussitôt auprès de lui.

— De l'eau-de-vie pour ces dames, ordonna-t-il à l'un. Vous, vous venez avec moi, dit-il à l'autre.

Suivi par son valet, il pénétra dans la pièce où gisait lord Edmund et s'enferma avec lui, laissant les demoiselles poursuivre vers l'étage.

Les pleurs torrentiels de la jeune lady Greer s'étaient mués en un filet de larmes discret, mais continu. Elle serrait si fort dans son poing la bourse et la chevalière que les jointures de ses doigts en étaient exsangues. Ses traits, empreints d'une profonde souffrance, disaient combien elle était à bout de nerfs.

S'empressant de la mener à sa chambre, Charlotte la fit ensuite asseoir sur le lit.

— Ce n'était pas un hasard, marmonna Rose.

— Comment ?

— Il y avait une charrette au milieu de la route… c'était un piège…

— Grand Dieu ! Que me…

On frappa à la porte, restée ouverte.

— L'eau-de-vie pour mesdemoiselles, annonça le valet.

— Posez ça ici, fit Charlotte en désignant d'un geste une table déjà encombrée d'objets divers. Faites aussi monter de l'eau et des linges. Mlle de Greer a besoin de soins.

Le laquais abandonna comme il put son plateau à l'endroit indiqué, puis s'en retourna prestement. Sitôt qu'il fut sorti, Charlotte alla remplir un verre et l'apporta à Rose. Après quoi elle s'en versa un pour elle-même et le vida en deux gorgées.

— Que s'est-il passé ? demanda-t-elle alors.

Malgré l'abattement, Rose lui donna une relation des événements qui, bien qu'un peu décousue, fut néanmoins assez juste.

— Ces hommes l'attendaient, conclut-elle d'une voix blanche.

— Que dis-tu ?

— Ils attendaient le carrosse. Ils attendaient mon père.

— Voyons, Rose, c'était des bandits ! Ils attendaient le premier venu.

— Ah oui ? Alors comment savaient-ils qu'il leur faudrait bloquer un carrosse ?

— Eh bien…

— Comment se fait-il qu'ils aient choisi ce soir, et cette route particulière ?

— Écoute, tu devrais oublier cela pour le moment, suggéra Charlotte prudemment. Il sera temps de s'interroger plus tard.

— *Oublier* ? Jamais je ne pourrai oublier. De toute mon existence.

— Je suis désolée, ce n'est pas ce que…

— Apporte-moi des nouvelles de Jacques, veux-tu ? la coupa Rose en essuyant les larmes qui dévalaient ses joues.

— … très bien.

Charlotte, dépitée, hésita une minute avant de se décider à sortir.

Peu de temps après son départ, une chambrière se présenta à la porte avec une bassine d'eau et des linges propres. Gagnant un tabouret, Rose laissa la domestique laver le sang coagulé sur sa nuque.

Pendant qu'on la séchait, elle se tâta l'arrière du crâne du bout des doigts. Elle trouva sous ses cheveux une bosse de la grosseur d'un œuf. Bien que fort douloureux au toucher, cela semblait plutôt superficiel. Elle s'en était tirée à bon compte…

Baissant la tête, elle contempla d'un œil éteint la chevalière toujours nichée au creux de sa paume.

C'était tout ce qui lui restait.

Son père était parti, et avec lui la seule famille qu'elle avait vraiment eue…

— Je m'afflige de n'avoir pu le soustraire à ce funeste destin.

Rose pivota vers la porte. Artus se tenait sur le seuil, l'expression sévère et cependant pénétrée de compassion.

— Il est cruel de voir s'achever la vie d'un être cher tandis que la nôtre continue, poursuivit-il. Cette douleur s'estompe heureusement avec le passage des ans, bien qu'elle ne disparaisse jamais tout à fait.

— … Vous semblez familier de ces peines, monsieur…

— J'ai eu le déplaisir de voir s'éteindre nombre des miens, *lady*. Aussi suis-je certain de comprendre le calvaire que vous endurez.

Rose jeta un regard à la domestique occupée à rassembler les vestiges de la toilette :

— Laissez-nous.

Emportant le plateau et les linges souillés, la servante se retira. Dès qu'elle fut dehors, le comte entra dans la chambre et referma derrière lui. Un geignement éraillé leur parvint alors depuis l'autre côté du battant.

C'était la voix de lady Mary.

Rose grimaça. Ce cauchemar était très loin d'être terminé.

— N'ayez aucune inquiétude pour votre devenir, *lady*. Je veillerai à ce que vous ne manquiez de rien.

— Pourquoi feriez-vous cela ? s'enquit l'intéressée d'une voix atone.

— Ce n'est ni le moment ni le lieu d'en discuter.

Rose se passa une main sur le front, vaine tentative pour en chasser la stupeur et l'affliction. Elle se sentait vieille, frêle, blanchie par des années de tourment. Se levant de son siège, elle aligna quelques pas entre le lit et la fenêtre, puis fit de nouveau face au comte.

— Comment se fait-il que vous…

— Disons que ce fut la providence qui me guida jusqu'à vous, l'interrompit-il.

— La providence ?

— Oui. Cela et le fait que je fus opportunément en avance pour l'entrevue que nous devions avoir ce soir. Vous souvenez-vous ?

— Oh… je… non, j'avais oublié.

Artus approcha, son incroyable regard rivé à celui de Rose. D'une main légère il effleura sa joue, avant de lui faire un écrin de sa paume.

— Vous êtes harassée, *lady*… Il est grand temps que vous dormiez…

Rose eut l'étrange sensation que cette voix lui parvenait depuis l'autre bout de la pièce. L'étau de désespoir qui comprimait son cœur se relâcha tout à coup, laissant place à une immense lassitude. Si grande qu'elle en éprouva de sérieuses difficultés à se maintenir debout…

Elle cilla… Le monde alentour devenait vague, et ses pensées s'enlisaient dans un aimable brouillard… Elle sut qu'elle ne pourrait lutter davantage, pourtant une dernière question trouva le chemin de ses lèvres :

— Jacques ?

— Il guérira. Reposez-vous, maintenant.

Ses longs cils s'abaissèrent sur ses joues.

Elle tomba à travers des monceaux de plumes duveteuses… Comme elle s'enfonçait dans cet océan de douceur, les douleurs de son corps et de son âme se mirent en sommeil… Passé, présent et avenir ne firent plus qu'un ; vaste étendue blanche où elle dériva dans une bienheureuse indifférence…

Lorsque Charlotte reparut, elle trouva Rose profondément endormie dans son lit, cheveux défaits, et vêtue de sa chemise de nuit. Elle s'arrêta, étonnée, mais surtout soulagée de la savoir en paix pour les quelques heures à venir. Se rendant jusqu'à la chandelle qui brûlait encore, elle la souffla, puis quitta discrètement la pièce.

Chapitre 6

Charlotte entra dans la grande salle à petits pas pressés. Rose se tenait debout près d'une fenêtre, contemplant le parc sans le voir, égarée dans un monde de grisaille à mille lieues de cette belle journée d'été. Son teint avait perdu sa fraîcheur, et ses yeux leur éclat. Dans son austère robe noire, elle semblait terne et fatiguée…

Trois semaines s'étaient écoulées depuis les funérailles de lord Edmund. Comme promis, le baron s'était chargé des moindres détails. Depuis les crieurs qui colportèrent la nouvelle jusqu'aux vêtements et aux torches du cortège de pauvres qui suivit le cercueil, en passant par les pièces de draps pour tendre de noir la maison des Greer. Il s'occupa même du repas de la veillée, d'ailleurs donné au manoir. Si appréciables fussent-ils, ces gestes restèrent toutefois impuissants à soulager la douleur de cette perte tragique. Ce n'était pourtant pas faute d'essayer. Pas une heure ne passait sans que Rose combatte l'abattement qui voulait l'engloutir. Mais certains jours la tâche se révélait trop ardue, et elle se laissait flotter dans une morne contemplation.

Des jours tels que celui-ci.

S'évertuant à chasser son anxiété, Charlotte simula l'entrain qui d'ordinaire lui était naturel :

— Rose, regarde ce que je tiens là, dit-elle en exhibant un paquet de cartes à jouer. Que dirais-tu d'une partie d'aluette[17] ?

— Non, merci.

— Allons, rien qu'une. Cela te distraira.

— Si ma mère savait vers quoi tu me pousses, elle qui abhorre le jeu…

— L'on se demande bien ce que madame n'exècre pas, rétorqua Charlotte avec un sourire facétieux.

— Mon père…

Rose pivota vers une Charlotte piteuse, dont tout l'allant s'était brusquement délité.

— Je suis désolée, Charlotte, je n'ai pas le cœur à m'amuser. Aujourd'hui moins encore que de coutume.

— Je comprends…

— Puisque l'on parle d'elle, as-tu vu ma mère aujourd'hui ?

— Non… Elle doit être encore dans sa chambre.

Lady Mary ne quittait plus guère sa tanière. Elle y demeurait prostrée sur un siège, son chapelet dans une main et son missel dans l'autre, à psalmodier des prières.

— C'est sans doute mieux ainsi, soupira Rose.

Elle redoutait le jour où sa mère sortirait de sa torpeur. De toute évidence son équilibre mental, déjà précaire, avait subi une sévère dégradation. Qui savait ce qu'il adviendrait lorsqu'elle émergerait de sa bulle, si elle en émergeait jamais…

— Rose, tu m'inquiètes… Tu restes ici des heures durant à ne rien faire qu'observer le dehors, sans plus y aller.

— C'est faux. Je sors lorsque le comte m'emmène.

— Seulement à la nuit tombée, fit remarquer Charlotte sur un ton de reproche.

— Et après ?

— Ce n'est pas bon. Il te faut de la lumière.

— Quelle importance que ce soit la nuit ou le jour…

— Te murer ici comme dans un caveau ne le ramènera pas !

Rose épingla son amie d'un regard venimeux.

— Non, mais peut-être que si je parvenais à comprendre pourquoi…

— Pourquoi quoi ?

— Pourquoi il a fallu qu'il meure.

— Rose, par pitié, dis-moi que tu ne ressasses pas encore cette histoire de traquenard !

— En quoi cela te gênerait-il ?

— Mais voyons, c'est insensé !

Le front de Rose se barra de plis hargneux.

— Souviens-toi pourquoi nous nous sommes réfugiés ici ! martela-t-elle. Nous nous cachions de l'ire de ceux qui brisèrent notre fenêtre et soudoyèrent notre valet pour s'introduire chez nous au beau milieu de la nuit. Mais malgré cela, lorsque mon père meurt quelques semaines plus tard dans une curieuse embuscade, tu prétends que mes soupçons sont insensés ?

— J'essaie juste de…

— De noyer ma colère ? Je sais ! Cependant cette colère est la seule chose qui me reste, Charlotte. Cela, et la certitude que mon père a péri sur l'injonction de son ennemi.

— Je t'en prie…

— Quoi ? De quoi m'implores-tu donc avec tant d'insistance ?

— D'abandonner cette quête ! Grand Dieu, Rose, tu pourchasses des chimères !

— Vous êtes tous convaincus qu'il n'y eut là que malheureux hasard, or cela ne saurait suffire à me faire oublier ce dont je fus témoin ! MOI je sais ! tempêta Rose en se frappant la poitrine de la main. J'étais là ! Ce n'était PAS un hasard !

— Non, certes ! Ces coquins savaient que ce chemin menait au manoir, ils ont tenté leur chance !

— Ce chemin, ainsi que deux autres !

— Un mauvais coup du sort.

Rose secoua la tête. Le voilage noir épinglé à l'arrière de sa coiffe voleta légèrement.

— Mais ils sont morts, tous les trois ! s'écria Charlotte. Que te faut-il d'autre ?

— La main de l'ennemi fut peut-être coupée, mais pas sa tête ! Celui qui a fomenté cela est toujours là, quelque part. Et je veux savoir qui il est ! Dussé-je le traquer jusqu'en enfer, je trouverai l'assassin de mon père !

La voix de Rose se répercuta entre les murs de la pièce tel le tonnerre dans la vallée. Tout son être exsudait une détermination farouche, que seule égalait la rage brûlant au fond de ses yeux d'ambre.

— Tu déraisonnes, fit Charlotte dans un murmure consterné.

— Je ne peux pas croire qu'il soit mort pour rien… je ne peux m'y résoudre…

— Et si tu ne trouvais rien, y as-tu songé ? Si tu t'étais fourvoyée et que tout cela n'était que fadaise, que ferais-tu ?

— Je cesserais de chercher.

— Vraiment ? Ne te seras-tu pas déjà trop persuadée toi-même ?

— … Nous verrons, trancha Rose en se détournant.

Son profil racé se découpa sur le mur comme une sculpture d'albâtre, tandis que son regard se perdait de nouveau dans le ciel.

— Cela t'obsède tant que c'est à peine si tu te nourris, maugréa Charlotte. Je m'étonne même que tu parviennes à dormir…

— Mes promenades nocturnes ont meilleur effet que tu ne veux le croire.

— N'est-ce pas plutôt dû à la présence de Janlys ?

Rose ne releva pas.

— Lui as-tu parlé de tout ceci ? insista Charlotte.

— Point encore.

— Tu le devrais. Peut-être l'écouterais-tu, lui.

— Et s'il se rangeait à mon opinion ?

— Cela me surprendrait.

— Vraiment ? Malgré ce que je t'ai relaté, tu n'entrevois toujours nulle possibilité que je puisse être sur la bonne voie ?

— Tu m'en vois navrée, Rose, mais en effet cela ne m'a guère acquise à ta cause.

— Ni le cavalier qui nous dépassa avant que le piège se referme, ni le fait qu'ils n'aient dépouillé aucun de nous ?

— Ce cavalier pouvait être n'importe qui, s'impatienta Charlotte. Il ne t'alarma pas cette nuit-là. Ce n'est que depuis que tu le vois sous ce jour suspicieux. Quant aux brigands, il semble surtout qu'ils n'ont pas eu le temps pour…

— C'est faux et tu le sais ! fulmina Rose. Nous avons déjà eu cette conversation, comment se peut-il que tu sois si obtuse ? Je t'ai dit et redit que, lorsque Jacques intercepta les bandits, ils en avaient déjà terminé avec le cocher et avec…

Sa phrase se brisa dans un coassement qui eût été comique s'il n'y avait eu dans ses yeux des larmes amères… Elle déglutit avec peine. Il s'en fallut de plusieurs secondes avant qu'elle puisse reprendre le fil de son argumentation :

— Ils en avaient aussi fini avec mon père, l'abandonnant à son agonie au pied de cette maudite charrette. Ils s'enfuyaient, leur tâche accomplie, sans avoir emporté ni bourse ni bijou…

— Ils ont probablement entendu venir ton sauveur.

— Dans ce cas, moi aussi je l'aurais entendu.

— Pas dans l'état où tu te trouvais.

Rose poussa un soupir excédé. Il ne servait à rien de continuer. Charlotte ne voulait pas admettre cette éventualité. Ou peut-être était-ce elle-même qui voulait à tout prix voir ce qui n'existait pas ?

— Comment a-t-il fait ? s'enquit soudain la demoiselle de Carville. Nous n'avons jamais parlé de cela, cependant je m'interroge depuis lors… Janlys, comment a-t-il fait pour vous secourir ?

Rose lui jeta un regard en biais, mais garda la bouche close.

— Comment s'y est-il pris ? s'entêta son amie.

— … Le comte ne connaît pas son pareil avec une épée entre les mains.

— Eh bien ! De quel talent cet homme n'est-il pas pourvu ?

— Je me le demande…

Charlotte esquissa un sourire.

— Je lui suis reconnaissante d'être là pour égayer ta vie, confia-t-elle. Tu parais toujours te mieux porter lorsqu'il est avec toi.

— Sa compagnie est stimulante.

— Nul doute.

Tournant les yeux vers la fenêtre, la blonde jeune femme poursuivit, l'air empruntée :

— Je ne souhaite que ton bonheur, tu sais… Je ne cherche pas non plus à t'imposer mes opinions. Je crains juste que les tiennes t'entraînent quelque part où je ne pourrais venir te rechercher.

— Je sais. Tu as toujours été meilleure mère pour moi que l'a été lady Mary, répondit Rose, le sourire factice mais le regard empreint d'une réelle tendresse. Ne crains rien, je ne m'égarerai pas… et je suivrai ta recommandation.

— Laquelle ?

— Je solliciterai l'opinion du comte.

L'expression de Charlotte s'éclaira.

— Il sera de bon conseil, j'en suis sûre, déclara-t-elle, confiante.

— Peut-être. Toutefois tu dois comprendre que je n'aurai de cesse de trouver la clef de ce mystère tant que...

Rose se tut soudainement. L'œil rond, elle fixait un point par-dessus l'épaule de Charlotte.

— Qu'y a-t-il ? interrogea cette dernière en se retournant.

La pièce était résolument vide. Intriguée, la demoiselle pivota derechef vers son amie, qui arborait toujours une mine médusée.

— Que t'arrive-t-il ?

— J'ai été d'une affligeante sottise ! s'exclama Rose en s'élançant vers le vestibule.

— Quoi ? Mais ? Explique-toi ! supplia Charlotte en trottinant à sa suite.

Rose l'ignora. Fonçant au premier étage, elle rallia sa chambre, où elle fourragea dans sa malle un petit instant. Elle finit par en extraire une sacoche de peau – la bourse de feu lord Edmund –, de laquelle elle tira une robuste clef de fer gris souris.

— Crois-tu que ton père m'accorderait l'usage du carrosse ? demanda-t-elle à Charlotte, restée sur le seuil.

— Maintenant ?

— Oui.

— Pour aller où ?

— J'ai à faire chez moi, à Rouen.

Elle n'avait pas remis les pieds dans leur maison depuis la nuit du drame. Il n'y en avait eu nulle nécessité puisque Carville avait dépêché sur place ses propres gens, afin qu'ils aident les domestiques des Greer à endeuiller la demeure.

— Mais... ? commença Charlotte, déconcertée.

Rose glissa la clef dans le corsage de sa robe, attrapa son masque de voyage négligemment abandonné sur un coin de la table de toilette, et ressortit de la chambre aussi vite qu'elle y était entrée.

— Je dois voir ton père maintenant, se borna-t-elle. Monsieur le baron ? Monsieur le baron ?

La galerie déserte résonna de son appel. La jeune lady resta un instant aux aguets, mais comme aucune réponse ne lui parvint, elle s'en retourna au rez-de-chaussée.

— Monsieur, où êtes-vous ? J'aurais à vous parler ! appela-t-elle à tue-tête.

— Il ne te laissera… pas… aller seule, fit remarquer Charlotte, quelque peu essoufflée, en débouchant à son tour dans le hall.

— Alors accompagne-moi.

— Quoi ? Mais…

Un toussotement poli les interrompit. Se retournant dans un bel ensemble, les demoiselles découvrirent l'un des valets planté au milieu de l'entrée, main tendue, paume ouverte vers le ciel.

— Une lettre pour Mlle de Carville, annonça-t-il, laconique.

Les jeunes femmes se consultèrent du regard. D'ordinaire, aucune missive n'atteignait directement Charlotte. Elle transitait d'abord par les mains du seigneur des lieux, qui ensuite décidait de la transmettre ou non à sa fille. Il devait se tramer quelque chose de peu banal pour que le baron n'ait pas exercé son habituelle censure. Substituant l'étroit carré de papier que lui tendait le laquais au paquet de cartes à jouer qu'elle trimballait encore, Charlotte considéra ensuite le sceau apposé sur le message.

— C'est lui, souffla-t-elle en décollant le cachet de cire d'une main fébrile.

« Lui », dans la bouche de Charlotte, ne pouvait être que le vicomte de Chaumontel. Oublieuse de ses propres préoccupations, Rose attendit les nouvelles avec intérêt.

— Juste ciel, susurra son amie en écarquillant les yeux.

— Que se passe-t-il ?

— Je me marie le mois prochain…

— Mais… que faites-vous du contrat, de la dot ?

— Eudes me dit que tout est déjà entendu entre le baron et lui… Grand Dieu, Rose, je n'ose y croire ! Je pars pour le Preslay dans deux semaines !

— Le Preslay ? Comment cela, le Preslay ?! s'écria une voix pointue.

Rose leva le nez vers les marches.

Raide comme la justice, lady Mary les toisait depuis le milieu de l'escalier.

— J'attends une explication ! siffla-t-elle.

Comme ni Rose ni Charlotte n'ouvrirent la bouche, lady Mary les rejoignit dans le hall. Elle s'arrêta un court instant au pied des marches, puis se rua subitement sur Charlotte. Avant qu'aucune des demoiselles réagisse, lady Mary avait arraché la lettre des mains de sa destinataire et s'était écartée de deux bons mètres. Engoncée dans sa robe charbonneuse, les doigts crispés sur son butin, elle ressemblait à un vieux corbeau aux plumes ébouriffées de colère.

Baissant les yeux sur la missive, elle commença à lire. Après quelques lignes, lady Mary pivota vers une Charlotte devenue livide. Ses bras retombèrent le long de son corps. Elle laissa échapper la lettre, qui tournoya mollement dans les airs avant de s'échouer sur le pavé. Consciente de ce qui allait suivre, Rose rentra la tête dans les épaules avec une grimace d'appréhension.

— BAGASSE[18] ! explosa lady Mary en bondissant sur Charlotte, serres en avant.

La jeune femme recula dans un sursaut épouvanté, mais les doigts de la veuve s'étaient déjà enfoncés dans ses cheveux.

— RIBAUDE ! TRAÎTRESSE ! vociféra cette dernière tandis que Charlotte, pépiant comme un moineau affolé, tentait de lui échapper. JE VAIS VOUS APPRENDRE, MOI !

S'élançant au secours de son amie, Rose se plaça derrière sa mère, lui agrippa les bras, et tira tant qu'elle put. Déséquilibrée, lady Mary dut lâcher prise, mais sitôt rétablie elle bouscula son assaillante et fit volte-face pour la confronter :

— Comment osez-vous, Eileen !

— Mère, je vous en prie, reprenez-vous ! Cela n'a plus d'importance maintenant, vous vous souvenez ?

— Plus d'importance ? C'est une félonne !

— Non !

— Silence ! Vous avez toujours été de son côté ! Son sort vous importe plus que celui de votre propre famille ! Vous n'êtes pas digne de votre rang ! Vous ne fûtes qu'un fardeau pour votre pauvre père ! Un lourd FARDEAU !

— Je fus certainement moins pénible que vous !

Un soufflet s'écrasa contre la joue hâve de Rose, puis lady Mary éclata en sanglots vagissants. Sa fille ne fit pas un mouvement. Elle resta là, pétrifiée, la tête encore aux trois quarts tournée d'avoir reçu cette taloche. Elle ne réagit pas davantage lorsque la silhouette du baron émergea d'un corridor adjacent.

— Qu'est-ce donc que ce raffut ?! s'insurgea-t-il en approchant, sourcils froncés.

— Vous, larmoya lady Mary à son adresse. Vous saviez, et vous avez donné votre consentement !

— De quoi parlez-vous, madame ?

— De mon mariage…, l'informa Charlotte dans un souffle ténu.

Carville posa sur la veuve un regard contrit, mais n'eut pas le culot de nier.

— Tous des traîtres, se lamenta Mary d'une voix suraiguë. Je ne resterai pas ici un jour de plus, vous entendez ! J'EXIGE que l'on me ramène chez moi dans l'instant !

— Comme vous voudrez, madame, répondit Carville avec une politesse glacée.

Lady Greer s'en fut vers l'escalier d'un pas incertain tout en se tamponnant les yeux avec la manche de sa robe.

— Vous venez aussi, Eileen, cracha-t-elle par-dessus son épaule. Ou sinon, devant Dieu, je jure que vous ne passerez jamais plus le seuil de ma maison !

Sur cette menace, la marâtre disparut dans l'escalier.

Le vestibule et ses occupants demeurèrent figés.

Une demi-minute s'égrena avant que Carville s'ébroue et hèle un domestique, à qui il ordonna de faire préparer la malle de la veuve. Après quoi il se tourna vers Rose :

— Avant que vous décidiez de votre conduite, Eileen, sachez que vous êtes ici chez vous. Vous pouvez y demeurer autant que bon vous semblera.

Rose, plus noble mais aussi plus accablée que jamais, tenta de sourire à son hôte.

— Grand merci, monsieur. Mais le devoir me commande à tout le moins d'accompagner lady Mary jusqu'à notre maison.

— Soit… En ce cas je tiens à ce que vous voyagiez dans mon carrosse, sous bonne protection.

— Ce sera avec plaisir. Merci.

Carville se fendit d'une brève révérence puis sans plus attendre s'en fut donner ses instructions, abandonnant les jeunes femmes dans l'entrée. Charlotte, le cheveu hirsute, ouvrit sur son amie des yeux désolés :

— Tu es certaine que tu veux y aller ?

— Oui, je vais l'accompagner… toutefois je n'ai pas dit que je resterais. Je présume que le baron ne s'opposerait pas à mon retour, d'ici à quelques jours ?

— Je ne pense pas.

— Bien. Il fallait que je me rende chez nous de toute façon, précisa Rose en venant prêter main-forte à la demoiselle de Carville, aux prises avec sa chevelure récalcitrante.

— Je suis navrée, fit cette dernière tandis qu'elles essayaient de réinsérer les mèches folles à leurs places initiales.

— Tu n'es pas responsable. Elle a toujours adoré les esclandres, et elle me déteste…

Charlotte ne sut que répondre. Elle qui s'était jugée mal lotie avec ce père froid et autoritaire découvrait ce qu'avait dû être le quotidien de son amie en butte à une telle harpie. Elle s'estima moins désavantagée qu'elle l'aurait cru.

— Je suis navrée, répéta-t-elle.

Rose esquissa une moue désabusée, puis le son de nouveaux pas dans l'escalier attira son attention.

— Madame refuse que je fasse sa malle, déclara depuis les marches une jeune chambrière au bord des larmes.

La jeune lady soupira.

— Trouvez Roger, notre valet, conseilla-t-elle sur un ton las. Informez-le de notre départ et dites-lui de s'occuper du bagage de madame. Faites aussi préparer les affaires de Jacques, avec sa jambe il ne doit pas s'agiter. Enfin, lorsque tout cela sera fait, vous préparerez ma propre malle.

— Bien, mademoiselle.

Manifestement soulagée de n'avoir pas à retourner dans l'antre du dragon, la jeune fille exécuta une petite courbette, puis fila vers le quartier des domestiques. Charlotte adressa alors à son amie un sourire chagrin.

— Va te reposer un peu, dit-elle. Je me charge d'informer le baron de tes projets.

— Merci.

— Ne me remercie pas, il n'y a vraiment pas de quoi...

Près de deux heures furent nécessaires pour que les malles soient bouclées et que les dames de Greer soient prêtes à partir. Afin de les escorter à bon port, Carville fit seller deux chevaux sur lesquels il plaça des valets en armes. Il prit aussi la charge du complément de bagage ; puisque le carrosse ne pouvait tout contenir, il s'engagea à ce que le reste leur parvienne le lendemain, par charrette.

Quand vint le moment du départ, Rose décréta que Jacques prendrait place dans le carrosse. Elle lui octroya même une banquette entière afin qu'il puisse allonger sa jambe convalescente. Bien sûr, le laquais se récria contre ces privilèges, mais Rose fit la sourde oreille. Elle ne tenait pas à ce que la suture de sa cuisse craque en chemin. Encore fatiguée par la scène qu'elle avait faite, lady Mary ne protesta que peu avant de s'installer à son tour dans le carrosse. Plutôt que de l'y suivre, Rose pivota vers la demeure. Carville et sa fille, prudemment cantonnés sur le perron, attendaient le départ de leurs invitées. S'écartant du carrosse de quelques pas, Rose fit signe à son amie d'approcher. Ce que Charlotte fit avec une certaine réticence, jetant sans cesse des coups d'œil nerveux sur le véhicule où la mégère attendait.

— Quand Artus se présentera ici ce soir, chuchota Rose, informe-le de mon retour à Rouen. Dis-lui qu'il y sera le bienvenu et que je serais fort aise de l'y recevoir dès que possible...

— Ce sera fait.

Les demoiselles se sourirent brièvement, puis Charlotte battit en retraite. Nouant son masque, Rose monta enfin dans le carrosse.

— Que complotiez-vous encore ? s'enquit lady Mary, fielleuse.

En fait de réponse, la jeune lady Greer donna deux grands coups contre le plafond. Immédiatement l'attelage se mit en route, et plus personne ne pipa mot…

Une fois à destination, sitôt les bagages rentrés et le carrosse reparti, lady Mary monta se claquemurer dans sa chambre, à la satisfaction de sa fille qui avait d'autres projets qu'essuyer ses œillades assassines. Les domestiques s'empressèrent alors autour de Rose avec grand dévouement. Celle-ci n'en saisit la raison que lorsqu'elle vit le regard de Julien s'attarder sur la chevalière d'or flottant à son doigt.

Bien sûr. C'était elle maintenant la maîtresse des lieux ; elle qui tenait les cordons de la bourse, faute d'héritier mâle pour prendre la succession. Enfin, c'était omettre oncle James. Car l'héritier légitime de lord Edmund, c'était lui, le frère cadet, et non Rose. Mais puisque la fortune des Greer était en Angleterre et que James en avait l'usufruit depuis près de trente ans, il se moquait sans doute éperdument du sort de son aîné, pour lui disparu depuis des lustres. Le devenir de la veuve était donc entre les mains de Rose, comme l'était d'ailleurs son propre destin. À cette pensée, un profond soupir lui échappa. Si elle avait rêvé d'émancipation, ce n'était pas ainsi qu'elle s'était figuré y accéder. La vie jouait parfois de vilains tours…

Levant le nez des lattes du parquet, Rose s'aperçut que, sans en avoir conscience, elle avait dirigé ses pas vers le cabinet de travail de son père. Elle en fixa la porte une seconde, puis la poussa avec circonspection, s'attendant presque à voir lord Edmund surgir, barbe en bataille, pour la renvoyer d'où elle venait.

Mais il n'y avait plus dans la pièce que le souvenir de sa présence. La morsure de l'absence se fit soudain si profonde que Rose eut peine à trouver un peu d'air. Bataillant un instant, elle parvint toutefois à faire reculer les armées de la désolation. Le pas mal assuré, elle pénétra alors dans la pièce, et referma derrière elle. Rien n'avait été déplacé depuis la dernière fois qu'elle était venue ici. Les domestiques ayant eu de tout temps consigne de ne pas entrer dans le cabinet, cela expliquait sans doute le capharnaüm qui régnait encore sur la table de travail.

Cependant, Rose s'en fichait bien. Ce n'était pas pour surveiller le travail des serviteurs qu'elle avait voulu revenir, mais pour le coffre de feu son père. S'en approchant, elle piocha dans son corsage la clef dissimulée un peu plus tôt et, pleine d'espoir, la glissa dans la serrure. Elle imprima un petit mouvement rotatif, qui fut prestement salué d'un déclic.

Victoire ! Le coffre était ouvert, prêt à livrer ses secrets. Soulevant le lourd battant, elle risqua un œil à l'intérieur...

La première chose qu'elle vit fut le fameux petit carnet brun, trônant sur un tas de papiers. Elle s'en empara aussitôt et, d'une main tremblante, fit défiler les pages jusqu'à atteindre la dernière. La lecture qu'elle en fit lui donna un coup au cœur. Ses conjectures se révélaient justes ! Il y avait bien, comme elle se l'était imaginé, de nouvelles annotations. Deux, pour être exacte :

« 98 5.15 Int. C.C-B - CAHIV 300

98 5.24 C.C-B - CAHIV 300 ».

Son esprit s'emballa sur-le-champ. Pourquoi être passé de « Int. C.C-B » à « C.C-B » ? S'agissait-il d'une chose différente, ou de la même écrite autrement ? Quant aux dates, elle n'aurait pu en jurer, mais elle pensait que le 15 mai devait être le soir où elle avait surpris l'entrevue avec le mystérieux visiteur nocturne ; tout simplement car cette ligne était celle qui suivait directement la dernière qu'elle avait recopiée. En revanche, pour la seconde date, le 24 mai, elle n'avait aucune idée…

Délaissant un instant sa prise, Rose examina ce que le coffre contenait d'autre. L'on pouvait voir un petit tas de feuillets griffonnés, empilés pêle-mêle ; un second livret à la reliure cramoisie ; une plume neuve ; deux pots de talc ; un pot d'encre, et du papier. Rien de palpitant. Se saisissant néanmoins du carnet à la couverture rouge, Rose alla s'installer au bureau.

Le rôle dévolu à ce carnet-ci était compréhensible dès la première page. C'était un livre de comptes. Ou plutôt un registre des dépenses. Lesquelles dépenses étaient consignées intelligiblement, avec la date – écrite dans le bon ordre cette fois –, la nature de l'achat, et le montant. Comme Rose feuilletait distraitement ce registre, une idée germa.

Et si le livret brun était aussi un registre de comptes ?

Curieuse d'éprouver sa théorie, elle prit les deux livrets, les ouvrit au hasard et les plaça côte à côte. Même si elle ne saisissait pas le sens des inscriptions du carnet brun, la structure des notes semblait toutefois identique à celle du carnet cramoisi. Il y avait d'abord une date, puis une désignation quelconque, puis… Puis un prix. Oui. Ce nombre en bout de ligne devait être un prix. Rose reconsidéra sous cet angle la dernière inscription du livret brun… Cela signifierait donc que lord Edmund s'était porté acquéreur d'un quelconque bien pour un montant de trois cents livres ? Elle haussa les sourcils. Voilà qui paraissait très improbable.

— Madame ? appela-t-on alors depuis l'antichambre. Madame, c'est Julien. J'aurais à vous parler, si madame veut bien.

— Entrez, répondit-elle sur un ton absent.

Julien ouvrit la porte et s'introduisit dans le cabinet. Sa maîtresse leva le nez de ses livrets. Manifestement, le valet était dans ses petits souliers.

— Qu'y a-t-il ?

— Ben, je crois que c'est à vous que je dois dire ça maintenant, madame, et pas à madame votre mère, sauf le respect que je lui dois…

— Venez-en aux faits.

— Oui madame. Voilà… Il y a des gens qui sont venus depuis que le maître nous a quittés.

Rose plissa les yeux :

— Comment cela ? Qui donc ?

— M. Legrand s'est présenté ici.

— Le tailleur ?

— Oui madame.

— Que diantre voulait-il ?

— Il voulait savoir qui s'occuperait des dettes que monsieur a laissées, expliqua Julien d'une voix qui s'éteignit mot après mot.

— Les… dettes ? répéta sa maîtresse, incrédule.

Le valet opina, puis reprit dans un murmure :

— M. Évrard est venu aussi.

— Le drapier ?

— Oui madame.

— … Qui d'autre ?

— Le boucher, et le boulanger…

— Réclamaient-ils aussi qu'on les paie ?

— Oui madame… Mais craignez point la rumeur, madame, j'ai fait passer la consigne aux gens de la maison. Ceux qui savent diront pas un mot, foi de Julien !

Rose concentra toute son énergie pour ne pas laisser deviner son effarement. L'exercice jeta un voile sur son regard, qui devint vitreux.

— Soit, fit-elle, atone. Vous pouvez disposer. Et prenez donc un flacon d'eau-de-vie aux cuisines, pour votre peine…

— Ah merci, madame ! Je savais bien que madame serait une bonne maîtresse !

Rose grimaça un rictus qui se voulut aimable, puis, dans une parfaite immobilité, attendit que le valet fût sorti.

Elle se jeta alors sur le livret rouge et en fit frénétiquement tourner les pages, jusqu'à parvenir à celle comportant les annotations les plus récentes. Le boucher, le tailleur et le drapier y étaient tous consignés plusieurs fois, pour divers montants ; ainsi que le menuisier, le forgeron, le perruquier, et d'autres encore… Catastrophée, Rose remonta dans les pages antérieures. Elle constata que les créances s'étalaient sur des semaines, voire des mois pour certaines. Une rapide estimation lui apprit que ce passif représentait une somme rondelette, qu'elle n'avait pas en sa possession.

Elle s'était pourtant attendue à trouver une réserve d'argent dans le coffre de son père, mais il n'y avait pas un sou. Ses illusions sur le magot ramené d'Angleterre flétrirent d'un seul coup. Dans le même temps, l'empressement de lord Edmund à lui trouver un mari devint limpide : se sachant ruiné, il avait cherché à mettre sa famille à l'abri du besoin.

Cependant, quelque chose clochait.

Le soir du bal parisien, lord Edmund avait laissé entendre à sa fille au cours de leur dispute que la dot promise à son futur fiancé n'était pas négligeable. Ce qui signifiait qu'il restait un espoir, car il aurait été délicat de tricher sur cet épineux sujet. L'argent de sa dot devait donc être caché quelque part. Mais où ? Et qu'adviendrait-il si elle ne le dénichait pas ? Comment subviendrait-elle aux frais de la demeure ?

Tandis qu'elle se posait ces questions, Rose songea au superbe et dispendieux collier dont Artus lui avait fait cadeau. Elle poussa un soupir anxieux. Si elle ne trouvait pas d'autre option, elle devrait se séparer de quelques-uns de leurs biens. Si peu réjouissant que ce fût, cela valait toujours mieux que le pilori.

Les dernières lignes du carnet brun vinrent alors danser devant ses yeux. Une pierre lui tomba au creux de l'estomac. S'il lui fallait aussi s'acquitter des sommes énumérées dans ce livret-ci, c'en était fini de la maisonnée… Jamais elle ne parviendrait à réunir une telle fortune, pas même en vendant jusqu'à ses jupons… L'œil hagard, la jeune lady fit jouer entre ses mains le livret aux annotations énigmatiques. Comme elle le faisait rebondir d'une paume à l'autre, une page se détacha tout à coup de l'ensemble. Elle avança machinalement le doigt dans l'intention de la remettre en place, puis réalisa que le papier avait quelque chose de curieux. Il paraissait trop épais. Pinçant le bord de la feuille entre ses ongles, elle tira doucement. Un rectangle de papier soigneusement plié émergea du livret. Le feuillet portait une inscription de la main de lord Edmund : « Pour les seuls yeux de ma fille bien aimée ».

Le cœur de Rose manqua un battement. Un fol espoir l'envahit. Cette lettre ne pouvait être le fruit du hasard ! Elle lui indiquait peut-être l'endroit où était dissimulée sa dot ? Dépliant le papier en quelques gestes gauches, elle commença à lire.

Ma chère enfant,

Si vous avez l'infortune de parcourir ces mots, c'est qu'il me sera arrivé malheur. Je m'afflige à la seule pensée de vous savoir, votre mère et vous, dans une si grande peine. Mais gardez espoir, Eileen, des jours plus cléments ne sauraient tarder à venir.

Tandis que j'écris ces lignes, je vous entends aller et venir dans votre chambre où vous préparez un surplus de bagages pour prolonger notre retraite à Saint-Jacques. Ah ma fille ! J'ose croire que le baron vous sera d'un aussi grand secours qu'à moi, et qu'il vous aidera à surmonter ce triste moment…

J'en viens maintenant à ce qui me fait grand honte. Voyez-vous, mon enfant, si je suis aujourd'hui au tombeau c'est que je m'y serai moi-même placé. Vous comprendrez donc que mes agissements ne doivent en aucune façon rejaillir sur vous, ou vous faire courir le moindre danger. Alors, bien que j'ignore si vous serez un jour capable de me pardonner, je vais tout de même faillir à la promesse que je vous avais faite. Je ne vous révélerai rien de ce qui entraîna la trahison de notre valet, et peut-être aussi ma propre disparition.

Dans votre intérêt, vous devez rester dans l'ignorance de cette sombre affaire. Si mon destin était de mourir dans cette entreprise, alors il vous faudra l'accepter. Ne cherchez pas à comprendre. Ne remuez pas le passé. Ce qui est accompli est accompli, ce que vous pourriez tenter n'y changerait goutte. Cela ne vous vaudrait que peine supplémentaire.

Tâchez donc d'oublier ce que vous n'auriez pas dû entendre. Attachez-vous à construire une vie paisible, si possible auprès du comte de Janlys qui semble tant vous apprécier. Ce serait là un bien beau mariage, Eileen. Essayez de ne pas le faire échouer cette fois. Dans l'attente de cette union qui me comblerait de fierté et de joie, dirigez vos pas jusque dans la mansarde servant à entreposer les malles. Vous trouverez que sur le mur, derrière un vieux coffre, plusieurs pierres paraissent disjointes. Déplacez-les et fouillez la cavité qui vous sera ainsi révélée. J'y ai laissé de quoi pourvoir à vos besoins et rembourser les dettes dont je n'aurai peut-être pas eu le temps de m'acquitter.

Je prie pour le salut de mon âme, et espère que vous voudrez bien vous aussi m'absoudre de mes péchés. Adieu, ma chère enfant ! Sachez que je vous ai aimée de tout mon cœur.

Plaise à Dieu que vous connaissiez le bonheur.

Lord Edmund Leigh
4th Earl of Greer

En proie à un profond désarroi, Rose reposa la missive sur la table. Plutôt que des réponses, cette lettre apportait un cortège de questions nouvelles. Puis c'était aussi la première fois que son père manquait à sa parole.

S'il était aisé de comprendre les raisons de son dédit, elle ne pouvait en revanche se résigner à ne rien savoir du pourquoi de sa mort. Bien que cette lettre la pressât instamment d'oublier, ainsi que Charlotte l'avait fait plus tôt dans la journée, elle ne le pouvait pas. D'autant moins maintenant qu'elle possédait la preuve indubitable que son père se savait menacé.

Elle devait comprendre.

Et, plus que tout, elle réclamait vengeance.

Se sentant prise de haut-le-cœur, Rose porta une main à sa bouche. Son esprit s'obscurcit, submergé de déception, d'inquiétude, et de chagrin. Rester dans cette pièce où son père avait écrit ses dernières paroles lui fut soudain intolérable. Se levant, elle alla verrouiller le coffre, ramassa lettre et carnets, puis sortit de la pièce sans un regard en arrière.

Elle monta à sa chambre dans un état second. Son premier geste fut de ranger les livrets, la missive et la clef du coffre de son père dans son propre coffret. Après quoi elle s'écroula à plat ventre sur le lit, exténuée, désespérée, et incapable de la moindre réflexion cohérente. Une averse de larmes silencieuses détrempa ses joues. Hantée par la vision de sombres lendemains, elle glissa peu à peu dans un sommeil tourmenté.

— Mademoiselle ?

Désorientée, Rose cligna des yeux pour les accommoder à la pénombre environnante. Un bourdonnement sourd emplit ses oreilles. Puis elle sentit sous son corps la rassurante mollesse d'un matelas. Elle se souvint alors qu'elle était dans sa chambre. Roulant sur le dos, elle découvrit le petit visage de Lucie, tout chiffonné d'anxiété, penché au-dessus d'elle :

— Vous êtes souffrante, mademoiselle ?

— Non, grommela Rose sans en être vraiment certaine.

Se hissant sur les coudes, elle parvint péniblement à s'asseoir au bord du lit. Ses bras étaient engourdis et sa tête lui faisait mal. Néanmoins, ce lourd sommeil, faute de l'avoir requinquée, avait un peu allégé le fardeau de son cœur.

— Le souper est froid, mademoiselle. Les autres ont pas osé vous déranger, mais j'étais inquiète alors je suis venue quand même...

— Je vais bien, Lucie, ne vous alarmez pas.

— Bon... Vous descendrez souper alors ?

— Je n'ai pas faim.

— Il faut manger, mademoiselle, vous pouvez pas rester comme ça. Même madame a soupé.

— Elle est descendue ?

— Oui... Elle a eu l'air fâchée de ne pas vous voir.

— Elle l'aurait été davantage si elle m'avait vue, maugréa Rose en se levant. Mais puisque vous insistez, je veux bien manger un peu...

La jeune servante guida sa maîtresse jusqu'à la grande salle, où il lui fut servi un repas frugal, arrosé de généreuses coupes de vin. Lucie avait eu raison d'insister. Si peu que Rose grignota, cela lui conféra tout de même un afflux de force. La griserie aidant, elle se sentit bientôt suffisamment d'aplomb pour monter fouiller la cache indiquée dans la lettre. Aussi, dès que la table fut ôtée, elle s'empara d'une lampe à huile et monta au troisième étage...

La mansarde était une pièce exiguë, dépourvue de fenêtre, où de grands gaillards tels que Jacques avaient peine à se mouvoir sans heurter de la tête les poutrelles du plafond. L'on avait stocké ici plusieurs coffres de voyage de différentes tailles, ouvragés ou non, ainsi que divers paniers en plus ou moins bon état.

Rose observa le désordre d'un œil éteint. Derrière ce bric-à-brac, les murs n'étaïent guère visibles. Il ne fallait pas espérer localiser les pierres d'un simple regard. Pour les trouver, elle n'avait d'autre choix que déplacer les malles une à une. Fort heureusement, elles se révélèrent toutes vides. Ce pour quoi il ne lui fallut qu'une dizaine de minutes pour repérer la cache. Celle-ci se trouvait au fond de la pièce, dans le coin gauche, et était dissimulée par une malle aux proportions imposantes qui fut fort pénible à bouger. Comme indiqué dans la lettre, Rose put voir que trois des pierres du mur paraissaient désunies. Elle vit également qu'un angle de la troisième et plus haute pierre était ébréché. S'aidant de cette prise, elle parvint à l'extirper de son emplacement ; à la suite de quoi ôter les deux restantes fut un jeu d'enfant.

Une sombre cavité s'ouvrit alors aux pieds de la jeune femme. Lorsqu'elle en approcha sa lampe, une araignée replète et poilue s'enfuit à toutes pattes devant cette subite intrusion. Rose eut un mouvement de recul. Elle ne tenait guère à explorer l'anfractuosité du plat de la main. Mais il le faudrait pourtant bien, car hormis la toile de la principale occupante rien d'autre n'était visible.

Rassemblant son courage, Rose glissa donc la main dans le trou poussiéreux. La caresse de la toile lui arracha une exclamation de dégoût, mais elle résista à l'envie de reculer et entama une exploration palpée. Elle s'aperçut bien vite que le recoin gauche n'avait rien à offrir. Elle migra donc vers le bord droit. Là, son bras s'enfonça presque jusqu'au coude, et elle sentit bientôt au bout de ses doigts le chaud contact du cuir. Agrippant sa trouvaille, elle l'attira hors du mur.

C'était une bourse, aux cordons étroitement serrés. Optimiste, elle poursuivit sa fouille. Une nouvelle bourse, de semblable contenance, vint rejoindre la première. Mais malheureusement ce fut tout ce que Rose moissonna. Elle eut beau tâtonner encore une bonne minute, nul autre butin n'était à trouver.

Quelque peu contrariée, la jeune femme remit en place pierres et malles puis descendit au rez-de-chaussée afin d'examiner sa récolte. Elle s'installa pour ce faire au bureau de son père. Dénouant les cordons qui les ligaturaient, elle renversa les bourses au-dessus de la table de travail. Une poignée de pièces chatoyantes s'abattit sur le fouillis de papiers.

Avant même de les avoir comptées, Rose sut que cela ne suffirait pas. Elle les dénombra pourtant.

Un, deux, trois… dix, vingt… trente. Trente écus ? Ce n'était pas même suffisant pour couvrir le quart des dettes en souffrance ! Une bouffée de colère la saisit. À quoi son père songeait-il donc pour prétendre que cela réglerait ses créances ? Ne savait-il plus lui-même ce qui était inscrit dans ses maudits carnets ? Et où diable était l'argent de la dot ? L'avait-il dilapidé aussi ?

— Bon sang ! jura Rose.

Comme en écho à son exclamation ulcérée, l'on toqua soudain à la porte.

— Quoi encore ? rugit-elle.

— Un visiteur, mademoiselle, annonça Lucie.

Rose bondit de son siège et se rua sur le vantail. Sa domestique l'attendait de l'autre côté, une lampe à la main, les yeux brillants d'excitation.

— Je crois que c'est lui, souffla-t-elle sur le ton de la confidence.

La jeune lady esquissa un sourire. Enfin un peu de réconfort ! Elle se mit en route toutes affaires cessantes, suivie de près par la petite Lucie.

— Monsieur attend dans la grande salle, précisa cette dernière lorsqu'elles atteignirent le vestibule désert.

Aiguillée par la jouvencelle, Rose poussa la porte désignée.

Il se tenait près de l'âtre, où nul feu ne brûlait, absorbé dans la contemplation du portrait suspendu au-dessus. Sa chevelure noir de jais miroitait dans la lueur des chandelles.

— Artus, s'écria-t-elle en allant au-devant de lui. Dieu vous bénisse, vous êtes venu !

Il se retourna, une once d'amusement peinte sur les traits.

— Pensiez-vous que je vous aurais laissée m'échapper ? fit-il en prenant délicatement la main que Rose lui tendait. Je suis parti dès que Mlle de Carville m'eut informé de votre retour ici.

— Vous voir aura été la seule joie de cette affreuse journée, confia Rose.

— Que vous est-il arrivé ?

Elle l'entraîna vers le banc qui jouxtait la cheminée et, comme ils s'apprêtaient à s'y asseoir, elle s'aperçut que Lucie était encore là. Fichée sur le seuil, la domestique couvait le comte d'un regard extasié.

— Autre chose, Lucie ? interrogea sa maîtresse avec un rien de brusquerie.

La jeune fille se secoua.

— Euh… Monsieur voudrait-il du vin ?

— Pourquoi pas, répondit aimablement Artus.

Lucie, ravie, se retira sur un sourire et une gracieuse révérence. Artus s'en désintéressa avant même qu'elle eût franchi la porte. S'installant sur le banc, il incita Rose à faire de même.

— Je vous écoute, dit-il lorsqu'elle fut assise. Dites-moi tout.

La jeune femme lui narra alors la pénible scène qui s'était jouée au manoir entre Charlotte, lady Mary, et elle-même…

— Votre mère aurait dû savoir que ces noces avec Chaumontel n'avaient plus guère d'importance, fit remarquer Artus quand elle eut terminé son récit.

Rose tiqua. Son pouls voulut s'emballer, mais elle était trop lasse et trop préoccupée pour céder à un enthousiasme prématuré.

— Comment cela ?

— Vous savez fort bien de quoi il est question, *lady*, ne prenez pas cet air étonné, l'admonesta gentiment le comte, un fin sourire aux lèvres.

Rose ne put s'empêcher de lui sourire en retour. Sa présence avait quelque chose d'incroyablement apaisant. Lorsqu'il se tenait à son côté, elle se pensait capable de reprendre goût à la vie. D'ailleurs, elle se sentait déjà mieux qu'elle ne l'avait été de toute cette pénible journée.

Le tintement caractéristique du métal qui s'entrechoque la tira tout à coup de ses pensées. Lucie disposait cruche et coupes sur une table à proximité. Voyant que la petite lambinait, sa maîtresse la congédia aussi posément qu'elle put :

— Vous pouvez vous retirer, Lucie.

La domestique s'exécuta, non sans jeter plusieurs coups d'œil par-dessus son épaule.

— Que comptez-vous faire ? interrogea Artus lorsqu'ils furent de nouveau seuls.

— Je me suis entendue avec le baron afin de retourner au manoir d'ici à quelques jours.

— Votre mère n'appréciera pas, souligna le comte, la moue réprobatrice.

— Croyez-vous que je l'ignore ? Cependant je ne peux me résoudre à rester ici si cela signifie endurer davantage de peine que je n'en éprouve déjà.

— Vous exiler au manoir risque d'accroître vos soucis plutôt que de les diminuer. Lady Mary pourrait à terme vous refuser l'entrée de cette maison… Non, ce me semble être une fâcheuse décision.

— Que me conseilleriez-vous ?

— De venir avec moi, déclara Artus, serein.

Rose en resta sans voix.

— Lady Mary ne saurait condamner ce choix, n'est-ce pas ?

— … Certes… toutefois… j'aurais peur qu'elle fonde quelque espoir…

— Dans une pareille situation l'espoir ne peut qu'être bénéfique, ne pensez-vous pas, *lady* ?

— Si… bien sûr…

— Soyez assurée que je prendrai grand soin de votre charmante personne, ajouta Artus, tout sourires.

Se perdant avec bonheur dans l'éclat de ses yeux, Rose faillit acquiescer à sa proposition… mais un livret cramoisi gros comme une montagne surgit dans son esprit. Tressaillant, elle baissa le nez.

— Ah. Il semble que vous ne m'ayez pas tout dit, constata posément Artus.

Rose n'osa plus affronter son regard. Elle avait failli oublier qu'entre elle et lui se dressait maintenant l'ombre de la déchéance. D'aristocrate de troisième rang elle était tombée, en l'espace d'un jour, à la limite de la mendicité. Pour effacer les notes en suspens, elle allait devoir vendre une partie de ce qui était dans cette maison. Et cela ne comprenait pas ce qu'il faudrait aussi sacrifier pour subsister dans les jours à venir… Elle n'avait plus de noble que le titre. Son statut était à jamais perdu. Or, quel seigneur s'encombrerait d'un tel boulet, si plaisant soit-il ? La misère était un repoussoir contre lequel elle ne saurait lutter…

Pourtant, elle n'était pas responsable de cette situation. Fallait-il vraiment avoir honte de ce nouveau fléau qui s'abattait sur elle ? Son cœur s'affermit. Elle décida que, non, elle n'avait pas à rougir de son malheur, et, bravement, releva la tête :

— En effet, ce que je vous ai conté ne fut pas l'unique fardeau de ma journée. Il en est un autre, ô combien plus grave. J'ai découvert que nous étions ruinés. Il va me falloir vendre une grande partie de nos biens pour assurer la survivance de la maison, acheva-t-elle avec une franchise abrupte.

Artus la considéra, impavide.

— Et ?

Prise au dépourvu, Rose ne sut que répondre.

— Redoutiez-vous de me l'avouer ? reprit-il en lui décochant l'un des sourires ensorcelants dont il avait le secret. Vous pensiez peut-être que cela me rendrait votre compagnie désagréable ? Vous êtes désemparée, *lady*, cela se comprend. Aussi ne vous tiendrai-je pas rigueur de cette erreur de jugement…

Portant à ses lèvres la main qu'il tenait encore dans la sienne, il y planta un baiser léger et frais comme la rosée. Rose, bien que troublée par ce geste, fut surtout transportée de joie. En véritable ami, Artus faisait fi de sa déshonorante condition. À ce moment précis, l'estime qu'elle lui portait déjà se mua en admiration. Un sourire tel qu'elle n'en avait pas arboré depuis la mort de son père illumina son visage fatigué.

Du pouce, Artus fit alors jouer la chevalière qu'elle avait au doigt.

— Nous ne laisserons pas cela se perdre, chuchota-t-il, une lueur espiègle au fond des yeux. À présent, dites à combien s'élèvent vos dettes ?

— Comment savez-vous ?

— Que ce pourrait-il être d'autre ? Votre père ne fut pas le seul à vivre au-delà de ses moyens…

La jeune femme convint en son for intérieur que cela n'avait en effet rien de singulier. Un peu honteuse de son manque de jugeote, elle éluda la remarque et s'appliqua à répondre à la question précédente.

— Cela fait trois mille livres, annonça-t-elle, choisissant de ne révéler que les sommes consignées dans le livret cramoisi.

— Seulement ?

Bouche bée, Rose dévisagea son vis-à-vis. Devant le spectacle de sa stupéfaction, Artus éclata de rire. C'était un son agréable et chaud qu'elle n'avait encore jamais eu le plaisir d'entendre.

— Ce sera promptement réglé, certifia le comte en recouvrant son sérieux. Faites savoir aux créanciers de se présenter chez moi demain, et ne vous souciez plus de cela, *lady*. Ce ne sera plus sous peu qu'un vilain souvenir.

— ... Voilà qu'une fois encore vous volez à mon secours, fit Rose, songeuse. Ce malgré l'indigne condition dans laquelle je me trouve. Nombre d'autres seigneurs auraient depuis longtemps tourné les talons. Mais pas vous... Je ne comprends pas... Que vous importe le sort d'une obscure comtesse désargentée ?

— Plus que vous ne pensez, *lady*...

Elle l'observa longuement, cherchant en vain à percer le secret de ce regard insondable.

— Comment pourrais-je jamais vous remercier ? demanda-t-elle alors.

— En acceptant de faire retraite dans mon humble demeure.

Rose esquissa un sourire abasourdi.

— Non content de m'épargner la ruine, vous persistez à m'offrir asile ?

— Vous devriez savoir que je ne suis pas homme à me dédire. Vous m'avez demandé conseil, je vous ai répondu. Faites-moi la faveur d'accepter mon hospitalité.

— Faveur ? C'est moi qui suis votre obligée… Désormais il n'y a rien que je puisse vous refuser…

L'expression d'Artus se fit soudain grave. Il posa un doigt sur la bouche de sa compagne, comme pour sceller ses lèvres.

— C'est une chose dangereuse à dire, *lady*, murmura-t-il d'une voix plus profonde encore que d'ordinaire. Ne prononcez pas ces mots à la légère, vous pourriez le regretter…

Rose se sentit tour à tour bouillante et glacée. Son pouls s'affola sans qu'elle pût rien y faire. De la pulpe du doigt, Artus glissa alors de ses lèvres à son menton, répandant sur sa peau un sillage de frisson. Coulant ensuite le long de son cou, il enveloppa sa nuque de la main et, d'une douce pression, l'attira à lui.

Il se tenait à présent si près que pour Rose le monde se résuma à deux océans d'émeraude, au ressac hypnotique.

— Me suivrez-vous ? susurra-t-il contre sa bouche.

Elle fut incapable de répondre. Chaque embryon de mot se désagrégea dans le fiévreux chaos d'émotions qu'il suscitait. Pour exprimer son accord, elle ne put que hocher la tête. Sur sa nuque, la main d'Artus se fit caressante… puis il s'esquiva avec grâce, l'abandonnant à sa confusion.

Se dirigeant vers la sortie, il traversa la salle en quelques enjambées et ouvrit la porte à la volée.

— Approchez, Lucie, dit-il en passant le buste par l'encadrement.

Une poignée de secondes plus tard, la domestique entra en se tordant les mains, avec l'air coupable d'un chat pris en train de chiper du poisson.

La petite avait semblait-il écouté aux portes, pourtant ce fut à peine si Rose s'en préoccupa. Rassembler ses esprits lui demandait trop d'effort pour qu'elle s'intéressât aux écarts de conduite de Lucie.

— Oui, mon seigneur ? chevrota celle-ci, prête à recevoir la foudre sur la tête.

— Lady Rose ne reste pas. Ne défaites pas ses malles, j'enverrai quelqu'un les prendre demain. Pour l'instant, allez lui préparer une tenue convenable pour monter à cheval.

— Quoi, maintenant ?

Décontenancée, la servante chercha l'approbation de sa maîtresse, qui la lui donna d'un signe de tête.

— Comme mon seigneur voudra, fit-elle en s'en retournant.

— Un moment, Lucie.

S'étant levée, Rose approcha du comte :

— Ajoutez mon coffret à l'une de mes malles, signifia-t-elle. Celles-ci ou celles qui arriveront demain.

— Oui mademoiselle.

La domestique patienta un instant, mais il sembla flagrant que sa présence n'était plus nécessaire. Quand elle se fut finalement retirée, Rose pivota vers le comte. S'efforçant de paraître sereine, elle demanda :

— Partons-nous ce soir ?

— Oui. Je sais qu'il ne convient pas à une dame bien née de voyager en croupe, ainsi qu'une bourgeoise, aussi je ne vous infligerai pas cette déconvenue. Je songeais à m'installer moi-même en croupe afin que vous puissiez occuper la selle. De cette façon, je pourrai m'assurer que vous ne tomberez point… si toutefois vous me faisiez l'honneur d'accepter cette excentricité, bien entendu.

— Pourquoi demander lorsque vous connaissez déjà la réponse ?

Artus lui sourit, révélant les deux fossettes de ses joues. Elle lui répondit avec bonheur, puis quitta la salle commune.

Faisant un rapide crochet par le cabinet pour rassembler l'or qu'elle y avait laissé, elle se dirigea ensuite vers sa chambre. Elle avait la sensation de marcher sur un nuage. Presque tout ce qui obscurcissait son horizon venait d'être balayé, une fois encore grâce à l'intervention salvatrice d'Artus. D'ailleurs, les motivations de ce dernier lui paraissaient beaucoup moins mystérieuses après ce qui avait failli avoir lieu tout à l'heure. Mais si agréable que ce fût, Rose songea qu'en se laissant approcher de la sorte elle avait manqué de discernement. Il était un peu tôt pour s'abandonner à ce genre d'égarement. Les dettes n'étaient pas épongées. Elle était encore vulnérable. Bien qu'elle ne pensât pas qu'Artus pût la trahir, il vaudrait mieux, à l'avenir, qu'elle se montre plus prudente. Atteignant sa chambre, la jeune lady trouva sa servante qui attendait, une tenue de voyage dans les bras. Avec son concours, elle se changea en un temps record. Lorsqu'elle fut prête, la jeune fille lui tendit alors son masque, l'air soucieux.

— Qu'y a-t-il, Lucie ? s'inquiéta sa maîtresse. Vous semblez préoccupée tout d'un coup.

— Vous pensez pas sérieusement à sortir par les rues à c't'heure, mademoiselle ? Pas vrai ?

Rose, à qui la dangerosité d'un tel parcours, de nuit et sans escorte, n'avait même pas effleuré l'esprit, se fendit d'un sourire confiant.

— Le comte à mon côté, il n'y a rien que je puisse redouter, assura-t-elle.

Lucie ne parut pas convaincue. En fait, à en juger par le regard suspicieux qu'elle jeta à sa maîtresse, elle songeait même sûrement que cette dernière déraisonnait. Peu encline à étayer son étrange affirmation, Rose s'empressa de détourner la conversation :

— Maintenant que vous avez vu M. le comte, diriez-vous qu'il est à la hauteur de sa réputation ?

— Oh ! Mademoiselle ! s'offusqua Lucie, rougissante.

— N'est-il pas délicieux ?

— … Vous voulez vraiment mon avis ?

— Mais oui.

— Ben… je crois pas que j'reverrai une figure comme celle-là, déclara la jeune fille d'une petite voix exaltée. Il a des cheveux qu'on dirait de la soie ! Et des yeux qu'on dirait des joyaux ! Pour sûr, mademoiselle va faire des envieuses…

— Possible, concéda Rose du bout des lèvres, affectant une désinvolture qui ne dupa guère sa servante.

— Vous ne nous oublierez pas trop vite, dites ?

— Voyons, Lucie, je vais revenir !

— Ça, mademoiselle, j'en doute…

Chapitre 7

Le trajet se déroula tel un rêve.

Juchée sur le puissant coursier que ce poids supplémentaire ne semblait nullement entraver, Rose fit la route assise en amazone sur la selle, Artus en parade derrière elle.

Le chemin qu'ils suivirent était désert. Seul le murmure du vent les accompagna le long du voyage jusqu'à la demeure du comte, sise à l'orée du bourg de Darnétal.

Rose fut assez surprise en découvrant cette modeste bâtisse. Il n'y avait en effet que deux étages, et pas de dépendance, hormis la petite écurie dans la cour extérieure. Or, après avoir entendu les divers récits vantant la fortune du comte, elle s'était attendue à quelque château. Ce qui était idiot, puisqu'elle savait parfaitement que le manoir Carville était la propriété la plus vaste des alentours… Mais tout de même, elle fut un peu déçue…

Mettant pied à terre le premier, le comte aida son invitée à descendre de cheval. Guidée par lui, la jeune femme passa la porte d'entrée, puis pénétra dans un vestibule qui ne lui fit pas meilleure impression que le reste. À première vue, il n'y avait guère plus de richesses ici qu'il n'y en avait chez elle.

— C'est une maison acquise dans l'empressement, précisa Artus, fort à propos. J'y ai fait mettre le minimum. Mon manoir est de beaucoup supérieur à cette maisonnette.

Un valet parut à leur gauche par une porte entrebâillée, sortant de ce qui semblait être la salle commune. Il portait une livrée rouge sang, enrichie de broderies dorées. Rose étudia les petits boutons bleus, se demandant s'il s'agissait de verre, lorsque lui revint soudain l'anecdote rapportée par Lucie, deux semaines auparavant.

— C'était l'un de vos gens ! s'écria-t-elle.

— Vous dites ?

— Le jour où vous êtes arrivés à Rouen, vous avez envoyé vos gens jusque chez nous. Vous n'êtes pas venu en personne, comme vous l'avez prétendu !

— Quelle importance qui frappa à votre porte, tant que je fus dans la rue ? rétorqua Artus en tendant au valet sa cape, son couvre-chef et son fleuret.

La moue perplexe, la jeune femme confia à son tour ses effets au laquais.

— Pourquoi vous inquiéter de cela, *lady* ?

— Un instant j'ai craint que vous ne vous soyez pas déplacé du tout…

Artus se fendit d'un demi-sourire.

— Eh bien vous voilà tranquillisée, fit-il en la précédant dans la salle commune.

La pièce, haute de plafond et puissamment illuminée, était de fort belle taille. La première chose que vit Rose fut une large tapisserie représentant une scène de chasse, accrochée en face des fenêtres. Lesquelles fenêtres étaient toutes ceintes d'épaisses tentures de velours vert sapin. Plusieurs bancs et fauteuils de bois sombre garnissaient le pourtour de la salle. Dans un angle reposait un bahut massif, jouxtant une horloge de belle facture et un imposant dressoir. Contre le mur du fond s'élevait une cheminée colossale, dans laquelle l'on aurait pu sans peine faire rôtir un mouton entier. Enfin, une longue table, flanquée de ses huit chaises, occupait le centre de la pièce.

— Bienvenue dans mon humble résidence, lady Rose, lança Artus en faisant signe au domestique, qui trottina alors jusqu'au dressoir lourdement chargé. J'espère que vous vous accommoderez de la simplicité du lieu ?

— Je m'accommodais de ma propre demeure, il n'y a donc rien que je puisse reprocher à la vôtre, répondit Rose en songeant que taxer cette maison de modeste avait été un peu hâtif.

S'écartant du dressoir, le valet revint vers eux avec dans chaque main une coupe d'or sertie de grenat, et ciselée de délicates arabesques.

— Grand Dieu ! s'exclama Rose, éberluée. Ce ne sont plus des coupes, mais de véritables calices !

— Comment savez-vous cela ?

La jeune femme tourna vers Artus une mine effarée, puis se dérida en voyant un fin sourire poindre à ses lèvres.

— Vous me taquinez, fit-elle avec un certain soulagement.

— Je n'oserais pas…

Une lueur malicieuse au fond des yeux, le comte se saisit alors de l'une des fabuleuses coupes :

— Je bois à votre venue, *lady*. Puissiez-vous y trouver autant de joie que cela m'en apporte.

Joignant le geste à la parole, il prit une gorgée. Rose l'imita, timide. Elle n'avait jamais tenu objet plus précieux – sauf peut-être son extravagant sautoir de perles. Qu'un tel trésor fût utilisé pour y verser un breuvage commun, aussi succulent soit-il, dénotait un faste qui la mettait mal à l'aise.

Sirotant toutefois son vin, elle posa le regard sur l'un des nombreux candélabres d'argent qui parsemaient la pièce. Plus encore que le contenant, ce qui l'impressionna fut le contenu. Il n'y avait là nulle chandelle de suif, à l'odeur infecte, mais de vraies bougies de cire. De sa vie elle n'en avait vu autant !

— Peut-être trouvez-vous qu'il y en a trop ? fit Artus avec nonchalance, devinant ce que son invitée examinait. C'est que j'aime la lumière. À mon goût, il n'y en a jamais assez.

— Cela est fort bien, murmura Rose en replongeant le nez dans son calice doré.

Vidant le sien, Artus le tendit négligemment au valet qui s'empressa de l'en soulager, puis s'approcha d'elle :

— Permettez que je vous conduise à votre chambre, *lady*.

Un brin désarçonnée qu'il se chargeât de cela en personne, Rose ne s'en laissa pas moins mener, abandonnant la coupe aux bons soins du discret et silencieux serviteur.

Candélabre en main, Artus la conduisit à l'étage.

— Vos serviteurs sont-ils déjà couchés ? s'enquit la jeune femme, étonnée de ne croiser aucun autre domestique.

— En effet, *lady*... La nuit venue, je n'ai guère besoin d'aide.

Elle crut discerner un sourire dans sa voix, mais, puisqu'il lui tournait le dos, elle ne put s'en assurer.

Presque parvenus au terme du corridor qu'ils parcouraient, ils virèrent à gauche, passèrent sous une petite arche, et se retrouvèrent dans une antichambre cossue. Artus avança jusqu'à une porte entrouverte, puis la lui désigna d'un geste.

— Votre antre, dit-il.

Intimidée, Rose vint cependant pousser l'huis du plat de la main.

Par l'embrasure, elle découvrit une lourde table d'ébène, appuyée contre le mur faisant face à la porte. Sur le plateau de cette table, une rangée de flacons s'alignait dans une farandole de couleurs et de formes ; et au milieu de ces flacons trônait un miroir deux fois plus gros que celui ornant la chambre de sa maison rouennaise. À droite de l'entrée, un vaste lit aux colonnes torsadées et au ciel de satin incarnat reposait devant une modeste cheminée. Posé sur cette couche, il y avait un délicat peignoir en soie bleu, accompagné d'une longue chemise de nuit. Enfin, de l'autre côté du lit, un coffre de chêne dormait au pied du mur, telle la silhouette massive de quelque cerbère.

— Cela vous convient-il ? s'enquit Artus en entrant dans la pièce.

— C'est somptueux…

— Non, sans doute pas, mais je manquais de temps… J'ai toutefois pris la liberté de garnir le coffre de quelques tenues, poursuivit-il en allant enflammer les bougies des candélabres posés sur la table et sur le linteau de la cheminée.

— Vous saviez que je viendrais ?

— Non… mais je l'espérais, répondit Artus en jetant par-dessus son épaule un sourire enjôleur. Vous n'êtes pas fâchée ?

— Pourquoi le serais-je ? Vous me recevez avec des égards que je ne mérite point.

— Cela, c'est à moi d'en juger, fit-il en revenant se poster près de son invitée, sa tâche accomplie. Mes serviteurs sont à votre disposition si vous désirez quoi que ce soit. Je vous souhaite la bonne nuit.

— Comment, monsieur ? Vous vous retirez déjà ?

— Votre journée fut longue et éprouvante, *lady*. Il serait bon que vous vous reposiez. Nous aurons tout le temps de savourer notre mutuelle compagnie dans les jours à venir.

Rose voulut protester, mais la tranquille fermeté du regard d'Artus l'en dissuada. S'il était une chose qu'elle avait apprise, c'était qu'il était vain d'argumenter lorsque le comte avait arrêté une décision. Elle se contenta donc d'un petit sourire résigné.

— Faites de beaux rêves, *lady*.

S'inclinant galamment, il quitta la chambre en deux souples foulées.

La porte se referma dans un soupir. La moue ennuyée, Rose pivota vers le lit. Elle ne se sentait pas si fatiguée ; elle pensait même qu'elle aurait peine à trouver le sommeil. Néanmoins, elle revêtit les atours préparés à son intention, puis se glissa entre les draps frais…

Lorsqu'elle s'éveilla le lendemain, elle se sentit en bien meilleure forme qu'elle n'avait été depuis des semaines. Un sourire aux lèvres, elle s'étira longuement, passa la tête entre les courtines, et découvrit avec stupeur que le soleil était déjà haut.

Son sommeil avait visiblement duré bien plus que nécessaire.

S'extirpant du lit à la hâte, elle se dirigea vers la table de toilette, où l'attendait une cruche d'eau fraîche, une grande bassine d'argent, ainsi qu'un délicat peigne d'ivoire. Rose usa du tout pour se rafraîchir et se coiffer, puis, une fois cela fait, lança un regard maussade à sa robe de la veille. Elle songea alors au coffre de chêne, ainsi qu'à son possible contenu. Serait-il ou non exagéré d'y prendre une tenue ?

Elle ergota quelques instants, puis finit par céder à la tentation. La première toilette qu'elle découvrit fut une robe de soie cramoisie, ornée d'une pluie de perles et de dentelles. Elle était si belle qu'il lui sembla impossible de ne pas l'essayer ; et lorsque ce fut chose faite, elle aima tant le reflet que lui renvoya le miroir que s'évanouit toute velléité de l'enlever.

Ainsi vêtue, elle s'en fut ensuite voleter autour des ravissants flacons de verre. L'un après l'autre elle en huma les parfums, tantôt capiteux, tantôt légers, puis en élut un, dont elle s'aspergea de plusieurs gouttes.

Voilà. Elle était prête à descendre à la rencontre de son hôte.

Quittant la pièce, Rose traversa l'antichambre et sortit dans le couloir. Il lui fut aisé de retrouver l'escalier, car il suffisait de marcher droit devant. En revanche, une fois au rez-de-chaussée, sa mémoire lui fit défaut. Dans quel sens était-ce pour gagner le vestibule ? Elle opta pour la droite. Son choix fut le bon. Après avoir franchi une dernière petite pièce, elle surgit bientôt dans l'entrée.

La porte de la salle commune était grande ouverte. À l'intérieur, un laquais était occupé à poser sur la table un volumineux coffre métallique, qui paraissait très pesant. Avançant vers ce valet, la jeune lady Greer s'apprêta à demander après le maître des lieux.

Ce fut alors qu'elle l'aperçut.

Il se tenait dans un recoin ombragé, à l'autre bout de la salle, au pied d'une fenêtre occultée par les épaisses tentures. Aux trois quarts tourné, il étudiait l'un des tableaux suspendus aux murs.

— Bien le bonjour, mon seigneur, lança Rose avec chaleur. Avez-vous passé une agréable nuit ?

— Excellente, merci. Comment fut la vôtre, comtesse ?

Comme elle découvrait l'homme qui lui faisait maintenant face, la réponse mourut dans sa gorge.

— Mes excuses, fit celui-ci. Je suppose que vous attendiez M. le comte ?

— Qui êtes-vous ? bredouilla enfin Rose.

L'homme s'inclina gracieusement. Ses yeux rieurs, d'un superbe bleu outremer, pétillaient de vivacité.

— Adelphe, pour vous servir, comtesse.

— Où est M. de Janlys ?

— Malheureusement, le comte sera retenu la journée pour ses affaires. Il m'a chargé de vous présenter ses excuses et de m'assurer que vous ne manquiez de rien.

— Je vois, marmonna Rose.

Toute son allégresse s'était envolée. Elle qui s'était figuré passer la journée avec Artus, la voilà bien attrapée...

— Moi aussi je vois, fit l'homme avec légèreté, un sourire mutin calé aux coins des lèvres. Je vois que vous êtes fort désappointée.

— Veuillez m'excuser, monsieur. J'ignorais que le comte ne serait pas ici, expliqua Rose avec tout le tact qu'elle put rassembler. Il est vrai que cela me déçoit quelque peu... d'autant que je vous ai pris pour lui, acheva-t-elle après un court silence.

Il n'était pas surprenant qu'elle se fût trompée, leurs tailles et leurs carrures étaient presque identiques. Ils avaient aussi la même couleur de cheveux – bien que ceux d'Artus fussent d'aspect plus soyeux –, et les portaient tous deux à hauteur de menton.

— C'est que, voyez-vous, j'ai la chance de ressembler à mon frère, expliqua Adelphe avec bonne humeur. Quoique je ne saurais me targuer d'autant de charme que lui.

— Votre frère ? répéta Rose, abasourdie. J'ignorais que le comte avait un frère... J'espère que vous n'en prendrez pas ombrage ? s'empressa-t-elle d'ajouter, consciente de ce que sa remarque avait de désobligeant.

— Du tout, du tout ! Le comte et moi-même passons beaucoup de temps à administrer les terres. Mon frère étant aussi peu mondain que je le suis, nombreux sont ceux qui ignorent mon existence. De ce fait la méprise est fréquente, mais j'y suis accoutumé.

Le choc de la déconvenue absorbé, Rose osa s'approcher davantage du sémillant gentilhomme. Sans être jumeaux, les frères d'Holival se ressemblaient en effet beaucoup. Mais à cette distance, il était impossible de se méprendre pour qui les connaissait. D'ailleurs, ce frère-ci n'accusait pas plus de vingt-cinq printemps, soit une poignée de moins qu'Artus.

— Vous êtes le cadet du comte, n'est-ce pas ? s'enquit-elle.

Le jeune homme se fendit d'un charmant sourire. Il n'avait décidément que peu à envier à son aîné ; si ce dernier avait l'éclat d'un dieu, Adelphe avait celui du premier de ses séraphins…

— En effet, comtesse, Artus me précède de quelques années.

S'éloignant nonchalamment, il contourna la grande table et approcha du coffre qui y était posé. Il en fit jouer le couvercle d'un geste vif, révélant une nuée d'écus d'or.

— Artus vous fait savoir que les sommes qui seront réclamées aujourd'hui doivent être prélevées sur sa cassette personnelle.

— Votre frère est pour moi d'une telle… générosité…, murmura Rose sur un ton d'excuse. Je ne m'en explique pas la raison, cependant je lui en suis infiniment reconnaissante.

— Soyez assurée qu'aucun des actes du comte ne fut jamais imputable au hasard, comtesse. S'il se montre généreux, c'est que vous aurez en quelque façon mérité ses largesses…

Rose inclina respectueusement la tête, toutefois la nature du compliment lui laissa une impression étrange.

— L'heure du dîner est passée, reprit Adelphe, mais peut-être souhaiteriez-vous vous sustenter avant que débute le ballet des quémandeurs ?

— Je ne me sens pas affamée.

— Soit ! Alors permettez que je fasse chauffer pour vous un baquet d'eau, dit-il en envoyant d'un geste le valet exécuter l'ordre fraîchement évoqué.

— Monsieur, je vous assure que…

— Point de refus, coupa-t-il. N'ayez aucune crainte de la rumeur tant que vous serez là. Rien de ce qui se passe ici ne sort de ces murs. Du reste, mon frère et moi apprécions ce délassement autant que vous-même, comtesse.

— En ce cas, je ne peux que m'incliner.

— Précisément, acquiesça Adelphe en souriant d'une oreille à l'autre.

Rose éprouva pour le jeune M. d'Holival un vif élan de sympathie. Cette façon qu'il avait de sourire de tout, sans que cela parût jamais déplacé ou injurieux, rendait sa jovialité communicative. Ce pour quoi elle lui adressa un aimable sourire, auquel bien entendu il s'empressa de répondre. Il n'y avait nulle fossette sur les joues ou le menton d'Adelphe, mais, à l'instar de son aîné, son sourire était enchanteur…

— Votre chevelure est d'une teinte admirable, comtesse. Mon frère n'avait point exagéré votre beauté. Elle ferait flétrir de jalousie la plus belle des fleurs dont vous portez l'adorable nom. En vérité, il est normal de se montrer prodigue envers une aussi radieuse dame…

Rose sourit derechef, et songea que les frères d'Holival partageaient aussi l'art de trousser les compliments.

— Oh, j'oubliais, vous serez peut-être satisfaite d'apprendre que nous avons envoyé quérir vos malles. Elles seront ici avant le soir.

— Grand merci, monsieur.

— Que nenni, cela est bien naturel. Nous ne voudrions pas que l'hospitalité de la maison de Janlys soit dénigrée. D'autant plus qu'il est fort rare que nous ayons des invités.

S'écartant de la table, le jeune homme se mit à déambuler dans la pièce, jusqu'à se trouver de nouveau dans la partie ombrageuse. Rose le suivit des yeux un petit instant, mais s'en désintéressa rapidement. Son regard tomba alors sur le portrait qu'Adelphe contemplait lorsqu'elle était entrée. L'on y voyait le buste d'un chevalier d'aspect rébarbatif, revêtu d'une armure sombre. Son regard, dur, était d'un bleu profond. Les cheveux noirs et la barbe abondante, il tenait calé sous son bras un heaume empanaché de rouge et d'or. Excentré sur le bord gauche du tableau, ce personnage laissait apercevoir derrière lui les murs clairs d'une vaste cité, encaissée entre deux collines brunes.

—Qui est-ce ? demanda Rose.

Adelphe suivit l'inclinaison de son regard. Sa mine s'étiola un tantinet.

—Un aïeul, dit-il.

—Quelle est cette ville que l'on entrevoit ?

—Jérusalem.

—Fut-il un croisé ? s'enquit la jeune lady, intriguée.

Adelphe hocha gravement la tête.

—Oui. Ainsi que son père avant lui, et son fils après lui…

—Son nom est-il parvenu jusqu'à nous ?

—Certes. Il s'appelait Guillaume d'Holival, comte de Janlys.

—Vraiment ?

—Oui. Il fut le premier de notre lignée… Il mourut dans le château de famille tandis que son héritier, l'aîné de ses trois fils, marchait sur Gaza avec le comte de Bar.

—Quand était-ce ?

—En l'an de grâce 1239, répondit le jeune homme après un effort de mémoire.

—Qu'advint-il du fils aîné ? Revint-il ?

— … Pas vraiment.

Rose tourna vers son hôte un visage interloqué, mais ce dernier ne sembla pas enclin à clarifier sa réponse.

— Ainsi les rumeurs disaient vrai, fit-elle en reportant son attention sur le tableau. Votre famille prend racine dans la vieille chevalerie.

— Oui. L'on a trop tendance à oublier le prestige attaché à notre nom, se rengorgea le jeune homme, singeant avec brio l'excessive suffisance d'un grand seigneur. Je suis fort aise que vous vous en souveniez, madame.

— Monsieur, vous auriez tort de vous gausser, s'amusa Rose. Vous n'ignorez pas que la question du lignage est prépondérante.

— Soyez sûre que j'en ai pleine conscience…

— Une telle ascendance doit vous valoir bien des jaloux.

— Eh bien, si tel est le cas, il n'y en eut pas d'assez fou pour le laisser voir.

— Il est vrai que l'on dit le comté de Janlys prodigieusement armé…

— Si je vous confiais que ce que l'on murmure est en deçà de ce qui est, me croiriez-vous, comtesse ? chuchota Adelphe, facétieux.

— Vraiment ? Mon père sera enthousiasmé lorsque je…

Rose s'interrompit. La bulle d'insouciance qui l'enveloppait depuis son réveil creva brutalement, laissant place à une horreur stupéfiée. Elle réalisa que, près d'une heure durant, elle avait oublié que son père n'était plus. Le malaise qu'elle en conçut l'ébranla jusqu'aux fondements de son être… Une main amicale se posa alors sur son bras, la tirant de son hébétude.

— Ce drame est encore si frais, madame… Ne vous fustigez pas pour une faiblesse bien compréhensible.

Elle tourna vers le jeune homme un visage défait :

— Comment ai-je pu ?

— La lassitude de l'âme entraîne parfois d'étranges réactions. Celle-ci compte parmi les moins curieuses, croyez-moi…

Rose sentit venir les larmes. S'évertuant à les ravaler, elle détourna la tête.

— Votre bain sera bientôt prêt, déclara Adelphe en s'éloignant pudiquement. Le moment paraît adéquat pour vous y rendre.

Il frappa dans ses mains. Un laquais parut bientôt dans l'embrasure de la porte.

— Menez madame au baquet, ordonna le jeune homme. Et hâtez-en le remplissage s'il n'est achevé.

Le serviteur exécuta une brève courbette, puis attendit que la dame en question veuille bien le suivre. Rose essaya de remercier son hôte, mais aucune formule ne lui vint. Elle se contenta donc d'un lambeau de sourire, avant de prendre congé.

Le laquais la mena à l'endroit convenu, sis au premier étage de la demeure. Le baquet à demi plein trônait dans une pièce étroite, noyée de vapeur. Sur l'eau flottait un assortiment de pétales aux vives couleurs, dont les senteurs subtiles embaumaient l'air. Plongeant dans ce bain avec reconnaissance, Rose y resta jusqu'à ce qu'il eût tiédi, et que son désarroi eût suffisamment reculé…

Quand elle redescendit dans la grande salle, presque deux heures plus tard, elle vit que l'on avait dressé devant la cheminée un dais écarlate, en dessous duquel reposait un luxueux fauteuil.

— Je resterai avec vous le temps que durera le remboursement de ces messieurs, expliqua Adelphe en la rejoignant dans la pièce. Non que nous doutions de vous, comtesse. Ce sont des autres que nous nous défions. Nous ne voudrions pas qu'ils vous soutirent plus qu'il ne leur est dû.

Loin de prendre ombrage de cette précaution, Rose en fut soulagée. N'ayant jamais eu à faire ce genre de chose, elle appréhendait de rencontrer les créanciers. Savoir que le jeune M. d'Holival lui tiendrait compagnie la rassura.

— Je vous sais gré de votre sollicitude, monsieur.

Adelphe sourit, puis tourna la tête vers les fenêtres :

— Ils ne devraient plus tarder maintenant...

En effet, le premier des créanciers se présenta dans la demi-heure. Il fut solennellement conduit jusqu'à la grande salle où Rose et Adelphe attendaient, l'une assise près de la table, et l'autre sous le dais.

— Mes hommages, madame, fit le nouvel arrivant sur un ton sirupeux, en s'inclinant bien bas.

Au premier coup, d'œil Rose reconnut le bourgeois qui les avait abordées des semaines auparavant, sa famille et elle, au sortir de la grand-messe. Or aujourd'hui elle n'était pas encline à la bienveillance, elle voulait juste s'acquitter de cette corvée au plus vite :

— Combien demandez-vous ?

— Eh bien, madame, il se trouve que monsieur votre père m'acheta pour deux cent dix livres de draps dans l'ann...

— Prouvez-le, intervint abruptement Adelphe depuis son ténébreux observatoire.

Le drapier tressaillit. Portant le regard dans la direction d'où la voix était venue, il se décomposa. Ses bajoues rougeaudes tremblotèrent d'émoi comme il se prosternait en bafouillant :

— Mon-monsieur le... le comte, pardonnez-moi, je... mes resp...

— J'ai dit « prouvez-le », répéta Adelphe sur un ton cassant qui ne lui seyait guère.

— Oui, monsieur, oui, tout de suite.

Le goitreux drapier fouilla dans sa besace et en extirpa un petit bout de parchemin froissé, qu'il tendit à Rose avec componction. Elle le déplia. C'était une reconnaissance de dette, pour un montant de deux cent dix livres.

— Est-ce de la main de lord Edmund ? s'enquit Adelphe.

Rose opina. Posant le papier sur la table, elle ouvrit le coffret qui reposait devant elle.

Le bourgeois lorgna la montagne d'or, tandis que la flamboyante jeune femme empilait sur le bord de la table les soixante-dix écus requis.

— Prenez votre dû et déguerpissez, dit-elle enfin.

Le marchand s'empressa de fourrer les pièces dans sa besace béante, puis sortit sur un dernier bredouillement. À peine eut-il quitté la salle qu'un autre créancier s'annonça. Il s'agissait cette fois du perruquier. Reçu dans les mêmes dispositions que le drapier, il fournit à son tour la reconnaissance de dette, prit son or, et décampa. Vint ensuite le tailleur, qui empocha quelque cent écus. Puis l'ébéniste, et le forgeron... Le défilé dura ainsi deux heures, les visiteurs se succédant presque sans discontinuer.

Quand enfin le dernier eut quitté la demeure, la table était jonchée de dizaines de papiers chiffonnés. Laissant son siège pour venir les moissonner, Adelphe s'en fut les jeter dans l'âtre de la cheminée, puis y mit le feu.

— Sans vous, monsieur, je n'aurais point songé à réclamer ces billets, avoua Rose en approchant.

Le jeune homme pivota vers elle, un sourire flottant de nouveau sur son beau visage.

— Alors j'ai dûment rempli mon office, madame.

Ils écoutèrent un moment les feuillets crépiter dans les flammes, puis Rose reprit :

— Ils ont tous cru voir en vous votre frère.

— C'est exact.

— Cela ne va-t-il pas le fâcher ?

— Que je ne les ai point détrompés ? Non. C'est l'inverse qui l'aurait ennuyé, assura Adelphe en retournant vers la table où le coffre, désormais à moitié vide, trônait toujours.

— Vraiment ?

— Ne vous inquiétez pas de cela, comtesse.

Après le cadeau qu'on venait de lui faire, s'immiscer dans les affaires du comte aurait été en effet du dernier mauvais goût. La jeune femme ne s'appesantit donc pas sur la question, bien que ce fantasque arrangement la laissât perplexe.

Tandis qu'Adelphe refermait le coffre, puis signifiait au valet docilement planté dans un coin de la pièce de l'emporter, Rose aligna quelques pas au hasard, se sentant soudain égarée dans cette demeure étrangère.

Qu'allait-elle pouvoir faire en attendant le retour d'Artus ?

S'imaginant traîner sa peine de pièce en pièce, elle soupira pesamment… Le désœuvrement était son pire ennemi. Que son esprit vienne à flâner, et il s'embarquait incontinent pour de mornes rivages. Difficile de lutter sans la précieuse aide de Charlotte, ou du comte. Comme elle se faisait cette réflexion, l'un des laquais entra dans la pièce, et s'en fut murmurer quelque chose à l'oreille de son maître.

— Vos malles sont arrivées, annonça Adelphe. Avec un petit supplément…

Rose fronça les sourcils. Elle n'avait laissé aucune consigne particulière. Qu'était-ce encore que cela ?

— Quel supplément ?

— Je vous laisse en juger.

Redoutant ce qu'elle allait trouver, Rose se dirigea pourtant à grands pas vers l'entrée. Sitôt passé la porte, elle vit au milieu des malles…

— Jacques ?

— Bonjour, mademoiselle, salua-t-il en prenant un meilleur appui sur la branche noueuse qui lui servait de canne.

— Que faites-vous ici ?

— Il n'y a pas eu moyen de le faire descendre de la charrette, s'excusa celui qui devait être le cocher.

— Mademoiselle, votre père n'aurait pas voulu que vous partiez ainsi toute seule. Il aurait exigé que l'on veille sur vous, et il aurait eu raison ! déclara Jacques avec conviction. C'est pour cela que je suis venu. Même si l'on a essayé de m'en empêcher, ajouta-t-il en coulant un regard oblique vers le valet se tenant à son côté.

Cette tirade était peut-être la plus longue que Rose l'ait jamais entendu prononcer. Songeuse, elle le contempla un instant avant de répondre :

— Vous n'avez nulle dette envers moi, Jacques. Si vous pensiez en avoir une, vous l'avez payée mille fois lors de cette épouvantable soirée… Ne vous croyez pas obligé de me suivre.

— Si mademoiselle ne veut pas de moi ici, je m'en irai. Mais ce n'est pas ce que monsieur aurait voulu… Pis c'est vous la maîtresse maintenant, alors ma place est avec vous.

— Lady Mary sait-elle que vous êtes ici ?

— Oui mademoiselle, je ne serais pas parti sans l'en informer.

— Comment a-t-elle pris la chose ?

Jacques haussa une épaule.

— Bah, mademoiselle sait bien que madame est d'un tempérament délicat… Mais la bourse que mademoiselle a eu la bonté de laisser avant de partir semble avoir fait impression. Madame n'opposa pas de refus quant à mon départ.

Rose hésita à poser la question qui lui brûlait les lèvres. Joignant les mains pour en cacher le tremblement, elle les laissa reposer sur le devant de sa robe.

— A-t-elle pris connaissance du billet que je lui fis porter avec cette bourse ?

— Oui mademoiselle.

— … Qu'a-t-elle dit ?

— Eh bien, madame a dit que…

S'interrompant, Jacques jeta un bref coup d'œil par-dessus l'épaule de sa maîtresse.

— … qu'elle espérait que votre séjour vous serait agréable, acheva-t-il.

Rose eut un sourire amer. Son valet avait meilleur cœur que lady Mary. Plutôt que de lui causer chagrin devant son hôte en rapportant les propos de cette dernière, il avait préféré mentir.

— Nul doute que cet aimable vœu soit le vôtre, Jacques, fit Rose d'une voix éteinte. Soyez-en remercié.

L'empathie du serviteur pour sa maîtresse se lut dans son regard. Une moue embarrassée se peignit sur ses traits, cependant il s'abstint de tout commentaire.

— Que puis-je face à telle dévotion ? poursuivit la jeune lady en se forçant à sourire. Vous resterez donc, Jacques… Du moins, si les MM. d'Holival ne s'y opposent point, ajouta-t-elle en se tournant vers Adelphe.

Ce dernier, bras croisés, observait avec gravité le domestique aux tempes grisonnantes.

— La décision ne m'appartient pas, déclara-t-il. Mais en attendant le jugement du comte, vous resterez.

— Merci mon seigneur ! Vous n'aurez pas à le regretter, certifia Jacques de cette désagréable voix nasillarde qui lui rendait si peu justice.

— Ce voyage était néanmoins fort imprudent, fit Rose à son adresse. Comment vous portez-vous ?

— Bien, mademoiselle, bien. C'est un peu douloureux parfois, mais supportable.

— Ah oui ? Pourtant, c'est à peine si vous pouvez marcher…

— Je vous assure que je vais bien, mademoiselle.

— Et moi je suis certaine du contraire. Votre pudeur vous honore, Jacques, mais je n'aurais que faire d'un domestique estropié. Voici donc mon premier ordre à votre encontre : repos complet jusqu'à rémission.

— Mais mademoiselle je…

— C'est ce que mon père aurait voulu, renchérit-elle.

Jacques referma la bouche. Il esquissa un sourire vaincu avant de s'incliner, mais l'appui de sa canne étant précaire, il manqua de verser dans les malles. Le laquais à son côté le rattrapa de justesse, puis le remit d'aplomb, l'air irrité.

— Qu'on l'installe confortablement, ordonna le jeune M. d'Holival. Et qu'on lui trouve une canne présentable…

Aussitôt, le valet de la maison entraîna le nouveau venu vers le quartier des domestiques. Tandis qu'ils s'éloignaient clopin-clopant, Adelphe pivota vers sa noble compagne :

— Que lui est-il arrivé ?

— Un méchant coup de dague à la cuisse alors qu'il tentait de nous sauver, mon père et moi…

— Un homme courageux, observa-t-il.

— Loyal aussi.

— Deux qualités qu'il convient de chérir… Je ne pense pas qu'Artus s'opposera à ce qu'il reste. Il est bon de s'entourer de tels hommes… Puis cela vous fera une présence familière, comtesse. Il est parfois difficile d'être loin de chez soi, sans personne pour partager avec nous les trésors du souvenir…

Rose discerna dans sa voix une note mélancolique, mais lorsqu'elle se tourna vers lui un sourire chassait déjà de son visage le fugace soupçon de nostalgie.

— M'accompagneriez-vous faire quelques pas au-dehors, comtesse ? La journée fut si belle, il serait grand dommage qu'elle s'éteigne sans que nous eussions pu profiter des rayons du couchant. Après quoi nous souperons, si cela vous convient.

— N'attendrons-nous pas le comte ?

— J'ai bien peur que mon frère ne se montre pas avant la nuit.

— Oh…

— Il en va souvent ainsi. Les affaires prennent du temps, et la route est parfois longue… Mais n'ayez crainte, il ne s'offusquera pas que nous mangions sans lui.

Sur ces mots, Adelphe guida l'invitée jusque dans la cour où ils flânèrent paresseusement, tandis que le jeune homme devisait de tout et de rien. Sa faculté à monologuer semblait n'avoir aucune limite. Enrichissant continuellement ses propres réflexions, il sautait avec enthousiasme de digression en digression, alimentant à lui seul la richesse de la conversation. Rose lui savait gré de ce flot de paroles. Car il avait le double avantage de la distraire sans la contraindre à des mondanités qu'elle ne se sentait ni l'envie, ni la force d'accomplir…

Lorsqu'ils regagnèrent la maison, la table du repas était dressée. Ils y prirent place tandis que l'on allumait les bougies et tirait les tentures. Étonnamment, Rose se trouva de l'appétit. Elle goûta avec plaisir au potage de poisson et légumes ; à la corneille aux choux ; aux turbots ; aux soles ; aux escargots frits ; au brie frais et aux fruits, pendant qu'Adelphe discourait gaiement en picorant dans l'un ou l'autre plat :

— Dimanche, l'on a donné *Esaü et le chasseur* chez les jésuites du collège des Bons-Enfants. Cela fut assez réussi, paraît-il.

— Je reconnais bien là l'amateur de théâtre que vous êtes, mon frère…

Rose pivota d'un bloc vers la porte.

Dans l'encadrement se tenait Artus, tout rutilant dans son pourpoint en brocart d'argent. N'écoutant que sa joie, Rose quitta sitôt la table pour aller au-devant de lui.

— La journée vous fut-elle à ce point pénible, *lady* ? s'amusa celui-ci en prenant la main qu'elle lui tendait.

— Je commençais à croire que vous ne viendriez pas !

— Voyez, Artus, ma présence ne saurait même éclipser le souvenir de la vôtre, nota Adelphe.

— Pourtant je gage que vous aurez pris soin de notre invitée ?

— Cela va de soi.

— Oui certes, abonda Rose. Monsieur fut d'une aimable et joyeuse compagnie.

— Il en va toujours ainsi avec Adelphe. Je ne connais pas meilleure âme ici-bas…

Souriant, le jeune M. d'Holival leva sa coupe à l'adresse de son frère. Ce dernier lui rendit son sourire, puis reporta son attention sur la jeune femme qui le couvait du regard. Il déposa alors un chaste baiser sur le dos de la main qu'il tenait, ainsi que l'on faisait pour les grands de ce monde, et la relâcha doucement.

— Vos affaires se sont-elles passées comme vous le souhaitiez ? s'enquit Rose en le regardant s'éloigner pour se servir un verre de vin.

— Mes affaires ? Tout à fait, oui... Qu'en fut-il de votre journée, *lady* ?

— Par votre bonté j'ai pu aujourd'hui m'acquitter des dettes de mon père.

— La chose se déroula-t-elle bien ? questionna le comte en tournant les yeux vers son frère.

— On ne peut mieux, déclara celui-ci. Je me suis assuré que les créanciers fournissent preuve de la dette, ce qu'ils firent sans exception.

Artus hocha la tête, l'air satisfait.

— Les malles sont arrivées de Rouen, poursuivit son cadet, et avec elles l'un des fidèles serviteurs de la comtesse.

— Il s'agit de Jacques, précisa Rose. Celui qui me sauva de la mort et qui fut blessé.

— Je ne l'ai point oublié, *lady*.

— Il sollicite la faveur de rester auprès de sa maîtresse, expliqua Adelphe.

La fratrie s'entre-regarda en silence durant une poignée de secondes, puis Artus hocha de nouveau la tête.

— Bien entendu, fit-il.

Rose ne pensait pas que son domestique pût être renvoyé. Néanmoins, après toutes les grâces dont elle avait déjà bénéficié, elle fut soulagée qu'on lui accordât aussi celle-là. Elle retourna s'asseoir, un poids de moins sur les épaules.

Son verre à la main, Artus se mit à déambuler dans la pièce. Le silence retomba sur la petite assemblée. Après plusieurs minutes d'un calme prodigieux, Rose commença à se sentir de trop.

— Je vais me retirer, dit-elle soudain. Votre frère et vous avez sûrement à parler.

— Non point, se récria Adelphe. Maladroits que nous sommes si c'est ce que nous vous avons fait croire.

Se levant, il s'éloigna de suite vers la porte :

— D'ailleurs je suis las. C'est moi qui vais prendre congé, si vous permettez.

Il adressa un bref salut de la tête à son frère, debout près de la cheminée, puis s'inclina devant Rose.

— Merci pour cette journée en votre exquise compagnie, comtesse. Je vous souhaite la bonne nuit.

Sur un dernier sourire, il sortit et referma la porte derrière lui. Décontenancée par ce brusque départ, Rose baissa le nez sur son assiette, ne sachant s'il convenait de parler ou de se taire.

— Mon frère et moi nous connaissons si bien qu'il nous est inutile de discourir pour nous comprendre, expliqua Artus. Il règne ainsi souvent une quiétude qui, je l'admets, doit être déconcertante pour quiconque n'y est pas accoutumé.

— Cela fait-il longtemps que vous partagez avec lui votre demeure ? s'enquit Rose, accueillant avec gratitude ce sujet de conversation.

— Depuis toujours, me semble-t-il.

— Votre fratrie compte-t-elle d'autres membres ?

— Oui. Boniface, mon frère puîné, et Aliénor, notre sœur. Adelphe était le benjamin de la famille.

— Où se trouvent les deux autres ?

— Là où reposent nos aïeux.

— Oh…

— Ce n'est rien, *lady*. Ainsi vont les choses. Les hommes naissent et meurent, emportés par la maladie, ou la guerre.

— Ou la main d'un vaurien, ajouta Rose tristement.

— Pardonnez-moi, je ne voulais pas raviver vos blessures… Il m'arrive d'être d'une telle indélicatesse…

— Je vous en prie, ne vous excusez pas. Je ne suis pas seule à avoir perdu un être cher. Ainsi que vous le disiez, bien des familles furent déchirées par les guerres, et toutes n'eurent pas la chance de la mienne… Cela m'est juste très… douloureux.

Délaissant le voisinage de la cheminée, Artus vint s'asseoir à son côté, sur l'une des chaises vacantes. Rose tourna vers lui un regard sombre :

— Je n'arrive pas à m'habituer à l'idée que je ne le reverrai plus.

— Le temps est en cela votre meilleur allié, *lady*. Il pansera les plaies que la raison est impuissante à soulager.

— Alors je voudrais déjà être vieillie de maintes années, chuchota-t-elle.

— En attendant que cela soit, je ferai mon possible pour vous aider…

— Vous m'avez déjà grandement secouru.

— Je le ferai encore si le besoin s'en fait sentir, insista Artus à mi-voix.

Comme elle le contemplait, Rose songea à la conversation qu'elle avait eue avec Charlotte, la veille au matin, et jugea le moment opportun pour aborder ce sujet qui lui tenait à cœur :

— Je pourrais bien, en effet, avoir recours à vos conseils.

— Je vous écoute, *lady*.

— Pensez-vous que la mort de mon père puisse avoir été voulue ? lâcha-t-elle tout à trac.

— Que voulez-vous dire ?

Essayant de rassembler ses pensées, Rose se lança dans la narration échevelée de tout ce qu'elle avait vu, et entendu, durant les trois mois qui précédèrent la tragique disparition de lord Edmund. Artus, sourcils froncés, l'écouta avec une attention grandissante.

— Accepteriez-vous de me montrer ce livret brun ? demanda-t-il lorsqu'elle eut terminé.

D'emblée, Rose accepta. S'en allant à sa chambre quérir dans ses malles l'objet demandé, elle ramena aussi le livret cramoisi, les notes qu'elle avait prises, et la lettre de son père.

Artus s'empara d'abord de l'énigmatique carnet brun.

— Ainsi, vous pensez qu'il s'agit peut-être d'un second registre de dépenses ? dit-il en l'ouvrant.

— Oui. La nature des annotations semble similaire à celui-ci, précisa Rose en lui tendant le registre rouge.

Le comte le prit également, puis posa les deux carnets sur la table devant lui, comme la jeune femme l'avait fait la veille. Pendant une bonne minute, il en sonda les pages, appliqué et silencieux.

— Il n'y a aucun doute quant à ce livret-ci, dit-il enfin, tapotant d'un doigt le carnet écarlate. Or, pour celui-là... Vos serviteurs vous ont-ils parlé de visites autres que celles des commerçants ?

Rose secoua la tête.

— Peut-être cela viendra-t-il, reprit Artus. Mais j'en doute... Les morts paient rarement leurs dettes, et l'état de vos finances devait être connu du monde marchand. Si cela devait être des créances, vous l'auriez su aujourd'hui.

— Qu'entendez-vous par là ?

— Que ce carnet-ci n'est peut-être pas un registre de dépenses, mais un registre de recettes.

Rose haussa les sourcils. Cette hypothèse ne lui était pas venue à l'esprit. Si c'était exact, cela signifiait qu'aucune autre dette n'était à redouter. Ce qui était une excellente nouvelle. Toutefois, cette théorie jetait une grande confusion sur les réflexions qu'elle s'était tenues jusqu'ici.

— Si c'est bien de cela qu'il s'agit, pourquoi l'avoir consigné si obscurément ? demanda-t-elle.

— Intéressante question, *lady*. Je gage que lorsque vous y répondrez, le carnet perdra de fait son mystère…

La jeune lady plongea dans un abîme de perplexité.

Qu'est-ce que son père avait bien pu vendre ? Et surtout, pourquoi avoir voulu en opacifier la lecture ? L'amorce d'explication qui s'imposa à elle lui fut hautement déplaisante…

— Croyez-vous qu'il souhaitait que son commerce demeurât ignoré ?

— C'est ce à quoi je songeais, oui, fit doucement Artus, toujours absorbé dans l'examen des livrets.

— Cela me dépasse, admit Rose, consternée.

— Attendez…

Penché sur la dernière page du livret brun, le comte l'examinait avec un mélange d'amusement et d'intérêt. Il suivit du doigt les trois lignes finales, tout en les lisant à haute voix :

— « 98 5.3 Int. C.C-B cahiv 300 ; 98 5.15 Int. C.C-B cahiv 300 ; 98 5.24 C.C-B cahiv 300… » Vous me disiez croire que les premiers chiffres de chaque ligne étaient des dates, c'est bien cela ?

— Oui, confirma Rose, dans l'expectative.

— Vous avez raison… Savez-vous ce que peut signifier ceci ? poursuivit Artus en désignant les lettres « C.C-B ».

— Non.

— Je crois savoir, annonça-t-il en relevant la tête, le sourire satisfait. Il s'agit d'initiales.

— Des initiales ? répéta Rose, sourcils froncés. Qu'est-ce qui vous fait songer cela ?

— Oh, c'est simple. Il se trouve que je connais la personne à qui elles appartiennent.

— Qu'est-ce que… ?

— Vous l'avez côtoyé aussi, *lady*, bien que fort peu je vous l'accorde.

— Qui est-ce ? s'enquit-elle, pressante.

— Il s'agit de Charles de Cossé-Brissac, énonça lentement Artus en pointant du doigt les lettres correspondantes.

Rose ouvrit de grands yeux. Penchant la tête sur le carnet, elle lut à plusieurs reprises les annotations incriminées, ayant peine à croire ce qu'elle venait d'entendre.

— Vous disiez aussi n'être pas parvenu à relier la dernière date à un événement notable, reprit le comte.

— En effet, souffla Rose, encore tout à son incrédulité.

— J'ai là aussi une suggestion. En fait non, ce n'est pas une suggestion. C'est une certitude. Ce 24 mai, que les chiffres nous indiquent, est la date où se tint le bal du marquis de Jouars.

La jeune femme en resta proprement figée. Mais sa mémoire, loin d'être atteinte de la même paralysie, régurgita brusquement un détail de ce soir-là.

— Oui, fit-elle dans un murmure. Je me rappelle... Père et moi avions eu des mots. Je suis retournée dans la salle de bal et... Et je ne l'ai plus revu avant un long moment. Il a ensuite resurgi alors que nous étions ensemble, précisa-t-elle en se tournant vers Artus.

— Je me souviens, oui.

La jeune femme s'absorba dans une intense réflexion. L'on put lire dans le terrible sérieux de son visage l'importance qu'avait pour elle cette révélation.

— Je dois rencontrer le maréchal, conclut-elle à haute voix.

Le comte eut une moue pensive :

— Cela risque d'être difficile.

— Pas si vous êtes à mon côté, répliqua Rose. Je répugne à vous demander cela, Artus, vous qui en avez déjà tant fait. Toutefois, je veux savoir ce qui a mené mon père à la mort. Vous comprenez ? Il le faut, ou je ne connaîtrai jamais le repos. Or vous seul pouvez m'introduire auprès du maréchal. Vous vous connaissez bien et il ne tarit pas de louanges à votre égard. Il ne refusera pas un entretien si vous le sollicitez… je vous en prie…

Le comte l'étudia longuement, comme s'il évaluait le degré de sa détermination, puis la commissure de ses lèvres se souleva en un mince sourire.

— Vous m'avez demandé si je pensais possible que votre père fût victime d'une machination. Eh bien oui, *lady*, je le pense. Je le crois même probable.

Rose sentit l'espoir renaître. Sa quête ne serait peut-être pas vaine, après tout ?

— M'aiderez-vous ? dit-elle.

— Je…

Artus tourna brusquement la tête vers la porte menant au vestibule, abandonnant sa phrase à l'état d'ébauche. Le léger sourire encore visible sur ses lèvres la seconde précédente disparut pour faire place à la plus grande préoccupation. Ramassant promptement les papiers et les carnets étalés sur la table, il les tendit à Rose, puis se leva illico. Gagnant ensuite la porte, il l'ouvrit largement.

— Nous reparlerons de cela plus tard. Il va falloir vous retirer, *lady*.

Rose obtempéra sans discuter, moins inquiète par ce soudain revirement d'humeur que par la nature de celui-ci. Jamais elle n'avait vu le comte soucieux de quoi que ce fût. À dire vrai, elle n'aurait pas même songé que cela puisse arriver… Le voir s'animer ainsi l'effrayait, mais l'injonction était catégorique. Elle savait qu'il ne s'expliquerait pas.

— Je vous souhaite la bonne nuit, dit-il tandis qu'elle passait le seuil.

Lui adressant un sourire crispé, Rose s'en fut vers l'escalier, la gorge serrée. Comme, l'esprit bouillonnant d'angoisse, elle gravissait péniblement les marches à la clarté d'une lampe à huile, ses jambes lui semblèrent peser des tonnes. Fébrile, elle stoppa sur le palier du premier étage, et resta à se questionner. Elle tenta bien de se rassurer en se disant que rien ne pouvait arriver à un homme tel qu'Artus, mais cette pensée lénifiante ne trouva pas d'écho. Son appréhension allait crescendo. Tout en elle lui commandait de faire demi-tour.

Remontant la galerie aussi vite qu'elle put, Rose pénétra dans sa chambre et déposa les papiers qu'elle avait en main dans son précieux coffret. Après quoi elle rebroussa chemin, résolue à vérifier par elle-même que tout allait bien. Avant de reprendre l'escalier en sens inverse, elle dressa l'oreille.

Des voix étouffées lui parvinrent depuis le rez-de-chaussée. Le cœur battant, elle attendit qu'elles s'éloignent, puis, lorsque le calme fut revenu, descendit aussi silencieusement que possible. Posant la lampe sur la table où elle l'avait trouvée en montant, elle traversa à pas de loup l'antichambre qui la séparait encore du vestibule, et s'immobilisa près de celle des deux portes qui était entrouverte.

Elle risqua un œil par l'entrebâillement. La porte de la salle commune béait, créant une brèche de lumière fauve dans la pénombre de l'entrée. La voix d'Artus lui parvint alors :

— Que me vaut l'honneur, *min herre ?*

— Vous suintez le dépit, *jarl* Artus. Votre affabilité est impuissante à le masquer, répondit une voix rugueuse, à l'accent inconnu.

— Quelle pitié que ma courtoisie soit si mal jugée.

— C'est que je ne suis pas dupe de votre flagornerie.

— Hélas, le petit peuple ne saura jamais ce qu'est la distinction, rétorqua Artus, cinglant.

— Mesurez vos paroles, jeune insolent ! Je n'ai pas fait ce chemin pour être insulté !

— C'est pourtant vous l'instigateur de ce ton détestable.

— Je ne saurais…

— Je ne saurais, moi, supporter davantage de futilité, coupa Artus. Je ne suis pas plus intimidé par vous que vous ne l'êtes par moi, alors cessons cela et venons-en à ce qui motiva votre visite, voulez-vous ?

Il y eut un long silence que Rose perçut tendu même de là où elle se tenait. Il crépitait dans l'air comme les prémices d'un orage… Nerveuse, elle attendit que l'échange se poursuivît.

— Je m'étonne que vous ignoriez ce qui m'amène, *jarl* Artus.

— Alors pourquoi venir en personne si je pouvais l'apprendre autrement ?

— L'un des nôtres est tombé, expliqua le déplaisant personnage après une courte pause.

— Quand ?

— Il y a six nuits.

— J'écoute.

Si peu amical que fût l'entretien, le comte ne paraissait toutefois courir aucun danger. Rose envisagea de s'en retourner à sa chambre, mais la teneur de la conversation avait piqué sa curiosité. Malgré les scrupules que cette décision suscita, elle choisit de rester pour tenter d'apprendre de quoi il retournait.

— On a retrouvé ses restes à deux lieues au sud de la ville, expliqua l'inconnu. Avec à son côté la dépouille d'un serviteur. Leurs chevaux avaient été éventrés. Il semble qu'ils faisaient route vers Paris, avec Erik.

— Erik Janssen ?
— Oui.
— Qu'a-t-il vu ?
— J'aimerais le savoir.
— Comment cela ? *Herre* Janssen ne fut-il pas témoin ?
— Il le fut sans doute, mais il n'est pas resté pour nous le dire. Nul ne sait où il est allé…
— Il n'est pas retourné à son repaire ?
— Apparemment pas.
Un nouveau silence plana.
— Qui est celui qui est tombé ? questionna Artus.
— Un novice, sous la tutelle d'Erik.
— Et le serviteur ?
— Celui d'Erik.
— Dans quel état était-il ?
— Ainsi que les chevaux, et ainsi que les précédents serviteurs…
Un éclair de compréhension jaillit dans l'esprit de Rose. Ce que l'étranger relatait ressemblait fort au descriptif du massacre dont l'on avait fait gorge chaude, le soir du bal. Elle fouilla sa mémoire… Le baron de Carville avait fait allusion à cette affaire il n'y avait pas si longtemps. Il avait reçu une lettre du marquis de Jouars l'informant, entre autres, de nouveaux meurtres, ainsi que du vol d'une statuette dont le maréchal avait parlé pendant le bal.
— Que cela s'en prenne aux serviteurs, passe encore, mais pas à l'un de nous ! fulmina l'étranger.
— J'entends bien…
— C'est pourquoi je suis venu à vous.
— Un billet aurait suffi.
— Pourtant, l'on a dit que vous goûtiez fort votre retraite normande, et que vous n'y renonceriez sans doute pas pour si peu…

— *On* a aussi prétendu que vous n'aviez cure du sort des vôtres, *min herre. On* est une petite chose versatile… Bien sot est celui qui s'y fiera…

— Dois-je comprendre que vous rentrez ?

— C'est évident.

En entendant cela, Rose eut un sursaut d'effarement. Sa jupe heurta alors l'huis, qui s'ouvrit de plusieurs centimètres avec un couinement sonore. La jeune femme se recroquevilla. Ce n'était déjà pas glorieux d'avoir écouté aux portes, elle n'osait imaginer ce que penserait son hôte si de surcroît elle se faisait prendre.

Faisant prestement volte-face, elle battit en retraite vers l'escalier. Avant qu'elle ait fait trois pas, une poigne d'acier lui saisit le bras et lui fit exécuter un brusque demi-tour, comme si elle n'avait été qu'une vulgaire brindille. Elle se retrouva face à deux petits yeux noirs emplis d'une fureur abyssale qui la tétanisa. L'obscurité de ces puits infernaux pénétra son esprit telle une rivière de glace, distillant la terreur jusque dans la moelle de ses os.

— *SKADEDYR* !

Projetée en arrière avec force, Rose vola littéralement à travers la pièce l'espace d'une ahurissante seconde. Puis son dos rencontra quelque chose de dur qui stoppa net son vol plané, et lui coupa la respiration. Elle crut sentir qu'on la stabilisait, mais l'impression s'estompa avant qu'elle pût en être sûre.

Sonnée, elle s'affala au sol.

L'instant suivant, une silhouette se dressa entre elle et le démon aux yeux d'obsidienne.

— IL SUFFIT ! tonna Artus.

— Elle nous écoutait !

— Je sais.

— Elle doit mourir ! vociféra l'étranger.

Rose, le dos et l'épaule meurtris, gisait sur le parquet. Toute forme de courage semblait avoir déserté son cœur. Accablée de terreur, elle n'osa pas même relever la tête…

— Ce ne sera pas nécessaire.

— Quoi ? hoqueta l'homme, furibond.

— J'ai dit non. Il n'appartient qu'à moi de décider comment régler ce détail, Olaf. Aussi, à moins que vous vouliez sacrifier notre vieille entente, je vous invite à retourner m'attendre dans la grande salle…

Les secondes qui suivirent semblèrent durer une éternité. Puis, lentement, la chape d'épouvante commença à se dissiper, et Rose fut enfin capable de redresser la tête. Accroupi à son côté, Artus l'aida à s'asseoir. Les joues ruisselantes de larmes qu'elle n'avait pas senties couler, elle chercha son regard. Il lui fit signe de se taire. Piteuse, elle ravala les excuses paniquées qu'elle était sur le point de proférer.

La seconde porte de la pièce s'ouvrit alors dans un chuintement. Rose eut un mouvement de recul, s'attendant à voir surgir le redoutable visiteur. Or ce fut Adelphe qui passa l'huis. S'approchant d'elle sans un mot, il prit le relais de son frère pour l'aider à se relever. Lorsqu'elle fut debout, il enroula un bras ferme autour de sa taille, puis la mena vers l'escalier.

Tandis qu'ils s'éloignaient, Artus se détourna et disparut dans la pénombre du vestibule.

Chapitre 8

Rose se laissa tomber sur le lit sans la moindre grâce, les jambes flageolant encore de la frayeur qu'elle venait d'avoir.

Adelphe sortit de la pièce pour reparaître une minute plus tard, avec à la main un flacon d'eau-de-vie. Il le lui tendit d'un geste impératif :

— Buvez.

Rose saisit la bouteille et avala une gorgée en grimaçant. Elle avait toujours trouvé cet alcool affreux, mais dans ce genre de situation il était d'un certain secours. Aussi en prit-elle une seconde lampée avant de rendre le flacon à son propriétaire, lequel l'observait, la mine longue et le regard indéchiffrable.

— Qu'est-ce qui vous est passé par la tête, comtesse ? s'enquit-il en abandonnant le flacon sur la table derrière lui.

— Cet homme… il va me tuer…

— Bien sûr que non. La colère fait dire de vilaines choses, vous ne devriez pas y accorder d'importance.

— C'est pourtant bien ce qu'il s'apprêtait à faire, insista Rose, tremblante.

— C'est un rustre. Irascible et brutal. Je m'afflige qu'il vous ait violentée, mais je gage qu'Artus va le lui faire regretter. Soyez certaine qu'il ne vous touchera plus.

— Seigneur, geignit Rose, pétrie d'angoisse. Artus… Il va m'en vouloir…

— … Je n'imagine pas qu'il soit satisfait.

— Je suis désolée… J'ai eu peur… Il m'a congédiée si brusquement que j'ai craint qu'il se passe quelque chose de grave. Après ce qui est arrivé à mon père, vous comprenez… Alors… ce fut idiot, je le vois maintenant, mais… je suis descendue pour m'assurer qu'il allait bien. Et ensuite cet homme, il… Seigneur…

Les épaules de Rose s'affaissèrent. Frémissante, elle enfouit le visage dans ses mains.

— Allons, tranquillisez-vous. Si vous le lui expliquez ainsi, je suis sûr que mon frère comprendra.

— Vous pensez ? demanda la jeune femme en relevant la tête.

Adelphe soupira et tourna vers la porte un visage inquiet.

— Je resterai près de vous jusqu'à ce que Sigurdsson soit parti, dit-il.

C'était donc ainsi que se nommait cet homme abominable. Rose n'eut aucune envie d'en savoir davantage. Elle aurait voulu pouvoir l'oublier au contraire, lui et les ignobles gouffres qui lui tenaient lieu de regard. Mais son image restait ancrée dans sa mémoire, comme s'il la scrutait encore de là où il se trouvait.

— Comtesse, je vous assure que vous ne risquez plus rien, certifia Adelphe devant son air effaré. Tâchez de vous apaiser, maintenant.

Venant s'asseoir à son côté, il croisa sagement les mains sur ses cuisses. Immobile, sourcils légèrement froncés, il s'absorba dans de profondes réflexions. Incapable d'une telle quiétude, Rose, elle, remâchait l'incident, partagée entre l'effroi que lui inspirait l'étranger et l'angoisse de la réaction d'Artus.

Les minutes s'égrenèrent avec une lenteur insoutenable…

Rose se leva et se rassit une bonne dizaine de fois, tournant dans la chambre comme une bête en cage et sursautant au moindre bruit. En désespoir de cause, elle finit par s'installer devant son miroir. Si elle ne pouvait distraire son esprit, elle pouvait au moins occuper ses doigts. Elle entreprit donc de défaire sa coiffure en ôtant une à une les épingles qui la retenaient.

Bientôt sa chevelure d'un brun rougeâtre s'étala sur ses épaules. Alors que moult gens de sa condition portaient perruque, Rose témoignait à ses cheveux un soin jaloux, les baignant fréquemment – au grand désespoir de lady Mary qui n'y voyait que folie –, et utilisant divers remèdes pour tenir la vermine à distance. Cette chevelure, elle en était très fière. C'était le seul cadeau que sa mère lui ait jamais fait...

Contemplant encore un instant les reflets de son étonnante parure, elle se saisit du peigne et commença à se coiffer. Mèche après mèche, elle lissa les fils de sa chevelure avec un soin méticuleux. Et bien qu'à chacun de ses mouvements un élancement naissait dans son épaule, Rose persévéra. Ce cérémonial l'apaisait...

Elle avait ainsi parcouru la moitié de sa chevelure lorsque, dans son dos, Adelphe se leva soudain. Sa présence avait été si discrète que Rose l'avait presque oubliée. Pivotant sur son siège, elle l'interrogea du regard.

— Sigurdsson est parti, annonça-t-il. Je vais prendre congé.

— Comment cela, parti ? Comment le savez-vous ?

— N'avez-vous point entendu le galop de son cheval ?

— Comment aurais-je pu ? Ces fenêtres donnent sur l'arrière de la maison.

— Alors c'est que j'ai bonne oreille, conclut le jeune homme.

Rose le considéra avec autant de suspicion que d'anxiété, mais elle ne releva pas.

— Je ne vous laisserais pas s'il persistait le moindre danger, poursuivit le jeune M. d'Holival. Il est parti, je vous l'assure... Maintenant, permettez que je me retire, je dois aller retrouver mon frère.

Le chétif semblant de calme que Rose était parvenue à atteindre se disloqua séance tenante. Bien qu'elle y songeât fort, elle n'eut pas le toupet de solliciter d'Adelphe qu'il défendît sa cause auprès d'Artus. Au lieu de cela, elle opina faiblement :

— Soit... Merci de m'avoir veillée.

— Ce ne fut rien que très naturel. Bonne nuit, comtesse.

— Bonne nuit, monsieur.

Adelphe quitta la pièce en quelques enjambées. Elle l'entendit accélérer dès qu'il fut dans l'antichambre, puis son pas se perdit dans le corridor. Rose fit de nouveau face à son reflet. Ce soir, la nuit lui semblait grouiller de périls. Elle redoutait de se coucher. Ne sachant que faire d'autre, elle se défit pourtant de la magnifique robe cramoisie, puis passa l'ample chemise de nuit, ainsi que le peignoir. Après quoi elle se trouva si angoissée qu'il lui fut impossible de seulement envisager de s'allonger. Elle se remit donc à arpenter le sol de la chambre tout en triturant nerveusement une mèche de ses cheveux. Adelphe avait raison, sa conduite avait été stupide. Elle connaissait la force d'Artus, qu'aurait-il bien pu lui arriver ? À ce moment le souvenir des yeux furieux du sieur Sigurdsson oblitéra ses pensées.

Et cet homme-là, songea-t-elle. *Quelle force possède-t-il selon toi ?*

Un long frisson lui hérissa l'épiderme. Elle porta le regard par la fenêtre et, pour la première fois, se demanda si elle n'avait pas eu tort de venir jusqu'ici. Trois coups secs résonnèrent alors contre la porte, l'extirpant de ses réflexions dans un sursaut. La peur clouée aux entrailles, Rose se tourna vers l'huis.

— Entrez.

Artus fit son apparition. Refermant la porte derrière lui, il s'immobilisa sur le seuil. Rose sentit son cœur manquer un battement. Depuis l'autre extrémité de la chambre, elle ne le voyait pas distinctement, aussi ne parvint-elle pas à juger de son humeur. Elle décida toutefois de ne pas attendre :

— Je suis profondément navrée, commença-t-elle. Je conçois toute la sottise et l'importunité de mes actes, mais sachez que seule la crainte fut à l'origine de ce geste malheureux. J'ai pensé que vous couriez peut-être un danger, et ai cru bon de descendre m'assurer que rien de fâcheux ne se tramait…

Déglutissant avec peine, elle baissa le nez. Ses longs cheveux glissèrent de ses épaules, tombant de part et d'autre de ses joues. Artus resta coi, tandis qu'elle cherchait ses mots :

— Je devine qu'après pareille inconduite je ne suis plus digne de votre estime. Pourtant je… j'ose espérer que peut-être vous voudrez bien me pardonner…

— Adelphe m'a fait part de vos confidences, *lady*, dit enfin le comte. Il a d'ailleurs chaudement plaidé votre cause.

Dieu le bénisse ! songea Rose dans un élan de gratitude. Puis, percevant que son hôte approchait, elle releva la tête. Alors même que son intégrité la titillait, elle trouva le courage de braver son regard. Lui semblait aussi calme que sa voix l'avait suggéré.

— Il est vrai que j'aurais pu m'en retourner lorsqu'il devint clair que vous ne risquiez rien, avoua-t-elle, contrite. Si je ne le fis pas ce fut…

— Parce que vous êtes curieuse de tout, et que vous ne vous fiez à personne, coupa Artus. Pas même à moi. Ce peut être autant une qualité qu'un travers, *lady*. Or, ce soir, cela a failli vous coûter cher.

Rose ne répondit rien, mais elle ne baissa pas les yeux. Si tel devait être son sort, elle était résolue à affronter la disgrâce la tête haute.

— Toutefois, je commettrais à mon tour une grave maladresse si je n'étais capable de percevoir ce qui guida vos actes, si inconsidérés fussent-ils...

Achevant de traverser la pièce, le comte vint se placer devant elle.

— Cessez de trembler, *lady*. Vous êtes pardonnée.

Transportée d'un incommensurable soulagement, Rose se fendit d'un sourire lumineux.

— Ne redoutez pas ce malotru, poursuivit son hôte. Je ne lui ai rien laissé ignorer de mon mécontentement, il ne vous approchera plus. Du moins, pas tant que vous serez près de moi.

C'était là que le bât blessait. N'avait-elle pas entendu Artus agréer la requête de Sigurdsson ? Sa joie se flétrit, son sourire aussi.

— Mais vous allez partir, fit-elle. Je vous ai entendu...

— ... hélas.

Une sourde panique l'étreignit, couvrant sa nuque de minuscules gouttelettes de sueur.

Il ne pouvait pas s'en aller. Pas comme cela.

— N'y a-t-il rien que...

— Non, l'interrompit-il. Je ne me suis déjà que trop attardé ici. Je dois m'en retourner.

— Mais...

— *Lady*, je vous avais promis de ne plus disparaître en vous laissant dans l'ignorance. Je suis venu tenir cette promesse.

— … vous reviendrez, n'est-ce pas ?

— Je l'ignore.

Ils s'entre-regardèrent longuement. Et ce que Rose vit dans les yeux du comte la bouleversa davantage que ses paroles.

— Il y a bien quelque chose à faire plutôt que de…

— Non. Il n'y a pas d'autre choix.

— Mais… c'est insensé, voyons ! Vous devez pouvoir revenir !

— Peut-être, mais quand ? Cela je ne suis pas en mesure d'en juger. Autant que je sache, cela pourrait prendre des mois.

Rose fut prise de vertige. S'il la quittait maintenant, il emmènerait avec lui ce qui lui restait d'espoir. Elle resterait seule. Livrée à sa morne existence emplie de regrets et de chagrin. Son cœur s'englua dans les méandres glacés du désespoir. Une boule de larmes se forma dans sa gorge.

— Non, souffla-t-elle. Je vous en prie… ne partez pas…

Artus la contempla quelques secondes. Une ombre plana sur ses traits, apposant à son front une ride soucieuse.

— Venez avec moi, dit-il.

— Que je… Quoi ? Mais vous avez dit que vous ne saviez quand…

— Je sais ce que j'ai dit, coupa-t-il, agacé. Je ne peux rester. Partez avec moi.

— Mais…

— Vous vouliez rencontrer le maréchal ? Je vous emmènerai.

— Mais mes gens, ma maison ? Ma mère ? Je ne peux l…

Artus l'encercla soudain de ses bras. Ses iris s'allumèrent d'une lueur diffuse.

— Peu m'importe cette femme qui vous méprise ! Elle qui entre tous devrait vous chérir, comme je vous chéris…

Approchant une main de sa joue il l'effleura du bout des doigts, puis il serpenta sur son cou, s'insinua sous la soie de son peignoir et continua sa course, longeant effrontément le pourtour de monts interdits.

Transie d'émoi, Rose fut à peine capable de respirer.

— Accompagnez-moi… Ce monde médiocre ne vous mérite pas. Il vous effraie. Vous le haïssez… Laissez-moi vous en délivrer…

D'un geste souple, il la débarrassa de son peignoir, qui s'affaissa au sol dans un froissement soyeux. Puis, remontant paresseusement une main le long de son échine, il l'enlaça de nouveau.

— Laissez-moi vous mener au-delà de ses frontières…

Les chandelles parurent s'éteindre à l'éclat de son regard, traversé d'ondes indolentes.

Rose s'égara dans ces mouvances chatoyantes… Ce n'était pas le vent qui brouillait la surface de ces lacs. Elle savait à présent, elle les voyait… Les loups… Ils avaient quitté les bois dans le secret de la nuit, pour se désaltérer. C'étaient eux qui troublaient les eaux… Splendides créatures, sauvages, et pourtant tellement paisibles… Ils étaient si proches, elle pouvait presque les toucher… Allongeant les doigts vers leur fourrure, elle rencontra l'absurde perfection d'une peau veloutée. Elle cilla, étourdie. Sa main retomba sur l'épaule d'Artus.

— Le voulez-vous ? murmura-t-il.

Glissant de la splendeur de ses yeux à la soie de ses lèvres, Rose eut soudain une conscience aiguë de ce corps impudemment pressé contre le sien. Son sang se mit à bouillir dans ses veines. Sa raison se fissura comme une profonde morsure transperçait son cœur.

Ce mal, elle ne le connaissait que trop…

— Rose… me désirez-vous ?

Une nuée de papillons prit son envol au creux de son ventre. Ses dernières préventions furent balayées par le battement de leurs ailes. Au diable la prudence, les convenances ! Au diable la terre entière ! Elle ne pouvait plus résister.

— De toute mon âme, chuchota-t-elle.

Artus resserra son étreinte. Sa bouche, exquise et fraîche, rencontra enfin la sienne… Les doigts enchevêtrés aux ténèbres duveteuses de sa chevelure, Rose s'abandonna à l'indicible langueur de ses baisers. Coulant les mains sur la chute de ses reins, le comte la souleva alors de terre. Éperdue d'amour, elle effaça pour lui la barrière de ses jambes et les noua autour de sa taille.

Il recula vers le lit…

Il n'y avait plus de chambre, plus de mur, plus de plancher. Rien que ce pâturage à flanc de montagne, lisière d'une forêt majestueuse, où flottait un parfum d'été… La nuit était d'un noir d'encre. On ne voyait aucune étoile… Alentour les loups se reposaient, indifférents. Une frêle bise jouait sur sa peau nue. Sous son dos, l'herbe était tendre comme un matelas de plumes… Il se tenait juste au-dessus d'elle, en appui sur ses bras tendus. De pâles rayons de lune soulignaient les reliefs de son buste musculeux… Rose serra les cuisses contre ses hanches, accompagnant de son mieux leur mouvement lancinant. Elle caressa ce visage d'une intolérable beauté, puis une énième pression lui arracha une plainte suave.

Autour d'eux, la meute s'agita.

Artus ouvrit les yeux. Ses iris luminescents la baignèrent d'un halo éthéré. Se penchant sur elle, il couvrit son corps du sien… Ses ondulations s'intensifièrent…

Soudain, Rose s'accrocha à ses épaules avec un cri étouffé. Tandis qu'elle s'égarait dans un océan de volupté, Artus traça sur sa gorge un chemin de baisers. Une atroce souffrance explosa alors à la naissance de son cou. Tétanisée de douleur, Rose ouvrit des yeux immenses, d'où jaillit une larme unique. Mais déjà la peine s'enfuyait, chassée par un déluge de ravissement…

Ses bras retombèrent pesamment dans l'herbe. Ses forces l'abandonnèrent, drainées hors de son corps à une vitesse terrifiante. Son pouls ne fut bientôt plus qu'un souffle ténu au fond de sa poitrine. Comme l'univers entier se dissolvait dans cette insoutenable extase, les loups se mirent à hurler. Rose se demanda confusément s'ils étaient en train de la pleurer, puis sa conscience reflua, et elle sombra dans l'obscurité.

Il fait si froid…
Ce n'est qu'un voyage.
J'ai peur…

Je suis là.

Artus…

Elle se redressa brusquement, poings crispés sur les couvertures, bras repliés contre le torse. Des goulées d'air brûlant pénétraient par à-coups sa gorge desséchée. S'engouffrant à flots par les fenêtres, un soleil ardent frappait sa peau ruisselante de sueur. Aveuglée, Rose fondit sur la courtine et la tira brutalement. Un voile d'ombre salvatrice tomba sur son visage, lui rendant l'usage de ses yeux.

La première chose qu'elle vit fut sa chemise de nuit chiffonnée en un paquet grossier, au pied du lit. Sa mémoire régurgita alors une succession d'images décousues. Répondant à une impulsion subite, elle porta la main à sa gorge et l'ausculta fébrilement.

Nulle trace de plaie… Ce n'était qu'un rêve. Pourtant…

Elle tourna la tête, s'attendant à trouver Artus à son côté.

Personne. Cependant, un chatoiement argenté attira son attention. Le pourpoint d'Artus gisait là, abandonné sur le sol à côté du peignoir de soie. Ses souvenirs n'étaient peut-être pas tous chimériques, finalement…

Rose posa une main sur son front. Difficile de réfléchir avec cette douleur qui lui vrillait les tempes. Sans parler de la brûlure de son larynx. Un peu d'eau serait la bienvenue. Elle empoigna sa chemise de nuit avec un soupir. Il faisait tellement chaud qu'elle s'en serait volontiers passée, mais il fallait bien qu'elle se couvre pour quitter le lit. L'enfilant en quelques gestes maladroits, elle repoussa les draps et s'assit au bord du matelas.

Le monde tangua dangereusement.

Rose attendit que le vertige se dissipe avant de poser les pieds par terre. Puis, se protégeant les yeux du soleil, elle couvrit d'un pas chancelant l'espace qui la séparait de la fenêtre et tira les tentures.

Les élancements de son crâne diminuèrent un peu.

Elle s'aperçut alors que quelque chose d'humide s'écoulait entre ses cuisses. Elle se figea une seconde, surprise, puis songea que cela réglait définitivement la question de ce qui avait eu lieu la veille. Sans en faire cas, elle contourna le lit et ramassa le peignoir, qu'elle enfila à contrecœur. Elle allait aussi prendre le pourpoint lorsqu'un nouvel étourdissement la contraignit à s'appuyer au montant du lit. De nouveau, elle attendit que le vertige s'estompe, mais celui-ci perdura. Tant et si bien que ses jambes se dérobèrent sous elle. À genoux sur le sol, Rose se cramponna au couvre-lit. Son cœur s'élança dans un galop erratique. D'énormes gouttes de sueur suintèrent le long de son dos, puis un sifflement suraigu perfora ses tympans.

À ce moment la porte de la chambre s'ouvrit sur un laquais qui entra à pas de loup, les bras chargés d'une bassine et d'un broc d'étain.

— aid...

Elle ne parvint pas à aller plus loin, le moindre soupir embrasant cruellement sa gorge. Cela suffit toutefois à ce que le valet l'aperçoive. Il resta un bref instant à la dévisager, les yeux ronds, puis ressortit en trombe.

Rose s'effondra sur le parquet.

— Madame ?

Son esprit s'extirpa à regret des limbes où il errait, rappelé par le son de cette voix familière.

— Madame, vous m'entendez ?

Rose voulut répondre mais n'en trouva pas la force. Elle sentit ensuite qu'on la soulevait. Un instant plus tard, elle perçut sous ses jambes la souplesse d'un matelas.

— J'ai dit de tirer ces rideaux ! Combien de fois faudra-t-il que je vous le demande ?

De solides bras la maintenaient à demi assise. Elle tenta d'ouvrir les paupières, mais elles lui semblèrent trop lourdes.

— Donnez-moi ça... Pressez !... Madame ? Essayez de boire.

Un métal frais toucha ses lèvres, bientôt suivi par le frôlement humide d'un liquide à l'odeur entêtante. Elle avait tellement soif qu'il lui importait peu de savoir ce qu'on lui donnait à avaler. Ce pour quoi elle aspira illico une gorgée de cet épais breuvage.

Le soulagement fut quasi immédiat.

— Encore ?

Rose hocha imperceptiblement la tête. Elle fut semble-t-il comprise, car on lui présenta le goulot une seconde fois. Elle y but à longs traits. La brûlure de sa gorge se résorba pour devenir une simple irritation. Revigorée par cette amélioration, elle entrouvrit les yeux :

— Adelphe…

— Restez tranquille, comtesse, cela va aller. Il faut juste être patiente. Voulez-vous boire encore un peu ?

La jeune femme opina. Adelphe amena à sa bouche une magnifique fiole d'argent. Elle y préleva plusieurs gorgées, avant qu'il la lui confisque de nouveau, et la tende au laquais posté à son côté.

— Posez ça sur la table, fit le jeune homme à l'adresse du serviteur. Ensuite vous préparerez vos effets. Je ne veux plus de vous ici.

— Monsieur, je vous jure que ça ne se reproduira plus ! geignit le domestique, consterné.

— Cela est bien certain.

— Monsieur, s'il vous plaît…

— Dehors !

Le valet reflua vers la sortie avec un air de chien battu. Rose essaya de se redresser. Adelphe l'y aida.

— Vous sentez-vous mieux ?

— Oui… je crois… Qu'a donc fait cet homme ?

— Il a omis d'exécuter mes ordres. Mais ne vous souciez pas de cela, madame.

Rose se massa les tempes d'une main. La douleur reculait, l'engourdissement de son esprit aussi.

— Il fait si chaud… J'ai dû sommeiller trop longtemps sous ce soleil.

— Le jour n'est levé que depuis une heure, madame. Votre repos fut écourté par la lumière, les rideaux étant malencontreusement restés ouverts.

— Que m'est-il arrivé à l'instant ?

— La soirée d'hier fut éprouvante, vous êtes seulement exténuée. Rien qui ne se réglera avec un peu de repos.

— Oui… oui, sans doute…

— Que diriez-vous d'un bain d'eau fraîche ?

L'idée sembla à Rose tenir du génie. Elle se fendit d'un large sourire.

— Monsieur, vous êtes le plus parfait des hôtes.

— C'est que vous m'inspirez, madame, rétorqua Adelphe avec élégance. Si je vous lâche, tiendrez-vous assise ?

— Je pense.

Il la laissa aller. Rose se sentait bien mieux maintenant, elle parvint à s'asseoir par ses propres moyens. Voyant cela, le jeune homme quitta le lit et s'en fut ramasser le pourpoint qui traînait toujours au sol. Rose jeta sur le vêtement un regard embarrassé. Plein de tact, Adelphe passa les bras dans son dos pour lui en dissimuler la vue.

— Je vais faire préparer votre bain, dit-il. Je serai bref. En attendant, restez sagement assise. Et n'ouvrez pas les rideaux.

— Entendu.

Il lui sourit de ce sourire franc et cordial qui le caractérisait, puis quitta la pièce en emportant au passage la fiole d'argent.

Lorsqu'il revint, un moment plus tard, ce fut pour la conduire lui-même jusqu'au baquet. Quand elle se glissa dans l'eau, Rose eut l'impression d'entendre sa peau crépiter. Elle n'avait jamais eu aussi chaud de toute son existence. Il lui fallut d'ailleurs rester à tremper pendant plus d'une heure avant de pouvoir se résoudre à l'inévitable : s'habiller.

Le laquais qu'Adelphe avait dépêché à la surveillance de la demoiselle l'escorta durant le trajet de retour jusqu'à la chambre, devant laquelle il se posta tandis qu'elle entrait.

S'installant à la table de toilette avec un soupir résigné, Rose attrapa son peigne, et tomba en arrêt devant le spectre cireux qui l'observait depuis le miroir…

Des yeux caves, cerclés de noirs, la contemplaient fixement. Hagarde, Rose passa les doigts sur son visage. L'apparition en fit autant. Se levant précipitamment, la jeune femme gagna la porte.

— Il faut que je voie monsieur, souffla-t-elle au valet planté dans l'antichambre.

Le domestique s'en fut sur-le-champ. Dans un état second, Rose retourna s'asseoir devant son reflet.

Une petite minute s'écoula avant que lui parvienne depuis le corridor le son de pas pressés. Elle pivota vers la porte avant que celle-ci s'ouvre. Adelphe entra, anxieux :

— Que se passe-t-il, madame ? N'êtes-vous pas encore recouchée ? Vous sentez-vous mal ? s'enquit-il en approchant.

Elle secoua la tête.

— Désirez-vous quelque chose ?

— Je crains fort d'avoir besoin d'un médecin.

— Un médecin ? Pourquoi cela, madame ?

— Eh bien, cela ne se voit-il pas ? fit-elle, estomaquée, en se tournant vers le miroir. Regardez-moi !

— Vous avez seulement besoin de repos.

Rose braqua sur lui des yeux noirs.

— Je ne suis point encore aveugle, monsieur ! Je connais cette pâleur, je l'ai vu il y a peu… L'on me dirait… mourante…

— Allons, comtesse, ne vous alarmez pas.

— Comment pourrais-je ne pas m'inquiéter ?

— Pour commencer, quittez cette table. Vous n'avez pas besoin de vous mirer, vous avez besoin de dormir…

Adelphe nicha délicatement les coudes de la jeune lady au creux de ses paumes et l'incita à se lever. Trop faible pour lutter, celle-ci se laissa guider jusqu'au lit, où il la fit asseoir.

— À votre réveil, vous vous sentirez mieux.

Rose arbora la moue butée d'un enfant qui refuse qu'on le couche. Le jeune M. d'Holival appliqua alors une gentille pression sur ses épaules pour la contraindre à s'allonger.

— Ne suis-je plus le meilleur des hôtes ?

— Monsieur, je vous assure qu'il me faut un médecin…

— Et moi je vous assure qu'il n'y pourrait rien.

Tandis qu'il remontait sur elle le drap de lin, Rose posa la tête sur l'oreiller avec un soupir inquiet. Malgré ses réticences, elle s'aperçut que s'allonger lui faisait le plus grand bien.

— Fermez les yeux à présent. Vous allez vous rendormir.

— Artus ? murmura-t-elle, la voix déjà pâteuse.

— Pas maintenant. Vous le verrez ce soir, c'est promis. En attendant vous devez vous reposer.

Sa tête était si lourde que Rose crut passer au travers de l'oreiller. Il lui sembla que ses membres, perclus de fatigue, se raidissaient. Derrière ses yeux clos se dessina alors la berge d'un vaste lac…

J'y ai bu, je me souviens… Ainsi que les loups, j'y ai plongé mon visage…

Rose émergea du sommeil aussi subitement qu'elle y était entrée. Un mince rai de lumière plongeante filtrait entre les rideaux. Il faisait encore jour. Repoussant le drap, elle s'assit au bord du lit. L'atmosphère de la pièce lui parut beaucoup plus respirable qu'à son précédent réveil.

Son premier mouvement fut de gagner le miroir pour y examiner son reflet. Elle constata, soulagée, qu'Adelphe avait eu raison. À l'exception de petites poches bleuâtres sous les yeux et d'un teint encore pâlot, sa physionomie était redevenue normale. Ragaillardie par ces heureuses constatations, elle s'en fut choisir une robe dans le coffre garni à son intention…

Lorsqu'elle sortit de la chambre, une vingtaine de minutes plus tard, le laquais assoupi sur le tabouret près de la porte s'éveilla en sursaut. Titubant encore dans les vapeurs du sommeil, il se hâta cependant à sa suite.

Au rez-de-chaussée régnait un certain remue-ménage. L'on avait, semblait-il, convoqué quelques bras supplémentaires, car Rose vit passer des visages inconnus jusqu'alors. Partout ce petit monde grouillait, couvrant ceci et déplaçant cela. Comme la jeune femme suivait ces allées et venues d'un œil éteint, Adelphe émergea à son tour de la grande salle, un encombrant paquet entre les bras. Il sembla étonné de la trouver là, debout au milieu du vestibule.

— Comtesse ? Vous êtes déjà levée ?

— Comme vous voyez. Vous aviez raison, monsieur, j'ai l'impression de me mieux porter.

— Je vous avais dit que ce n'était qu'une question de repos, fit-il en posant son fardeau près d'un mur.

Rose esquissa un sourire, puis se remit à observer le manège des domestiques.

— Nous partons ce soir, expliqua Adelphe.

Elle opina en silence, se souvenant de la conversation qu'Artus avait eue avec l'affreux Sigurdsson. Ce départ subit n'était pas une surprise.

— Vos malles suivront avec le reste dans les jours qui viennent, poursuivit le jeune homme. N'ayez aucune crainte, il vous sera fourni tout ce dont vous pourriez avoir besoin.

Rose ne protesta pas. Ce qui s'était passé la nuit précédente avait valeur d'acquiescement à la requête d'Artus.

— Très bien. J'aimerais toutefois emporter avec moi un coffret auquel je tiens beaucoup. Serait-ce possible ?

— Bien sûr, comtesse... Puisque vous êtes levée, vous pourriez peut-être rédiger un mot pour informer votre famille ?

Elle tourna les yeux vers son hôte, sourcils froncés. En effet, oui, il fallait prévenir lady Mary. Elle n'y avait pas songé. Les événements s'étaient succédé à une telle vitesse qu'elle se sentait un peu dépassée.

— Oui, certes. Je vais m'y consacrer dès à présent.

À ces mots, Adelphe la précéda dans la grande salle.

Elle constata que l'on avait ôté la grande tapisserie, que le dressoir était maintenant vide, et qu'il manquait la moitié des meubles. Puis elle avisa une petite écritoire, posée sur la longue table au centre de la pièce. Feuille et encrier y étaient déjà disposés, prêts à servir. La suggestion d'Adelphe n'avait donc été qu'une façon courtoise de l'amener à faire ce qui devait être fait. Loin d'en prendre ombrage, Rose s'installa sur une chaise, tira l'écritoire à elle, et prit la plume.

Madame,

Je quitte ce jour la résidence du comte de Janlys et me retire avec lui...

Elle redressa la tête, songeuse.

— Pour où partons-nous ? demanda-t-elle à Adelphe qui, debout près de la porte, surveillait la ronde des domestiques.

— Pour Boissy, lança-t-il par-dessus son épaule.

Rose se pencha de nouveau sur l'écritoire :

... en son manoir de Boissy.

Bien. Et ensuite ?

Confuse, la jeune femme s'aperçut n'être pas même en mesure d'expliquer à sa mère les dispositions prises à son sujet, ou à celui de la maison. Elle ne pouvait tout de même pas partir en livrant lady Mary à une misère certaine.

— Qu'y a-t-il, comtesse ?

Rose releva le nez, maussade. Adelphe la contemplait depuis le seuil de la pièce, bras croisés.

— Monsieur, il est tout à fait exclu que je parte en abandonnant ma mère à son sort. Je dois d'abord m'assurer de sa subsistance.

— Évidemment que cela est exclu, renchérit le gentilhomme en s'approchant, un doux sourire aux lèvres. Pensiez-vous le comte capable d'une telle muflerie ?

— Eh bien, je...

Rose n'acheva pas sa phrase. En vérité, elle n'avait songé à rien d'autre qu'à l'angoisse de voir Artus s'en retourner.

— Mon frère vous fait savoir de ne pas vous inquiéter à ce sujet. Il pourvoira aux besoins de lady Greer à concurrence de soixante livres par mois.

Rose cilla. Soixante ? Il n'y avait en effet nul besoin de se soucier davantage.

— Cela vous rassure-t-il, comtesse ?

— Jamais je ne pourrai m'acquitter de toutes ces dettes...

— Il n'y a point de dette entre les membres d'une même famille, madame. Or je devine que vous êtes des nôtres désormais. N'est-ce pas ?

La lueur espiègle qui passa dans les yeux du jeune homme la fit rougir. Après ce qu'il avait trouvé ce matin au pied de son lit, il était vain de nier qu'une certaine intimité la liait dorénavant au comte. Baissant le nez sur sa feuille avec un sourire emprunté, elle murmura :

— Je l'espère.

— Vous pouvez en être tout à fait certaine, affirma Adelphe avec un petit rire joyeux. Y a-t-il autre chose que vous voudriez savoir ?

Rose réfléchit un court instant. Elle s'apprêtait à répondre que non, lorsque l'image de Jacques se peignit devant ses yeux.

— Qu'en est-il de mon serviteur ?

— J'ai bien peur que nous ne puissions l'emmener, madame. Nos propres gens ne nous rejoindront que plus tard, et, qui plus est, votre domestique est blessé.

— Je comprends, fit Rose, néanmoins ennuyée. Le sait-il ?

— Pas encore. J'ai songé qu'il préférait sans doute l'apprendre de vous.

— Sage décision… une fois encore, ajouta-t-elle avec un demi-sourire.

Adelphe s'inclina galamment. La belle invitée reporta son attention sur la missive :

Dans l'attente de mon retour, il vous sera versé chaque mois la somme de soixante livres, pour vos dépenses. Si d'aventure vous vous trouviez en quelque autre nécessité, vous auriez par ce biais moyen de m'en aviser. Je devine, madame, combien cette séparation d'avec moi vous pèsera, et tiens à vous dire qu'elle me pèsera tout autant. Aussi permettez que je vous retourne les sentiments que vous avez bien voulu m'exprimer jusqu'ici.

Adieu.

Lady Rose,
Countess of Greer

Rose posa la plume et se relut brièvement. Il n'y avait rien à changer. Elle saisit la cire à cacheter et, s'aidant de la flamme d'une bougie placée là tout exprès, marqua de son sceau le bas de la lettre. Lorsque ce fut fait, elle la confia à Adelphe.

— Je vais dépêcher un valet immédiatement, dit-il.

— Ne vous donnez pas cette peine, monsieur. Je doute fort que lady Mary soit anxieuse d'avoir de mes nouvelles.

— Je vais pourtant faire porter ce billet.

— Je vous assure, rien ne presse… En revanche, poursuivit Rose, hésitante, puis-je abuser de votre bienveillance en faisant parvenir une lettre à Mlle de Carville ? Elle ne me pardonnerait pas de partir sans lui avoir fait mes adieux. Je ne me le pardonnerais pas non plus, d'ailleurs.

— Mais bien entendu, comtesse ! s'exclama Adelphe en la reconduisant vers l'écritoire. Rédigez autant de lettres qu'il vous plaira, nous nous chargerons de les acheminer. Permettez-vous que j'aille régler quelques détails en attendant que vous ayez fini ?

— Vous êtes ici chez vous.

— Mais vous aussi, madame.

Il lui adressa un petit sourire malicieux, puis s'en fut vers le vestibule.

— Monsieur !

Le jeune homme fit volte-face, sourcils haussés sur une interrogation muette. Dans cette posture, le visage à demi plongé dans la pénombre, il ressemblait tellement à son frère que Rose en eut un coup au cœur.

— Je vous suis infiniment reconnaissante d'avoir intercédé en ma faveur…

Elle n'alla pas plus loin. C'était inutile. Tous deux savaient de quoi il était question.

— Ce fut un plaisir, comtesse.

Ébauchant un salut, Adelphe quitta la pièce.

Rose reprit place sur sa chaise, et se prépara à écrire la seconde missive. Avant de commencer, elle s'accorda toutefois une minute de réflexion. Que convenait-il de dire ?

Sachant que le billet devrait cette fois passer entre les mains du baron, elle ne pouvait décemment pas confesser ses frasques de la veille. Impossible également d'évoquer le curieux rêve qui avait troublé sa nuit. N'ayant guère d'autre choix, la jeune femme se résolut donc à ne relater que l'essentiel. À savoir qu'elle partait avec le comte pour son manoir. Elle faillit ajouter une pensée sur ses propres espérances, mais se ravisa. Elle ne savait pas où tout cela la mènerait, et maintenant qu'elle avait fauté il paraissait un peu tard pour avouer les débordements de son cœur…

La lettre achevée, Rose partit à la recherche d'Adelphe, lequel se révéla introuvable – sans doute occupé à superviser les préparatifs quelque part dans la maison.

Soit. Le moment était donc propice pour rendre à Jacques une petite visite. Glissant le message soigneusement plié dans la manche de sa robe, Rose arrêta l'un des valets pour qu'il la conduise à son serviteur. Elle le trouva installé sur un petit matelas de paille, sis devant l'unique fenêtre de la pièce réservée aux domestiques. Voyant entrer sa maîtresse, le serviteur fit mine de se lever.

— Restez assis, Jacques.

— Il y a bien du tintamarre aujourd'hui, mademoiselle, fit-il en se laissant retomber sur sa paillasse. Serait-ce un départ qui s'annonce ?

— En effet.

— Rentrons-nous ?

— Non.

— Nous partons avec monsieur, alors ?

— Je pars avec lui pour Boissy. Mais vous restez ici.

— Voyons, mademoiselle ! Il fallait le dire hier si vous vouliez pas de moi !

— Je ne savais pas moi-même que nous partirions. Du reste, si vous ne venez point, ce n'est pas de mon fait. C'est à cause de votre blessure.

Jacques baissa le nez sur sa jambe convalescente, et soupira.

— Le comte est pressé, expliqua Rose. Nous ne pouvons attendre que vous soyez remis pour prendre la route. Mais l'on m'a assuré que vous me rejoindriez dès que vous seriez guéri.

Le valet ne fit aucun commentaire, toutefois ses petits yeux méfiants parlèrent pour lui.

— Je suis sûre que cela se passera ainsi, certifia Rose.

— Peut-être bien, mademoiselle. Peut-être bien… En tout cas, moi, ce que je vois c'est que vous avez mauvaise mine… Vous êtes vraiment certaine de vouloir partir avec M. le comte ?

Rose se raidit. Jacques n'était pas un grand bavard, mais lorsqu'il avait quelque chose à dire il ne mâchait pas ses mots.

— La maison ne manquera de rien, poursuivit-elle en ignorant sciemment la remarque. D'ailleurs vous pourriez y retourner, en attendant.

— Si je dois vraiment rester, ce serait pas de refus, oui.

— Entendu, je vais vous faire reconduire à Rouen. Puis, le moment venu, l'on s'occupera de votre transport jusqu'à Boissy.

— Comme mademoiselle voudra.

— J'aurais préféré que vous suiviez dès maintenant, ajouta Rose après un court silence. Mais c'est ainsi.

Jacques opina d'un unique hochement de tête, la moue toujours perplexe. Prolonger l'argumentation ne servirait à rien. Il ne changerait pas d'avis et elle n'avait pas à justifier son choix. Mieux valait en rester là.

— Eh bien, au revoir, Jacques.

— Au revoir, mademoiselle. Faites attention tout de même…

Rose esquissa un sourire, puis s'en fut rapidement.

Tandis qu'elle s'en retournait vers la grande salle, elle sentit poindre une nouvelle vague de lassitude. L'élancement de ses tempes revint la taquiner. Ce fut ainsi que, légèrement étourdie, elle se trompa de porte au détour d'un étroit corridor et surgit dans les cuisines. La lumière du couchant tombait, oblique, sur une table chargée de victuailles. Reposant sur une petite crédence à proximité, une belle miche de pain jouxtait une corbeille de fruits frais, elle-même environnée de bocaux de toutes sortes.

Rose promena le regard sur la corbeille de fruits. Elle n'avait rien avalé depuis la veille au soir. Son estomac ne lui criait pas famine, mais il était peut-être temps de manger quelque chose. Prélevant dans le panier une belle poire, à la délicieuse odeur sucrée, elle poursuivit son chemin. Après quelques méandres inutiles, elle finit par retrouver le vestibule. Jetant un regard par la porte d'entrée grande ouverte, elle put voir qu'un imposant carrosse noir, aux épais volets de cuir, attendait dans la cour. Elle sortit sur le perron, plissant les yeux dans la lumière du soir.

Le véhicule semblait plus robuste et plus confortable que celui du baron. Ce voyage serait sans doute moins pénible que le précédent. Comme elle se faisait cette réflexion, un sillon de moiteur perla à son dos. Rose s'empressa de réintégrer la pénombre de la demeure, puis gagna la grande salle. Abandonnant sur la table la poire qu'elle avait en main, elle déambula dans la pièce. Où Artus était-il encore allé ? Le temps lui paraissait si long lorsqu'il n'était pas là…

— Comtesse ?

Elle fit volte-face. Adelphe se tenait sur le pas de la porte.

— Vous avez achevé votre missive ?

— Tout à fait.

— Confiez-la-moi. Votre amie l'aura dès ce soir.

— Monsieur, cela ne nécessite pas tant de précipitation, je vous assure.

— Je sais. Allons, donnez, ajouta-t-il en tendant sa paume ouverte, un large sourire aux lèvres.

Vaincue par tant d'allant, Rose extirpa la lettre de sa manche et vint la lui poser dans la main. Le jeune homme esquissa une révérence, que son invitée récompensa d'un sourire chaleureux. Puis, alors que le gentilhomme repartait, elle s'empara du fruit qui attendait patiemment qu'on le croque et le porta à ses lèvres.

— Ah ! j'y songe, fit Adelphe en se retournant. Avez-vous vu votre serv… NON !

Rose se recroquevilla, épouvantée par la force de son cri.

— Lâchez ça ! exigea-t-il en fonçant sur elle. TOUT DE SUITE !

Déroutée par sa brusquerie, Rose fut incapable de comprendre ce qu'il voulait d'elle. Elle resta figée, les dents encore plantées dans la chair juteuse de la poire. Parvenu à sa hauteur, Adelphe la lui arracha des doigts. Il en scruta la surface avec nervosité, puis leva sur la jeune femme un visage pâlissant.

— Que signifie ? fit-elle d'une voix frêle. N'ai-je point le droit de me nourrir ?

— Avez-vous faim, madame ? s'enquit Adelphe, aussi calmement que possible.

— Pourquoi cette question ?

— Avez-vous faim, oui ou non ?

Rose, les sourcils froncés et la mine fermée, répondit avec sécheresse :

— Non, je n'ai pas faim. Mais n'ayant rien avalé depuis…

— Si vous n'avez pas faim, il est inutile de manger.

Elle l'épingla d'un regard aussi furieux qu'outragé. Cette réplique était tellement absurde que les mots lui manquèrent pour s'en indigner.

— Madame, n'ai-je point été de bon conseil jusqu'ici ? reprit Adelphe, conciliant. Croyez-moi lorsque je vous dis que vous ne devez rien avaler.

— Mais enfin, monsieur, c'est insensé !

— Cela le paraît peut-être, madame. Mais ça ne l'est pas.

— Je ne comprends pas…

— Vous comprendrez. En attendant, accordez-moi votre confiance une fois encore, voulez-vous ?

Il la fixa avec une sévérité inquiète qui, malgré l'incongruité des propos qu'il tenait, interpella Rose. Ces deux derniers jours, Adelphe avait été pour elle un véritable ange gardien ; il lui parut peu probable qu'il cherche tout à coup à lui faire du tort. Même si aujourd'hui il se comportait bien étrangement.

— Sauriez-vous quelque chose que j'ignore, monsieur ? fit-elle, soupçonneuse. Quel mal ai-je contracté qui m'interdise de manger ?

Le gentilhomme ne répondit pas. Il se contenta de la regarder, avec sur le visage la même détermination placide qu'arborait parfois Artus.

— Soit, concéda Rose, glaciale. Jusqu'à quand suis-je censée jeûner ?

— Jusqu'à ce que vous ayez véritablement faim… Plutôt qu'à manger, pensez à préparer les effets que vous souhaitiez emporter. La nuit sera bientôt là.

— Est-ce aussi un ordre ou puis-je encore disposer de ma personne ?

— … Je suis navré de m'être montré rude, madame. Mais soyez assurée que c'était dans votre propre intérêt.

Rose détourna la tête sans répondre. Le jeune homme l'observa quelques secondes, l'air chagrin, puis quitta la pièce. Lorsqu'il se fut assez éloigné, elle prit enfin le chemin de la chambre. Son front pulsait aussi douloureusement qu'au petit matin, et elle se sentait maintenant très lasse. Néanmoins, il ne lui fallut qu'un court moment pour préparer ses affaires. Après quoi elle s'assit sur le lit, mal en point et inquiète. Elle passa de très longues minutes à se masser les tempes dans l'espoir d'en chasser la douleur. Elle se serait volontiers couchée s'il n'avait fallu partir le soir même.

Voyager de nuit, avait-on jamais entendu aussi saugrenu ? Que de risques et de perte de temps ! Alors qu'elle aurait pu s'allonger pour tenter de trouver l'oubli de ses maux, elle allait être ballottée dans le carrosse pendant des heures et des heures. Rien que d'y penser, elle était éreintée.

— *Rose…*

Elle se redressa soudain, aux aguets. Quelque chose lui disait qu'Artus était rentré. C'était presque comme si elle pouvait le sentir… Se levant d'un bond, elle ramassa prestement ses effets, puis s'élança vers le rez-de-chaussée.

Avant qu'elle ait poussé la porte menant au vestibule, une voix profonde et mélodieuse lui parvint aux oreilles.

— Vous n'êtes pas responsable de cette faute, mon frère, disait Artus. L'avez-vous renvoyé ?

— Bien entendu.

Impatiente de le retrouver, Rose se profila dans l'encadrement de la porte de la grande salle. Au même instant, le comte pivota vers le seuil, un fin sourire aux lèvres.

— Bonsoir, lady Rose.

— Bonsoir, souffla-t-elle.

Son cœur se mit à battre la chamade. De curieux chatouillements s'éveillèrent dans son ventre, et ses jambes rechignèrent à la porter. Elle dut se faire violence pour trouver le courage d'avancer.

— Adelphe m'a narré vos mésaventures. Comment vous portez-vous ce soir ?

— Je ne saurais dire…

Artus approcha tandis qu'elle abandonnait ses affaires sur la table. Il déposa une légère caresse sous son menton, comme l'on flatterait un animal de compagnie.

— Vous vous sentirez mieux très bientôt, vous verrez. Prête à partir ?

— Oui.

— Eh bien en route.

Pendant que Rose passait sa cape, Adelphe se chargea de ses effets. Après quoi ils se dirigèrent tous trois vers la sortie.

Le carrosse attelé attendait dans la cour. Se précipitant à la vue de ses maîtres, un laquais vint en ouvrir pour eux la portière. Le cadet des frères d'Holival grimpa le premier. Rose s'apprêtait à suivre, mais Artus la retint d'une douce pression sur le poignet. Glissant une main le long de la sienne, il lui confisqua délicatement le masque qu'elle tenait entre deux doigts.

— Permettez, *lady*…

Positionnant le loup sur le visage de son invitée, il en noua le ruban de satin. Il se tenait si près d'elle que Rose ne put s'empêcher de lorgner ses lèvres. Une folle seconde, elle se prit même à espérer… mais, sitôt le masque attaché, il la mena devant le marchepied. Ravalant un soupir, Rose monta s'installer sur la banquette libre, où Artus la rejoignit aussitôt.

Le laquais referma la portière. Le fouet du cocher claqua, et le carrosse s'élança à l'assaut de la nuit encore jeune. Rose tourna les yeux vers l'horizon. Par-delà le talus s'étendait un champ de coquelicots, de l'autre côté duquel fumait la cheminée d'une masure. Tout était si serein qu'il lui sembla deviner la voix du paysan dans sa bicoque, houspillant sa femme pour qu'elle se presse de se coucher. Partout où se posait son regard, Rose reconnaissait le dessin d'une butte ou la silhouette d'un édifice. C'était sa terre. Celle où elle avait grandi. Celle où reposait maintenant son père, et où elle laissait sa mère. Sa mère…

— Vous avez été d'une telle générosité envers lady Mary, fit Rose en se tournant vers le comte. Je ne sais comment vous remercier pour les faveurs dont vous me couvrez.

Artus esquissa un sourire, puis s'accouda à la portière. Rose attendit un instant, mais dut vite se résoudre à ne pas obtenir de réponse. Contrariée, elle détourna les yeux, et, ce faisant, croisa le regard d'Adelphe, qu'elle s'empressa d'ignorer pour replonger dans la contemplation du paysage.

La lune devait être pleine car l'on y voyait fort bien. Le carrosse avançait d'ailleurs à vive allure. Se penchant légèrement à la portière, Rose huma l'air, chargé d'une odeur de foin coupé. Un brusque étourdissement la contraignit alors à baisser la tête, qu'elle se tint d'une main tremblante.

— Reposez-vous, *lady*. Nous ne nous arrêterons pas avant l'aube.

Comme elle levait sur Artus un œil dubitatif, il allongea un bras par-dessus ses épaules.

Rose hésita. Était-ce une invitation ?

Il semblait bien que oui…

Elle se rapprocha. Le comte l'attira alors contre lui. S'y nichant avec délectation, Rose n'eut toutefois pas le temps de s'enflammer. L'épuisement la rattrapa séance tenante.

Bientôt ses pensées s'embrouillèrent, et le monde perdit sa consistance…

Mes mains sont rouges… mon ventre… j'ai mal…

— Allez-vous enfin confier ce qui vous tracasse, Adelphe ?

— Cela vous intéresse-t-il ?

— Vous savez bien que oui… Vous êtes fort courroucé, je vois. Pourquoi cela ?

— Sachez qu'il m'a déplu d'avoir à être brusque.

— À quel propos ?

— Vous ne lui avez rien expliqué.

Seigneur, tout ce sang…

Rose s'agita dans son sommeil. La fratrie lui jeta un bref regard.

— Il est des choses qu'il vaut mieux découvrir peu à peu, argua le comte.

— Pas lorsqu'elles sont de cette importance.

— *Surtout* lorsqu'elles sont de cette importance…

— Avez-vous songé à ce qui aurait pu se passer ?

— Rien tant que vous étiez là pour veiller. Et c'est ce que vous avez fait, n'est-ce pas ?

— Peut-être, mais je n'ai guère apprécié. Il me déplaît qu'elle ne sache rien de son état… Parlez-lui. Dès que possible.

— Pour lui dire quoi ?

— La vérité, bien sûr !

— La vérité s'imposera bien assez tôt. En précipiter la découverte ferait plus de tort qu'autre chose.

— Allons, Artus, songez à ce que ce fut pour vous…

— Croyez-vous que j'ai oublié ?

— En ce cas, parlez-lui. Cela vaudra mieux, je vous l'assure.

— J'en doute.

— Diantre ! Si vous ne vouliez rien dire, il ne fallait pas le faire ! Cela nous aurait épargné ces complications !

— J'ai fait ce que j'ai jugé être le mieux.

— Alors continuez dans cette voie.

— Soit, soit… Puisque vous y tenez tant, mon frère, je m'incline… Je tâcherai de lui parler lorsque le moment sera propice.

— Vous ne le regretterez pas.

— … sang, marmonna Rose.

Ils baissèrent derechef les yeux sur elle. Le nez dans le pourpoint satiné d'Artus, la jeune femme dormait à poings fermés. Les deux frères échangèrent un regard, puis le silence retomba dans le carrosse.

Chapitre 9

Un léger tintement métallique la tira du sommeil.

À travers l'entrelacs de ses cils, Rose distingua au-dessus d'elle un ciel de lit abondamment sculpté. Elle cilla à plusieurs reprises, tentant de se souvenir où elle se trouvait.

— Bienvenue, *lady*.

Prenant appui sur ses coudes, elle se redressa.

Artus se tenait à deux mètres de là, dos tourné, debout devant un imposant buffet de bois sombre aussi travaillé que le lit. Il manipulait quelque chose qu'elle ne pouvait distinguer.

Un peu groggy, Rose étudia néanmoins les alentours. Elle était étendue sur une couche aux proportions extravagantes, sise au centre d'une pièce non moins grande. Mis à part le buffet, elle pouvait voir deux énormes coffres, une longue table chargée de divers ustensiles de toilette, et une plus petite, surmontée d'une belle écritoire. Elle remarqua aussi que sur un coin de la grande table reposait son propre coffret, au pied duquel sommeillait la clef d'or, toujours passée sur sa chaînette. Poursuivant son inspection, elle vit que sur le mur, près du buffet, était suspendu un vaste miroir. Un second, de petite taille, reposait sur la longue table. Les murs, couverts d'un tissu rouge sombre, étaient parsemés de nombreux tableaux aux cadres dorés. À chaque angle de la pièce trônait une haute torchère d'argent ciselé, supportant son lot de bougies de cire. L'ensemble dégageait une impression de luxe feutré.

Une chose pourtant manquait à cette chambre.

Il n'y avait aucune fenêtre…

S'aidant de ses mains pour déplacer l'imposante robe de soie noire dont elle était revêtue, Rose s'assit au bord du lit. Autour de son cou se déploya le sautoir de perles qu'Artus lui avait offert. Déroutée, elle tourna les yeux vers le comte. Il fit volte-face, avec en main l'un de ses somptueux calices d'or.

— Comment vous portez-vous ce soir ? s'enquit-il en le lui apportant.

Rose considéra la question. Elle se sentait tout à fait bien. Nulle douleur d'aucune sorte, nulle fatigue ne venait la troubler.

— Très bien, merci… Où sommes-nous ?

— Au manoir, dans ma chambre.

— Comment ça ? Sommes-nous déjà à Boissy ?

Artus hocha la tête. Il s'assit auprès d'elle, un fin sourire aux lèvres. Rose nota la fragrance sucrée, capiteuse, qui émanait de lui. Jusqu'ici, le comte n'avait jamais porté de parfum. Or celui-ci était à l'évidence de toute première qualité.

— Nous sommes arrivés hier, après trois nuits de voyage.

— Seulement ? s'étonna Rose. Quelle prestesse ! Je pensais que nous au…

Elle s'interrompit, effarée.

— Seigneur, chuchota-t-elle après un court instant. Je ne me souviens de rien…

— Vous avez dormi tout le long du trajet.

— Pendant trois jours ?

— Oui.

Rose rejeta cette explication d'une véhémente dénégation :

— Sans boire ni manger ? Allons, cela ne se peut !

— Si, *lady*, vous avez bu.

— Je n'en ai pourtant nul souvenir.

— Votre sommeil était fort profond, vous n'en sortiez qu'à peine.

— Mais…

— N'êtes-vous pas au mieux, à présent ?

— … si.

— Eh bien, n'est-ce pas là le principal ? souligna Artus, rassurant. Allons, buvez, *lady*. Vous en avez besoin.

Rose baissa le nez sur la coupe qu'il lui tendait. Son larynx était en effet un peu aride. S'emparant du calice, elle trempa les lèvres dans le liquide écarlate. Il s'agissait d'un vin aigre-doux, fort différent de ceux qu'elle avait goûtés jusque-là. Néanmoins cette nouvelle saveur la ravit. Elle vida la coupe d'une seule traite.

Le breuvage coula dans sa gorge, telle une nappe de miel.

— Encore ? demanda Artus.

Rose opina avec enthousiasme.

Lui prenant le calice des mains, le comte s'en retourna vers le buffet. Près d'une cruche de vin reposait la fiole d'argent à laquelle Adelphe l'avait fait boire le matin de leur départ. Rose comprit à ses gestes que son hôte mélangeait les deux boissons dans le calice. Il le lui ramena bientôt, plein à ras bord. Rose le but avec avidité. Elle songea même à en réclamer un troisième, mais…

— Cela suffira, décréta Artus.

Bien qu'elle eût encore soif, la jeune femme ne protesta pas. Et tandis que le comte retournait déposer la coupe vide sur le buffet, elle détailla d'un œil perplexe la tenue qu'elle portait.

— Cette robe n'est pas à moi, constata-t-elle.

— Maintenant si.

— Je n'ai pas souvenir de m'en être revêtue.

— C'est que j'ai pris la liberté de vous passer une tenue propre après ce long voyage, *lady*. En êtes-vous fâchée ?

Après réflexion, Rose dut convenir que non.

— Non… Je vous sais gré d'avoir bien voulu vous en inquiéter, ajouta-t-elle.

Artus se fendit d'un sourire enjôleur, puis lui tendit la main. Répondant à cette invitation, elle le rejoignit sur-le-champ. Il l'entraîna ensuite jusqu'au grand miroir, devant lequel il la plaça :

— Voyez comme ce long sommeil vous aura été bénéfique, *lady*…

Confrontée à son reflet, Rose en resta muette.

Or, cette fois, ce ne furent ni les cernes ni la pâleur de sa peau qui la stupéfièrent. Au contraire. Son teint était délicieusement frais, et, sous ses longs cils noirs, l'ambre de ses yeux se faisait éclatant. Sur ses épaules, ses cheveux déployés paraissaient faits d'une soie dont la couleur singulière ressortait comme jamais. Même sa bouche semblait plus rose… Elle en avait presque peine à se reconnaître…

Pourtant, chacune des lignes de ce visage était sienne. Elle n'avait pas réellement changé. C'était plutôt comme si elle s'était magnifiée. Comme si jusque-là elle n'avait été qu'un bourgeon, et que ce soir elle venait enfin d'éclore…

— Vous êtes divine, ronronna Artus à son oreille.

Captant dans le miroir un bref chatoiement, Rose contempla le reflet du comte. Elle n'y vit rien de particulier. Reportant alors son attention sur sa propre image, elle murmura :

— Que m'avez-vous fait ?

— *Lady*, je m'offusque que vous ne vous en souveniez pas, rétorqua Artus avec un sourire matois.

Résistant vaillamment à l'embarras que suscita cette allusion, Rose insista :

— Je ne parle pas de cela.

— De quoi d'autre en ce cas ?

Ils échangèrent un regard par miroir interposé. La jeune femme, déconfite, garda le silence. Que comptait-elle lui demander au juste ? S'il l'avait mordue ?

— Eh bien… il m'a semblé que…

— M'accompagneriez-vous jusqu'à la grande salle ? s'enquit subitement le comte en s'éloignant vers la porte. Adelphe nous attend. Il sera enchanté de vous voir rétablie.

— Ah… oui… Oui, bien sûr.

Rose s'engagea à sa suite avec un certain empressement, soulagée qu'il lui offrît une échappatoire. Il la précéda dans un couloir un brin lugubre, jalonné de torchères semblables à celles de la chambre. Verrouillant derrière eux la pesante porte, il rangea la clef dans une petite sacoche pendue à sa ceinture. Après quoi ils remontèrent ensemble l'interminable corridor, aux murs vierges de toutes ouvertures, jusqu'à parvenir à un étroit escalier en colimaçon qui s'élançait vers le plafond.

Interdite, Rose se tourna vers son hôte :

— Votre chambre serait-elle souterraine ?

— En effet, confirma Artus en la devançant dans les marches.

— Je croyais que vous aimiez la lumière ?

— En effet, se borna-t-il à répéter.

Manifestement, il n'avait pas l'intention d'en débattre. Rose ajouta donc cela à la liste des fantaisies de son amant, et poursuivit son chemin en silence.

L'escalier n'en finissait plus de monter. Et, pour ne rien arranger, Artus pressa le pas à mi-parcours. Rose parvint néanmoins à le suivre, et lorsque enfin ils débouchèrent au rez-de-chaussée, elle nota, à son grand étonnement, n'être pas même essoufflée. Continuant leur route, ils traversèrent un nouveau couloir qui les mena au pied d'un vaste escalier d'honneur. De là, Artus les conduisit par diverses antichambres toutes plus cossues les unes que les autres. Pour finir, ils débouchèrent devant une double porte blanche, que deux laquais se hâtèrent d'ouvrir à leur arrivée.

Une spacieuse salle rectangulaire se révéla à eux. Ici, la hauteur sous plafond faisait presque deux fois la taille que Rose était accoutumée à voir. Sur les murs parés de boiseries, des dizaines de tableaux rivalisaient de richesse avec les tapisseries qui s'intercalaient entre eux ; exception faite du mur face aux portes, qui était pour sa part couvert de hautes et larges fenêtres, elles-mêmes bordées de tentures en velours grenat et lambrequins de fil d'or. Quelques mètres à gauche du seuil, une cheminée plus grande encore que celle de la maison de Darnétal trônait entre deux somptueux dressoirs, chargés de vaisselle d'or. Au centre de la pièce, un énorme lustre surplombait une table en bois d'ébène adroitement ouvragée, flanquée de dix chaises recouvertes de damas. Tout ceci ne comptait pas, bien sûr, les divers bahuts, guéridons, torchères, et autres sièges qui émaillaient également la pièce.

Adelphe était d'ailleurs assis dans l'un de ces sièges. Il discutait avec un homme installé face à lui, dans l'un des quatre fauteuils disposés près de l'âtre. Rose fut immédiatement frappée par ce qu'exhalait l'inconnu. C'était une sorte d'émanation enveloppante et froide comme le frimas, qui s'accentua à mesure qu'Artus et elle avancèrent. À leur approche, Adelphe leva la tête. Le trouble qui passa sur ses traits lorsqu'il la vit surprit Rose autant qu'il la gêna. Elle détourna les yeux. Adelphe et son invité quittèrent alors leurs sièges.

— Bonsoir, Magnus.

— Bonsoir, *jarl* Artus.

Ce mot… Rose l'avait entendu dans une autre bouche, parée d'un accent semblable. Prise d'angoisse elle faillit reculer, mais Artus pivota vers elle et l'incita à s'approcher davantage.

— Lady Rose, voici M. Meyer.

Ce dernier paraissait plus jeune qu'Adelphe. Il avait un visage doux, quoique commun, et arborait une petite moustache. Ses yeux gris la détaillèrent une seconde, puis il esquissa une demi-révérence.

— Madame.

— Monsieur, répondit Rose, un peu raide.

— C'est donc bien ce qui motiva votre absence, ajouta Magnus en se tournant vers leur hôte. Nous avions pourtant plus important à traiter ici.

Artus émit de petits clappements de langue réprobateurs.

— Je n'ai point toléré les bavardages de votre mentor, ce n'est pas pour m'encombrer des vôtres, Magnus, fit-il posément. Si c'est tout ce que vous aviez à dire, je ne vous retiens pas…

Le jeune homme s'inclina, contrit.

— Veuillez me pardonner, monsieur.

Artus l'ignora. Désignant un siège à Rose, il en prit un lui-même. Ce ne fut que lorsqu'ils furent tous deux assis qu'il daigna enfin répondre :

— Va pour cette fois.

Puis il invita le visiteur à se rasseoir d'un geste indolent. Magnus reprit place, imité par Adelphe, mais l'atmosphère s'était notablement rafraîchie.

— J'écoute, dit alors le comte.

— Olaf m'envoie…

— Quelle surprise.

— … vous dire que l'émissaire a disparu.

Adelphe fronça brièvement les sourcils. Artus plissa les yeux.

— Alors qu'hier nous nous rendions à son repaire, nous avons trouvé la porte fracassée et l'endroit désert.

— Qui cela, « nous » ? s'enquit le comte.

— Un autre novice et moi-même.

— N'était-il pas question que l'émissaire gagne un lieu différent ?

— Si, mais après la disparition d'Erik et la perte de son novice, Olaf s'est ravisé. Il a jugé inutile de lui faire courir un risque supplémentaire en l'envoyant par les routes.

— Je vois…

— Olaf a aussi voulu que vous soyez prévenu au plus tôt, *jarl* Artus, c'est pourquoi je suis ici.

— Qui d'autre a connaissance de cet incident ?

— Seulement nous cinq… Nous six maintenant, corrigea Magnus en jetant un œil à Rose.

Les mains sagement posées sur ses genoux, cette dernière demeura silencieuse. Ce que le jeune homme relatait avait sans doute trait à ce qui avait ramené Artus ici, cependant elle aurait préféré n'en rien entendre. Tout cela commençait à l'effrayer.

— Mieux vaut ne pas ébruiter la chose davantage, fit Artus.

— Nous n'en avions pas l'intention.

— Y avait-il quoi que ce soit de notable au repaire de l'émissaire ?

— L'endroit était sens dessus dessous. Certains meubles n'étaient plus que miettes…

— Les serviteurs ?

— Aucun ici, il voyageait seul depuis son retour du Nouveau Monde.

— Autre chose ?

— Non, rien d'autre.

— Soit.

Artus se leva. Magnus en fit autant, comprenant qu'il s'agissait là de sa sortie. Au même instant, la double porte s'ouvrit, tenue par les deux laquais de faction.

— Faites savoir à Olaf que je le remercie pour ces informations. Je lui rendrai visite sous peu.

— Entendu.

Le jeune homme salua brièvement Rose, puis les frères d'Holival, et se dirigea ensuite vers les portes.

Les valets refermèrent derrière lui. La pièce plongea alors dans un silence religieux que Rose n'osa pas briser. Pour tromper sa nervosité, elle se mit à étudier les tapisseries. L'une d'elles était ornée de grandes armoiries. L'on pouvait y voir un écu rouge, bordé d'un liseré doré. Ce liseré était parsemé de huit cercles bleus, placés à égale distance les uns des autres. Au centre de l'écu siégeait un aigle d'or aux ailes déployées. Surmontant l'ensemble, un heaume couronné servait d'ancrage à de grands lambrequins rouges à l'envers doré, qui descendaient en cascade de part et d'autre de l'écusson.

Sans doute les armes du comte, songea Rose.

— *En effet,* lady.

Elle pivota vers Artus si brusquement que ses vertèbres craquèrent. Ce dernier esquissa un sourire, puis se tourna vers Adelphe. Rose, confuse, se demanda si elle avait parlé à haute voix…

— Qu'en dites-vous ? demanda le jeune homme à son aîné.

— Que je ne suis guère convaincu. Quoi qu'ait ramené l'émissaire de son lointain périple, cela n'a jusqu'ici jamais attaqué ailleurs qu'à ciel ouvert. J'ai peine à croire que cela ait soudain changé.

— En effet… Du reste, si cela pouvait le dénicher si aisément, pourquoi attendre qu'il arrive ici avant de l'abattre ?

— Vous pensez donc que l'émissaire n'est plus, nota Artus.

— Pas vous ?

— Si, je suis de cet avis.

— Mais si ce n'est pas le fait de ce… cette chose qui rôde, du fait de quoi alors ?

— Du fait de *qui*, dirais-je, corrigea le comte.

Adelphe souleva un coin de lèvre en un demi-sourire attentif. Rose, elle, peinait à concevoir ce que suggérait cette étrange discussion.

— Sauriez-vous quelque chose, mon frère ?

— Il se pourrait. Pour en être certain, je vais avoir besoin de votre concours.

Adelphe se pencha légèrement en avant, l'attitude volontaire :

— Dites.

— Je voudrais que vous partiez pour le repaire de l'émissaire aux premières lueurs de l'aube. Une fois là-bas, vous trouverez un meuble portant les armes de Paris. Cherchez à l'intérieur.

— Que dois-je y trouver ?

— Je l'ignore. Mais je présume que vous le saurez lorsque vous l'aurez déniché… Toutefois il vous faudra faire vite, car je crois qu'Hilda se présentera.

— La jeune servante d'Olaf ? fit Adelphe, songeur. Il aurait donc à voir dans tout cela…

— Possible. Si elle se présentait, vous pourriez user de votre charme naturel pour tenter d'apprendre ce qu'elle sait. Cela ne devrait pas être trop difficile, n'est-ce pas ?

Adelphe décocha un large sourire à son frère, qui le lui rendit, une lueur malicieuse au fond des yeux. Or, cet échange de regards entendus causa chez leur invitée un profond malaise. Si bien qu'elle détourna la tête.

— D'abord Erik Janssen, reprit le comte en s'éloignant vers la cheminée. Maintenant l'émissaire… Les choses s'emballent.

— Ne trouvez-vous pas curieuse la disparition d'Erik ?

— De tous les Oström, le seul prétendument en mesure de faire de l'ombre à Olaf disparaît subitement… Quel hasard ! ironisa Artus.

Adelphe eut un petit rictus amusé.

— En revanche, fit-il, je vois mal en quoi l'émissaire aurait pu gêner le vieux Viking.

— Il savait peut-être quelque chose.

— Mais quoi ?

— Si j'avais la réponse, je n'aurais pas besoin de vous envoyer la chercher.

— Mmm… Je verrai ce que je peux trouver.

— Surtout soyez prudent, recommanda Artus. Ne dites rien qui puisse alarmer Hilda. Nous ne pouvons risquer un conflit ouvert.

— Les Oström non plus, fit remarquer Adelphe.

— Sait-on jamais…

— Vous les pensez mieux préparés que nous le sommes ?

— Non, mais je me méfie d'Olaf.

— Seul, il ne peut rien. Les siens ne le suivraient pas sur cette voie.

— Je préfère néanmoins me tenir sur mes gardes.

— Je comprends, et vous faites bien. Cependant, je persiste à penser que s'ils avaient eu cette idée en tête nous n'aurions conclu aucune alliance.

— Nul pacte n'a jamais empêché la traîtrise, répliqua Artus. Et celui-ci commence à se faire vieux.

— Peut-être... Mais je ne crois pas que ce soit un risque véritable. Olaf aurait trop à perdre à nous défier.

— Nous aussi... Restez sur vos gardes, Adelphe, c'est tout ce que je vous demande.

— Soyez tranquille. Tout ira bien.

Rose les dévisagea tour à tour. Quoi qu'ils puissent en penser, elle n'était pas disposée à les laisser l'ignorer de la sorte plus longtemps.

— Mais enfin de quoi parlez-vous ? intervint-elle. Vous m'alarmez, messieurs ! Menacerait-on vos terres ? Seriez-vous sur le point d'entrer en guerre avec quelque seigneur ?

Adelphe la considéra d'abord avec étonnement, comme s'il avait oublié qu'elle se trouvait là, puis il prit un air contrarié.

— Ce n'est pas à moi de vous répondre, comtesse, fit-il en épinglant son frère d'un regard aigu.

— Non, *lady*, rien de la sorte, assura aussitôt ce dernier. N'ayez crainte, il n'y a là que radotages et billevesées de deux vieux compères.

Rose pinça les lèvres. Qu'elle n'ait pas tout saisi de ce qui venait de se dire, admettons. Mais il lui déplaisait que le comte la prenne à ce point pour une sotte.

— Quel que soit votre charme naturel, cela ne me rendra pas sourde pour autant, rétorqua-t-elle fraîchement.

Artus se fendit alors d'un sourire désarmant, auquel elle eut bien du mal à résister

— Je vois cela..., dit-il. Eh bien, disons qu'il est un peu tôt pour que vous vous préoccupiez de ces affaires-ci, *lady*. Cela vous satisfait-il ?

— Non, toutefois je gage que mes propres atouts ne suffiront pas à vous faire changer d'avis.

Le sourire d'Artus s'élargit. S'approchant de sa superbe maîtresse, il lui effleura la joue d'une caresse. Malgré elle, celle-ci se sentit fondre.

— Nous avons du nouveau concernant vos affaires, *lady*, déclara-t-il ensuite. J'ai fait porter un message au maréchal de Cossé.

La jeune femme retrouva promptement pied dans la réalité :

— Va-t-il nous recevoir ?

— Malheureusement, le maréchal a quitté Paris il y a un mois de cela. Il est en route pour Blavet.

Blavet, une cité portuaire récemment récupérée des mains des Espagnols, était à des centaines de lieues d'ici. Ce qui signifiait que l'on n'allait pas revoir le maréchal de sitôt.

— Ne soyez pas amère, *lady*, il m'est venu une idée qui pourrait peut-être vous plaire.

— Quelle est-elle ?

— J'ai songé que nous pourrions visiter le si courtois marquis de Jouars.

Rose prit un instant de réflexion. Effectivement, le bal dont la date figurait dans le mystérieux livret de lord Edmund avait eu lieu chez le marquis.

— Vous pensez qu'il sait quelque chose ? demanda-t-elle

— Je me propose d'aller le lui demander.

— Croyez-vous qu'il répondra ?

— Je sais être très persuasif… Puis cela ne coûte rien d'essayer, non ?

Elle n'avait certes plus rien à perdre…

— Entendu, dit-elle. Quand irons-nous ?

— Pourquoi pas maintenant ?

— Voyons, Artus, protesta Adelphe, ne préféreriez-vous pas avoir avant cela une conversation avec lady Rose ?

Le comte posa sur son frère un regard acéré :

— Je n'ai nul besoin de vous pour déterminer ce que je souhaite faire, Adelphe.

Le jeune homme s'assombrit.

— Vous aviez dit que vous le feriez, persista-t-il néanmoins.

— Et je tiens toujours parole… Cependant rien ne presse. Cela peut attendre notre retour.

— Soit.

Se levant, Adelphe rajusta sa mise en quelques gestes secs. Son agacement était palpable.

— En ce cas, je vais donner ordre que l'on selle vos chevaux.

— Faites donc cela, oui…

Les deux frères échangèrent une œillade orageuse, puis le plus jeune s'en fut vers la porte. Intriguée, Rose pivota vers son amant.

— De quoi devez-vous m'entretenir ?

— Plus tard, j'ai dit !

Elle le toisa, contrariée, mais s'abstint toutefois de répliquer. Jusque-là, Artus n'avait jamais été sujet aux accès d'humeur. La fatigue le rendait peut-être acariâtre.

— J'aimerais passer une autre tenue pour monter à cheval, signifia-t-elle.

— À ce propos, *lady*, m'accorderiez-vous la grâce de monter en croupe sur mon coursier ? Je sais que cela disconvient à votre rang, mais ce cheval est robuste. Sur son dos nous gagnerions Paris bien plus vite que si vous suiviez sur une haquenée.

Rose se rembrunit. Cette perspective ne l'enchantait guère.

— Pensez-vous donc pouvoir obtenir de moi n'importe quelle fantaisie ?

— C'est pour vous seule que j'envisageais ce voyage, rétorqua le comte sur un ton sirupeux. Néanmoins, si cela vous semble inopportun, je peux tout à fait l'oublier et me consacrer à mes propres affaires…

Un picotement désagréable, porteur d'une sourde angoisse, serpenta le long de l'échine de la ravissante comtesse. Écrasant son amant d'un regard noir, elle se détourna et se dirigea vers les portes. Alors qu'elle les atteignait, celles-ci s'ouvrirent comme par enchantement.

— Menez madame à la garde-robe, ordonna Artus depuis l'autre bout de la pièce. Tâchez de vous presser, *lady*.

Rose continua sa route en feignant ne pas l'avoir entendu.

On la conduisit à l'étage, jusque dans une vaste pièce au bout d'un long couloir. Là se trouvaient toutes les tenues dont elle aurait pu rêver, si toutefois ses aspirations s'étaient cantonnées à l'élégance de sa mise. Renonçant à s'expliquer cette abondance de robes, qui semblaient en outre être toutes à sa taille, Rose se contenta d'en élire une. Son choix se porta sur une modeste tenue de velours noir. Avec l'aide des deux chambrières dépêchées tout exprès, elle la revêtit en un instant. Après quoi l'une des jeunes filles la raccompagna au vestibule, où Artus l'attendait.

Ce fut les yeux obstinément rivés sur le dallage que Rose le rejoignit. À peine s'immobilisa-t-elle à son côté qu'une superbe rose rouge fit irruption dans son champ de vision.

— Ne vous avais-je point dit qu'il m'arrivait d'être d'une affreuse indélicatesse ? fit le comte d'une voix feutrée.

Sans attendre la réponse, il lui saisit la pointe du menton de sa main libre et l'incita à lever la tête. Le sourire angélique, les yeux étincelants à la lumière des flambeaux, il la couva du regard :

— Me pardonnerez-vous, ma radieuse lady ?

Rose essaya de toutes ses forces de lui résister. Mais, comme son cœur se serrait douloureusement, un sourire attendri naquit sur ses traits.

— Dois-je comprendre que vous m'accompagnerez ?

Elle donna son assentiment d'un léger signe de tête. Artus se tourna alors vers un laquais posté dans un coin et tendit la main. Le domestique trottina jusqu'à lui, puis déposa dans sa paume un loup noir rehaussé de diamants et de broderies d'argent.

— Voyons, c'est trop…, souffla Rose.

En guise de réponse, Artus se contenta de sourire. Puis, ainsi qu'il l'avait fait plusieurs nuits auparavant, il noua le masque pour elle. Confiant la fleur au laquais, il conduisit ensuite sa maîtresse vers la porte principale. Sur le point de l'ouvrir, il fit soudainement volte-face.

Surprise, Rose l'imita.

Adelphe se tenait au milieu du hall, bras croisés.

Sans un mot, Artus détacha la bourse qu'il avait à la ceinture et la lança à son frère. Celui-ci l'attrapa d'un geste vif, puis s'engouffra illico dans la pénombre d'un étroit corridor. Un soir différent, Rose aurait sans doute interrogé le comte sur cette curieuse scène, mais elle retint sa langue. Le moment était à l'évidence mal choisi pour s'immiscer dans leur querelle. D'autant plus qu'elle savait y être indirectement mêlée. Ce fut donc en silence qu'elle suivit Artus au-dehors.

Une fois sortie, elle oublia l'incident au profit d'une autre curiosité : celle de sa nouvelle résidence. S'éloignant de quelques pas, elle se retourna pour pouvoir la contempler. Elle découvrit une sobre bâtisse, anguleuse et blanche. Large comme deux fois le manoir de Carville, la demeure s'élançait sur trois étages. À ses pieds s'étendait un moelleux tapis d'herbe verte, fendu en son centre par un chemin sablonneux. Et bien que Rose ne pût voir l'arrière du manoir, elle supposa qu'il devait y avoir là un jardin.

— Je vous mènerai au parc dès que possible, fit Artus. Mais pour le moment nous devons profiter du temps qu'il reste.

Rose se tourna vers lui, vaguement inquiète. Cette fois, elle était certaine de n'avoir pas parlé à haute voix. Comment avait-il deviné ce à quoi elle songeait ?

Artus esquissa un sourire. À son côté, un énième laquais tenait la bride de son magnifique pur-sang. Piaffant d'impatience, la bête paraissait prête à s'emballer au moindre signe.

— Approchez, *lady*, que je vous mette en selle.

Rose s'exécuta. En un tournemain, le comte la jucha sur le coursier, avant d'y prendre place lui-même.

— À cette heure il n'y aura personne pour nous voir passer, dit-il. Aussi n'hésitez pas à vous tenir fermement.

La jeune femme mit un instant à comprendre. S'il n'y avait aucun risque qu'ils soient vus, c'était parce qu'il faisait nuit noire – ce qu'étrangement elle n'avait pas noté jusqu'ici. Un brin abasourdie, elle enroula néanmoins les bras autour de la taille d'Artus. Ce dernier émit un unique clappement de langue. Aussitôt l'étalon s'élança au triple galop, les sabots martelant le sol avec un bruit de tonnerre.

Saisie par l'impétuosité de la bête, Rose faillit tomber. Elle raffermit sa prise juste à temps et se serra contre le dos du cavalier. Ils remontèrent l'allée en trombe, puis passèrent sous une énorme arche de pierre. La comtesse eut le temps d'entrevoir une escouade de gardes armés de part et d'autre du portail grand ouvert, puis les murailles du domaine disparurent derrière eux.

De chaque côté de la route, le sous-bois défilait à une rapidité effarante. Comme elle en observait la végétation luxuriante, Rose prit brusquement conscience qu'elle y voyait aussi nettement qu'en plein jour. Leur allure, incroyablement véloce, ne constituait pas un obstacle à l'acuité de son regard. Elle se découvrit capable de distinguer les moindres détails du paysage. Du nid de mésanges caché dans le tronc d'un chêne au renard dissimulé dans les fougères, rien n'échappait à son œil acéré. Le pur-sang fit alors une brusque embardée sur la gauche. Exécutant un saut prodigieux au-dessus du talus, il s'engouffra au grand galop dans la sylve ténébreuse.

Tandis qu'il caracolait au milieu des arbres, Rose s'enivra de cette nature emplie de senteurs exotiques, et bruissant d'un milliard de sons jamais perçus jusqu'ici.

Un sourire béat lui monta aux lèvres. Elle se sentait merveilleusement bien. Même la folle énergie qu'elle devait déployer pour rester en selle ne parvenait pas à entamer ses forces. C'était comme si son corps avait abrité la fontaine de jouvence. Autant qu'elle sût, ce périple pouvait durer toujours…

Pourtant, après une course aussi longue qu'effrénée, les faubourgs de la capitale finirent par surgir devant eux. Décélérant grandement, ils mirent le cap sur l'une des portes de la ville.

Toujours serrée contre le dos de son amant, Rose découvrit alors la faune qui s'ébattait dans les rues de Paris à la nuit tombée. Des tire-laine aux filles de joie, il y avait là un large éventail de ce que la misère pouvait engendrer de pire. Un gentilhomme à cheval, seulement accompagné d'une femme, constituait sans doute pour eux une cible de choix ; néanmoins, personne ne chercha à les arrêter. Tout au plus leur jeta-t-on quelques coups d'œil furtifs. Ainsi parvinrent-ils sans encombre jusque dans la cour pavée de l'hôtel des Bruyères, résidence du marquis de Jouars.

Sautant à bas de leur monture, Artus aida sa maîtresse à en descendre. La jeune femme encore entre les bras, il demanda :

— Regrettez-vous ce voyage, *lady* ?

Celle-ci le contempla sans répondre.

D'abord il y avait eu ce rêve, puis ce mal étrange suivi d'un sommeil inexplicable, et maintenant cela ? Si, jusqu'ici, Rose avait feint d'ignorer les mystères entourant le comte de Janlys, l'impensable odyssée qu'elle venait de vivre mettait un terme à l'ère des faux-semblants. Il était temps de lever le voile sur son mystérieux chevalier servant.

— Qu'êtes-vous ? demanda-t-elle à mi-voix.

Artus se fendit d'un sourire enjôleur.

— Que voudriez-vous que je sois ?

Plutôt qu'à cela, Rose songea à ce qu'elle redoutait qu'il fût. Tandis qu'elle refoulait dans un frisson cette pensée dérangeante, Artus se détourna. Sans prendre la peine d'attacher leur coursier, il alla actionner le lourd heurtoir suspendu à l'une des portes d'entrée de la résidence.

— Ne me répondrez-vous pas ? s'indigna Rose, restée en retrait.

— Il vous aura fallu des semaines avant de me poser cette question, *lady*, lança le comte par-dessus son épaule. Je gage que vous saurez patienter quelques heures de plus pour obtenir une réponse.

Rose ne trouva que répliquer. Il disait vrai ; cent fois elle avait eu l'occasion de l'interroger, ou de prendre la fuite devant ses bizarreries. Pourquoi ne l'avait-elle pas fait ?

Troublée, elle le rejoignit cependant sur le perron.

Artus frappa derechef. Une demi-minute passa sans que rien ne bouge, puis Rose perçut un infime chuintement. Il lui sembla que l'on approchait. En effet la porte s'entrebâilla bientôt, révélant la figure exténuée d'un laquais.

— Qu'est ce que c'est ? grommela-t-il.

— Allez chercher votre maître, somma le comte, laconique.

Le valet resta un instant sans réaction, puis fit volte-face. Artus poussa alors l'huis resté entrouvert et pénétra dans le vestibule, Rose sur les talons. À leur entrée deux sentinelles se levèrent, la main sur la garde de l'épée. Artus leur jeta un bref coup d'œil :

— Assis.

Les plantons s'immobilisèrent, hébétés, puis se laissèrent lourdement retomber sur leur banc. S'en désintéressant illico, le comte alla se planter au milieu du hall, bras croisés, dans une immobilité parfaite. Rose, elle, n'osa pas avancer. Depuis le seuil, elle attendit anxieusement la suite des événements. Une poignée de minutes s'écoula avant qu'un homme en peignoir parût enfin dans l'escalier, chandelier à la main.

— Bien le bonsoir, monsieur le marquis, salua Artus à son approche.

Jouars haussa la chandelle au-dessus de sa tête afin d'en projeter plus avant la clarté vacillante.

— Janlys ?

— Lui-même.

— Que voilà une visite tardive, monsieur !

— Nous avons besoin de vos lumières.

— Mes lumières ? répéta le marquis, irrité. Cela ne pouvait-il précisément attendre le jour ?

— Hélas non…

Artus obliqua vers une porte latérale. Interloqués, Rose et le marquis lui emboîtèrent tout de même le pas. Ils entrèrent tous trois dans une antichambre pourvue de nombreux sièges. D'un ample geste du bras Artus les désigna au maître des lieux, qui en choisit un, et s'affala dedans.

— Lady Rose et moi voudrions parler du grand bal que vous avez donné en mai, monsieur.

Perplexe, Jouars tourna les yeux vers la jeune femme. Réalisant qu'elle portait toujours son loup, cette dernière s'en défit prestement.

— Mademoiselle de Greer ?

— Bonsoir, monsieur.

— Pardonnez-moi, mademoiselle, mais je suis fort étonné de vous trouver là…

— Nos interrogations concernent le père de lady Rose, intervint Artus, attirant de nouveau sur lui l'attention du marquis.

— Que voulez-vous savoir qui soit si pressé ?

— Le soir du bal, lord Greer a-t-il eu une entrevue particulière avec le maréchal de Cossé ?

Jouars resta bouche bée.

— De quoi devaient-ils traiter ? enchaîna le comte.

— Je l'ignore.

— Vous mentez.

— Je ne vous permets pas, monsieur ! s'exclama le marquis dans un sursaut de colère ulcérée.

Artus l'épingla d'un regard torve. Une faible lueur dansa au fond de ses iris.

— J'ai posé une question, susurra-t-il en détachant avec soin chaque syllabe.

Jouars inclina la tête de côté, comme s'il écoutait quelque mélodie fantomatique. Son expression passa soudain de courroucée à vacante.

— Ils devaient se voir à propos du comté de Greer, fit-il.

Rose, éberluée, douta de ce qu'elle venait d'entendre. Que diable le fief familial venait-il faire là-dedans ?

— Il était question que M. de Greer recouvre ses terres et son titre, ajouta Jouars.

— En quoi Cossé aurait-il pu l'y aider ?

— Oh, pas lui, bien sûr. Enfin pas directement. L'on avait dépêché un ambassadeur pour régler cela.

À ces mots, Rose se remémora l'Anglais à la fraise extravagante qu'elle avait remarqué ce soir-là. Artus, lui, se fit songeur :

— Voilà beaucoup d'effort pour un exilé. Que lui valait pareille faveur ?

— Je l'ignore.

Pivotant vers le comte, Rose vit son regard s'illuminer d'un intense éclat vert.

Ce n'est pas un rêve, songea-t-elle, hagarde. *Je sais que je ne dors pas.*

— Je j-jure que je l'ignore, bredouilla Jouars.

Artus eut une moue ennuyée.

— Il dit vrai, confirma-t-il.

Oublieuse du marquis et de ses révélations, Rose observait fixement le comte. Pétrie d'angoisse autant que d'émerveillement, elle se demanda s'il était l'un de ces dieux païens dont les fables campagnardes regorgeaient.

Un sourire aux coins des lèvres, Artus se tourna alors vers elle.

— Non, je ne suis pas un dieu.

Rose eut un brusque mouvement de recul. Ses jupes butèrent dans une petite table qui manqua de se renverser.

— N'ayez pas peur, *lady*.

— Vous... comment avez-vous su que...

— Je vous ai entendue.

— C'est faux, je n'ai pas parlé !

Il fit mine d'avancer, mais la jeune femme battit encore en retraite. Le comte plissa les yeux, l'air presque peiné.

— Ne me fuyez pas. Je ne suis pas une menace pour vous.

— Ce n'était pas un rêve, fit Rose dans un murmure angoissé. Il s'est vraiment passé quelque chose cette nuit-là… Je ne voulais y croire mais… Que m'avez-vous fait ?

— Je vous ai donné ce que vous désiriez.

— Mais j…

— Vous souhaitiez être libre, poursuivit Artus. Délivrée du joug des hommes. Émancipée à jamais de leurs contraintes et de leurs lois… J'ai exaucé votre vœu.

Il se remit à avancer. Lentement. Et, à chacun de ses pas, Rose eut la sensation confondante qu'il emplissait davantage l'espace, jusqu'à dominer toute chose par sa seule présence.

— … qu'êtes-vous ? souffla-t-elle.

Artus s'immobilisa. En fait de réponse, il se contenta de l'observer.

— Dites-le-moi… je dois savoir…

— Il est des choses qu'il faut prendre le temps de découvrir, *lady*.

— Vous êtes un sorcier ? susurra-t-elle alors. C'est cela, n'est-ce pas ? Oui… ce ne peut-être que cela…

— Quand bien même ce serait le cas, m'abandonneriez-vous ?

Un lourd silence tomba sur la pièce. Suspendue au regard de son insaisissable protecteur, Rose comprit soudain qu'elle était incapable de le quitter. Non seulement il semblait être trop tard pour cela, mais cette seule idée l'emplissait d'une horreur bien supérieure à celle qu'elle ressentait en l'instant.

— Non, admit-elle, un nœud dans la gorge. Vous savez bien que non…

— Alors pourquoi vous mettre au supplice, *lady* ? chuchota Artus en s'approchant de nouveau. Ne pouvez-vous juste me garder votre confiance ? N'ai-je point toujours été bon pour vous, que vous doutiez ainsi de moi ?

— Si ce pouvait être aussi simple…

— Ce sera simple si vous voulez que ce le soit, Rose.

Il émanait de lui une telle assurance, un tel charme, que même maintenant que les derniers lambeaux d'aveuglement s'étaient désagrégés, la fascination surpassait la peur. Elle ne pouvait s'empêcher de l'admirer.

— … pourquoi m'avoir choisie, moi ?

— Eussiez-vous préféré que ce fût une autre ?

Rose pâlit. Du tréfonds de son être monta une protestation déchirante, qui lui arracha un rictus douloureux. Alors, un sourire aux coins des lèvres, Artus lui ouvrit les bras. Rose chancela. Ce simple geste rendait caduques toutes tergiversations. Quoi qu'il puisse être, quoi qu'il ait pu faire, elle voulait être sienne.

Rien désormais ne saurait la détourner de lui.

Vaincue, elle baissa la tête et alla se jeter dans ses bras. Artus l'y accueillit complaisamment, déployant une main en éventail sur sa nuque.

— Finirai-je sur un bûcher pour vous avoir suivi ? murmura-t-elle, la joue posée sur son épaule.

— Vous n'avez rien à redouter de ce monde.

— Vous m'en protégerez ?

— Ne l'ai-je pas toujours fait ?

Rose ferma les yeux. Elle aurait tellement voulu le croire…

Une pleine minute durant, le comte la garda enlacée, sans esquisser un mouvement ni prononcer une parole. Puis, finalement, lorsqu'elle eut trouvé assez de force pour relever la tête, il brisa le silence :

— Le marquis nous attend. Poursuivons, voulez-vous ?

Le marquis ! Rose l'avait complètement oublié ! Alarmée, elle pivota vers lui.

— N'ayez crainte, *lady*, il serait bien incapable de nous faire du tort.

Elle considéra le gentilhomme. Avachi dans son fauteuil, le cheveu hirsute, les yeux vitreux, le chandelier tremblotant dans sa main ridée, le marquis paraissait à peine conscient.

— Est-il souffrant ?

— Non. Il est juste… ailleurs… Vous sentez-vous prête à terminer cet entretien, *lady* ?

Rose tourna vers son amant un visage anxieux. Il la regardait, serein, de paisibles mouvances dansant à la surface de ses yeux d'émeraude… Soudainement apaisée, elle donna son assentiment d'un signe de tête. Lui adressant un fin sourire, Artus la lâcha, puis avança vers le gentilhomme.

— Qui d'autre y avait-il à cette entrevue, marquis ? demanda-t-il, comme si la conversation n'avait jamais cessé.

La brume qui opacifiait les yeux du vieil homme se dissipa. Il sortit de son hébétude et leva le nez vers eux.

— Personne, assura-t-il.

— Seulement le maréchal, lord Edmund, et l'ambassadeur anglais ?

— Oui.

— Y avait-il quelque invité inhabituel que Cossé vous aurait suggéré de convier ?

— Non.

— Moi je me souviens de quelqu'un, intervint Rose. Un homme est venu nous trouver, mon père et moi. Un homme grossier et suffisant, avec un grand nez et de petits yeux froids…

— Poisieu ? fit le marquis.

— Oui, c'est cela. C'est le nom que mon père a prononcé. Qui est-ce ?

— Antoine de Poisieu, baron d'Anglure. Un ligueur parmi les plus sévères.

Rose se passa une main sur le front avec un soupir las. Voilà que la Ligue catholique faisait son entrée. Les choses se compliquaient à l'envi, or elle n'était pas en état de les comprendre.

—Que vous a dit cet homme, *lady*? questionna Artus.

La jeune femme rassembla ses pensées.

—Je ne me souviens pas de grand-chose, cela est trop lointain. Je crois cependant qu'il a évoqué une visite à de vieux amis.

—Des amis? répéta Artus, le sourcil en arc de cercle. Votre père était-il ligueur?

La réflexion était insolente, mais cependant frappée d'un tel bon sens que Rose en resta muette. S'il n'y avait aucun doute quant aux affinités de lady Mary, Rose ne s'était jamais posé la question en ces termes pour son père. Certes, il était catholique–c'était pour cela que sa famille avait dû s'exiler d'Angleterre–, mais de là à le taxer de ligueur, il y avait un pas qu'elle hésitait à franchir.

—Je ne...

—Il l'était, oui, déclara le marquis.

Rose braqua sur lui des yeux ronds.

—Du moins il le fut pendant de longues années, poursuivit le gentilhomme. Toutefois, ainsi que nombre d'autres, il changea d'allégeance au fil des succès royaux.

—Comme Cossé, remarqua Artus. Voilà donc qui expliquerait les propos de Poisieu...

—Peut-être, oui.

—Savez-vous où nous pourrions trouver cet homme, monsieur?

Le marquis secoua la tête de droite à gauche.

—Non. Je n'entretiens aucune relation avec ce personnage.

—Il était pourtant au bal.

—Il s'y sera invité.

— Soit… Autre chose à ce propos que nous devrions savoir ?

Jouars fronça les sourcils, la lippe songeuse.

— Non, je ne pense pas.

— Bien. Vous nous aurez été fort utile, monsieur, conclut Artus en se postant devant le siège du marquis. Vous aurez bien mérité quelque repos.

Il se pencha sur lui, nimbant d'une lueur verte sa figure harassée.

— Un peu de sommeil vous fera grand bien… Ne vous souciez de rien. Reposez-vous… et oubliez tout cela…

Les paupières du vieil homme se fermèrent peu à peu. Bientôt son menton roula sur sa poitrine et sa main lâcha le chandelier, qui plongea vers le sol. Désinvolte, Artus l'intercepta, puis l'abandonna sur une table, avant de se diriger vers le vestibule.

Rose, quant à elle, était restée figée. Le regard braqué sur le marquis, elle ne le voyait pourtant plus. Renvoyée à un mois de là, elle se remémorait cette nuit atroce qui avait vu mourir son père. Depuis ses souvenirs, la chaude voix d'Artus vint lui murmurer aux oreilles : « *Vous êtes harassée,* lady. *Il est grand temps que vous dormiez…* ».

Elle ne se rappelait pas avoir gagné son lit après cela, bien qu'elle s'y fût réveillée le lendemain. D'ailleurs ni cette nuit-là ni aucune de celles qui suivirent ne furent troublées par quoi que ce fût. Jamais un cauchemar. Jamais un sursaut. Juste le silence, et le néant. Même le chagrin semblait échouer à trouver son cœur lorsque… lorsqu'il était là.

Désemparée, elle se tourna vers lui.

Artus la contemplait depuis l'embrasure de la porte.

— *Allons,* lady, *il est temps.*

Faisant volte-face, il passa dans le hall. Elle observa un instant sa silhouette se dissoudre dans la pénombre de l'entrée, puis elle lui emboîta le pas. Dans la cour, l'étalon attendait à l'endroit et dans l'état exact où ils l'avaient laissé. Artus le rejoignit, puis pivota vers Rose et lui tendit la main. Elle approcha, docile.

La juchant sur le dos du cheval presque d'une seule main, le comte sauta ensuite en selle. Littéralement. La jeune femme ne s'étonna pas de cette nouvelle prouesse. Lasse de trop de maléfices, elle se sentait usée et vulnérable. Attachant son masque sans proférer un mot, elle s'accrocha à la taille d'Artus.

Comme ils allaient au petit trot par les rues parisiennes, Rose promena autour d'elle un regard inquiet. Un bruissement ténu chuintait à la limite de sa perception. Il lui semblait que la ville grouillait de serpents, rampant et sifflant parmi les ombres. Apeurée, elle se tassa contre le dos d'Artus et ferma les yeux.

Elle ne les rouvrit que lorsqu'ils arrivèrent au manoir. Adelphe se trouvait devant la grande porte, tenant par la bride un coursier harnaché.

— Vous partez déjà, mon frère ? s'étonna Artus en faisant halte à sa hauteur.

— La route est longue, je préfère devancer l'aube.

— Soit.

Tandis que le jeune homme montait sur son cheval, Artus sauta à bas du sien. Il aida Rose à descendre, puis avança vers son frère. Adelphe lui tendit la petite bourse de cuir qu'il avait prise quelques heures auparavant.

— Il n'y en a presque plus, fit-il. Vous vous dépensez trop, Artus.

— N'ayez crainte, je sais ce que je fais.

— En êtes-vous sûr ?

— J'ai une autre quête à vous confier, l'informa le comte, ignorant la remarque. M. de Poisieu, baron d'Anglure, possède paraît-il une résidence à Paris. J'aimerais que vous la trouviez.

— Entendu. Autre chose ?

— Soyez prudent…

Adelphe esquissa un sourire crispé, puis il talonna sa monture. Rose le regarda s'éloigner dans l'allée sablonneuse. Tout ceci était bien étrange. Le comte ne pouvait-il confier ces tâches à l'un de ses gens plutôt qu'à son frère ? Ce n'était pas un domestique, tout de même ! Elle considéra son amant d'un œil réprobateur. Se détournant, celui-ci laissa son étalon aux bons soins d'un garçon d'écurie et entra dans le manoir. Rose s'engagea à sa suite. Ils descendirent ensemble dans les entrailles de la propriété, puis gagnèrent la singulière chambre souterraine du maître des lieux. Dès qu'ils y furent entrés, ce dernier en verrouilla derrière eux la lourde porte.

— Pourquoi nous enfermer ? s'enquit Rose, tendue.

— Je m'assure seulement que nul n'entrera ici tant que nous y serons. Vous n'êtes point ma captive, si c'est ce qui vous inquiétait. Voyez, je laisse la clef sur cette table, ajouta le comte en joignant le geste à la parole. Vous pouvez sortir quand cela vous chante.

Rose ne répondit pas, mais son angoisse reflua. Maintenant qu'ils étaient de retour, elle se sentait mieux. Les épaisses murailles du manoir la tranquillisaient. Puis ici, au moins, elle ne percevait plus d'affreux chuintements.

— Avez-vous soif, *lady* ?

— Quelque peu, oui. Je souhaiterais aussi que l'on me serve à souper.

— Boire suffira. Vous n'avez pas faim, n'est-ce pas ?

— Eh bien… non, mais…

— Boire suffira, répéta Artus.

Déconcertée, la jeune femme se tut. Lui tournant le dos, le comte se saisit du joli flacon d'argent qui dormait sur le buffet. Sa maîtresse entendit le liquide clapoter mollement dans la fiole. Quoi que ce puisse être, ce serait bientôt vide…

Reposant la flasque, Artus ôta son pourpoint et l'abandonna sur le dossier d'un fauteuil. En chemise, il revint vers le buffet. Saisie d'une pensée coupable, Rose détourna promptement les yeux. Son attention fut immédiatement happée par quelque chose qui n'était pas là lorsqu'ils avaient quitté le manoir : au pied de son coffret, sur la table de toilette, reposait un livre de cuir noir dont la reliure craquelée suggérait le passage des ans. Entre les feuilles de l'ouvrage, l'on avait glissé une rose écarlate. Interloquée, la jeune femme alla prendre le livre et l'ouvrit à la page de garde.

Il était écrit « *Malleus Maleficarum* ».

Rose fixa ces mots comme s'ils allaient lui sauter au visage. Un frisson glacé dévala son échine. On lui avait déjà parlé de cet ouvrage. C'était une sorte de mémoire de sorcellerie qui indiquait, entre autres, la meilleure façon de donner la chasse aux séides de Satan… Nerveuse, elle feuilleta rapidement les premières pages. Le texte, rédigé en latin, stipulait qu'à cet exemplaire étaient adjoints d'obscurs traités de démonologie. Rose trouva même çà et là des annotations manuscrites, quasi illisibles, sur l'efficacité de certains procédés. Elle s'en désintéressa et fit défiler les pages jusqu'au passage marqué par la fleur.

Nous pouvons, sur la base de la classification de Psellus, distinguer six sortes de démons immondes, malins et mortels ennemis de l'homme…

Elle capta d'une oreille un curieux son d'égouttement mais n'y accorda pas la moindre attention.

Ceux qu'on appelle ignés pour ce qu'ils errent autour de la suprême région de l'air et…

En proie à un étrange malaise, elle accéléra, sautant rapidement d'un pan de phrase à un autre.

Ceux qu'on appelle aériens… qui excitent les tempêtes et tonnerres… ceux qu'on appelle terrestres, assurément précipités de Ciel en Terre pour leurs démérites… aquatiques… ceux qu'on appelle souterrains…

Un verre tinta, suivi du glouglou caractéristique d'un liquide qui s'écoule.

Ceux qu'on appelle lucifuges, qui ne peuvent prendre ou se former de corps autrement que de nuit…

— Qu'est-ce ?

Rose sursauta. Le comte se tenait à son côté, un calice à la main, le regard chevillé aux pages du livre. Stoïque, il posa alors la coupe sur la table et il lui confisqua l'ouvrage sans plus de cérémonie.

— Ne lisez pas cela, *lady*. Vous auriez de mauvais rêves.

— Il est à vous ?

— Oui. J'ai demandé à Adelphe de m'en procurer un exemplaire, prétendit le comte en emmenant le volume à l'autre extrémité de la chambre.

— Pourquoi ?

— Curiosité.

Il mentait, bien sûr, mais Rose ne s'en formalisa pas. Elle se demandait ce qui pouvait l'intéresser dans cet ouvrage. Un moyen d'échapper à la condamnation en cas de procès ?

Elle eut une moue dubitative.

— Et la rose, que faisait-elle là ?

— N'est-ce pas celle que je vous ai offerte ce soir ? Adelphe aura voulu vous la rendre. Il est toujours si plein d'attentions…

Précisément, songea Rose. Le livre, avec sa fleur, avait été déposé devant son coffret. Elle commençait à croire que cela avait été laissé là à son attention. Peut-être pour provoquer la conversation qu'Adelphe avait souhaité qu'ils aient ? Mais puisque cette discussion avait eu lieu, puisqu'elle savait, pourquoi Artus s'obstinait-il à se taire ? Cachait-il encore quelque chose ?

— Vous ne buvez pas, *lady* ? fit-il en s'immobilisant de nouveau à son côté. Je croyais que vous aviez soif.

Rose jeta un œil soudain méfiant au calice resté sur la table. Artus avait versé dans cette coupe un peu de ce que contenait la fiole d'argent. Or elle ignorait toujours ce dont il s'agissait.

— Qu'est-ce que c'est ? demanda-t-elle.

— Un remède.

— Mélangé à du vin ?

— En effet.

Rose scruta le breuvage, mais n'esquissa pas un mouvement.

— Qu'y a-t-il, *lady* ? Craignez-vous que je vous empoisonne ?

Elle fronça les sourcils. Cette possibilité ne l'avait pas encore effleurée, pourtant cela avait un certain sens. À compter du matin où Adelphe l'avait fait boire à cette fiole, elle s'était sentie différente. Sans être du poison, c'était peut-être un philtre ?

— Un remède contre quoi ? s'enquit-elle en relevant le nez.

Le comte plissa brièvement les yeux, puis son visage s'éclaira d'un sourire engageant :

— Les vapeurs.

Perplexe, la jeune femme considéra de nouveau la coupe. Artus en profita pour se glisser dans son dos. Enroulant les bras autour de sa taille, il l'attira contre lui, l'arrachant ainsi à sa méditation sceptique.

— Vous n'avez rien à craindre de moi, *lady*…

Son souffle frais flotta sur sa nuque, précédant de peu la caresse lascive de sa bouche.

— Enfin… presque rien, susurra-t-il entre deux baisers.

Envahie par une douce fébrilité, Rose ferma les yeux.

— Allons, prenez votre médecine… Je ne voudrais pas que vous soyez… indisposée…

Comme le comte s'attaquait au laçage de sa robe, Rose attrapa le calice et le vida d'un seul trait.

Baignant encore dans une bienheureuse torpeur, elle roula sur le côté et prit appui sur sa main, le coude planté dans le matelas. Artus venait de se lever pour éteindre les torchères. Malgré l'indescriptible contentement que lui procura le spectacle de ce corps sculptural, Rose fut gagnée par une profonde lassitude. Sa tête lui parut soudain bien trop lourde à porter. Exténuée, elle la reposa sur l'oreiller.

— L'appel de l'aurore, fit Artus depuis l'angle opposé de la pièce. Au début il est toujours impérieux…

Voguant déjà dans un demi-sommeil, Rose le sentit regagner le lit. Se glissant sous les draps, il se lova contre elle et passa un bras en travers de son ventre. Elle posa son bras sur le sien dans un soupir d'aise, puis une ombre tomba sur ses pensées.

L'abîme appelait.

Elle se laissa dériver.

Fournaise…

Mes mains sont rouges…

Mes vêtements lacérés… Mon ventre… Seigneur, tout ce sang… à genoux… j'ai mal… les paumes pressées sur mon corps déchiqueté…

La bête hurle… sur le bûcher… une fleur écarlate…

Tout est souffrance…

Chapitre 10

— Était-ce à l'endroit que je vous avais indiqué ?
— Pas tout à fait.

Rose ouvrit les yeux. Cette fois son sommeil avait été agité. Néanmoins, elle se sentait reposée.

— Le meuble était l'un des rares à n'avoir point été complètement disloqué, mais il était vide. J'ai trouvé cela en dessous, sous une latte du parquet.

Elle balaya la chambre d'un regard circulaire. Malgré l'absence totale de source de lumière, la pièce lui parut baignée d'une douce aura bleutée. De sorte qu'elle vît les alentours avec la plus grande netteté, bien qu'elle n'en discernât pas les couleurs.

Intriguée, elle se redressa.

Elle se sentait mieux disposée que la veille. Certes l'appréhension rôdait toujours aux frontières de sa conscience, toutefois elle commençait à s'accoutumer à ces prodiges. D'autant qu'ils paraissaient inoffensifs. Et diablement utiles.

— Qu'en dites-vous ?

— Cela ressemble à un mémoire.

— En effet… Tenez, ce passage est digne d'intérêt.

Artus n'était pas dans la chambre, mais elle l'entendait discuter avec son frère. Leurs voix lui parvenaient à peine étouffées. Ils ne devaient pas être bien loin. Dans le couloir sans doute.

Tout en quittant le lit, Rose prêta l'oreille.

— Regardez ça…

— Il n'a jamais mentionné ce lieu dans ces comptes-rendus, fit Artus.

— Non. Il semble que l'émissaire nous ait fait des cachotteries.

Elle avisa sur un fauteuil la chemise de nuit et le peignoir de soie que le comte lui avait offerts à Darnétal. Les enfilant, elle gagna la table de toilette, où elle prit place devant le miroir.

— Et voici le responsable.

— Qu'est-ce que cela signifie ? s'enquit Adelphe.

— Comment, vous l'ignorez ?

— Je ne suis pas aussi familier que vous l'êtes avec cette langue barbare, Artus.

— Trouvez le temps d'y remédier. Je vous l'ai déjà dit, c'est capital.

— Oui, oui, je le ferai lorsque vous me laisserez le temps pour cela. Alors ? Me direz-vous le sens de ce mot où va-t-il falloir que je le cherche moi-même ?

— Cela signifie « érudit ». D'après ce que je lis, l'émissaire désignait ainsi celui pour qui il faisait ces recherches.

— Trop craintif pour consigner son véritable nom ?

— Il l'ignorait peut-être, fit remarquer Artus.

— Vous pensez qu'il traitait avec un intermédiaire ? Mmm… possible, oui.

— En tout cas, ce n'est pas avec ce que nous apprenons dans ces écrits que nous remonterons sa trace.

— Certes, confirma Adelphe. Mais attendez de voir le dernier feuillet.

— Voilà un bien curieux croquis.

— D'après ce qu'il prétend, il s'agit de la représentation d'une tablette de pierre sculptée. Singuliers ornements, non ? Très chargés.

— Regardez ça, fit Artus. Cela ne vous évoque-t-il pas quelque chose ?

— … Un soleil, je dirais.

— Avec un visage.

— Oui… Qu'a-t-il sur la langue ?

— Je ne sais pas. Cela semble y être planté.

— Quelle pitié qu'il ne précise point où il a trouvé cela…

— Quelque part au Nouveau Monde.

— C'est vaste, maugréa Adelphe.

— Nous n'enverrons pas d'autre émissaire là-bas avant longtemps, même s'il avait mentionné l'emplacement exact de sa trouvaille nous n'aurions su que faire de cette information. Il est plus utile de savoir que la tablette est maintenant entre les mains de cet « érudit ».

— Pourtant cela ne nous avance guère. Nous ignorons tout de ce personnage.

— Nous savons ce qu'il cherchait, souligna Artus. Tâchons de comprendre pourquoi il le voulait, et peut-être commencerons-nous à comprendre qui il est…

— Cela prendra du temps, j'en ai peur.

— Depuis quand en manquons-nous ?

— Depuis que quelque chose décime nos rangs.

— Nos rangs, Adelphe ? Nul Arimath n'a encore disparu ce me semble…

Sa flamboyante chevelure dûment coiffée, Rose reposa le peigne sur la table. Dès lors cet intrigant colloque accapara toute son attention.

— Qui nous dit que cela durera ?

— Je sais, nous ne pouvons ignorer cette menace. Je vous rejoins sur ce point, vous le savez bien. Toutefois, je ne puis m'empêcher de constater que jusqu'ici seuls les Oström ont déploré des pertes.

— Nous l'avons tous noté, renchérit Adelphe.

— Or, tous ne savent pas ce que complotait l'émissaire.

— Vous pensez à la tablette ?

— Eh bien, n'est-ce pas là un excellent motif à cette traque dont il semble avoir fait l'objet ?

— ... Vous savez ce que cela signifierait ?

— Bien entendu. Mais n'y avons-nous pas tous songé ? Qui d'autre serait capable de nous infliger de telles déconvenues ? Qui pourrait continuer de nous échapper de la sorte, si ce n'était l'un des nôtres ?

— J'aurais de beaucoup préféré une autre explication...

— Comme nous tous, Adelphe. Les choses sont bien assez délicates entre les cinq maisons sans avoir à en adjoindre une sixième.

Rose interrogea son reflet du regard. Ce pouvait-il qu'il y ait tant de sorciers qu'ils aient eu besoin de se répartir en guildes ? Le *Malleus Maleficarum* lui revint alors en mémoire. Il y avait peut-être quelque précision à l'intérieur. Puisque Artus n'était pas là pour s'interposer, c'était le moment de le consulter.

Quittant la table de toilette, elle se rendit près du guéridon, à l'autre extrémité de la chambre.

Rien. Le livre avait disparu.

La moue contrariée, Rose commença à fouiller la pièce.

— Je crains d'avoir à m'entretenir avec Olaf sur le sujet, soupira Artus. Si nous ne voulons essuyer d'autres dégâts, il est temps d'envisager cette hypothèse avec le sérieux qu'elle mérite.

— À ce propos, vous aviez raison au sujet d'Hilda. Elle s'est présentée au repaire peu avant mon départ.

— Avez-vous appris ce qu'elle faisait là ?

— Son maître l'avait envoyée fouiller l'endroit. Elle a laissé entendre qu'Olaf se méfiait de l'émissaire, voire qu'il le pensait félon.

— Si tel fut le cas, pourquoi ne nous en a-t-il rien dit ?

— Il comptait le faire quand il aurait trouvé de quoi étayer ses soupçons. Enfin, c'est ce qu'Hilda a affirmé.

— Dans quelle mesure ses propos sont-ils fiables ?

— Oh, elle était sincère Artus, croyez-m'en. Elle est encore si jeune, si naïve. Elle respirait l'honnêteté... En revanche, ce que son maître lui a dit était peut-être faux.

— Dans ce cas, pourquoi l'aurait-il envoyée fouiller le repaire ?

— Oui, je me suis fait la même réflexion. Olaf devait bel et bien être en quête de quelque chose. Sauf que lui ignorait où chercher, s'amusa Adelphe.

— Hilda ne vous a point interrogé sur votre présence ?

— Si. J'ai prétendu que vous m'aviez dépêché dans l'espoir de trouver une piste.

— Vous avez su être convaincant, n'est-ce pas ?

— Oh oui, ne vous inquiétez pas. Elle a bu mes paroles.

— Parfait.

Agenouillée sur le parquet, Rose inspectait le dessous des meubles, ses autres tentatives ayant fait chou blanc.

Toujours rien.

Elle se releva, irritée, puis épousseta ses genoux en quelques tapes nerveuses. Artus avait dû emmener le livre avec lui. Un rapide coup d'œil sur le buffet l'informa qu'il avait aussi pris la fiole d'argent.

Pourquoi faut-il que vous soyez aussi secret, Artus ? songea-t-elle en soupirant.

— *Car vous me semblez assez effrayée comme cela,* lady.

Rose sursauta, portant une main à son cœur dans un réflexe craintif.

— *Vous voyez, vous êtes effrayée.*

— Vous... Vous m'entendez ?

Nulle voix spectrale ne murmura de réponse à son esprit.

— Au sujet de ce croquis…

— Un petit instant, Adelphe.

— Ah ? Est-elle réveillée ?

— Oui.

— *Lady ?*

Rose manqua de répondre à haute voix, mais se ravisa. Si elle pouvait l'entendre parler, la réciproque ne semblait pas vraie… Elle réfléchit une seconde, puis ferma les yeux et concentra ses pensées sur lui :

— *Artus ?*

— *Oui ?*

— *Comment… comment ce…*

— *Je vous ai fait préparer un bain, j'ai pensé que vous apprécieriez.*

Rose considéra cette possibilité. Après la fin de nuit qu'ils avaient eue, un bain ne paraissait pas superflu.

— *En effet, merci*, songea-t-elle.

— *Je vous envoie une domestique immédiatement.*

Elle perçut alors une brève détonation, comme s'il avait frappé dans ses mains.

— Oui, monsieur ?

— Dépêchez une chambrière auprès de lady Rose. Qu'elle la mène au bain.

— Bien, monsieur.

— Vous disiez, Adelphe ?

— Puisque le croquis est notre seul élément, reprit ce dernier, et que nous ne comptons envoyer personne d'autre au Nouveau Monde, nous serions peut-être bien avisés d'en faire venir quelqu'un pour nous éclairer. Qu'en dites-vous ?

— Cela semble une bonne façon de commencer, oui. Achetons aussi quelques yeux et oreilles supplémentaires là-bas, qu'ils se renseignent pour nous sur les déplacements que fit l'émissaire. Puis, bien sûr, il va nous falloir retrouver son serviteur…

— Magnus a affirmé que l'émissaire voyageait seul depuis son retour, or je ne crois pas qu'il ait pu laisser son serviteur là-bas.

— Moi non plus. Néanmoins, nous ferons vérifier cela par nos gens.

— La caravelle sur laquelle il voyageait a jeté l'ancre au port de Cadix, je crois ? Nous aurons plus de chances de retrouver la trace de son serviteur en commençant là les recherches.

— Absolument. Je pensais d'ailleurs confier cette tâche à Moratalla.

— Moratalla ? N'est-il pas à Paris ?

— Précisément. Devoir agir d'ici fouettera son sens du devoir, si toutefois cela était nécessaire…

— Je vois. Je vais le faire mander en ce cas.

— Encore une chose, Adelphe… pourquoi avoir déposé le Malleus dans ma chambre ?

Rose se statufia, s'arrêtant presque de respirer pour mieux entendre ce qui allait se dire.

— Pour vous aider à vous souvenir de votre promesse, mon frère.

— Je pensais que vous aviez foi en moi. Me serais-je trompé ?

— Ne vous méprenez pas Artus, je ne doute pas de vous. Mais… connaissant votre manque d'enthousiasme sur la question, j'ai craint que cela dure trop longtemps. J'ai voulu provoquer la conversation avant que…

— C'était inutile. Lady Rose et moi-même avions déjà eu une petite discussion chez le marquis.

— Vraiment ?

— Oui.

— Que sait-elle au juste ?

— Cela ne vous concerne pas, Adelphe. Je pensais avoir été clair sur le sujet. C'est à moi de savoir ce qu'il convient de dire, et quand il convient de le dire.

— Artus, je…

— Cette situation est nouvelle pour nous deux. Je comprends votre inquiétude, néanmoins je vais à nouveau vous demander de me laisser faire.

— Mais si elle…

— Elle n'est pas Aliénor. Tout ira bien. C'est compris ?

Des pas approchaient mais Rose ne s'en préoccupa guère. Pour le moment, elle cherchait à se rappeler ce que ce prénom lui évoquait.

— Bien.

— Et ne cherchez plus à me forcer la main. J'ai cela en horreur.

— Je ne voulais pas vous…

— Oublions cela.

On frappa à la porte. Rose tourna les yeux vers le seuil :

— Entrez.

Une jeune chambrière parut dans l'entrebâillement, chandelier à la main. La comtesse cilla. La brusque clarté des flammes brouilla sa vision l'espace de quelques secondes, puis le monde fut dépouillé de son halo bleuté pour retrouver ses couleurs familières. Elle rejoignit alors la domestique, et elles remontèrent ensemble le couloir grisâtre.

— Où se trouve M. le comte ? s'enquit Rose comme elles s'engageaient dans les marches.

— Monsieur et monsieur son frère sont dans la grande salle, madame.

Rose manqua de stopper au beau milieu de l'escalier. Elle dut se contraindre à continuer d'avancer.

— N'étaient-ils pas à proximité de la chambre, il y a peu ?

— Je ne pense pas, madame.

Frappée d'une profonde stupéfaction, la jeune femme se laissa guider sans plus prononcer un mot. Comment diantre avait-elle pu entendre la conversation des deux frères s'ils se trouvaient bien dans la grande salle ? Préoccupée par cette énigme, ce fut à peine si elle remarqua que, derrière les fenêtres du manoir, la nuit était déjà tombée… Parvenue dans la salle où l'attendait son bain, elle s'y coula distraitement. Tandis qu'elle jouait avec les pétales flottant à la surface de l'eau, elle crut percevoir de faibles chuchotements provenant de la pièce voisine. Le front marqué d'un pli perplexe, elle tendit l'oreille.

— C'est sa maîtresse ? susurrait une jouvencelle.

— Ben oui, qu'est-ce que tu crois ? répondit une seconde.

— Elle a de la chance !

— Chuuuuuut ! Si on t'entendait !

— Ben quoi, c'est vrai ! Il est beau comme un dieu ! Je donnerais cher pour être à sa place.

Rose plaqua une main sur sa bouche pour contenir l'éclat de rire nerveux qui voulut fuser. Médusée, mais indéniablement enthousiaste, elle écouta la suite de ces messes basses.

— Enfin, c'est le maître quand même !

— Qu'est ce que ça change ? Tu vas pas me dire que tu y as pas pensé, hein. J'ai bien vu comment tu le regardais.

— Tais-toi !

— Ah, tu rougis ! Tu vois bien que j'ai raison !

— De toute façon c'est idiot. Même qu'on s'rait des duchesses ou je ne sais quoi, qu'on aurait aucune chance. Tu l'as vue, elle ?

— Moui… je sais…

— Alors arrête de raconter des âneries et aide-moi plutôt à plier ça…

Rose se cala confortablement contre les parois du baquet, la tête renversée en arrière et les yeux rivés au plafond. Elle peinait à croire que ce qu'elle entendait n'était pas le fruit de son imagination, même si cela paraissait aussi authentique que la discussion qu'elle avait surprise entre les frères d'Holival. Après quelques minutes de considération songeuse, elle en arriva à la conclusion qu'il s'agissait probablement d'une autre des étranges aptitudes qu'elle semblait développer ces jours derniers. Curieuse de ce nouveau phénomène, elle se désintéressa des domestiques et tenta de se focaliser sur d'autres voix, d'autres sons… Tel que ce bruit creux et métallique, par exemple…

— Qu'est ce que tu fiches ? ronchonnait un homme à la voix enrouée. Amène ça par ici.

— J'arrive. C'est pour qui la soupe ?

— Pour nous.

— Ah ? Et ça, là ?

— Ça aussi. M'sieur Adelphe a déjà pris son repas aujourd'hui.

— Ben, et la dame ?

— Elle mange rien non plus. Enfin, pas que je sache.

— T'as beau dire, c'est bizarre quand même…

— Ben moi, je m'en occupe pas. On est bien traités ici, alors ce qu'ils font ou pas, c'est pas mes oignons que j'dis. Et tu ferais ben d'pas t'en mêler non plus.

Les cuisines. Rose estima que la distance qui l'en séparait était probablement équivalente à celle allant de la chambre au salon. Fermant les yeux, elle s'efforça de faire le vide dans son esprit…

Un bruit de… de sabots. Puis un hennissement…

— Il va sortir cette nuit, tu crois ? s'inquiétait une voix sans âge.

— C'est possible, fit un jeune homme.

— Y a plutôt intérêt à finir ça alors. Approche la selle.

— Où qu'y va comme ça ?

— Je ne lui ai pas demandé. Si j'étais toi je tiendrais ma langue aussi.

— Ça pour sûr que j'dirai rien…

Rose n'esquissa pas un mouvement. Quelque chose cliquetait à la limite de sa perception…

— Hé, Georges ! braillait un gaillard. Secoue-toi ! C'est vot' tour. On a fini la ronde.

— Déjà ?

— Oui, déjà. Allez, j'ai faim, dépêche-toi ! Et tant que tu y es, fais aussi relever les gars de la porte.

— Mmm, ça va, ça va, j'y vais…

La comtesse rouvrit les yeux. Un fin sourire ourla ses lèvres. Au fond de ses iris, une lueur orangée scintilla faiblement.

Une heure plus tard, elle parut dans la grande salle, revêtue d'une tenue de satin bleu nuit qui lui seyait à ravir. Les frères d'Holival se tournèrent vers elle, arborant chacun un sourire enchanteur.

— Le bonsoir, messieurs, lança-t-elle.

Artus lui tendit une main dans laquelle elle s'empressa de glisser la sienne. Il y déposa un léger baiser. Rose lui sourit, charmeuse, puis se tourna vers Adelphe. Elle aurait voulu pouvoir le remercier pour le livre, mais c'était impossible. Aussi se contenta-t-elle de sourire plus largement. Le jeune homme sembla heureux de ce regain de chaleur :

— Vous devenez plus resplendissante chaque fois que je vous vois, comtesse.

— Flatteur, gronda gentiment celle-ci.

— Non point. N'est-ce pas, mon frère ?

— J'ai peur que bientôt tous les seigneurs de la province ne s'entre-tuent pour vos faveurs, *lady*.

Rose éclata de rire. Artus la mena alors près des fauteuils, puis l'invita à s'y asseoir. Lui-même alla ensuite s'appuyer au linteau de la cheminée, tandis que son frère s'accoudait au dossier de l'un des sièges.

— Adelphe a trouvé la résidence de M. de Poisieu, annonça le comte. Ayant moi-même quelque affaire à régler dans la capitale, je pensais que nous pourrions nous y rendre cette nuit.

— Je ne voudrais pas que mes préoccupations empiètent sur les vôtres, Artus, s'excusa sa maîtresse.

Le comte arqua un sourcil surpris.

— Cela ne me gêne aucunement, *lady*, assura-t-il. Nous accompagnerez-vous, mon frère ?

— Si vous le souhaitez, fit ce dernier.

— C'est le cas.

— Alors ce sera avec joie.

— Par quoi commencerons-nous ? s'enquit Rose.

— Nous visiterons d'abord Poisieu.

— Et ensuite ?

— Ensuite nous poursuivrons, déclara Artus avec un mince sourire.

Rose le lui rendit, tout en s'efforçant de ne penser à rien.

— Fort bien, dit-elle en quittant son siège. Je devine que nous ne tarderons pas à partir ?

— En effet, *lady*.

— Si vous permettez, j'aimerais porter le collier que vous m'avez offert.

— Si tel est votre bon plaisir. Je vais l'env…

—Non, l'interrompit-elle. Merci, mais c'est inutile. Je vais y aller moi-même. Je dois apprendre à m'orienter dans ma nouvelle demeure, n'est-ce pas ?

La fratrie échangea un regard.

—Puis le coffret où je garde le collier est fermé, ajouta-t-elle.

—Soit, concéda Artus. Faites donc, *lady*.

Celle-ci inclina la tête en guise de remerciement, après quoi elle tendit la main, paume ouverte vers le ciel. Pendant une seconde, rien ne remua. Puis le comte détacha la bourse de sa ceinture, et vint la placer dans la main de sa maîtresse.

—Je serai prompte, assura-t-elle.

Tandis qu'elle sortait de la pièce, Rose concentra ses pensées sur le collier de perles et s'échina à ne songer qu'à cela.

Arrivée à la moitié des marches menant au sous-sol, elle commença à douter de l'intérêt de son petit stratagème. Mais, enfin, la voix d'Adelphe vint flotter à ses oreilles.

—Eh bien, commença-t-il, elle semble si épanouie... Vous devriez vraiment vous ménager...

—Que voulez-vous dire, mon frère ?

—Vous le savez fort bien.

—N'ayez crainte.

—Vous vous dépensez trop. Je ne pe...

—Je vais parfaitement bien, coupa Artus. Cessez de vous soucier.

Piochant dans la bourse la clef de la chambre, Rose l'introduisit dans la serrure. De nouveau baignée dans un monde bleuté, elle gagna la longue table de toilette.

—Combien de chevaux faut-il faire sceller ? questionna Adelphe.

—Deux. Elle montera avec moi.

— Bien. Après avoir vu Poisieu nous nous rendrons chez Olaf, je présume ?

— Oui. Le plus tôt nous nous entendrons sur cette délicate question, le mieux cela sera.

Rose se figea, la main posée sur le coffret ouvert. Certes sa manœuvre avait porté ses fruits et elle avait appris ce que l'on espérait sans doute lui cacher, mais l'effroi de la nouvelle occultait la satisfaction du succès. Elle n'avait nulle envie de revoir l'ignoble personnage qui avait manqué de lui disloquer l'épaule…

Toutefois, quel que fût le degré de sa déconvenue, lambiner était exclu. S'attarder ici ne ferait qu'attirer l'attention, ce qu'elle préférait éviter. Passant prestement le sautoir à son cou, elle referma le coffret et quitta la chambre. De retour au rez-de-chaussée, elle découvrit que les frères d'Holival l'attendaient dans le vestibule. Elle avait été si absorbée à contrôler sa peur qu'elle avait omis de les écouter. Tenant entre les doigts le masque qu'il lui avait offert, Artus vint à sa rencontre :

— Prête, *lady* ?

— Tout à fait.

— Voyez-vous un inconvénient à voyager de nouveau en croupe de ma monture ?

— Pas le moindre.

Il lui sourit, puis cette fois encore disposa lui-même le loup sur le visage de son amante. Tandis qu'il nouait les attaches de satin, une bouffée de culpabilité serra le cœur de Rose. Elle la repoussa aussi fort qu'elle le put, s'enjoignant de ne pas y penser.

Artus l'épingla alors d'un regard perçant.

— Ne pas songer à quoi, *lady* ?

Cette dernière n'eut pour réagir que le temps d'un battement de cils.

— Que j'ai peur, affirma-t-elle, placide.

Le comte fronça brièvement les sourcils.

— Tous ces sortilèges et ces bizarreries m'affectent bien moins que ce le devrait, poursuivit Rose avec aplomb. Je sais que cette quiétude c'est à vous que je la dois. Cependant, la peur ne m'a pas tout à fait quittée. Je sens que vous me dissimulez certaines choses, et cela m'effraie… Aussi, si je veux pouvoir supporter ce poids, je dois m'efforcer de prétendre qu'il n'existe pas…

Artus l'étudia soigneusement, comme s'il évaluait le degré de sincérité de ses paroles.

— Prenez patience, *lady*, dit-il enfin. Les réponses viendront en leur temps. Gardez-moi seulement votre confiance.

Prenant l'une de ses mains dans la sienne, Rose y glissa la bourse de cuir :

— Je ne doute pas plus de vous que vous ne doutez de moi, Artus.

— En ce cas tout va pour le mieux, susurra-t-il, enjôleur.

Comme elle se faisait violence pour ne pas céder à son charme, le comte pivota vers un laquais et lui fit signe d'approcher. Il prit la cape de velours que ce dernier lui tendait puis la passa autour des épaules de sa maîtresse.

— Avez-vous soif, *lady* ? s'enquit-il en en laçant les cordons.

— Non, merci.

— Vous êtes certaine ?

— Tout à fait.

— Soit. Eh bien, en route !

Faisant volte-face dans un dernier sourire, il gagna l'imposante porte d'entrée. Rose retint un soupir chagrin. Elle ne voulait pas se jouer de lui, mais c'était le seul moyen de savoir ce qu'il dissimulait. Alors qu'elle lui emboîtait le pas, elle croisa le regard d'Adelphe, lequel lui parut aussi soucieux que dubitatif.

Le coursier que montait le jeune M. d'Holival n'étant visiblement pas de la même trempe que celui d'Artus, le trajet jusqu'à Paris fut plus long que la veille. Rose s'en accommoda toutefois sans difficulté puisque, là encore, elle ne souffrit ni de lassitude, ni de l'inconfort de sa position.

Tandis que, guidés par Adelphe, leur trio parcourait les rues sombres et malodorantes de la capitale, Rose s'amusa à percer de son ouïe les murs des maisons alentour, fascinée par ses propres capacités. Elle supposait que les chuintements entendus le soir précédent avaient été les prémices de ce nouveau talent. Heureusement, aujourd'hui, cela ne l'effrayait plus.

— C'est ici, annonça Adelphe, la tirant brusquement de ses indiscrétions.

Ils firent halte devant une double porte fatiguée, laquelle s'ouvrait sur la façade d'un bâtiment dont le lustre d'antan n'était plus perceptible que dans les pilastres grisâtres et les enjolivures brisées. La fratrie mit pied à terre, puis Adelphe s'approcha de la porte et y tambourina vigoureusement.

— Qu'est-ce que c'est ? interrogea-t-on bientôt à travers l'huis.

— Ouvrez, exigea Artus.

On manipula le verrou, puis le battant grinça sur ses gonds. Par l'embrasure parut un long nez aquilin que Rose aurait reconnu entre mille.

C'est lui, songea-t-elle. *C'est Poisieu.*

— Quelle bonne fortune de vous trouver chez vous, baron, salua Artus, courtois. Nous aimerions nous entretenir avec vous quelques instants, si cela ne vous ennuie point.

Pendant que son aîné aidait la comtesse à descendre de cheval, Adelphe repoussa gentiment Poisieu dans le hall et ouvrit largement la porte d'entrée. Princiers, ils pénétrèrent dans la demeure comme si ç'avait été la leur. À l'intérieur, il n'y avait ni garde ni laquais, et la décoration était d'une sobriété qui touchait au dénuement. D'ailleurs, la mise fastueuse des visiteurs tranchait singulièrement d'avec l'austérité de celle du baron.

— Qui êtes-vous ? bredouilla ce dernier.

— Cela importe peu, décréta Artus. Nous ne vous retiendrons pas longtemps.

— Que me voulez-vous ?

— Nous avons quelques petites choses à vous demander.

Tandis qu'Adelphe interdisait l'accès à la porte principale en s'y adossant, Artus quitta le bras de sa maîtresse pour aller vers leur hôte. Alors qu'il approchait, le disgracieux gentilhomme recula, ses petits yeux écarquillés d'angoisse.

— Vous connaissiez lord Edmund Greer, n'est-ce pas ? questionna le comte.

— … Oui.

— Qu'était-il pour vous ?

— Un ami.

Une lueur fugace passa dans les yeux d'Artus.

— Un… traître, bafouilla Poisieu.

Rose serra les poings sur le tissu de sa robe.

— Pourquoi cela ? poursuivit le comte.

— Il nous a vendus.

— Qui « nous » ?

— La Sainte Ligue. Il a trahi notre cause.

— Qu'a-t-il fait exactement ?

Poisieu pinça les lèvres si fort qu'il n'en resta qu'une mince ligne blanche, comme s'il cherchait à empêcher les mots de sortir de sa bouche. Artus le cloua d'un regard noir. Son masque d'affabilité se craquela, révélant un mépris glacé.

— Ne me forcez pas à devenir désagréable, monsieur. Vous n'aimeriez pas ça…

Poisieu émit un curieux borborygme, et sur son visage se peignit l'expression d'un effort intense.

— La liste ! explosa-t-il tout de même.

— Quelle liste ?

— La… liste… des conjurés, fit-il, haletant.

Artus haussa un sourcil :

— Une cabale contre le roi ? Pour l'assassiner ?

— Oui…

— Je vois. Lord Edmund comptait-il vendre cette liste ?

— Oui.

— À qui ?

— Nous n'en étions pas sûrs. Probablement Cossé.

— Comment l'avez-vous su ?

— … Un espion.

— Qui est-ce ?

— Je ne sais pas.

Les pupilles d'Artus s'illuminèrent un court instant. Poisieu poussa un cri sourd et tomba à genoux sur le dallage. Interloquée par le radicalisme de son amant, Rose se garda néanmoins de toute objection.

— Pitié ! geignit le baron. Je ne sais pas ! Je jure que je ne sais pas !

— Vous ignorez qui est cet espion, mais vous l'avez pourtant cru ?

— Non ! Non, pas tout de suite ! Nous avons voulu vérifier.

— Lors du bal ? intervint Rose.

— Oui… je me suis invité au bal du marquis de Jouars. Nous savions que le maréchal y serait, c'était un bon moyen d'éprouver la loyauté d'Edmund… Son visage lorsqu'il me vit… j'ai tout de suite su qu'il avait trahi.

Comme elle fixait le malingre baron agenouillé sur le sol du vestibule, la jeune lady Greer eut soudain l'envie furieuse de lui frapper le crâne contre le pavé. Visualisant la chair se fendre dans une giclée de sang, elle entendit presque les os craquer…

Effarée, elle recula d'un pas.

— Vous l'avez donc tué, déclara Artus, impassible.

— Non !

— La Ligue n'a-t-elle pas ordonné son exécution ?

— Si, mais pas tout de suite. Certains d'entre nous continuaient de croire en la sincérité d'Edmund. Il aura fallu que le seigneur de Rambreuil soit arrêté pour les décider à agir.

— Et ensuite ?

— Nous avons…

— La fenêtre, interrompit Rose derechef. Vous avez soudoyé notre laquais ! C'était vous !

— Pas moi, non, mais l'un des nôtres… J'ignore quel fut le détail des événements de ce soir-là, mais je sais que l'on ne parvint pas à entrer dans la maison. Le lendemain, Edmund s'enfuyait, et sa famille avec lui.

— Vous nous avez suivis, insista la jeune femme.

— Non ! Nos hommes se terrèrent toute la journée du lendemain, de peur d'avoir été vus. Nous n'avons pas su où Edmund était allé. Quelque temps après, nous avons appris sa mort.

— Ne mentez pas, susurra Artus.

Poisieu se recroquevilla dans un gémissement plaintif, la tête entre les mains.

— C'est vrai ! glapit-il. Je le jure ! Ce n'était pas nous !

Rose le contempla fixement. Il mentait ! Il mentait forcément, sinon de la main de qui son père serait-il mort ? Un brusque vertige la saisit. Ce pouvait-il que Charlotte ait eu raison ? La mort de lord Edmund fut-elle juste le fruit d'un tragique hasard ?

— Non, souffla-t-elle. Non cela ne se peut…

Désemparée, elle chercha le regard d'Artus, lequel l'observait, pensif. Lorsque leurs yeux se rencontrèrent, un demi-sourire affleura aux coins des lèvres du comte.

— *Il reste une possibilité,* lady…

Il pivota de nouveau vers Poisieu :

— Dites-moi, cet espion, vous le connaissiez avant cela ?

— Un peu. Nous avons eu affaire à lui deux ou trois fois.

— Est-ce vous qui l'avez rencontré ?

— Oui.

— De quoi a-t-il l'air ?

— Il s'est toujours présenté masqué, balbutia Poisieu. Je n'ai pas vu son visage. Mais à sa voix je dirais qu'il est jeune. Et de bonne famille. Cela se ressent à ses manières.

— Un jouvenceau. Soit… Savez-vous où le trouver ?

— Je sais comment le contacter.

— Bien. Alors voilà ce que nous allons faire : vous allez lui donner un rendez-vous pour moi.

— Quoi ? Non, je…

Avec une alarmante vivacité Artus empoigna le baron à la gorge, puis l'arracha du sol pour le suspendre au bout de son bras, comme on aurait accroché un asticot à un hameçon.

— J'ai dit : « vous allez lui donner rendez-vous », répéta-t-il, péremptoire. Un rendez-vous nocturne.

— Ui ! croassa Poisieu en s'agrippant à la main de son assaillant.

— Je ne tolérerai point de refus, monsieur. Est-ce bien clair ?

— Aaachez oi !

— Si cet espion se dérobe ou s'il ne veut pas de cette entrevue, c'est vous qui en assumerez les conséquences.

Poisieu fouettait l'air de grands battements de jambes, griffant la main du comte pour tenter de lui faire lâcher prise ; sa figure osseuse commençait à prendre une vilaine teinte violacée. Artus, aussi stable qu'un pilier de marbre, le regardait se débattre inutilement.

— L'on viendra vous trouver chaque nuit, poursuivit-il. Jusqu'à ce que vous ayez obtenu cette rencontre.

— Itié...

— Tenter de fuir ou parler à quiconque de notre petit conciliabule ne ferait que précipiter votre fin. Une fin lente, et déplaisante... Me suis-je bien fait comprendre, monsieur ?

Poisieu ne put émettre qu'un gargouillis crachotant. Artus le relâcha tout de même. Le nobliau suffocant s'effondra au sol, une main posée sur sa gorge empourprée.

— Encore une chose, ajouta le comte de Janlys en retournant vers les siens. Combien parmi les conjurés ont été arrêtés ?

— Trois, toussota Poisieu.

— Combien de noms y avait-il sur cette liste ?

— Huit...

Tournant finalement les talons, Artus entraîna sa maîtresse à sa suite. Adelphe, qui s'était ôté de la porte, la tenait déjà ouverte pour eux. Ils sortirent comme ils étaient entrés : sans un regard en arrière.

— Vos menaces n'étaient pas sérieuses, n'est-ce pas ? interrogea Rose alors que le comte approchait pour la remettre en selle.

— L'important est qu'il ait cru qu'elles l'étaient, dit-il.

Il la jucha sur le dos du cheval puis monta en selle, à l'instar d'Adelphe sur sa propre monture. Lançant les bêtes au petit trot, ils prirent la direction opposée de celle par laquelle ils étaient venus.

— Vous avez tout de même été bien rude, persévéra Rose.

— Avais-je une raison de ne pas l'être ?

— Puis pourquoi vouloir rencontrer l'espion ? enchaîna-t-elle sans faire cas de la réponse d'Artus. Qu'espérez-vous apprendre qu'il n'ait déjà communiqué au baron ?

— Si comme je le suppose votre père avait coutume de monnayer son savoir, il est fort probable qu'il ait eu plusieurs ennemis.

Derrière son masque, Rose fronça les sourcils.

— Est-ce pour cela que vous vous êtes intéressé au nombre de conjurés sur la liste ? demanda-t-elle.

— Ne trouvez-vous pas cela étrange, *lady* ? Huit félons, et seulement trois emprisonnés ?

— Que suggérez-vous ?

— Que votre père n'avait pas la liste complète. Ou qu'il n'en avait vendu qu'une partie. Ce qui, d'après les sommes consignées dans son livret, me semble le plus plausible.

Elle ne comprit pas tout à fait où il voulait en venir, mais elle savait qu'il serait vain de le questionner davantage. Artus ne s'expliquerait que s'il le jugeait opportun. Elle poussa un profond soupir. Son père espionnant la Ligue ? Elle peinait encore à le croire. Cela paraissait tellement absurde quand on connaissait le personnage.

— *Il aura voulu préserver sa famille,* lady. *Il est des raisons moins nobles de verser dans la traîtrise.*

Rose esquissa un sourire. Elle devait admettre qu'une fois l'appréhension passée, ce phénomène était plutôt réconfortant. En fait, il lui semblait désormais que ce chuchotement pourrait à jamais la prémunir contre la froideur de la solitude.

— *Je ne lui en tiens pas rigueur*, songea-t-elle. *J'aurais seulement préféré savoir.*

— *La vérité est parfois difficile à accepter,* lady.

— *Surtout lorsqu'elle survient trop tard…*

Appuyant la joue contre l'omoplate de son amant, Rose s'abîma dans un silence méditatif. Tandis que son esprit battait la campagne, le trio poursuivit son chemin jusqu'à atteindre les remparts ouest. Après quoi ils quittèrent la ville, puis continuèrent droit devant.

Alors qu'ils bifurquaient au coin d'une fermette isolée, les pensées de la jeune femme furent soudain perturbées par une curieuse sensation. Une sorte d'irritation, comme celle provoquée par le crissement du couteau sur le fond du plat à viande. Une espèce de long titillement qui pénétrait jusqu'à la racine des dents, exaspérant les sens presque jusqu'à la douleur. À ce moment, le coursier d'Adelphe se cabra dans un hennissement affolé. Si le cavalier resta en selle, il ne parvint plus à convaincre son cheval d'avancer. La bête sautillait de droite et de gauche, renâclant aux ordres de son maître. Par-dessus son épaule, Adelphe jeta à son frère un regard pesant.

— On a de la compagnie, souffla-t-il.

Il amena sa monture auprès de celle du comte, gagnée elle aussi par une agitation fébrile, puis les deux frères se mirent à scruter les environs.

— Là, déclara Artus après quelques secondes.

Adelphe et Rose suivirent la direction de son regard. Sur leur droite, deux silhouettes trapues émergeaient d'un bosquet distant d'une dizaine de mètres.

Comme l'horripilante sensation gagnait encore en intensité, le comte pivota dans la direction opposée.

Deux gaillards de plus sortaient du corps de ferme.

En un rien de temps, les quatre individus furent sur eux.

Rustauds de faciès, le regard mauvais, ils portaient des hardes crasseuses mais arboraient tous une robuste constitution. Les frères d'Holival paraissaient presque fluets en comparaison de la masse corporelle de ces inquiétants loqueteux. L'un d'eux, surtout, présentait une carrure particulièrement impressionnante. Bien que plutôt court sur pattes, il possédait des épaules si larges que Rose aurait aisément pu se cacher derrière. Son cou avait d'ailleurs une circonférence aberrante. Et à en juger par les œillades que lui jetaient ses comparses, ce devait être lui le meneur du groupe.

— Tiens, tiens, tiens, grinça-t-il. La noblesse se promène… Vous empestez à des lieues à la ronde, vous savez ça ?

— *Pas un mot,* lady, exigea Artus. *Tout se passera bien.*

Rose eut pourtant la certitude du contraire. Tendue, elle se resserra contre son amant.

— Que voulez-vous ? demanda froidement ce dernier aux malotrus qui les cernaient.

— On a besoin d'un peu de distraction.

— Allez en chercher ailleurs.

— Me semble pourtant qu'on a trouvé c'qu'il fallait…

— J'ai dit : hors de mon chemin.

— Voyez-vous ça ! ricana le meneur. Monsieur n'a pas encore compris que sa route s'arrêtait ici.

— Parce que vous vous pensez en mesure de m'arrêter ? se gaussa le comte. Pauvres dégénérés…

— J'm'en vais te faire ravaler ta morgue, beau seigneur ! Pis quand j'en aurai fini avec toi et ton valet, j'm'amuserai un peu avec elle…

Apeurée, Rose se recroquevilla. Entre ses bras, le buste d'Artus se mit soudain à vrombir. Un grondement caverneux, inhumain, roula dans l'air.

Dans un parfait ensemble, les frères d'Holival sautèrent à bas de leurs montures. Privés de cavalier, leurs chevaux fuirent en quelques bonds effarouchés, entraînant Rose à l'écart. Agrippée à la selle pour ne pas chuter, celle-ci ne songea même pas à se hisser dessus. Elle observait la scène, tétanisée.

À présent dos à dos, les frères suivaient des yeux la ronde qu'avaient entamée les vauriens autour d'eux. Artus se remit à gronder. Un rictus carnassier lui monta aux lèvres. Portant les mains sous son pourpoint, Adelphe les ressortit en un éclair, un stylet dans chaque paume, lames orientées le long de ses avant-bras.

Puis les iris d'Artus s'illuminèrent subitement.

Et les deux frères s'élancèrent.

Artus entra en collision avec l'homme au cou de taureau, déchaînant un déluge de coups sur son massif abdomen. Illico, un acolyte accourut pour prêter main-forte à son chef. S'approchant dans le dos du comte, il allongea ses bras épais vers sa nuque. À cette exacte seconde, Artus se décala sur sa droite. Tandis que les mains du vaurien se refermaient sur le vide, il lui expédia son coude dans l'estomac, juste avant de lui enfoncer le nez du revers du poing. Le malotru ploya sous les coups, s'agrippant le visage dans un réflexe de protection.

Nullement perturbé par cet intermède, le comte esquiva d'un rapide mouvement d'épaule le crochet que lui assenait traîtreusement le meneur, puis riposta par un terrible uppercut qui saisit sa cible au menton…

De son côté, Adelphe avait fondu sur un troisième larron. Se mouvant avec agilité, il lui entailla le cou d'un trait oblique, tandis que de son autre stylet il traçait une ligne miroir sur le buste. Un V sanguinolent se dessina sur le corps du maraud. Poussant un cri de rage et de souffrance mêlées, ce dernier essaya de refermer les bras sur son assaillant. Adelphe l'évita pour resurgir dans son dos, où il planta ses poignards d'un gracieux mouvement de poignet. Comme les lames remontaient le long de l'échine, Rose entendit les chairs se rompre dans un bruissement spongieux. Par les plaies lacérant le torse du vaurien, elle vit sourdre un sang noirâtre. Adelphe expédia le gueux au loin d'un violent coup de botte dans les reins, puis fit demi-tour pour recevoir le dernier gredin qui fonçait sur lui. Stylets revenus à leur position initiale, bras croisés en travers de la poitrine, il se ramassa sur lui-même…

Virevoltant toujours entre ses deux adversaires, Artus repoussa pour la énième fois le poing, gros comme un melon, du meneur de la bande, puis en profita pour lui agripper le poignet. Comme il esquivait d'un bond l'assaut du second loqueteux, il rabattit la main du meneur sur son avant-bras selon un angle contre nature. Repartant de suite en sens inverse, il arracha la main du bras où elle pendait.

Un hurlement déchira la nuit.

Artus se débarrassa du membre orphelin et s'élança à la rencontre du second larron, qui chargeait à pleine vitesse. Absorbant le choc sans même en être freiné, il entraîna l'homme avec lui pendant qu'il lui perforait le thorax de ses poings. Pétrifiée d'horreur, Rose perçut clairement l'odieux son des côtes qui se brisaient, suivi par l'explosion humide des entrailles dépossédées de leur unique protection. Un dernier uppercut arracha alors du sol le vaurien écharpé. Avant même qu'il retombe, Artus lui saisit la tête et entreprit de le contourner par l'arrière. Les vertèbres cédèrent dans un effroyable craquement. L'homme s'effondra dans l'herbe, menton appuyé contre son propre dos.

Artus fit volte-face.

Ses iris luminescents inondaient le paysage d'une phosphorescence verdâtre ; un sang épais dégouttait de ses bras, depuis les coudes jusqu'au bout des doigts, et, sous ses lèvres retroussées, Rose crut distinguer des crocs acérés.

Elle chancela.

Il fonça sur le molosse amputé…

Adelphe, toujours aux prises avec le dernier maraud, fléchit les jambes pour passer sous le coup que lui envoyait son assaillant. Changeant d'angle d'attaque dans une pirouette, il se redressa et répliqua immédiatement. Le souple ballet de ses poignards offrit un spectacle d'une beauté si hypnotique qu'on en aurait oublié la funeste précision, s'il n'y avait eu surenchère de balafres sur le corps de son adversaire. Or, comme celui-ci essuyait sa sixième entaille d'affilée, il réussit à refermer la main sur le pourpoint d'Adelphe. Effectuant un quart de tour sur lui-même, il propulsa le jeune homme en arrière et l'envoya s'écraser contre le tronc d'un arbre isolé.

Il le rejoignit en quelques véloces enjambées. Adelphe tenta de se dégager mais un premier, puis un second coup, percutèrent son flanc. Repositionnant l'un de ses poignards le long de son avant-bras, il parvint à parer le troisième assaut. Le poing de son adversaire emboutit la lame, laquelle s'enfonça profondément entre deux métacarpes. Tandis qu'il plantait son second stylet dans l'abdomen du vaurien, d'un geste sec et ascendant, Adelphe dégagea le premier des chairs où il était enfoui.

L'index du gaillard suivit la course du stylet et retomba un peu plus loin sur une touffe d'herbe folle. Beuglant comme un animal furieux, le gredin recula dans un haut-le-corps. Adelphe mit aussitôt cet espace à profit. Pivotant vers l'arbre contre lequel il s'était écrasé un peu plus tôt, il prit appui sur le tronc et se propulsa dans les airs. Il passa par-dessus la tête du vaurien dans un parfait saut périlleux et retomba gracieusement derrière lui, où il fut cueilli par un crochet à la mâchoire. L'impact fut tel que le jeune homme vacilla. Il n'eut pas le temps de réagir qu'une nouvelle offensive l'éjectait à plusieurs mètres en retrait. Il se rétablit séance tenante, mais le gaillard était déjà presque sur lui.

Une forme indistincte percuta alors le maraud, lequel roula au sol dans un nuage de poussière. Lorsqu'il stoppa enfin, s'étalant sur le dos, Artus se tenait accroupi au-dessus de lui, une main agrippée à son cou. D'un geste brusque, il égorgea le gredin, déchirant sans distinction chair et cartilage.

Rose poussa une plainte épouvantée.

Le comte se retourna dans un curieux mouvement coulé. L'air vibrait de son grondement assourdissant. Son visage, déformé par une haine féroce, était moucheté d'éclaboussures vermeilles. Ses crocs, quant à eux, avaient atteint une taille démesurée… S'appuyant tant sur ses bras que sur ses jambes, il s'élança en une impossible course à ras de terre.

Armant ses lames, Adelphe se rua à sa suite.

Ils convergèrent vers le meneur esseulé.

Soudain, une poigne de fer s'abattit sur la jambe de Rose et la tira de côté. Comme elle tombait à bas de son cheval, une masse compacte s'écrasa contre son ventre, puis contre sa joue, faisant sauter le luxueux masque de son visage.

Elle toucha terre avec un cri étouffé.

Une figure grimaçante obstrua alors son champ de vision. Elle reconnut l'homme qu'Adelphe avait tailladé précédemment mais n'eut pas le temps de s'interroger, une pogne vigoureuse lui enserrait déjà la gorge. Elle s'y cramponna par réflexe. Le vaurien la cogna de sa main libre. La souffrance qui explosa dans son buste fut instantanément supplantée par une rage sourde. Aussitôt des formes écarlates et ondoyantes envahirent sa tête…

L'homme frappa encore.

Rose ouvrit des yeux démesurés. Au tréfonds de son être, quelque chose d'affreux tira sur ses chaînes…

Un autre coup tomba sur sa mâchoire.

Son regard s'alluma d'un éclat orangé…

Le sixième assaut lui rompit trois côtes. Elle hurla de douleur.

Alors la bête arracha ses entraves. Énorme et cauchemardesque, elle jaillit des abîmes de son âme, l'écume aux lèvres. Avant que le coup suivant s'abatte, Rose bouscula le bras qui la maintenait à terre et sauta sur ses pieds. Dans son esprit se forma l'image délirante de son agresseur démembré, baignant dans une mare de sang. Transfigurée, la bouche ouverte sur des crocs proéminents, elle se jeta sur lui. Ses mâchoires se refermèrent sur l'épaule du vaurien. Il la repoussa d'une puissante bourrade. Perdant l'équilibre, Rose emporta toutefois dans sa chute un gros morceau de chair. Sa prise fut saluée par un cri tonitruant. Comme la comtesse recrachait son butin, l'homme bondit de nouveau. Il fut stoppé au beau milieu de son saut. Une expression de surprise offensée se peignit sur ses traits.

Debout derrière lui, Artus venait de lui extirper quelque chose du dos. Surgissant de nulle part, Adelphe apparut alors sous le nez du bougre et, en deux étourdissantes pirouettes, lui désolidarisa la tête des épaules. Laquelle tête roula dans l'herbe un court instant, avant de s'immobiliser, les yeux encore emplis d'une frayeur incrédule.

Le corps décapité s'affala aux pieds de Rose.

Lentement, celle-ci remonta des profondeurs où elle s'était noyée, tandis qu'en elle la créature refluait, contentée par le carnage…

Croisant le regard aveugle du cadavre, Rose s'écarta dans un sursaut terrifié. Immédiatement, une onde de douleur monta depuis son flanc meurtri. Elle serra les dents pour retenir une exclamation, et ce faisant s'érafla l'intérieur de la bouche. Elle y porta la main d'un geste convulsif. Deux canines effilées, légèrement courbes, s'épanouissaient sur sa mâchoire supérieure. Deux autres, courtes et droites, ponctuaient sa mâchoire inférieure.

Que… m'arrive-t-il…

Quelque chose suintait sur son menton… Elle se souvint… C'était le sang d'un homme. Un homme qu'elle avait molesté.

Seigneur, non… qu'ai-je fait?

Elle voulut fuir, mais des fers se refermèrent sur ses poignets. Se débattant furieusement, elle essaya de leur échapper. Dans sa tête naquit alors un brasier, où s'agitèrent en hurlant des choses difformes et boursouflées…

Qu'ai-je fait? QU'AI-JE FAIT!

— Rose!

Un cri suraigu passa ses lèvres.

— Rose, regardez-moi!

— *Regardez-moi! MAINTENANT!*

L'impérieuse injonction tempêta sous son crâne, surpassant les clameurs stridentes de ses chimères. Aussi, malgré le chaos, elle obtempéra.

Artus se tenait devant elle… Son pourpoint lacéré laissait par endroits entrevoir sa peau. Il ne grognait plus. Il n'avait plus de crocs… mais il était toujours couvert de sang.

— *Ne cédez pas à la peur, Rose… Revenez à moi…*

De toutes ses forces, elle s'accrocha à ce visage aimé. Peu à peu, les ténèbres de son esprit se dissipèrent, transpercées par la lumière d'un astre d'émeraude. Puis le mirage s'éteignit, emportant les plaintes dissonantes de la folie. Grelottante, Rose s'effondra entre les bras du comte.

— C'est fini, chuchota-t-il en l'étreignant doucement.

Elle voulut parler mais s'interrompit sur-le-champ, révulsée par les crocs qui envahissaient sa bouche. Une brusque nausée lui souleva l'estomac, suivie de près par un pic de souffrance, montant de son flanc gauche.

— Vous êtes blessée ? s'enquit Artus.

Plutôt que de répondre, elle porta la main à sa bouche avec un pitoyable gémissement.

— Ils vont se rétracter. Calmez-vous.

— *Que se passe-t-il ?* geignit-elle intérieurement.

— Pas maintenant, *lady*.

— Artus ? J'ai besoin d'aide pour celui-là…

Rose pivota vers la voix.

À quelques mètres de là, Adelphe était agenouillé sur la poitrine du meneur. L'empoignant par les cheveux, il abattit sa lame sur l'épaisse nuque, y ouvrant une plaie béante.

Le mort parut tressauter.

Adelphe frappa derechef.

La comtesse crispa les mains sur le pourpoint de son amant.

— Qu-que fait-il ? bredouilla-t-elle, hallucinée.

Posant une main sur sa joue, Artus la contraignit à tourner la tête vers lui. Un ouragan soufflait sur les lacs de ses yeux. Elle pouvait presque voir les vaguelettes s'écraser sur les berges verdoyantes… Il lui semblait même entendre le vent mugir entre les arbres de la forêt voisine…

— N'ayez crainte, *lady*, c'est fini. Rien ne peut plus vous atteindre.

Rose leva les yeux vers le ciel nocturne. Il n'y avait toujours aucune étoile. Juste la lune, immense et pleine…

— Ni peur, ni douleur.

Elle se retourna. De gracieuses silhouettes émergeaient des bois… Les loups. Ils venaient la chercher…

— Reposez-vous.

Elle s'assit dans l'herbe. Les loups se couchèrent autour d'elle… Le plus grand d'entre eux vint poser la tête sur ses genoux. Ses beaux yeux verts l'observèrent tristement… Entourant la bête de ses bras, elle enfouit le visage dans son pelage soyeux… Le vent ébouriffait sa chevelure en tous sens. Les branches des arbres crépitaient furieusement, évoquant le bruit d'un galop effréné… Elle se serra contre le loup… Puis le lac se mit à clapoter, lui rappelant qu'elle avait soif… Se dégageant de son étreinte, l'animal trottina jusqu'à la rive. Rose le suivit… Il effleura la surface du lac de son museau. Elle s'agenouilla près de lui et, faisant une coupelle de ses mains, préleva un peu d'eau…

— Buvez.

Elle avala de grandes gorgées.

— Vous vous sentez mieux ?

Rose porta une main à son front. La lumière était bien vive tout à coup…

— Comtesse ?

N'y avait-il pas quelqu'un à son côté ?

Ses yeux papillotèrent. Adelphe était penché sur elle, la fiole d'argent entre les doigts. Se redressant péniblement, elle vit qu'elle était installée dans l'un des fauteuils de la grande salle, au manoir de Boissy. Un feu crépitait dans la cheminée. Comme à son habitude, Artus se tenait près de l'âtre. Il avait ôté le sang de son visage, et avait passé un autre pourpoint. Déboussolée, Rose se palpa les lèvres et le menton. Il n'y avait plus de canines intruses dans sa bouche, ni de coulures sanglantes sur sa peau.

— Comtesse ? Vous allez mieux ?

Elle se tourna vers Adelphe.

— Oui, je crois…

Esquissant un sourire soulagé, le jeune homme s'écarta quelque peu.

— Que s'est-il passé ? interrogea Rose, la tête encore cotonneuse.

— Nous sommes rentrés, fit le comte.

— Je le vois bien. Je parlais de ce qui s'est passé là-bas.

— Mais ? hoqueta Adelphe. Artus, je croyais que vous aviez conversé avec elle ?

— Restez en dehors de cela, mon frère…

— Ne voyez-vous donc pas qu'il est trop tard maintenant ? Il faut le lui dire !

Une sorte de lassitude contrariée se peignit sur les traits du comte. Au lieu de répondre, il se perdit dans la contemplation des flammes.

— Ce que j'ai vu, commença Rose. Ce que vous avez fait… c'est…

Elle s'arrêta, frémissante. Les souvenirs des événements se bousculaient dans sa tête. Oscillant entre horreur et incertitude, elle peinait à trouver ses mots.

— Vous avez massacré ces hommes, murmura-t-elle enfin.

— Ce n'étaient pas vraiment des hommes, *lady*.

— … Que voulez-vous dire ?

— Exactement ce que j'ai dit.

— Ils… étaient-ils…

— Comme moi ? coupa Artus, une ombre au fond des yeux. Oui, *lady*. Ils l'étaient.

Joignant les mains sur ses genoux pour les empêcher de trembler, la comtesse essaya désespérément de ne pas perdre pied.

— Je pensais que vous étiez sorcier, fit-elle, mais… j'avais tort.

— En effet.

— Alors… qu'êtes-vous ?

— L'on nous donne des dizaines de noms, déclara Artus après un court silence. Or, aucun ne nous convient.

— … Quels noms ?

— Incube. Draugr. Stryge. Lucifuge…

Effarée, Rose se couvrit la bouche d'une main. Ses traits se brouillèrent, assaillis par l'angoisse, puis des larmes naquirent à l'orée de ses yeux d'ambre.

— Vous êtes… un démon ?

— Ni démon, ni homme. Juste une créature… Une chose ni morte, ni vive, étrangère à tous les mondes, et qui n'a d'existence que dans les ténèbres…

Rose jaillit si violemment de son fauteuil qu'elle le renversa. Une douleur diffuse monta de son flanc blessé, mais elle l'ignora :

— Vous m'avez maudite ?

— … Oui.

— Pourquoi ? gémit-elle. Pourquoi m'avoir fait ça !

Elle tremblait à présent si fort qu'elle peinait à se tenir debout. Rien d'autre au monde n'existait plus que lui. Lui, de qui elle avait tout accepté, pour qui elle pouvait tout sacrifier… Mais il fallait qu'elle sache. Il fallait qu'elle soit sûre.

— Artus je vous en prie, supplia-t-elle. Dites-le… j'ai besoin de l'entendre…

Le comte posa sur elle un regard impénétrable, puis son beau visage se ferma. Et il détourna la tête.

Rose vacilla.

Des flots de tourments se déversèrent en elle dans un fracas abominable. Son cœur se morcela à leurs ignobles assauts, anéantissant chaque parcelle de son être.

Il l'avait dupée…

Comme en écho à son déchirement, une bûche éclata dans la cheminée avec force bruits. Rose agrippa alors le collier qu'elle avait encore au cou et tira violemment. Une averse de perles cliqueta sur le parquet, comme autant de larmes nacrées.

— Monstre…

Les yeux obstinément rivés aux flammes, Artus n'esquissa pas un mouvement. Faisant volte-face, Rose s'élança soudain dans une course éperdue.

— Comtesse !

Elle enfonça les portes de la grande salle. L'univers s'écroulait. Les hurlements de son cœur supplicié martyrisaient son esprit. Aveugle et sourde, elle s'enfuit au hasard des pièces.

— Artus, il faut…

— Quoi ? Que faut-il encore faire, selon vous ! N'êtes-vous pas satisfait ? Elle l'a appris aussi brutalement que vous le désiriez !

— Voyons, je ne voulais pas que cela se passe ainsi !

Rose s'échappa vers le parc. Un air frais balaya ses joues trempées de pleurs. Son corps tout entier pulsait d'un vide brûlant. Partout où elle portait les yeux, elle ne voyait que lui…

— Vous avez pourtant insisté, Adelphe !

— Mais je pensais que… Artus ? Artus, où allez-vous !

— Vous vouliez qu'elle sache ? C'est chose faite ! Maintenant, débrouillez-vous !

Le grondement d'un galop forcené fit bientôt trembler le sol du domaine. Sa voix s'éleva dans la nuit tandis qu'il exhortait son cheval à accélérer encore. S'effondrant à genoux, la jeune femme renversa la tête en arrière. Sa gorge enfla d'un cri de désespoir qu'elle ne chercha pas à contenir. Il creva le silence aussi cruellement que le chagrin ruinait son cœur.

— *Rose…*

Dans l'écurie, les bêtes s'agitèrent. Au manoir, les domestiques s'affolèrent. Au portail, les gardes bondirent sur leurs jambes, épée au poing. Au milieu du parc, Rose s'affaissa dans l'herbe.

Une minute s'écoula avant qu'il la rejoigne. Ou bien fut-ce une heure ? Elle n'en savait rien. Et cela n'avait aucune espèce d'importance. Quand il s'assit à son côté, la comtesse, couchée sur le flanc, resta immobile.

— C'étaient des Lamies, dit finalement Adelphe. C'est ainsi qu'ils se font appeler…

Rose eut la sensation qu'il se tournait vers elle, à l'affût d'une quelconque réaction. Elle n'en montra aucune.

— De nous tous ce sont les plus bestiaux, reprit-il. Ils nous haïssent, et, à dire vrai, nous le leur rendons bien… Les autres maisons ne les apprécient guère plus. Il est presque impossible de s'entendre avec les Lamies. Ils ne comprennent que la force, un domaine où, hélas, ils excellent. « Écraser ou être écrasé », telle est leur devise.

Le jeune homme marqua une nouvelle pause.

— Nous n'avions pas le choix, soupira-t-il. Si nous n'avions pas attaqué, ils ne s'en seraient pas tenus aux menaces. Ces chiens sont dangereux, ils aboient autant qu'ils mordent… Cependant il est rare de les voir en meute. Ils sont si sauvages, voyez-vous, qu'ils se supportent à peine entre eux. Je ne m'explique pas ce qu'ils faisaient ainsi attroupés… Quoi qu'il en soit, sans Artus, l'issue de cette rencontre aurait été plus qu'incertaine.

Rose souffrit dans sa chair à la seule mention de ce nom. Si durement qu'il lui vint un haut-le-cœur.

— Mon frère est, d'une certaine façon, à la tête de notre maison. Comme Olaf est à la tête de la sienne. Vous vous souvenez d'Olaf, bien sûr. C'est celui qui vous malmena le soir où il vint nous trouver, à Darnétal. C'est un rustre, mais rien de comparable avec un Lamie, je vous assure… Les Oström nous ressemblent par bien des aspects. Ce sont ceux avec qui nous nous entendons le mieux. Il faut dire que dans cette partie du monde nos deux maisons sont de loin les plus répandues, bien que les Oström soient plus nombreux que nous le sommes dans les terres du Nord.

Ce monologue à la fois paisible et grave avait quelque chose d'apaisant. Entrouvrant les yeux, la jeune femme regarda les brins d'herbe se dresser dans la clarté azuréenne de son étrange vision.

— Je ne vous mentirai pas, comtesse, notre monde est abrupt. Les conflits y sont nombreux et troubles, les différentes maisons ne s'accordant pas très bien.

— Combien, demanda Rose d'une voix terne.

— Combien sommes-nous ?

— Oui.

— Il y a cinq maisons. Cinq branches d'une même famille. Du moins est-ce ce que nous nous plaisons à croire, quoique les opinions divergent fort sur la question de nos origines. Nombre des nôtres pensent que…

Adelphe s'interrompit.

— Mais vous ignorez à quelle maison vous appartenez, reprit-il. Suis-je bête, c'est par là que j'aurais dû commencer. Nous nous nommons Arimath.

Rose se souvint que ce nom avait été prononcé en début de soirée, alors qu'elle épiait sans le savoir la discussion de la fratrie d'Holival. Il lui semblait aussi avoir entendu parler des autres maisons, mais tout cela était nébuleux et elle n'avait aucune envie d'y réfléchir. À quoi bon de toute façon ? Cela n'avait plus le moindre intérêt.

Tout était vain.

— Ainsi que je le disais, Artus est…

— Pourquoi…, susurra-t-elle. Pourquoi m'a-t-il fait ça ?

L'espace de quelques secondes, seul le souffle de la brise se fit entendre. Puis le jeune homme murmura :

— J'aurais voulu pouvoir vous répondre, madame…

— Vous l'ignorez donc ?

— Hélas… Toutefois, pour quelqu'un dans sa position, se choisir un infant est un acte majeur. Nul doute qu'il y a une raison à…

— Pour moi il n'y en avait qu'une ! s'écria Rose en se redressant brusquement. Rien d'autre ne pourra justifier ce qu'il a fait !

Se relevant, elle s'éloigna de quelques pas incertains. Anxieux, Adelphe l'imita.

— Tous ces sourires, toutes ces faveurs, chevrota-t-elle. J'ai cru qu'il m'offrait le bonheur, mais il me dépouillait… Il… il m'a trompée…

Sa gorge se noua, l'empêchant de continuer. Hagarde, elle trébucha alors dans ses jupes. Voyant cela, son compagnon voulut s'approcher, mais elle se replia instantanément vers les murailles.

— Madame, où comptez-vous aller ?

— N'importe où plutôt qu'ici !

— Comtesse, revenez… Seule vous ne survivriez pas longtemps…

Rose pivota sèchement vers lui.

— Survivre ? répéta-t-elle. Que me reste-t-il qui vaille la peine de survivre ?

— Votre vengeance, madame. Ne voulez-vous plus justice ?

Le front de la jeune femme se barra d'un pli supplémentaire. De la marée confuse de ses pensées émergea l'image de lord Edmund.

— Si, admit-elle faiblement.

— Alors il faut rester. Sans l'aide d'Artus, vous n'obtiendrez rien.

— … Je ne le peux. Jamais je n'arriverai à le supporter.

— Vous vous habituerez à votre nouvelle condition, comtesse.

— Ce n'est pas de cela qu'il s'agit, Adelphe ! s'emporta-t-elle. Ne comprenez-vous donc pas ?

Le jeune homme se tut, affligé.

— J'aurais pu l'accepter, poursuivit Rose. Je sais que j'aurais pu admettre même cette abomination. Car je croyais vraiment qu'il…

Une grosse larme perla à ses cils et roula sur sa peau satinée. Le fardeau de sa peine devint soudain trop lourd à porter. Les ombres bleutées de la nuit s'affadirent ; elle se sentit ployer.

À son côté en un éclair, Adelphe la rattrapa avant qu'elle s'affaisse. Comme il s'assurait qu'elle était encore consciente, leurs yeux se rencontrèrent incidemment. Rose s'écorcha à ce regard.

Lady…

L'espace d'un terrible instant, le jeune homme ressembla tant à son frère qu'elle crut que c'était lui qui la contemplait. Égarée, elle lui effleura la joue du bout des doigts.

— Moi, je l'aimais, murmura-t-elle. Je l'aimais vraiment.

Des océans de souffrance se déchaînèrent à ce pathétique aveu. Rose s'y disloqua, secouée de sanglots déchirants. Atterré, Adelphe la blottit entre ses bras.

— Pardon, souffla-t-il. Pardon…

Chapitre 11

— Mademoiselle, vous ne voulez vraiment pas ? insista Jacques, inquiet.

— Non.

— Mais M. le comte a dit que…

— Vous ne devriez pas écouter le comte, coupa Rose âprement. Il est par trop habile à abuser son entourage.

Déconfit, le valet reposa le calice sur la petite table.

Cela faisait deux semaines qu'il était arrivé au manoir. Rose l'avait trouvé à son réveil, l'attendant sagement dans la petite chambre où elle se terrait depuis ce soir-là…

Malheureusement, elle n'était pas autorisée à dormir dans cette pièce. Lorsque l'aurore arrivait, elle devait regagner l'antre d'Artus. Faute de quoi il venait lui-même la chercher. Il savait toujours où la trouver, quel que fût l'endroit où elle tentait de se cacher. Alors, plutôt que d'avoir à supporter la douleur de sa présence, Rose préférait descendre d'elle-même dans le souterrain. De cette façon, elle ne le voyait jamais.

Artus n'avait pourtant pas déserté son repaire. Chaque soir elle trouvait les draps chiffonnés de son côté du lit, ainsi qu'une foule de petits détails qui trahissait sa présence. Questionné à ce sujet, Adelphe avait admis que son frère, s'endormant après Rose et s'éveillant avant elle, faisait son possible pour qu'elle n'ait pas à le croiser.

Elle ne lui avait d'ailleurs pas adressé une parole depuis cette triste nuit, trois semaines auparavant.

Elle le fuyait tant qu'elle pouvait.

C'était pour cela qu'elle avait demandé le transfert de ses effets personnels dans cette chambre, au dernier étage du manoir. C'était devenu son tombeau. Elle ne le quittait plus, exception faite des bains interminables qu'elle s'accordait à intervalles réguliers. Le reste du temps, elle demeurait assise dans son fauteuil, devant la fenêtre ouverte, à contempler les étoiles.

Les meurtrissures de son cœur suppuraient toujours. Artus lui manquait tellement qu'elle ne savait que s'enfermer dans son souvenir. Elle se languissait de sa voix, de ses sourires, de ses étreintes… Mais, plus que tout, elle pleurait l'illusion de son affection. Il n'y avait plus assez de larmes dans son corps pour exprimer sa peine. Elle les avait toutes versées. Jusqu'à la dernière. Car malgré l'amertume, malgré le désespoir, elle continuait d'adorer son bourreau. De tout son être. Et cet amour la rongeait davantage chaque seconde.

— Mademoiselle, il…

— Sortez.

Jacques soupira. Il s'en retourna néanmoins, clopinant sur sa canne. Rose s'était étonnée de le voir ici alors même que sa rémission n'était pas tout à fait achevée. Elle avait aussitôt remercié Adelphe de cette attention, pour découvrir que ce n'était pas son fait, mais celui de son frère. Son frère.

— *Artus…*

— *Oui,* lady*?*

La jeune femme se tassa sur son siège. Dire qu'elle avait considéré ce lien comme une bénédiction, comme un talisman contre la solitude. Elle était loin de se douter qu'à cause de ce maléfice le comte l'entendrait se morfondre nuit après nuit. Et le pire dans tout cela, c'était qu'il ne manquait jamais de répondre…

— Alors ? demanda Adelphe, quelque part dans le manoir.

— Non. Elle a encore refusé, monsieur.

— Pas même une gorgée ?

— Non monsieur. Pas une goutte.

— C'est la sixième nuit…

— Je sais, monsieur. Monsieur le comte, ne pourriez-vous faire quelque chose ?

— C'est inutile, rétorqua Artus. Elle rejette tout ce qui vient de moi. Jusqu'aux robes qu'elle ne porte plus…

— Ne pourriez-vous l'aider, mon frère ?

— Que croyez-vous que je fasse ?

— Cela ne donne rien ?

— Non. Je n'arrive pas à… Je n'y arrive pas.

Rose ferma les yeux. Artus essayait toujours de la soulager de ses maux ?

— Vous êtes inquiet, remarqua Adelphe.

— Six nuits, c'est beaucoup trop dans son état. Allez-y, Adelphe. Parlez-lui.

— Moi ? Mais…

— Elle vous écoutera peut-être.

— M. le comte a raison, monsieur, renchérit Jacques. Si c'est important pour la santé de mademoiselle, vous devriez essayer.

— Bien.

Pour tromper sa nervosité, la jeune femme rassembla sa chevelure sur l'une de ses épaules et se mit à la lisser du plat de la main. Trois petits coups résonnèrent bientôt contre la porte.

— Entrez, fit Rose d'une voix éteinte.

— C'est moi, comtesse.

« Je sais », faillit-elle répondre. Au lieu de quoi, elle jeta un regard par-dessus son épaule. Adelphe paraissait bien sérieux.

— L'on m'a dit que vous aviez encore repoussé votre remède, dit-il en approchant.

Rose reporta son attention sur le ciel nocturne.

— Qu'est-ce que cela peut bien faire ?

— Il faut que vous buviez un peu, madame. Vous allez vous sentir mal si vous continuez.

— Mal ? répéta-t-elle avec un petit rire sarcastique. Il est vrai que je me porte si bien, n'est-ce pas ? Il serait dommage de gâcher cette belle harmonie…

Du coin de l'œil, elle vit Adelphe arborer une lippe chagrine. Il saisit cependant le calice abandonné sur la table et vint se placer devant elle, lui bouchant la vue sur son cher néant.

— Si j'en buvais, accepteriez-vous d'en boire à votre tour ? demanda-t-il en s'agenouillant pour être à sa hauteur.

La comtesse leva sur lui des yeux surpris. Lui rendant son regard, Adelphe haussa un sourcil interrogateur, puis un faible sourire souleva la commissure de ses lèvres. Sans attendre la réponse, il porta le calice à sa bouche et en préleva une bonne gorgée. Rose n'aurait pas cru qu'il puisse en avaler. Elle pensait que ce philtre lui était réservé, à elle seule. Indécise, elle considéra le jeune homme.

Il n'y avait nulle malice dans son regard, rien que de l'inquiétude et de la compassion. Depuis ce soir-là, Adelphe n'avait cessé de lui manifester sa sympathie. Il n'avait d'ailleurs pas ménagé sa peine pour tenter de la tirer de sa prostration, même si rien n'y avait fait… Elle n'avait pas voulu lui causer de souci. Elle avait seulement cherché un moyen d'échapper à son calvaire. S'étant figurée que ce philtre entretenait peu ou prou sa passion, elle avait espéré trouver un peu de répit en cessant de le boire. Or il semblait qu'elle avait fait fausse route.

Attentive à la réaction de son compagnon, la comtesse avança une main timide vers le calice. Le soulagement qui se peignit sur les traits d'Adelphe vainquit ses dernières réticences. S'emparant de la coupe, elle la vida en trois longs traits. Sa gorge accueillit le breuvage avec euphorie. Une vague d'énergie brute se répandit dans son corps, portée par un frisson de contentement. Résistant néanmoins à l'envie d'en réclamer davantage, Rose rendit le calice au jeune homme. Tout sourires, celui-ci alla reposer la coupe sur la table, après quoi il revint vers elle et prit ses mains dans les siennes. Tirant gentiment, il l'incita à se lever :

— J'ai quelque chose à vous montrer, comtesse, fit-il sur un ton de confidence. Venez avec moi.

Contre toute attente, la jeune femme se laissa convaincre. La guidant hors de sa sépulture, Adelphe la mena à travers les étages, jusqu'à franchir la porte de la garde-robe du premier palier.

Elle découvrit au milieu de la pièce une sorte de support d'osier, sur lequel était passée une fabuleuse toilette. Rouge, vaporeuse, la robe était faite d'une soie moirée qui paraissait légère comme le vent. Sur les manches et le buste, des broderies orangées s'épanouissaient en superbes arabesques. La collerette, constituée d'un éventail de plumes ardentes, se dressait vers le ciel comme les ailes d'un ange. Un loup de satin orangé cousu de rubis et paré d'une aigrette rouge était épinglé là où aurait dû se trouver la tête. Enfin, reposant contre le corsage, il y avait un sautoir de perles.

Son sautoir.

— Il l'a fait remonter, précisa Adelphe en suivant l'inclinaison de son regard. Il n'y manque pas un grain.

Rose sentit sa volonté faiblir.

— Comment la trouvez-vous ? poursuivit le jeune homme en gagnant le centre de la salle. N'est-elle pas magnifique ? Elle est pour vous, bien sûr.

— Pourquoi ?

— La mascarade, à la Cour. Vous souvenez-vous ?

— Oui...

— Il me semble, d'après cette robe, qu'il comptait vous y mener.

— Je n'irai nulle part avec lui.

— Et avec moi ?

Rose eut un rictus à la fois irrité et dérouté. Elle n'était pas sotte. S'il y avait Adelphe, il y avait forcément Artus.

— Ne répondez pas encore, comtesse. Le bal n'a lieu que demain. Vous avez la nuit pour y songer.

— Demain, déjà ?

— Oui, déjà... À ce propos, peut-être aimeriez-vous savoir que votre très chère amie, la vicomtesse de Chaumontel, sera elle aussi au Louvre demain.

— Charlotte ?

— Elle-même.

— En êtes-vous sûr ? s'enquit la jeune femme, bien que pressentant la réponse. Elle m'avait confié dans ses lettres ne pas pouvoir s'y rendre.

— Eh bien, peut-être quelqu'un s'est-il assuré qu'elle y soit...

Confuse, Rose ferma les yeux une seconde. Pourquoi Artus faisait-il tout cela ?

— Je ne comprends pas, dit-elle faiblement.

— Vous croyez qu'il vous méprise, madame, mais, si tel avait été le cas, il ne vous aurait pas choisie pour devenir son infante. Si vous doutez de tout le reste, soyez au moins sûre de cela...

Laissant passer un bref silence, Adelphe reprit :

— Ce n'est pas un monstre... Ses décisions sont certes souvent difficiles à comprendre, mais notre monde est un monde difficile. Un monde torturé. Brutal. Où rien ne s'oublie jamais... Je ne sais pourquoi il vous a choisie. Cependant, quoi qu'il ait pu faire, je suis certain qu'il ne vous voulait point de mal.

Rose arbora une grimace amère. Le comte la faisait pourtant souffrir au-delà de tout ce qu'elle avait eu à endurer dans sa courte existence.

— Je sais que cela n'excuse rien, ajouta le jeune M. d'Holival. Je ne vous demande pas de lui pardonner. Je voulais seulement que vous sachiez.

— Je...

— Je n'étais pas supposé vous montrer cela. Ni vous parler du bal. Il ne m'a rien demandé.

— Adelphe, je...

— En revanche, je dois vous aviser que M. de Poisieu a rempli son office. L'espion a accepté le rendez-vous. Il se rendra demain au lieu usuel de leurs entrevues. Si vous tenez toujours à connaître la vérité sur la mort de votre père, ne laissez pas passer votre chance, comtesse...

Ils échangèrent un regard grave, puis Adelphe quitta la pièce sans crier gare, laissant la jeune femme seule avec ses robes et ses pensées contradictoires. Rose aligna quelques pas de long en large pour tenter de juguler ses angoisses. Captant dans le miroir le reflet de ses errements, elle s'en approcha.

Ce ne fut pas son image qu'elle vit dans la glace. Elle le vit lui, tel qu'il était cette nuit-là : couvert de sang, des épines d'albâtre entre les lèvres, et d'une effroyable férocité. Elle se remémora alors sa propre furie. La créature qui s'était emparée d'elle était encore terrée quelque part dans sa tête. Elle l'entendait parfois remuer…

Pourtant, elle ne se sentait pas si différente de celle qu'elle avait été, mais il était indubitable qu'elle avait changé. Comme piégée sur une barque minuscule au large d'une mer traîtresse, elle était perpétuellement ballottée entre les émotions les plus vives… Les frontières de son univers intérieur avaient glissé. Elles étaient devenues floues…

Désemparée, Rose appuya les paumes contre celles, glacées, de son reflet. En quoi s'était-elle donc transformée ? En quelle sorte de démon ? Était-elle aussi un monstre à présent ?

Dans le miroir, son double lui renvoya ses interrogations d'un long regard douloureux.

Un monstre était-il capable d'amour ?

Lorsqu'elle gagna le rez-de-chaussée, le lendemain soir, sa décision était prise.

Se présentant devant les portes de la grande salle, elle attendit que les laquais l'ouvrent pour elle. La pièce était plongée dans la pénombre. Les seules sources de lumière provenaient de deux candélabres et du feu qui brûlait dans la cheminée. Rien toutefois qui puisse handicaper la jeune femme ; sa vision s'adapta aussitôt à ce faible niveau de clarté.

Ce fut alors qu'elle l'aperçut.

Il était assis dans l'un des fauteuils disposés près de l'âtre. Jambes croisées et étendues devant lui, un bras appuyé sur l'accoudoir, il se tenait le front d'une main, les yeux dissimulés derrière ses doigts déployés. Son autre bras était posé en travers de ses cuisses, poing fermé.

Rose s'immobilisa. Une peine abyssale lui brûla les entrailles. Son courage s'enfuit par tous les pores de sa peau.

Comme elle s'apprêtait à faire demi-tour, le comte releva soudain la tête. Et, pour la première fois depuis des jours, elle croisa son regard.

L'émoi la riva au sol.

Artus parut presque surpris, puis un pli soucieux affleura à son front et chassa cette impression. Il resta là, à la contempler fixement. Rose fut submergée de sentiments antagonistes. Sa gorge se noua. Un étau de ronces comprima sa poitrine. Elle sut qu'il lui fallait faire quelque chose. N'importe quoi. Sinon, le chagrin la priverait du peu de raison qu'il lui restait.

Rassemblant ses maigres forces, elle se contraignit à ouvrir la bouche :

— Je cherchais Adelphe.

Artus baissa le bras sur lequel il était appuyé l'instant précédent. Le sillon sur son front s'accentua.

— Il va revenir d'un instant à l'autre, *lady*.

Rose serra les dents à se les déchausser. Son cœur émietté grelotta. Il lui manquait tant…

— Comtesse ? s'exclama-t-on dans son dos.

Elle pivota vers Adelphe dans un sursaut. Le sourire que ce dernier arborait se troubla. Il sembla confondu.

— Vous êtes sublime, madame, confessa-t-il. Le soleil pâlirait de honte s'il avait le bonheur de vous voir…

Rose baissa la tête sur son incandescente toilette. Elle avait été si perturbée par la vue d'Artus qu'elle en avait oublié le pourquoi de sa visite. Elle avait décidé de les accompagner au bal, ainsi, bien entendu, qu'à l'entrevue organisée par Poisieu. Avant de descendre l'annoncer, elle s'était rendue à la garde-robe et avait revêtu les atours préparés pour elle. Elle avait fait arranger ses cheveux en une gracieuse coiffure traversée d'un délicat entrelacs de tresses, s'était très légèrement fardée, et avait passé à son cou le sautoir de perles. Ce fut ainsi apprêtée qu'elle s'était présentée aux portes de la grande salle, une minute auparavant.

— Vous exagérez, dit-elle, un tantinet embarrassée.

— Je puis vous jurer que non.

Le jeune homme était si sérieux que Rose ne sut que répliquer. Aussi choisit-elle d'amener la conversation sur un autre sujet.

— Comme vous le voyez, j'ai décidé de vous accompagner.

— J'en suis heureux, madame, fit Adelphe. Il va donc falloir que nous nous préparions, ajouta-t-il ensuite à l'adresse de son frère.

Celui-ci quitta son siège. Abandonnant sur une table à proximité ce qu'il serrait dans son poing, il s'approcha d'eux. Rose le regarda avancer avec une appréhension croissante. Il lui sembla que son parfum capiteux l'environnait de toutes parts. S'immobilisant à sa hauteur, le comte posa un regard sibyllin sur le collier, puis il exécuta une demi-révérence et se retira. Rose fut prise de l'envie folle de se jeter à son cou. Au lieu de quoi elle se pétrifia. Depuis le vide purulent de son cœur monta un gémissement qu'elle eut toutes les peines du monde à retenir.

Lorsque enfin Artus eut quitté la pièce, Adelphe se tourna de nouveau vers elle.

— Vous blêmissez, madame, s'alarma-t-il. Avez-vous soif ?

— Non… je me languis.

Le jeune homme se rembrunit. Tâchant de ravaler sa douleur, Rose se dirigea vers la cheminée, mains crispées sur le somptueux loup. Elle avait choisi de lutter pour la mémoire de son père. Quoi qu'il advienne, il fallait qu'elle s'y tienne. Elle avait déjà manqué de renoncer tout à l'heure ; c'était une fois de trop. Elle devait être forte. Au moins jusqu'à ce que sa vengeance soit accomplie.

— Je vous sais gré de votre gentillesse Adelphe, le remercia-t-elle. Sachez que votre présence m'est un soutien précieux.

— S'il y a quoi que ce soit que je puisse faire pour…

— À moins que vous puissiez effacer son souvenir de ma mémoire, je crains que vous ne soyez aussi impuissant que je le suis.

Elle s'arrêta près de l'âtre. Il lui sembla que, dans son dos, le jeune homme s'interrogeait sur la conduite à tenir.

— Allez vous préparer, dit-elle. Ne vous souciez pas de moi. Cela ira.

— Bien… Nous ne serons pas longs.

— Prenez le temps qu'il faudra.

Après une dernière hésitation, Adelphe s'éloigna vers le vestibule. Debout face aux flammes, Rose essaya de consolider ses résolutions.

Passé quelques minutes, et alors qu'elle s'empêchait pour la millième fois d'évoquer le souvenir d'Artus, elle accrocha du coin de l'œil l'objet qu'il avait laissé sur un coin de table avant de quitter la salle. Sortant de son immobilisme, elle alla l'examiner de plus près.

Il s'agissait d'un petit bloc de pierre polie, couleur vert-de-gris, taillé à l'effigie d'un personnage au corps d'homme et à la tête d'animal. Un fétiche païen, semblait-il.

Rose saisit la statuette et la fit jouer entre ses doigts. La pierre présentait sur toute sa surface de très fines mouchetures de teintes plus claires. Le personnage biscornu avait les bras croisés sur la poitrine. Sa gueule, car c'était bien de cela qu'il s'agissait, était ouverte sur de longues dents. Sourcils froncés, il avait l'air menaçant.

Mes vêtements lacérés… mon ventre… déchiqueté…

Rose se raidit.

Fournaise… je saigne… la bête hurle…

Ses mains lâchèrent la figurine de leur propre chef, laquelle s'écrasa sur le parquet avec un bruit mat. Les yeux braqués sur la statuette, la comtesse recula de plusieurs pas. Ces visions infernales, elle les connaissait. Elles la hantaient maintenant presque à chaque repos, surgissant au creux de sa nuit comme une bête fauve, emplissant ses rêves de vrombissements et de cris inhumains.

Cela commençait toujours de la même façon. D'abord, elle voyait ses mains entièrement rougies. Ensuite elle percevait une douleur intense, impensable, irradiant depuis son ventre. Elle le pressait instinctivement, et sentait alors sous ses doigts sa peau écorchée. S'ensuivait un hurlement terrible qui lui faisait lever la tête. Devant elle, une apparition monstrueuse se tortillait sur une sorte d'énorme crucifix noir, aux proportions anormales. Puis il y avait cette chaleur étouffante, secondée par les crépitements d'un brasier furieux qui semblait engloutir le monde. Et enfin elle voyait cette fleur… Une unique fleur rouge, perdue au milieu des flammes…

Elle était maintenant accoutumée à ce que ces chimères perturbent son sommeil. Cependant, c'était bien la première fois que cela l'assaillait alors qu'elle était éveillée.

Qu'était-ce encore que ce sortilège ? Y avait-il un lien entre cette statuette et ses cauchemars ?

Après une brève délibération intérieure, Rose alla ramasser la statuette. Elle la tint dans son poing serré, paupières closes.

Ses griffes… trop vite… ce sang… mon sang…

Rouvrant les yeux, elle baissa le nez sur la figurine. Était-ce là la bête de ses songes ? Et pourquoi diantre cette chose lui semblait-elle familière ?

— Mademoiselle ?

Elle fit volte-face. Jacques se tenait sur le pas de la porte, un calice à la main.

— Monsieur l… Adelphe vous a préparé votre médecine, dit-il.

— Vous mentez fort mal, soupira Rose en étendant toutefois le bras, paume ouverte.

Le valet claudiqua jusqu'à elle et lui remit la coupe, un sourire contrit plaqué sur sa figure de guingois.

— Je sais. C'est que j'avais peur que vous le refusiez si vous appreniez que…

— … que c'était le comte qui s'en était chargé.

— Voilà, admit-il, un brin gêné.

— Je ne ferai pas de difficulté cette fois.

— … Il vous a fait du mal, n'est-ce pas ?

Rose baissa le nez sans répondre.

— J'ai bien essayé de vous le dire, reprit Jacques. Mais vous n'aviez pas envie d'écouter…

— Me dire quoi ?

— Qu'il n'était peut-être pas ce que vous espériez.

— Vous fûtes bien le seul à le percevoir, déplora la jeune femme.

— Je suis navré, mademoiselle.

— Vous n'y pouvez rien, Jacques. Je suis l'unique fautive…

Avalant le remède d'un trait, elle lui rendit ensuite le calice.

— À quoi vous sert cette médecine ? interrogea le laquais en lorgnant sur le fond de la coupe.

— Je ne sais pas, avoua sa maîtresse d'un ton las.

— À reprendre des forces, *lady*.

Artus se tenait sur le pas de la porte. Il portait une superbe tenue de satin d'un bleu soutenu, agrémentée de fines broderies vertes. Entre ses doigts était un loup duveteux assorti aux couleurs de son costume, et pourvu d'un bec doré. Sur ses épaules ondoyait un majestueux manteau, entièrement composé de plumes de paon. Enfin, reposant sur son bras, il y avait une longue cape de plumes rougeoyantes, dernier élément du costume de Rose.

Levant les yeux sur le comte, cette dernière en resta sans voix. Sa présence, magnétique, semblait saturer l'air d'une brise vibrante. Fascinée, elle le regarda traverser la pièce pour aller déposer la cape sur le dossier d'un fauteuil. Après quoi il s'approcha d'elle, et baissa les yeux sur le poing qu'elle tenait toujours fermé. Rose suivit son regard. Elle ouvrit spontanément la main, révélant la statuette.

— Que comptiez-vous faire de cela ? susurra-t-il.

La caresse de cette voix saupoudra sur sa peau un nuage de frissons. Rose dut mobiliser toute son énergie pour résister à la suave léthargie qui menaça de l'envahir. Un énième pic de chagrin lui vrilla alors les entrailles, sitôt suivi d'une bouffée de rage. Flageolante, elle s'écarta de plusieurs pas.

— À votre avis ? rétorqua-t-elle avec humeur.

Artus eut une moue si éphémère qu'elle aurait pu ne pas exister. Il se tourna vers le serviteur, posté près de l'âtre.

— Laissez-nous, lui dit-il.

Jacques obtempéra, non sans jeter un dernier coup d'œil à sa maîtresse. Lorsque la double porte se fut refermée sur son boitillement, Artus reprit :

— Je devine que vous cherchiez à connaître sa provenance.

La jeune comtesse lui lança un regard en biais.

— Nous supposons que ce fétiche appartient à ceux qui tourmentent les nôtres, ajouta le comte. Il fut retrouvé auprès des dépouilles de trois serviteurs, il y a bientôt quatre mois de cela. Peut-être vous en rappelez-vous, *lady* ? Le maréchal de Cossé en fit mention le soir du bal, chez le marquis de Jouars.

— Est-ce l'objet qui fut volé au prévôt ? se souvint Rose, oubliant sa rancœur pour un instant.

— Celui-là même.

— Cela signifie-t-il que vous fûtes le voleur ?

— Oui. Ce fut pour cette raison que je quittai tôt le bal, expliqua Artus. Je devais agir vite.

Rose résista à la tentation de le questionner davantage, puisque de toute façon il ne répondrait pas.

Mon ventre… j'ai mal…

Elle baissa brusquement le nez sur la figurine toujours nichée dans sa paume.

Les images qui lui apparaissaient étaient plus nettes que dans ses cauchemars. Cette fois-ci, elle avait clairement vu ses mains nappées d'un liquide sombre. Elle avait même failli distinguer la couleur du vêtement qu'elle portait. Frissonnante, elle abandonna la statuette sur une table à proximité. La soirée serait assez pénible sans qu'il y ait besoin d'y adjoindre ces visions d'horreur.

— Je l'ai pris pour tenter de comprendre ce qui nous assaille, fit alors le comte. Et aussi pour éviter qu'une autre maison ne s'en empare… J'admets n'en avoir pas tiré beaucoup jusqu'à présent, mais cela pourrait changer. Ici-bas, les choses mettent souvent du temps à évoluer.

— Quel jeu jouez-vous, monsieur ? éclata soudain la jeune femme. Ne devriez-vous pas me tenir dans l'ignorance la plus noire, ainsi que vous le fîtes toujours ? Ne craignez-vous donc plus que je dévoile vos secrets ?

— *Lady*, ce ne fut jamais mon souci. Vous avez ma pleine confiance.

Rose arbora un rictus à mi-chemin entre la colère et le mépris. Elle le toisa, drapée dans sa dignité blessée.

— Si seulement le ciel avait pu me garder de vous accorder la mienne…

Artus devint aussi inexpressif que le masque qu'il tenait entre les doigts. Ils se dévisagèrent une poignée de secondes, puis il s'inclina succinctement et bifurqua vers la porte dans un léger bruissement de plumes. Rose se contraignit à reporter son attention sur les flammes. Elle déglutit à maintes reprises avant de parvenir à refouler les larmes qui lui escaladaient la gorge.

La nuit promettait d'être longue.

Le regard cloué sur l'horizon, murée dans un mutisme total, la comtesse s'échinait à ne pas penser à lui. Sans succès. Difficile d'oublier lorsqu'on avait sous le nez l'objet de son désarroi. Néanmoins, aidée par le loup qui couvrait la moitié de ses traits, elle parvenait à donner l'apparence du dédain.

Ni Artus ni Adelphe ne se montrèrent plus loquaces que leur radieuse compagne. Le trajet se déroula donc dans un silence de plomb, bercé par le roulis du carrosse et sous l'œil attentif de la garde montée, armée jusqu'aux dents, qui ceignait le véhicule.

Lorsque ce convoi passa sous la porte Saint-Honoré – grande arche trouant un antique mur d'enceinte –, Adelphe signala que le voyage touchait à sa fin. Bifurquant vers la droite, ils remontèrent une longue rue bordée de maisons proprettes, puis ils tournèrent à gauche, au pied d'une église. Rose eut alors un bref aperçu de l'ambitieux chantier dont le jeune M. d'Holival lui avait touché quelques mots. Il s'agissait, semblait-il, de relier le palais royal au palais des Tuileries par une galerie longue de plusieurs centaines de mètres. L'entreprise paraissait à Rose aussi colossale que farfelue, mais que pouvait-on face aux caprices d'un roi ?

Ils déviènt de nouveau vers la gauche. La jeune femme put contempler quelques instants la façade ouest du palais, avant qu'ils s'engouffrent sous une gigantesque porte. Là, le carrosse ralentit jusqu'à avancer au pas. Parvenu dans une large cour, il zigzagua au milieu de nombre d'autres véhicules, puis dut finalement faire halte. Il faudrait continuer en marchant. Les voyageurs mirent donc pied à terre.

Les murs du palais les cernaient de toutes parts, les écrasant de leur pompeuse austérité. À leur gauche, les toits pointus de hautes tourelles s'élançaient vers les cieux, rappelant que naguère ce château avait été une forteresse.

Comme elle pivotait vers l'entrée, Rose perçut la musique ainsi que les exclamations des courtisans qui montaient depuis l'intérieur du palais. L'idée de les rejoindre dans ce sanctuaire de la royauté lui parut soudain absurde. Revêtu d'un costume de plumes noires très semblable à celui de son frère, Adelphe vint alors se placer auprès d'elle. Ses prunelles étaient d'un bleu aussi profond que celui des saphirs qui ornaient son loup. Mais des deux, Rose n'aurait su dire lesquels étincelaient le plus...

— Madame, ce bal n'attend que vous pour être parfait, fit-il à mi-voix.

Elle sentit un sourire lui monter aux lèvres. Le jeune homme y répondit, puis, après l'avoir invitée à poser la main sur son bras, il fit signe à la garde de leur ouvrir la route. L'escorte se scinda en deux. Une moitié prit position autour du carrosse, tandis que l'autre entreprenait de débarrasser le chemin des multiples impuretés risquant de salir les luxueux atours de leurs maîtres ; lesquels s'avancèrent sur la piste ainsi dégagée.

Discret comme une ombre, Artus s'engagea à leur suite.

La grande porte était puissamment gardée, cependant personne ne les interrogea quand ils s'y présentèrent. Ils entrèrent donc dans un vaste hall d'où une armée de pages et de livrées se relaya pour les orienter. Ils progressèrent de sobres antichambres en galeries majestueuses, jusqu'à parvenir à la salle de bal.

La pièce était si spacieuse que Rose en éprouva un vertige. Il lui sembla que des centaines de bougies brûlaient au plafond, fichées sur leurs lustres d'or et de cristal. Au-dessous s'ébattaient une centaine de convives, tournoyant et sautillant au gré des accords d'une joyeuse gaillarde.

Comme elle examinait cette foule bigarrée, la comtesse s'aperçut que parmi les costumes arborés le grotesque dominait le beau. Ce gentilhomme-ci, par exemple, était déguisé en moulin à vent ; tandis qu'il dansait, l'une des ailes de son stupide accoutrement faillit éborgner sa cavalière. Un peu plus loin, un bateau se trémoussait auprès d'un pot de fleurs, lui-même jouxté par un hibou hirsute et un cheval plutôt mal proportionné. Rose réprima un rire. Qu'était-ce que cela ?

Des éclats de voix fusèrent tout à coup. À trois pas de là, deux hommes fins soûls se colletaient en s'apostrophant de divers noms fleuris. Trois petits pages accoururent pour les séparer juste avant qu'ils s'embrochent.

Le bal perdit alors de son charme.

Il n'y avait là nulle magie, après tout. Pas plus au palais qu'ailleurs, les mœurs ne s'étaient arrangées. Quelle que fût la quantité de soieries ou de joyaux étalés, la noblesse continuait de verser allégrement dans des plaisirs de soudards, faisant fi de la courtoisie à laquelle Rose s'était naïvement attendue…

— Ne vous avais-je point dit que ce n'était qu'une assemblée de butors parée d'un joli verni ?

Debout à son côté, le comte scrutait l'assistance d'un œil sombre.

— J'étais enchanté que vous n'ayez rien de commun avec eux, *lady*, ajouta-t-il. Et je le suis toujours. Toutefois, j'espère que vous goûterez ces divertissements... Maintenant veuillez m'excuser, j'ai à faire.

Sa phrase à peine achevée, Artus plongea dans la foule. Déconcertée, Rose suivit des yeux son féerique manteau aussi longtemps qu'elle le put.

— Hélas ! mon frère a raison, soupira Adelphe. Les choses ne sont plus ce qu'elles furent sous les précédents règnes. Mais nous ne sommes point ici pour être nostalgiques ! Aimeriez-vous danser, comtesse ?

Elle le considéra, la moue dubitative. Cette idée ne lui avait pas effleuré l'esprit.

— Allons, venez, pressa-t-il gentiment. Quelle pitié si l'assistance ne pouvait goûter à la joie de vous voir évoluer en cadence ! Puis il serait dommage d'être venue jusqu'ici pour ne pas prendre part aux festivités, ne pensez-vous pas ?

Apprivoisée par les chaleureuses manières du jeune homme, Rose donna son accord d'un infime signe de tête. Profitant de sa victoire, celui-ci s'empressa de l'entraîner parmi les danseurs, auxquels ils se mêlèrent ; timidement d'abord, puis avec un entrain grandissant.

Tout de prévenance, Adelphe fit tourbillonner sa cavalière, encore et encore, jusqu'à ce que son chagrin fût noyé dans une rivière de notes. Alors, indifférents à tout ce qui n'était pas la joie simple de ces précieux moments, ils voletèrent l'un autour de l'autre tels deux oiseaux merveilleux. Subjuguant par sa grâce et sa beauté, leur couple attira tous les regards. Tant et si bien que l'on se marcha dessus pour le plaisir d'une gaillarde ou d'une pavane dans leur sillage. L'on n'avait d'yeux que pour eux. Et plus ils se souriaient, plus l'on se pâmait. Ils firent ainsi l'enchantement des courtisans près d'une heure durant, jusqu'à ce qu'Adelphe attrapât sa cavalière par la taille et l'entraînât à l'écart en quelques pirouettes, semant trouble et désolation dans l'assistance.

— Que diriez-vous de nous mettre en quête de Mme la vicomtesse ? suggéra-t-il gaiement.

— Grand Dieu, j'avais oublié Charlotte ! s'écria Rose en riant.

— Mais je veille, madame, je veille.

— La salle est si vaste, comment la trouverons-nous au milieu de tous ces masques ?

— Il nous faut chercher un papillon d'argent, je crois ? N'était-ce point le costume qu'elle désirait porter ?

— Le seul costume qu'elle ait, s'amusa Rose. En effet, oui, j'avais omis cela aussi. Trop de danse m'aura embrouillé l'esprit, je le crains.

— Il est parfois agréable de se laisser griser, comtesse, remarqua Adelphe dans un sourire.

Comme il lui offrait le bras pour la seconde fois de la soirée, ils se mirent tranquillement en route vers l'autre extrémité de la salle, sondant la foule du regard.

— Je vous dois mes premiers instants de gaieté depuis de bien longues semaines, fit alors la comtesse. Merci.

— Madame, si j'ai eu cet honneur, vous m'en voyez comblé.

— Eh bien, soyez-le puisque vous avez réussi à me faire oublier votre…

Elle s'interrompit. La simple énonciation de cette vérité venait de lui ravir sa frêle insouciance.

— En d'autres circonstances, je suis certain qu'Artus n'aurait laissé à personne le plaisir d'être votre cavalier, assura Adelphe.

Cette rêverie était trop exquise pour être supportable. Rose rejeta l'idée aussi loin qu'elle le put.

— Monsieur, je sais que vous ne pensiez pas à mal, mais je vous saurais gré de ne point parler de lui… Cela m'est trop cruel.

— … Mes excuses, madame.

Tandis qu'elle se triturait les méninges en quête d'un sujet de conversation aussi distant que possible du comte de Janlys, un élégant gentilhomme croisa leur chemin. La fragrance que Rose capta sur son passage la fit se retourner. Elle le suivit du regard comme il disparaissait dans la cohue. Adelphe s'arrêta à son tour, un demi-sourire calé aux coins des lèvres :

— Qu'y a-t-il, madame ?

— Ce parfum, dit-elle, absorbée dans ses pensées. C'est surprenant comme il ressemble à celui que votre frère et vous utilisez.

— Si je ne m'abuse, il s'agissait du chevalier de Hautefort, déclara Adelphe.

— Vous le connaissez ? s'étonna Rose en se remettant en marche.

— Oui.

— Qui est-ce ?

— L'un des nôtres.

Elle jeta à son compagnon un regard intrigué.

— Ce que vous avez perçu n'est pas un parfum, madame, poursuivit-il. Si vous en faisiez mention à votre amie, par exemple, elle vous jurerait ne rien sentir. Elle dirait vrai.

— Comment cela ?

— Ceux qui ne sont point des nôtres ne peuvent le discerner.

— Qu'est-ce donc si ce n'est un parfum ?

— C'est une sorte d'empreinte. Un signe d'appartenance.

— À notre engeance ?

— À notre maison.

La comtesse le dévisagea sans comprendre.

— Le parfum que vous percevez sur mon frère, ou sur moi, est distinctif de notre maison, précisa Adelphe. C'est le sceau des Arimath. Vous le portez aussi, bien que vous n'en ayez pas conscience. Ainsi, n'importe lequel d'entre nous qui vous croise saura immédiatement à quelle maison vous appartenez. De même que vous serez capable de reconnaître la sienne. Du moins, avec un peu d'entraînement, bien sûr… Vous avez déjà dû ressentir les marques d'autres maisons, d'ailleurs, n'est-ce pas ?

— Je me souviens d'une sorte de titillement désagréable, confirma Rose après une brève réflexion. Cela semblait émaner de ces gens qui nous ont attaqués.

— Les Lamies. Oui. Leur empreinte est aussi odieuse qu'ils le sont eux-mêmes.

— Il y eut aussi cette espèce de brouillard glacé, poursuivit-elle, songeuse.

— Vous pensez à Magnus, je présume ? Le jeune homme qui se trouvait au manoir le soir de votre éveil ?

— En effet, oui.

— Magnus appartient aux Oström. Leur marque est froide comme les terres qui les ont portés. Enfin, c'est ce que nous supposons…

— Notre parfum est assez capiteux, observa Rose. Qu'est-ce supposé révéler ?

— Charme, beauté, distinction ? suggéra Adelphe avec un sourire sucré.

La jeune femme poussa un soupir las.

— Tout cela est si absurde, l'on croirait entendre les élucubrations d'un dément…

— Vous savez pourtant qu'il n'en est rien.

— Bienheureux les ignorants, marmotta-t-elle.

— Vous vous habituerez.

— Je n'en ai pas l'intention.

Le jeune homme tiqua.

— Que signifie, madame ?

Pour toute réponse, celle-ci afficha une lippe ennuyée.

— Votre vengeance n'est pas encore achevée, rappela son compagnon dans un murmure tendu.

Rose ne releva pas. Certes, elle venait de se trahir, pourtant elle se sentait presque sereine. Laisser entendre ses véritables desseins l'avait soulagée, même s'il s'agissait d'une grossière erreur. Car bien sûr Adelphe ne manquerait pas de confier cela à son frère, et qui sait ce qu'ils inventeraient ensuite pour la retenir ? Mais soit, elle aurait le temps de déjouer leur vigilance. Ce n'était qu'une question de patience. Tôt ou tard, elle leur échapperait. Alors ce calvaire prendrait fin.

— Il y a cependant une chose qui m'intrigue, dit-elle après un petit moment.

— Laquelle, comtesse ?

— Comment se fait-il que vous, vous ne dormiez pas durant le jour ?

— Vous l'avez donc noté.

— Bien entendu.

— Je pensais que peut-être vous étiez trop absorbée pour vous soucier de ces détails.

— Je suis accablée, certes, mais pas idiote, répliqua Rose fraîchement.

— Je ne partage pas tout à fait votre nature, commença Adelphe, faisant fi de la dernière remarque. Je ne l'ai qu'à demi. Cette condition me permet d'évoluer librement entre les deux mondes, et d'agir en lieu et place de mon frère lorsque cela s'avère nécessaire.

La jeune femme médita un instant cette réponse. Cela expliquait pourquoi Adelphe se faisait régulièrement passer pour Artus. Celui-ci ne pouvant se présenter à la lumière du jour, il était certainement bien utile que quelqu'un puisse tenir son rôle de temps à autre. Sans parler des diverses corvées que le comte lui confiait quand il devait regagner son caveau.

— Cela sent fort la servitude, constata-t-elle.

— Je ne suis pas un esclave.

— Ah oui ? Pourtant vous exécutez toujours les besognes qu'Artus vous confie, non ?

Ils échangèrent un regard piquant.

— Dites-moi, Adelphe, que ne feriez-vous pour l'amour de votre aîné ?

Une légère crispation froissa la bouche du jeune homme.

— Cependant, c'est une chose que nous aurions pu partager, ajouta Rose, maussade.

— ... Laissez-vous un peu de temps, madame.

— Une vie entière ne me serait pas suffisante.

— Mais je puis vous assurer qu'il...

Elle l'arrêta d'une main levée.

— Laissons cela monsieur. S'il vous plaît.

Le jeune homme hésita une seconde, puis acquiesça d'un hochement de tête. La comtesse lui adressa alors un vague sourire, auquel il répondit avec sa douceur coutumière.

— Allons, reprit-il dans un regain d'allégresse, je crois que nous trouverons Mme la vicomtesse au pied de la colonne que vous voyez là-bas, sous cette fresque.

Rose se garda bien de lui demander d'où il tenait cette certitude, ne sachant que trop qui pouvait la lui avoir soufflée.

— Vraiment ? fit-elle. Eh bien, en ce cas il n'y a pas un instant à perdre.

Fendant la foule, ils mirent sitôt le cap sur l'endroit indiqué par Adelphe, de l'autre côté de la salle. Ils aperçurent le scintillement de la robe de Charlotte avant d'apercevoir Charlotte elle-même. Comme toujours, cette dernière rutilait. Sa vue amena aux lèvres de Rose un sourire nostalgique. Lâchant le bras de son compagnon, elle alla au-devant de son amie.

— Charlotte !

Celle-ci pivota d'un bloc dans sa direction. Elles se ruèrent l'une vers l'autre, mais durent vite abandonner l'idée de s'étreindre, tant à cause de leurs costumes que d'un surcroît de regards importuns. Se souriant tout leur content, elles se tinrent les mains un court instant.

— Je suis si heureuse de te revoir, confia la jeune lady Greer, la gorge plus serrée qu'elle l'aurait voulu.

— Pas tant que moi ! D'ailleurs, ôte ce masque que je te regarde.

Rose s'exécuta.

— Juste ciel ! s'étrangla Charlotte. Tu es radieuse ! Tu as l'air… mais… tes yeux ont changé de couleur ?

— Non, voyons, que me chantes-tu là ! se récria la comtesse en s'empressant néanmoins de remettre son masque.

Déstabilisée par l'ébahissement de sa vieille amie, elle peina à en renouer les attaches. Adelphe vint alors à son secours. De suite, Charlotte cessa de dévisager Rose pour fixer d'un œil rond l'oiseau d'ébène qui se tenait maintenant à son côté.

— M. d'Holival, énonça Rose tandis que ce dernier finissait d'ajuster les liens de son loup. Monsieur est le frère du comte de Janlys.

Charlotte lança à son amie un regard ahuri.

— Le bonsoir, madame, dit enfin Adelphe, qui en avait terminé avec les attaches. Je suis fort aise de vous rencontrer.

— Monsieur, balbutia Charlotte. C'est un plaisir…

Le jeune homme la gratifia de l'un de ses délicieux sourires, puis s'en désintéressa séance tenante.

—Je dois vous laisser, madame, s'excusa-t-il auprès de Rose. Il m'appelle.

—Ah? Bon. Puisqu'il le faut...

—Je reviendrai lorsque l'heure sera venue de quitter ces lieux.

—Entendu.

Saluant brièvement, Adelphe disparut dans l'assistance. Dès qu'il eut tourné les talons, la blonde vicomtesse fondit sur sa flamboyante amie:

—Un frère! gémit-elle. Pourquoi ne l'ai-je su avant?

—Je ne te l'avais pas dit? fit Rose, affectant la surprise.

—Bien sûr que non! Depuis quand le sais-tu?

—Depuis quand cela t'importe-t-il?

—Seigneur, si j'avais su qu'il y en avait un autre, se lamenta Charlotte. Est-il aussi plaisant sans son masque qu'il l'est avec?

La comtesse ne sut s'il fallait qu'elle rie ou qu'elle s'emporte.

—Enfin! s'écria-t-elle. N'es-tu pas fraîchement épousée?

—Si mais...

Charlotte se tut dans un grommellement boudeur. Rose soupira, amusée malgré tout.

—Tu ne fus point si troublée devant le comte, fit-elle remarquer.

—Que si, mais il ne voyait que toi! Je n'allais pas courtiser ton prétendant!

Rose se délita. Son prétendant? Si seulement cela avait pu être vrai...

Blessée, elle baissa la tête.

—Quelque chose ne va pas? s'inquiéta Charlotte.

—Non, tout va pour le mieux.

— Pourquoi baisses-tu les yeux ?

— Pour rien, assura Rose en relevant le nez.

— Oh non, pas de cela avec moi ! Je te connais trop pour que tu puisses espérer me mentir.

L'éclatante lady serra les dents, invoquant la totalité de ses ancêtres pour ne pas s'effondrer sur l'épaule de sa chère amie. Elle aurait tant voulu pouvoir partager son fardeau avec elle ! Elle aurait voulu pouvoir lui dire qu'elle s'était damnée pour l'amour d'un monstre, qui l'avait précipitée dans un monde atroce fait de créatures infernales et de ténèbres éternelles. Elle aurait voulu pouvoir lui dire qu'elle était seule dans cette obscurité, qu'elle avait mal, et qu'elle avait peur…

Or c'était impossible.

— Je vais bien, assura-t-elle, étirant les lèvres en un sourire factice.

— Tu me mens encore, constata son amie, stupéfaite.

— Point du tout.

— Si, bien sûr que si ! Je vois bien que…

— Arrête, supplia Rose, une pointe de panique dans la voix. Je t'en prie…

Elles s'observèrent intensément. Rose perçut la subtile pâleur de teint de la vicomtesse, mais choisit de l'ignorer.

— Je vais bien, répéta-t-elle. Ne te soucie plus. Parle-moi plutôt de toi. Ta nouvelle résidence est-elle à ton goût ?

Charlotte demeura muette. Elle la toisait, la mine longue. La comtesse allait insister lorsqu'elle prit conscience de la froideur pénétrante qui l'environnait. Elle se figea. C'était déjà proche, pourtant elle ne l'avait pas senti venir. Trop perturbée pour cela sans doute…

— Bien le bonsoir, mesdames, fit-on soudain dans leur dos.

Refoulant une bouffée d'angoisse, Rose pivota vers le nouvel arrivant. Un homme dans un costume de chat opalin les observait, un sourire cauteleux plaqué sur le visage.

— Le bonsoir, monsieur, salua-t-elle posément.

— Quel délicieux phénix ! s'extasia le gentilhomme d'un ton mièvre. Je ne crois pas avoir eu le bonheur de vous être présenté ?

— Je ne crois pas, en effet.

Tandis que le chat faisait sa révérence, Rose jeta de rapides coups d'œil alentour.

Nul Adelphe à l'horizon.

— Je suis…

— Le chat, coupa-t-elle. Et je suis l'oiseau. Seriez-vous ici pour me dévorer, monsieur ?

Le gentilhomme lissa distraitement la féline moustache enchâssée dans son masque. Ses yeux sombres s'étrécirent un tantinet.

— Allons, madame, il n'y a point de cela entre nos deux maisons.

Rose nota dans sa voix un léger accent, sans toutefois parvenir à en déterminer l'origine. En revanche, ce sourire matois ne lui disait rien qui vaille. Qui que fût cet homme, il n'était pas ici par sympathie.

— Qui donc êtes-vous, monsieur ? s'indigna la vicomtesse.

Rose lui saisit illico le poignet.

TAIS-TOI ! pensa-t-elle, affolée. Le regard du matou sauta de Charlotte à Rose, et inversement.

— Je suis un ami, prétendit-il.

La vicomtesse ne releva pas. Rose lui coula un regard en coin. Elle paraissait pensive. Voire absente. C'était étrange, mais cela valait mieux qu'une saillie inconsidérée…

— Je suis venu présenter mes respects à l'une des nôtres, ajouta le chat en se tournant derechef vers la jeune lady Greer. C'est que, voyez-vous, nous n'avons que peu l'occasion de rencontrer de nouvelles têtes.

— Paris est pourtant vaste, objecta cette dernière.

— Pas si vaste une fois la nuit tombée…

Rose se fendit d'un sourire enjôleur. Mais, derrière ses gracieuses manières, tous ses sens étaient en alerte. L'homme exsudait la perfidie. Quelque chose lui disait de s'en débarrasser sur-le-champ. Elle risqua un nouveau coup d'œil circulaire. Toujours personne.

Adelphe! songea-t-elle aussi fort qu'elle le put. *Revenez!*

— Du reste, reprit le gentilhomme, j'admets avoir été intrigué par celle qui sut à ce point captiver l'Héritier. Savez-vous que, de tout le temps que vous passâtes à danser, il ne détourna pas une fois le regard de votre aimable personne ?

— Vraiment ? minauda Rose, n'ayant aucune idée de ce dont il parlait.

— Oui, vraiment… La braise de vos yeux vaut bien que l'on vous admire, madame, toutefois il vous fixait si jalousement… Quel trésor pouvait-il bien couver de la sorte ? susurra le chat en levant une main vers le masque de plumes.

Rose eut un brusque mouvement de recul. Un poing se referma sur la patte de l'impertinent félin.

— Touchez ce masque, Francesco, et ce visage sera le dernier que vous contemplerez.

— Le bonsoir, mon seigneur, grinça le matou.

Il voulut abaisser le bras, mais Artus l'en empêcha.

— Voyons, messire, pourquoi une si méchante humeur ?

— Ne vous proposiez-vous pas de démasquer une noble dame ?

— Allons, je ne me serais point permis.

L'accablant du regard, Artus le libéra néanmoins, quoique avec une certaine brusquerie. Prudent, le félidé s'écarta aussitôt.

— Ferez-vous les présentations, messire ? s'enquit-il toutefois.

— Retournez à votre alchimie, Francesco.

— Soit, soit… Au plaisir de vous revoir, mesdames. Messire…

L'importun se replia à petits pas vers la foule et s'y évapora, emmenant avec lui le frimas qu'il avait apporté. Rassurée, Rose lâcha le poignet de Charlotte, qu'elle avait tenu durant tout l'intermède. Alors, telle une douce brise, la voix d'Artus vint murmurer à son esprit :

— *Adelphe ne peut vous entendre,* lady. *Aussi me suis-je permis de venir à sa place.*

Leurs regards se rencontrèrent, puis le comte la salua d'un infime mouvement de tête, et se détourna. Rose suffoqua. Allait-il déjà disparaître ? Sa volonté se crevassa ; elle s'accrocha à son bras.

— Artus !

Il fit volte-face. Le visage levé vers le sien, Rose se perdit dans le miroitement de ses yeux d'émeraude. Une fois encore, elle échoua à y trouver le diable… Pourtant, il l'avait brisée avec une si parfaite indifférence… Non. Qu'elle le voie ou pas, le mal gisait là. Demeurer près de lui signifierait en endurer davantage. Or elle avait eu son compte de tourments.

Elle se ressaisit. Son choix était fait. C'était le seul possible.

— Merci, fit-elle en se repliant.

— Soyez prudente, *lady*. Dans notre monde, chaque sourire peut abriter un ennemi.

— N'ayez crainte, cette leçon, vous me l'avez fort bien apprise…

Le regard d'Artus s'obscurcit. Rose tâcha d'emplir le sien de fermeté.

— Rose ? appela tout à coup Charlotte, un brin sonnée. Où est passé le… Oh ! Monsieur de Janlys, serait-ce vous ?

— Oui, madame, confirma ce dernier en se fendant d'une brève révérence.

— Permettez, monsieur, que je vous témoigne ma gratitude pour…

— Vous m'avez déjà remercié, madame, l'interrompit-il.

— Mais sans vous je n'aurais pas eu la joie de revoir ma très chère amie ! s'écria la vicomtesse.

— C'est par ma faute qu'elle vous fut enlevée le jour de vos noces. Je me devais de réparer ce tort.

Cessant de suivre la conversation, Rose détailla les alentours. Un surcroît d'effluves suaves venait d'envahir l'atmosphère. Il ne lui fallut qu'un bref instant pour en découvrir la source : à quelques mètres de là, Adelphe s'avançait. Trois gentilshommes pourvus de luxueux pourpoints et de loups de velours marchaient à ses côtés. Parmi eux, Rose crut reconnaître le jeune homme précédemment croisé dans la foule.

Le groupuscule s'arrêta à la hauteur du comte de Janlys. D'emblée, l'un des gentilshommes alla se pencher à l'oreille de ce dernier. Tandis qu'elle esquissait un sourire à l'adresse d'Adelphe, la jeune lady Greer se concentra sur ce conciliabule.

— Il souhaiterait vous voir, chuchota l'inconnu.

— J'avais dit pas ce soir, morigéna Artus entre ses dents.

— Je sais, mon seigneur, mais il a vraiment insisté. Il est ici, il vous attend…

— Fort bien. J'irai donc puisque votre veulerie m'y contraint.

— Mais je…

Délaissant ses compagnons, le jeune M. d'Holival vint se placer auprès de Rose.

— Mesdames, permettez-moi de vous présenter le chevalier de Hautefort, énonça-t-il en désignant d'un geste l'homme que Rose avait identifié.

Le sourire coquin, Hautefort se fendit d'une révérence.

— Le vicomte de Moratalla…

Qui salua à son tour.

— Et le seigneur de Bréal.

Tout à son colloque, celui-ci les ignora.

— Messieurs, firent en chœur les dames.

Afin de mieux écouter les chuchotements, et dans l'espoir de n'être pas une seconde fois dérangée, Rose feignit alors de s'intéresser à la bouffonnerie que l'on donnait au fond de la salle.

— La paix avec cela ! pestait Artus. Je vous en ai chargé il y a des semaines. J'entends que vous régliez cette affaire.

— Mon seigneur, son repaire est…

— Une pleurnicherie supplémentaire et ce repaire deviendra le cadet de vos soucis, Guillaume. Me suis-je fait comprendre ?

— Oui, mon seigneur…

— Vous ne voudriez pas partager le sort du sieur de Saint-Vaast, n'est-ce pas ?

— Non.

— Alors c'est entendu. À ce propos, cela me rappelle, j'ai ouï dire que vos terres étaient hantées par la canaille. Est-ce exact ?

— Malheureusement oui. Ils rançonnent l'accès de certaines routes et…

— Comment se fait-il que ces crapules courent encore ?

— Eh bien, je…

— Remplissez votre rôle, Guillaume, et je résoudrai vos soucis de maraude.

— Bien mon seigneur.

— Allons, menez-moi à lui maintenant que je n'ai d'autre choix...

Le gentilhomme se retira en catimini, suivi par Artus.

Soupçonneuse, Rose les regarda s'éloigner.

— Une visite impromptue, murmura Adelphe. Du menu fretin, ne vous inquiétez pas, madame.

— Je ne m'en souciais pas, réfuta-t-elle.

— Vraiment ?

Rose lui jeta un regard gêné. Apparemment, elle avait eu l'air plus concernée qu'elle l'aurait souhaité. Un peu fâchée de s'être dévoilée de la sorte, elle reporta son attention sur Charlotte. Cette dernière, loin de s'offusquer de la brusque disparition du comte de Janlys, devisait gaiement avec le chevalier de Hautefort et le vicomte de Moratalla. Il fallait dire que ces messieurs faisaient un fort plaisant auditoire. Ils étaient si affables, si galants ; Charlotte paraissait captivée. Minute après minute, elle s'abandonna à leurs savoureux badinages. L'espace qui la séparait d'eux s'amenuisa à mesure que se multiplièrent ses sourires conquis. Si bien que, trop occupée à écouter les délicats compliments que M. de Hautefort lui glissait à l'oreille, la vicomtesse oublia jusqu'à la présence de sa vieille amie. Laquelle contemplait la scène, saisie d'une anxiété galopante. La farce qui se jouait sous ses yeux lui était tristement familière...

Comme l'élégant Hautefort susurrait une énième flatterie à son interlocutrice fascinée, une lueur incandescente passa dans les yeux de Rose. Sans autre forme de procès, elle alla arracher la vicomtesse à son entreprenante escorte et l'entraîna à l'écart de trois bons mètres.

— Rose, quelle impudence ! s'écria Charlotte, scandalisée.

— Je t'interdis d'approcher l'un de ses hommes de trop près !

— Quoi ? Mais ils sont tout à fait charmants !

— Ils sont dangereux.

— Non, voyons, ils…

— Tu ne sais pas qui ils sont ! fulmina Rose. N'en suis aucun hors d'ici, tu entends ? Et ne vas pas non plus folâtrer avec l'un d'eux dans un coin tranquille.

Le teint de Charlotte s'empourpra sous son loup, mais son amie continua néanmoins :

— Ne crois aucun des mots qu'ils prononcent. Ils te mentent.

— Pourquoi dis-tu cela ?

— Parce que je le sais, Charlotte ! Je ne veux surtout pas qu'il t'arrive la même chose qu'à moi…

Immédiatement, la vicomtesse s'alarma :

— Qu'insinues-tu ? Est-ce de cela que tu ne voulais point parler ? Que diable t'ont-ils…

— Madame ? appela soudain Adelphe. Je suis navré, mais l'heure est venue de nous retirer.

Crispée, Rose lança au jeune homme un regard qu'elle voulut neutre.

— Encore une chose, ajouta-t-elle dans un murmure à l'adresse de Charlotte. Ne te rends jamais à Boissy. Sous aucun prétexte. Quelle que soit l'insistance que le comte puisse y mettre, et quelle que soit l'envie que tu aies de revoir son frère… Est-ce clair ?

L'air tout à fait déconfit, la vicomtesse opina pourtant.

— Promets-le-moi.

— Madame, s'il vous plaît, interpella de nouveau Adelphe. Il faut se hâter…

Faisant fi des conventions, Rose prit son amie dans ses bras et l'étreignit brièvement.

— Prends soin de toi, souffla-t-elle.

Puis elle fit volte-face et, d'un pas décidé, rejoignit le jeune homme qui l'attendait. Tandis qu'ensemble ils prenaient le chemin de la sortie, Charlotte s'exclama d'une voix chevrotante :

— C'est promis !

Rose réprima l'envie de se retourner. Elle continua sa route, le cœur lourd.

— Quel serment Mme de Chaumontel vient-elle de faire, madame ? s'enquit Adelphe, un tantinet soupçonneux.

— Celui de nous fuir comme la peste…

Dès qu'ils eurent mis un pied dans le carrosse, Artus donna le départ d'un coup sec contre le plafond.

— Ce fut long, reprocha-t-il.

Rose ne desserra pas les lèvres. Achevant de s'installer auprès d'Adelphe, elle s'abîma ensuite dans la contemplation des alentours.

— Nous saluions Mme de Chaumontel, expliqua le jeune homme en ôtant son loup. J'ai cru comprendre que le sieur de Bréal posait encore souci ?

— Ce sera réglé sous peu, répondit Artus en se défaisant à son tour de son masque. D'une manière ou d'une autre.

Adelphe esquissa un sourire. Durant quelques instants, l'on n'entendit plus que le staccato des sabots sur le pavé.

— J'ai aperçu Francesco, reprit le plus jeune des deux frères. Que faisait-il ici ?

— Je l'ignore. Cependant, j'en informerai Olaf.

— Voilà qui n'améliorera pas son humeur.

— Comme s'il était possible de faire une telle chose…

— Que me voulait cet homme ? intervint Rose.

Adelphe haussa un sourcil perplexe :

— Olaf ?

— Non, l'autre.

— Francesco ?

— Oui.

Soudain grave, le jeune homme accrocha le regard de son aîné.

— Prelati l'a approchée ? fit-il.

Le comte acquiesça. Ils s'observèrent une poignée de secondes, puis Adelphe reporta son attention sur leur compagne.

— Que lui avez-vous dit ? demanda-t-il.

— Rien.

— Rien du tout ?

— Pas même mon nom.

— Bien.

— En quoi est-ce si important ? s'étonna Rose.

— Les certitudes, si insignifiantes soient-elles, sont de précieux biens qu'il ne faut en aucun cas gaspiller. Moins l'on en sait de vous, et mieux cela vaut.

— Voyons, vous ne pouvez espérer qu'il n'apprenne rien de moi, c'est absurde.

— Bien sûr, il saura qui vous êtes, concéda Adelphe. Il saura même où vous résidez. Toutefois, il ne doit rien apprendre d'autre.

— Je ne comprends pas, s'agaça la jeune femme. N'est-ce pas là tout ce qu'il y a à connaître ?

— Non, madame. M'est avis que ce que cet homme cherchait n'était pas tant votre nom que votre lignée…

Elle le dévisagea, désarçonnée.

— De quoi diantre parlez-vous ?

Adelphe jeta un œil à son frère. Ce dernier, nonchalamment accoudé à la portière, observait le paysage.

— Votre lignée, répéta le jeune homme. Dans notre monde, ce n'est pas votre nom qui vous détermine, mais plutôt le nom de votre mentor. Le nom de celui qui vous a fait.

— Quoi ? Que v…

Rose se tut comme un éclair de compréhension illuminait ses pensées. Celui qui l'avait faite. Celui qui l'avait maudite. En d'autres termes, le comte de Janlys.

Elle posa les yeux sur Artus.

— Voilà, confirma Adelphe. Personne, jamais, ne doit s'entendre confirmer que vous êtes son infante.

— Je ne comprends pas…

— Ici-bas, votre lignée est ce que vous avez de plus cher, madame. Cela ne se révèle pas.

— Ne va-t-on pas le deviner ?

— On le supposera, oui, mais l'on ne doit pas en être sûr.

— Pourquoi ?

Le jeune homme baissa le nez quelques instants, cherchant ses mots.

— De votre lignage dépend votre force, expliqua-t-il. Or il est essentiel que personne ne soit jamais en mesure de la cerner. Vous saisissez ?

Abasourdie, Rose secoua la tête de gauche à droite.

— Si nous pouvions savoir qui a fait lequel d'entre nous, poursuivit Adelphe, nous finirions par être à même de discerner l'étendue de la force de chacun… Que l'on vous découvre faible, et l'on vous écrasera sans une hésitation. Que l'on vous découvre fort, et l'on se liguera contre vous jusqu'à vous faire plier… Croyez-moi, l'incertitude est votre meilleure alliée.

— Allons, tout le monde sait l'influence du comte de Janlys ! objecta Rose.

— Madame, vous vous méprenez. Il ne s'agit pas ici de terres, de richesses, ou d'armées. Bien sûr, tout cela est important, mais pas autant que l'est le secret de votre lignée.

Car nulle influence, nulle possession, ne saurait toujours compenser la faiblesse du sang. De même, un trop grand pouvoir au service d'un sang puissant engendrerait des légions d'ennemis impossibles à contenir. Notre monde est versatile, il ne tient que sur l'ignorance de ceux qui le composent…

— La puissance du sang ? balbutia la comtesse. Vous me perdez, monsieur. Cela sonne comme d'autres divagations.

— Non, il s'agit de…

Adelphe s'arrêta subitement. Une vive contrariété se peignit sur ses traits comme il lançait à son frère une œillade assassine.

— Il s'agit là de quelque chose d'essentiel, reprit-il. Quelque chose que vous devez comprendre. Voyez-vous, du sang procède la force. Plus il est pur, plus il est proche de celui de l'aîné, et plus il est puissant.

— L'aîné de… qui ?

— De votre engeance, madame. Le premier d'entre vous… Personne n'est en mesure de dire ce qu'il fut ou ce qu'il devint. Aucune maison ne s'accorde sur son identité, cependant nul ne doute de son existence. Car c'est par lui que tout commença.

Frappée d'ébahissement, Rose fixait son interlocuteur. Elle ne pouvait croire aux énormités que le jeune homme proférait, pourtant elle ne pouvait non plus les nier. Indécise et effarée, elle se contenta d'écouter.

— L'aîné, un jour, se choisit une descendance, poursuivit Adelphe. Il lui conféra son pouvoir, donnant ainsi naissance à la première génération de votre race. Ces descendants prirent à leurs tours des infants, qui eux-mêmes transmirent leurs pouvoirs à d'autres, qui engendrèrent aussi une progéniture. À chaque génération, le sang de leur ancêtre se dilua davantage, gaspillant une parcelle de sa force… jusqu'à parvenir à nos jours… Cette génération est étroitement liée à votre lignée. C'est cela qui détermine votre force.

Plissant les yeux, Rose se tourna vers le comte. Celui-ci n'avait pas bougé d'un pouce. Toujours accoudé à la portière, il semblait indifférent à ce qui se disait.

— De quelle gén…

— NON ! tonna Adelphe.

Rose referma si brutalement la bouche que ses dents s'entrechoquèrent. Consciente d'avoir commis un impair, elle se tassa sur la banquette.

— Ne demandez jamais cela, madame ! Il n'y a pas pire outrage !

L'angoisse qu'elle lut sur le visage du jeune homme la contamina.

— Je suis désolée, bredouilla-t-elle. Je ne savais pas…

— Ne recommencez jamais cela, tança Adelphe en jetant un œil circonspect à son frère. Jamais, c'est compris ?

Rose opina nerveusement. En face d'eux, un Artus impavide contemplait le paysage. Au moins ne paraissait-il pas fâché. Mais savait-on jamais, avec lui ? Se prenant à craindre qu'il lui tienne rigueur de cette bévue, la jeune lady se rabroua vertement. Qu'est-ce que cela pouvait faire qu'il soit ou non indisposé ? Ne le méritait-il pas, au contraire, après le mal qu'il lui avait fait ?

Irritée, effrayée, et exténuée tout à la fois, Rose se laissa aller contre le dossier de la banquette. Si elle ne saisissait pas ce qu'impliquaient ces révélations, elle pouvait en revanche en mesurer la gravité. Le temps qu'il lui restait à évoluer dans cette obscure société, elle devrait s'en souvenir. À condition qu'elle ne perdît pas la tête entre-temps, bien entendu.

Défaisant son loup, elle l'abandonna sur ses genoux et se passa une main sur le front. C'était un cauchemar…

Oui, c'était cela… En vérité, rien de tout cela ne s'était produit. Bientôt elle serait éveillée par l'appel de Lucie, qu'elle découvrirait au pied du lit, et elle rirait bien de ces divagations… Ses yeux s'emplirent de larmes. Elle les refoula en quelques battements de paupières.

— Je sais combien cela peut être dur, murmura Adelphe, le ton empreint d'une sincère sollicitude. Ne perdez pas courage, madame…

Rose baissa la tête. Le jeune homme ne pouvait la soustraire à ses peines, mais sa gentillesse la réchauffait. Elle avait si désespérément besoin d'un peu de réconfort… Fermant les yeux, elle s'accrocha à l'image de son père, luttant pied à pied contre le chagrin qui se repaissait de son âme.

Il ne fallait pas renoncer.

Pas avant d'avoir fait payer les assassins.

— Serons-nous bientôt au rendez-vous ? questionna-t-elle d'une voix éteinte.

— Encore un peu de patience.

Elle soupira. Les choses lui avaient semblé plus faciles durant le bal. Au milieu du babil des courtisans, elle s'était presque sentie redevenir normale. Apaisé par les souvenirs de la soirée, son esprit s'y ébroua quelques instants, évoquant les costumes, la musique, les danses… Les danses… Le chat avait mentionné cela.

— Qui est l'Héritier ? demanda-t-elle tout à trac.

Adelphe fronça les sourcils.

— Vous dites ?

— L'Héritier, insista-t-elle. Qui est-ce ?

— Où avez-vous entendu cela ?

— C'est le chat… enfin, cet homme. Francesco. Il en a parlé.

— Qu'a-t-il dit ?

Sur le point de révéler ce que ce Francesco avait confié sur son énigmatique admirateur, Rose se ravisa. Dupé ou être dupé, c'était ainsi qu'ils fonctionnaient, n'est-ce pas ? Soit. Elle allait apprendre les règles de ce triste jeu.

— Je ne m'en souviens plus, prétendit-elle. J'étais effrayée, je n'ai pas écouté… Me direz-vous de qui il s'agit, ou est-ce encore un secret ?

— Il s'agit de moi, déclara Artus.

Rose cilla. Sa stupeur fut telle qu'elle annihila tout le reste.

— Vous ?

— C'est cela, *lady*.

Elle fouilla sa mémoire. Qu'avait dit le chat exactement ? Celle qui avait « su captiver l'Héritier » ? Un marasme indescriptible s'abattit sur ses pensées, qu'elle s'évertua à canaliser de son mieux. Si son mentor percevait son trouble, elle ne pourrait dissimuler très longtemps ce qui s'était réellement dit.

— Est-ce un titre ? fit-elle, s'attachant à distraire sa propre attention.

— En effet, confirma Adelphe. C'est ainsi que l'on nomme celui qui dirige notre maison. La plupart de ceux qui parlent d'Artus usent de son titre plutôt que de son nom.

— Je vois.

Rose musela les sursauts d'espoir de son cœur fatigué. Le chat pouvait avoir menti. Puis, même s'il avait dit vrai, l'explication du comportement d'Artus ne serait bien sûr pas celle qu'elle désirait.

Il ne fallait pas écouter le chant de ces sirènes. Elle les avait déjà suivies, et l'on savait où cela l'avait menée…

Portant le regard par la fenêtre, elle s'aperçut alors que la garde se dispersait. Ses interrogations s'évaporèrent dans l'instant. Le carrosse ralentissait ; ils étaient probablement arrivés.

Le véhicule fit bel et bien halte dans une contre-allée déserte. Ses occupants en descendirent dans le plus grand silence. D'un doigt pointé, Adelphe désigna à la comtesse le clocher d'une chapelle émergeant au-dessus des toits. Rose le considéra. L'entrée de l'église devait se trouver dans l'allée principale, mais il y avait probablement une voie d'accès détournée depuis cette ruelle. À peine se fit-elle cette réflexion qu'Artus s'engagea dans l'un des bâtiments. Son frère et elle l'y accompagnèrent, empruntant à sa suite un long dédale de couloirs. Puis, passé une dernière porte, ils débouchèrent effectivement dans la nef. Une unique torche y brûlait, encastrée dans un pilier à proximité. Au pied de cette colonne se tenait une silhouette encapuchonnée, qui s'avança à leur arrivée.

— J'ai cru que vous ne viendriez pas, chuchota Poisieu en rabattant son capuchon. Mais… Qu'est-ce donc que ces tenues, grand Dieu !

— Je n'ai point mémoire d'avoir sollicité votre avis, souligna Artus, cassant. Par où l'espion entre-t-il d'accoutumée ?

— Par là, fit le baron en désignant d'un geste une porte toute semblable à celle qu'ils avaient empruntée, mais du côté opposé de la nef.

— Reprenez votre place.

Poisieu retourna se poster de mauvaise grâce devant son pilier. Adelphe s'engagea dans le vaisseau central et le franchit en quelques foulées. Gagnant un renfoncement de mur contigu à la porte signalée, il se fondit dans les ombres. Si Rose, forte de sa mystérieuse vision bleutée, le distinguait parfaitement, il n'en irait sans doute pas de même pour l'espion attendu…

Artus rebroussa alors chemin vers l'huis qu'ils venaient de passer. Son infante lui emboîta le pas. Une fois postés de l'autre côté du battant, ils commencèrent à patienter.

Une dizaine de minutes s'écoulèrent avant qu'un grincement ténu vienne heurter l'oreille de Rose, suivi de près par le faible claquement d'un pas précautionneux.

Quelqu'un s'avançait dans la chapelle.

La seconde suivante, la comtesse perçut un infime raclement métallique qu'elle identifia aussitôt : Adelphe venait de tirer ses poignards.

— Pas un son, l'entendit-elle ordonner. Avancez.

Le comte et son infante sortirent de leur retraite. L'espion, masqué, était emmitouflé dans un lourd manteau noir, un couvre-chef de même acabit enfoncé sur le crâne. Une lame pointée sur la nuque de ce personnage, Adelphe le poussait devant lui.

— Il est seul, annonça-t-il.

— Voilà qui est imprudent, nota Artus. Mais il est vrai qu'une escorte n'eût rien changé… Approchez donc, monsieur.

Adelphe mena l'homme jusqu'à son frère, puis, lorsque ce fut fait, se replia vers Poisieu. Lançant de toutes parts des œillades paniquées, l'espion paraissait chercher une issue.

— Commençons par les présentations, fit le comte. Vous n'avez nul besoin de savoir qui je suis, cependant quelque chose me dit que vous connaissez déjà lady Rose…

Cette dernière croisa les yeux écarquillés de leur prisonnier, et le saisissement qu'elle y lut réveilla sa colère. Artus avait raison, l'espion la connaissait.

— Pardonnez mes manières, reprit le comte avec un sourire glacé, mais nous avons assez patienté comme cela.

S'avançant vers le captif, il pinça son masque entre le pouce et l'index puis tira sans ménagement.

Poisieu eut un hoquet éberlué.

Rose ouvrit la bouche sur une exclamation muette.

— Madame de Jouars, constata Artus, stoïque. J'aurais pu être étonné si je ne vous savais si retorse.

— Monsieur de Janlys, couina la marquise. Je... que...

— M. le marquis ignore que vous êtes ici, n'est-ce pas ?

— De quel dr...

— Répondez.

— ... Oui. Il l'ignore.

— Depuis quand épiez-vous les affaires de votre époux ?

— Je ne l'épie aucunement !

— Madame, un peu de dignité. Vous n'êtes plus en mesure de mentir à présent.

La marquise jeta à Poisieu un regard venimeux.

— Traître, cracha-t-elle.

— Parce que vous vous estimez loyale ? railla Artus. Vous avez espionné votre mari à seule fin de nuire à l'un de ses proches amis. Il semble qu'en termes de félonie, madame, vous puissiez en remontrer à beaucoup. Maintenant, trêve de vain verbiage, dites-nous plutôt ce qui motiva vos actes.

La marquise leva le nez dans un reniflement dédaigneux, puis sa figure s'allongea autant qu'elle se verrouilla. Visiblement, elle n'avait nulle intention de leur expliquer quoi que ce fût. Restée légèrement en retrait, Rose observait la scène avec un mélange d'ahurissement et de courroux. En quoi lord Edmund avait-il pu déplaire assez à cette arrogante dame pour qu'elle lui veuille autant de mal ?

— Monsieur le comte, comment pouvez-vous me traiter avec si peu d'égard ? N'êtes-vous pas un ami de mon époux ?

— Ce genre de détails ne vous aura point empêchée d'ourdir votre complot, n'est-ce pas ? Pourquoi ce devrait-il être autrement pour moi ?

La marquise perdit ses couleurs.

— L'espionnage est une dangereuse marotte, madame, poursuivit Artus. Préparez-vous à en assumer les conséquences... ou bien dites-nous ce que nous voulons savoir.

— Je l'ai fait pour notre cause ! clama la captive d'une voix pointue. Edmund n'était qu'une vermine ! Il nous trahissait !

Rose serra les poings si fort que ses ongles gravèrent des crevasses dans ses paumes.

— Espèce d'écervelée, gronda-t-elle. Votre cause agonise, ne le savez-vous donc point ? La Ligue est perdue !

— Ah, voyez qui s'en vient, persifla la marquise. Vous n'avez jamais su tenir votre place, mademoiselle. Peut-être si vous aviez pu m'inspirer quelque compassion mon choix aurait été différent. Mais fidèle à vous-même vous n'avez su que m'offenser, sous mon propre toit de surcroît.

— Moi ? s'offusqua Rose. Mais c'est vous qui...

— Qu'ai-je dit qui ne soit l'exact reflet de la vérité ? Vous n'êtes qu'une malapprise, incapable de se taire quand elle le devrait !

Dans sa tête, Rose entendit la créature grogner. Le temps d'un battement de cils, la marquise lui apparut gisant sur le ventre, cuisses rabattues contre son propre dos...

— Vous auriez dû mesurer vos propos, invectiva cette dernière. Or vous êtes la digne fille d'Edmund, aussi vile qu'il l'était ! Regardez-vous maintenant, comtesse sans le sou, héritière d'un titre déchu. À votre place, je regretterais de n'avoir pas partagé le sort de mon père...

L'affliction le disputant à la rage, la comtesse braqua sur son vis-à-vis des yeux hallucinés. Quelque part en elle, la bête se jetait avec violence contre les barreaux de sa cage...

— Vous n'êtes plus personne, et vous n'avez plus rien. L'on a même prétendu que vous étiez devenue la putain de Janlys pour payer vos dettes ! Je vois aujourd'hui que la rumeur disait vrai ! acheva Mme de Jouars, écumante de haine.

Rose se figea, mortifiée. Des silhouettes grimaçantes jaillirent alors des abysses de son être, colonisant son esprit de leurs cris. Et, tandis que ses iris s'illuminaient, la créature pulvérisa son clapier.

Elle s'abattit sur l'espionne avant d'avoir achevé de le penser. Entre ses mains, l'épais manteau de velours se déchira comme du papier. Elle allait faire de même avec le cou fraîchement révélé lorsque deux bras l'encerclèrent, l'empêchant de lacérer la chair comme elle l'entendait. Furieuse, Rose se rebiffa. Elle secoua violemment l'entrave, qui tint bon. La marquise, terrifiée, tomba à genoux et se ratatina au sol. Poisieu prit ses jambes à son cou, mais Adelphe le rattrapa instantanément et le tint en respect de la pointe de ses stylets. Artus, collé contre le flanc de son infante, assura sa prise autour de cette dernière.

— Ne vous laissez pas dominer ! exhorta-t-il.

Rose rua. Crocs saillants sous un rictus sauvage, elle cherchait à atteindre sa victime, agenouillée à ses pieds.

— *Rose, non ! Vous n'êtes pas cette chose !*

La voix du comte se répercuta entre les parois de son crâne. L'écho atteignit les confins de sa conscience, créant une trouée dans les volutes noires qui obstruaient sa perception…

Alors elle vit ce que la créature faisait d'elle. Elle vit le monstre avide de massacre se débattre pour atteindre sa proie, et son âme se rebella. Cette chose occultait sa raison de son ombre infernale. Si Rose ne faisait rien pour l'arrêter, elle serait engloutie tout entière. Or elle refusait de croupir dans cet abîme méphitique, dût-elle y laisser ses dernières forces…

Rassemblant ce qu'elle put de sa volonté, la comtesse commença enfin à combattre.

Mais le monstre ne voulait pas être soumis.

Il se révolta frénétiquement, infligeant à son corps des spasmes d'une violence effarante. Les spectres difformes revinrent harceler son esprit de leurs lamentations. Leurs doigts grêles l'agrippèrent de toutes parts, l'empêchant de s'extraire du gouffre où elle était parquée.

Elle se contorsionna, mais ces choses grouillaient de tous côtés. Comme leur nombre croissait encore, elle vit approcher une brume noirâtre par-delà leurs têtes. Bien que cela n'eût ni forme, ni visage, Rose sut que la brume l'observait. Et cette certitude l'emplit d'effroi.

— *Ne la laissez pas vous prendre…*

Galvanisée par la peur, elle se démena comme une forcenée. Parvenant enfin à se libérer de l'emprise des silhouettes ondoyantes, elle se précipita vers la douce lueur verte qui flottait loin au-dessus du gouffre de ses pensées…

Rendue à elle-même, Rose cessa de se cabrer.

Elle cilla à plusieurs reprises, surprise et soulagée d'avoir recouvré la maîtrise de son corps. Toutefois, cette bataille l'avait harassée. Elle se sentait vidée de toute substance. Cependant qu'elle reprenait conscience de son environnement, Artus, qui la maintenait toujours, fléchit les jambes et chercha à toucher terre, obligeant son infante à faire de même. Ils se retrouvèrent bientôt agenouillés côte à côte sur le dallage de la chapelle.

— Il faut vous nourrir, signifia le comte. Vous ne pourrez vous maîtriser très longtemps…

Le regard de Rose tomba sur la marquise larmoyante, recroquevillée au sol. Elle la contempla avec horreur, sentant en son for intérieur ce que la créature réclamait.

— Non, implora-t-elle. Ne me demandez pas ça…

— Vous n'avez pas le choix. Si vous ne le faites pas, la chose finira par le faire pour vous.

Songeant à ce qui serait advenu de cette femme si Artus ne s'y était pas opposé, la jeune femme réprima un frisson.

— Vous pouvez contrôler votre nature, *lady*, mais vous ne pouvez pas la renier. C'est en vous à présent. Cette chose fait partie de vous. Le moment de la contenter n'a déjà que trop tardé, or je ne saurais vous sustenter davantage.

— … Que voulez-vous dire ?

— Votre médecine, *lady*… Je vous ai nourri de moi.

Rose ouvrit sur le vide des yeux démesurés.

C'était ce que contenait la fiole d'argent ? Le sang d'Artus ? C'était de cela qu'elle avalait une pleine coupe, chaque nuit, depuis des semaines ?

— Mais… Adelphe a…

— Lui ne saurait s'en priver, fit le comte, devançant sa pensée. Vous, vous devriez déjà savoir vous nourrir seule… Il est grand temps d'apprendre.

À ces mots, la marquise se pelotonna sous son manteau en lambeaux, bredouillant des suppliques inintelligibles.

Rose sentit son estomac se tordre.

— Je ne pourrai pas, balbutia-t-elle.

— La question n'est pas de savoir ce que vous pouvez faire, *lady*, mais ce que vous *voulez* faire. Car tôt ou tard, lorsque vous l'aurez assez assoiffée, la chose chassera… Alors qui sait sur qui vous vous jetterez ? Une domestique ? Un paysan… Un enfant ?

La mine défaite, la comtesse leva les yeux sur le modeste maître-autel reposant dans le chœur de l'église. S'il existait un dieu, comment pouvait-il permettre l'existence d'une telle aberration ?

— Savez-vous ce qu'est de s'éveiller parmi les restes épars d'une fillette ? poursuivit Artus dans un murmure tendu. Avez-vous la moindre idée de ce que l'on ressent, *lady* ?

Se penchant sur son infante, il mêla sa chevelure charbonneuse à la flamboyante collerette de plumes parant la robe de la comtesse.

— Fort heureusement, vous l'ignorez... Cependant, pour n'avoir jamais à connaître cela, vous devez chasser. Vous le devez. De votre plein gré...

Ses paroles marquèrent l'esprit de Rose d'une empreinte sordide. Elle savait que le comte disait vrai. Il lui suffisait d'écouter les halètements de la créature tapie en elle. Cela attaquerait encore. Or, cette fois, elle n'aurait pas la force de la retenir.

— Si vous ne voulez pas vous perdre, *lady*, vous choisirez avant que la bête le fasse, murmura Artus en la libérant enfin de l'étau de ses bras. Vous demandiez vengeance ? Voici le moment de l'obtenir...

L'infante baissa les yeux sur la marquise.

La créature s'agita, taraudée par la même soif que celle qui changeait la langue de Rose en un morceau de cuir râpeux. Malgré elle, cette dernière se remémora l'apaisement que ne manquait jamais de lui procurer son remède. Puis elle se figura plonger les crocs dans la gorge de cette femme, afin de se désaltérer à la source...

Un curieux frisson la parcourut.

Ses scrupules s'émoussèrent.

Quelle clémence la marquise méritait-elle, après tout ? En avait-elle montré elle-même lorsqu'il s'était agi du sort de lord Edmund ? Avait-elle seulement hésité avant de le livrer à la vindicte de la Ligue ?

Rose plissa les yeux. Ses iris s'allumèrent d'une lueur diffuse. Puisqu'il fallait désigner une victime à la bête, cette harpie ne constituait-elle pas un excellent choix ? Attrapant la marquise par les épaules, elle la contraignit à se redresser. Celle-ci poussa un geignement misérable. Il n'y avait plus ni malveillance ni arrogance sur ce visage détrempé de pleurs. Seule subsistait la terreur d'un être contemplant sa propre mort.

Rose se troubla.

Puis son regard glissa sur ce cou blanchâtre…

Ses canines, luisantes de salive, s'allongèrent.

Saisissant la femme sous le menton, elle l'obligea à renverser la tête, et s'inclina jusqu'à venir effleurer de ses crocs cette peau délicate. Le pouls effréné de la marquise battait juste sous ses doigts… Un instant, elle crut même entendre la fluctuation furieuse du sang courant dans ces veines bleutées… Ses dernières réticences s'évanouirent sous les grattements impatients de la créature réclamant sa pitance. Vibrant à l'unisson avec elle, Rose mordit soudain dans la chair offerte à son appétit.

Sa proie se cambra dans une exclamation.

Poisieu laissa échapper un sanglot épouvanté.

Dès que la première goutte de sang passa ses lèvres, Rose exulta. Il lui sembla découvrir l'allégresse d'un sol aride recevant sa première pluie. Ainsi que cette terre, elle sentit ses craquelures se combler à mesure qu'elle ingérait le précieux nectar de vie. Chaque fibre de son corps se gorgea de cette sève, et prospéra, portée par une prodigieuse floraison écarlate…

La marquise poussa une faible plainte extasiée. Accaparée par son festin, Rose ne l'entendit pas. Elle ne s'aperçut pas davantage qu'auprès d'elle Artus se relevait. Laissant son infante à son repas, ce dernier se dirigea vers Poisieu, tout grelottant dans sa large cape. Voyant s'avancer son frère, Adelphe s'écarta de quelques pas et fit disparaître ses stylets sous son pourpoint.

— Pitié, geignit Poisieu. Laissez-moi partir...

Artus arqua un sourcil :

— Qu'auriez-vous fait pour gagner ma mansuétude ?

— Je vous ai obéi ! Vous aviez dit que j'aurais la vie sauve si j'exécutais vos ordres !

— Non, monsieur. Je vous avais promis une mort lente et douloureuse si vous ne le faisiez pas...

Le comte couvrit les trois mètres le séparant encore de sa proie à une vitesse telle qu'il sembla apparaître à son côté. Poisieu en chancela d'effarement.

— N'ayez crainte, je tiens toujours mes promesses, reprit Artus en empoignant l'homme à la gorge. Votre fin sera rapide, et extrêmement agréable.

— Je vous en prie, sanglota le vilain gentilhomme. Je vous en prie, je... je pourrais vous être utile...

— En quoi ?

— L'un des conjurés ! fit Poisieu d'une voix étranglée. L'un des huit vient d'être arrêté ! Quelqu'un d'aut...

Il s'interrompit dans un gargouillis, étouffant sous la pression de la main cramponnée à son cou.

— Que croyez-vous m'apprendre ? interrogea froidement Artus. Que la liste est passée à d'autres ? Je le sais. Comme je sais que la marquise a menti. Ce qu'elle fit ne fut pas pour la Ligue...

Poisieu secoua la tête en une dénégation consternée.

— Pitié, chuinta-t-il.

— Ne soyez pas désappointé, monsieur le baron, vous allez m'être utile malgré tout. Cependant je crains que ce ne soit pas de la façon que vous espériez...

De sa main libre, Artus déchira les vêtements qui dissimulaient le cou de sa victime. Ses iris s'illuminèrent succinctement lorsqu'il y ficha les crocs. Le baron n'émit pas un son. Il s'affaissa bientôt sur ses jambes, devenues flasques. Le comte le retint encore quelques instants, puis il le laissa choir.

— Pressez-vous, fit alors Adelphe. Il semble que lady Rose boive plus vite que vous ne le pensiez.

Délaissant la dépouille de Poisieu, le comte retourna vers son infante et s'agenouilla à son côté. Prenant soin de ne pas l'interrompre, il se pencha sur la marquise, laquelle présentait un teint crayeux, précurseur de sa fin prochaine.

— Maintenant, madame, dites-moi la vérité, chuchota-t-il.

La marquise entrouvrit des yeux vitreux, où flottaient des prunelles anormalement dilatées. Un demi-souffle franchit ses lèvres exsangues, auquel Artus prêta une oreille des plus attentives. Puis, terrassée par cette confession, l'espionne expira dans un ultime soupir de contentement.

Rose ne s'éveilla de sa liesse que lorsque la source de ce bien-être se fut tout à fait tarie. Tandis que ses crocs se rétractaient, elle revint peu à peu à l'âpreté du monde. Lui échappant des mains, la dépouille de la marquise s'avachit mollement sur le pavé. Rose la regarda fixement une poignée de secondes, l'air incertain, puis elle porta les doigts à son menton, où serpentaient de tièdes coulures.

— Comment vous sentez-vous, *lady*? demanda Artus, toujours agenouillé à son côté.

Elle pivota vers lui, mais il régnait dans son esprit un tel chaos qu'elle fut incapable de répondre. Tirant alors de son pourpoint un pâle carré de tissu, Artus commença à essuyer le sang maculant le visage de son infante.

— Avec le temps, vous apprendrez à ne point vous souiller, dit-il doucement. Vous apprendrez aussi à dissimuler vos traces… Mais ce soir je vais le faire pour vous…

Abandonnant au sol le mouchoir ensanglanté, il se tourna vers le corps et le souleva à demi.

Quatre cercles noirâtres béaient sur le cou de la marquise. Le comte s'inclina sur ces stigmates impies, puis couvrit de ses lèvres les deux premiers, qui étaient aussi les plus larges. Lorsqu'il se retira, un instant plus tard, la peau avait retrouvé son aspect originel. Il répéta l'opération avec les deux perforations suivantes, puis laissa retomber le cadavre.

Bien que Rose fût consciente durant tout le processus, elle ne montra nulle émotion. Son regard ambré trahissait une profonde hébétude. Ce fut à peine si elle prêta attention à son mentor quand, la prenant sous les épaules, il la remit debout. Entourée des frères d'Holival, Rose se laissa docilement guider loin des reliefs de son crime…

De retour au manoir, le comte la mena aussitôt à leur antre. Il l'installa sur le lit aussi douillettement que possible, puis s'assit près d'elle. Il resta là, à veiller sa déraison, jusqu'à ce que le sommeil les emporte tous deux.

CHAPITRE 12

— Avez-vous songé à notre conversation, *lady* ? s'enquit Artus.

La comtesse se détourna dans un mouvement d'humeur et se dirigea vers la longue table d'apparat.

— Oui, dit-elle néanmoins.

— Quelle est votre décision ?

— J'ai besoin d'encore un peu de temps.

— *Lady*, je vous assure qu'il serait imprudent de tarder davantage. Deux semaines vous séparent de votre premier repas, c'est un délai déraisonnable pour une nouvelle-née...

Rose appuya une main sur le dossier de l'une des chaises. Ses cheveux glissèrent de ses épaules et tombèrent le long de ses joues, encadrant son visage tels des rubans de soie. Il lui avait fallu près d'une semaine pour se remettre de ce « repas », ainsi que son mentor l'appelait négligemment. Encore aujourd'hui la marquise de Jouars surgissait dans ses cauchemars. Pourtant, quelle que fût la répulsion que lui inspirait cet acte, Rose savait qu'elle ne pourrait s'y soustraire. Elle devait se nourrir. Faute de quoi elle entrerait de nouveau en furie, ce à quoi elle se refusait catégoriquement.

— Vous n'êtes pas sans savoir ce qui aplanirait ces difficultés, fit-elle.

— Oui, je le sais. Vous me l'avez assez répété.

Elle jeta au comte un regard aigu, puis reporta son attention sur les carnets de lord Edmund dormant sur la table. Saisissant le livret brun – celui par qui tout avait commencé –, elle l'ouvrit à la dernière page annotée, et considéra les écrits d'un œil sombre.

« 98 5.3 Int. C.C-B - CAHIV 300

98 5.15 Int. C.C-B - CAHIV 300

98 5.24 C.C-B - CAHIV 300 »

Trois références au maréchal Charles de Cossé-Brissac, ou à son intermédiaire, pour trois arrestations. Trois cents livres – ou écus ? – pour chaque nom de la liste que lord Edmund avait eue en sa possession. Une liste énumérant huit conjurés. Huit aristocrates ligueurs unis dans un *C*omplot visant à *A*ssassiner le roi *H*enri *IV*.

C.A.H.IV.

Le mystère de ces lignes était enfin levé. Jamais Rose n'aurait imaginé que leur déchiffrage réclamerait de tels sacrifices. Cependant, sa quête n'était pas achevée. Pas encore. Il lui restait quelqu'un à voir. Refermant le carnet d'un geste sec, elle pivota vers son mentor.

— Je veux y aller, exigea-t-elle

— Nous irons, *lady*. Mais pas maintenant.

— Alors quand ? Voilà des jours que vous repoussez le moment !

— Nous irons lorsque cela sera possible, répondit sobrement Artus. Or ce n'est pas le cas.

Rose ferma les paupières. Elle passa une main sur son front dans un soupir douloureux.

— Je veux en finir avec tout cela, murmura-t-elle.

— Je sais…

Interpellée par l'intonation concernée de son mentor, elle rouvrit les yeux. Debout près de l'âtre, Artus la contemplait avec une gravité attentive qui la toucha bien au-delà de ce que cela aurait dû.

— Ne croyez pas que j'ignore ce que vous traversez, dit-il. Je sais ce à quoi vous aspirez.

Les traits froissés d'embarras et de peine, la comtesse baissa le nez. Comment pourrait-il l'ignorer ? Nuit après nuit, elle continuait de s'écorcher à ce rêve brisé, impuissante à taire le désespoir qui la dévorait.

— Je sais aussi ce que vous comptez faire lorsque cela sera terminé, reprit Artus. *Lady*... ne m'obligez pas à vous en empêcher...

Rose releva promptement la tête. Ce qu'elle surprit dans le regard du comte la révulsa.

— Je n'ai que faire de votre pitié ! cracha-t-elle dans un sursaut d'orgueil.

Le comte se figea, l'expression nébuleuse.

— Que pouvez-vous bien savoir des tourments que j'endure ? poursuivit son infante après une courte pause. Pour les comprendre il vous faudrait un cœur, or nous savons tous deux que vous en êtes dépourvu !

Le voyant crisper les mâchoires, elle en fut instantanément ébranlée.

L'avait-elle blessé ?

Rose lutta férocement contre les regrets qui l'assaillirent à cette pensée. Bien sûr que non, elle ne l'avait pas atteint ! Comment l'aurait-elle pu ? Un homme tel que lui n'éprouvait ni peine ni empathie. Il était aussi dur et froid que les murs de son manoir...

— Le donjon où je dépéris aujourd'hui, c'est vous qui m'y avez cloîtrée ! s'écria-t-elle, redoublant de virulence. Gardez donc votre commisération pour votre prochain jouet, Artus, car pour moi il est beaucoup trop tard !

Les yeux du comte se chargèrent de plus de nuages qu'elle n'y avait jamais vus. Elle déglutit avec difficulté, la gorge encombrée de larmes qu'elle ne voulait pas verser.

— Rose, je ne…

Les portes de la grande salle s'ouvrirent à la volée. Le mentor et son infante pivotèrent vers le seuil dans un semblable mouvement de surprise.

— Ils arrivent, lança Adelphe en entrant dans la pièce à grands pas.

Rose profita de cette diversion pour leur tourner le dos. Se cherchant une contenance, elle se mit à feuilleter ses carnets d'une main tremblante. Quelle que fût sa rancune, elle ne voulait pas affronter Artus. Malgré ce qu'il avait fait, elle ne parvenait pas à le percevoir comme un ennemi. Et si son apitoiement l'avait heurtée, c'était parce qu'elle avait espéré lire autre chose dans ses yeux. Or elle se haïssait d'avoir encore cette faiblesse.

— Artus ?

— J'ai entendu.

— Qu'y a-t-il, mon frère ? interrogea Adelphe, suspicieux. Vous semblez contrarié…

Rose prit soudain conscience qu'un regard insistant pesait sur ses épaules.

Risquant un coup d'œil, elle tomba droit dans les yeux de son mentor. Il se tenait toujours près de l'âtre. La clarté fauve du feu de cheminée dessinait de facétieuses arabesques sur ses traits, admirablement réguliers. Ses cheveux tombaient en mèches ténébreuses de part et d'autre de son visage, leurs pointes flirtant avec son menton. Pour la millième fois, Rose succomba à sa beauté transcendante. Une violente bouffée d'amour la chavira, sitôt suivie d'une sourde douleur qui inonda sa poitrine. Tentant de dissimuler son émoi sous une épaisse couche de dédain, la comtesse se redressa de toute sa hauteur, ramassa les livrets d'un geste vif, puis alla se planter devant l'âtre où elle les jeta sans une hésitation.

— Madame ! s'écria Adelphe, estomaqué. N'étaient-ce pas là les écrits de monsieur votre père ?

— Ils ne me sont plus d'aucune utilité. Mon périple s'achèvera bientôt, avec ou sans votre agrément.

Joignant les mains, Rose les laissa reposer contre sa robe de satin grenat, les yeux fixés devant elle. À chaque spasme d'affection stérile, sa résolution se renforçait davantage. Une fois sa quête accomplie, elle se soulagerait de cette odieuse souffrance.

Définitivement.

— Lady, *vous savez que je ne vous laisserai pas faire...*

— *Si fort soyez-vous, Artus, vous ne le serez jamais autant que la peine gravée dans mon cœur.*

Le lourd heurtoir de fer rebondit tout à coup contre la grande porte.

Les invités étaient sur le seuil.

Rose entendit qu'on les introduisait dans le hall puis, du coin de l'œil, elle s'aperçut que son mentor la dévisageait toujours. Elle le snoba, sachant que l'arrivée imminente des visiteurs écourterait cet examen.

— Allez-vous me dire ce qu'il y a ? insista Adelphe.

— M. de Janlys expérimente les limites de son pouvoir, répondit la comtesse, glaciale. Et je crois qu'il n'y goûte guère...

Une avalanche de pas annonça l'approche des invités. Comme elle l'avait supposé, Artus cessa de la détailler pour se tourner vers la porte. Avant que les visiteurs pénètrent dans la grande salle, Rose discerna les premiers relents de givre. Elle soupira.

— Le bonsoir, *jarl* Artus, fit une voix rêche. Le bonsoir, Adelphe.

Il y eut un blanc que Rose n'eut aucun mal à interpréter. Cependant, le temps de la peur était révolu.

Elle pivota vers la porte.

Olaf la toisait de pied en cap, la moue méprisante. Ses cheveux courts et gris rebiquaient sur le haut de son crâne en boucles fatiguées. La cinquantaine bien sonnée, il n'était ni beau, ni repoussant. Ses traits étaient toutefois empreints d'une aigreur que l'on ne pouvait pas manquer. Ses yeux d'ambre étincelant sous ses longs cils bruns, la comtesse pinça les lèvres.

Olaf ne la saluerait pas.

Et elle non plus.

— Que fait-elle ici ? grogna-t-il.

— Elle y habite ! riposta Rose, hargneuse.

Qu'il s'emporte si cela lui chantait ! Elle s'en fichait éperdument.

— Lady Rose a autant de droit que vous d'assister à cette entrevue, intervint Artus. Aussi je vous déconseille de le prendre sur ce ton, Olaf. À moins que vous souhaitiez vous passer de notre aide pour la battue ?

L'intéressé jeta au maître des lieux un regard torve, mais s'abstint toutefois de répondre Auprès de lui, Rose crut reconnaître le jeune homme qui s'était présenté des semaines auparavant, lors de son premier éveil au manoir. En revanche, elle n'avait aucun souvenir de la demoiselle qui se tenait à trois pas en arrière.

Avec ses cheveux roux, son visage en pointe, et ses grands yeux bruns, la frêle jeune fille faisait immanquablement songer à un petit écureuil. Il sembla à Rose qu'elle devait se mouvoir avec la même vivacité nerveuse que ces petits rongeurs. Sa mise impeccable jurait cependant d'avec son air farouche. L'on se la représentait plutôt simplement vêtue et cheveux au vent qu'ainsi dûment coiffée et apprêtée, le dos artificiellement raidi par le busc glissé dans son corps piqué. Rose, pour sa part, avait définitivement banni cet accessoire. Non pas que le busc la gênât, puisque désormais elle semblait immunisée aux inconforts de la vie quotidienne – que cela fût les tortures du corset, les désagréments de la faim, ou toutes autres formes d'incommodité. Mais, outre le fait que cela lui conférait un regain de liberté appréciable, elle jugeait inutile de se parer ainsi que son rang l'exigeait.

À quoi cela servirait-il ? Elle n'avait personne à qui plaire, de toute façon…

Au côté de la pâle demoiselle, un quatrième personnage, bel homme et tout à fait inconnu, attendait patiemment. Sa vêture trahissait un rang social supérieur à celui des trois autres, et de lui émanait un parfum grisant qui renseigna Rose sur son appartenance. Comme elle l'observait, ses prunelles la survolèrent une seconde, puis s'en retournèrent se poser sur le comte de Janlys.

— Bonsoir, Magnus, reprit Artus. Hilda. François.

— Mon seigneur, fit ce dernier en s'inclinant légèrement tandis que les autres se contentaient de saluer d'un hochement de tête.

— Nous n'aurons sans doute pas besoin de poursuivre la traque plus avant, déclara abruptement Olaf. L'un des miens a aperçu de curieuses silhouettes la nuit dernière. Elles rôdaient aux abords du bois de Neuville.

Depuis deux mois qu'elle était à Boissy, Rose avait quelque peu mémorisé la géographie des alentours. Le bois que mentionnait Olaf était à environ quatre lieues au nord du manoir, sur la route de Paris.

— C'est là que nous devrions chercher ce soir, ajouta le vieil Oström.

Voilà donc ce qui avait retenu Artus ici. Sa maison et celle d'Olaf battaient la campagne à la recherche des entités qui les harcelaient. En son for intérieur, Rose s'agaça qu'une nouvelle fois son mentor l'ait tenue au secret.

— Vous suggérez donc que nous nous y rendions en personne, nota Artus.

— En effet. Les miens ont surveillé la forêt aussi longtemps que possible. Ils ne les ont pas vus ressortir. Autant que nous sachions, à cette heure, ils y sont encore.

Les frères d'Holival échangèrent un regard.

— Il est bien singulier qu'après des semaines d'une traque infructueuse l'on puisse enfin les apercevoir, observa Adelphe.

— Notre patience a payé, intervint Magnus, confiant.

— Oui… ou bien ils cherchaient à se faire voir.

— Je ne saisis pas quel en serait l'intérêt.

— Je l'ignore, toutefois je ne peux croire que ceux-là mêmes qui furent assez habiles pour nous échapper de longs mois durant, et qui surent s'abstenir de nouvelles attaques depuis que débutèrent nos battues, soient soudain devenus assez imprudents pour se laisser remarquer.

— Quand bien même vous diriez vrai, nous n'aurons peut-être pas d'autre occasion de les confronter. Il faut tenter notre chance !

— Et s'il s'agissait d'un piège, Magnus ?

— Combien furent aperçus ? s'enquit Artus, coupant court à la polémique.

— Deux. Trop peu pour élaborer une embuscade, ne pensez-vous pas ?

— Si, acquiesça le comte sur un ton pourtant sceptique. Toutefois, l'observation d'Adelphe est pertinente. Vous ne les vîtes que parce qu'ils le décidèrent.

— Allons bon, pourquoi diantre le voudraient-ils ? s'exclama Magnus. Nous sommes bien plus nombreux qu'ils ne le sont, vous…

Le jeune homme se tut tout soudain. Baissant le nez sur ses chaussures, il lança à Olaf un regard contrit.

Rose plissa les yeux. Avait-il reçu quelque injonction que lui seul pouvait percevoir ? En ce cas, cela signifiait-il qu'il avait avec le vieil Ström un lien semblable à celui qu'elle-même avait avec Artus ?

— *C'est tout à fait cela,* lady. *Ce n'est pas la première fois que Magnus se trahit.*

— *Il est l'infant d'Olaf ?*

— *Je le crois, oui.*

— Je conçois votre empressement, Magnus, reprit Artus à haute voix. Nous voulons tous savoir à qui nous avons affaire. Néanmoins, il faut se garder d'une précipitation mal venue.

— Bien sûr, marmonna le jeune homme.

— *Chaque mentor peut-il converser par l'esprit avec son infant ?* songea Rose.

— *Oui. Ainsi que chacun de nous le peut avec ses servants.*

Elle avait donc vu juste. Adelphe était bel et bien le serviteur de son frère.

— *Je ne l'ai pas contraint*, précisa ce dernier. *Il a choisi son destin.*

— *Une chance que je n'aurai pas eue…*

Rose ressentit la crispation de son mentor mais s'attacha à l'ignorer. Comme elle promenait sur la pièce un regard faussement désinvolte, elle s'arrêta tout à coup sur Hilda. Ses grands yeux sombres brillaient de tant d'étincelles que l'on aurait cru y voir luire des chandeliers. Se souvenant des propos que les frères d'Holival avaient tenus sur la donzelle, Rose en fut proprement consternée. Quoi de surprenant à ce qu'Adelphe ait tiré d'Hilda ce qu'il voulait savoir ? De toute évidence, la pauvre enfant était éprise de lui…

Incapable de supporter le spectacle d'une autre vaine tendresse, la comtesse baissa la tête.

— Cela dit, poursuivit son mentor, nous ne saurions manquer cette occasion.

Elle releva le nez illico. Il ne pouvait être sérieux ! Il n'avait pas l'intention d'aller chasser lui-même les responsables de ces massacres ?

— *Il le faudra pourtant.*

— *Mais enfin, Artus, vous ne savez pas ce qu'ils sont ! C'est beaucoup trop dangereux !*

— *Prenez garde,* lady, *je pourrais bien croire que vous vous souciez de moi…*

Les pommettes de la jeune femme se colorèrent d'une délicate rougeur.

— Certes, surenchérit Olaf. Une telle occasion pourrait ne point se représenter avant longtemps.

Artus opina. Se tournant vers le dernier Arimath présent, il ordonna :

— Partez pour le village, François. Trois des nôtres vous y attendent. Emmenez-les avec vous, et rejoignez-nous à la croisée du moulin.

— Bien, mon seigneur.

L'homme se retira sur-le-champ. Le comte pivota alors vers son infante.

— Que non, nous n'emmènerons pas la marmaille ! fulmina Olaf. Elle reste ici !

— Ai-je insinué le contraire ? s'étonna le maître de maison, arquant un sourcil. Je m'en allais confier Hilda à ses bons soins… puisque bien entendu vous ne comptiez pas nous encombrer de cette jouvencelle. N'est-ce pas ?

Le vieil Oström marqua un temps d'arrêt. Sous ses sourcils broussailleux, ses yeux noirs sautèrent brièvement d'Artus à Hilda.

— Non, bien sûr, concéda-t-il.

— Soit. Nous sommes donc prêts. En route, messieurs.

Magnus et son mentor firent volte-face et se dirigèrent de suite vers les portes, la fratrie d'Holival sur les talons. Rose les suivit des yeux, les mains exagérément serrées l'une contre l'autre. Elle n'aurait pas cru qu'ils partiraient si promptement, et sans plus de dispositions. Ils s'en allaient pourtant traquer des êtres qui jusqu'ici s'étaient non seulement montrés capables de déjouer leur vigilance, mais aussi de réduire plusieurs d'entre eux en charpie…

Juste avant de passer le seuil de la grande salle, Artus, qui fermait la marche, se retourna. L'espace d'un quart de seconde, son regard trouva celui de son infante, puis il disparut dans l'antichambre. Dévorée d'anxiété, Rose refréna l'envie de lui emboîter le pas. Au lieu de cela, elle se mit à arpenter la pièce dans le sens de la longueur, sous l'œil attentif d'Hilda.

Elle entendit bientôt le piétinement des chevaux sur le sable de l'allée. Nulle discussion ne vint émailler le calme de ces préparatifs.

Quelques instants plus tard, on lança les montures au grand galop. Rose écouta la terre trembler sous leurs sabots jusqu'à ce que le son se dérobe tout à fait à ses oreilles. Puis, refusant de céder à l'abattement, elle décida de faire connaissance avec la jeune fille que l'on avait confiée à sa garde. Se tournant vers la petite, elle prit conscience que celle-ci n'avait pas bougé de son poste depuis son arrivée.

— Prenez donc un siège, offrit Rose, cordiale.

La servante la dévisagea une seconde, l'œil rond, puis secoua nerveusement la tête de gauche à droite.

— Vous êtes sûre ? insista son hôtesse. L'attente, je le crains, sera fort longue…

Hilda n'esquissa pas un geste. Par contraste à cet immobilisme, la comtesse reprit ses allées et venues. Ce faisant, elle se demanda s'il lui faudrait patienter toute la soirée dans ce silence étouffant, et cette pensée l'effara.

— D'où venez-vous, Hilda ? demanda-t-elle.

La petite la dévisagea, éberluée.

— Je ne suis pas de cette province moi non plus, poursuivit Rose. Cela n'est pas toujours aisé d'être loin de chez soi, n'est-ce pas ?

La jeune fille demeura muette. Après avoir exécuté une longueur de salon supplémentaire, Rose tenta une autre approche :

— Vous ne servez pas Olaf depuis longtemps, je me trompe ?

Nouveau silence.

Maussade, la comtesse songea qu'elle aurait eu plus de succès à converser avec la cheminée. Cette dernière, au moins, émettait quelques sons. Mais ne fallait-il pas s'attendre à ce mutisme renfrogné ? Dans un monde où dominaient les faux-semblants, il n'y avait guère d'espoir de tenir une conversation courtoise.

Avec un soupir, Rose alla se planter devant l'une des hautes fenêtres qui s'ouvraient sur la façade ouest de la demeure. Comme son regard se perdait sur la pelouse du parc, elle se remémora l'œillade alanguie dont la petite avait couvé Adelphe. Pensive, elle évalua la pertinence de l'indélicatesse qu'elle se proposait de commettre. Une fois parvenue à la certitude que cela ne servirait à rien, elle pivota vers Hilda.

— J'ai vu comme vous le regardiez, fit-elle tristement. Vous devriez faire attention, cela ne se remarque que trop…

La jeune fille blêmit.

— Ne craignez rien, ajouta Rose. Je n'émets point de reproche. Je voulais seulement vous avertir.

Derechef confrontée au silence de la servante, elle retourna à l'observation du jardin désert.

— N'attendez rien de lui, murmura-t-elle cependant, le ton chargé d'amertume. Croyez-m'en, les frères d'Holival ne sont faits pour personne. Bannissez-le de votre cœur, avant de ne le plus pouvoir…

— Il est trop tard, chuinta une voix minuscule.

Saisie, Rose fit de nouveau face à la petite servante. Ce qu'elle lut sur son visage abattit toutes les barrières que leurs rangs, ou leurs clans, avaient dressées entre elles. À cet instant, il n'y eut pas plus semblables femmes que celles-ci.

— Je suis désolée, souffla Rose.

Un long silence plana, durant lequel elles s'observèrent gravement.

— Je suis venue au monde à Augsbourg, en Bavière, déclara alors Hilda. C'est là-bas que M. Sigurdsson me trouva, il y a cinq ans de cela.

La comtesse hésita. Devait-elle pousser l'avantage ? N'était-ce pas exposer la jeune fille à des remontrances ?

— Comment êtes-vous entrée à son service ? demanda-t-elle finalement.

— Il en a décidé ainsi.

— Il vous arracha à votre foyer ? fit Rose, outrée.

— Je n'ai pas de foyer, madame. J'appartenais à la rue lorsqu'il me ramassa.

Hilda approcha de la grande table en quelques pas craintifs, se triturant nerveusement les mains. Navrée par cette révélation, son hôtesse la considéra avec d'autant plus de sympathie.

— Vous traite-t-il bien ? s'enquit-elle.

— Vous êtes la première que cela intéresse.

— Est-ce un « non » ?

— Mon sort est préférable à celui qui m'attendait. Je n'ai pas à me plaindre.

Elles échangèrent un bref regard, puis la jeune fille entreprit de faire le tour de la table. Maintenant qu'elle s'était autorisée à bouger, elle paraissait ne plus tenir en place.

— Le connaissiez-vous avant de devenir sa servante ?

— Non.

— Il n'a pas donné de raison à son geste, je présume ?

— Non... Toutefois, j'ai appris par M. Meyer que mon maître avait perdu son précédent serviteur peu de temps auparavant.

— Vraiment ? En eut-il beaucoup d'autres avant vous ?

— Je l'ignore, madame, et je ne tiens pas à le savoir.

— Bien sûr, oui... bien sûr...

Quittant le voisinage de la table, Hilda se dirigea vers les fauteuils disposés près de l'âtre.

— Installez-vous à votre aise, proposa de nouveau son hôtesse.

— Merci, cela ira. Je suis habituée à rester debout.

Rose observa la jeune fille quadriller minutieusement le périmètre, puis repartir en direction de la table.

— Vous êtes soucieuse, constata-t-elle. Vous vous inquiétez pour votre maître ?

Hilda lui jeta un regard en biais, mais ne releva pas. C'était inutile. Le message était clair.

— Cela se passera bien, fit Rose sur un ton qui se voulut rassurant. Ils s'en tireront.

— C'est ce que vous pensez, ou ce que vous espérez ?

Ce fut au tour de la flamboyante Arimath de garder le silence. Cessant de contempler la ronde de la servante, elle se tourna derechef vers la fenêtre.

— Est-ce l'Héritier qui vous a demandé de faire ça ? questionna Hilda.

— Faire quoi ?

— M'amadouer…

— Non, il ne m'a rien demandé de tel. Je ne vois pas pourquoi il l'aurait fait.

Le silence retomba sur la pièce, et cette fois s'y installa durablement. De longues et pénibles minutes s'étiolèrent une à une au son grésillant d'un feu moribond. Le regard rivé à la vierge étendue du jardin, Rose guettait le moindre bruit inusuel, dans l'espoir que le vent porte jusqu'à elle les échos de l'équipée. Mais ils étaient probablement trop loin, même pour son ouïe exceptionnelle.

L'espace d'un instant, il lui sembla pourtant bien entendre le grondement diffus d'un galop échevelé, mais son attention fut immédiatement attirée par le son feutré d'une autre cavalcade. Un animal courait dans le petit bois bordant la propriété. Rose se concentra sur le bruit. L'animal était d'une rare vélocité, et allait sans faiblir. Il devait aussi être de bonne taille car malgré la légèreté de son pas elle l'entendait distinctement. D'ailleurs, il semblait se diriger par ici. Posant une main contre le carreau de la fenêtre, elle scruta l'horizon avec une acuité accrue.

— Êtes-vous tous de sang bleu ? interrogea soudain Hilda.

Interloquée, Rose tourna la tête vers la jeune fille. Celle-ci avait fini par s'asseoir dans l'un des fauteuils disposés près du feu. Toutefois, elle ne s'y était pas confortablement installée. Elle était comme posée sur le bord, prête à jaillir.

— Vous dites ?

— Tous les Arimath qu'il m'a été donné de rencontrer étaient aristocrates, reprit la servante. Doit-on toujours être noble pour entrer dans votre maison ?

La comtesse considéra la question quelques secondes. Il était exact que les Arimath qu'elle-même avait côtoyés portaient tous un titre, même minime.

— Voilà une remarque digne d'intérêt, convint-elle en reposant les yeux sur le jardin. Peut-être est-ce une singularité des nôtres.

Elle tendit l'oreille. Nul bruit de course n'était plus audible. L'animal devait s'être arrêté.

— Il ne vous aime pas, madame, annonça Hilda de but en blanc.

Rose pivota vers la servante si brusquement que celle-ci en sursauta.

— Qu'avez-vous dit ?

— Il ne vous aime pas…

— De qui parlez-vous !

— De mon maître, souffla la jeune fille, décontenancée par la soudaine agressivité de son hôtesse. De qui d'autre voudriez-vous que… Oh ! Pardon…

Le soulagement cédant le pas à la honte, Rose se hâta de se détourner. Ses oreilles s'emplirent alors d'un chuintement dangereusement proche. Alertée, elle leva les yeux vers le jardin.

L'animal fonçait sur la fenêtre.

Elle eut à peine le temps de reculer avant que la vitre se brise. Les ruineux panneaux de verre volèrent à travers la pièce en un millier d'éclats translucides, ponctués d'échardes de bois fendu.

Rose se protégea de cette tranchante averse d'un bras levé. Hilda bondit de son siège et battit en retraite vers le fond de la pièce.

L'animal atterrit souplement sur le parquet. Râblé, pourvu d'oreilles courtes et rondes, l'on aurait juré voir un gigantesque chat doté d'une musculature surdéveloppée.

Son pelage jaunâtre était constellé d'une foule de taches noires, de formes et de tailles variées. Tandis que sa queue battait l'air en vigoureux allers et retours, ses yeux fauves balayèrent la salle une demi-seconde, puis s'en retournèrent se braquer sur la jeune femme qui lui faisait face. Juste avant de bondir, il poussa un curieux son soufflé et grogné tout à la fois, révélant deux paires de canines d'une longueur effarante.

Pétrifiée, la comtesse n'essaya même pas de se soustraire à cet assaut. Les pattes antérieures du félin s'abattirent sur sa poitrine et l'aplatirent au sol, puis une gueule béante s'avança vers son crâne. Comprenant ce que l'animal cherchait à faire, Rose plaqua les mains sur son poitrail et tendit les bras aussi fort qu'elle le put. Mais le félin était lourd et puissant. Il commença de suite à inverser la pression qu'elle exerçait, lui écrasant le buste de ses pattes moelleuses, les griffes piquées dans sa chair.

Un bruit mat explosa alors au-dessus d'eux. L'animal fit volte-face dans un feulement rageur. Hilda se tenait devant lui, une épaisse bûche entre les mains. Profitant de cette occasion inespérée, Rose se remit sur ses pieds. À ce moment, une volée de pas précipités leur parvint depuis l'antichambre.

Lorsque le félin pivota vers les portes ouvertes, son regard croisa celui de la comtesse.

Ils s'élancèrent au même instant.

Ce fut l'animal qui atteignit le seuil le premier. Il réceptionna de ses griffes le laquais accourant. Le pauvre homme ne poussa pas un cri. Il n'en eut pas le temps. Avant qu'il ait touché terre, les crocs de la bête avaient perforé son crâne et s'étaient fichés dans son cerveau. Arrivant une seconde trop tard, Rose repoussa pourtant le félin d'une vigoureuse bourrade.

Il tourna vers elle une gueule rougie du sang de sa victime.

Cette fois, la jeune femme esquiva l'assaut, mais un pan de sa robe resta entre les pattes de l'animal. Ne s'attardant pas à ce détail, elle s'en fut claquer les doubles portes de la grande salle et fit aussitôt front, prête à en défendre l'accès. À quelques mètres sur la gauche, non loin de l'âtre, Hilda empoigna une longue tige de métal. Elle la projeta à travers la pièce, faisant montre d'une force incroyable pour quelqu'un de sa complexion. Rose la réceptionna d'une main, juste à temps pour en assener un revers brutal à la bête qui chargeait. Une estafilade vermeille stria la joue du fauve, qui interrompit sa course. Faisant brusquement demi-tour, il se propulsa d'un bond vers la petite servante, qui se repliait vers la fenêtre brisée. Rose lâcha le tisonnier et s'élança à la suite de l'animal, mais elle comprit qu'une fois encore elle ne pourrait l'arrêter. Obéissant à son instinct, elle se jeta en avant, bras tendus. Ses mains trouvèrent la queue de la bête. S'y cramponnant, elle s'arc-bouta sur ses jambes. Les effroyables mâchoires manquèrent de justesse le crâne d'Hilda et allèrent se refermer à la jonction de l'épaule et du cou.

La jeune fille poussa un cri suraigu.

Emportée par la brutalité de l'assaut, Rose s'effondra à plat ventre dans les bris de verre. Faisant fi des multiples coupures qui l'éraflèrent, elle se releva illico et sauta sur le fauve. Montant à demi sur son dos, elle enroula un bras autour de sa gorge et entreprit de lui faire lâcher prise.

Le félin secoua furieusement la tête, Hilda cria de plus belle.

Une lueur d'un orange rougeoyant passa dans les yeux de l'infante Arimath. Dans sa bouche, ses propres crocs s'épanouirent enfin. Sans réfléchir, elle les planta dans la nuque de l'animal, puis donna un violent coup de menton destiné à arracher un pan de chair. Le fauve se rebiffa. Arrimée à lui, Rose le contraignit à reculer. Mais, dans un sursaut qui tint presque du spasme, le félin se libéra de son étreinte. Bifurquant vers elle, il s'élança à une telle vitesse qu'elle n'eut pas même le temps de le concevoir. Une masse compacte s'enfonça dans son estomac. Tandis que ses pieds quittaient le sol, un pic de souffrance envahit son abdomen.

Un instant plus tard, ses reins rencontrèrent l'imposante table d'apparat, qui explosa littéralement sous l'impact. Rose s'affala parmi les débris de bois. Elle tenta de se redresser mais retomba immédiatement, percluse de douleurs. Quelque chose d'incroyablement dur s'était fiché dans son dos.

À demi assommée, elle chercha Hilda des yeux.

Celle-ci gisait au pied de la fenêtre brisée. Un ruisseau écarlate s'écoulait paisiblement de son cou. Paupières closes, teint gris, elle ne bougeait plus.

Rose aurait voulu approcher, or entre elle et la jeune fille inanimée se dressait l'animal victorieux. Levant sur ce dernier un regard trouble, elle vit qu'il se ramassait sur lui-même. Tout d'abord, elle crut qu'il s'apprêtait à bondir, puis elle s'aperçut que son corps semblait enfler… Ses flancs s'élargirent… Ses pattes s'allongèrent, s'épaissirent. Ses oreilles rapetissèrent, son cou s'étira…

Bientôt, en lieu et place du félin, Rose vit se déplier la silhouette longiligne d'un homme. Une forte odeur de ménagerie émanait toujours de lui. Grand et noueux, il avait une peau d'un brun sombre, couleur de pain brûlé. Ses cheveux étaient aussi noirs et lustrés que ceux d'Artus. L'une de ses joues, osseuse, était creusée d'une fraîche entaille, stigmate de sa rencontre avec le tisonnier. Une fourrure similaire au pelage du félin qu'il était encore l'instant précédent ceignait ses hanches. Maintenu par une large sangle de cuir enroulée autour de sa taille, ce pagne rudimentaire était agrémenté de divers colifichets, dont deux figurines à l'aspect familier. À côté de ces statuettes pendait une dernière cordelette, à l'extrémité râpée. Malgré la douleur et la confusion, Rose reconnut les figurines sur-le-champ. Il s'agissait de jumelles de celle qu'Artus avait dérobée au prévôt de Paris.

Elle comprit alors trois choses.

La première fut qu'Adelphe avait eu raison. L'apparition opportune de leurs ennemis était bien un piège. Mais non pas destinés à les attirer dans un traquenard : ces appâts avaient eu pour but de les éloigner du manoir. Ce en quoi ils avaient parfaitement réussi. La seconde fut que l'homme-fauve était venu récupérer la statuette orpheline que, visiblement, il savait être cachée ici. Enfin, la dernière chose que Rose comprit fut que sa propre errance touchait à sa fin…

De son abdomen commotionné montaient d'atroces élancements, comme si quelque démon s'était amusé à entortiller ses viscères à contresens. Et, chaque fois qu'elle inspirait, le pieu cloué dans son dos la perforait davantage. Exténuée, elle sentit ses oreilles se boucher. Puis le halo bleuté de la nuit s'éteignit, laissant place à une pénombre ordinaire. Le fond de sa gorge se tapissa d'un sang épais, qu'elle recracha par réflexe, faisant naître dans son buste une souffrance supplémentaire.

Alors, depuis les vestiges de la table où elle était étendue, l'infante vit que l'homme-fauve s'avançait. Elle le regarda approcher avec une sorte de quiétude résignée. Elle avait échoué à sauver le laquais ; elle n'avait pas su non plus protéger Hilda ; il ne lui restait donc plus que sa propre vie à défendre. Or, pour cette existence-ci, Rose n'avait nulle envie de se battre.

La partie était achevée.

Et elle était perdue.

Parvenu à hauteur de sa proie, l'indigène s'accroupit devant elle. Maintenant aux premières loges, celle-ci remarqua enfin les inquiétants gantelets que l'homme-fauve arborait. Ils étaient constitués d'un complexe entrelacs de cordelettes tressées qui chevauchait en rangs serrés une épaisse bande de cuir passée autour de ses mains et de ses avant-bras. Coincées entre les deux, quatre lames incurvées, faites d'une pierre noire et brillante, pointaient leurs dards vers le sol. Partant du dos de la main pour s'épanouir au-dessus de chaque doigt, pouce excepté, ces coutelas d'obsidienne en épousaient la longueur et l'épaisseur. De sorte qu'une fois les poings fermés, l'homme se retrouvait doté d'une série de terribles griffes. À cette distance, Rose pouvait même distinguer les multiples impacts laissés par l'outil qui avait servi à les façonner.

Allongeant une main vers la chevelure de sa victime, l'indigène tira celle-ci de sa sinistre contemplation. Il souleva une mèche de cheveux rougeoyants, qu'il fit jouer entre ses doigts. Une expression indéfinissable se peignit sur ses traits burinés. Dans ses yeux, Rose lut une espèce d'ébahissement craintif.

— *Chichiliuhqui tzontli*, fit-il sur un ton absorbé. *Cuix tehhuātl xōchitōnatiuh ?*

Il la dévisagea, comme s'il s'attendait à recevoir une réponse. Rose, n'ayant pas saisi un traître mot de ce langage baroque, se contenta de lui retourner un regard flou et fatigué. Devant ce silence, l'homme-fauve se renfrogna. Il empoigna la rutilante chevelure de sa proie.

— *Ahmo*, déclara-t-il en levant très haut son autre poing.

Rose suivit des yeux l'ascension des lames, songeant confusément que c'était bien ainsi. Certes, elle n'avait pas eu le temps d'achever sa quête, mais ce sort était celui qu'elle aurait choisi une fois sa vengeance accomplie. La fatalité prenait juste un peu d'avance…

Ses paupières s'abaissèrent sur ses joues. Renversant la tête en arrière, elle offrit son cou aux griffes d'obsidiennes.

Un filet de sang s'échappa de la commissure de ses lèvres.

Sa lente agonie allait enfin s'achever.

Père, pardonnez-moi…

Une puissante déflagration retentit alors dans la pièce, faisant trembler les murs du manoir jusqu'à leurs fondations.

Vaguement curieuse, Rose rouvrit les yeux. Le bras toujours levé, prêt à frapper, l'homme-fauve avait le visage tourné vers le seuil. Sa bouche s'ourla d'un rictus carnassier qui découvrit ses crocs, puis une légère brise souffla sur eux et l'indigène disparut subitement.

Quelque chose s'écrasa contre le mur opposé.

La comtesse essaya de rouler sur le flanc. La douleur fit échouer sa première tentative. Serrant les dents, elle appuya la main sur un morceau de table et donna une vive impulsion. La souffrance lui arracha un cri. Elle se retrouva prostrée sur le côté, à tousser des gerbes de sang. Lorsque la quinte se fut apaisée, elle prit conscience de l'humidité poisseuse qui couvrait son dos. Y tâtonnant un instant, elle ramena la main devant ses yeux.

Ses doigts étaient couverts d'une substance écarlate.

Une nouvelle explosion résonna dans la pièce. Rose cilla à plusieurs reprises pour tenter de clarifier sa vision. À la faveur du feu mourant dans la cheminée, elle parvint finalement à distinguer les environs. L'homme-fauve venait de se réceptionner sur le sommet d'un buffet. Accroupi sur le rebord, tel un oiseau sur sa branche, il se projeta en avant, bras tendus. Artus l'esquiva d'un mouvement de hanche et saisit son adversaire à l'épaule. L'entraînant dans un étourdissant demi-tour, il l'expédia droit dans l'un des fauteuils en chêne massif, qui se brisa en morceaux.

Rose cilla derechef, doutant de ce que ses yeux voyaient.

Son mentor n'était pas supposé être ici. Il était censé être à des lieues du manoir, dans l'impossibilité totale de lui porter secours.

L'indigène se rétablit dans un curieux mouvement ondulé et bondissant. Griffes déployées, il fonça sur Artus. L'esquive que ce dernier exécuta fut si leste que Rose ne put la percevoir. Elle le vit seulement adresser une grimace féroce à son adversaire, la joue balafrée de trois longues griffures. Ses iris luminescents éclairèrent la scène d'une lueur nouvelle. Furieux, il se rua sur l'homme-fauve et lui assena une fulgurante série de crochets à la mâchoire. L'indigène poussa une plainte sourde. Tombant à genoux sur le parquet, il cracha plusieurs dents dans un épais bouquet de sang, juste avant que le tibia d'Artus rencontre son buste.

L'homme vola à travers la salle jusqu'à la paroi opposée, où il termina sa course, à deux doigts de se rompre le cou contre le plafond. Il glissa le long du mur, emportant avec lui l'imposant tableau qui y était suspendu, puis le second s'écroula sur le premier dans un grand fracas. Essuyant d'un revers de manche le sang suintant sur sa joue, Artus tourna la tête vers son infante. Au même instant, l'homme-fauve jaillit de la toile crevée. D'un seul gigantesque bond, il parcourut la salle en sens inverse, genoux ramassés sous le ventre, bras en croix.

Le comte eut tout juste le temps de le voir arriver.

Ils allèrent s'encastrer dans l'un des dressoirs, les griffes de l'un profondément enchâssées dans les avant-bras de l'autre. Illico, l'indigène dégagea une main et amorça un nouveau coup, mais Artus lui agrippa le poignet et arrêta l'assaut. Il le repoussa d'une violente bourrade, puis se renversa contre la crédence à demi disloquée. Profitant de l'espace ainsi dégagé entre lui et son adversaire, il releva les genoux contre sa poitrine et expédia un double coup de botte dans le ventre de l'indigène. L'homme-fauve décolla derechef. Cette fois, son vol plané s'acheva dans une onéreuse tapisserie. Quand il toucha le sol, une volée d'uppercuts d'une sauvagerie ahurissante l'atteignit en pleine poitrine.

Une fragrance sucrée vint alors flotter autour de Rose. Elle réalisa qu'une douce lueur bleutée illuminait de nouveau la pénombre. Les élancements avaient également quelque peu diminué. Elle tenta de se redresser sur-le-champ et, cette fois-ci, y parvint. Néanmoins, une vive douleur fusa de ses reins, lui rappelant qu'un corps étranger y était toujours planté. Coulant dans son dos une main tremblante, elle se mit à la recherche du pieu.

D'une agile contorsion, l'homme-fauve évita un énième coup. Le poing d'Artus alla s'enfoncer dans le mur. Avant qu'il ait pu se dégager, l'indigène répliqua. Les lames de pierre perforèrent le pourpoint du comte et remontèrent le long de son flanc gauche. Artus émit un son aigu, ressemblant à s'y méprendre à un jappement de douleur. En riposte, il expédia le coude dans la pommette de l'indigène. Un craquement caverneux salua son geste. L'homme chancela, reculant de plusieurs pas. Un sourd grondement emplit l'atmosphère. Des crocs immenses saillant sous ses lèvres retroussées, le comte se jeta sur son adversaire. Ils roulèrent au sol, désagrégeant au passage un imposant guéridon.

Rose trouva enfin le pal. Il était enfoncé une dizaine de centimètres au-dessus de sa taille. Rassemblant son courage, elle referma les doigts autour de cette vaste écharde et tira d'un coup sec. Le cri qui lui échappa surmonta le vacarme de la lutte. Grelottante, elle laissa tomber le pieu ensanglanté.

Artus se redressa de concert avec son adversaire. Il para le coup destiné à son buste, mais n'évita pas celui voué à sa cuisse. Toutefois, les griffes intruses n'y restèrent plantées qu'une demi-seconde. Saisissant l'homme à la gorge de sa main libre, le comte l'envoya s'aplatir à plusieurs mètres de là, contre la dernière desserte à être encore debout.

S'aidant de ses mains, Rose se remit péniblement d'aplomb. La douleur qui montait de ses entrailles restait vive, mais, après ce qu'elle venait d'endurer, cela lui semblait tout à fait tolérable. Vacillante, elle se tourna vers son mentor. Artus jeta un coup d'œil par-dessus son épaule. Ses yeux, d'un vert phosphorescent, se verrouillèrent à ceux de son infante.

Soudain, le chuintement d'une course endiablée satura les oreilles de Rose. Elle tourna la tête sur sa droite avec ce qui lui parut être une lenteur insupportable.

Le félin fonçait sur elle à pleine vitesse.

Il était tellement véloce, elle ne pourrait pas l'éviter…

L'animal se dressa sur ses pattes postérieures, la noyant dans son ombre. En un éclair, il reprit forme humaine, puis ses poings serrés convergèrent vers le ventre de Rose. Celle-ci quitta le sol tandis qu'explosait dans son épaule une violente douleur. Suivant une trajectoire latérale, elle passa par-dessus le corps inerte d'Hilda et alla s'écraser non loin, dans le pan de mur séparant la fenêtre brisée de la fenêtre suivante.

Comme elle se stabilisait, son regard rencontra de nouveau celui de son mentor. Le bras encore étendu vers elle, Artus paraissait statufié dans le mouvement qui l'avait mise hors de danger. Quatre croix entrecroisées lacéraient son pourpoint. Face à lui, l'homme-fauve avait les poings posés haut contre son buste, griffes enfoncées jusqu'aux premières phalanges.

Transie d'effroi, Rose vit un flot de sang s'échapper du vêtement en lambeaux. L'indigène se mit alors à pilonner son rival d'une kyrielle de coups, cadencée d'atroces bruissements spongieux. Le comte tressauta à chaque impact, mais ne fit rien pour s'en protéger. Lorsque enfin les lames d'obsidiennes quittèrent son corps, il tomba à genoux parmi les débris de la table. Ses paupières clignèrent lentement sur ses yeux, à présent ternes et sombres. Baissant la tête vers son abdomen mutilé, il plaqua les paumes contre son ventre, comme cherchant à retenir la marée écarlate qui s'en écoulait.

Ses mains se gantèrent aussitôt d'un rouge sinistre. Rose le vit relever le nez vers son bourreau, ainsi qu'elle l'avait fait un peu plus tôt, les traits empreints d'une semblable résignation.

Elle chancela.

Artus ne pouvait pas tomber. Pas lui. Pas comme ça.

L'indigène ouvrit les bras comme un aigle déploierait ses ailes, armant un coup létal.

— *Fuyez, Rose... vite...*

Fuir ? Et l'abandonner ici ? Le livrer... à la mort ?

Un chœur de clameurs tonitruantes éclata soudain sous son crâne.

— *JAMAIS !*

Ses iris d'ambre se muèrent brusquement en une mer de braises. Les plaintes de son corps meurtri disparurent, consumées par le volcan de fureur qui se déversa dans ses veines. Puis de monstrueux bûchers naquirent dans sa tête, réduisant son raisonnement à néant.

Son âme résonna alors d'un unique appel. La créature tapie au fond de son être surgit hors de son repaire, crachant une fumée aussi noire que les abysses qui l'avait vue naître.

Tandis que les griffes de l'indigène amorçaient leur descente, Rose se laissa posséder par la bête et fusionna avec elle... Les lames d'obsidiennes furent abruptement stoppées, emprisonnées par une poigne à la vigueur colossale. L'homme-fauve posa des yeux incrédules sur la furie qui se tenait maintenant entre lui et sa proie. Tous crocs dehors, Rose saisit l'indigène à la gorge et l'arracha du sol. De son autre main, elle le força à rabattre quatre de ses vilaines griffes. Le bras de l'indigène ploya si fort que l'os se fendit en deux morceaux, lesquels crevèrent la peau et jaillirent à l'air libre. Un quart de seconde plus tard, les pointes acérées du gantelet s'enfonçaient dans le ventre de leur propriétaire.

L'homme poussa un cri perçant.

Usant de ses forces nouvelles, la comtesse le projeta à travers la pièce. Après un bref trajet aérien, son adversaire alla s'encastrer dans un robuste bahut. Il se redressa immédiatement, mais, si son attitude demeurait combative, l'expression de son regard, elle, trahissait une peur certaine.

Faisant mine de bondir sur sa gauche, il changea de direction et fonça vers les portes avec une fabuleuse prestesse. Rose l'intercepta peu avant qu'il y parvienne, les mains plaquées sur son buste nu. D'une seule poussée, elle le renvoya à son point de départ. L'indigène manqua de s'affaisser dans les restes d'un meuble. Il se retint au mur, aggravant la fracture qui déformait son avant-bras, puis vociféra quelque chose que la comtesse n'écouta pas.

Son regard venait de tomber sur Artus. Affaissé au sol au milieu d'une mare de sang, bras pressés contre le ventre, son mentor agonisait…

À l'intérieur de sa tête, Rose entendit la créature hurler, et ses lamentations torturées pulvérisèrent sa raison. Sa détresse ne connut plus de limites. Délirant d'horreur, elle tourna vers l'assassin des yeux démesurés, où crépitaient tous les feux de l'enfer.

Venu de nulle part, un vent brûlant se leva soudain sur la grande salle.

L'air se chargea aussitôt d'une nuée de débris qui voletèrent en tous sens, ricochant contre les parois de la pièce en tourbillons furieux. Malmenée par ce souffle démoniaque, la chevelure de l'infante éplorée monta vers le ciel.

Tandis que l'indigène, affolé, reculait de plusieurs pas, Rose cessa d'appartenir à cette terre. Dévorée de désolation et de haine, elle lâcha sur le monde les spectres ondoyants qui infestaient son esprit. Les tableaux et tapisseries qui ornaient encore les murs s'enflammèrent à l'unisson dans un effroyable ronflement. Puis une chaise encore intacte s'alluma comme une torche. Dans l'âtre, le feu se raviva d'une flambée haute comme un homme. Trois fauteuils à proximité quittèrent le sol, transformés en projectiles incandescents. Allant se fracasser contre le plafond, ils dégringolèrent sur le parquet en une pluie de flambeaux. Paniqué, l'homme-fauve fila vers les fenêtres.

Rose le suivit des yeux…

Un amas de débris s'embrasa tout à coup, dressant une barrière de feu entre l'indigène et sa destination. Ce dernier s'arrêta *in extremis*, manquant de verser dans les flammes.

— *TLEIN TICNEQUI?* rugit-il à l'adresse de Rose.

En guise de réponse, une brusque rafale le balaya, incendiant une mèche de ses cheveux. Instantanément, il fit pleuvoir sur sa tête une myriade de claques, mais, lorsqu'il parvint à en éteindre les flammes, la moitié de son crâne était déjà rendu à l'état de cuir calciné. La peau couverte d'une sueur grasse, il battit en retraite vers le mur, jetant autour de lui des coups d'œil angoissés. La seule issue qui n'était pas gardée par les flammes passait par la furie vengeresse dressée à quelques mètres de lui.

Laquelle furie se mit en route, le rictus porteur de supplices. L'indigène découvrit les crocs dans un feulement rageur. Le visage empreint d'une détermination sauvage, il se redressa de toute sa taille et se jeta dans une charge rien moins que foudroyante. S'arrachant du sol à mi-chemin de son adversaire, il fondit sur elle, torse bombé, bras largement déployés. S'immobilisant au sommet d'un monticule de bois, Rose tendit une main vers l'homme-fauve.

L'espace d'un instant, le temps sembla s'arrêter…

Puis toutes les fenêtres de la pièce éclatèrent simultanément, soufflées par une bourrasque titanesque. Fauché en plein vol, l'indigène alla s'écraser contre la croix de poutres noircies qui traversait le mur derrière lui. Il y resta collé quelques secondes, telle une grotesque parodie christique, puis glissa au sol, où il se démena vainement.

Changé en torche vivante, il n'était plus qu'à peine visible sous le brasier qui le rongeait. Rose laissa mollement retomber son bras le long de son corps, fascinée par ce terrible spectacle. Les cris atroces du supplicié dominèrent la nuit, atténuant un peu sa frénésie destructrice.

Autour d'elle, tout n'était plus que fumée et flammes.

Des brandons incandescents parcouraient la salle en tous sens, allumant partout de nouvelles flambées.

Même le plafond brûlait.

Le grand lustre doré qui naguère trônait au-dessus de la table se détacha brusquement, emmenant dans sa chute un gros morceau de poutre carbonisée. L'ensemble s'écrasa à moins d'un mètre de Rose, qui n'esquissa pas un geste. Peu lui importait que le manoir s'effondre. Cela semblait être au contraire une sépulture idéale… Hagarde, elle se demanda si elle parviendrait à embraser la totalité de la demeure. Comme dans son esprit se formait l'image d'un titanesque bûcher, elle leva le visage vers les cieux orangés qui grésillaient au-dessus de sa tête…

Les hurlements de l'indigène stoppèrent alors, au beau milieu d'une pointe particulièrement assourdissante. Pivotant vers lui, Rose le vit s'effondrer lourdement sur le parquet. Une boule de flammes chuta tout à côté, puis roula à l'écart d'un petit mètre.

Sa tête venait d'être tranchée. Décontenancée, la comtesse fouilla les environs du regard. Elle repéra près de la dépouille une silhouette en partie masquée par les flammes. Tout d'abord, elle crut à une hallucination. Puis les bribes d'un délicieux parfum lui parvinrent, et elle comprit que ce n'était pas une chimère.

Les mains crispées autour d'une épée à courte lame, le teint terreux et l'air exténué, son mentor regardait le cadavre brûler. La mystérieuse tourmente qui hantait la pièce retomba tout d'un coup. Dans les iris de Rose, la mer de lave s'éteignit. Une seconde plus tard, Artus lâchait son arme pour recevoir son infante entre les bras. Il appuya la joue contre sa tempe avec un profond soupir et l'étreignit un court instant, avant de s'écarter :

— *Il faut sortir d'ici, ou nous disparaîtrons pour de bon.*

Ayant encore peine à comprendre qu'il était bien là, son infante opina fébrilement. Artus la prit alors par la main et l'entraîna vers les fenêtres.

Comme elle se laissait guider au milieu des dizaines de petits bûchers qui parsemaient la pièce, Rose accrocha du coin de l'œil le corps d'Hilda. Sa joie se gâta d'une ombre. La pauvre petite n'avait pas mérité ce sort. Pas plus qu'elle ne méritait d'être réduite en cendres.

Elle s'arrêta.

—*Je ne veux pas la laisser ici*, songea-t-elle.

Le comte suivit la direction de son regard. Après une brève hésitation, il obliqua vers la petite. Ils la rejoignirent en un instant. Rose s'occupa d'enlever la poutrelle qui gisait en travers de ses jambes, puis Artus la souleva de terre, se fendant d'un fugitif tic de douleur.

Ils mirent ensuite le cap sur la fenêtre voisine. Après avoir chassé les derniers fragments de verre, Rose se hissa prestement sur le montant et se laissa choir de l'autre côté. Artus fit passer la servante inanimée par-dessus le rebord, jusque dans les bras de Rose, après quoi il sortit à son tour dans le jardin. Sitôt fait, il confisqua à son infante la charge qu'elle tenait pourtant sans mal, puis s'éloigna de la fournaise, Rose sur les talons. Lorsqu'ils se furent écartés d'une bonne cinquantaine de mètres, il déposa la servante dans l'herbe. Il y resta lui-même agenouillé quelques instants, passablement essoufflé, les bras arc-boutés sur ses cuisses.

Alarmée, son infante approcha.

—Je vais bien, assura le comte en se relevant. Je suis juste un peu… fatigué…

Rose baissa les yeux sur le pourpoint de son mentor. À travers les vêtements lacérés, l'on voyait affleurer à son buste une succession d'effrayantes plaies noirâtres et enflées. Son habit était encore couvert du sang qui s'en était déversé. Pourtant, ces entailles semblaient à présent bien refermées. Interdite, elle examina la joue d'Artus. Les stries qui la barraient, laissées par les griffes de l'indigène, avaient quasiment disparu.

— Ne vous souciez pas, insista le comte d'une voix cependant lasse. Ces blessures ne représentent plus un danger.

— Mais... je vous ai vu tomber... j'ai vu les flots de sang sourdre de ces immondes entailles. Comment...

— Pour les nôtres, il n'y a nulle plaie mortelle. Nulle maladie. Les faiblesses des hommes ne nous affectent pas.

Les traits de Rose se brouillèrent tandis qu'en elle s'élevait une vague de colère indignée.

— Vous m'avez pourtant sommé de fuir ! s'insurgea-t-elle. Si vous saviez pouvoir guérir, au nom de quelle cruauté m'avez-vous laissée croire que vous étiez perdu !

Artus la couva d'un regard si intense que son indignation retomba comme un soufflet.

— Parce que c'était le cas, dit-il.

Posant les yeux sur son habit en charpie, le comte frôla son ventre écorché du bout des doigts.

— Ces entailles étaient très sévères. À cause d'elles, j'ai perdu beaucoup de sang. Beaucoup trop pour être encore en mesure de me défendre seul. Si vous n'aviez trouvé la force de me secourir, ce sauvage m'aurait infligé la seule blessure dont nous ne saurions nous remettre...

Il releva la tête, l'expression empreinte d'une extrême gravité. Ses yeux trouvèrent ceux, écarquillés, de son infante. Celle-ci se souvint alors comme il avait offert le cou aux griffes de l'indigène, tandis qu'il l'enjoignait de fuir. Comprenant enfin à quelle sorte de blessure il faisait allusion, elle se couvrit la bouche d'une main. L'effroi rétrospectif d'une telle issue lui fit monter les larmes aux yeux.

— Seigneur, bredouilla-t-elle.

— Laissez-le en dehors de cela. C'est à vous seul que nous devons cet heureux dénouement, *lady*…

Ils s'observèrent longuement, semblant tous deux sur le point d'ajouter quelque chose. Pendant une minute, l'on n'entendit plus que le vacarme ronflant de l'incendie, ainsi que le charivari de la garde et des domestiques ayant entamé contre lui un combat acharné.

— Qu'en est-il de vos blessures ? s'enquit enfin le comte. Souffrez-vous ?

Dans un premier temps, Rose ne sut pas de quoi il était question. Puis elle se remémora ses propres plaies. Stupéfaite, elle se palpa le dos d'une main.

Quelques centimètres au-dessus de sa taille, à droite de son épine dorsale, elle rencontra le relief accidenté de tissus cicatriciels. Un triangle approximatif marquait l'endroit où le pieu avait traversé son dos. Tout autour, le satin de sa robe était raidi de sang séché.

— Je ne me souviens pas d'avoir fait cela, murmura-t-elle.

— L'important est que vous l'ayez fait, *lady*.

Comme elle s'auscultait l'abdomen en quête d'une quelconque trace de la souffrance qui l'avait habitée, son regard tomba derechef sur les affreuses plaies zébrant le ventre d'Artus. Son esprit régurgita alors le cauchemar qui avait troublé son sommeil ces dernières semaines.

Elle se figea, noyée dans un chaos bouillonnant d'émoi et d'incompréhension.

— Pourquoi avez-vous fait cela ? souffla-t-elle.

— Quoi donc ?

— Prendre le coup à ma place.

Elle leva sur son mentor un visage blême. La mine tirée, ce dernier pinça légèrement les lèvres.

— Ces entailles m'étaient destinées ! insista-t-elle. Je devais les recevoir, c'était écrit ! J'en ai même rêvé !

Le complet ahurissement qui se peignit soudain sur les traits d'Artus la réduisit toutefois au silence. Jetant un bref coup d'œil à la servante étendue dans l'herbe, le comte attrapa son infante par le bras et l'entraîna à l'écart de quelques mètres supplémentaires :

— Qu'avez-vous dit ? Vous prétendez avoir rêvé de cela ?

— Oui…

— Quand ?

Rose fit un effort de mémoire.

— Je crois que, la première fois, ce fut la nuit de notre départ pour Boissy.

— La première fois ? répéta Artus. Il y en eut d'autres ?

— Oui… de nombreuses autres… pourquoi ?

— Racontez-moi, exigea-t-il.

Déconcertée par son agitation, la jeune femme dut détourner les yeux pour parvenir à rassembler ses pensées.

— Ce fut toujours le même songe, commença-t-elle. J'étais à genoux, les mains sur le ventre, et je sentais une atroce douleur.

— Vous vous voyiez, vous, Rose, à genoux ? l'interrompit son mentor.

— Non, non. Je sentais que j'étais agenouillée, mais je ne me voyais pas.

— Poursuivez…

— J'avais les mains pressées sur le ventre. Elles étaient rouges de mon propre sang. Je le voyais couler comme un ruisseau entre mes doigts, et j'avais terriblement mal. Cette souffrance était insupportable, je comprenais que mon corps était déchiqueté… alors il y avait ce hurlement. Une bête criait. Ensuite je voyais…

— … la bête accrochée à une croix de bois noir, coupa Artus. Puis une fleur. Une rose rouge, perdue dans la fournaise d'un vaste bûcher…

— Comment savez-vous cela ? fit Rose en reposant les yeux sur lui. Entendriez-vous mes rêves en plus de mes pensées ?

— Non point. En revanche, il semble que vous ayez entendu les miens.

L'énormité de cette réponse laissa la comtesse pantoise. Incapable de seulement amorcer un début de réflexion, elle se contenta de dévisager son mentor, bouche bée. Le front barré d'un pli anxieux, le comte l'observait avec une égale fixité.

— Ce songe que vous décrivez, voilà des mois qu'il me poursuit. Il me hantait déjà bien avant notre rencontre… Je ne savais ni pourquoi, ni quand, ni comment cela se produirait. Mais je savais que j'assistais là à ma propre fin… Puis le temps passa, et le massacre de nos servants débuta. Je commençais à percevoir que cela pouvait être lié. Des nuits durant, je ressassais ce cauchemar pour trouver un indice, un signe, n'importe quoi qui m'aiderait à comprendre. Rien n'y fit… jusqu'à ce soir-là, au bal du marquis de Jouars…

Le regard d'Artus se brouilla. Il y passa une lueur que Rose, à son grand dam, ne sut pas reconnaître.

— Lorsque je vous vis dans cette robe écarlate, un rubis ornant votre étonnante chevelure, je sus que je n'étais là que pour vous. Vous étiez la fleur de mes songes. La rose qui survivait aux flammes…

— Essayez-vous de me dire que vous m'avez damnée… pour un rêve ? souffla Rose, abasourdie, sourcils haussés dans un plissement chagrin.

Le comte ne répondit pas immédiatement. Perdu dans ses pensées, il détaillait son infante avec une curieuse acuité.

— Ne croyez pas que je connaissais l'exact déroulement des choses, chuchota-t-il enfin. Mes songes sont souvent mystérieux, je ne sais que ce qu'ils veulent bien me montrer.

Et, dans ce cas, vous en avez vu autant que moi… Je ne fus jamais certain de ce qu'il convenait de faire… Pourtant, il est une chose dont je fus sûr. Dès l'instant où nous nous rencontrâmes.

Son regard cessa d'errer sur le visage de Rose pour se river à ses yeux.

— Vous avez quelque chose de particulier. Quelque chose… d'obscur. De secret… Un fragment de mystère que je ne parviens pas à percer, mais que je sais primordial.

Après tous les maléfices dont elle avait été témoin, toutes les aberrations qu'elle avait affrontées, Rose n'aurait pas dû être déconcertée par cette allégation.

Mais elle le fut néanmoins.

S'évertuant de garder la maîtrise de ses nerfs gravement éprouvés, elle passa sur son front une main tremblotante.

— Artus, ce que vous dites là est absurde. Vous…

— Je suis un devin, l'interrompit-il.

Rose ferma les yeux, frappée de saisissement.

— … Qu'avez-vous dit ?

— Vous avez entendu.

Une demi-minute passa, durant laquelle elle essaya de modérer son agitation.

— Est-ce grâce à cela que vous êtes venu à mon secours, ce soir ? bredouilla-t-elle, tâchant de reprendre pied.

— Oui. Comme nous chevauchions vers les bois, il me fut révélé qu'un grave péril vous menaçait. Aussi ai-je rebroussé chemin.

— … Puisque j'ai eu les mêmes rêves que vous, cela signifie-t-il que je suis moi aussi devineresse ?

— Je l'ignore… Lors de notre renaissance, nous nous voyons tous dotés de quelque aptitude. Une sorte de talent. Mais, en principe, il diffère en chacun de nous.

Rose songea à cette ouïe exceptionnelle qu'Artus ne semblait pas posséder. Puis le crépitement du manoir embrasé rappela à son souvenir un autre prodige, et jeta la confusion sur ses réflexions.

— Une aptitude ? fit-elle. Une seule ?

Le comte la considéra alors avec une telle sagacité que Rose crut son secret éventé. Honteuse, elle manqua de rougir.

— Pas toujours, admit-il. Il se raconte que certains d'entre nous reçoivent un second talent.

Bravant son embarras, Rose formula du bout des lèvres une nouvelle question :

— Pourquoi ceux-là, et non les autres ?

— L'on prétend que c'est le signe d'une haute génération…

Suspendue au regard perçant de son mentor, la comtesse se statufia. Les consignes d'Adelphe sur le sujet avaient été limpides : ce qui touchait aux questions de lignage, ou de génération, était sous le sceau d'un tabou absolu. L'impair qu'elle avait failli commettre avait marqué cette leçon au fer rouge dans sa mémoire. Toutefois, elle se rappelait aussi qu'avant de la mettre en garde, Adelphe lui avait expliqué que la force des leurs résidait dans la pureté du sang transmis du mentor à sa progéniture.

— L'on dit également qu'il s'agit du seul moyen de reconnaître un sang puissant, poursuivit Artus. Mais qui sait ce qu'il en est vraiment ? Ce secret est si bien gardé, et depuis si longtemps, que l'essentiel d'entre nous serait bien incapable de seulement supposer leur propre génération.

— … Croyez-vous cependant que certains la connaissent ?

— Il se peut.

Rose en resta sans voix.

En quelques phrases d'apparence anodine, le comte venait d'enfreindre l'intégralité des lois qui régissaient cette obscure société. Or, ce qu'il avait sous-entendu au sujet de ses aptitudes et de sa force était d'une terrible importance ; car quand bien même Rose ignorait encore tout des joutes d'influence qui agitaient ses pairs, elle comprenait ce qu'un savoir comme celui-ci représentait.

Elle sentit sa nervosité quadrupler. Ses pensées s'embrouillèrent. Pourquoi Artus prenait-il autant de risques ? Qu'était-elle donc à ses yeux qui vaille de s'exposer de la sorte ? Désemparée, elle secoua la tête dans une dénégation incrédule :

— Pourquoi faites-vous tout cela ? Ce que vous pensez voir en moi vous importe-t-il tant ?

— Vous n'avez pas conscience de votre puissance, répondit-il, soucieux. Comment le pourriez-vous ? Vous venez à peine de naître...

— Est-ce pour cela que vous vous êtes interposé entre moi et ce sauvage ? Pour protéger ce pouvoir ?

Artus la considéra en silence. Si son visage ne révéla guère plus que l'inquiétude qui y flottait déjà, le voile d'impassibilité qui couvrait d'ordinaire son regard se déchira brusquement, révélant un insondable chagrin.

— Votre existence était plus précieuse que la mienne, murmura-t-il.

Son infante prit une brusque inspiration, mais l'air lui parut soudain trop dense pour être aspiré. Elle l'avait qualifié d'insensible ; pourtant, l'affliction qui assombrissait ses yeux était un criant démenti à cette affirmation. Elle croyait n'être pour lui qu'une pièce sur l'échiquier de ses manigances ; pourtant, il était allé jusqu'à risquer sa vie pour préserver la sienne. Il s'était interposé sans l'ombre d'une hésitation, en dépit de la froide rudesse avec laquelle elle le traitait, nuit après nuit...

Les griefs qu'elle avait si voracement nourris contre lui s'étiolèrent un par un… Elle avait fait fausse route, et l'ampleur de cette méprise pesait sur son cœur comme jamais nulle ne le fit. Certes, elle ne comprenait pas davantage son mentor que la minute précédente, mais, dorénavant, elle ne pouvait plus prétendre que ses agissements relevaient d'une glaciale indifférence.

— De tous les mystères, vous êtes le plus impénétrable, Artus, dit-elle doucement. Sans doute vos desseins me resteront toujours une énigme… cependant, je n'oublierai jamais ce que vous avez fait ce soir…

Trop troublée pour poursuivre, elle se tut sur une esquisse de sourire affligé. La tension qui froissait les traits du comte se dissipa un tantinet, toutefois Rose le détailla avec anxiété. Sa peau, diaphane, avait perdu son éclat. De larges cernes bleuâtres soulignaient ses yeux, aux orbites plus creuses que d'accoutumée. Assurément, ses blessures l'avaient affecté plus qu'il n'avait voulu le reconnaître.

— Vous êtes éreinté, constata-t-elle.

— Je vais bien.

— Assez pour combattre ?

Artus répondit par une moue taciturne.

— Vous ne pouvez rester ainsi, ajouta son infante après un court instant.

— Cela ira, vous dis-je.

— Ah oui ? Que ferions-nous s'il en venait un autre ? Celui-ci n'était peut-être pas seul.

— En ce cas nous aviserions, *lady*.

Celle-ci poussa un petit soupir. Le comte ne pouvait partir chasser dans ces conditions, et elle savait qu'il refuserait de se nourrir de l'un de ses gens. Pourtant il était impensable de le laisser dans un pareil état d'épuisement. C'était bien trop dangereux.

Il ne restait donc qu'une seule possibilité.

— Mordez-moi.

Artus pivota vers son infante dans un tressaillement effaré. Rose, elle, parut plus sereine qu'elle ne l'avait été depuis longtemps.

— La chose est viable, n'est-ce pas ? s'enquit-elle.

— Rose, vous n'avez pas conscience de…

— Oui ou non ?

La fixant une seconde, son mentor hocha la tête à contrecœur.

— Alors faites-le.

— *Lady*, je vous assure que vous ne saisissez…

— Je n'en ai cure.

— Mais…

— Je me moque que cela soit interdit, ou que sais-je d'autre encore ! Suis-je claire ? Il faut que vous recouvriez des forces. Il le faut ! Or pour ce faire il n'y a qu'une façon. Je resterai donc sourde à vos protestations.

Joignant le geste à la parole, Rose rassembla sa chevelure entre ses mains et la fit passer sur l'une de ses épaules, dégageant l'accès à son cou. Une brève lueur passa dans les iris d'Artus, puis ses mâchoires se contractèrent et il détourna la tête.

N'écoutant que sa détermination, la comtesse s'approcha jusqu'à le frôler.

— Puisque je vous le demande, pourquoi refuser ?

— Parce que vous ignorez ce dont il est question.

— Soit. Expliquez-le-moi si vous y tenez.

Le comte observa une minute d'un silence austère, le regard planté sur le manoir, avant de se décider à parler :

— Entre deux des nôtres une morsure n'est plus seulement affaire de subsistance. Il s'agit d'un acte extrême, tant par la signification que par l'implication…

— Qui sont ?

— … Vous devez comprendre qu'il s'agit d'une pratique fort décriée. Vous ne pouvez l'envisager avec pareille insouciance.

— Vous ne m'avez toujours pas instruite du pourquoi…

— *Lady*, qu'il vous suffise de savoir que ces choses-là ne sont d'ordinaire jamais consenties, et moins encore tolérées.

« Ces choses-là » ? Rose fronça légèrement les sourcils, l'expression mêlée d'amusement et d'incertitude. Était-il possible que ce fût cette sorte de « choses » qui le perturbât autant ? Ne parvenant pas à trancher, elle décida de s'en assurer.

— Vous avez déjà eu mon consentement pour ces *choses-là*, susurra-t-elle en appuyant sur les deux derniers mots. Faut-il que je vous le renouvelle ?

Abandonnant enfin l'examen de sa demeure en flammes, Artus posa sur elle des yeux luminescents.

— Ce que vous suggérez serait plus étroit encore…

— Croyez-vous que je le redoute ?

Se fendant d'un sourire aérien, Rose mêla les doigts à la chevelure d'ébène de son protecteur et s'y s'attarda paresseusement. Un puissant ressac agitait à présent les océans d'émeraude qui la contemplaient.

— C'est dangereux, persévéra le comte.

— Pourquoi ? Craignez-vous de me vider de mon sang ?

— Non. Bien sûr que non.

— Comptez-vous me ravir mon pouvoir, alors ?

— Cela ne se peut, quand bien même le voudrais-je.

— Eh bien, de quoi vous défiez-vous si fort ?

Bien qu'Artus se tînt coi, Rose perçut dans son mutisme autant d'agitation que dans ses paroles. Elle s'abîma en conjectures brumeuses, cherchant à en deviner la raison, or l'entreprise constituait un défi qu'elle doutait de pouvoir relever. Elle n'en savait pas assez sur tout cela, à la différence de son mentor.

À moins que…

— Vous l'ignorez ? hasarda-t-elle.

Le comte soutint son regard, mais un tic d'agacement passa sur son visage. Ce fut assez pour Rose, désormais convaincue d'avoir vu juste.

— Je ne sais de quels périls l'on vous entretint, reprit-elle, mais vous n'avez rien à craindre de moi. Je serais bien incapable de vous faire le moindre tort. Vous le savez parfaitement.

— Là n'est pas la question.

— Au contraire. Si je ne suis pas une menace, il n'en va point de même du reste de ce monde infernal. Songez à ce qui adviendrait s'il surgissait un autre de ces sauvages… Vous ne pouvez vous en remettre à moi. Vous seul êtes capable de nous défendre d'eux.

Laissant courir ses doigts sur la nuque de son mentor, elle y exerça une douce pression tandis qu'elle-même inclinait la tête sur le côté.

— Allons, hâtez-vous. Nous n'avons déjà que trop tardé.

Passé une interminable seconde, elle le sentit enfin refermer les bras autour de sa taille. Puis son souffle frais vint flotter sur son cou…

Elle ferma les yeux.

Quatre épines d'émail d'une longueur effarante transpercèrent ses chairs. Elle s'accrocha aux épaules de son mentor avec un haut-le-corps, les traits empreints de douleur. Amarré à sa taille, Artus lui enserra la nuque d'une main, l'empêchant soudain de se soustraire à sa soif. Comme il aspirait avec un empressement fébrile, une goutte de salive s'échappa de ses lèvres. Indolente, elle glissa sur la gorge de ce sublime calice, jusqu'à disparaître dans l'échancrure de sa robe. Rose frissonna. La douleur régressait, supplantée par une extraordinaire vague de délice.

Alors que déferlait dans ses veines cet impétueux flot d'extase, son univers intérieur fut tout à coup dépouillé de sa gangue de ténèbres. Une symphonie de formes diaprées, auréolée de parfums capiteux, jaillit du néant. De ce débordement de couleurs naquirent les paysages les plus fous et les plus fascinants. Au comble de la béatitude, Rose voulut se fondre dans leur beauté gracile, mais un voluptueux murmure s'éleva depuis les rives de sa conscience, dominant le récital de ses sens. Envoûtée par ce chant, elle se détourna de l'éden pour le suivre…

S'enfuyant devant elle, l'obsédant chuchotis l'entraîna toujours plus loin par des immensités cotonneuses et blanches. Lorsque enfin il lui permit d'approcher, ils avaient de longtemps dépassé les frontières de ce monde.

Comme elle cherchait à l'effleurer, il vint lentement flotter autour d'elle. Tout de douceur, il épousa les méandres de son âme, qu'il enveloppa d'une aura caressante. Bientôt les cieux vibrèrent de ses soupirs alanguis, échos de son exquise audace. Enivrée, Rose s'abandonna à sa convoitise et le laissa pénétrer au plus profond de son être. Son esprit s'emplit alors de lascives évocations, d'une intensité telle qu'elles consumèrent sa raison. Sous ses paupières closes, ses prunelles s'évasèrent puissamment, ne laissant de ses iris qu'un mince anneau de lave incandescente…

L'univers se lézarda.

L'espace et le temps se morcelèrent. Les dimensions distordues se confondirent en une brume écarlate, dont les volutes sinueuses s'enroulèrent autour de leurs êtres enchevêtrés. Il n'y eut plus de réalité que dans cette union, si ardemment désirée.

Ils étaient au cœur de tout, et toute chose les contenait.

Pourtant, la brume de leur éther commença à se dissiper. Dans les trouées vaporeuses qui se formèrent ci et là parurent d'étonnantes chimères. Évanescentes et frêles, ces images se mirent à accompagner leur sulfureux voyage...

Tel cet interminable désert de sable, battu par les vents, où des cohortes de soldats suant sous leurs heaumes, leurs hauberts et leurs surcots s'enfonçaient jusqu'aux genoux... Ou cette bannière d'azur parsemée de croisettes d'or, au centre de laquelle deux poissons se tournaient le dos. Ou ce bivouac saccagé et son parterre de cadavres, lardés de flèches, pourrissant au soleil...

Ce visage flou se penchant, sur fond de nuit étoilée... Les remparts ocre d'une ville surplombant terres arables et dunes d'un vaste littoral. Cette ruelle étroite et poussiéreuse, par une nuit sans lune. Les restes épars d'un petit corps, gisant dans les gravats...

Les voiles gonflées de vent d'un impérieux navire. Un chevalier à la cape blanc sale, cousue d'une croix rouge vermeille... Une belle jeune femme aux cheveux noirs, vêtue d'un long surcot vert, toute transie de terreur. Une large tour ronde, coiffée de créneaux, montant à l'assaut du firmament. De la rocaille grisâtre et moussue maculée de sang frais...

Puis ce fut elle... Rose... Parée de sa dispendieuse tenue de bal, entourée d'une foule floue et terne comme une antique peinture dont les couleurs auraient passé, elle dansait au bras d'Adelphe une gracieuse pavane. Gagnée par un indéfinissable trouble, Rose chercha à retenir cette vision, mais les vapeurs écarlates où elle baignait commencèrent à s'éparpiller, révélant les murs d'un palais colossal.

La façade d'un bleu exubérant était percée d'une nuée de fenêtres blanches, rehaussées chacune d'étincelantes enjolivures dorées. À intervalles réguliers, de fins pilastres immaculés, couronnés d'or, montaient soutenir la balustrade d'albâtre qui gardait le toit. Toutefois, Rose eut à peine le temps d'admirer cette merveille d'architecture, car une violente tempête de neige s'abattit soudain sur le palais et n'en laissa plus rien apercevoir…

Une silhouette émergea du rideau de flocons. Il s'agissait d'un cavalier sur son cheval. Emmitouflé sous une épaisse cape de fourrure, il dirigeait sa monture d'une seule main. Ses cheveux d'un blond pâle et lumineux comme un soleil d'hiver tombaient sur ses épaules en mèches légères. Parvenu juste devant elle, le cavalier se tourna pour faire signe à la colonne qui le suivait. Rose entraperçut sous sa cape ce qui paraissait être un uniforme bleu sombre, ainsi que le fourreau ouvragé d'un sabre, puis la neige se leva de nouveau et le déroba à sa vue…

À sa place fleurit une curieuse petite chose de tissu plissé. La fanfreluche, toute ronde, présentait une série de cercles concentriques, de teintes et épaisseurs différentes. Le premier cercle, large, était bleu. Le suivant, très mince, était blanc. Le troisième, de nouveau large, était rouge. Enfin, le cercle central, plus étendu que tous les autres, était également blanc. Comme Rose s'interrogeait sur sa signification, un sabot crotté vint s'abattre sur le ruban, qui disparut, englouti par une flaque de sang… Immédiatement, la flaque se changea en mare, puis la mare en rivière. Alors les pourtours d'un immense étendard se dessinèrent dans les remous ensanglantés. Au milieu de cette bannière parut un cercle blanc, frappé d'un symbole noir. Cet emblème, sorte de croix aux quatre branches en équerre, éveilla en Rose une angoisse qu'elle ne put s'expliquer. Mais déjà l'étendard s'éclipsait, absorbé par la noirceur de sa propre marque…

Des ténèbres émergèrent les murs humides et gris d'une pièce vide. Depuis le plafond tombaient deux sinistres chaînes, lesquelles entravaient un homme vêtu seulement de longues et lâches chausses noires qui lui descendaient jusqu'aux chevilles. Dos tourné, tête basse, il était affaissé sur ses jambes et pendait, bras en croix, au bout de ses liens. Des poignets à la ceinture sa peau était couverte de vilaines entailles, qui pour certaines saignaient encore…

Puis les chaînes semblèrent soudain s'affiner. Les maillons s'éclaircirent, devinrent dorés. À leurs extrémités il n'y eut bientôt plus de prisonnier, mais un superbe médaillon d'or. Le disque central, orné d'un jaspe rouge parfaitement poli, était entouré d'épais et tortueux rayons de métal. Rutilant comme le soleil à l'image duquel il était taillé, le pendentif oscillait paisiblement. La douce clarté qui en émanait rappela à Rose les premières lueurs d'une aube d'été. Nostalgique, elle resta à le contempler, tandis que la lumière s'intensifiait…

Elle ne ressentit aucune douleur lorsque sa peau, chauffée à blanc, se mit à cloquer. Elle ne s'alerta qu'en entendant le funeste grésillement qui s'en échappait. Cependant il était déjà trop tard. La lumière avait tout avalé.

Il n'y avait plus rien. Ni personne.

Elle flottait, seule, dans une infinie blancheur…

Quand cette abominable clarté s'éteignit, Rose songea que ses globes oculaires avaient dû brûler eux aussi. Elle ne comprit qu'elle se trompait que lorsqu'elle sentit un vent chaud et nauséabond s'engouffrer dans ses cheveux.

Rouvrant les yeux sur le jardin, elle s'éveilla de sa transe comme l'on s'éveille d'un long cauchemar…

Il lui fallut un petit instant pour se souvenir du lieu où elle se tenait, et de la raison pour laquelle elle s'y trouvait. Elle porta une main à son front avec un faible grognement. Voilà longtemps qu'elle ne s'était sentie à ce point étourdie. Son corps était si gourd qu'elle aurait juré avoir passé des heures dans cette curieuse léthargie. Bien entendu, ce n'était pas le cas. Au-dessus de sa tête, la nuit était toujours aussi noire. D'ailleurs, elle se tenait encore entre les bras d'Artus. Il n'avait dû s'écouler qu'un bref moment. Précautionneusement, pour ne pas aggraver ses vertiges, Rose tourna la tête vers son mentor. Il la contemplait, l'air grave et absorbé. Toute trace de la lutte passée avait disparu de son visage. Son teint avait recouvré fraîcheur et éclat. Seule demeurait dans son regard une parcelle de l'affliction qui y avait transparu.

— Comment vous sentez-vous ? demanda-t-il d'une voix plus profonde encore que d'ordinaire.

— Cela ira, éluda la jeune femme. Qu'en est-il de vous ?

— Je vais bien.

— Êtes-vous sûr d'avoir assez bu ?

— Certain. Avec la sève des nôtres, il suffit de peu pour être rassasié.

— Bien, soupira Rose en baissant le nez.

Elle avait peine à rassembler ses idées, son esprit était encore encombré des images qui avaient peuplé sa transe. Celles-ci avaient été à ce point déconcertantes qu'elles avaient en grande partie occulté la voluptueuse rêverie qui les avait précédées.

Que tout cela pouvait-il bien signifier ?

Par exemple, qui était cette jeune femme à la robe d'un autre âge ? Et pourquoi lui avait-elle semblé si familière ? D'où venait ce cavalier singulièrement vêtu ? À qui appartenait cet affreux étendard au symbole noir ? Autant de questions auxquelles elle ne pouvait répondre et qui semaient un inexprimable désordre dans ses réflexions. Selon ce qu'Artus avait prétendu, et d'après ce qu'elle savait à présent d'elle-même, elle ne partageait probablement pas son talent de divination. Or, dans ce cas, d'où sortaient ces visions ? Cela avait-il un lien avec les dangers que son mentor avait évoqués ? Avait-il également vu quelque chose ?

Résolue à lui poser la question, elle releva la tête. Mais, avant qu'elle ait pu formuler le moindre mot, il posa ses lèvres sur les siennes. Si le cœur de Rose n'avait déjà été inerte dans sa poitrine, il aurait cessé de battre à cet instant. Désorientée, elle se crut retournée à ses grisantes chimères. Cependant, la densité du corps qu'elle sentait sous ses doigts la ramena à la stupéfiante réalité.

Artus l'embrassait.

Ses paupières tombèrent sur ses yeux voilés d'amour.

Elle lui rendit son baiser avec ferveur. Si bien que ses mains, s'affranchissant de sa volonté, passèrent sous les vêtements déchiquetés de son mentor pour aller s'ébattre sur sa peau, à présent vierge de toute cicatrice. Il l'étreignit alors avec une telle tendresse que Rose en fut immensément perturbée. Il était si facile de se croire aimée quand il la serrait ainsi. Si facile d'oublier que ce n'était qu'illusion, lorsqu'il se faisait si langoureux…

Pourtant elle connaissait ce mensonge, elle s'y était déjà écorchée. Alors pourquoi diantre ne pouvait-elle s'empêcher d'espérer ? Pourquoi ne trouvait-elle pas la force de le rejeter aussi durement qu'elle l'avait été ? Finalement Artus avait eu raison de la prendre en pitié. Elle était le misérable otage d'un culte destructeur, et il était son cilice. Les tourments infligés se mesuraient à l'aune de son amour pour lui, irrépressible et tyrannique, quand bien même elle se devinait à nouveau manipulée…

De grosses larmes perlèrent à ses cils et dévalèrent ses joues en larges sillons.

Le comte resserra encore son étreinte. Sa bouche était si veloutée, ses baisers si fiévreux… Elle aurait donné n'importe quoi pour que jamais ce moment ne s'arrête…

Hélas ! sur un dernier frôlement, Artus quitta ses lèvres. Doucement, il glissa jusque sur sa joue, contre laquelle il murmura :

— Merci…

Rose émit un petit rire étranglé, qui sonna presque comme un sanglot.

— Merci ? fit-elle. Pour quoi ? Pour être faible, ou pour être stupide ?

Son mentor s'écarta quelque peu pour pouvoir la regarder, sans pour autant la laisser aller. La mine ternie par une évidente mélancolie, il essuya ses pleurs d'une caresse.

— Voilà deux qualificatifs qui n'ont assurément rien de commun avec vous, *lady*…

Un avis que l'intéressée était bien loin de partager. En vérité, l'incommensurable dépit qui lui nouait la gorge n'avait d'égal que le mépris qu'elle s'inspirait. Car quelles que fussent les raisons qu'Artus avait d'agir, quels que fussent les motifs de sa tristesse, Rose savait parfaitement qu'il n'éprouvait pas pour elle ce qu'elle éprouvait pour lui.

— Vous me jouez une bien cruelle comédie, souffla-t-elle.

Un fin sillon creusa le front du comte. Son regard, ombreux, se fit abyssal.

— Cela n'a rien d'un jeu, *lady*.

Rose baissa la tête, avec aux lèvres un sourire sans joie. Soit, cela ne le distrayait peut-être pas. Néanmoins, il usait de son charme sans vergogne. Pourquoi s'en priverait-il, après tout ? Cela fonctionnait si bien… Puis ne l'avait-il pas prévenue qu'il ne la laisserait pas partir ? Il poursuivait un but. Voilà tout. Quant à elle, elle ne faisait que se languir. Et puisqu'elle le voulait si fort qu'elle était incapable de le repousser, elle s'estimait par conséquent aussi blâmable que lui.

— Je ne vous veux aucun mal, ajouta Artus à mi-voix.

— Je le sais…

Plutôt que de s'écarter comme le bon sens l'exigeait, son infante se pressa contre lui et nicha le visage au creux de son cou.

— Je le sais, répéta-t-elle, bouleversée au-delà de l'exprimable. Vous m'aurez au moins convaincue de cela…

Elle ferma les yeux, chassant sur ses joues de nouvelles gouttes d'amertume. Elle le sentit alors incliner la tête vers la sienne et s'y appuyer délicatement. Puis, pour la seconde fois de la soirée, elle l'entendit soupirer. C'était un soupir contenu, à peine audible, mais un soupir tout de même. Étrangement, il ne semblait pas plus disposé qu'elle à mettre un terme à cet enlacement. En fait, elle le crut même sur le point de parler… avant qu'un toussotement ne vienne brusquement rompre leur fragile harmonie.

Se redressant, ils se tournèrent vers l'origine du son. À plusieurs mètres d'eux, dans l'herbe, Hilda roula sur le côté. Aussitôt, Rose quitta les bras de son mentor pour aller s'agenouiller au chevet de la miraculée. Celle-ci promenait alentour des yeux vitreux, cherchant visiblement à se repérer. Quand elle accrocha la silhouette d'Artus, qui approchait à son tour, son expression se brouilla.

— Tout va bien, assura Rose. Vous êtes hors de danger.

Tout en prononçant ces mots, elle avisa la plaie qui s'ouvrait sur l'épaule et le cou de la jeune fille. Elle réprima une grimace. Hilda n'était peut-être pas si sauve que cela, à bien y réfléchir. Avertie par ce regard, la servante fit mine de porter la main à sa blessure. Rose l'en empêcha.

— Mieux vaut ne point y toucher…

Hilda ne répliqua pas. Son bras retomba dans l'herbe. La pauvre petite paraissait lutter pour seulement rester consciente. Inquiète, Rose leva le nez vers le comte, à présent debout auprès d'elle.

— *Que pouvons-nous faire ?* songea-t-elle à son intention.

— *Olaf s'en occupera à son retour.*

— *Ne pourrions-nous lui prodiguer quelques soins, en attendant ?*

— *Si, bien sûr,* lady.

Artus contourna la jeune fille et mit un genou en terre. En quelques gestes adroits, il la cala dans ses bras, puis il se releva et mit le cap sur la porte principale. Son infante lui emboîta le pas. Prenant soin de rester à bonne distance du manoir, ils entreprirent de traverser le jardin.

Tandis qu'ils avançaient, Rose risqua un coup d'œil vers la bâtisse. Elle découvrit que l'incendie avait atteint le premier étage. Partout d'effrayantes langues de flammes surgissaient des fenêtres brisées et s'élevaient à l'assaut du ciel, secondées par d'épaisses colonnes d'une fumée noire. Consternée, elle se demanda si son exploit allait emporter la totalité de la demeure.

— *Si tel est le cas je la ferai rebâtir*, entendit-elle Artus murmurer à son esprit. *Ce ne serait pas la première fois.*

— *Je suis désolée…*

— *Ce n'est rien,* lady. *Vous avez fait ce qu'il fallait faire. Ne vous torturez pas.*

Rose ne répondit pas. Évidemment, le comte avait raison, néanmoins, cela ne la consolait guère. Elle aurait préféré pouvoir renvoyer ce feu aux enfers d'où elle l'avait tiré. Comme elle se faisait cette réflexion, les flammes lui furent masquées par l'angle du bâtiment qu'ils venaient juste de dépasser.

Quelques enjambées plus tard, ils atteignirent la grande allée. Une nuée de gardes et de serviteurs s'y agitaient dans un brouhaha indescriptible. Se passant des seaux d'eau tirés du puits situé à l'arrière de la demeure, ils se hélaient et s'agitaient en tous sens.

Ils avaient établi sur le bas-côté du chemin une sorte d'hôpital de fortune. Des servantes en larmes et des laquais noirs de suie y étaient étendus. Certains toussaient si fort qu'on les eût cru sur le point de rendre leurs poumons. D'autres présentaient contusions et plaies à divers endroits du corps. Et d'autres encore, moins bien lotis, arboraient de sérieuses brûlures. Un hallebardier ayant troqué son arme pour un seau d'eau et une louche leur tenait lieu de médecin. Allant de blessé en blessé pour leur donner à boire, il s'évertuait à les réconforter de son mieux.

En entendant les lamentations de ces malheureux, Rose prit brusquement la mesure de ses actes. Elle cessa d'avancer, horrifiée par la vastitude de son propre égoïsme. Pour venger la perte d'un seul être, elle avait manqué d'en sacrifier des dizaines…

— Mon seigneur ! s'exclama-t-on. Vous êtes là ! Le ciel soit loué ! On était presque sûrs de vous avoir perdu !

— Comme vous voyez je vais bien, capitaine, répondit Artus, occupé à déposer Hilda près d'un laquais éclopé.

— On fait not'possible, mon seigneur, mais j'ai bien peur que le manoir ne flambe en entier avant que'l'jour vienne…

— Ne vous souciez pas de cela, fit le comte en se relevant. En revanche, je veux que vous alliez tout de suite au village et que vous rameniez l'inciseur qui y réside ces jours-ci. Tâchez aussi de trouver un médecin, ou faites-en quérir un.

— Oui mon seigneur.

L'homme fit demi-tour et s'éloigna au pas de course vers les écuries.

— Capitaine !

Ce dernier se retourna, attendant le complément d'ordre qui ne manquerait pas de suivre.

— Prenez mon cheval.

L'homme hocha la tête, et s'en fut. Dès qu'il eut tourné le dos, Rose posa sur son mentor un œil inquiet.

— Il ira plus promptement sur ma monture, expliqua Artus.

— N'ira-t-il pas précisément un peu trop vite ?

— Non, il sait très bien ce qu'il a à faire.

— Le capitaine ? s'étonna Rose.

— Le cheval, rectifia Artus en lui décochant un sourire malicieux.

Un demi-sourire naquit sur les lèvres de la gracieuse infante. Celui du comte s'accentua, creusant davantage les délicieuses fossettes de ses joues. Il y avait longtemps que Rose n'avait eu le plaisir de lui voir cette expression. Le bonheur que cela lui procura relégua au second plan l'écrasant poids de sa culpabilité. Puis un laquais se mit à expectorer à grand bruit, et la ramena à ses turpitudes. Elle pivota vers les blessés, l'air de nouveau catastrophée.

— C'est par ma faute que ces gens souffrent…

— Lady, *ne dites pas de telles choses à haute voix*, l'enjoignit Artus dans le secret de sa tête.

— *Que je les taise ne les rendront pas moins vraies…*

— *Je m'assurerai que ces gens soient bien soignés.*

— *Et s'il y en a qui périssent, les ramènerez-vous à la vie ?* rétorqua sèchement Rose.

Le comte se fendit d'une petite moue.

— *Je comprends votre désarroi*, songea-t-il. *Néanmoins, vous ne devriez pas vous juger si sévèrement.*

— *Pourquoi cela ?*

— *Votre pouvoir s'est manifesté dans la détresse, il est normal que vous n'ayez pu le maîtriser.*

— *Je n'ai pas même tenté de le contenir*, confessa Rose. *À dire vrai, si vous ne vous étiez relevé, je… j'aurais…*

— *Je sais*, l'interrompit Artus.

Son infante tourna vers lui un visage altéré par la honte et l'abattement.

— *Comment ai-je pu me montrer si indifférente ?*

— *Vous étiez accablée.*

— Ce n'est pas une excuse, se borna-t-elle, retournant sans s'en apercevoir à une élocution traditionnelle.

— À mes yeux c'en est une. Cependant, nous ferons en sorte que cela ne se reproduise pas. Du moins, pas de cette façon.

— Comment ferons-nous cela ?

— *En vous apprenant à domestiquer votre talent.*

— Je ne suis pas sûre de le vouloir…

— *Il le faudra pourtant,* lady. *Sinon, lors de votre prochaine colère, vous risqueriez de laisser échapper quelques flammes. Or, compte tenu de vos fréquents emportements à mon endroit, je crains de partager sous peu le sort de mon manoir…*

Rose émit un hoquet outragé. Elle s'apprêtait à se lancer dans d'énergiques protestations lorsqu'elle avisa le sourire espiègle fiché aux coins des lèvres du comte.

— Vous êtes impossible ! s'insurgea-t-elle, rougissante. Comment pouvez-vous badiner de la sorte alors que vos gens sont blessés, et que votre demeure brûle !

— Épargnez-moi le couplet sur le monstre insensible, voulez-vous ? riposta crûment son mentor en la clouant du regard, son sourire soudain envolé. Je l'ai assez entendu…

S'empourprant de plus belle, Rose fut partagée entre indignation et malaise.

— Je vous le concède, je n'ai nullement l'intention de geindre sur une poignée de coupures et de poutres calcinées, puisque c'est à cela que je dois d'être encore là, poursuivit vivement Artus. Tenez-moi rigueur de ma gratitude si cela vous chante, mais n'attendez pas que je me joigne à ce concert de dénigrements. Car, selon moi, vous ne méritez aucun des reproches que vous vous faites.

Rose le dévisagea, à court de mots. La reconnaissance qu'il exprimait était sincère. Elle n'aurait su dire pourquoi elle en était convaincue, mais il ne subsistait pas le moindre doute dans son esprit. Le crépitement d'un galop frénétique s'éleva alors par-delà le vacarme ambiant. La comtesse pivota pour voir passer le capitaine de la garde, perché sur la superbe monture de son maître.

— Il sera vite au village, commenta Artus, qui avait suivi son regard. Les soins suivront sous peu.

Son infante reposa les yeux sur lui, et, tandis qu'elle regardait son profil se découper dans la lueur des torches, sa tête s'emplit d'un curieux bourdonnement. Les paroles introuvables quelques instants auparavant se bousculèrent tout à coup à ses lèvres.

Elle crispa les mâchoires.

Inutile de s'humilier…

Ravalant péniblement ses mots d'amour, elle se détourna pour lui cacher son désarroi. Précaution qui se révéla superflue, puisque le comte choisit ce moment précis pour s'éloigner vers un petit groupe de gardes posté non loin de là.

Rose resta figée une pleine seconde, puis elle rejoignit Hilda, et s'agenouilla à son côté.

Le hallebardier avait couvert la blessure d'un morceau de linge, vraisemblablement prélevé sur une robe ou quelque autre vêtement. La jeune fille transpirait abondamment, et présentait un teint à faire peur. Sous ses paupières closes, l'on pouvait voir ses yeux bouger de droite et de gauche en tressautements sporadiques. Usant d'un coin de sa manche, Rose épongea le front et les tempes de la servante.

Elle connaissait à peine cette petite, pourtant elle se sentait plus proche d'elle que de quiconque ici-bas. Car, comme elle, elle avait été plongée d'autorité dans ce monde infernal. Comme elle, elle servait des desseins dont elle ignorait tout. Et, comme elle, elle s'était entichée d'un homme qui ne lui retournerait jamais son affection…

Cependant, en comparaison d'Hilda, avait-elle le droit de se plaindre ? À la différence de la jeune fille, Rose n'était l'esclave de personne, si ce n'était de son propre cœur. Elle menait une vie confortable, sous l'égide d'un tuteur prévenant. Protégée et choyée, elle n'était jamais contrainte à quoi que ce fût.

Un sort enviable aux yeux de beaucoup.

— Mademoiselle ? brailla dans son dos une voix entre mille reconnaissable. Ah ! mademoiselle, je vous croyais déjà rôtie !

Rose jeta un œil par-dessus son épaule. Les yeux écarquillés et sensiblement trop humides, Jacques fendait la foule pour rejoindre sa maîtresse.

— Quand j'ai vu qu'vous étiez pas dehors avec nous autres, j'ai tout fait pour venir vous chercher, mademoiselle, débita-t-il. Mais ces satanés plantons m'en ont empêché !

— Ils ont eu raison, affirma la comtesse tandis que son serviteur contournait Hilda pour se placer en face d'elle. Qu'espériez-vous faire dans cette fournaise ? Brûler avec le reste ?

— S'il avait fallu, oui, bougonna le serviteur.

— Je vous sais gré de votre abnégation, Jacques, mais je vous préfère sain et sauf. Du reste, M. le comte était déjà venu à mon secours.

— On m'avait dit que monsieur était entré, mais… comme je le voyais pas revenir…

— Eh bien, voyez, nous sommes tous deux en pleine santé. Ne vous inquiétez plus.

— Que s'est-il passé, mademoiselle ? s'enquit Jacques sur un ton circonspect. J'étais aux cuisines quand j'ai vu accourir les autres. J'ai rien su à part qu'il fallait décamper en vitesse, que le manoir était en feu.

— Une bête sauvage s'est introduite dans la grande salle.

— Une bête ? répéta Jacques, soupçonneux. Sauf votre respect, je ne connais point de bête qui crache le feu, mademoiselle…

— Et vous n'en rencontrerez point, certifia Artus en s'arrêtant aux pieds de la servante blessée.

Rose leva le nez vers lui. Ils échangèrent un bref regard, puis le comte se tourna vers le valet.

— La bête s'est enflammée tandis que nous la repoussions vers l'âtre, poursuivit-il avec aplomb. Dans sa frénésie, elle embrasa ensuite la nappe de la grande table, et plusieurs tapisseries.

Jacques posa sur le maître des lieux un regard inquisiteur. Il se fendit d'une grimace pour le moins sceptique.

— Pis vous allez me dire que ça, fit-il en donnant un coup de menton en direction du pourpoint déchiqueté, vous vous l'êtes fait en vous échappant par la fenêtre ?

— En effet, confirma paisiblement Artus.

— Mmm… Si vous le dites…

Désavouant son assentiment, Jacques darda sur sa maîtresse un œil réprobateur. Bien entendu, il n'était pas dupe de ce mensonge, pour la bonne raison que personne ne cherchait réellement à le lui faire croire.

— Narrer cette histoire aux autres domestiques ne ferait que les apeurer, indiqua Rose. Vous le comprenez sans doute ?

— Oui, mademoiselle. Je comprends, marmotta son laquais, de plus en plus grognon. Mais s'ils s'interrogent, que faudra-t-il dire ?

— Cela, c'est mon affaire, trancha Artus.

Au milieu d'eux, Hilda s'agita. Une fois encore, elle chercha à toucher sa blessure. La comtesse intercepta sa main et l'obligea gentiment à la rabattre en la maintenant entre les deux siennes.

— Que lui est-il arrivé ? demanda Jacques.

— La bête l'a attaquée, fit sobrement sa maîtresse. Elle, ainsi qu'un laquais qui avait accouru... Mais lui n'a pas survécu.

— *Lady*, vous serez sans doute heureuse d'apprendre que ce laquais semble être le seul de mes gens qui manque à l'appel, l'informa le comte.

— Vraiment ? Est-ce certain ?

— Tout à fait.

Rose poussa un long soupir. La conscience allégée d'un pesant fardeau, elle reporta son attention sur Hilda...

Il fallut près de deux heures pour que le maître de cette dernière reparaisse au manoir, accompagné de la délégation Oström et Arimath. Entre-temps, la garde avait réussi à contenir l'incendie. Le manoir flambait toujours, mais seule une moitié de la demeure était touchée. L'autre partie, étonnamment, était indemne. Toutefois, le spectacle n'en était pas moins effarant pour qui le découvrait. À l'instar d'Adelphe, par exemple. Infiniment soulagée de le retrouver sain et sauf, Rose le vit sauter de cheval pour aller à la rencontre de son frère.

— Que s'est-il passé ici ? s'écria-t-il, atterré, tandis que les autres cavaliers ayant participé à la battue posaient pied à terre.

— Nous avons eu quelques démêlées avec une créature sauvage, expliqua posément son aîné.

La mine un rien décousue, Adelphe se mit à fouiller l'assemblée des yeux. Il ne s'arrêta que lorsqu'il rencontra le regard ambré de leur protégée.

— Moi qui croyais que vous vous étiez défilé, persifla Olaf en approchant des frères d'Holival.

— Rien de curieux à cela, Olaf, la réflexion n'est pas votre fort…

— Peut-être n'aurais-je pas formulé ces réserves si vous ne m'en aviez pas donné toutes raisons, *jarl* Artus !

— Je n'avais guère le temps de bavarder, comme vous le voyez.

— Ce que je ne vois point, en revanche, c'est par quel miracle vous sûtes qu'il vous fallait revenir…

— N'avez-vous pas de servant, Olaf ?

Le vieil Oström lança à Adelphe un regard en dessous.

— Le vôtre était avec nous, lança-t-il.

— *L'un* des miens, corrigea Artus.

Rose, toujours agenouillée auprès d'Hilda, assistait à la scène avec irritation. Bien qu'elle se demandât si ce que son mentor sous-entendait était exact, son esprit était avant tout préoccupé par le sort de la jeune fille, dont personne ne semblait se soucier.

— Si ces messieurs ont terminé leur causerie, peut-être daignera-t-on secourir la damoiselle ? lança-t-elle d'une voix aigre.

Olaf pivota dans sa direction, ses petits yeux méchants réduits à deux minces fentes. Malgré son flagrant déplaisir, il mit le cap sur sa servante et s'accroupit à son côté. Après avoir jeté un bref coup d'œil à la ronde, il porta son poignet à ses lèvres, le mordit vigoureusement, puis le colla contre la bouche d'Hilda. Un sang épais commença à dégoutter sur le menton de la jeune fille, sans que celle-ci parût réagir.

Se penchant sur elle, Rose passa une main sous sa nuque et lui souleva doucement la tête.

— Buvez, Hilda. Cela vous aidera…

La petite entrouvrit les yeux pour la première fois depuis qu'on l'avait allongée sur l'herbe. Rose esquissa un sourire, mais la servante n'eut pas le temps de le voir, ses paupières s'étant déjà refermées. Elle se mit néanmoins à boire, laborieusement. De sa main libre, Olaf souleva alors le bandage placé par le médecin sur la blessure de la jeune fille. Le laissant retomber avec une grimace de mécontentement qui porta Rose au comble de l'exaspération, il leva sur cette dernière un œil fielleux.

— Qu'avez-vous fait ? grinça-t-il.

— J'ai sauvé sa tête au détriment de son épaule. Vous auriez peut-être préféré le contraire ?

Olaf ne proféra pas un son, mais son expression parla pour lui. La comtesse soutint son regard, décidée à faire savoir à ce rustre que désormais il n'y aurait pas qu'Artus pour lui tenir tête.

Ce fut Hilda qui mit un terme à cette joute muette en se détournant du poignet offert. Se redressant sur-le-champ, son maître s'en fut rejoindre le comte de Janlys sans plus se préoccuper d'elle. La place laissée vacante par le vieil Oström fut instantanément comblée par son infant, Magnus. Lequel se montra bien plus compatissant que son mentor.

— C'est l'un d'eux qui a fait cela ? interrogea-t-il à mi-voix.

— Si vous entendez par là l'un de ceux qui vous ont entraînés loin d'ici, je pense que la réponse est oui.

— Je ne me figurais pas que le péril pourrait venir jusqu'ici…

— Personne n'y avait songé, fit Rose. Hormis Adelphe peut-être.

Ce dernier se tenait à quelques mètres d'eux, accaparé par un groupe de domestiques fort nerveux qu'il s'évertuait à calmer. Comme elle l'observait, Rose entrevit les silhouettes d'Artus et d'Olaf dans les interstices laissés par la foule. Ils s'éloignaient vers un coin retranché du jardin. Apparemment, ces messieurs souhaitaient garder leur entretien hors de portée des oreilles indiscrètes. Prenant soin de reposer les yeux sur Hilda pour ne pas attirer l'attention, Rose s'attacha à isoler la voix de son mentor du tohu-bohu environnant.

— Après combien de temps ? demandait-il.

— Très peu. Ils nous attendaient, cela ne fait aucun doute.

— Le surnombre ne les effraya pas ?

— Ai-je dit qu'ils avaient donné l'assaut ? Ils nous guettaient, certes, mais pour nous faire courir ! Ils nous ont promenés, les bougres ! L'affaire aurait été promptement réglée si nous n'avions tant peiné à les rattraper.

— Véloces, donc, nota Artus.

— Très.

— Comment vous y êtes-vous pris pour les rejoindre ?

— Si vifs fussent-ils, ils ne purent éviter tous nos carreaux, pavoisa Olaf. Nous avons fini par les ralentir assez pour leur mettre la main dessus. Lorsque ce fut fait, l'affrontement proprement dit fut étonnamment long pour le peu qu'ils étaient. Je ne sais ce qu'il en fut du vôtre, mais ceux que nous avons combattus se sont à plusieurs reprises changés en une sorte de gros lion tacheté.

— Le nôtre également.

— Impressionnant, n'est-ce pas ?

— Assez.

— Sous cette forme ils semblent plus rapides encore. Puis leur morsure est terrible, l'un d'eux a percé le crâne de Piotr comme s'il s'était agi d'une motte de beurre ! Enfin, quoi qu'il en soit, nous avons eu le dessus.

— Aucun d'eux n'a survécu ?

— Aucun de ceux que nous avons pourchassés. Néanmoins, il pourrait y en avoir d'autres, embusqués quelque part.

— Possible, en effet…

Durant quelques minutes, l'infante Arimath ne perçut plus que le brouhaha de la foule.

— Vous conviendrez comme moi qu'il s'agit d'une nouvelle maison, reprit Artus, austère.

— Hélas ! déplora Olaf.

— Il va donc nous falloir en informer les autres.

— Que suggérez-vous ? Convoquer un concile ?

— Non. Je n'aurais pas le loisir de m'y rendre, et moins encore de le préparer.

— Ni moi non plus.

— Je pensais user de l'ancienne méthode…

— Un héraut ?

— Oui.

— Bien… mais je n'enverrai personne en terre Pa-Nek ! décréta Olaf.

— Toujours cette vieille histoire…

— Si vous supportez leur suffisance, *jarl* Artus, grand bien vous fasse ! Mais aucun des miens ne tolérera plus d'être traité de la sorte ! Vos terres sont les plus proches des leurs, vous connaissez Satchedet, chargez-vous-en !

— « Connaître » est un bien grand mot. Enfin, soit, j'enverrai quelqu'un à Alexandrie. En contrepartie, vous préviendrez les Kojiin.

— Si je les trouve, maugréa Olaf.

— Leur discrétion ne fait pas d'eux des imbéciles. Ils se laisseront approcher dès qu'ils verront le héraut.

— Cela vaudrait mieux car nous ne nous fatiguerons pas à les chercher.

— Vous gagneriez beaucoup en apprenant la patience, Olaf…

— Et vous en apprenant à tenir votre rang ! aboya le vieil Oström.

— Ces débordements de vanité impressionnent peut-être votre tribu de barbares, mais cela ne donnera rien avec moi, riposta Artus sur un ton doucereux qui ne présageait rien de bon.

— Comment osez-vous !

— Je n'accepte pas plus que vous d'être insulté, aussi je vous conseille pour la toute dernière fois de maîtriser vos saillies. JE suis l'Héritier Arimath, que cela vous plaise ou non. Je suis ici pour traiter avec mon égal, et non pour subir les radotages d'un Ancien bouffi d'orgueil. Soit vous le comprenez une bonne fois pour toutes, soit vous perdez irrémédiablement votre seul allié…

Un lourd silence tomba entre les deux hommes. Pour tromper sa nervosité, Rose se remit à éponger le front de la servante blessée.

— Votre prédécesseur n'était pas si irrévérencieux, pesta finalement Olaf d'une voix rauque.

— Mon prédécesseur était d'un rang supérieur au vôtre. Disons plutôt que vous n'osiez pas lui parler sur ce ton.

La comtesse se détendit. Comme le soir où Olaf avait inopinément surgi dans la maison de Darnétal, la conversation était houleuse mais la tempête semblait rester au large.

— Que faisons-nous des Lamies ? s'enquit l'Oström après quelques secondes de silence supplémentaire.

— Peu m'importent ces chiens galeux.

— Là-dessus nous sommes d'accord.

— Reste cependant à définir le message que nos hérauts porteront.

— Eh bien, ce devrait être concis, n'est-ce pas ?

— Certes. Nous savons d'ores et déjà d'où ils viennent, et quelles sont les aptitudes de leur maison.

Rose tiqua. De quelles aptitudes Artus parlait-il ? Aurait-il omis de lui dévoiler certaines choses ?

— Il est étrange qu'ils en aient fait étalage si rapidement, remarqua Olaf.

— Je ne vois rien de surprenant à cela. Nous sommes certainement pour eux une plus grande découverte qu'ils ne le sont pour nous.

— Cela ne les aura pourtant pas empêchés de nous défier !

— Nous aurons mérité leur courroux d'une quelconquc façon...

— Comment ?

— Je l'ignore, affirma Artus.

Son infante esquissa un sourire. Il lui plaisait que le comte ne dise mot des écrits qu'Adelphe avait trouvés, ni de cet énigmatique érudit pour qui l'émissaire avait œuvré en secret.

— Que dirons-nous de leur incursion, dans ce cas ?

— Rien, répondit tranquillement Artus. À quoi bon discourir sur ce qui nous échappe ?

— Vous ignorez donc pourquoi l'un d'eux vint jusqu'à votre manoir ?

— Hélas, je n'en ai pas la moindre idée. Et vous ?

La jeune femme ne put s'empêcher d'admirer le flegme et le naturel avec lesquels Artus mentait. Bien sûr qu'il se doutait de pourquoi l'homme-fauve avait fait irruption au manoir, puisque Rose lui avait fait part de ses déductions à ce sujet. Elle lui avait mentionné les deux statuettes pendues à la ceinture du sauvage, et l'emplacement vide qui paraissait destiné à en accueillir une troisième. Elle lui avait confié son absolue conviction quant à la similitude entre ces effigies et celle qu'Artus avait dérobée. Enfin elle lui avait expliqué que, selon elle, les hommes-fauves savaient que l'idole était au manoir, et qu'ils avaient mis au point un stratagème pour pouvoir la récupérer. Théorie qu'Artus se révéla avoir formulée de son côté, et qu'il pensait lui aussi fort plausible.

— Non, je n'en sais rien non plus, admit Olaf.

— Bien. En ce cas, le moment est venu de nous séparer.

— Un instant... Vous n'avez dit mot de votre victorieux combat contre le sauvage, jarl Artus. Pourquoi cela ?

— Je n'en voyais pas l'utilité. Mais je vous écoute, que voulez-vous savoir ?

— Eh bien, pardi, comment l'avez-vous occis ?

— Avec de la persévérance, et l'aide de la providence.

— Qui fut ?

— Qui fut que je parvins à le projeter dans l'âtre. Pourquoi croyez-vous que ma demeure flambe ? souligna Artus. En cherchant à éteindre son pelage, il alluma partout des brasiers.

— Est-ce pour cela que vous avez quitté votre pourpoint ?

Rose jura intérieurement. Son mentor s'était bel et bien défait de son vêtement déchiré pour enfiler une chemise de toile défraîchie, empruntée à la réserve du corps de garde. Elle n'aurait pas cru que le vieil Oström puisse relever pareil détail.

— Je me suis approché trop près. Mon habit a pris feu.

— Je vois...

— D'autre vaine curiosité ou en avons-nous terminé ? questionna le comte, placide.

— Vous prenez grand soin de cette jeune fille, madame.

Rose tressaillit.

Elle avait été si absorbée par la conversation qu'elle n'avait pas vu Adelphe s'accroupir auprès d'elle. Elle se tourna vers lui avec un sourire d'excuse :

— Pardonnez-moi, j'étais dans mes pensées. Vous disiez ?

— Vous êtes fort prévenante avec cette demoiselle.

— C'est qu'elle paraît si fragile… Puis il faut bien que quelqu'un s'en soucie puisque son maître n'en a cure, ajouta Rose avec aigreur, après s'être assurée que Magnus n'était plus dans les parages.

— Olaf n'est guère porté sur la compassion.

— Quel est donc son domaine ?

— Les batailles, les conquêtes, et tout ce qui implique de défendre l'honneur de son clan.

— Un butor, renifla la belle infante, dédaigneuse.

— Il n'en est pas moins à la tête des Oström, madame. C'est leur *Könungr*, leur roi… aussi… tâchez d'être prudente à l'avenir.

— J'ai surpris sans le vouloir une bribe de discussion entre ces messieurs, éluda la comtesse en jetant un regard en direction du groupe d'Oström. Il y était question de rang. J'ignorais qu'ils étaient titrés. Où se trouvent leurs domaines ?

Adelphe ébaucha un sourire.

— Non, madame, ils ne sont pas titrés, rectifia-t-il.

— Ah ? Cependant, je suis certaine qu'ils parlaient de rang, mentit Rose derechef.

— Cela est fort possible, oui, mais il ne s'agissait pas de ce rang-ci.

— Vraiment ? De quel autre alors ?

Les yeux vagues, le jeune homme prit un instant de réflexion avant de répondre.

— Vous savez que notre monde est régi par des usages différents de ceux que vous connaissez. Le rang, pour nous autres, ne concerne en rien un éventuel titre… Il résulte du temps que chacun a déjà passé à arpenter cette terre. Plus ce temps est long, et plus le rang est important…

— Pourquoi ?

— Parce qu'à l'inverse des hommes, nous nous renforçons avec les années.

— Est-ce à dire que pour nous vieillesse rime avec puissance ?

— C'est cela. Bien que le temps ne confère pas plus de ressources que l'on en a reçu, l'on apprend à en tirer davantage, et à en user avec efficience.

— Vous semblez en parler fort librement, observa Rose. Cela n'est-il pas tenu secret, ainsi que le reste ?

— Non point. Le rang est la seule chose que l'on soit libre d'évoquer sans crainte… N'en soyez pas surprise, madame. Dans ce monde aussi l'on éprouve le besoin de se mesurer à autrui, de savoir qui est insignifiant, ou qui est influent. Faute de connaître le véritable pouvoir de ses pairs, l'on essaie au moins d'apprendre de qui l'on est supposé se méfier.

Rose opina, pour moitié absorbée dans ses réflexions. Cet univers était retors et inhospitalier. Il paraissait cohérent que quiconque lui survive longtemps soit considéré comme habile, et donc potentiellement dangereux.

— S'il est permis de le savoir, me direz-vous quel est le rang du sieur Sigurdsson ? reprit-elle, en quête de confirmation.

— Olaf est ce que l'on appelle un « Ancien ».

C'était bien le terme qu'Artus avait employé. Ainsi donc, lorsqu'on atteignait la cinquantaine, âge que Rose estimait être celui du seigneur Oström, l'on était considéré ancien. Qu'en était-il de quelqu'un de plus jeune ?

— Et monsieur votre frère ? s'enquit-elle de nouveau.

— Artus est un Initié, le rang inférieur.

Elle arbora une lippe dubitative. Environ vingt ans séparaient les deux hommes ; si cela ne représentait qu'un rang d'écart, cette échelle de préséance ne devait guère compter beaucoup de barreaux. Mais, outre cela, quelque chose dans cette hiérarchie la chiffonnait davantage.

— Ainsi, selon ce que vous me dites, j'aurais moi aussi le rang d'Initiée, fit Rose, songeuse. Car Artus ne me précède en âge que de quelques années, je crois ?

Le jeune M. d'Holival éclata d'un petit rire que l'on aurait presque pu qualifier d'attendri. Puis, s'inclinant vers son interlocutrice, il murmura :

— Ne vous fiez pas à ce que vos yeux voient, madame.

— Allons bon ! Le comte ne doit pas avoir beaucoup plus de trente ans.

Adelphe lui lança un regard aigu et tellement sibyllin que la comtesse se mit à douter de son assertion. Sur un ton beaucoup moins assuré, elle demanda :

— J'ai raison, n'est-ce pas ?

— Oui... et non. Mon frère comptait trente-trois années lorsqu'il bascula dans cet autre monde. Or cela, madame, c'était il y a fort longtemps...

— Que voulez-vous dire ? fit-elle, gagnée par l'anxiété. Quel âge a-t-il ?

Le jeune homme se fendit d'une moue penaude.

— Mieux vaudrait patienter encore avant de savoir cela, conseilla-t-il. Artus vous en parlera de lui-même lorsque le moment sera venu.

Cette aimable pirouette conforta Rose dans son appréhension. Effrayée, elle tourna la tête vers son mentor. Ce dernier avait rejoint les autres Arimath qui, depuis leur arrivée au domaine, patientaient sagement au pied de leurs montures.

— Les faiblesses des hommes ne nous affectent pas, chuchota l'infante, se remémorant les paroles que le comte avait prononcées plus de deux heures auparavant. Nulle plaie, nulle maladie…

Elle s'interrompit, pétrifiée d'effarement, tandis que l'inadmissible évidence se faisait enfin jour.

— Nulle vieillesse, balbutia-t-elle. Seigneur, alors nous sommes…

Se désintéressant de ses congénères, Artus lui décocha soudain un regard perçant.

— *Immortels*, acheva-t-il.

Chapitre 13

Une succession de chocs creux emplit sa tête. Rose grommela entre ses dents. On aurait dit que quelqu'un martelait une porte de coups de poing. Était-ce un nouveau rêve ?

On cogna derechef, avec plus de fermeté.

— Artus ?

Le néant se retira peu à peu, ainsi qu'une marée descendante.

— Vous m'entendez ?

La jeune femme entrouvrit le rideau de ses paupières. Il régnait dans la pièce une clarté bleuâtre, ce qui signifiait que l'antre était toujours plongé dans une complète obscurité. Elle était allongée sur le couvre-lit, de côté, et tout habillée. Face à elle, également étendu sur le flanc, et lui aussi vêtu de sa tenue de la veille, dormait Artus.

Lorsque les Oström avaient quitté le manoir, la nuit précédente, l'incendie était éteint. Néanmoins, il avait encore fallu s'échiner pendant des heures pour s'assurer que nulle braise ne couvait plus, et que la demeure ne risquait pas de se remettre à brûler durant le sommeil de son propriétaire. Puis les maîtres des lieux, secondés par la comtesse, avaient aidé à aménager un nouvel espace pour les domestiques, dont le quartier avait été entièrement réduit en cendres. Après quoi seulement ils purent regagner le sous-sol, où ils s'entretinrent un moment avec Adelphe, fort soucieux d'entendre ce qui s'était passé au manoir pendant qu'il traquait les hommes-fauves dans les bois. Quand ils s'étaient enfin séparés, l'aube était presque là. Aussi avaient-ils fini par s'allonger tout habillés sur le lit, rattrapés par le sommeil.

— Artus, réveillez-vous ! appela-t-on depuis la porte close.

Les yeux toujours fermés, le comte fronça les sourcils. Il ôta maladroitement le bras qu'il avait passé autour des hanches de son infante, puis roula sur le dos.

L'huis résonna d'un nouveau chapelet de coups.

— Artus !

— Oui, oui, oui, marmonna l'intéressé. J'ai entendu, Adelphe, arrêtez ce raffut…

Le tapage s'arrêta aussitôt, bien qu'il y ait peu de chance qu'Adelphe ait effectivement perçu la voix de son frère. Ce dernier avait dû lui faire savoir d'une autre manière qu'il était éveillé.

— *Qu'y a-t-il ?* songea Rose, encore trop assoupie pour parler.

— *Rien de grave. Reposez-vous,* lady. *Le soleil n'est pas couché.*

Le comte s'assit pesamment au bord du lit. Après quelques secondes d'inertie, il mit finalement pied à terre et gagna la porte, qu'il déverrouilla. Adelphe parut dans l'encadrement.

— Ne pouviez-vous entrer plutôt que de tambouriner de la sorte ? l'admonesta son aîné en guise de salut. C'est pour cela que je vous ai fait faire une clef, non ?

— Eh bien, je ne savais si…

Le jeune homme n'alla pas au-delà, cependant le coup d'œil qu'il jeta à Rose se révéla assez explicite pour qu'il n'y ait pas nécessité d'insister.

— Que nous vaut ce réveil précoce ? interrogea Artus.

— Nous avons de la visite.

— Ce ne pouvait-il attendre ?

— Il a déjà patienté la moitié de la journée, il n'est pas en état d'attendre plus longtemps.

— Qui est-ce ?

— Le serviteur de l'émissaire.

Adelphe déplia sans attendre la vaste cape de velours noir qu'il tenait sur le bras, et en drapa les épaules de son frère. Artus s'y emmitoufla, puis s'engagea dans le long corridor. Le jeune homme l'imita sitôt qu'il eut refermé la porte de l'antre. Rose tenta de se redresser, mais son corps lui fit l'effet d'un bloc de pierre. Tandis qu'elle réitérait l'expérience, elle se focalisa sur les pas qui s'éloignaient vers le rez-de-chaussée.

— Quand est-il arrivé ? demanda Artus.

— Peu après le dîner. Ce sont les gardes qui me l'ont amené. Il s'est pratiquement évanoui en arrivant au portail.

— Cela fait bientôt six semaines que son maître a disparu. Je m'étonne qu'il ait survécu jusqu'ici...

Rose tâcha de rassembler ses pensées. Ce qu'elle savait de l'émissaire disparu, et très probablement mort, était assez succinct. Cet homme avait été choisi parmi les Oström pour être envoyé au Nouveau Monde, où il devait œuvrer dans l'intérêt conjoint de deux clans : le sien propre, et celui d'Artus. Or, dès son retour, son trajet vers Paris avait été émaillé de sauvages et fatales agressions, dont seuls les Oström avaient été victimes. Pour finir, il y avait de cela quelques semaines, ce fut l'émissaire lui-même qui s'évapora tandis qu'il séjournait dans la capitale.

Adelphe s'était alors rendu dans l'antre du disparu, sur l'instigation de son frère, et dans le plus grand secret. Là-bas, il avait déniché une sorte de journal que l'homme avait tenu. L'émissaire y relatait ses recherches, effectuées pour un certain « érudit », pour le compte duquel il avait aussi dérobé une tablette de pierre gravée. Tablette qu'il avait ramenée en Europe et confiée au mystérieux personnage. Bien qu'Olaf l'ignorât encore, les frères d'Holival pensaient que ce vol était à l'origine des multiples assassinats qui avaient frappé les Oström.

Et voilà qu'aujourd'hui, le serviteur de l'émissaire disparu se présentait au manoir, porteur d'informations qu'Adelphe avait jugées assez sérieuses pour les tirer du sommeil avant que le soleil fût tout à fait couché.

Dans un grommellement, Rose parvint enfin à s'arracher au matelas. Elle voulait assister à cet entretien, d'une façon ou d'une autre. La démarche poussive, elle se mit en route vers la porte.

— Par précaution, je lui ai fait raconter une partie de son histoire, expliquait Adelphe comme il aidait son frère à monter l'escalier. Mais il ne s'ouvrira qu'à vous des motifs de sa visite.

— Il est bien singulier qu'il soit venu ici, plutôt que de se rendre chez Olaf comme il aurait été normal de le faire…

Rose ôta la clef de la serrure où son mentor l'avait laissée, puis, une fois sortie, verrouilla la porte derrière elle. Elle entreprit de remonter le couloir, petit pas par petit pas, se tenant au mur pour ne pas tomber. Jamais marcher ne lui avait demandé tant d'efforts. Il lui semblait qu'Atlas lui-même pesait sur ses épaules pour l'empêcher d'avancer.

Au-dessus, le bruit s'était arrêté. Les frères d'Holival devaient être parvenus sur le palier. La comtesse perçut le chuintement moelleux d'une étoffe que l'on manipule, puis ils se remirent en mouvement. Comme ils s'engageaient dans le second couloir, Rose, elle, atteignit l'orée de l'escalier. Elle leva sur les marches un visage un tantinet trop pâle. La montée n'était pas encore entamée qu'elle la fatiguait déjà. Avec un soupir résigné, elle colla une épaule contre le mur et commença à grimper.

L'ascension fut entrecoupée de courtes pauses, Rose se trouvant parfois dans l'incapacité de se mouvoir. Toutefois, elle réussit à son tour à rallier le rez-de-chaussée. Consciente que l'entretien ne tarderait pas à débuter, elle traversa aussi vite qu'elle put le second couloir, et déboucha au pied de l'escalier d'honneur.

La lumière du couchant la frappa de plein fouet.

Instantanément, une vive sensation de brûlure monta des pans de sa peau qui n'étaient pas couverts par sa robe. Aveuglée, elle recula avec un cri de surprise et, dans sa hâte, trébucha sur sa robe. Elle s'étala lourdement sur le dallage, captive d'un rectangle de clarté orangée. Roulant sur le flanc, elle se ramassa sur elle-même, la tête dissimulée derrière ses bras serrés. Sur son visage et sa gorge la brûlure diminua, mais elle amplifia sur ses mains et ses poignets, à présent exposés. Puis son corps se couvrit de sueur, et commença à s'ankyloser. Elle comprit que, si elle ne regagnait pas l'obscurité au plus vite, elle serait dans l'impossibilité de s'extraire de cette chausse-trappe. Se tournant vers le couloir qu'elle venait à peine de quitter, elle entreprit de ramper dans sa direction.

Ce fut alors qu'un ange de ténèbres étendit ses ailes. Conjurant la lumière, il la couvrit de son ombre bienfaisante.

Rose cessa d'avancer.

Une épaisse cape tomba sur son buste et l'enveloppa d'un cocon de noirceur pelucheuse. Tandis qu'on la soulevait du sol, elle se pelotonna sous l'étoffe. Fermement maintenue par celui qu'elle devinait être Adelphe, elle voyagea vers une autre partie de la demeure. Une porte claqua bientôt derrière eux, comme refermée d'un coup de talon, puis elle fut déposée sur un fauteuil.

— Vous pouvez vous montrer, madame, l'encouragea le jeune homme. Vous êtes à l'abri maintenant.

Encore sous le choc, la comtesse rabattit néanmoins la cape sur ses épaules. Des taches de lumière blanche dansaient gaiement devant ses yeux, si bien qu'elle dut ciller plusieurs fois avant de réussir à distinguer les environs.

Elle se trouvait dans un cabinet d'assez petite taille, aux murs ornés d'une toile bleu sombre. L'unique fenêtre de la pièce était dissimulée par un lourd rideau, qui laissait cependant filtrer une lueur diffuse. Les frères d'Holival se tenaient debout auprès de la jeune lady, postés chacun d'un côté du fauteuil où elle était assise. Le seul autre siège que contenait la pièce était occupé par un inconnu, d'aspect souffreteux, et autour duquel flottait une légère aura glacée.

Comme Rose se tournait vers son mentor, celui-ci posa un genou à terre et se mit à l'examiner.

— Que s'est-il passé ? marmotta-t-elle.

— Vous vous êtes exposée à la lumière, lui répondit Artus tout en ouvrant la cape pour observer sa gorge. Heureusement, nous vous avons entendue crier.

— Je ne comprends pas…

— Nous appartenons à la nuit, *lady*.

— Oui, je sais cela, s'impatienta Rose. Vous me l'avez déjà dit, nous nous couchons à l'aube et nous éveillons à la tombée du jour.

— Et en aucune circonstance nous ne devons nous montrer à la face du soleil, ajouta Artus.

— Que dites-vous ?

— La lumière du jour nous est fatale, reformula-t-il.

Rose se statufia, ce qui permit à son mentor de terminer en toute quiétude l'examen de ses brûlures.

— Cela ira, décréta-t-il en se redressant. Quelques cloques, rien d'inquiétant. Ce sera guéri dans quelques nuits.

— Comment cela, « quelques nuits » ? Pas avant ?

— La marque du soleil nous est difficile à effacer, *lady*. Dans certains cas, cela s'avère même impossible.

— Quoi ? Mais… Mais je ne savais rien de tout cela ! s'écria-t-elle. Pourquoi ne m'avez-vous pas prévenue ?

— Parce que vous n'auriez jamais dû pouvoir vous lever, avoua Artus, un brin irrité.

— Je ne l'aurais pas fait si j'avais su ce que j'encourais !

L'inconnu prit soudain une bruyante inspiration, coupant court à l'algarade. Les frères d'Holival s'entre-regardèrent une seconde, puis Artus pivota vers le malingre serviteur. Voyant qu'il avait enfin l'attention du maître des lieux, ce dernier se mit à fourrager sous sa chemise. Il en sortit un petit paquet qu'il posa sur ses genoux pointus.

— Mon maître m'a envoyé vers vous, mon seigneur. Il m'a confié cela avant que nous ayons atteint les rivages espagnols, fit-il en tapotant son ballot d'une main osseuse. Il ne voulait pas qu'il entre en sa possession.

— Qui cela, « il » ? demanda Artus.

— L'érudit, mon seigneur. Celui pour lequel mon maître se dépensa en recherches pendant des nuits et des nuits.

— Votre maître était censé œuvrer pour votre clan et pour le mien. Au profit de qui nous a-t-il trahis ?

— Je l'ignore. Nous ne sûmes de lui que l'appellation qu'il se donna lors de la première entrevue.

— Quand était-ce ?

— Quatre ou cinq nuits avant notre départ pour le Nouveau Monde.

— Pourquoi votre maître a-t-il cru bon de servir cet « érudit » ?

— Cela ne fait aucun doute, mon seigneur. Ce fut par peur.

Artus plissa les yeux.

— Il craignait l'érudit, poursuivit le serviteur. Il semblait convaincu que, s'il ne s'acquittait pas de la mission qui lui avait été confiée, sa fin serait inéluctable.

— Quelle était cette mission ?

— Il devait apprendre à connaître les croyances des indigènes et les consigner. Il devait aussi répertorier leurs dieux, ramener des peintures s'il y en avait, ou des objets, des statues, n'importe quoi qui se rapportait à cela…

L'homme s'octroya une pause pour reprendre son souffle, qu'il avait de plus en plus court. Son auditoire attendit patiemment qu'il se sente apte à continuer.

— J'ai passé des semaines à arpenter les villages que nous visitions, reprit-il, à poser des questions, à noter les réponses. Mon maître faisait de même lorsqu'il se levait, travaillant sans relâche jusqu'au petit matin, trouvant sans cesse de nouveaux endroits à explorer, de nouveaux villages à visiter, et amassant quantité de colifichets… Mais je puis vous jurer, mon seigneur, qu'en dépit de ces besognes, mon maître s'acquitta aussi des tâches que le *Könungr* et vous lui aviez confié.

— Dans le cas contraire, nous en aurions été promptement avisés, souligna le comte.

— Il souhaitait réellement se montrer digne de sa tâche.

Artus balaya cette dernière réplique d'un dédaigneux revers de main. Le serviteur en parut attristé, mais se garda de s'appesantir.

— Je me souviens d'une nuit en particulier, poursuivit-il. Mon maître rentra au repaire assez agité. Il me parla d'un endroit qu'il avait découvert en s'enfonçant dans la forêt. Une grotte, qui donnait sur des ruines. Il y avait trouvé des éclats de pierre, des fragments de statuettes, et ce qu'il appelait des « tablettes ». Il les avait d'ailleurs rapportées, toutes les deux. D'après lui, elles n'étaient pas achevées. Il voulait retourner à ces ruines pour continuer de les explorer, mais il était prévu que nous quittions l'endroit dans la journée du lendemain avec les conquistadores que nous accompagnions. Nous partîmes donc, moi sur mes jambes et lui dans le coffre que nous avions fait tailler pour cet usage avant de quitter l'Espagne… Dans les jours qui suivirent nous voyageâmes beaucoup. Notre retour approchant, il nous fallait regagner la côte. De tout le temps que dura ce périple nous ne parlâmes plus des tablettes. Cependant, je pus voir que mon maître avait délaissé ses activités pour se consacrer uniquement à leur étude. De l'une d'elles surtout…

L'homme s'interrompit derechef, réduit au silence par unc brusque quinte de toux. Adelphe se dirigea vers une petite table disposée dans un angle du cabinet, et y prit une coupe d'étain qu'il tendit au serviteur. Dès qu'il le put, celui-ci avala une bonne rasade de la liqueur qu'elle contenait. Essoufflé, le teint crayeux, il s'efforça de continuer son récit :

— À mesure que les nuits passaient, je le trouvais de plus en plus préoccupé. Il semblait appréhender le retour. Or, moins d'une semaine avant le départ, il se mit soudainement à reproduire une partie de ses notes… Une fois que nous fûmes enfin embarqués, il me confia un petit paquet avec l'ordre de le conserver en lieu sûr. Il me dit aussi qu'il voulait qu'une fois en Espagne je voyage à bonne distance de lui, et que je ne me fasse point voir ; qu'il me ferait savoir les nuits où nous pourrions nous rencontrer. Je ne posai pas de question, et me pliai à ses volontés. Dès que nous touchâmes terre, je me cachai en ville et lui laissai deux nuits d'avance… Ce fut alors que cela commença.

— Les tueries ? hasarda Adelphe.

— Oui, soupira le serviteur. La première fois, je n'y prêtai pas attention. La seconde, je pensai à une coïncidence. Mais la troisième… la troisième, je compris que quelque chose était sur les traces de mon maître, et que cela le talonnait d'assez près pour s'en être pris à des serviteurs de notre clan. Je décidai de l'en informer en envoyant un courrier le rejoindre à sa prochaine halte… Je dus attendre près d'une semaine avant de recevoir une réponse. Il me demandait de venir le retrouver toutes affaires cessantes dans un petit village où il s'était arrêté. Ce que je fis, galopant pour cela une journée et une nuit sans discontinuer. En arrivant, je le découvris fort troublé, mais il se refusa à m'expliquer le pourquoi de son agitation. Au lieu de cela, il me confia d'autres feuillets de notes qu'il me demanda d'adjoindre au paquet que j'avais déjà en ma possession, puis il me donna de nouvelles instructions.

Rose remua sur son siège. Alors que le pauvre homme blanchissait à vue d'œil, elle commençait à se sentir mieux. Jetant un regard à Artus, elle lui trouva également un teint plus frais. La nuit devait être proche.

— Il me supplia de redoubler de précautions, racontait le serviteur. Que les sbires de l'érudit chercheraient à me retrouver, qu'en aucun cas il ne fallait qu'ils y parviennent. Il m'ordonna de voyager par un autre trajet que celui que nous avions initialement prévu, et m'interdit de lui envoyer de nouveaux courriers, quelle qu'en fût la raison, qu'il me ferait signe lui-même une fois arrivé à Paris.

— Avez-vous le moindre indice de ce qui se produisit durant votre absence ? questionna Artus.

— Non, mon seigneur. Cependant, il a dû se passer quelque chose, cela est bien certain. Quelque chose qui lui fit assez peur pour qu'il pensât son existence menacée. Car, avant de me pousser dehors, il me fit jurer que, s'il lui arrivait malheur, je viendrais droit à vous pour vous remettre ce paquet.

— Pourquoi vous envoyer vers moi ? fit Artus, méfiant. Pourquoi pas vers le *Könungr*, ainsi que l'on serait en droit de l'attendre d'un Oström ?

— Je lui ai posé cette question moi aussi. Il me répondit que le *Könungr* était un être fait pour les champs de bataille et qu'il serait vain de lui confier cela, car il n'en aurait que faire. Au contraire de l'Héritier, qu'il croyait à même de comprendre. Il me dit aussi que l'érudit ne saurait être combattu par la force brute, qu'il fallait pour ce faire un esprit adroit et fertile...

L'homme s'arrêta pour s'octroyer une longue lampée de liqueur.

— Je ne revis pas mon maître après cette nuit-là, confia-t-il en rabaissant la coupe vide. Je reçus bien un message lorsque nous fûmes à Paris mais, lorsque j'arrivai au repaire, il avait disparu... Je compris alors que je devais être surveillé, et m'enfuis à toutes jambes. Grand bien m'en fit ! J'entendis que l'on me pourchassait, mais je ne m'arrêtai pas pour le vérifier. Je courus à toutes jambes à travers la ville, et parvins à leur échapper. Ensuite je restai caché durant la nuit, chaque fois dans un endroit différent, et ne me déplaçai que le jour. Mais même ainsi les hommes de l'érudit étaient sur mes traces ! Je dus fuir plusieurs fois en toute hâte. Si bien que j'osais à peine sortir, gagné par la peur et l'épuisement... C'est pourquoi j'ai mis si longtemps à vous rejoindre, mon seigneur.

Parvenu au bout de son récit, le serviteur harassé se laissa aller contre le dossier de son fauteuil. Adelphe, prévenant, vint le soulager de l'encombrante coupe d'étain, qu'il reposa sur la table.

Bras croisés, yeux braqués sur l'inattendu visiteur, Artus laissa à ce dernier quelques instants de répit avant de demander :

— Êtes-vous certain de ne pas avoir été suivi ?

— Je crois, oui… Voilà des jours que je me cache dans une vieille ferme, à quelques lieues d'ici. S'ils avaient su où me trouver, ils auraient surgi l'une de ces dernières nuits.

— Ces hommes qui vous pourchassent, avez-vous perçu leur empreinte ?

Le serviteur secoua faiblement la tête.

— Non, ils ne m'ont pas approché d'assez près pour cela. Toutefois, il est quelque chose que vous devez savoir à ce sujet, fit-il en baissant le ton. Mon maître m'a révélé que l'érudit n'avait pas de marque.

— Un simple mortel ? s'étonna Adelphe.

— Non, non, non. Mon maître était convaincu qu'il était de notre engeance. Cependant… il n'a perçu nulle empreinte autour de lui…

Surprise par cette déclaration, Rose leva le nez vers son mentor afin d'évaluer son ressenti. Peine perdue. Aucun signe extérieur ne traduisait les pensées d'Artus. Aussi imperturbable que d'accoutumée, il se contenta de dire :

— Vous comprendrez que cela soit difficile à croire.

— Je le sais. Pourtant mon maître m'a dit la vérité. Il suffisait de lire l'effroi dans son regard pour s'en assurer. Cet homme le terrifiait.

— Il choisit cependant de le trahir, lui aussi. Pourquoi ?

— Je l'ignore… Peut-être l'aurais-je appris si j'avais pu trouver les dernières notes qu'il voulait me remettre. Mais, malheureusement, je n'eus pas le temps de fouiller le repaire.

Rose manqua de jeter un regard à Adelphe. Elle se retint *in extremis,* consciente de la stupidité de ce geste. Elle n'était pas censée savoir quoi que ce soit à propos des feuillets trouvés dans la cache de l'émissaire. Par conséquent, ce que venait de dire le serviteur ne devait pas l'interpeller, ou du moins ne devait-elle pas le montrer.

— J'ai tenu ma promesse, déclara le souffreteux personnage en tendant au comte le ballot reposant sur ses genoux. Voici le paquet.

Artus avança pour le saisir. Comme il approchait la main, l'homme replia son bras.

— Je ne vous demande qu'une chose en échange de ma loyauté, fit-il, ses yeux caves rivés à ceux de l'Héritier.

Calmement, celui-ci acheva son geste et confisqua le colis au serviteur. Il étendit ensuite le bras vers son frère, qui vint à son tour prendre le paquet.

— Je devine ce que vous voulez, fit Artus. C'est entendu.

Adelphe approcha alors de Rose et l'incita à se lever. Cette dernière obtempéra, quelque peu inquiète.

— *Que se passe-t-il, Artus ?*

— *Rien d'important,* lady. *Couvrez-vous avant de sortir, la nuit n'est pas encore tout à fait tombée.*

— *Vous ne venez pas ?*

— *Je vous rejoindrai dans quelques instants.*

— Par ici, madame, enjoignit Adelphe en la poussant gentiment vers la porte.

Rose se laissa guider sans grand enthousiasme. Une fois sur le seuil, avant de s'enfouir sous l'épaisse étoffe, elle lança un dernier regard à son mentor. Stoïque, celui-ci paraissait attendre qu'ils aient quitté la pièce.

— Gardez vos mains sous la cape, madame, conseilla Adelphe. Et baissez la tête. Je vais vous guider.

Rose s'exécuta. Elle entendit la porte s'ouvrir, et sentit que le jeune homme passait un bras autour de sa taille. Après quoi elle fut menée à l'extérieur. L'huis se referma derrière eux, puis ce fut le silence. Un silence anormal, qui donnait à penser qu'Artus attendait qu'ils se soient suffisamment éloignés avant de dire ou de faire quoi que ce soit.

— Pourquoi le comte a-t-il souhaité que je quitte le cabinet ? interrogea la comtesse, suspicieuse. Que voulait cet homme ?

— Rien qui doive vous préoccuper, madame.

— Fadaise, maugréa-t-elle entre ses dents tandis que, sous l'impulsion de son guide, elle bifurquait à gauche. Admettez que vous ne voulez ou ne pouvez point me le dire, mais de grâce, Adelphe, ne me prenez pas pour une idiote !

— Ce n'était pas mon intention, madame, se défendit le jeune homme.

— Pourtant cela y ressemblait fort !

Adelphe ne répliqua rien. Ils poursuivirent leur progression en silence, à travers ce qui semblait être une enfilade de petites pièces. Après un court moment ils virèrent à gauche, puis deux fois à droite, puis, enfin, ils firent halte.

Rose perçut le cliquetis d'une clef que l'on faisait jouer dans une serrure.

— Nous sommes arrivés, annonça le jeune homme en la poussant devant lui. Vous pouvez vous découvrir.

L'infante ne se fit pas prier. Elle émergea rapidement de cette mer de velours, qu'elle replia sur son bras. Une spacieuse salle s'ouvrait à présent devant elle. D'emblée, Rose nota que cette pièce ne comportait aucune fenêtre. De somptueuses torchères d'argent ciselé, disposées dans les angles, diffusaient la clarté nécessaire. Une table massive et ronde occupait le centre de la pièce. Un grand nombre d'étagères, couvertes d'une impressionnante quantité de livres, de hauteurs et d'épaisseurs variées, s'appuyaient contre les murs. Dans les espaces restants étaient disséminés fauteuils et chaises, garnis de leurs coussins de velours.

— J'ignorais que le comte aimait à ce point lire, fit la jeune femme en pivotant vers son hôte.

— Vous ignorez beaucoup de choses de lui, répliqua-t-il âprement.

Rose retint la repartie tranchante qui lui vint aux lèvres. Elle s'était montrée trop sèche avec Adelphe, inutile d'en rajouter.

— Je vous ai blessé, constata-t-elle, contrite.

Le jeune homme approcha, le maintien un peu raide. Sans lui accorder un regard, il la soulagea de la cape qu'elle portait, puis continua son chemin jusqu'à la table, où il abandonna le vêtement et le ballot confié par son aîné. Sa froideur laissa Rose pantoise, et sincèrement consternée. Dans son impatience, elle avait offensé le seul être au monde qu'elle pouvait encore considérer comme un ami.

— Pardonnez-moi, reprit-elle à mi-voix. Mes paroles ont dépassé ma pensée. J'étais horripilée par les cachotteries de votre frère, et c'est vous que j'ai rabroué. Or vous ne méritiez aucunement ce reproche, je le sais bien…

Le jeune homme fit volte-face. Bien que ses traits fussent encore brouillés, son humeur sembla se radoucir.

— De surcroît, je ne vous ai pas remercié de m'avoir secourue, ajouta Rose. Ce qui fait de moi une ingrate, en plus d'une mégère…

Adelphe esquissa un sourire.

— La nuit d'hier fut difficile pour nous tous, dit-il en revenant vers elle. Je fus moi-même assez irritable aujourd'hui.

La comtesse lui adressa un demi-sourire où l'apaisement le disputait à une gêne tenace.

— Maintes fois vous m'avez prouvé votre honnêteté, Adelphe, je regrette d'avoir eu l'outrecuidance d'en douter.

— Vous traversez la période la plus sombre de votre existence, madame. Il n'y a pas à rougir d'en avoir le tempérament malmené. Puis il est aisé de concevoir votre irritation. Alors que vous n'aspirez qu'à comprendre notre monde, l'on semble sans cesse vous en dissimuler les vérités. Cependant, je vous en conjure, soyez patiente avec mon frère. Il ne cherche qu'à vous épargner…

Rose poussa un soupir résigné. Que pouvait-elle redire à cela ? Bien que le comportement d'Artus fût discutable, voire incompréhensible, elle était maintenant convaincue qu'il n'était animé d'aucune perfidie.

— Vous avez certainement raison, convint-elle. Toutefois, je n'en trouve pas moins ses façons dérangeantes.

— Il n'est pas toujours aisé de composer avec lui, admit à son tour le jeune homme. Mais je vous assure que rien de ce qu'il fait n'est jamais irréfléchi, ou dicté par une quelconque forme de malveillance.

— Cela ne me console guère…

Adelphe se rembrunit, ses épaules s'affaissèrent imperceptiblement. Rose put alors lire dans ce regard, chargé de sympathie, que le jeune M. d'Holival condamnait l'attitude de son aîné.

— Je crois pour ma part qu'Artus a oublié certaines choses du monde où nous sommes nés, dit-elle faiblement. Peut-être y erre-t-il depuis trop longtemps.

Le jeune homme prit un air si affligé que, touchée par sa compassion, Rose avança jusqu'à lui et posa une main amicale sur son bras. Après quoi elle s'écarta, et alla se poster au pied de l'une des étagères. Dans l'intention de détourner ses pensées de ce douloureux sujet, elle commença à étudier les volumes qui encombraient les rayonnages.

— Ces dernières années ont été difficiles pour lui, déclara Adelphe tout de go. Il n'a eu que peu de répit.

Intriguée, l'infante lui fit de nouveau face.

— Artus fut désigné pour être le nouvel Héritier il y a à peine dix ans de cela, poursuivit-il. Et ce en dépit de son rang, que nombre d'entre eux estimaient inadapté à une telle charge. Il dut faire face à d'innombrables complications... Si, depuis, il a gagné le respect de la plupart des nôtres, les relations restent parfois délicates avec les autres maisons.

— Vous voulez dire avec Olaf, avança Rose.

— En effet. Les provocations sont encore nombreuses. De la part d'Olaf surtout, mais aussi de quelques-uns des siens. Artus s'efforce de châtier ces inconduites, tout en essayant d'éviter un conflit qui serait dommageable à tous. Pour ma part, je ne pense pas qu'une guerre soit vraiment à craindre, car les Oström lui sont pour l'essentiel favorables. Toutefois, Artus préfère rester prudent.

— Qu'est ce que Sigurdsson lui reproche ?

— Son rang. Ainsi probablement que son ingéniosité, car il s'est révélé un brillant Héritier. Olaf a pris ombrage de ses succès. Sans doute espérait-il que la tâche s'avère trop ardue, et que notre maison s'affaiblisse sous l'égide d'un incompétent. Cela aurait laissé plus d'influence, de pouvoir et de gloire à son propre clan.

— Je vois. Les autres maisons y verraient un intérêt égal, je suppose ?

— Pas tout à fait. Les Oström seraient ceux à qui cela profiterait le plus, car nos terres s'avoisinent.

— Qu'en serait-il des Lamies ? Ce sont nos rivaux, non ?

— Oh ils se réjouiraient de notre décadence, oui. Mais ce sont des nomades, des bêtes, incapables de s'organiser décemment. Ils ne sauraient que faire de nos terres, à la différence d'Olaf… C'est pourquoi je vous prie instamment de ne rien dire de ce que vous avez entendu tout à l'heure, dans le cabinet bleu. Si cela parvenait aux oreilles des Oström, cela serait perçu comme une terrible avanie. La probabilité d'un conflit serait dès lors décuplée.

— Douteriez-vous de moi, monsieur ?

— Non, madame… Mais sous le coup de la peine, ou de la colère, il se pourrait peut-être que…

— Jamais il ne me viendrait à l'idée de faire pareille chose, affirma Rose avec animation. Surtout pas au profit de ce vieux bouc !

Adelphe la sonda du regard quelques secondes, puis opina sobrement. Il se mit ensuite à déambuler au hasard de la pièce, mains croisées dans le dos.

D'après son expression, Rose estima qu'il devait tenir un important débat intérieur ; soit en tête-à-tête avec lui-même, soit avec son frère.

— Le serviteur est mort, révéla-t-il après un instant, comme il s'arrêtait de marcher. Artus a mis fin à ses souffrances.

La comtesse ne parvint à formuler aucune pensée cohérente. Ralliant le siège le plus proche, elle s'y laissa choir, soufflée par cette annonce.

— Madame, vous l'avez vu, cet homme était déjà gravement malade. C'est ce qui se produit lorsque nous manquons de sang, nous nous atrophions jusqu'à ce que mort s'ensuive. Aussi, en échange de son dévouement, cet homme demandait une fin rapide.

— Nous ? souligna Rose, perdue.

— Les serviteurs. Nous avons très régulièrement besoin du sang de notre maître. Si nous en sommes privés, nous allons droit à une mort certaine.

— Seigneur… en ce cas, les semaines passées ont dû être terribles pour vous aussi !

— Comment cela, madame ?

— Vous savez, les présages d'Artus. Ce dut être une épreuve affreuse…

— Quels présages ?

Rose leva sur le jeune homme une figure interdite.

— Eh bien, celui où il se voyait mourir, avec la bête, la fleur, et le… le…

Elle se tut, confondue par l'apparente stupéfaction de son compagnon.

— Il vous avait certainement entretenu de cela… n'est-ce pas ?

Le jeune homme se détourna et alla se planter devant la table. Il resta là, immobile et silencieux, de longues minutes durant.

Catastrophée par sa propre stupidité, Rose eut peine à trouver ses mots.

— Je pensais que vous saviez, dit-elle enfin. Je suis navrée…

— Ne le soyez pas. Hier encore il me confiait tout de votre lutte, il est naturel que vous m'ayez cru au fait de cet augure.

Soudain prise d'un affreux doute, Rose demanda d'une petite voix :

— Mais vous connaissiez l'aptitude de votre frère, n'est-ce pas ?

— Oui, ne vous tourmentez pas pour cela. Je savais.

Posant les paumes à plat sur le plateau de la table, Adelphe y prit appui, arrondissant légèrement le dos comme s'il cherchait à relâcher la tension de ses muscles.

— Que vous a-t-il dit à ce propos ? questionna-t-il. Que savait-il au juste ?

— Peu de chose…

En quelques mots, l'infante narra ce qu'elle savait du rêve qui avait hanté le comte au cours des derniers mois. Lorsqu'elle eut terminé, le jeune M. d'Holival se redressa et se tourna vers elle :

— Je vous sais gré de votre franchise.

— C'est bien peu de chose pour racheter ma maladresse…

— Je suis fort aise que vous l'ayez commise. Puis ainsi, madame, vous aurez pu voir qu'Artus n'a pas de secrets que pour vous.

C'était peu glorieux à admettre, mais cette découverte réconfortait bel et bien la jeune femme. Piteuse, elle baissa le nez sur ses genoux. Tandis qu'elle détaillait les replis chiffonnés de sa robe, à la recherche d'un mot apaisant, elle discerna le faible battement d'un pas sur le pavé. Son ouïe si particulière l'avertit sans doute possible qu'Artus approchait. Il n'avait pas fait appel à son frère pour traverser le manoir, ce qui signifiait que le jour avait assez décru pour qu'il puisse se mouvoir en toute sécurité. Si elle y avait prêté quelque intérêt, elle s'en serait d'ailleurs aperçue d'elle-même, car à présent l'engourdissement de ses membres avait totalement disparu. Elle se sentait alerte et fraîche. Enfin… abstraction faite de sa robe, qui empestait la fumée.

Lorsque après un court moment la porte s'ouvrit sur le maître du manoir, Adelphe, les yeux dans le vague, resta de marbre. Rose, quant à elle, ne sut quelle attitude adopter.

Aussi choisit-elle d'afficher une certaine réserve, mâtinée d'un brin d'indifférence.

— Quel plaisant accueil, ironisa le comte en refermant la porte. Que me vaut cette effusion de joie ?

— Comptiez-vous m'en aviser un jour, mon frère ? attaqua Adelphe de but en blanc.

Artus jeta un bref coup d'œil à son infante, puis reporta son attention sur son cadet.

— De quoi est-il question ?

— De votre présage de mort.

— Ma foi, l'on s'en est déjà chargé, ce me semble…

— La comtesse est hors de cause, riposta Adelphe, agacé. Elle me croyait au fait de cet augure. Elle ne pensait pas à mal.

— Je n'insinuais rien de tel.

— Eh bien, comptiez-vous m'en parler ou non ?

— Oui, je l'aurais fait. Cependant, rien ne pressait, cela pouvait bien attendre que nous ayons pris quelques nuits de repos.

— Merveilleux ! s'emporta le jeune homme. Peut-être, la prochaine fois, puis-je espérer que vous m'en fassiez part plus tôt ? Disons, quand je pourrais encore vous être utile ?

Devant la colère de son frère, l'expression d'Artus s'altéra subtilement.

— Et en quoi m'auriez-vous été utile, Adelphe ? rétorqua-t-il. Pensez-vous que vous eussiez levé le mystère de ses visions ?

— J'aurais aimé essayer ! Au lieu de cela, j'apprends que vous vous saviez en danger mortel depuis des mois, et que vous ne m'en avez pas touché le moindre mot !

— Qu'est-ce que cela aurait changé ? Pensez-vous que cela m'eusse été d'un grand secours de vous savoir rongé d'angoisse ? Ou que j'eusse mieux réfléchi en vous sachant soumis aux mêmes affres que moi ?

— Mais je suis votre frère, que diable ! protesta le jeune homme. Je ne vous ai pas suivi par les siècles pour que vous couriez à votre fin sans que je ne puisse rien tenter pour vous y soustraire !

— Mon trépas signifie le vôtre, pourquoi aurais-je dû vous faire subir ce cauchemar ?

— Croyiez-vous que je n'étais pas assez fort pour le supporter ? N'en ai-je pas vu assez à votre côté ?

— Là n'est pas le problème ! tonna Artus d'une voix de stentor.

— Alors où est-il, bon sang !

Le comte se détourna dans un mouvement d'humeur. Son visage était aussi fermé que la porte d'un cachot. Ses iris, traversés d'éclairs d'un vert vif et menaçant, étaient balayés d'une houle tumultueuse. À quelques pas de lui, Adelphe, dressé de toute sa taille, irradiait un courroux dont Rose ne l'aurait jamais cru capable.

— Je ne suis plus un enfant, Artus, reprit-il, néanmoins un ton en dessous. Je n'ai plus besoin que vous me protégiez.

Le comte, toujours à demi tourné, posa sur son cadet un regard contrarié. Un curieux calme retomba alors sur la pièce, que Rose se garda bien de troubler. Un brin désarçonnée par l'impétuosité de leur échange, elle attendit sagement qu'ils aient fini de s'expliquer. Car, bien qu'elle ne puisse plus les entendre, il ne faisait aucun doute que leur conversation se poursuivait…

Quelques instants plus tard, l'atmosphère lui parut s'alléger notablement. Elle surprit même un lambeau de sourire sur les traits d'Adelphe. Se déridant légèrement, le comte approcha ensuite de la table et fit glisser jusqu'à lui le petit paquet qui s'y trouvait. Son frère pivota pour pouvoir lui aussi observer le ballot.

— Une idée de ce qu'il contient ? demanda-t-il.

— Non.

S'emparant du paquet, le jeune M. d'Holival entreprit de dénouer la cordelette qui le fermait. Indécise, Rose resta sur son fauteuil. Artus ne lui avait pas dit un mot, et elle ne parvenait pas à savoir s'il lui tenait ou non rigueur de sa bévue.

— *Non,* lady, *je ne suis pas fâché.*

Elle contint un sursaut. Elle avait beau s'habituer peu à peu à ces incursions, cela restait assez déconcertant.

— *Je pensais qu'Adelphe savait pour vos songes...*

— *J'avais saisi.*

— *Vous ne lui garderez point rancune, n'est-ce pas ?* s'assura-t-elle comme elle se levait pour les rejoindre. *Sa colère ne fut inspirée que par son attachement à votre égard. J'espère que cela aussi, vous l'aurez compris.*

— *Vous le défendez,* lady *?*

— *Pourquoi ne le ferais-je pas ?*

— *Vous vous ressemblez tant... Tous deux épris de vérité, quel qu'en soit le coût...*

S'arrêtant à la droite de son mentor, la comtesse posa sur lui un regard songeur. Était-ce de l'amertume qu'elle avait perçue dans sa voix ?

— Il y a un grand nombre de pages, observa Adelphe, occupé à l'épluchage des feuilles qu'il venait de tirer du colis.

Artus en saisit quelques-unes et les parcourut des yeux, imité par son infante. Les feuillets étaient couverts de notes prises en rangs serrés. L'écriture était soignée, toutefois l'on sentait de la précipitation dans l'inclinaison des lettres. Malheureusement, Rose n'arrivait pas à déchiffrer le texte.

Elle s'était attendue à de l'allemand, ou à du prussien peut-être, mais certainement pas à ce dialecte baroque.

— Quelle langue est-ce là ? interrogea-t-elle.

— Du norrois, répondit distraitement son mentor en poursuivant sa lecture.

Honteuse de son ignorance, Rose n'osa pas s'informer davantage. Elle fut cependant fort déçue de ne pouvoir rien tirer de ces écrits.

— Il s'agit de récits mythologiques, l'éclaira Artus. Fastidieux, au demeurant.

— Il y a aussi une interminable liste de dieux, précisa Adelphe en tendant certaines pages à son aîné.

— Curieux noms, fit celui-ci en les feuilletant rapidement.

— Attendez… regardez ça…

Rose abandonna l'étude des pages de charabia pour se tourner vers Adelphe. Le jeune homme tirait précautionneusement du tas de feuillets une petite tablette de pierre grise. Rose devina que ce devait être l'une de celles que l'émissaire avait rapportées du Nouveau Monde. La surface de cette tablette était creusée d'un dessin rudimentaire, qui avait un goût d'inachevé. L'on pouvait y voir deux personnages grossièrement taillés. La silhouette de gauche était assurément celle d'une femme, faisant face à celle de droite, qui paraissait être un homme. Ils étaient représentés de profil, bras tendus l'un vers l'autre. Entre eux était gravé un imposant symbole.

Il s'agissait d'un cercle ceint de larges rayons sinueux, et semblant tenu par deux liens. Voyant cela, la comtesse tomba en arrêt. Le pendentif de ses visions se superposa immédiatement à la gravure qu'elle avait sous les yeux.

Saisie d'une sourde angoisse, elle se mit à inspecter la tablette avec acuité.

Autour du médaillon solaire l'on distinguait une ronde de traits, assez courts, suggérant la lumière émanant de l'astre. Il y avait aussi des inscriptions au-dessus des silhouettes. Une suite de signes curieusement disposés. L'on avait également ébauché plusieurs autres formes sous les pieds des personnages. L'une d'elles ressemblait à un serpent se tortillant. À côté de ce reptile, on distinguait quelque chose d'assez similaire à l'animal qu'Artus et elle avaient combattu la nuit précédente. La troisième et dernière forme, elle, était indistincte.

— Cela vous remémore-t-il quoi que ce soit, mon frère ? s'enquit Adelphe.

— Il se pourrait… Je n'en suis pas certain.

— Dites tout de même.

S'emparant de la tablette, Artus la manipula un moment, sous les regards impatients de son frère et de son infante.

— C'est une histoire que mon mentor me conta il y a bien longtemps, fit-il, pensif. Une légende parlant d'un médaillon merveilleux. Je ne me souviens plus des détails, toutefois il y était dit que des prêtres avaient confectionné ce bijou en l'honneur du dieu soleil, et qu'ils avaient mis tant de ferveur dans leur création que le soleil les récompensa en conférant au médaillon la faculté de luire tel que lui-même. L'histoire prétend aussi qu'après cela les adorateurs cachèrent si bien leur relique qu'elle finit par se perdre… Caton me narra autre chose à propos de celui qui la retrouverait, mais malheureusement je n'en ai pas la mémoire.

— Tenait-il cette légende pour vraie ? demanda Adelphe.

— Non, je ne crois pas. Cependant il y faisait allusion de temps à autre. C'est pourquoi j'y ai songé…

Rose lança au comte un regard oblique. Sans qu'elle pût se l'expliquer, elle avait la ferme impression qu'il mentait par omission.

— Quelle importance cela pouvait-il avoir aux yeux de l'émissaire ? fit Adelphe. Croyait-il à cette ineptie ?

— J'imagine que oui, sinon pourquoi vouloir soustraire la tablette à l'érudit ?

— Mais c'était un homme instruit, comment put-il accorder foi à cette fable ?

— C'est là une question à se poser, en effet. Souvenez-vous que nous l'avions choisi parmi tous les autres précisément pour son savoir et ses facultés. S'il a pris peur, il doit y avoir une raison.

Le jeune homme eut une moue dubitative.

— Ou peut-être n'était-ce que vaine crédulité.

— Peut-être... Mais alors, dites-moi, comment cette légende est-elle parvenue à franchir l'océan pour gagner un monde dont nous ignorions l'existence ?

Adelphe cilla, pris au dépourvu par cette remarque pleine de bon sens.

— Voyez, mon frère, s'amusa Artus, il ne faut jamais juger trop hâtivement...

— Si ce médaillon existait, murmura Rose en observant la tablette, s'il portait véritablement en lui la lumière du soleil, vous figurez-vous quel pouvoir cela serait contre notre engeance ?

Le pendentif de ses chimères se mit de nouveau à osciller dans son esprit. L'image lui parut soudain si claire qu'elle aurait pu croire à un souvenir, plutôt qu'à une vision.

— Nous allons tenter de le découvrir, *lady*, répondit son mentor en la couvant d'un regard appuyé.

— Comment ? fit Adelphe.

— Rassemblons ce que nous pourrons à propos de cette légende. L'émissaire savait, ou pensait savoir, quelque chose qui nous échappe. Il va nous falloir trouver ce que c'était.

— Bien...

— Quant à l'érudit, nous allons devoir faire montre de prudence, et de patience, pour espérer le trouver.

— Le trouver ? s'écria Rose. Mais l'émissaire pensait qu'il devait être combattu !

— Contre ce que l'on ne peut voir il n'y a point de lutte, *lady*. Tant que nous ignorons qui il est, et ce qu'il cherche, nous ne pourrons nous opposer à lui.

— Que pensez-vous qu'il veuille ?

— Je l'ignore.

Une nouvelle fois, la comtesse fut assaillie par le sentiment qu'Artus leur mentait.

— N'avez-vous réellement nulle piste ? persista-t-elle.

— Pas pour le moment. Toutefois, puisqu'il semble affectionner les légendes et les reliques, c'est par là que nous entamerons nos recherches.

— Cela va prendre des années !

— Probable… mais quoi de surprenant à ce que nous peinions à le trouver si l'on considère que l'érudit ne porte point de marque ?

— Vous pensez cela possible ? s'étonna Adelphe.

— Non. Cependant l'émissaire le croyait.

— Il aura sans doute rencontré un envoyé, un valet peut-être, objecta le jeune homme.

— Un spécimen extraordinaire alors, car l'on n'impressionne pas un Ancien si aisément. Surtout pas quand on est un simple mortel.

— Eh bien, comment expliquez-vous cela ?

— Je ne l'explique pas, c'est bien ce qui est inquiétant…

— Lorsque vous parlez de marque, s'immisça Rose, vous songez à cette sorte de parfum que nous dégageons ?

— Oui, *lady*, c'est cela.

Comme un silence méditatif enveloppait la pièce, Artus reposa la tablette sur son lit de feuillets.

— *Vous avez tu certaines choses, n'est-ce pas ?* songea Rose à son adresse.

— *Pas plus que vous,* lady…

La gracieuse infante arbora une lippe désabusée. Dissimuler au comte quoi que ce soit qui ne fût soigneusement enfoui au fond de ses pensées tenait, semblait-il, de la gageure.

— *Serai-je un jour capable moi aussi de m'inviter dans votre tête ?* demanda-t-elle.

— *Vous aimeriez ?*

Exaspérée, elle lui décocha une œillade venimeuse à laquelle Artus opposa un sourire désarmant de charme. Apprivoisée à son corps défendant, Rose baissa les yeux.

— *Soit,* concéda-t-elle. *Je ne vous ai point entretenu de ce qui se passa pendant que vous me buviez. Mais je l'aurais fait si vous n'aviez subitement décidé de… de me témoigner votre gratitude…*

— *Je suis tout ouïe à présent.*

— *Comment, n'avez-vous pas déjà extirpé de mon esprit ce que vous vouliez savoir ?* fit-elle, faussement surprise.

— *Non. Mais je le puis s'il vous coûte tant de me parler.*

Rose poussa un léger soupir. Le comte était imperméable au sarcasme, à quoi bon s'entêter ?

— J'ai vu le médaillon, dit-elle alors à haute voix.

Adelphe se tourna brusquement dans sa direction, sourcils haussés à la moitié du front.

— Vous dites ?

— Il me semble que c'était lui, bien que, dans mes songes, il était orné d'une pierre rouge sang.

— Comment cela, quels songes, madame ?

Hésitant sur ce qu'il convenait de dévoiler, la jeune femme adressa à son mentor un regard interrogateur. Lorsqu'ils avaient narré leur bataille au jeune M. d'Holival, ni l'un ni l'autre n'avait relaté par quel moyen Artus avait recouvré ses forces. Ils s'étaient contentés de dire qu'il lui avait fallu boire, puis étaient rapidement passés à la suite.

— Lady Rose m'a offert de la mordre pour récupérer de mes blessures, lâcha Artus, laconique.

Adelphe se pétrifia. Son regard éberlué sauta de son frère à la flamboyante comtesse, et vice-versa.

— Vous ne l'avez pas fait ? s'inquiéta-t-il.

— Si.

Passant de la surprise à l'ahurissement, le jeune homme s'exclama :

— Mais à quoi pensiez-vous ? Il n'y avait pas pire moment pour prendre pareils risques !

— Les périls en question ont été grandement exagérés, tempéra son frère. Seul le calice encourt un réel danger.

— Peu importe ! Une telle chose est défendue et vous le savez ! Qu'arriverait-il si on l'apprenait ?

— C'est moi que vous devriez chapitrer, coupa Rose. Puisque c'est moi qui l'ai amené à déroger à cette loi.

— Madame, sans vouloir vous offenser, sachez que personne ne peut inciter mon frère à quoi que ce soit. S'il l'a fait, c'est qu'il le voulait !

— Mais il n'y avait pas d'autre choix ! Nous étions des proies faciles ! Artus était trop affaibli pour assurer notre protection, et je n'en aurais pas été capable. C'était trop dangereux. Vous devriez comprendre cela, n'est-ce pas ?

Adelphe soutint le regard de la jeune femme une poignée de secondes, puis il baissa le nez avec un soupir las.

— Personne ne vous a vus ? demanda-t-il.

— Non.

— Et personne n'en saura rien, renchérit Artus. À moins que vous décidiez de le crier plus fort, Adelphe…

Piqué au vif, le jeune homme darda sur son aîné un œil furibond.

— Dites-nous ce que vous avez vu, *lady*, poursuivit le comte en l'ignorant superbement.

— Des images… sans queue ni tête…

— Telles que ?

— Telles qu'une colonne de soldats, affublés d'antiques armures.

— Quoi d'autre ?

— Des tentes saccagées ; une ville fortifiée ; des cadavres ; un étendard, énuméra Rose, pêle-mêle. Un chevalier du Temple, je crois… Puis… oui, il y eut aussi cette jeune femme, vêtue d'une robe verte. Elle était vraiment très belle… Sa peau était pâle, et ses longs cheveux étaient aussi noirs que les vôtres… Puis elle disparut et je vis une vieille tour, et des rochers ensanglantés.

Adelphe serra les poings. Sur ses joues, un léger tressautement trahit la crispation sporadique de ses mâchoires. Quittant soudainement les parages de la table, il s'éloigna pour faire quelques pas. La comtesse se tut, déroutée. Qu'avait-elle pu dire pour le vexer ?

— Périls exagérés, grommela-t-il. Trouvez-vous vraiment cela exagéré, Artus ?

— En la circonstance, oui, trancha ce dernier d'un ton sans réplique. Poursuivez, *lady*.

— Qu'y a-t-il ? s'inquiéta celle-ci au lieu d'obtempérer. Ces visions sont-elles nocives ?

— Non.

— Pourtant, cela met votre frère dans tous ses états…

— Ce phénomène était inattendu, Adelphe est juste surpris.

— Et pas vous ?

— Non, pas moi. Maintenant poursuivez, somma Artus, impavide.

Rose aurait volontiers épilogué, cependant il était manifeste que le comte, lui, estimait le sujet clos. Aller derechef contre sa volonté expresse lui parut peu judicieux.

— Eh bien, reprit-elle, ensuite cela devint vraiment étrange. Je vis un palais extraordinaire, couleur d'un ciel d'été. Puis un cavalier évoluant dans la neige, puis une fanfreluche de tissu plissé, et…

— … un étendard rouge portant un emblème blanc et noir, coupa Artus. Un homme enchaîné dans une pièce sombre. Et, enfin, le médaillon.

— Artus ! s'indigna son infante, scandalisée. Je croyais que vous n'aviez pas fouillé ma tête !

— Je ne l'ai pas fait. J'ai seulement eu les mêmes songes que vous. Ou bien vous avez eu les mêmes songes que moi.

— Encore ? Êtes-vous sûr qu'ils furent identiques ?

— À compter du palais, oui. Avant, les miens étaient différents.

— Qu'était-ce ?

— Des vétilles. Rien qui vaille d'être mentionné.

Rose se renfrogna.

— *Je vous ai dit la vérité, Artus. J'espérais que vous feriez de même*, songea-t-elle.

— *C'est le cas,* lady.

— Dans votre vision, que faisait ce pendentif ? questionna-t-il ensuite, mettant un terme abrupt aux remontrances de son infante.

— Il rayonnait, dit cette dernière de mauvaise grâce.

— Comme le soleil ?

— Oui.

— Un instant, les arrêta Adelphe en revenant vers eux. Vous prétendez avoir tous deux vu ce médaillon ?

Ils acquiescèrent de concert. La mine longue, le jeune homme se mit alors à dévisager le maître de maison.

— Je ne sais pas, soupira ce dernier en réponse à une question que lui seul entendit. C'est ce que nous devrons trouver.

Reportant son attention sur les pages manuscrites étalées sur la table, Adelphe en souleva quelques-unes, qu'il examina de nouveau.

— Ces notes ne nous y aideront guère, se plaignit-il.

— Nous verrons, Adelphe… Bien. Puisque nous en avons terminé avec ceci, il est temps de faire préparer nos malles.

— Nous partons ? s'étonna Rose.

— Voyons, *lady*, une demeure calcinée ne saurait convenir à une dame. Je n'aurai pas l'audace de vous demander d'y loger. D'ailleurs, le manoir a besoin d'être rebâti. Mieux vaut se transporter ailleurs le temps que dureront les travaux.

— Il faudra pourtant bien que quelqu'un reste pour s'assurer que tout se déroule selon vos souhaits ?

— En effet, oui. Il y a d'ailleurs pour cette tâche quelqu'un de tout désigné. Ne vous en souciez pas.

— Soit. Alors… quand partons-nous ?

— Dès demain.

— Si tôt ?

— Eh bien, *lady*, je crois me souvenir que nous avons quelqu'un à voir… non ?

Prenant conscience de ce que cela annonçait, la comtesse se fendit d'un sourire lugubre.

Le temps était enfin venu de venger le meurtre de son père.

Une brise froide soufflait sur la lande, gonflant leurs capes telles les voiles d'un navire. Au-dessus de leurs têtes, le ciel était d'un noir charbonneux. Ni la lune ni la faible clarté des étoiles ne parvenaient à percer l'épais manteau de nuages, aussi le parapet qui tenait lieu de mur d'enceinte ne se laissait-il qu'à peine entrevoir. Pourtant, d'un même élan, les cavaliers talonnèrent leurs montures. Les deux coursiers s'élancèrent vers le muret à bride abattue et franchirent l'obstacle par la voie des airs. Retombant de l'autre côté, ils continuèrent leur chemin à vive allure et s'engagèrent sous les branches de chênes séculaires. Ils atteignirent bientôt une petite colline, qu'ils avalèrent rapidement. De retour sur le plat, les coursiers s'arrêtèrent près d'un mince bouleau. De là, les cavaliers continuèrent à pied.

Quelques enjambées plus tard, ils faisaient halte près de la façade ouest du manoir.

Le plus petit des deux personnages désigna d'un doigt pointé une fenêtre au deuxième étage. Le second s'approcha du lierre qui rampait sur le mur jusqu'au premier palier, et y monta avec une promptitude et une aisance inhumaines. Il se hissa ensuite sur une corniche ouvragée, ridiculement étroite, qui courait autour de la demeure. Parvenu là, il baissa la tête vers son comparse resté au sol, et l'encouragea à le suivre d'une main tendue.

Après un moment d'hésitation, celui-ci s'élança à son tour. Bien que beaucoup moins agile, son ascension n'en fut pas moins couronnée de succès. Conservant un impossible équilibre, le premier larron s'accroupit le long du mur afin d'aider son compagnon à monter lui aussi sur la corniche. Lorsque ce fut fait, ils se décalèrent d'une dizaine de pas sur la gauche pour atteindre une poignée de pierres qui dépassaient de la façade.

Aussi simplement que s'il avait gravi une échelle, le premier cavalier passa d'une pierre à l'autre jusqu'à atteindre le niveau de la fenêtre visée. S'arrêtant un court instant, le temps de vérifier que son compère le suivait, il sauta soudain de la pierre où il stagnait. Souple et silencieux, il atterrit sur le mince rebord de la fenêtre, distante de deux bons mètres. Se tenant d'une main au meneau, il pivota immédiatement pour évaluer la progression de son acolyte. Ce dernier avait presque atteint la pierre qui devait lui servir de tremplin, toutefois sa progression hachurée trahissait sa crainte. Quand il eut enfin gagné le bon degré de cette échelle improbable, il s'arrêta à son tour, les doigts agrippés telles des serres aux aspérités du mur. Le visage à demi camouflé par le haut col de sa cape, il tourna la tête vers sa destination.

Obliquant dangereusement au-dessus du vide, une main toujours solidement arrimée à la traverse de pierre et les pieds reposant l'un derrière l'autre sur la fine bordure de la fenêtre, l'autre cavalier attendait. Tandis qu'il observait, son compagnon sauta sans crier gare. Il franchit victorieusement l'espace qui le séparait du rebord, mais, quand vint le moment d'y prendre pied, sa botte dérapa.

Il versa de côté, promis à une terrible chute.

Vif comme l'éclair, son comparse le rattrapa. En un rien de temps il le stabilisa, le coinçant contre la fenêtre. Ils restèrent ainsi le temps que le moins agile des deux intrus s'accroche lui aussi aux traverses. Alors le premier larron se positionna face à la fenêtre. D'un vigoureux coup de botte, il brisa le carreau inférieur droit. Deux autres coups servirent à dégager les morceaux de verre encore enchâssés dans les montants, puis il se faufila par l'ouverture ainsi pratiquée. Son compagnon s'y glissa à sa suite.

Une fois dans la chambre, le premier intrus mit le cap sur la porte pendant que le second bondissait sur le lit, lame au poing. L'occupant de la couche, qui faisait mine de se redresser, se figea dès qu'il sentit le fer mordre sa chair.

— Un mot et je te saigne, pourceau, gronda son assaillant d'une voix étouffée.

Par trop convaincu de la véracité de cette menace, l'homme n'émit pas un son. De son côté, l'autre filou propulsa un coffre volumineux jusque devant la porte en le poussant du bout du pied. Après quoi, il se dirigea vers la seule table de la pièce. Ôtant son couvre-chef, qu'il abandonna sur un tabouret à proximité, il s'empara de la chandelle à moitié consumée et la porta jusqu'à la cheminée. Trouvant sous les cendres une braise moribonde, il y appliqua la mèche. Une flamme grêle jaillit au faîte de la chandelle, propageant dans la chambre une clarté famélique.

Chandelier en main, l'intrus pivota vers le lit. Le propriétaire de la demeure, tenu en respect par le poignard du second compère, n'osa pas manifester son étonnement. Seuls ses yeux s'écarquillèrent comme il regardait approcher le comte de Janlys.

— Bien le bonsoir, monsieur, fit ce dernier sur un ton mondain qui seyait fort mal à la situation. Vous vous souvenez de moi, je suppose ?

Blanc comme un linge, l'homme opina imperceptiblement. Il suivit le comte des yeux tandis que ce dernier déposait le chandelier sur la table.

— Je présume que vous savez pourquoi nous sommes ici ? poursuivit Artus. Non ? Voilà qui est fâcheux… Permettez alors que nous vous rafraîchissions la mémoire, acheva-t-il en jetant un regard à son comparse, toujours à genoux sur le lit.

Aussitôt celui-ci porta sa main libre à son chapeau, qu'il enleva d'un mouvement brusque, émergeant de ce fait du col de sa cape.

— Eileen ? bafouilla l'homme, sidéré.

— Bonsoir, baron, grinça celle-ci entre ses dents.

— Mais… Mais je ne…

— Le déni ne vous servira à rien, monsieur de Carville, coupa Artus. Nous ne serions pas ici si nous n'étions au fait de vos intrigues. Il ne nous manque que les détails. Que vous allez vous faire une joie de nous conter, j'en suis certain. N'est-ce pas ?

Le sourire narquois, le comte appuya nonchalamment une épaule contre l'un des piliers du baldaquin.

— Monsieur, je vous assure que…

Rose fit coulisser le poignard contre le cou de Carville, qui s'interrompit dans un couinement.

— Je ne pense pas que vous ayez saisi, reprit Artus, conciliant. Ce n'est pas à moi que vous devez des éclaircissements, mais à elle. Voyez-vous, lady Rose a longtemps attendu ce moment, et je crains fort qu'elle n'ait déjà épuisé toute patience…

Afin d'appuyer ces paroles, la comtesse fit courir sa lame en sens inverse, arrachant un autre gémissement au baron récalcitrant.

— Ne croyez pas que je me satisferai de vos boniments, marmonna-t-elle. Maintenant parlez, où je vous taille, morceau par morceau…

Carville se tassa dans les draps.

— Commençons par une question simple, enchaîna Artus. Ce n'est pas pour le compte de la défunte Ligue catholique que vous avez fait cela, me trompé-je ?

— Oui, vous vous trompez, je… AH !

Une estafilade vermeille barrait à présent la poitrine du baron, qui y porta les mains, tremblant d'effroi.

— Eileen, par pitié, geignit-il. Pensez… à Charlotte…

— Charlotte vous exècre, objecta Rose, le sourire mauvais. Votre trépas ne saurait l'affliger…

— Qu'est-ce que vous voulez ?

— N'avons-nous pas été clairs ? Nous voulons la vérité !

— Devant Dieu je vous jure que… Ahhh !

Le baron se mit soudain à se contorsionner, se pressant la tête entre les mains.

— J'avais tort, monsieur, avoua paisiblement Artus. Lady Rose avait en réserve plus de patience que moi.

— Rrêtez ça ! glapit Carville.

— Vous allez vous montrer raisonnable ?

— Iii !

Cessant de se tordre aussi promptement qu'il avait commencé, le baron retomba, suffocant, contre ses oreillers, le visage couvert d'une fine pellicule de sueur.

— J'écoute, fit Artus, péremptoire.

— … Ce… n'était pas… pour la Ligue.

— Cependant, vous lui avez tout de même vendu lord Greer. Pourquoi ? Pour détourner les soupçons de votre personne ?

Le baron opina faiblement.

— Depuis quand saviez-vous que mon père était en possession de la liste des conjurés ? questionna Rose.

— Plusieurs mois…

— Comment l'avez-vous su ?

— Tôt ou tard Edmund me confiait toujours ses petits secrets.

— Quoi de mieux qu'un ami, n'est-ce pas ? railla Artus. Ainsi, apprenant sur quel trésor lord Greer était assis, vous avez voulu votre part.

— Non, je ne lui ai rien demandé.

— Mais vous saviez tout des tractations qu'il tenait avec le maréchal de Cossé, afin de reprendre ses terres, en Angleterre. Vous saviez qu'il récupérerait sous peu sa fortune…

— Il ne m'a jamais proposé un sou ! vitupéra subitement le baron. Toutes ces années à couvrir ses manigances, à feindre d'ignorer les incessants chantages auxquels il se livrait ! Tous ces seigneurs auxquels je le présentais, ces facilités que je lui obtenais, tout cela pour le voir s'enrichir, et s'enrichir encore, tandis que mon propre bien s'amenuisait !

— Ce n'est pas à vous qu'il devait sa faveur ! s'emporta Rose, se moquant de la déplaisante révélation qu'elle venait d'entendre. Vous n'avez toujours été qu'un petit hobereau insipide et mesquin, vous le jalousiez parce qu'il brillait plus fort que vous n'auriez jamais pu briller !

— Près de trente ans je l'ai soutenu ! Était-ce cupidité que d'espérer quelque rétribution pour ma fidélité ?

— Misérable rat, si vous aviez une once de loyauté, vous sauriez que cela ne se monnaie pas ! grogna Rose en lui collant de nouveau sa lame sous la gorge.

— Donc lord Greer ne savait rien, reprit Artus. Il ignorait aussi que la marquise de Jouars était votre maîtresse, je suppose ?

Carville tourna vers le comte une mine stupéfaite.

— Oui, monsieur, nous savons cela aussi. De la bouche de la marquise en personne… Enfin, de son dernier soupir, devrais-je dire.

— Vous… c'est vous qui… avez tué Henriette ? bredouilla le baron, horrifié.

Comme elle le regardait se décomposer, Rose éprouva une bouffée d'allégresse délétère qui la répugna. Certes, elle n'avait nulle compassion pour Carville, mais, à en juger par les larmes qui embuaient ses yeux, il semblait avoir sincèrement aimé cette femme. Aussi refusait-elle de se réjouir de son chagrin. Son cœur n'abritait pas assez de cruauté pour cela, et elle ne le laisserait pas corrompre par la chose qu'elle avait acceptée en son sein.

— Il est un peu tard pour pleurer la perte de celle dont vous usâtes sans le moindre scrupule, fit froidement observer Artus. Si vous ne l'aviez changée en espionne, nous n'aurions pas eu à la démasquer. C'est à vous qu'elle doit sa fin tragique.

— QUE LUI AVEZ-VOUS FAIT ! beugla soudain le baron, en pleurs.

Rose lança un coup d'œil nerveux vers la porte.

Les domestiques du manoir logeaient au rez-de-chaussée, ceux-là ne devraient pas être alertés. En revanche, elle savait que Carville aimait à garder l'un de ses valets à portée. Il le faisait souvent dormir sur une litière dans l'antichambre, ou bien dans le corridor.

— Rien de plus qu'à vous, répondit Artus. En fait, elle se montra très facile à convaincre.

— Pourquoi elle ? gémit le baron. Elle ne vous avait fait aucun mal !

— Vraiment ? Elle avait pourtant un flot d'immondices à la bouche.

Un faible déclic attira l'oreille de Rose. Pour la deuxième fois d'affilée, elle pivota vers la porte.

— *Qu'y a-t-il,* lady ?

— *Vous n'avez pas entendu ? Il y a du bruit dans l'antichambre...*

Le comte suivit la direction de son regard.

— Qu'est-ce..., commença Carville.

— Silence, ordonna Rose à voix basse tout en pressant son poignard sur le cou du baron.

Les pas qui martelèrent alors le plancher de la pièce voisine furent perceptibles par tous. Bientôt une série de petits tapotements résonnèrent contre l'huis.

— Monsieur ? appela-t-on depuis l'antichambre. Vous m'avez demandé ?… Monsieur ?

Il y eut un court silence, puis l'on vit le battant bouger.

Le valet essayait d'entrer.

La résistance anormale qu'il rencontra l'incita à réitérer sa tentative avec davantage de vigueur. Mais le massif coffre qui gardait le seuil ne remua pas d'un pouce. S'affolant, le valet cogna contre la porte :

— Monsieur ! Monsieur, vous êtes là ?

Carville fixait l'huis, la figure contractée sur un appel qu'il savait ne pouvoir émettre. Le laquais frappa derechef, appelant son maître pour la énième fois. Les trois occupants de la chambre l'entendirent ensuite prendre son élan, puis foncer vers la porte. Lorsqu'il emboutit le panneau de bois, celui-ci tressauta à peine sur ses gonds. On entendit alors le domestique faire demi-tour et s'éloigner au pas de course.

— *Il va chercher du renfort*, songea Rose. *Nous n'avons plus beaucoup de temps.*

— *Nous en avons bien assez,* lady.

Reportant son attention sur le baron, Artus avança le long du lit :

— Vous vous êtes précipité chez lord Greer lorsque vous eûtes vent de l'infructueuse tentative des ligueurs. Vous l'avez même mené chez vous, en sûreté. Pourquoi ?

Carville se tint coi, cherchant à grappiller de précieuses secondes.

Prise d'un accès de rage, Rose lui empoigna la gorge de sa main libre et le plaqua brutalement contre la tête de lit. Tandis que ses iris s'illuminaient, elle sentit ses canines s'épanouir entre ses lèvres.

— Il vous a posé une question, gronda-t-elle, luttant de son mieux contre les pulsions meurtrières qui pullulaient sous son crâne. J'exige une réponse !

— L'rrrr, gargouilla Carville.

— L'or ? Vous ignoriez où il le gardait ?

— Oui… mais… je l'avais presque persuadé… de me confier l'emplacement… Je ne voulais pas qu'il meure sans me l'avoir donné.

— … C'est vous qui avez vidé la cache, dans le mur de la maison ?

— Il semblerait, confirma Artus. Non content d'avoir fomenté l'assassinat de lord Edmund, M. de Carville a aussi dépouillé sa veuve… Vous aurez envoyé un valet fouiller l'endroit, sous prétexte d'aider à endeuiller la demeure, j'imagine ? Car, bien entendu, vous ne pouviez commettre ce forfait en personne.

Le baron confirma d'un hochement de tête.

Rose serra le poing sur le manche du poignard.

— Je n'avais pas compris pourquoi papa décida de partir si tard ce soir-là, murmura-t-elle. À présent, je sais. C'était vous… Vous l'avez retenu par je ne sais quel moyen pour que nous tombions dans le piège que vous aviez fait tendre…

— Et pour vous assurer que le carrosse emprunterait la bonne route au retour, vous avez tout simplement donné consigne au cocher, acheva Artus. Tout cela pour quoi, baron ? Quelques milliers de livres ?

Carville grimaça un sourire sardonique. Rose lui assena une taloche si violente que la tête du baron, emportée par le coup, alla s'écraser contre le montant du lit.

— NE PARADEZ PAS DEVANT MOI ! rugit-elle.

Mais le rictus de Carville ne s'éteignit pas. La tempe maculée de sang, il se redressa, l'air presque goguenard.

— Vous êtes ici pour me tuer, fit-il en ricanant, la démence au fond des yeux. Quoi qu'il se passe, je sais que vous me tuerez ! Pourquoi vous en dirais-je davantage ?

— Parce qu'il ne tient qu'à vous de choisir si vous aurez ou non à souffrir avant de périr.

— Vous m'accorderiez une fin rapide ? Non… non, Eileen, je ne vous crois pas assez magnanime pour cela. Votre âme est sombre… elle l'a toujours été. Vous n'aurez aucune pitié…

Les traits de la comtesse se durcirent. Elle ne pouvait nier que sa nouvelle nature lui conférait de puissants instincts sanguinaires, contre lesquelles elle peinait à lutter. Mais elle n'admettait pas les propos fallacieux de cet homme, dont la rapacité avait conduit au meurtre de son vieil ami, son presque frère, qui lui vouait une confiance aveugle. Elle s'apprêtait à le lui signifier lorsque le fracas d'une cavalcade éléphantesque la rappela à ses impératifs. Les domestiques seraient là d'un instant à l'autre. Assez lanterné.

— *Il ne parlera plus*, pensa-t-elle à l'adresse de son mentor. *À moins que vous ne l'y obligiez.*

— *C'est inutile. Il a dit tout ce que nous voulions savoir.*

— *Non ! Il n'a pas révélé ce qu'il a fait de mon bien !*

— Lady, *j'ai bien assez d'or pour nous deux. À votre place, je ne m'inquiéterais pas pour une poignée de piécettes.*

Un tonnerre de piétinements emplit l'atmosphère, signalant que les secours avaient atteint l'antichambre.

— Allons-y ! pressa quelqu'un.

Un chorus dissonant lui répondit, puis le grondement de pas reprit de plus belle, fusant vers la porte. Cette fois, la masse qui percuta l'huis fut suffisamment volumineuse pour l'ébranler.

— Finissons-en, *lady*, somma Artus avant de gagner le seuil.

— Oui ! Finissez-en, diablesse ! clama Carville, ses yeux fous roulant dans leurs orbites. Je suis mort de toute façon !

Rose le fit taire en comprimant sa trachée de la paume.

— Je suis moins diabolique que vous l'êtes, baron, chuchota-t-elle, lèvres ourlées sur ses crocs. Mais vous aviez raison cependant… je ne vous épargnerai pas.

Tandis que le battant de la porte heurtait vigoureusement le coffre, Rose expédia de toutes ses forces le crâne du baron contre le bois du lit. L'os occipital se rompit en quatre points, perforant une partie du cerveau. Durant une seconde, la tête de Carville dodelina sur ses cervicales brisées, puis elle s'affaissa sur son épaule dans un singulier repli de chair. Partagée entre l'ivresse de la vengeance accomplie et la noirceur de son geste, la jeune femme resta un instant figée, à contempler le cadavre.

Presque trois mois qu'elle fantasmait ce moment libérateur où elle achèverait l'assassin de ses mains. Pourtant, maintenant qu'il gisait devant elle, elle réalisait combien la consolation retirée était maigre.

Car, quelle que fût la satisfaction de savoir le meurtrier puni, le chagrin ne s'était pas envolé pour autant. L'abominable vide de l'absence n'était pas comblé. Les fragments de son âme morts ce soir-là avec son père ne s'étaient pas ranimés. Ce que Carville lui avait pris, rien ni personne ne le lui rendrait.

Jamais.

Une seconde détonation explosa entre les murs de la pièce. Extirpée de ses divagations, Rose se tourna vers le seuil. Son mentor replaça le coffre qui s'était décalé de plusieurs centimètres, après quoi il arc-bouta une jambe contre le couvercle, pour affermir l'ensemble. La résistance conjuguée du coffre et de la robustesse d'Artus essuya sans broncher la charge suivante.

Tranquillisée, Rose considéra de nouveau le corps du baron. À présent que sa quête de sang était achevée, le dernier motif de son existence s'était éteint. À quoi bon s'attarder ? Qu'espérait-elle donc trouver ?

— Lady, *si vous tenez vraiment à fouiller cet endroit, faites-le vite*, signifia Artus. *Il n'est pas bon de demeurer ici trop longtemps.*

Son infante pinça brièvement les lèvres, pensive. Curieusement, à l'inverse de la mort de la marquise, celle de Carville ne l'horrifiait pas. Elle savait déjà que le baron ne la visiterait pas lors de ses repos diurnes. Aussi fut-ce lucidement et sans émoi excessif qu'elle décida de ficher les canines dans cette gorge encore chaude.

Malgré l'inénarrable délectation que lui procura la saveur du sang, il lui sembla percevoir chez son mentor un tressaillement de surprise. Toutefois, elle l'oublia bien vite, exaltée par les délices de son repas.

Lorsque la dépouille du baron fut tout à fait vidée de son suc, Rose se sentit ragaillardie. Son apathique maussaderie avait régressé. L'esprit clair, elle rengaina sa lame, sauta à bas du matelas, et se dirigea vers la fenêtre.

— *Nous sortirons par là ?* songea-t-elle.

— *Exact.*

Désertant les abords de l'entrée, Artus rejoignit son infante. Il passa devant elle, puis se glissa à l'extérieur par le vitrail brisé. Escaladant à son tour la fenêtre, Rose s'accroupit sur le rebord de pierre. Mais, au lieu de sortir, elle s'immobilisa et porta le regard sur le lit.

— *Quelque chose ne va pas, lady ?*

Celle-ci ne réagit pas. Les sourcils froncés sur un intense effort de concentration, elle fixait le cadavre du baron. Le maudissant de toutes ses forces, elle focalisa sur lui ses peines, ses frustrations, et ses colères. Peu à peu, les silhouettes fantomatiques revinrent valser derrière ses yeux. S'attachant à leurs tortillements, se diluant dans leurs cris, elle les encouragea à croître et se multiplier…

Quand les clameurs atteignirent leur apogée, une ardente bourrasque investit la chambre. Puis les iris de Rose s'embrasèrent violemment, à l'instar des courtines qui agrémentaient le baldaquin. Sur le seuil, le coffre fit un bond en arrière d'une dizaine de centimètres. Les coups de butoir stoppèrent mais le coffre perdit encore du terrain.

Rose redoubla d'acharnement.

Enfin, la chemise de nuit du défunt s'enflamma.

Au même instant, la porte de la chambre s'entrouvrit. Une tête passa par l'entrebâillement, cependant l'incendiaire disparut par la fenêtre avant que le domestique ait pu l'apercevoir.

Une fois à l'extérieur, Rose se releva en s'aidant des meneaux. Elle tangua très légèrement, étourdie par son exploit. Artus l'attira alors à lui. Le radieux sourire dont il la gratifia l'emplit d'une fierté infinie, qu'elle n'aurait avouée pour rien au monde.

— *Prête ?* demanda-t-il.

Rose baissa le nez vers le sol, redoutablement bas. Apeurée, elle se cramponna au pourpoint de son protecteur, tandis que ce dernier assurait sa prise sur le sien.

— *Ne fermez pas les yeux, vous ne pourriez vous réceptionner*, conseilla-t-il.

Puis, illico, il les projeta dans le vide.

La soudaineté de la chute subtilisa à Rose tout l'air que contenaient ses poumons. La terre se précipita à sa rencontre à une vitesse vertigineuse. Sa cape, telle une torche, se dressa vers le ciel…

Ce furent les semelles de ses bottes qui, les premières, entrèrent en contact avec l'herbe du jardin. Puis, de lui-même, son corps se ramassa contre ses jambes repliées, afin d'amortir l'impact. Propulsée par l'énergie cinétique, elle manqua de culbuter en avant, mais elle enraya le mouvement en plaquant les mains au sol. Sa cape, brusquement privée d'ailes, s'échoua de guingois sur sa tête.

L'infante laissa échapper un rire nerveux, estomaquée par cette fuite spectaculaire, et surtout émerveillée d'y avoir survécu. Elle se remit debout, quelque peu titubante. Sans attendre qu'elle soit tout à fait rétablie, le comte referma une main sur la sienne et l'entraîna vers le parc.

Comme ils décampaient, invisibles dans les ténèbres, Rose se surprit à sourire à l'horizon. Mais alors qu'après quelques foulées ils retrouvaient leurs montures, elle fit inopinément volte-face :

— Les plaies ! s'exclama-t-elle en regardant le manoir, la mine déconfite. J'ai omis de vous demander comment les effacer !

— Personne ne les remarquera sur un corps calciné.

— Vous auriez dû me le rappeler, pourquoi n'avez-vous rien dit ?

— La situation ne se prêtait guère à une leçon, *lady*. Puis je doutais que vous y accordiez une quelconque importance, vous sachant si près de votre évasion…

La comtesse ferma les yeux une demi-seconde, cherchant en elle le courage de braver son mentor.

— C'est ce que vous envisagez, n'est-ce pas ? ajouta ce dernier. Vous enfuir.

Elle l'entendit se rapprocher. Son malaise monta d'un cran.

— Si je vous priais d'y renoncer, cela changerait-il quelque chose ?

Rose fit volte-face, bouche bée.

— Vous feriez cela ? murmura-t-elle.

Le regard opaque, son beau visage marqué par un mélange de solennité et de tristesse, Artus l'observait intensément.

— Accordez-moi cette faveur, Rose, dit-il à mi-voix. S'il vous plaît…

Épilogue

Juillet 1600, Calais.

Rose reposa son peigne sur la table, entre les épingles dorées et les onéreux flacons de parfum, en prenant soin d'éviter les pages manuscrites disposées devant elle.

La lettre était arrivée dans la soirée, mais la nuit avait été si chargée qu'elle n'avait pas trouvé le temps de la lire avant cet instant. C'était une missive de Charlotte qui lui donnait de ses nouvelles, ainsi qu'elle le faisait régulièrement. Elle lui rapportait aussi un message de sa mère, lady Mary.

Il était amusant de voir comme cette dernière savait mettre un mouchoir sur ses inimitiés lorsqu'il s'agissait d'argent. Car, bien entendu, la teneur de son message n'avait rien d'affectueux. Elle réclamait simplement à sa fille une rallonge pécuniaire.

Les deux femmes ne s'étaient pas revues depuis que Rose avait quitté la maison familiale par cette nuit d'août, presque deux ans auparavant. Leurs relations ne s'étaient de ce fait ni améliorées, ni dégradées – ce qui aurait été ardu, compte tenu de l'aridité de leurs sentiments réciproques. Rose, répondant toujours par la favorable aux incessantes requêtes de sa mère, et lady Mary se gardant de s'intéresser à autre chose qu'à sa bourse, cela garantissait à chacune une certaine tranquillité d'esprit.

— Comment se porte Mme de Chaumontel ?

Levant le nez de la missive, Rose le considéra par miroir interposé.

— Fort bien, dit-elle. Comme toujours elle me supplie de venir la visiter. Elle m'apprend aussi être grosse de son deuxième enfant, dont elle souhaiterait me faire marraine… encore.

— Eh bien, il va vous falloir décliner cette offre. Encore.

— Et quelle excuse invoquerai-je cette fois ?

— Vous trouverez bien.

Rose leva les yeux au ciel puis exécuta un rapide demi-tour sur son tabouret, la moue prétendument excédée.

— Vous êtes insupportable, vous savez cela ?

Le dos confortablement calé contre des coussins de plumes, jambes croisées étendues devant lui, Artus compulsait son propre courrier. En abandonnant l'étude, il lui retourna son regard, le sourcil arqué sur un vague ennui.

— Pour l'ignorer il faudrait que je sois sourd, constata-t-il, placide. Mais pour votre gouverne, *lady*, sachez que vous n'êtes pas non plus de tout repos.

Distinguant dans les yeux de son mentor la lueur mutine qu'elle s'attendait à y voir, Rose se fendit d'un demi-sourire.

— Les travaux progressent-ils ? s'enquit-elle alors.

— Absolument. Jacques mène la barque d'une main de maître. Les parqueteurs auront terminé le plancher de la grande salle la semaine prochaine. Une partie des second et troisième étages ne seront pas habitables avant plusieurs mois, néanmoins, il pense que nous devrions pouvoir rentrer à Boissy à notre retour de voyage, si le cœur vous en dit.

— Ce sera avec joie… Du nouveau, par ailleurs ?

— Oui. Cet interprète-ci s'en tire mieux que le précédent, apparemment. Il a rapporté des avancées sur la traduction des tablettes.

Cela faisait des mois maintenant qu'Artus lui avait officiellement appris l'existence du journal du défunt émissaire. Pourtant, elle goûtait toujours au plaisir de pouvoir en converser avec lui. Une telle liberté était trop rare pour ne pas être savourée.

— Vraiment ? fit-elle. Voilà qui est parfait. Que disent-elles ?

— Il n'affirme rien, n'en ayant pour l'instant décrypté que quelques bribes. Il explique être en cela ralenti que la forme d'expression rencontrée n'est pas conforme à celle qu'il apprit au Nouveau Monde. Toujours est-il qu'il se pense en présence de la relation d'une prophétie.

— Concernant quelle tablette ?

— La première, celle dont nous n'avons qu'un croquis.

— Que raconte cette prophétie ?

— Il suppose que cela aurait trait au soleil.

— Nous aurions pu le deviner, maugréa Rose comme elle évoquait la figure centrale de ce croquis, représentant un soleil à visage humain.

— Il semblerait qu'il s'agisse d'une prédiction d'apocalypse, poursuivit Artus. Ou quelque chose de similaire. Il nous en dira davantage ultérieurement.

— Et pour l'autre tablette ?

— Sur celle-ci les progrès sont plus francs. Il est parvenu à traduire les glyphes surplombant la silhouette féminine.

— Qu'est-ce ?

— Il croit que c'est un nom, fit le comte en tendant l'une des feuilles qu'il avait déjà compulsée.

Rose quitta son siège et vint s'asseoir auprès de lui, au bord du lit. S'emparant de la page, elle sauta rapidement au passage qui l'intéressait.

— Ichleba ? articula-t-elle soigneusement. Qui diantre cela peut-il être ?

— Vraisemblablement une déesse supplémentaire.

— Si tel était le cas, n'aurait-elle pas dû se trouver sur la liste que composa l'émissaire ?

— Peut-être. Nous en savons trop peu pour tirer des conclusions.

— Soit. Toujours aucune trace de l'érudit, j'imagine ?

— En effet.

La lippe contrariée, la comtesse poussa un soupir sonore.

— Combien d'années cette traque va-t-elle durer ?

— Patience, *lady*. Patience. Dans notre monde, c'est la première des vertus.

— Hélas !

Le comte lui jeta un œil amusé, puis reprit sa lecture.

— Artus, il aurait mieux valu que votre frère et vous rentriez au manoir dès à présent.

— Pourquoi cela ? fit-il, haussant un sourcil.

— Ma foi, vous n'auriez pas besoin d'envoyer tous ces courriers. Puis vous pourriez surveiller vous-même la tablette, ainsi que votre demeure.

— Jacques ne faillira sur aucun de ces points, soyez tranquille. En outre, nous ne serons pas partis très longtemps… Bien que je sois sûr que votre oncle mourra de bonheur en vous voyant, acheva-t-il avec un sourire caustique.

— Oh ça oui, nul doute qu'il brûlera de joie.

— Alors cessez de vous tracasser.

— Nous n'appareillons que demain, souligna Rose, opiniâtre. Il est encore temps pour vous deux de faire route vers Paris. Je pourrai me débrouiller seule. Après tout, l'Angleterre est ma terre natale…

Déposant sur les draps la dernière page de la lettre, le comte délaissa le confort des oreillers pour s'installer au côté de son infante.

— Le temps viendra où vous vous acquitterez seule de certaines tâches, *lady*, mais vous êtes encore beaucoup trop jeune pour voyager sans escorte… et aussi beaucoup trop belle, susurra-t-il de sa voix de miel. Vous laisser aller sans défense de par le monde serait pure inconscience.

Rose retint sa respiration sans s'en rendre compte, tout entière accaparée par les sublimes émeraudes de ses yeux.

Mille fois déjà elle avait tenté de se déprendre d'Artus, et mille fois elle avait échoué. Quelles que fussent la peine, l'incompréhension ou la révolte engendrées par sa propre absurdité, elle continuait de l'adorer. Pourtant, elle ne voulait pas s'avouer vaincue. Elle s'acharnait toujours à lutter contre elle-même, s'écorchant chaque fois davantage, se mutilant à sa douceur, à ses sourires, à ses regards…

Seigneur, ce regard… L'étincelle qui y brillait lui faisait tourner la tête. Elle n'arriverait pas à feindre l'indifférence s'il s'approchait aussi près.

Et il le savait.

Il le savait parfaitement…

Glossaire

1. « … vierge hérétique » : Mary fait ici référence à la reine Élisabeth Ire d'Angleterre (1533-1603), connue également sous le sobriquet de « Reine vierge ». Élisabeth étant de confession anglicane, Mary la considère comme hérétique. La reine Élisabeth fut excommuniée de l'Église catholique en 1570, par le pape Pie V. Les catholiques d'Angleterre, de ce fait considérés comme traîtres à la couronne, furent traqués et persécutés.

2. Vertugadin : gros et large bourrelet de tissu que les femmes avaient coutume de porter au-dessous de leur corps de robe, afin de donner un peu de volume à leur jupe.

3. Busc : lame de corne ou d'ivoire que l'on glissait dans le corps piqué (voir plus bas), et qui servait à le faire tenir bien droit.

4. « … c'est la paix que l'on fêtera à ce banquet-ci » : allusion à la paix de Vervins, actée le 2 mai 1598, entre la France et l'Espagne. Philippe II, roi d'Espagne et catholique convaincu, avait en effet abondamment soutenu les partisans de la Ligue (voir plus bas), qui étaient aussi opposants à la couronne, en envoyant des troupes armées ou en finançant celles des Ligueurs.

5. Robin : terme péjoratif désignant les gens de la noblesse de robe, c'est-à-dire les magistrats, lesquels avaient souvent acquis leurs titres et offices en les achetant.

6. Huguenot : sobriquet désignant les personnes de confession protestante. Ce terme était surtout utilisé par la confession « ennemie », à savoir les catholiques.

7. Édit de Nantes : loi promulguée par Henri IV le 30 avril 1598. En faveur des protestants, cet édit accordait le libre exercice de leur religion, l'admission aux charges et dignités de l'État, ainsi que, notamment, la cession de plusieurs places fortes avec gouverneurs et soldats payés par le roi.

8. « … s'entre-tuer entre le prêche et la messe » : entre 1562 et 1598, pas moins de huit conflits religieux (catholicité contre protestantisme) mirent le pays à feu et à sang. Au cours de cette période, l'opposition au protestantisme ira jusqu'à la persécution.
Ces épisodes de guerre civile sont de nos jours connus sous le terme de « guerres de Religion ». L'édit de Nantes, signé par Henri IV, est communément admis comme étant l'acte qui mit un point final à ces conflits.

9. La Sainte Ligue, ou Ligue catholique, ou encore Sainte Union, était un parti de catholiques forcenés qui s'étaient donné pour but de lutter contre le protestantisme en France. De nombreux seigneurs rejoignirent ce mouvement, au point de constituer à plusieurs reprises une sérieuse menace contre la monarchie régnante. La Ligue prit forme aux abords de 1568, et perdura jusqu'en 1598. Le parti connut toutefois plusieurs sursauts d'activité après la capitulation

de Philippe-Emmanuel de Lorraine, duc de Mercœur, gouverneur de Bretagne, et important partisan de la Ligue.

10. Corps piqué : cousin du corps baleiné et prédécesseur du corset, le corps piqué est un sous-vêtement pourvu de renforts destinés à raidir le maintien de celle qui le portait. L'on pouvait glisser un busc (voir plus haut) dans ce corps piqué, afin d'accroître encore le phénomène.

11. Arceau : ornement utilisé pour retenir ou agrémenter la coiffure féminine.

12. Sinople : en héraldique, désigne la couleur verte. Dans le cas présent, la formulation « d'argent à trois chevrons de sinople » signifie que l'écu est composé de trois chevrons verts disposés sur un fond blanc, puisque en héraldique « argent » signifie « blanc ».

13. Ligueur, ligueuse : personne appartenant à la Ligue catholique (voir plus haut).

14. Saint-Barthélemy : massacre des protestants qui se déroula à Paris, le 24 août 1572, quelques jours après les noces d'Henri de Navarre (qui deviendra Henri IV) et de Marguerite de Valois. Le point de départ de ce massacre fut l'assassinat du chef protestant Gaspard II de Coligny. Cette exécution engendra une vague de massacres, d'abord à Paris, puis dans de nombreuses villes du royaume.

15. Relaps : d'un point de vue religieux, cela signifie : « Qui retombe dans l'hérésie, après en avoir fait l'abjuration publique. » Ce fut le cas d'Henri IV, lequel quitta plusieurs fois le protestantisme pour retourner au catholicisme,

et inversement. Il fut donc considéré relaps par les uns comme par les autres. Il abjura cependant solennellement le protestantisme en 1593.

16. Papiste : terme familier dont usaient les protestants pour désigner une personne catholique.

17. Aluette : jeu de cartes par levées.

18. Bagasse : vieille insulte, qui signifie « catin ».

Achevé d'imprimer en mars 2015
Par CPI Brodard & Taupin - La Flèche (France)
N° d'impression : 3009789
Dépôt légal : mars 2015
Imprimé en France
81121409-1